# 愤怒的葡萄

## The Grapes of Wrath

[美]约翰·斯坦贝克 ◎ 著

鲁曼俐 龚钰姗 ◎ 译

民主与建设出版社
·北京·

©民主与建设出版社，2024

**图书在版编目（CIP）数据**

愤怒的葡萄 /（美）约翰·斯坦贝克著；鲁曼俐，龚钰姗译. -- 北京：民主与建设出版社，2024.10.
ISBN 978-7-5139-4762-6

Ⅰ.I712.45

中国国家版本馆CIP数据核字第2024JG2678号

### 愤怒的葡萄
FENNU DE PUTAO

| | |
|---|---|
| 著　　者 | ［美］约翰·斯坦贝克 |
| 译　　者 | 鲁曼俐　龚钰姗 |
| 责任编辑 | 金　弦 |
| 特约策划 | 任程民 |
| 封面设计 | 海　凝 |
| 出版发行 | 民主与建设出版社有限责任公司 |
| 电　　话 | （010）59417749　59419778 |
| 社　　址 | 北京市朝阳区宏泰东街远洋万和南区伍号公馆4层 |
| 邮　　编 | 100102 |
| 印　　刷 | 大厂回族自治县德诚印务有限公司 |
| 版　　次 | 2024年10月第1版 |
| 印　　次 | 2025年3月第1次印刷 |
| 开　　本 | 880毫米×1230毫米　1/32 |
| 印　　张 | 18.75 |
| 字　　数 | 486千字 |
| 书　　号 | ISBN 978-7-5139-4762-6 |
| 定　　价 | 59.00元 |

注：如有印、装质量问题，请与出版社联系。

# 前言

《愤怒的葡萄》这本书是约翰·斯坦贝克在美国20世纪30年代的背景下创作的,全篇主要讲述当时经济危机时期美国中部各州佃农土地被没收,他们被赶出自己的家园,面临着失业、无法养活家人的苦难,只能被迫向西踏上求生之路的故事。书中乔德一家一路上遇到了许许多多和他们一样的人,他们在奔波数地后也很难找到能长期养活自己和家人的工作。大资本家们故意压低工资、敲诈勒索和迫害流浪的佃农。最后,佃农们愤怒了,他们团结起来奋勇抗争。《愤怒的葡萄》这个书名中的"愤怒"表示佃农们对资本家剥削产生的强烈抗议,"葡萄"象征着这些遭受压迫的佃农。这部小说反映了当时时代背景下佃农们生活的艰辛,而往往现实要比小说更加残酷。人们为了活下去,就要不断在苦难中摸索,寻找生的希望。乔德一家在苦难中依然勇往直前,他们相信"愤怒的葡萄"总会有成熟的那一天。

名著翻译如同跨时代的桥梁,自《愤怒的葡萄》创作的时代至今,已有将近一个世纪之久了,这就要求译者充分理解当时的时代背景和文化差异。因为语言是复杂多义的,尤其是跨越时代的作品,更需要注重对原文含义的理解,一个词在不同语境中可能有不同的含义,所以在翻译过程中,就十分考验译者对语言内涵的把握。在本书的翻译过程中,译者尽了最大可能去遵循当时时代背景的特点,同时考虑了当今读者的喜好，进行了适当的汉化，使语言风格符合主人公们的身份，简洁易懂又不失小说的文学性质。

翻译讲究"信、达、雅"，译者在翻译过程中也一直在努力追求这个目标。译文忠于原文，也进行了适当的增补，让前后逻辑更加紧密，以便于读者更好地理解。"雅"对于文学翻译来说也至关重要，考虑到小说的文学性，译者在翻译过程中进行了贴合原文的修饰，从而让译文"活"起来。

做此译著一方面是为了仔细体会诺贝尔文学奖获得者约翰·斯坦贝克的写作手法，以及他对于受压迫的穷苦大众的同情心，还有对于人性的刻画和对于现实的批判。另一方面也是希望那些奋勇抗争的人得到赞扬。无论过去还是现在，动荡和矛盾依旧存在，但值得歌颂的是面对困境与挫折勇于抗争的人们。哪怕前途多有不测，人生处处是迷惘，也要始终保持一颗勇敢的心。

# 目录

第一章 / 001　　　　第十六章 / 207

第二章 / 005　　　　第十七章 / 247

第三章 / 016　　　　第十八章 / 257

第四章 / 019　　　　第十九章 / 297

第五章 / 037　　　　第二十章 / 309

第六章 / 048　　　　第二十一章 / 364

第七章 / 075　　　　第二十二章 / 367

第八章 / 083　　　　第二十三章 / 421

第九章 / 107　　　　第二十四章 / 429

第十章 / 112　　　　第二十五章 / 450

第十一章 / 143　　　第二十六章 / 455

第十二章 / 146　　　第二十七章 / 531

第十三章 / 153　　　第二十八章 / 536

第十四章 / 189　　　第二十九章 / 566

第十五章 / 193　　　第三十章 / 570

# 第一章

俄克拉荷马州的乡间，一片片暗红色的土地和灰蒙蒙的村庄，上场雨下得不大，龟裂干枯的大地并没有得到充分的滋润。牛拖着犁头在田间穿梭，一次又一次地翻松着土壤。上场雨后玉米都冒了出来，野草和牧草沿着路边恣意生长，灰色的村庄和暗红色的土地开始消失在它们绿色的覆盖之下。五月的最后一段时间，天空变得苍白，春天里长时间高高悬挂着的云朵也消散了。太阳日复一日地照耀着正在生长的玉米，直到一条棕色的线沿着每一片如绿色刺刀的叶片边缘伸展开来。云出现了，又消失了，过了一会儿，它们便消失得无影无踪。野草为了保护自己，长成了深绿色，它们不再蔓延。土地的表面像是结了一层薄薄的硬痂，当天空变得苍白时，土地也变得苍白，红色的土地变成了粉色，灰色的村庄则变成了白茫茫的一片。

干涸的小溪里是被雨水冲刷出来的一道道沟渠。地鼠和蚁狮开始活动了。随着日复一日烈日的照射，玉米幼嫩的叶子变得不那么坚硬和直立，它们先弯曲成一条曲线，然后，随着叶脉的力量逐渐变弱，每片叶子都向下倾斜着。到了六月,太阳的照射更加凶猛起来。玉米叶片上的棕色线条逐渐变宽,并移到叶片中央。野草慢慢枯萎,逐渐只剩下根部。空气稀薄,天空变得更加苍白,大地也日复一日变得更加苍白起来。

在车队行驶的道路上,车轮碾过地面,马蹄拍打着地面,泥土的外壳破裂,扬起了灰尘。只要有人车经过路面都会扬起一片灰尘:一个步行的人走过,周围是一片齐腰高的尘沙;一辆货车经过,扬起的灰尘有货厢那么高;一辆汽车经过,后边是一团漫天飞舞的尘土。扬起的尘土经过很长时间才落回原处。

当六月过去一半的时候,大片厚厚的云层从墨西哥湾和得克萨斯州移动过来。地里的人们抬头仰望着云层,嗅着它们的气息,举起湿湿的手指感受着风。当乌云压过头顶的时候,连马儿们都很紧张。雨点滴落下来,接着又匆匆地跑去了别的村庄。雨过后,天空在太阳的照耀下又变白了。有雨来过的唯一的痕迹就是尘土中有落雨的坑,玉米上有干净的水花,仅此而已。

一阵轻柔的风跟在雨云后面,把它们吹向北方,微风轻轻地吹拂着干燥的玉米。一天过去了,风越来越大,玉米稳稳地站着,没有被狂风吹断。路上的尘土被吹了起来,散落在不远处的田野里和田边的野草上。现在风变得更大了,一阵阵风吹过玉米地上的雨皮层。一点一点地,天空被混合着的尘土所笼罩,风吹过大地,把尘土吹散,带走了。风刮得越来越大。最后玉米地上的雨皮层被风刮碎了,灰尘从田野上扬起,一团团灰色的绒毛像空气中的烟雾一样被驱赶到空中。玉米的叶片与大风抗争着,发出干涩而急促的沙沙声。被风刮起来的细小的尘埃没有再回到地面,而是消失在了黑暗的天空之中。

风越来越大,在石头下拂动,带走稻草和枯叶,甚至是小的土块,显示着它穿过田野的过程。天空变得暗淡下来,阳光透过它们,空气中弥漫着一丝刺痛。到了晚上,风越刮越大,把玉米的根部也刮了出来,玉米用它柔弱的叶子与风作斗争,直到被掠过的风刮出根部,然后每根茎都疲惫地向着地面侧躺着,指向风的方向。

黎明来了,但是白天并没有到来。火红的太阳在灰蒙蒙的天空升起,太阳只是一个昏暗的红色圆圈,像黄昏一样发出微弱的光;随着那一天的进展,红色的圆圈坠入了黑暗,风在被吹落的玉米上哭泣着、呜咽着。

男人和女人挤在他们的房子里,当他们外出时,他们把手帕绑在鼻子上,并戴着护目镜来保护他们的眼睛。

当夜晚再次来临,那便是漫漫黑夜,因为星光无法刺破尘埃落下,各家各户的灯光甚至无法照射到自家的院子。灰尘与空气犹如被乳胶黏合般均匀地混合在了一起。院子里的房门被紧紧地关上了,门窗周围也塞着布料,但灰尘很薄,以至于无法在空中看到,它们像花粉一样落在椅子和桌子上,落在盘子上。人们从肩膀上拂下灰尘。门槛上也落上了少许灰尘。

到了半夜,风吹过,大地安静了下来。充满灰尘的空气声比有雾时听起来更加沉闷。人们躺在床上,一阵疾风过后,他们醒了,听到风停了。他们静静地躺着,静静地聆听着这片寂静。然后,公鸡打鸣了,它们的声音很低沉,人们不安地在床上翻来覆去,等待着早晨的到来。他们知道灰尘需要很长时间才能从空中沉淀下来。早晨,尘土像雾一样笼罩在天空,太阳像血一样鲜红。灰尘一整天都从天空中飘落下来,第二天又飘落下来,像是为大地铺了一层平坦的地毯。它覆盖在玉米上,堆积在栅栏顶部,飘落在电线上;它降落在屋顶上,笼罩在野草和树木上。

人们从房子里走出来,闻到了刺鼻的热气,他们把鼻子捂住。孩子们从房子里走出来,但他们没有像雨后那样奔跑或喊叫。男人们站在家里的栅栏旁边看着被破坏的玉米,这些玉米正在快速地枯萎,透过灰尘只能看到一点点绿色。男人们保持沉默,他们静静地站着。女人们从房子里走出来站在他们的男人旁边——揣摩着这一次男人们是否会崩溃。女人们偷偷地研究着男人的脸,因为只要还有别的东西在,玉米就有可能存活。孩子们站在附近,光着的脚趾在尘土里画着圈,观察着男人们和女人们是否会崩溃。他们偷偷看着男人们的脸和女人们的脸,然后用脚趾在尘土中小心地画着线。马来到饮水槽,用口鼻蹭水以清除脸上的灰尘。过了一会儿,男人们脸上的困惑消失了,变得坚强、愤怒和抵抗。然后女人们知道他们是安全的,男人们不会崩溃。然后她们问,我们要怎么做?男人们回答说,我不知道。但没事儿。女人们知道没事儿,一边看着的孩子们也知道没事儿。女人们和孩子们深知,如果他们的男人挺得住,任何不幸都不会太大。女人们进屋去干活,孩子们开始玩耍,但起初他们很小心,并不敢弄出很大声音。随着时间的推移,太阳变得不那么红了,它在尘土覆盖的土地上燃烧起来。男人们坐在他们房屋的门口;他们的手里玩着小棍和小石籽。男人们静静地坐着、思考着、谋划着。

# 第二章

一辆巨大的红色运输卡车停在路边的小餐馆前。垂直的排气管低声咕哝着,一股几乎看不见的蓝色烟雾盘旋在排气管的末端。这是一辆崭新的卡车,亮红色,车身两边侧面印着十二英寸大小的字——"俄克拉荷马市运输公司"。卡车的轮胎很新,一把黄铜挂锁挂在卡车大后门的搭扣上。在纱窗门里边的餐厅里,有一台收音机正播放着安静的舞曲,舞曲的音量被调得很低,一般当没有人在听的时候就会把音乐调成这个音量。一个小的排气扇在入口处的圆孔里静静地转动着,苍蝇兴奋地嗡嗡地在门窗周围飞来飞去,撞在纱窗门上。餐厅里面,一个卡车司机坐在凳子上,手肘搁在柜台上,看着瘦削孤独的女服务员在弄着他的咖啡。他向她讲述着一些公路上的道听途说。"我三个月前见过他。他做了手术。从身体里取了一些东西出来。我忘了具体取的是什么了。"而她说:"好像不超过一个星期,我见到了他。那时他看起来很好。只要他不喝得醉醺醺的,他就是个好人。"苍蝇时不时地在纱窗门前嗡嗡地叫着。咖啡壶喷出蒸汽,女服务员看都没

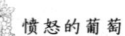

有看一眼，背过手去，把它关掉了。

餐馆外面，一个男人沿着公路边走过来，走近卡车。他慢慢地走到车前，把手放在发亮的挡泥板上，看着挡风玻璃上的"禁止搭便车"的标签。他犹豫了一阵，本想沿着路继续往前走，但最后他坐在餐馆旁边卡车的侧踏板上。他不到三十岁。他的眼睛是深棕色的，眼球带一点褐色。他的脸颊骨又高又宽，嘴唇两边的法令纹很深，这使他的脸颊看起来更消瘦。他的上嘴唇很长，由于牙齿突出，嘴唇需要伸出来盖住牙齿，所以他一直闭着嘴唇。他的手很硬，宽大的手指和指甲像蛤蜊壳一样厚而尖。大拇指和食指之间的缝隙和他手的后根部都有被磨得发亮的老茧。

这个男人的衣服是新的——全身的衣服都是新的，但全是便宜货。他灰色的帽子是如此新，以至于帽舌仍然僵硬，纽扣仍然还在，而不是用了一段时间，在被充当了麻袋、毛巾和手帕等功能之后那样的不成形状。他的西装是廉价的灰色硬布西装，很新，裤子上还有折痕。他的蓝色水手布衬衫坚硬光滑，带有垫肩。外套太大了，裤子太短了，因为他是个高个子男人。大衣肩峰悬挂在他的手臂上，即使这样，袖子也太短了，大衣的前面松散地拍打着他的肚子。他穿了一双新的棕褐色的军用鞋，鞋底有马蹄状半圆形的鞋掌，用来保护鞋跟边缘不被磨损。这个男子坐在踏板上，脱下帽子，用它擦了擦脸。然后他又戴上帽子，扯了扯帽舌。他的脚吸引了他的注意力，他俯身松开了鞋带，没有再系上。在他的头顶上方，柴油发动机的尾气管噗噗作响，快速地冒出一阵阵蓝色烟雾。

餐馆里的音乐停了下来，从扩音器里传出来一个男人的声音，但是女服务员没有换台，因为她不知道音乐已经停了。她的手指摸索着在她的耳朵下面发现了一个肿块。她试图在柜台后面的镜子里看到这个肿块，却不想让卡车司机知道，于是她假装在整理头发。卡车司机说："在肖尼有一个大型舞会，我听说舞会上有人被杀了。你听说了吗？""没有。"女服务员说，她用手指摸着耳朵下面的肿块。

在餐馆外，坐着的男人站了起来，从车头和车厢的夹缝看了一会儿餐馆。然后他又坐回到踏板上，从他的侧口袋里掏出一袋烟草和一卷纸。他慢慢地、漂亮地卷着香烟，仔细地研究着，把它弄平。最后他点燃了香烟并将燃烧的火柴扔到他脚下的灰尘中。正午来临时，太阳直射到卡车的阴凉处。

在餐馆里，卡车司机付了他的账单，把两个五分钱的硬币放进一个老虎机里。老虎机滚轮转了好些圈，结果一个子儿也没蹦出来。"他们给老虎机做了手脚，所以你不可能赢。"他对女服务员说。

她回答说："有个小子两个小时前才拿到了大奖。他得了三块八毛钱呢。你多久后回来？"

他把纱窗门打开了一点。"一周到十天，"他说，"要跑趟塔尔萨，从来都不会像想的那么快回来。"

她生气地说："别让苍蝇进来。要么出去，要么进来。"

"下回见。"他说着推开门走了出去。纱窗门在他身后砰的一声关上了。他站在阳光下，剥开一块口香糖上的包装纸。他是个大块头，宽肩膀，大肚子。他的脸是红色的，蓝眼睛很长，总在强烈的阳光下习惯性地眯着眼睛。他穿着军裤和高筒靴。他把口香糖放在嘴边，透过纱窗门喊道："喂，不要做任何你不想让我听到的事情。"女服务员转向后墙上的一面镜子。她咕哝着应了一声。卡车司机慢慢地咬下口香糖，每咬一口都大大地张着他的下颌和嘴唇。他走向那辆红色的大卡车，边走边把嘴里的口香糖嚼成不同的形状，卷到舌头下面。

搭便车的人站起来透过车窗看向他。"先生，你能载我一程吗？"

司机迅速地回头看了一下餐馆。"你没有看到车上贴着'禁止搭便车'吗?"

"当然——我看到了。但好人终究是好人,即使某个有钱的浑蛋逼他贴上了那张纸。"

司机慢慢地进入卡车,琢磨着这句话。如果他现在拒绝,不仅他不是一个好人,而且他是一个被有钱人逼着贴了不允许有同伴标签的人。如果他载了这个搭便车的人,他便是一个好人,而且也是一个不是任何一个有钱的浑蛋可以随意摆布的人。他知道自己被下套了,但他找不到理由拒绝。而且他想成为一个好人。他又瞥了一眼餐馆,对着那个男人说:"在脚踏板上蹲着,直到车绕过拐弯处再上来。"

搭便车的人立刻蹲下去,紧紧抓住车门把手。发动机一阵咆哮,齿轮咔嗒一声,大卡车移动了,一挡,二挡,三挡,然后离合发出一阵怒吼,卡车进入四挡。在这个紧贴着卡车的男人的脚下,公路模糊得让人头晕目眩。卡车在开到大约一英里的拐弯处开始减速。搭便车的人站起来,打开门,然后滑进了座位。司机看着他,眯起眼睛,他嚼着口香糖,好像他的思想和印象是先由下巴整理和排列,然后才最终归于他的大脑。他打量着这个男人的新帽子、新衣服,又把眼睛移到他的新鞋子上。那个搭便车的人舒服地把他的背靠在座位上,脱下帽子,用它擦了擦额头和下巴。"多谢,哥们,"他说,"我已经走不动道了。"

"你穿新鞋呀,"司机说,他的眼睛和声音带着秘密和暗示的意味,"你不该穿新鞋走路——这么热的天气。"

这个搭便车的人低头看着自己尘土飞扬的黄色鞋子。"没有其他鞋子了,"他说,"如果没有其他鞋子了,那就只能穿上它们喽。"

司机明智地眯起眼睛,稍微提高了卡车的速度。"你要去很远的地方吗?"

"呃,不算太远,如果我不是没有力气了的话本来打算自己走过去的。"

司机接下来的问题有点微妙。他好像在用他的提问撒网,设陷阱。他问,"在找工作?"

"不是,我的老爹有一块地,四十英亩。他只是个庄稼汉,但我们在那儿待了很长时间了。"

司机看了看路边的田地,玉米掉在了路边,上面积满了灰尘。卡车开过地面,小小的燧石蹦出穿过尘土飞扬的土壤。司机好像在自言自语地说道:"一个有四十英亩地的庄稼汉,他没有受沙尘暴影响,没有被拖拉机赶走吗?"

"呃,不过,我最近没有他的消息。"搭便车的人说道。

"看样子是好久以前的事了。"司机说。一只蜜蜂飞进驾驶室,在挡风玻璃后面嗡嗡作响。司机伸出手,小心翼翼地将蜜蜂推入气流中,气流将蜜蜂吹出窗外。"农民们现在很惨,"他说,"土地大亨们一来,农民们挨家挨户都被赶走了,现在到处都是土地大亨。农民们满脸泪水地被赶走了。你老爹怎么挺得住的?"他的舌头和下巴开始忙着嚼刚刚被忽视的口香糖,翻过来转过去地嚼。每次张嘴都能看见他的舌头在翻动着嘴里的口香糖。

"嗯,我最近没听到他的消息。我从来都不是一个会写信的人,我的老爹也不是。"他又很快补充道,"但如果我们愿意,我们俩都可以写。"

"你一直有工作吗?"又一次看似随意的打探。他看向车外闪闪发光的空气下的田野,把嘴里的口香糖挤到脸颊边,边开车边将口香糖吐出窗外。

"当然有。"搭便车的人说道。

"我猜也是。我看到了你的手。你应该拿过镐或者斧头或雪橇。因为你的手被磨出了发亮的硬茧。我一般会注意所有类似的事情。你应该为此感到自豪。"

搭便车的人盯着他看。卡车的轮胎在路面上摩擦着发出声响。"你还想知道别的什么吗?我会告诉你。你不用猜了。"

"先不要上火,老弟。我可没多管闲事。"

"我什么都会告诉你。我什么也不会隐瞒。"

"先不要上火,老弟。我只是喜欢注意到一些事情。就当我没说。"

"我会告诉你任何事情。我的名字叫汤姆,汤姆·乔德。我的老爹是老汤姆·乔德。"他的眼睛凝视着司机。

"不要上火,老弟。我没有别的意思。"

"我也并无他意。"汤姆说,"我只是试着和人好好相处,不想惹麻烦。"说着他停下来,向外看了看干涸的田野,看了看热腾腾的远处饥渴的枯树枝不安地挂在树上。他从侧面口袋里拿出烟草和纸。放到两个膝盖之间卷着烟,这样风吹不到烟。

司机又嚼了一颗口香糖,像一头牛一样有节奏地嚼着,若有所思。他等着让前一段的不愉快消失、被遗忘。最后,当气氛再次变得缓和的时候,他说:"一个从未做过卡车司机的人根本不知道这是一份什么工作。老板不希望我们搭载任何人。所以我们必须坐在这里孤零零地赶路,我们不想像我刚才同意载你那样冒着被炒鱿鱼的风险。"

"非常感激。"汤姆说。

"我知道有些人在他们开卡车的时候做一些奇怪的事情。我记得有一个人用作诗来打发时间。"他偷偷地看了看汤姆是否对他的话题感兴趣或是感觉到惊讶。但汤姆一声不响,望着前方的远处,远处那条道路,那条白色的道路,犹如波浪般在热气中缓缓起伏。司机最后继续说道:"我记得那个人写下了这么一首诗。是关于他和一群哥们一起去世界各地喝酒胡闹的事。我希望我能记全那首诗是怎么写的。这家伙写的诗恐怕连耶稣基督都不知道是什么意思。一部分诗是这样的:'在那里我们发现了一个黑鬼,他拿着一把枪,扳机比大象的鼻子还要大,比鲸鱼的胡须还要长。'他还给我看了一本字典。他去哪都带着他的那本字典。当他吃馅饼和喝咖啡之前,他也会看一看那本字典。"卡车司机说着停了下来,感觉自己在长篇大论地唱独角戏。他那双神秘的眼睛盯着他的乘客。汤姆保持着沉默。司机紧张地试图强迫他参与到这个话题里来。"你认识这样说大话的家伙吗?"

"牧师啊。"汤姆说。

"好吧,听到一个男人说大话,会让你很抓狂。当然,如果这个人是一个牧师,这没关系,因为不管怎样,没有人会认真听牧师说什么。但这家伙很有意思。当他说大话时,你可以一点也不在乎,因为他只是在胡说八道。"司机这下放心了。他知道至少汤姆在听。他在一个拐弯的地方夸张地转动着方向盘,轮胎发出刺耳的声音。"就像我刚才说的,"他继续说道,"卡车司机总喜欢做些很奇怪的事情。可他们不这样也不行。天天这么干坐着,轮子在下面飞驰,他们会发疯的。有人曾经说过,卡车司机总在不停地吃东西——总在沿路的汉堡店里。"

"很像在公路上过日子。"汤姆补充道。

"当然,他们会停下来,但不是为了吃东西。他们很少是真的饿。他们只是该死的厌倦了继续往前——厌倦了而已。公路餐厅是他们唯一可以停靠的地方,当你停下来时你就必须买些东西,这样你就可以和柜台后面的小姐打情骂俏。所以你得买一杯咖啡和一块馅饼。这不过就是让人休息一下。"他慢慢地嚼着口香糖,用舌头把它翻过来。

"那种滋味一定不好过。"汤姆随口附和道。

司机迅速地瞥了他一眼,看看他是不是在讽刺他。"好吧,这可不是什么该死的小菜一碟,"他试探性地说,"看起来很容易,就在这里坐着,坐上八个小时,或者十到十四个小时。但是这条公路会要了你的命。他得做点什么。有些人唱歌,有些人吹口哨。公司不允许我们使用收音机。一些人会喝点小酒,但是他们不会喝太多。"他得意地说了最后一句,"我一般活儿不完成,都不会喝酒。"

"是吗?"汤姆问道。

"当然是啊!人得向前看。我在想,我应该去进修一门函授课程,学点机械工程之类的。那很容易。只需在家里学习一些简单的课程。我正在考虑这个事儿。然后我就不用开卡车了。我会教其他人开卡车。"

汤姆从他的外套一边的口袋里拿出一小瓶威士忌来。"你真的不想喝一口吗?"他的声音有点嘲弄的口气。

"不,老天为证,我不碰那玩意儿。既然我想奔前途,我怎么能整天喝酒呢?"

汤姆打开酒瓶盖,快速地喝了两口,他重新又盖上瓶盖,然后把酒放回口袋里。卡车里弥漫着威士忌辛辣的香味。"你太上进了,"汤姆说,"怎么了——是有女朋友了吗?"

"当然有。但无论如何我想多学点东西。我一直在训练我的大脑,已经很长一段时间了。"

威士忌似乎使汤姆松懈了下来。他又卷了一支烟,点着了。"可惜我已经没有什么前途了。"他说。

司机继续说,"我不需要喝酒,"他说,"我每天全神贯注地训练我的大脑。两年前我参加了一门课程,"他用右手拍了拍方向盘,"假设我在路上经过一个人。我看着他,在他过去之后,我试着记起关于他的所有事情,比如他穿的衣服、鞋、帽子,他走路的方式,或者他有多高,他的体重,脸上是否有伤疤,我做得很好。我可以在脑海里勾勒出一幅完整的画面。有时我觉得我应该选择一门课程成为一名指纹专家。你会惊讶于一个人能记住多少事情。"

汤姆又拿出酒瓶快速地喝了一口。他深深地吸了最后一口烟,然后用长满了茧的拇指和食指将发光的烟尾掐灭。他把烟蒂揉成一团,然后把它从窗户扔了出去,让烟随风飘走。卡车巨大的轮胎在马路上摩擦出很大的响声。当汤姆注视着路上时,他那双深沉而安静的眼睛变得好笑起来。司机等着,不安地瞥了他一眼。最后,汤姆长长的上嘴唇从他的牙齿外抬起咧嘴笑了起来,他默默地笑了起来,胸口猛烈地抽搐着。"兄弟,你绕了很大的弯终于说到了重点。"

司机没有看过来。"什么重点?你这话什么意思?"

汤姆的嘴唇在他长长的牙齿上紧绷了一会儿,他舔了舔嘴唇,就像一只狗,从中间往两边各舔了一下。他的声音变得凶狠起来。"你懂我说的意思。从我一上车的时候,你就开始盘问我,当我不知道啊。"卡车司机两眼直视着前方,双手紧紧地抓住方向盘,手掌的肉都挤到了一起,双手的手背变得苍白。汤姆继续说道:"你知道我从哪儿来。"司机一言不发。"不是吗?"汤姆坚持说。

"呃,知道,也许,可能,但是这不关我的事。我只关注自己的事。这对我来说什么都不是。"这些话突然从司机嘴里冒了出来。"我不插手任何人的事。"突然他沉默了,等待着。他的双手握在方向盘上,仍然是苍白的。一只蚱蜢从车窗飞进来,停在仪表盘上,它坐在那里,开始用弯曲的腿挠着它的翅膀。汤姆伸手向前,用手指碾碎了它的头部,然后拿到车窗外让风刮走这只死掉的蚱蜢。汤姆一边咯咯地笑着,一边把指尖上残留的昆虫碎片擦掉。"你搞错我了,先生,"他说,"我不想对你隐瞒什么。没错,我在牢里待了四年。这身衣服也是我出来时他们给我的衣服。我不在乎谁知道这事儿。我要去找我的老爹,这样我也就不必为了找到一份工作而撒谎了。"

司机说:"嗯——这不关我的事。我不是一个爱管闲事的人。"

"你确实不是,"汤姆说,"你的那个大鼻子在你的脸前伸到了八英里之外。你用你的大鼻子像一头羊进了蔬菜地一样一直在试探我。"

司机的脸绷紧了。"你误会我了——"他弱弱地反驳道。

汤姆嘲笑他。"你是一个好人。你送我一程,好吧!我坐过牢,那又怎么样? 你一定很想知道我为什么会坐牢,不是吗?"

"这不关我的事。"

"是不关你的事,老老实实开你的车,这种事情不重要,现在看,看到前面那条路了吗?"

"嗯。"

"好吧,我在那儿下车。当然,我知道你一定很想知道我做过什么。我不是一个会让人失望的人。"马达高速运转的嗡嗡声慢慢减弱了,轮胎的声音也慢慢变小。汤姆拿出他的酒瓶,又快速喝了一口。卡车在一条土路与公路接壤的地方停了下来。汤姆下了车,站在驾驶室的窗户旁边。垂直的排气管冒着几乎看不见的蓝烟。汤姆靠向司机。"凶杀案,"他很快地说道,"这可是个咬文嚼字的法律术语——意思是我杀了一个人。被判了七年。不过因为懒得管别人的闲事,我四年就出来了。"

司机的眼睛滑过汤姆的脸,想把它记住。"我从来没有问过你什么,"他说,"我只关注自己的事。"

"从这里到特克斯奥拉,你可以在每一个休息站小餐馆里都说一遍了。"他笑了笑。"一路顺风,老兄,你是一个好人。但是,看,人在牢里待久了,耳朵会变得很灵敏。当你开口问第一句时,老兄,我就知道你想知道什么了。"他用手掌推向金属门关上了车门。"但还是感谢你载了我一程,"他说,"再见!"他转过身走进灰突突的路上。

司机盯着他看了一会儿,然后冲他喊道:"祝你好运!"汤姆挥了挥手没有回头。然后发动机轰鸣起来,齿轮发出咔嗒声,那辆红色的大卡车又沉重地上路了。

## 第三章

　　这条混凝土公路边缘是一堆缠绕、破碎、干燥的杂草，草头混合着燕麦须和各种杂草，所以很重，要是有狗从那里跑过，身上一定会沾满燕麦须，要是有马儿跑过，马蹄上的毛一定会沾满狐尾草，要是有绵羊跑过，身上一定会沾满三叶草的毛刺。各种杂草都在沉睡着，它们的种子都在等待着传播和扩散，等待着被散布蔓延，还有各种幼苗和芒刺，也都在等待着动物们的到来，等待着风起，等待着男人的裤腿儿、女人的裙摆，它们在静静地、全副武装地等待着。每一粒种子都蕴含着无比的生命力，随时准备出击。

　　太阳落在草地上温暖着草地，在小草下的阴影里有昆虫在移动，而蚂蚁和蚁狮正在设置陷阱，等待昆虫们自投罗网。蚱蜢跳到空中，轻弹着它们的黄色翅膀，潮虫像一只只小犰狳，撑着许多柔弱的脚不安地蹒跚着。在路边的草地上，一只陆龟在爬行，它无所事事地转过身，拖着高高的圆顶壳爬过草地：它的双腿和黄色的脚趾在草丛中慢慢地滑过，它并没有真正地走路，而是推动并拖着它的外壳移动着。麦须从它的外壳上滑下来,三叶草的毛刺落在它身上,滚落到了地上。它角状的嘴部分张开着,它的眼睛凶狠又带着点幽默,从指甲盖一样的眉毛下边直视着前方。它从草地里爬过,身后留下了一条蜿蜒的小路,而那条公路的路堤犹如一座小山耸立在它面前。有一会儿它停了下来,抬起头来。它眨了眨眼睛,上下打量着。最后它开始爬上堤坝。它的前脚向前伸直但没有碰到路堤。它用后脚踢了踢它的外壳,后脚在草地上和砾石上刮擦。随着路堤越来越陡峭,陆龟的努力也越来越紧张而忙乱。它把后腿拉紧并往前滑,推动着外壳,角状的头部尽可能地往前伸。一点一点地,龟壳滑向堤岸,直到最后一条栏杆直接穿过它的行进线,这是马路肩,一堵四英寸高的混凝土墙。它身体的各部分好像在独立工作,后腿将外壳推向墙壁。头部抬起并在墙上窥视着宽阔光滑的水泥平面。它前脚撑在墙的顶部,绷得紧紧的,它抬起前脚,龟壳慢慢地升起,前端靠在墙上。陆龟休息了片刻。一只红色的蚂蚁跑进了龟壳,爬进了龟壳内柔软的皮肤,陆龟啪的一声把头部和腿部缩进去,带着装甲的尾巴被侧向夹住。红蚁在陆龟的身体和腿之间被压碎。一根野燕麦头被陆龟前腿夹在壳里。很长一段时间,这只陆龟都趴在那儿不动,然后它的脖子悄悄地伸了出来,用苍老而又幽默地皱着眉头的眼睛四处张望,腿和尾巴也伸了出来。它的后腿开始工作,像大象腿一样紧张,龟壳倾斜到一个角度,使得它的前腿无法够着水泥平面。但是它的后腿越来越高,直到最后达到了平衡中心,前部倾斜,前腿抓爬在人行道上,它上去了。但是那根野燕麦头的根茎还是缠绕在它的前腿周围。

现在行动很轻松了,所有的腿都开动了,龟壳一直左右摆动着朝前移动。一辆由一位四十岁女人驾驶的轿车开了过来。她看到这只乌龟,把方向盘向右打,偏离了公路,车轮发出尖锐的声响,扬起一团灰尘。两个轮子抬起一会然后掉落下来。汽车滑回到公路上，继续前进，但速度慢了些。那只乌龟刚才猛地钻到它的龟壳里，但现在它又急急忙忙地往前走了，因为公路上这会儿十分灼热。

现在，一辆轻型卡车接近了，当它接近时，司机看到了乌龟并故意朝它开过来。卡车的前轮撞到了龟壳的边缘，乌龟眨眼间像一枚硬币一样翻转、旋转，然后从公路上滚落下来。卡车沿着右侧开回到原来的方向。乌龟仰躺在它的背上，裹在它的壳里很长一段时间。但最后它的四只腿在空中挥舞着，伸出来想去抓住什么东西把自己翻过来。它的前脚终于抓住了一块石英石，它一点一点地将外壳拉过来并直立翻转了过来。野燕麦头掉了出来，三个矛状种子卡在地里。当乌龟爬到路堤上时，它的外壳将尘土拖到了种子上。乌龟进入一条尘土路，然后猛地向前移动，龟壳下划出一条波浪状的浅沟。它苍老幽默的眼睛向前看看，角状的嘴微微张开。它的黄色脚趾指甲在尘土中滑落了一小部分。

## 第四章

当汤姆听到卡车开始行驶,挡位在不断地攀升,地面在橡胶轮胎的摩擦下一阵悸动时,他停下转过身来看着卡车直到它消失。当卡车消失在视野中时,他仍然注视着远方,注视着那团闪烁着的蓝色烟雾。他若有所思地从口袋里取出酒瓶,拧开金属瓶盖,轻轻地啜了一口威士忌,他把舌头伸进瓶颈,然后在嘴唇周围舔了一圈,唯恐跑掉了一滴酒的香味。他试着念了一遍刚刚听到的诗:"我们发现了一个黑鬼——"他只能记住这些。最后,他转身面对尘土飞扬的小路,这条小路被田野隔向往右角的方向。阳光很炙热,没有一丝风吹过这些洒落下来的灰尘。小路上布满了犁沟,灰尘从犁沟滑落下来,最终又回到车辙上。汤姆走了几步,在他那双新的黄鞋子前面冒出了一层像面粉一样的灰尘,鞋子的黄色消失在灰色的尘土下。

他俯身解开鞋带,先脱下一只鞋,然后脱下另一只。他潮湿的双脚在干热的尘土中舒适地踩着,直到脚趾间冒出一点水珠,直到他脚上的皮肤因为干燥而绷紧。他脱下外套,把鞋子包在里面,做成一个包袱然后塞在他胳膊下面。最后，他踏上小路，地面的尘土被踩踏起来，在他身后离地面不远处形成一团尘土云。

路的右边是一排柳树围成的篱笆，在柳树干上有两股带刺的铁丝。柳树干修整得很粗糙，歪歪扭扭的。如果柳树干上有分杈的树枝，高度正好，铁丝就绑在上面，如果没有分杈的树枝，就是用生锈的铁丝捆扎在柱子上的。越过篱笆，地里的玉米被沙尘暴、炎热和干旱击倒，茎叶之间的凹槽里也布满了灰尘。

汤姆缓慢地走着，身后拖着一片尘土。在前面不远处，他看见一只陆龟顶着高高的圆顶壳，在尘土中缓慢地爬行，它的腿僵硬而笨拙地移动着。汤姆停下来看着它，他的影子落在乌龟身上。乌龟立即缩回了头部和腿部，又短又粗的尾巴也往旁边一偏夹入了龟壳。汤姆把它捡起来翻了过来。乌龟背面是棕灰色的，像尘土的颜色一样，但龟壳的另外一边呈乳白色，干净而又光滑。汤姆把包袱移到胳膊下面更高的地方，用手指轻抚着光滑的龟壳底部，然后按了按。底部比背部柔软。乌龟伸出它那硬邦邦的老脑袋，想看看是什么在压着它，它两条腿疯狂地摆动着。乌龟无助地在空中挣扎着，把汤姆的手弄湿了。汤姆把它竖起来，用鞋子把它卷进了外套。他能感觉到乌龟在他的胳膊下扭动和挣扎。他在微尘中拖动脚后跟，走得快了点儿。

在汤姆前面不远处的路边，一棵瘦骨嶙峋、布满尘土的柳树投下了一片斑驳的阴影。汤姆可以看到柳树可怜的树枝弯曲到了路上，叶子支离破碎，像蜕皮的鸡一样邋遢。汤姆现在出汗了。他的蓝衬衫后背和胳膊下都被汗水浸湿变黑了。他拉了拉帽舌，从中间对折，把帽子的纸板衬里弄破了，再也看不出这是个新帽子了。他加快步伐朝前边柳树的树荫走去。他知道在柳树旁会有树荫，至少在树干旁有一片树荫，因为太阳已经过了它的最高点。现在太阳炙烤着他的后脖子，

## 第四章

在他的头上嗡嗡作响。他无法看到柳树的根部,因为它是从一个比平地更容易积水的沼泽地上长出来的。汤姆顶着太阳加快了脚步,他开始沿着斜坡往下走。他小心地放慢了脚步,因为那一片树荫已经被人占了。一个男人坐在地上,靠在树干上。他的双腿交叉着,一只赤脚伸到几乎和他的头一样高。他没有听到汤姆走近,因为他正庄严地吹着曲调,"是的,先生,那是我的宝贝"。他伸出的脚在缓慢地随着韵律打着节拍。这不是跳舞的节奏。他停下来不再吹口哨,开始唱起歌来,声音很细,有点像男高音的腔调:

"是的,先生,那是我的救世主,

耶稣是我的救世主,

耶稣现在是我的救世主。

他不是魔鬼,

他是我的救世主。"

在男人听到他来之前,汤姆已经踏进了这片由蜕皮叶子形成的不完美的树荫里,男人停止了唱歌,转过头来。他长着一张长脸,瘦削;皮肤紧绷,脖子像芹菜梗一样紧实,肌肉发达。他的眼球沉重而突出;眼睑伸出来盖着眼球,眼睑看上去像生肉一样红。他的脸颊是棕色的,富有光泽,没毛,嘴唇看起来充满幽默感或者说是一种感性。他的鼻子是鹰钩鼻,看起来很坚挺,鼻子拉扯两边的皮肤很紧以至于鼻梁看起来很白。他的脸上没有一滴汗,甚至在高高的苍白的额头上也没有汗。他的额头异常高,太阳穴上能看见蓝色的静脉血管。他的半张脸都位于眼睛的上方。他那僵硬的灰色头发从额头上往后梳着,看上去像是用手指梳的。他穿着工装裤和一件蓝色衬衫。外边穿着一件带有黄铜纽扣的牛仔外套,旁边的地上,放着一个满是污渍的棕色帽子,帽子就像一块猪肉馅饼一样躺在那儿。一双灰扑扑的帆布运动鞋,躺在附近它们被踢开时掉落的地方。

那人盯着汤姆看了好一会儿,光线似乎照进了他棕色的眼睛里,在眼睛的虹膜深处有一些金色的小斑点。他脖子上的肌肉很紧张,显得格外突出。

汤姆一动不动地站在斑驳的阴影里。他脱下帽子,用它擦了擦满脸的汗,把帽子和卷起的外套扔在地上。

在阴凉处的那个人松开双腿,用脚趾在地上挖了挖。

汤姆说:"嗨,路上真热。"

坐着的男人疑惑地盯着他。"你是小汤姆·乔德吗——老汤姆的儿子?"

"是的。"汤姆说,"现在终于回家了。"

"我猜你一定不记得我了。"那个人说。他笑了起来,厚厚的嘴唇张开,露出了他的大牙。"哦,是的,你不会记得的。以前我在给你们讲道的时候,你总是忙着拉扯小女孩的辫子。好像要把人家的小辫儿连根拔掉似的。你可能不记得了,但我记得。你们兄弟两个立刻就接受耶稣做你们的救世主,想必是为了来扯小女孩辫子的。你们两个立刻在灌溉渠里接受了洗礼,像两只猫一样'大喊大叫'。"

汤姆垂着眼睛看着他,然后大笑起来。"天哪,你是牧师!你是那个牧师。我就在不到一个小时之前刚把关于你的回忆讲给了一个人听。"

"我过去是牧师,"那人严肃地说,"牧师吉姆·凯西——是一个燃烧的火种。我过去常常呼喊耶稣的名字以获得荣耀。我过去常常在灌溉渠给人施洗礼,他们心中充满忏悔,甚至愿意在灌溉渠里淹死。但以后不会再有了,"他叹了口气,"现在我只是吉姆·凯西。再也没有号召呼唤了。我现在有很多有罪的想法—— 但这些想法听起来似乎更合理。"

汤姆说:"如果你去思考一些事情,你必然会有想法。我当然记得你。我记得你很会传道。我记得有一次你整个布道会上都是手舞足蹈,大喊大叫。老妈特别喜欢你。奶奶却说你开口闭口都是圣灵,没完没了。"汤姆翻了翻他卷起的外套,找到衣服口袋,拿出了他的酒瓶。外套里的乌龟伸出了一条腿,但他又把它紧紧包裹起来。他拧开瓶盖,把酒瓶递过去,"来点吗?"

凯西拿过酒瓶,认真地看着它。"我不再传道了。圣灵已经不在人民心中;更糟糕的是,圣灵也已经不在我的心中。当然现在圣灵有时还是会召唤我,我还是会开布道会,或者当有人给我布施时,我也会为他们祷告祈福,但是我的心中已经没有圣灵了。我还在布道,只是因为人们期望我这么做。"

汤姆又用帽子擦了擦脸。"你也不能太圣洁连酒都不喝了,是不是?"

凯西看起来像第一次看到酒瓶。他倾倒酒瓶,吞下了三大口。"好酒。"他说。

"应该是,"汤姆说,"这是工厂货。花了我一块钱。"

凯西在把酒瓶递回去之前,又喝了一口。"是的,先生!"他说,"这是好酒。"

汤姆从他手里接过酒瓶,礼貌地在他自己喝之前没有用袖子擦酒瓶口。他蹲在旁边,把瓶子竖着放在他的外套卷上。他的手抓到了一根树枝,可以用来在地上表达他的想法。他用树枝把树叶扫开,扫出一块地来,然后把地上的灰尘抹平。他在地上画了个角,然后画了个小圆圈。"我很久没见到你了。"他说。

"没有人见到过我,"牧师说,"我独自出走,一个人坐着,一个人思考。圣灵的影响在我身上很强大,但是和以前不一样了。我现在对很多事情都不太确定。"他靠着树坐直了一些。他骨瘦如柴的手像松鼠一样挖进他的衣服口袋里,掏出一小块黑色的咬过的口嚼烟。他小心翼翼地擦掉上面的干草和从口袋里带出来的灰色的绒毛,然后他咬下来一个角,将口嚼烟塞进了他的嘴里。当他把那块口嚼烟递给汤姆时,汤姆挥了挥手里的树枝表示不要。乌龟在卷着的外套里挖爬。凯西看了看那件动着的衣服。"你在那里边放了什么——一只小鸡吗?你会闷死它的。"

汤姆把衣服卷得更紧了。"一只老乌龟,"他说,"在路上捡的。是一只陆龟。想带回去给我的弟弟。孩子们喜欢乌龟。"

牧师缓缓地点头:"每个孩子都有一段时间养过乌龟。但是,没有人能一直养着它们。乌龟们总是努力逃出去,它们一直努力着,直到,终于有一天它们逃出去了,离开去了某个地方。就像我一样。我不会把那本《圣经》束之高阁。我认真地研读它,研究它,直到我把它翻烂。有时候,我得到圣灵的召唤却不知道怎么来布道。我得到召唤要引导人们,但是却不知要引导他们去哪儿。"

"引导他们像平常一样就好了,"汤姆说,"带他们去灌溉渠,告诉他们,如果他们不像你一样思考问题,他们就会下地狱。你还想带他们去什么地方?像平常一样引导他们就好啦,耶稣会引导他们的。"

树干笔直的阴影沿着地面伸展开来。汤姆走进树荫里,蹲在地上,又用树枝抹平沙土做了一片新的空地,继续用树棍画着他的思绪。一只毛茸茸的黄色牧羊犬在路上小跑过来,它低着头,舌头淌着口水,尾巴卷曲着,它大声地喘着气。汤姆对着狗吹了一声口哨,但它只是稍微点了一下头,一边快步跑向某个确定的目的地。"好像是要去某个地方,"汤姆解释说,有点怄气,"也许是回家吧。"

牧师不能从他之前的话题中走出来。"好像是要去某个地方，"他重复道，"对的，它应该是要去某个地方。但是我呢——我不知道我要去哪里。告诉你——我以前讲道的时候，人们被我说得非常激动，又跳又叫的，都快昏倒了。我给他们做洗礼。然后——你知道我会做什么吗？我会把其中一个女孩带到草丛中和她睡觉。这种事我做了很多次。然后我感觉很糟糕，我一遍一遍地祈祷，但并没有用。下一次布道后，我和他们心中充满了圣灵，过后我又会和姑娘去睡觉。我觉得我是不是没救了，我是一个该死的伪君子。但是我不是故意这样做的。"

汤姆笑了笑，他咧开嘴，舔了舔嘴唇。他说："没有什么能比得上一场热情洋溢的布道把她们推倒了，我自己也做过这样的事。"

凯西兴奋地向前倾身。"你看，"他喊道，"我看到的就是这样，于是，我开始思考。"他用轻拍的姿势上下挥动着他那骨瘦如柴的大手。"我必须像这样思考——我宣扬上帝的恩典，人们如此努力地接受恩典，他们变得很兴奋，他们大喊大叫。人们说和女孩子睡觉是魔鬼的行为。但是一个女孩子她身上得到的恩典越多，她就越想去野外的草地上。然后我就开始思考了，当一个女孩心中如此充满圣灵的时候，魔鬼怎么能够乘虚而入呢？你可能会认为，在那个时候魔鬼应该没有机会乘虚而入。但是事实是魔鬼最后得逞了。"他的眼睛里充满了兴奋的光芒。他摸了一会儿脸颊，然后朝尘土里吐了一口唾沫，吐出的唾沫在尘土里滚来滚去，沾上灰尘，直到它看起来像一个圆形干燥的小颗粒。牧师伸出手，看着他的手掌，好像在读一本书。"然后我出现了。"他轻声说道，"所有的人都把灵魂托付于我——我感受到我的责任——我和其中一个女孩睡觉我感觉是我的使命。"他看了看汤姆，脸上显得很无助。他的表情在寻求帮助。

汤姆小心翼翼地在泥土上画了一个女人的身体，胸、大腿、臀部。"我从来没做过牧师，"他说，"不过当我有机会干这种事时，我肯定不会放过。我对此从来没有任何想法，但是，只要我有这样的机会，该死的，我会很高兴去做的。"

"但你不是一个牧师，"凯西坚持说，"一个女孩对你来说只是一个女孩。他们对你来说并不重要。但对我来说，她们是圣器。我必须拯救她们的灵魂。这是我的责任，我让她们心中充满了圣灵，然后我又把她们带到草丛中。"

"也许我应该去做牧师，"汤姆说。他拿出烟草和纸，卷了根烟。他点着烟，透过烟眯着眼睛看着牧师。"我很长一段时间没有和女孩睡觉了，"他说，"说这会让人抓狂的。"

凯西继续说道："这让我担心，担心得让我无法入睡。每一次我都提醒自己我是去传道的，我会说，'上帝，这次我不会那样做。'就在我说的时候，我知道我又那么做了。"

"你应该有一个妻子，"汤姆说，"曾经有个牧师和他的妻子在我们家里住过。他们是'耶和华见证人派'的。他们睡在楼上。他们在我们的谷仓里布道。我们小孩都会去听。每次晚上布道以后，牧师的妻子就会在楼上叫得好大声。"

"很高兴你能告诉我这个，"凯西说，"我以前以为就我这样呢。后来，我被这个想法折磨得如此痛苦，索性我就不传道了，然后跑到一个地方独自思考这个该死的问题。"他把腿折起来，在他干枯的、沾满灰尘的脚趾间挠着。"我对自己说，'你到底在烦恼什么？和女孩睡觉的事吗？'我说，'不，不是，我烦恼是因为我有罪。'我问自己，'当一个人内心充满圣灵的时候他应该能抵抗住罪恶的想法，为什么这时候他反而拉开了他裤裆的拉链呢？'"他伸出两个手指放在手掌里,好像他轻轻地把每个字并排放在那里。"我说,'也许这不是罪。也许这就是人们生活的方式。也许是我们总是喜欢庸人自扰。'我想到有些姐妹用三英尺长的带刺铁丝鞭打自己。我想,说不定她们就是喜欢折磨自己,说不定我也是喜欢折磨我自己。当我在思考这一点的时候,我躺在一棵树下睡着了。醒来的时候已经是晚上,天已经黑了。附近有一只土狼在嚎叫。在我领悟到这个之前,我不自觉地大声说道,'去他的!天底下没有罪恶,也没有道德。只有人们做的事情。罪恶与道德是同一件事情的两个方面。有些人会做一些好事,有些人会做一些不好的事,但任何人都有权去评判。'"他停下来,从他刚刚放手指的手掌上方抬起头。

汤姆对他咧嘴一笑,他的眼睛很敏锐也颇有意味。"看你想得这么痛苦,"他说,"终于让你想通了。"

凯西又说道,声音带着痛苦和困惑。"我问自己,'圣灵究竟是什么?'然后我说,'圣灵是爱。我非常爱人民,甚至有时候我控制不了我自己。'我又问自己,'难道你不爱耶稣吗?'好吧,我想了又想,最后我终于想到了,'不,不爱,我不爱耶稣,因为我不知道耶稣是谁。我知道一堆关于他的故事,但我爱的是人民。爱得有时候我控制不了自己,我想让他们快乐,所以我一直在传道,我认为这样能让他们快乐。'然后,嗯,我好像讲太多了。也许你会觉得很奇怪我刚才用了一些脏话。嗯,我现在觉得它们对我而言也不是什么脏话了。它们只是人们通常使用的字眼,也没什么不好的。不管怎样,我再告诉你一件我想到的事情;这话从一个牧师嘴里说出来实在是亵渎神明,我想我以后没法做牧师了,因为我有这样的想法而且我相信它。"

"什么事?"汤姆问道。

凯西害羞地看着他。"如果这话让你觉得不舒服,请不要以为我是故意要冒犯你，好吗？"

"除非你在我鼻子上揍一拳，我不会认为你是在冒犯我的，"汤姆说，"你是想通了什么吗？"

"我在想圣灵和耶稣之路。我想，'为什么我们一定要有上帝或耶稣？也许，'我想，'也许所谓的圣灵就是我们所爱的人，我们所有的男人和女人，这就是圣灵——人类的灵魂——所有的一切。也许所有人拥有一个大的灵魂，而我们每个人只是其中的一部分。我坐在那里思考，一个突然之间——我顿悟了。我内心深处知道这是真的，直到现在我还相信是这样。"

汤姆的目光落到地上，好像他不敢直视牧师诚实的目光。"没有教会会接受你的这种想法的，"他说，"有这样的思想，人们会把你赶出国门。人们只喜欢大喊大叫。这让他们感到膨胀。就像我奶奶有时候讲到兴头上，你都没法儿让她停下来。她可以用拳头撂倒你们教堂的执事。"

凯西若有所思地看着他。"我想问你一件事，"他说，"一件困扰了我很久的事。"

"问吧。有时候我也会谈论你说的这类事情。"

"好吧"——牧师慢慢地说——"就是当年我在大树底下给你施洗礼的时候，在那天我说了几句关于耶稣的话，你不会记得了，因为你当时正忙着拉扯小女孩的辫子。"

"我记得，"汤姆说，"那是小苏西。一年以后我的手指差点被她咬断了。"

"嗯——自从那天接受洗礼以后，你有没有觉得得到了什么好处？你有没有觉得你的生活变得更好了？"

汤姆想了想。"没有，我没有什么感觉。"

"嗯——那你有没有得到什么坏处？你好好想想。"

汤姆拿起酒瓶喝了一口。"没有什么变好变坏。我只是觉得挺好玩的。"他把酒瓶递给牧师。

牧师叹了口气，喝了一口，看着没剩多少的威士忌，又喝了一小口。"好，"他说，"我不得不担心我施洗以后是否有人遭遇了什么。"

汤姆看向他的外套，他看见乌龟挣脱了布料，朝着汤姆找到它的方向匆匆爬走。汤姆看了它一会儿，然后慢慢站起来，抓起它，又把它裹在了外套里。"我没有给孩子们准备礼物，"他说，"除了这只老乌龟，什么都没有。"

"这是一件有趣的事情，"牧师说，"当你来的时候，我正在想着你爹老汤姆。我想我应该去拜访一下他。我一直认为他是一个不信神的人。你爹怎么样？"

"我不知道他最近怎么样。我已经四年没回家了。"

"他没有给你写信吗？"

汤姆很尴尬。"呃，老爹一般不会在不必要的情况下写东西，或者是为了写而写。他会把自己的名字签得和别人一样好，也会舔笔头。但我从来没见他写过信。他总是说一个无法用嘴对他说出来的家伙就更不值得用笔去跟他说了。"

"你是出去旅行了吗？"凯西问道。

汤姆怀疑地看着他。"你没听说过我的事吗？当时所有的报纸都报道了。"

"没有——我没有听说过。什么事？"他把一条腿拉到另一条腿上，靠着树让自己坐得低了一点。下午的时间过得很快，阳光越来越热辣了。

汤姆愉快地说："那不妨我现在就告诉你吧，就当这事就过去了。

但是，如果你仍然还在传教我就不告诉你了，我害怕你帮我祷告。"他喝光最后一点儿酒，把瓶子扔了出去，那只扁褐色的瓶子在尘土上轻轻地滚动着，"我在牢里待了四年。"

凯西转过身来，他的眉毛垂了下来，以至于他高高的额头看上去更高了。"你是不是不想谈这个事，是吧？如果你真的做了什么坏事，我不会再问你了——"

"下次再碰到那样的情况，我想我还是会那么做的，"汤姆说，"我跟人打了一架杀死了一个人。我们在舞会上，两个人都喝醉了。他拿着刀捅我，我抄起身边的铲子打死了他。我把他的头敲扁了。"

凯西的眉毛恢复了正常。"那你都不觉得羞耻吗？"

"不，"汤姆说，"我不觉得羞耻。因为他用刀捅了我，我被判了七年。不过，我四年就假释出来了。"

"那么你已经四年没有听到关于你家人的任何消息了吗？"

"哦，也听说了一点。两年前，我妈给我寄了一张贺卡，去年圣诞节我奶奶也给我寄了一张贺卡。天哪，牢房里的人都笑喷了！卡片上有一棵树还有一些看起来像雪花一样的闪亮的东西。上面写着：

'圣诞快乐，可爱的小孩，

耶稣慈爱又温和，

在圣诞树下面

有我送给你的礼物。'

"我猜我奶奶都没看过卡片上面的话。她可能是从一个鼓手那里弄来的，然后挑了一张最闪闪发亮的。牢房里的那些家伙差点没笑死。从那以后，他们就叫我'慈爱的耶稣'！奶奶从来不会搞笑，她应该只是觉得那张卡片很好看，她都懒得去看上面的话。我进去的那一年她把眼镜给弄丢了。也许她一直就没有找到。"

## 第四章

"他们在牢里对你怎么样?"凯西问道。

"哦,还好。每天都有吃的,有干净的衣服穿,有洗澡的地方。在某些方面它非常好。除了没有女人。"他突然笑了起来,"曾经有一个人假释了,"他说,"但是一个月后他又违反假释规定回来了。"有个人问他为什么又回来了。"好吧,见鬼,"他说,"在我老爹的家里太不便利了。没有电灯,没有淋浴。没有书,食物又很糟糕。他说回监狱有很多便利之处,他能有规律地吃上一日三餐。他说离开监狱让他觉得很寂寞,他很茫然都不知道该做什么。所以他偷了一辆车然后又进来了。"汤姆拿出烟草,吹开一张没有包装的牛皮纸,他卷了一根烟。"那家伙也是对的,"他说,"昨天晚上,想着我要在哪儿睡觉我都心里发慌。然后我开始想念我在监狱的铺位,我在想我是不是因为坐牢坐久了疯了。我和我的牢友们搞了一个'怪乐团',那是一个很不错的乐团。有人说我们应该去上广播节目。今天早晨我都不知道我该什么时候起床,只是躺在那里等着铃儿响。"

凯西笑了。"人就是这样,习惯成自然。有人就习惯了电锯声,不听还不习惯了。"

黄昏,尘土飞扬,午后的光在陆地上呈现出金黄色。玉米秸秆看起来也是金黄色的。一大群燕子从头顶飞过,它们向着某个有水的地方飞去。汤姆外套里的乌龟又开始了一场新的逃跑运动。汤姆把他的帽舌又折了折。帽舌越来越弯,现在看起来像乌鸦突出的喙。"我要走了,"他说,"我讨厌大太阳,但现在好像好多了。"

凯西也跟着站了起来。他说:"我也好久没有见老汤姆了。无论如何,我都应该去会会他。我在你们那儿传教了很长一段时间,在那儿我从来没有拿过你们一个子儿,只是吃过饭。"

"来吧,"汤姆说,"老爹会很高兴见到你的。他总是说你一说起话来就没完没了不适合做牧师。"他拿起他的外套卷，裹紧外套里的鞋子和乌龟。

凯西捡起他的帆布鞋，光脚塞进鞋里。"我没有你那么自信，"他说，"我总是害怕灰尘下面有铁丝或玻璃。我最讨厌被扎破脚了。"

他们在树荫边犹豫了一下，然后一头扎入黄色的阳光中，像两个游泳的人，匆匆地划向岸。快速地走了一会儿后，他们放慢了脚步，以一种缓慢的若有所思的步伐前进。玉米秆现在把它灰色的影子抛向一边，空气中弥漫着一般热气腾腾的尘埃的味道。玉米地慢慢没有了，取而代之的是一片片深绿色的棉花地，棉花深绿色的叶子从尘埃中长出来，快要结棉铃了。棉花地长得有些不规则，在水位低的地方很厚，在高处却很稀疏。作物们迎着太阳生长。远处，一片黄褐色一直绵延到地平线，一望无际。尘土飞扬的道路在他们面前伸展开来，上下起伏。西边有一长排柳树，一直延伸到西北方向，那边有一片荒地，荒地上有一些稀稀疏疏的灌木丛。但是空气中弥漫着尘埃的气味，空气干燥，人们鼻子里的黏液变成了硬皮，眼睛为了防止眼球太干也开始流泪。

凯西说："看看这些玉米原本有多好，沙尘暴一起来，把它们都给毁了。"

"年复一年，"汤姆说，"印象当中每年都这样，每次我们都认为今年会有一个好收成，但是好像永远也等不到。奶奶说尽管地里有野草，但这地头五年的收成是好的。"他们脚下的这条路从一座小山上下来，接着又爬上了另一座连绵起伏的山坡。

凯西说："老汤姆的房子距离这里不到一英里。是在第三个小山头那儿吗？"

"是的，"汤姆说，"除非有人偷走了它，就像当年这房子也是老爹偷的一样。"

"你们家的房子是你老爹偷的?"

"是的,老爹从东边离这儿一英里半的地方拖过来的。原先那有一户人家生活在那里,后来他们搬走了。我爷爷、老爹和哥哥诺亚本来想把那整个房子都搬走,但是没有搬成。他们只搬走了一部分。这就是我们家房子的一头看起来那么滑稽的原因。他们把房子分割成两半,然后用十二匹马和两匹骡子把其中的一半给拖了过来。后来他们又回去偷另一半,想把两块儿粘在一起,但在他们到那里之前,温克·万利和他的孩子们已经偷走了另一半。老爹和爷爷非常懊恼,但是没过多久他们和温克一起喝酒后说起这事儿笑得前仰后合。温克说他的房子已经落地生根了,如果我们把我们家的那另外一半给他们拿过去拼上,那应该是一个很棒的房子。每次温克喝醉的时候,他就会变成一个爽快的家伙。在那之后,温克与老爹和爷爷就成了好朋友。他们一有机会就一起喝酒,喝得大醉。"

"老汤姆是个很不错的人,"凯西说。他们踩着灰尘一路往下坡走,然后放慢脚步准备上坡。凯西用袖子擦了擦额头上的汗,然后把他的平顶帽子又戴上。"是的,"他重复道,"老汤姆是个很不错的人。对于一个不信上帝的人来说,他是一个很不错的人。我记得有一次传道时,圣灵差点进入他的内心了,我看到他跳起来十到十二英尺高。我告诉你,当老汤姆感受到圣灵时,你必须赶快闪一边,以免被他跳起来踩到。他一兴奋起来简直就是一匹被关在马厩里的野马。"

他们说着爬上了第二个小坡,一直往下是一条弯弯曲曲的老山沟,老山沟的水看上去脏兮兮的,两边的岸上有山洪留下的痕迹。沟里有一些石头可以踩着过去。汤姆光着脚迈着碎步走过去。"说到我老爹,"他说,"你可能没见过我约翰伯伯在波尔克牧师那儿受洗礼时的样子。天哪,他又跳又叫的。他跳过一片像钢琴那么大的灌木丛。他跳过去,又跳回来,活像月圆时的狼人一样。我老爹看到他跳那么高很不服气,因为我老爹一直自认为他才是他们那一带最能跳的人。噢,天哪,老爹于是选了一块是约翰伯伯跳的那块灌木丛两倍大的灌木丛跳了过去,他发出一声尖叫,那叫声就好像一头猪在碎瓶子堆里乱窜时发出的叫声一样,结果他摔断了右腿。这下老爹心中的圣灵完全没有了。牧师想要为他祈祷,但老爹说,不,我的上帝,我现在只想赶快找个大夫。可是,没有找着大夫,找到了一个旅行到这儿的牙医,老爹只好让牙医给看了。不过牧师最后还是为他做祷告了。"

他们在水沟的另一边爬上一个小坡。现在太阳快要落山了,已经没有那么炙烤的感觉了,但是空气还是很热。路边还是有那道缠着铁丝的柳树桩围栏。在右手边,一排铁丝网篱笆穿过棉花地,两边都是布满灰尘的绿色棉花地。

汤姆指着那排铁丝网篱笆。"那就是我们家的篱笆。我们其实并不需要那排篱笆,但反正我们家有富余的铁丝,老爹还挺喜欢那道篱笆的。说这道篱笆意味着四十英亩地就是四十英亩地,有了这道篱笆心里很踏实。其实如果没有约翰伯伯可能就没有那道篱笆了。有一天晚上,他开着马车带着六大卷铁丝来到我们家,他想用这些铁丝换我们家一头小猪。我们并不知道他从哪儿弄来的那些铁丝。"他们慢慢地爬上山坡,在厚厚的尘土中迈动着他们的双脚,用双脚感受着这片土地。汤姆的脑海中浮现出往日的许多记忆。他不由得笑了起来。"约翰伯伯简直是一个疯子,"他说,"看他吃那头小猪就知道了。"他咯咯地笑着,继续往前走。

凯西等着汤姆继续说,但是汤姆没往下讲了。凯西等了半天有点不耐烦了。"喂,他是怎么吃那头小猪的?"最后,他忍不住问道,话里带着一丝恼怒。

"啊？噢！是这样，他就地杀了那头小猪，然后让老妈点燃炉子。他把猪排放在平底锅里煎，把猪肋骨和腿放到烤箱里烤。等着烤猪肋骨的时候他先吃排骨，然后吃着猪肋骨等着烤猪腿肉。然后他切开猪腿。他把猪腿肉切成一大块儿一大块儿的，塞进他的嘴里。我们这些小孩子围着他流口水，于是他就给了我们一些，但是他不给我老爹。他就这么一直吃吃吃，都吃吐了，然后他就睡觉去了。当他睡着后，老爹和我们这些小孩就把猪腿肉吃光了。嗯，当约翰伯伯第二天早晨醒来时，他在烤箱里又烤了另外一条腿。老爹说，'约翰，你一次就要吃掉那头该死的猪吗？'约翰伯伯说，'我是打算这么干，汤姆，我太喜欢吃猪肉了，但是我怕我还没吃完猪肉就坏了。要不，你把铁丝还给我几卷，我把剩下的猪肉给你？'老爹可不是傻瓜。他让约翰伯伯继续吃，一直吃到恶心，当他吃不动驾着马车临走时，猪肉还剩下一半儿。老爹说，'你为什么不把猪肉腌了做腌肉呢？'但这不是约翰伯伯的风格；当他想要吃猪肉的时候，他就要吃一整头猪，等他吃够了，他就不想再看见猪肉了。所以他走了，老爹把剩下的猪肉给腌了。"

凯西说："如果我还在做牧师传道的话，我一定会把这个故事讲给大家听，让大家从中得到一些启示，但是我已经不是牧师了。你知道他为什么要那么做吗？"

"我不知道，"汤姆说，"他只是想吃猪肉吧。提起猪肉，我也想吃了。四年来我就吃了四片烤猪肉——每年圣诞节吃一片。"

凯西小心翼翼地建议道："也许待会儿你一回家，老汤姆就会想到《圣经》中的浪子回头的故事，宰头牛来迎接你。"

汤姆笑了起来，带着一丝轻蔑。"你不了解老爹。如果他杀一只鸡，那么发出一声声尖叫的很可能会是他，而不是那只鸡。他从来都不会去思考。他总是会留着一头猪到圣诞节吃，可结果却是，到了九月份，那头猪不知道得了什么病全身浮肿，也不能吃了。但约翰伯伯是想吃猪肉时他就吃。所以他最后肯定能吃到。"

  他们翻过蜿蜒的山顶，终于看见了在不远处的山底下汤姆的家。汤姆忽然停了下来。"有点不对劲儿，"他说，"你看我们家的房子，有什么事情发生了，没有一个人。"他们两人愣在那里，盯着那一小块建筑物。

## 第五章

　　土地的所有者们来到这片土地上,或者更常见的是地主们的代表来到这里。他们开着轿车来,他们用手指感觉干燥的土地,有时候他们将大地钻推入地下进行土壤测试。当轿车沿着田地开过去时,村里的佃农们在自家晒太阳的院子里不安地看着。最后,车主们开车进入了院子,坐在车里,摇下车窗和车外的人说话。佃农们在轿车旁边站了一会儿,然后退到一边蹲着,用小木棍在尘土地上画着。
　　在敞开的大门里,女人们站在门边上张望,后面是他们的孩子们——那些孩子多半长着癞痢头,大大的眼睛,打着赤脚,一只脚在另一只脚上挠着。女人们和孩子们看着他们的男人与地主代表谈话。他们不说话。
　　有些地主比较善良,因为他们很讨厌他们不得不做的事,其中一些人很生气,因为他们讨厌自己这么残忍,但有一些地主比较冷漠,他们知道要做大事必须残忍。他们所有的人都被一股更大的力量控制着。那股力量是一串数字,他们中的一些人讨厌数字,一些人害怕数字,还有一些人则崇拜数字,因为数字能给他们提供思想的避难所。如果是一家银行或一家金融公司拥有这块土地,那么地主们就会说,是银行——或者公司——需要——想要——坚持要——必须要——这么做,好像银行或公司是一个怪物,而他们这么做是被这个怪物所逼。这些人把责任都推给银行或者公司,银行是冷冰冰的机器、是真正的主人,而他们只是奉命行事。不过也有一些人乐意为这些冷酷无比的机器效命,成为它们的奴隶。车主们坐在车里解释道,你也知道这片土地很贫瘠。天知道你们已经花了多长的时间等它长出点什么,别等了,长不出来了。

蹲在地上的佃农们点点头,一脸疑惑,他们用小木棍在尘土里写着数字,是的,他们也知道,这片土地很贫瘠。只是如果没有沙尘暴。如果土地的表层没有被破坏,情况可能不会那么糟糕。

车上的人继续引导他们:你们知道这片土地越来越贫瘠了。你们也知道棉花对土地有什么影响;它们会抢走土地的营养,榨干这片土地。

蹲着的人点点头——他们知道,是这样的。但是只要他们交换、更替种植不同的农作物,也许土地的养分又会恢复。

但是,已经来不及了!车上的人解释了那个比他们更强大的怪物的工作原理和思想。如果一个人可以吃上饭正常缴税,他就可以拥有这片土地,可以这样。

是的,他可以这样做,直到有一天他的庄稼歉收,他不得不向银行借款。

但是——你看,银行或公司可不会同意,因为那些怪物不呼吸空气,不吃咸肉,它们呼吸利润;它们吃的是利息。如果它们没有利润没有利息,它们就会像你没有空气没有吃的一样死去。这是一件可悲的事情,但确实如此。事实就是这样。

蹲着的男人抬起眼睛拼命想去理解车上人说的话。就不能宽限一下吗?也许明年会是一个好年头。天知道明年棉花能卖多少钱。现在到处在打仗——天知道棉花会涨到什么价钱?他们不是用棉花做炸药,还有军服吗?只要打仗,棉花还怕不涨吗?也许明年吧,明年一定会涨上去。他们疑惑地看着车上的人。

但是我们不能做无谓的指望。银行——那个怪物必须一直吃利润。它等不了,它会死的。不行,还要继续缴税。那个怪物一旦停止生长,它就会死亡。它不能保持一个尺寸停止生长。

车上的人用柔软的手指敲打着车窗边,而佃农坚硬的手指则紧紧抓住小木棍,不安地在地上画着。火辣辣的阳光照耀着佃农家的房子,站在房子门口的女人叹了口气,把压在下边的那只脚换上来,脚指头扭动着。狗在车旁边嗅来嗅去,一个接一个地把四个轮胎都尿湿了。小鸡躺在阳光下的灰尘中,将羽毛抖松,把身上的灰尘抖掉。猪在猪圈里咕噜咕噜地喝着槽里的泥水。

蹲着的男人又低下头。你想要我们怎么做?我们不能再减少我们的分成了——我们现在已经是吃不饱了。孩子们总是饿着肚子。我们没有新衣服穿,穿得破破烂烂的。如果不是所有的乡邻们都这样,我们都不敢出来见人了!

最后,车上的人终于说到了重点。租赁土地的方式已经不行了。现在一人开一台拖拉机就抵得上十二或十四个家庭。我们只需要支付拖拉机司机一人的工资,他就可以干完所有的活儿。我们也是迫不得已。我们也不想这样。但那个怪物出问题了。怪物发生了一些事。

但是你刚才不是说棉花会榨干这片土地吗?

这我们知道。我们会在土地被榨干之前尽快采走棉花。然后我们就会卖了这片地。东边很多人都想在这儿拥有一块地。

佃农惊恐地抬起头来。那我们会怎么样？我们吃什么？

你们必须离开这片土地。你们家的房子也会被铲平。

听到这儿，蹲着的男人气愤地站了起来。我们的祖父占领了这片土地，他不得不杀死印第安人并把他们赶走。我们的父亲在这里出生，他杀死毒蛇铲除野草得以生存，却碰到了收成最不好的一年，他不得不向银行借一点钱。我们在这里出生。门口那些——我们的孩子，也在这里出生。父亲不得不又向银行借钱。这时土地变成银行的了，但我们留下来靠我们自己种的一点庄稼过活。

我们懂，我们都懂，但这不是我们的错，这都怪银行。银行不像人。或者怪那个拥有五万英亩土地的老板，他也不是人。他也是个怪物。

没错，佃农们喊道，但这是我们的土地。我们辛苦劳作开垦出来的土地。我们在这儿生，在这儿死。即使它收成不好，它仍然是我们的。这就是为什么它是我们的——我们在这儿生，在这儿干活，在这儿死。这才叫拥有，而不是那张带有数字的纸。

我们很抱歉。不是我们的事。要怪就怪那个怪物。银行跟人不一样。

是的，银行不是人，但是银行是人开的。

不，你错了——错得很离谱。银行不是人开的。银行是别的东西开的。恰恰是银行里的每个人都讨厌银行做的事情，但是银行就是会那么做。我告诉你，银行凌驾于人之上。它是一个怪物。人开了银行，但是却控制不了它。

佃农们哭了，我们的祖父杀死了印第安人，我们的父亲杀死了这片土地上的毒虫蚁兽。可能到了我们这一辈可以去杀死银行——他们比印第安人和毒蛇更难对付。也许我们应该起来为我们的土地斗争,就像我们的祖辈和父辈们那样。

这时候车上的男人生气了。你们必须走。

但这片土地是我们的,佃农们哭了。我们才是——

不不不,这片土地不是你们的,是银行的,是银行那个怪物拥有它。你们必须走。

我们会拿起枪,就像当初我们的祖父赶走印第安人时那样赶走你们。那会怎么样?

呃——那首先是治安官会过来,然后是军队。如果你试图留下来我们就控告你偷东西,如果你朝我们的人开枪我们就控告你杀人。怪物不是人,但它能让人做它想做的事。

但是如果我们走,我们能去哪里呢?我们怎么去?我们没有钱。

我很抱歉。车上的人说。这个的话,银行和五万英亩的地主可都不会管。你们在不属于你们的土地上。你们离开后,说不定可以在秋季帮别人采摘棉花。或者你们可以领取救济过活。你们为什么不去西部去加利福尼亚州碰碰运气呢?那里有的是工作可做,而且那里永远不会变冷。在加州,遍地都是橘子,你还可以想去哪儿就去哪儿摘橘子吃。在加州,到处都是工作机会。你们为什么不去加州呢?说到这儿,车上的人开着他的轿车一溜烟地走了。

佃农又蹲下来,用小木棍在地上画着,琢磨着,疑惑着。他们的脸被太阳晒得黝黑,他们的眼睛由于长期被暴晒颜色变得很淡。女人们小心翼翼地走出门槛走向她们的男人,孩子们小心翼翼地跟在女人们身后,随时准备转身就跑。大男孩们蹲在他们的父亲身边,因为这使他们看上去更像一个男人。过了一会儿,女人问,他们什么意思?

男人抬头看了她一眼,眼睛里闪烁着痛苦。我们得走。拖拉机要来了,管理员要来了,工厂要来了。

那我们去哪儿呢?女人问道。

不知道。我也不知道。

女人们赶紧推着孩子们走回屋子里。她们知道一个如此受伤和如此困惑的男人可能会变得愤怒,会冲他即使很爱的人发火。她们留下男人在尘埃中独自思考。

考虑了一段时间后,佃农开始四处张望——看看用了十几年的带有鹅颈柄的水泵,看看有铁花的花洒,那边是一块在上面杀了有一千只鸡的砧板,手边上是静静躺在棚里的犁头,还有挂在橡子上的吊床。

孩子们挤在房子里的女人身边。我们该怎么办,老妈?我们要去哪?

女人说,我们还不知道。出去玩吧,但离你老爹远点。如果你靠近他,他可能会揍你。女人继续忙着她手头的活儿,但她一直关注着蹲在尘土中的男人——男人蹲在那儿琢磨着,一脸困惑。

拖拉机从道路上开过来开进了田地,这个庞然大物像一只昆虫一样移动,一只拥有令人难以置信力量的昆虫。它们爬过地面,履带不停地转动,它们在土地上留下长长的轨迹。那是一台柴油拖拉机,当它不往前走的时候它会轰隆作响,当它往前走的时候声音更是雷霆作响,当它停下来的时候机器还嗡嗡作响。这种扁鼻子怪物,扬起阵阵灰尘,并将它们的鼻子插到土里,铲平乡村,铲平围栏,铲平院子,它们在沟渠里直来直往。它们无视各种地形,它们走在自己的路径上。它们无视山丘、峡谷、水道、栅栏和房屋,一直往前。

坐在驾驶座上的男人看起来不像一个人;他戴着手套、护目镜、橡皮防尘面罩,把鼻子和嘴巴都罩上了,他是怪物的一部分,是驾驶座上的机器人。拖拉机的轰鸣声响彻各地,与空气和土地成为一体,土地和空气随着拖拉机的轰鸣声发出同情的振动声。司机好像根本无法控制拖拉机——它在各地长驱直入,横冲直撞,铲平十几个农场。事实上司机是可以控制它的,他转动一下方向盘就可以使拖拉机转弯,但司机的手不会这么做,因为制造拖拉机的怪物,将拖拉机送出的怪物,不知何故进入了司机的手中,进入了他的大脑和肌肉,已经捂住了他的眼睛,盖住了他的口鼻,蒙蔽了他的大脑,让他没法儿抗议。他看不到这片土地的样貌,闻不到这片土地的气息;他的双脚没有踏在这片土地上,无法感受这片土地的温暖和力量。他坐在铁制座位上,他踩在铁制踏板上。对这种权力的延伸他没法儿欢呼、殴打或诅咒或鼓励,正因为这样,他也没法儿为自己欢呼、鞭打、诅咒或鼓励。他对这片土地不了解、不拥有、不信任,也无所求。这片土地对他来说毫无意义,如果有一颗掉落的种子没有发芽,他不会在乎。如果一株幼小的植物在干旱中枯萎或者在大雨中淹死,他也不会关心。这种事情对他和对一台拖拉机来说没什么两样,他们都不会在乎,这种事情与他们无关。

  他们和银行一样并不热爱这片土地。他可以欣赏拖拉机——它的具有机器感的面板,它涌动的动力,它引爆汽缸的轰鸣声;但这不是他的拖拉机。在拖拉机后面转动着一些闪闪发亮的圆盘,那些圆盘正在用它们锋利的刀片切割土地——这不是在犁地而是在给土地做手术,它们将切割的泥土向右推,然后第二排圆盘又切割泥土并将其推向左边;那些切割着的刀片闪闪发光,用切割泥土来给自己抛光。那些圆盘后面拖着带铁齿的耙子,经过这些耙子的梳理,小土块就会被弄碎,地面会更平整。在那些耙子后面,是一个长长的播种机——播种机由十二个弯曲的铁管组成,由齿轮推动,它有条不紊地播下种子，没有任何激情。司机坐在他的铁座上，他为这种并非出自他意志的直线作业感到骄傲，为他不拥有也不热爱的拖拉机感到骄傲，为这种他自己无法控制的力量感到骄傲。当作物长大并丰收时，再也没有人用手指砸碎一块块炙热的土块，让泥土穿过他的指尖了。再也没有人碰过种子，或者贪恋这片土地的成长了。人们吃着不是他们种的东西，吃着与他们没有联系的面包。土地在铁具下千疮百孔，土地在铁具下逐渐死亡；因为它没有被爱没有被恨，没有被祈祷也没有被诅咒。

中午，拖拉机司机有时就停靠在佃农家房子附近，打开他的午餐：用蜡纸包裹着的三明治，白面包、泡菜、奶酪、午餐肉，一块像是某个发动机零件品牌出的馅饼。他吃得津津有味。还没有搬走的佃农们好奇地跑出来看他，看着他摘下护目镜，还有他的橡皮防尘面罩，眼睛周围留下了白色的圆圈，鼻子和嘴巴周围也是一个大的白色圆圈。拖拉机并没有熄火，因为柴油很便宜，一直开着发动机比加热柴油机让它重新启动更划算。好奇的孩子们挤在拖拉机司机的周围，衣衫褴褛的孩子们边吃着手里的油炸面团边看着他。他们饥肠辘辘地看着司机打开他的三明治，他们闻到了泡菜、奶酪和午餐肉的香味。他们不和司机说话。他们看着司机的手把食物送到他的嘴里。他们不看着他嚼三明治；他们的眼睛盯着司机拿着三明治的手。过了一会儿，那些无法离开这片土地的佃农走了出来，蹲在拖拉机旁边的树荫下。

"不会吧，你是乔·戴维斯的儿子！"

"没错。"司机回答。

"嗯，你为什么干这种事？——与自己人对着干？"

"干这个一天能赚三块钱。我已经厌倦了为我的晚饭整天奔波——却经常没有着落。我要养活老婆和孩子。我们得吃饭。干这个每天有三块钱,每天都有。"

"没错,"佃农说,"对于你来说每天可以赚三块钱,但是对十五或二十个家庭来说是根本吃不上饭。因为你每天的三块钱,每天却有上百个人要被迫背井离乡。这样好吗?"

司机说:"管不了那么多了。顾着我自己的孩子就不错了。干这个每天可以赚三块钱,每天都有。时代在变,先生,你不知道吗?除非你有两千、五千或者是一万英亩的土地和一台拖拉机,否则你无法靠土地谋生。种庄稼已经不再适合像我们这样的小人物了。如果你不是汽车大亨或者是电话公司老板,你就不要想种地这事儿了。嗯,种庄稼就像现在这样。你什么都不用做,拖拉机做。你也赶紧去找个地方每天赚三块钱吧。也只有这么办了。"

佃农思索着。"想想这是多么滑稽的事情。如果一个人拥有一小块地,那块地就是他的,是他的一部分,就像他自己一样。如果他只拥有这块地,那么他就可以在这片土地上行走并任意处理它,当它收成不好的时候他会感到悲伤,当雨水落在它上面时他会感觉很好,那块土地就是他,他就是那块土地,因为他拥有土地,某种情况下他变强大了。即使土地没有收成,他因为拥有这块地他也会是强大的。情况就是这样。"

佃农开始想得更多。"但是,让一个人拥有土地但是他都没有看到这片土地,不能花时间让他的手指插进土地里干活,不在土地上行走——那土地和人就不是一体的了,那人就会成为土地的奴隶。他不能做他想做的事,他想不到他想要什么。土地就变得比他强大了。他就变小了,不再强大。只有他的财产很强大——而他是他财产的仆人。对,情况就是这样。"

司机大口大口地吃着馅饼,把外包装扔掉了。"时代变了,你不知道吗?思考这样的事不能养活孩子。每天去赚三块钱,养活你的孩子。你不用担心别人的孩子,先养活你自家的孩子。像这样说话你的名声会很好,但是你得不到一天三块钱。如果你担心除了每天三块钱之外的任何事情,那么那些大人物就不会每天给你三块钱。"

"上百个人因为你的三块钱流离失所。我们能去哪?"

"这倒提醒了我,"司机说,"你们最好快点走。我晚饭后就要铲平你们的院子了。"

"你今天早上把井给填平了。"

"我知道,我得保持直线开拖拉机。我晚饭后就得铲平院子了。这样保持直线前进。而且——嗯,因为你认识我家老头乔·戴维斯,所以我告诉你这些。我得到命令,如果有家庭不搬出去——我就制造点意外事故——你知道的,假装把拖拉机开得太靠近房子,让房子陷入被不小心撞坏点儿的情况——我就又可以得到几块钱。我最小的孩子还没有鞋子穿。"

"这房子是我亲手建的,我把一个个旧钉子掰直了又敲进去。我用捆绳与桁条把椽子连起来。这是我的,我造的。你要是把它撞倒——我就用来复枪毙了你!你要是敢把拖拉机开得太靠近,我就会像打兔子一样一枪崩了你。"

"杀了我没用,我无能为力。如果我不这样做,我就会失去这份工作。你看啊——如果你杀了我,他们会把你绞死,但在你被绞死之前,拖拉机上会坐着另外一个人,他还是会把房子撞倒。你没杀对人。"

"没错,"佃农说,"那你告诉我是谁给你下的命令?我去找他。他才是我该杀的人。"

"你错了!给我下命令的人是从银行得到的命令。银行告诉他,'把那些人赶走,否则你的工作就没了。'"

"好吧,有银行行长,有董事会。那我把来复枪的弹匣装满,然后去银行。"

司机说:"有人告诉我是东部给银行下的命令。命令是这样写的,'让土地有盈利,否则我们就让你关门大吉。'"

"那下命令的人究竟在哪里?我们能毙了谁?我可不想在杀死那个让我挨饿的人之前饿死。"

"我不知道。也许并没有人,也许这事情根本不是人干的,也许就像你说的那样,是财产干的。无论如何,我告诉了你我收到的命令。"

"我得想想,"佃农说,"我们都得想想办法。应该有办法阻止这一切。这不像闪电或者地震。这一切都是人为的,噢上帝,人为的事是我们可以改变的事。"佃农坐在门口,司机轰鸣着发动了拖拉机的引擎又开始工作了,拖拉机不断地下降、弯曲,留下轨迹,耙子不断地梳理着土地,种子从播种机的管道滑进了地里。拖拉机大刀阔斧地穿过院子,在这片坚硬的土地上切割、播种,再次切割;还没有切割的空间应该只有十英尺宽了。然后拖拉机又回来了。钢铁钻进了房子的角落,弄碎了墙壁,把这个小小的房子从地基上拧下来,使它倒在一边,像一只虫子一样被碾碎了。司机戴上护目镜,用橡皮防尘面罩盖住他的鼻子和嘴巴。他开着拖拉机切开了一条直线,空气和地面随着拖拉机发出的轰隆声一起在振动。佃农一直在盯着,手里拿着他的来复枪。他的妻子在他身边,后边还有他安静站着的孩子们。所有人都盯着那台拖拉机。

# 第六章

牧师凯西和小汤姆·乔德站在山上，俯视着乔德家。这个没有刷漆的小房子被砸碎了一个角，房子被推离了它的地基，使它以一个角度倾斜着，它的前窗指向远离地平线的天空。篱笆到这儿已经消失了，在院子里生长着棉花，棉花都长到房子边上了，在棚屋谷仓附近也生长着棉花。外屋倒在了一边，在它的附近也生长着棉花。曾经是孩子们光着脚跑来跑去、马蹄踩踏、宽阔的马车车轮碾压过的院子现在全被开垦种植上了深绿色的棉花。汤姆盯着已经干了的马槽旁枯败的柳树看了很长一段时间，那里以前是抽水机所在的混凝土基地。"天哪！"他最后说，"这里现在简直就是地狱。已经没有人在这里生活了。"最后，他迅速地跑下山，凯西在后面跟着他。他跑下来，看向谷仓，谷仓里空无一人，地上还有一根稻草，他看看角落里的骡子间。当他正往里看时，地板上有一个东西掠过，一群老鼠在稻草下一闪而过。汤姆在工具棚的入口处停了下来，那里面已经没有任何工具了——只有一个坏掉的犁头，角落里有一堆干草线，一个干草机上

## 第六章

的铁轮和一个被老鼠咬破的骡子项圈，一个满是土和油的扁平的油罐子，还有两件挂在钉子上的破破烂烂的连体工作服。"什么也没有留下，"汤姆说，"这里以前有上好的农具。现在什么也没有了。"

凯西说："如果我还是牧师，我会说这一定是上帝发怒了，让灾难降临到这里。可现在我只能说我不知道在这里发生了什么。我走了，没有听到任何消息。"他们朝着混凝土井盖的地方走，走过棉花地来到井盖边，棉花上长满了棉铃，这片地被开垦了。

"我们从来不在这儿种庄稼，"汤姆说，"我们以前总是把这片地方弄得很干净。为什么？你不能让马踩着棉花进来啊。"他们在已经干了的水槽中停了下来，本该在槽下生长的一些杂草消失了，水槽厚厚的破旧的木头已经干燥得裂开了。在井盖上，固定泵的螺栓卡住了，螺纹生锈了，螺母也不见了。汤姆看向井里的管道，听了听，然后他扔了一个土块到井里，又听了听声音。"这是一口好井，"他说，"已经听不见水的声音了。"他好像很不情愿走进房子。他一块接一块地往井里扔土块。"也许他们都死了，"他说，"但是应该有人会告诉我。但是我没有得到任何消息。"

"也许他们在房子里留下了一封信或其他什么东西。他们知道你出来了吗？"

"我不知道，"汤姆说，"我想他们应该还不知道。直到一个星期前我才知道我获假释了。"

"我们到房子里看看。房子都被挤瘪了。有什么东西砸了下来把它撞坏了。"他们慢慢走向倒塌的房子。门廊屋顶的两个支撑的柱子被推出来了，使得屋顶在一端倒塌了下来。房子的角落被压碎了。通过一个由木头碎片组成的迷宫，拐角处的房间清晰可见。前门向里敞开着，穿过前门，又有一扇低矮但坚固的门，这扇门朝外开着，上面挂着皮革铰链。

汤姆停在台阶上,这是一根十二平方米的木头。"门阶在这儿,"他说,"但他们人已经走了——或许老妈已经死了。"他指了指前门对面的那扇矮门。"如果老妈还在,那扇门应该就会被上闩关上。这是她一直做的一件事——看看那扇门是不是关上了。"汤姆的眼睛里满是温暖。"自从有头猪跑到雅各布斯家吃了他们家的一个婴儿以后。那一次米莉·雅各布斯正好从她家谷仓里出来,她进房间的时候猪还在吃她的孩子。嗯,米莉·雅各布斯很爱孩子,那次以后她就疯了,再也没有恢复正常,从此以泪洗面。但是老妈从中吸取了教训。从那以后,她从不让那扇猪圈门开着,除非她自己在屋子里——从来不会忘记。不——他们走了——要不就是死了。"他爬到裂开了的门廊上,朝厨房望去。厨房的窗户被打破了,地板上有扔着的石头,地板和墙壁直直地从门上垂下来,厚厚的灰尘落在了门板上。汤姆指着碎玻璃和石头。"孩子们干的,"他说,"他们会跑二十英里来破坏一扇窗户。我自己就干过这种事。他们知道哪家是空的,他们知道。这是有人搬走后孩子们总喜欢干的事情。"厨房里什么也没有,家具没有了,炉子不见了,墙上的圆形烟囱洞透着光亮。在水槽架子上放着一个旧的啤酒开瓶器和一个烂叉子,叉子的木柄已经不见了。汤姆小心翼翼地走进了房间,地板在他的体重下摇晃着。一本旧影印版的《费城纪事》掉落在墙边的地板上,它的页面发黄了,卷曲着。汤姆看了看卧室里边——没有床,没有椅子,什么都没有。墙上挂着一张印第安女孩的彩色图片,上面写着"红翼"。一张床板靠在墙上,在一个角落里,放着一只女士的高筒纽扣鞋,鞋的脚趾那儿卷起来了,脚背上也已经折断了。汤姆拿起它看了看。"我记得这个,"他说,"这是老妈的,现在都坏了。老妈很喜欢这双鞋子,穿了好些年。不,他们是离开了——带走了所有的东西。"

太阳落山了,阳光从角边上的窗户照过来,在碎玻璃的边缘闪烁着余晖。汤姆终于转过身去,走出去,穿过门廊。他坐在门廊边上,把光脚搁在那个十二平方米宽的门阶上。傍晚的霞光照在田野上,棉花在地上投下了长长的影子,蜕皮的柳树也投下了长长的影子。

凯西在汤姆旁边坐下。"他们从来没有给你写过信吗?"他问。

"没有。就像我之前说的,他们不是习惯写信的人。老爹会写字,但他从来不写信,不喜欢写,写作使他发抖。他可以像别人一样写一份很好看的目录订单,但他打死也不会写信。"他们并排坐着,凝视着远方。汤姆把他的卷着的外套放在他旁边的门廊上。他用两只手卷起一根烟,抚平并点燃烟,然后他深吸了一口气,从鼻子里吹出一团烟雾。"有点不对劲,"他说,"我有点搞不明白,我有种不祥的预感。房子被推倒了,我的家人都不见了。"

凯西说:"就在那边,沟渠就在那里,我以前在那里做洗礼。你这个人不刻薄,但比较横。小时候你像斗牛犬一样一直扯那个小女孩的辫子。我们以圣灵的名义为你们两人施洗,但你还是一直扯着那个小女孩的辫子。老汤姆说,'把他按在水下。'所以我就把你的头向下按,直到你开始冒泡,然后才放开那条小辫子。你这人不坏,就是比较横。有时候,一个小时候横的孩子长大了反而容易感到圣灵。"

一只瘦瘦的灰猫从谷仓里溜出来,爬过棉花地,来到门廊的尽头。它一声不响地跳上门廊,猫着身子向两个男人爬去。它来到了两个男人之间靠后的一个地方,然后坐了下来,把尾巴平直地伸在地板上,尾巴最后摆了摆。那只猫坐在那儿,向男人们看向的远处望去。

汤姆瞥了它一眼。"噢,上帝。看看那是什么?我们还有伴儿。"他伸出手,但是猫跳开了,跳到汤姆够不着的地方,坐下来舔了舔它的爪垫。汤姆看了看猫,脸上露出困惑的神色。"我知道这是怎么回事了,"他哭了,"那个猫让我想通了。"

凯西说:"在我看来,事情好像很严重。"

"不光是我们家。那只猫为什么会跑到这里来呢?它为什么不去别人家——比如说兰斯家?这里都三四个月没有人了,也没有人来偷房子偷木材。谷仓上有上好的木板,房子上也有很多上好的木板、窗户框,没有人来偷。这不对劲。这就是困扰我的原因,我搞不懂。"

"好吧,那你是怎么想的?"凯西伸手脱下他的运动鞋,在门阶上扭动着他长长的脚趾。

不知道,我也不明白,看起来邻居们都走了。如果有的话,这些上好的木板还会在这里吗?天哪!为什么?有一次,邻居艾伯特·兰斯在圣诞节带着他的家人和狗去了俄克拉荷马城。他们要去看望艾伯特的表弟。嗯,这里的人都以为艾伯特一家什么都不说就离开了——都在猜测也许是因为他欠了债,或者是被某个女人找上了门。当艾伯特一周后回来时,他家里什么都没有了——炉子不见了,床也不见了,窗框也不见了,房子南面八英尺厚的木板也不见了,从房子的一边可以直接看过去看到他。他开着车回家时,正好碰到穆利·格雷夫斯从他家开着的门往外搬钻井泵准备走。艾伯特花了两个星期才把他家的东西从邻居们那儿拿回来。

凯西优哉游哉地挠着他的脚指头。"没有人跟他吵吗?他所有的东西都要回去了?"

"当然了。他们并不是要偷他的。他们以为他搬走了,就把他家的东西拿走了。他把所有的东西都要回来了——除了一个沙发靠垫,天鹅绒材质的上面画着一个印第安水罐。艾伯特说是我爷爷拿走的。他说因为我爷爷有印第安血统,所以他想要那个天鹅绒垫子。好吧,确实是我爷爷拿的,但他并不是因为喜欢那个印第安水罐的图案,他只是喜欢那个靠垫。他总是随身带着那个靠垫,到哪儿坐都靠着它。他是永远不会把它还给艾伯特的。他说,如果艾伯特那么想要这个靠垫,那就让他自己来拿吧。但是他最好带枪来,因为只要他靠近我的靠垫,我就把他那该死的臭脑袋打爆。所以最后艾伯特放弃了,他说,就算我送给你爷爷的一个礼物吧。不过,这件事给了我爷爷一个灵感。他开始收集鸡毛。说等他收集得够多,他就会有一床羽绒被了。但是他没有得到他的羽绒被。有一次,老爹发现家里房子下面有黄鼠狼,他气坏了,抓起一根木棒就是一阵猛打,老妈烧掉了爷爷所有的鸡毛,这样房子里才能住人。"汤姆大笑,"我爷爷是个思想顽固的浑蛋。他靠在那个印第安水罐图案的靠垫上说道,'艾伯特想要靠垫就让他来,看我不把他大卸八块。'"

猫又悄悄地爬到两个男人之间,它的尾巴平放着,胡须不时地抽搐着。太阳落到了地平线上,尘土飞扬的空气是红色和金色的。猫伸出它一只灰色的爪子,摸了摸汤姆的外套。汤姆看了看。"天啊,我把那只乌龟给忘了。我可不打算把它包到没气儿。"他解开了外套把乌龟推到了房子下面。但是一会儿乌龟就爬出来了,它朝着汤姆一开始抓它的西南方向前进。那只猫跳向乌龟,撞到了它紧张的头部,并在它移动的脚上抓了一下。那个古老、坚硬、幽默的脑袋立马又缩进去了,厚厚的尾巴啪地一声缩进了龟壳下边,当猫等烦了走开后,乌龟便伸出头来再次朝着西南方向前进。

汤姆和牧师看着乌龟走了——摆动着它的腿,向西南方向前进,背上顶着它沉重的高圆顶龟壳。猫在它后面悄悄地跟了一会儿,但是在离乌龟十几码的地方,它向后弯成一个大的弓形并打了个哈欠,然后悄悄地回到了坐着的两个男人身边。

"你说这乌龟到底要去哪?"汤姆说,"我这辈子见过好多乌龟,它们似乎总是朝着某个方向前进。"那只猫又坐回到他们之间靠后的地方。它慢慢地眨了眨眼睛。它的肩膀猛地动弹了一下,上面有一个跳蚤,然后肩膀又慢慢地滑落下去。猫举起一只爪子,检查了一下是不是有跳蚤,它试探性地伸出爪子又缩回去,然后用粉红色的舌头舔着它的爪垫子。这时候红色的太阳已经触及到地平线,它像水母一样散开,天空的上方似乎比之前更加明亮、更加生动。汤姆从他的外套里展开了他那双新的黄色鞋子,他用手拂去脚上的灰尘,穿上了鞋。

牧师盯着田地说:"有人来了。看!在那里,有人在穿过棉花地。"

汤姆看着凯西手指指向的地方。"快到了,"他说,"看不清脸,因为那些扬起的灰尘。谁会到这里来?"他们看着那个人影在黄昏的光线下走近,他扬起的尘土被落日染红了。"嘿!"汤姆说。那人走近了,当他走过谷仓时,汤姆说:"噢,我认识他。你也认识——那是穆利·格雷夫斯。"他喊道,"嘿,穆利!你过得怎么样?"

走近的人停了下来,被叫声吓了一跳,然后他很快就过来了。他是一个瘦削的人,个子很矮。他的动作又急又快,他手里拿着一个麻袋。他的蓝色牛仔裤在膝盖和臀部的地方都已经被磨得花白,他穿着一件旧的黑色西装外套,外套上面斑斑点点的,袖子从后面的肩膀上被扯开了,在肘部有好些破洞。他的黑帽子和外套一样脏,带子也被扯掉了一半,在他走路的时候上下晃来晃去。穆利的脸倒是很光滑,没有皱纹,但是他一副坏孩子的凶狠的样子,小嘴紧紧地闭着,皱着眉头,小眼睛目露凶光。

"你还记得穆利吧。"汤姆轻声地对牧师说。

"谁在那儿?"往前走的人叫道。汤姆没有回答。穆利走近了,

## 第六章

离他很近,他看清了眼前的脸。"哦,天哪,"他说,"你是汤姆·乔德。你什么时候出来的,小汤姆?"

"两天前,"汤姆说,"花了一点时间搭便车回家。看看我家成什么样了?我的家人呢,穆利?为什么这里的房子都被砸了,院子里都种上了棉花?"

"天哪,还好我恰巧过来了!"穆利说,"因为老汤姆一直在担心你。当他们想要搬家的时候我就站在那里的厨房里。我只是想告诉老汤姆我不想搬走,天哪。我告诉了他,老汤姆说,'我只是担心我的儿子汤姆。想想他回家了我们却不在这里了,他会怎么想?'我说,'你为什么不写封信给他呢?'毛汤姆说,'也许我会写封信,我会考虑一下的。但是,如果我没有这样做,如果你到时还在这里,请你留意一下汤姆。''我会在这儿的,'我说,'我会一直在这儿待到地狱结冰。没有人能把一个叫格雷夫斯的人赶出这个地方。'他们也确实赶不走我。"

汤姆不耐烦地说:"我的家人现在在哪里?你以后再告诉我这些,先告诉我我的家人在哪儿?"

"好吧,当银行来到这个地方时,他们要用拖拉机铲平这片地方。你的爷爷拿着一支来复枪站在这里,他把拖拉机的大灯打烂了,但是拖拉机还是照铲不误。你的爷爷不想杀死那个开拖拉机的家伙,那是威利·菲力,他认识那个家伙,威利也知道你爷爷不会杀他,所以他开着拖拉机撞在房子上,摇晃着房子,就像一只狗叼着一只老鼠摇晃那样。老汤姆当时就有点怪怪的。他好像中邪了。从那以后他就有点不一样了。"

"我的家人现在在哪?"汤姆生气地说。

"我正要说呢。他们用你约翰叔叔的马车运了三趟。把炉子、床、水泵都拿走了。你真应该看看当时他们把床运上马车时的场景,你爷爷奶奶和几个孩子坐在床头,你的哥哥诺亚边抽烟边朝马车外边吐口水。"汤姆张开嘴想打断他。"他们都在你约翰伯伯家里。"穆利迅速说道。

"哦!他们全都在约翰伯伯家。那么,他们在那里做什么?好了穆利,先别扯别的,待会你可以再说这些。你先告诉我,他们在那里做什么?"

"好吧,他们都在采棉花,所有人,甚至你的爷爷和孩子们。他们在凑钱,凑够了他们就可以往西边走。买一辆车,然后开到西边,在那里比较容易讨生活。这里现在什么也没有了。采一英亩地的棉花只得五毛钱,连这种活儿大家都抢破头。"

"他们还没走?"

"没有,"穆利说。"据我所知还没有。最近一次是四天前我看见你哥哥诺亚在外面打野兔,他说他们要在差不多两个星期内离开。约翰也接到政府的通知了,他也必须在限期内搬走。从这里到你约翰伯伯的家大概是八英里。你到了那儿就会发现你的家人像冬天挤在洞里的地鼠一样挤在你约翰伯伯家里。"

"好了,"汤姆说,"现在你可以接着你开始说的继续了。你一点也没变,穆利。如果你想说东,你却道西。"

穆利狠狠地说:"你不也没有变吗?从前总是自以为是,现在还是自以为是。还要你来告诉我应该怎么活吗?"

汤姆咧嘴一笑。"不,我不是要告诉你该怎么活。你自己想要撞南墙,谁也拦不住。你认识这个人吗,他是那个牧师,你认识他吧,穆利,这是凯西牧师。"

"我当然认识。刚没有仔细看。我记得他的。"凯西站了起来,两人握了握手。"很高兴再次见到你,"穆利说,"好久不见你了。"

"我离开了,去探究一些问题,"凯西说,"这里发生了什么?他们为什么要把这里的人们赶出去?"

穆利突然紧紧地抿住嘴,上嘴唇突出的部分盖住了他的下嘴唇。他皱着眉头。"他们是狗娘养的,"他说,"他们是肮脏的狗娘养的。告诉你们,我打死也不走,他们赶不走我的。如果他们赶我走,我就再回来,我要死在这里,不过在我死之前,我要先干掉几个狗娘养的给我陪葬。"他拍了拍他的外衣口袋。"我不走。我老爹五十年前就来到了这里,打死我也不走。"

汤姆说:"到底为什么要把这里的人赶出去?"

"哦!他们说得可好了。你们知道我们有多少年都收成不好了。沙尘暴来了,一切都毁了。收成的庄稼还不够给蚂蚁塞牙缝的。每一个人都欠了银行一屁股债。这个情况你们是知道的。那么,那些土地主说,'我们不能再花钱养这些佃农了。'他们还说,'收成的利润,佃农还要拿走一部分,我们已经付不起了。'他们说,'如果我们把所有的地整合在一起,估计也很难赚钱。'所以他们用拖拉机把所有的佃农都赶出了这片土地。除了我,我对上帝发誓,绝对不走。汤姆,你了解我,你知道我是什么样的人。"

"当然了,"汤姆说,"我从小就认识你了。"

"嗯,你知道我不是个傻瓜。我知道这片土地不太好。除了种种牧草,从来也种不出啥来。这片地已经经不起摧残了。现在他们种满了棉花,这是让这片地往死里走。如果他们不赶我走,我有可能现在正在加利福尼亚州吃着葡萄摘着橘子,只要我想这样,但是他们非要赶我走,那我偏不走了!作为一个男人,我可不能别人说干什么我就干什么!"

"是的,"汤姆说,"我想知道我老爹怎么这么轻易就答应走了。难道我爷爷没有杀死几个人吗?按理说没人能差遣得了我爷爷。我老妈也不是好惹的人。我看到有一次她用活鸡殴打小贩,因为那个小贩竟然敢跟她瞎喊价。她当时一手拿着一只鸡,另一只手拿着一柄斧头,正准备用斧头把鸡脑袋砍下来。她本来是想用斧头去砍那个小贩的,但她忘了哪只手拿的是鸡,哪只手拿的是斧头了。当然,她打完后发现那只鸡也没法儿吃了——她手里只剩下两只鸡腿了。当时爷爷笑得都快散架了。我的家人怎么这么轻易就被赶走了呢?"

"嗯,那个过来的家伙说得好听着呢。'你们必须得走。这不是我的错。''好吧,'我说,'那这是谁的错?告诉我,我去把那个家伙的头拧碎。''是肖尼土地牲畜公司。我只是奉命行事。''那谁是肖尼土地牲畜公司呢?''他不是任何人,它是一家公司。'真是要疯了。你要找人算账却找不到任何人算账。最后大家都累了,懒得找了——除了我,我对这一切都很生气。我要留下来,我不走。"

一大片红色的太阳在地平线上徘徊,然后渐渐消失,留下一片绚烂的晚霞,像一块血淋淋的碎布,挂在上方。黄昏从东方的地平线上掠过天空,黑暗从东方慢慢笼罩大地。夜空中的星星在尘土中闪烁着光芒。那只灰猫偷偷地向敞开的谷仓棚子走去,像一道影子一样从里边经过。

汤姆说:"好吧,我们今晚是不能走八英里路到约翰伯伯那儿去了。我已经累得跟狗一样了。怎么样,穆利,我们去你那儿吧?你家离这儿好像就只有一英里的样子。"

"不太好。"穆利看起来有点尴尬,"我的老婆孩子和她弟弟都去加州了。没有吃的。他们没有我那么疯狂,所以他们去了。这里没有吃的。"

牧师紧张地试探性地说:"你也应该去啊,你不应该和家人分离。"

"我没法儿去,"穆利说,"就是没法儿去,我不会走的。"

"好吧,上帝,我饿得不行了,"汤姆说,"过去的四年里我一直按点吃饭。我的肚子在喊救命了。你要吃什么,穆利?你是怎么搞到你的晚饭的?"

穆利不好意思地说:"有时候我会吃青蛙,或者松鼠,或者有时候会吃土拨鼠。不得不这样做。最近我在溪边的灌木丛里弄了一个铁丝网做的陷阱,用它来逮兔子,或者是小土拨鼠,有时候还可以逮到黄鼠狼或者浣熊。他伸手去拿地上那个麻布袋,把里面的东西倒在门廊上。两只白尾巴兔和一只长耳大野兔掉了出来,兔子死了,看起来软软的,毛茸茸的。"

"天哪,"汤姆说,"我已经四年没吃过新鲜的野味了!"

凯西拿起其中一只白尾巴兔,拿在手里。"你会跟我们分享的,是吗?穆利·格雷夫斯?"他问。

穆利突然间有点坐立不安。"我也不一定非要这样。"他又觉得自己这话听起来好像有点无礼,所以马上又打住了,"我没别的意思,我的意思是——"他吞吞吐吐地说——"我的意思是,如果一个家伙得到一些食物,而又正好知道有人非常饿——那为什么不分他点呢?我的意思是,我也可以拿着兔子躲到别的地方去吃,你们懂我的意思吗?"

"我懂,"凯西说,"我理解。汤姆,穆利看到了一些事。穆利讲到了一个问题,这个问题对他来说太深奥了,对我来说也太深奥了。"

汤姆搓了搓手。"谁有刀?我们马上开工,看看怎么弄这些可怜的啮齿动物。我来对付它们。"

穆利把手伸进裤袋，拿出一把喇叭柄的折叠刀。汤姆从他手里接过刀，打开其中一把刀，闻了闻。他一次又一次地把刀插到土里，又拿起来闻了闻，在他的裤腿上擦了擦，用拇指摸了摸刀刃。

穆利从裤子后边口袋里拿出一瓶水，放在门廊上。"悠着点喝吧，"他说道，"就剩这么多了，这儿的井都被填了。"

汤姆将一只兔子拿在手里。"你们谁去谷仓里找点铁丝来。我们要用房子里的破木板生火。"他看了看那只死兔子。他说："没有什么比收拾兔子更容易的事了。"他揪起兔子背上的皮，把它割开一个洞，把手指放进洞里，把皮撕了下来。兔子皮像袜子一样被脱下来，从身体脱向颈部，从腿上脱向爪子。汤姆又拿起刀，砍下了兔子的头和脚。他放下兔子皮，沿着肋骨切开兔子，把肠子抖到那张皮上，然后把这堆乱七八糟的东西扔到了棉花地里。一块干净、肌肉发达的兔子肉就准备好了。汤姆把兔子腿切掉，把肉切成两半。当凯西手里拿着一捆铁丝回来时，他正拿起第二只兔子。"现在生一堆火，加上一些木桩，"汤姆说，"天哪，我真的好想吃这些肉！"他把剩下的兔子都清理、切割了，然后把它们穿在铁丝上。穆利和凯西从房子角拆了几块木板，开始生火，然后他们在两边的地上一边插了一根木桩，绑上铁丝。

穆利来到汤姆身边，"注意，那只长耳兔别烤焦了，"他说，"我不喜欢吃太熟的长耳兔。"他从口袋里掏出一个小布袋，放在门廊上。

汤姆说："这长耳兔的肉质好好——上帝啊，你还有盐？你那百宝箱里还有盘子和帐篷吗？"他把盐倒在手里，撒在铁架子上的烤兔子肉上。

火苗一下跳了起来，影子投在房子上，干燥的木头噼啪作响。现在天几乎全黑了，星星出来了。那只灰色的猫从谷仓里出来，朝着火堆的方向走过来,快到火堆附近时,它转过身来,直接走到地里的那一小堆兔子内脏边上。它狼吞虎咽地嚼着,嘴边挂着兔子的内脏。

凯西坐在火堆旁的地上,不时给火堆添着碎木板,当火苗快熄灭时他又放了一块长木板进去。夜幕中蝙蝠一次又一次地冲进火光中。猫蹲下来,舔了舔嘴唇,洗了洗它的脸和胡须。

汤姆两手举着穿着兔子肉的铁丝,走到火堆边。"来,你拿着那一头,穆利。把你那一头绕在木桩上。非常好!让我们把它绑起来,绑紧。我们应该等到火变小,但是我等不及了。"他把铁丝拉紧,然后找到一根棍子,把肉沿着铁丝滑到火焰正上方。火焰在肉周围燃烧,兔子肉表面慢慢变得又硬又光滑。汤姆坐在火堆旁,他用棍子不时地移动和转动兔子,使它不会粘在铁丝上。"这也算是一个聚会吧,"他说,"没错,穆利,这儿有盐、水,还有兔子肉。要是你的百宝箱里还有一罐玉米粥就好了。这就是我向往的生活。"

穆利隔着火堆说,"你们看我这样生活,是不是觉得我疯了?""怎么会?"汤姆说,"如果你疯了,那我希望我们都疯了。"

穆利继续说道:"好吧,先生,有一件很有趣的事情。那一天,当他们告诉我我必须离开这个地方的时候,我就觉得我变了。我本来想要冲到那家公司,去杀光里面的人。可是我的家人都离开这儿去了西部。从那以后我就一个人在这儿游荡。只是游荡,从未走远。走到哪儿就在哪儿睡。像今晚,我就要在这里睡觉。这就是为什么我会过来。我告诉自己,'我照看着这里,所以当所有的人都回来时,这里的一切就都还是好好的。'但我知道这不是真的,这里没有什么可以照看的,乡亲们永远也不会回来了,我只是像个孤魂野鬼一样在这里游荡。"

"人一旦习惯了某一个地方,就很难离开,"凯西说,"习惯了某一种思维方式,也很难转换。比如我,我现在已经不再是牧师了,但我总是不由自主地会做祷告,有时甚至都没有想我为什么祷告。"

汤姆把铁丝上的肉块翻了个面儿。肉汁现在开始往下滴了,每落下一滴,火堆就迸发出一阵火焰。肉的光滑的表面被烤得皱起来了,变成了淡褐色。"闻闻,"汤姆说,"天哪,你们快来闻闻看!"

穆利却在那儿继续说道:"我在这边四处游荡,就像一个孤魂野鬼。我常常会去那些发生过某些事情的地方。就像那边离这儿四十英尺远有个地方,那儿有一条小溪,溪边有一个灌木丛,我第一次和女孩子睡觉就在那儿。那时候我十四岁,像一头发情的公羊。所以我又去了那里,我躺在地上,过去的一切仿佛就在眼前。另外还有一个地方,在我家谷仓的下面有一个地方,在那里,我老爹被一头公牛撞死了。现在他的血还在那个地方。是的,还在。因为从来没有人去把它洗掉。我把我的手放在那块地上,我老爹的血还在那里。"说到这里,他不安地停顿了一下,"你们觉得我是不是疯了?"

汤姆把肉转过来,脑海里思绪万千。凯西站起来,凝视着火焰。在离男人们十五英尺远的地方,那只猫正坐在那里,长长的灰色尾巴整齐地缠绕在它前脚周围。一只大猫头鹰尖叫着从头顶飞过,火光照亮了它白色的肚子和大大的翅膀。

"不,"凯西说,"你只是很孤独——你并没有疯。"

穆利紧绷着他僵硬的小脸。"我把我的手放在那块地上,上面还有我老爹的血。我看到我老爹的胸前被戳了个洞,我感觉到他躺在我身上正在发抖,他的身体突然往后一仰,伸开了手脚。我看到他翻着白眼,露出很痛苦的眼神,忽然就不动了。我当时还是一个小孩,坐在那里,不哭,也不闹,只是静静地坐在那里。"他用力摇了摇头。

汤姆一遍又一遍地把肉翻过来翻过去。"我又走进乔伊出生的房间。

床已经不在那里了,但那是他出生的房间。所有的事情是那么真实,他们就在那发生过。乔伊就在那儿出生的。他倒出了一口气,然后发出一声尖叫,一英里外的地方都能听到他的尖叫声,他的奶奶站在那里说,'这个小孩以后了不得,了不得,'一遍又一遍地说着。她是如此的骄傲,以至于那天晚上她喝了三杯酒。"

汤姆清了清嗓子:"可以吃了,我们开吃吧。"

"再烤一下,烤熟一点,烤得带点焦,"穆利有点烦躁地说道,"我还没说完,平时没有人和我说话。如果我疯了,如果我真的疯了,一切就都结束了。我就像一个孤魂野鬼一般,晚上去各个邻居家的房子转悠。彼得家,雅各布斯家,兰斯家,乔德家;所有的房子都黑乎乎的,杵在那儿像一个个破烂盒子,但我们以前在里边开着派对,跳着舞。在里边聚在一起,叫着闹着。我们在所有的这些房子里都举行过婚礼。一想到这些我就很想冲到镇上去杀人。他们开着拖拉机把这儿的人全都赶走了。他们知道他们从我们身上夺走了什么吗?我老爹躺在那儿死了,我孩子乔伊出生的第一声尖叫,我在灌木丛里和女孩子的第一次,他们夺走的是这些,他们得到了什么?天知道。这片地是不够肥沃,多年来没有人能有很好的收成。但是那些坐在办公桌边上的那些狗娘养的,他们为了利润把这里的人赶出了我们的家园。我们已经被一分为二了。人们离开了他们居住的地方就不再是原来的自己了。他们就不是完整的了,只能挤在堆积如山的车里一路流浪。他们不再活着。那些狗娘养的已经把他们杀了。"他忽然不说话了,薄薄的嘴唇仍然在颤抖,胸口喘着粗气。他坐下来,在火光中看着自己的手。"我已经很长时间没有和别人说话了。"他小声地道歉道,"我一直偷偷摸摸地像一个孤魂野鬼一样在周围游荡。"

凯西将一块长木板扔进火中,火焰在他们周围又燃了起来,蹿向烤着的肉。夜晚阵阵凉风吹过，木质的房子遇冷收缩发出很大的嘎吱声。凯西平静地说："我必须去看看走出去的乡亲们。我有一种感觉，我得去看看他们。他们需要帮助，不过这些帮助不是牧师能给的。他们连日子都过不下去了，谁还会在乎能不能上天堂？他们的灵魂都已经伤痕累累，谁又会在乎有没有什么圣灵？他们需要帮助。他们必须活下去，他们必须在承受得起死亡之前活下去。"

汤姆紧张地喊道，"上帝啊，让我们赶紧吃了这块肉吧，它都烤得像只小老鼠了！你们瞧，闻闻。"他跳起来，沿着铁丝滑动肉块，等到肉块上面没有火星，他拿起穆利的刀，割开一块肉，直到它脱离铁丝。"这块给牧师。"他说。

"我说了我已经不是牧师了。"

"那么，这块给这个男人。"他又切下来另一块。"嘿，这块儿给你，穆利，如果你不是太心烦吃不下的话。这可是野兔肉，可比狗肉好吃。"他向后坐回去，把长长的牙齿夹在肉上，咬了一口，大口嚼着。"天哪！你们听听！嚼起来多带劲！"他狼吞虎咽地又咬了一口。

穆利仍然坐在那里呆呆地看着他的肉。"也许我不应该和你们说这些话，"他说，"男人应该把这样的事情都留在脑子里。"

凯西看了看他，嘴里塞满了兔子肉。他嚼着肉，喉咙上发达的肌肉随着吞咽不由自主地抽动着。"不是的，你当然应该说出来，"他说，"有时一个伤心的人可以通过他的嘴说出悲伤，他就不会那么悲伤了。有时一个想要杀人的人可以把杀人从嘴里说出来，他也许就不会去杀人了。你做得对。如果可以的话，你最好不要去杀人。"说着他又咬了一大块兔子肉。汤姆把吃剩的骨头扔进火堆里，跳起来，又从铁丝上切了一些肉下来。穆利已经开始慢慢地吃了，他紧张的小眼睛看看汤姆又看看凯西。汤姆吃的时候皱着眉头，像动物一样，嘴边一圈全是油。

穆利胆怯地看了他好长一段时间。他放下拿着肉的手。"汤姆。"他说。

汤姆抬起头,嘴里还在啃着肉。"怎么啦?"他说,嘴里还含着一嘴的肉。

"汤姆,你不会因为我在说杀人而生气吧?你不会生气吧,汤姆?"

"不会,"汤姆说,"我不生气。你只是在说发生的事嘛。"

"大家都知道那不是你的错,"穆利说,"老特恩布尔说你出来的时候他一定要宰了你。他说没有人可以杀死他特恩布尔的儿子。不过,别的所有的乡亲都在劝他。"

"我们当时都喝醉了,"汤姆轻声说道,"我们在舞会上,两个人都喝醉了。我不知道事情是怎么开始的。然后我感觉到有把刀刺向我,我瞬间清醒了。我模模糊糊地看到赫伯拿着刀又向我刺过来。在校舍边上有把铲子,所以我二话不说拿起那把铲子就砸向他的头。我和赫伯之前并没有什么过节。他是一个不错的家伙。以前他还小时,他还追过我的妹妹罗莎。是的,我挺喜欢赫伯的。"

"嗯,每个人都劝他老爹,最后他冷静下来了。有人说老特恩布尔的母亲有哈特菲尔德的血统,脾气比较火暴。我也搞不清楚这是不是真的。他们一家六个月前去了加利福尼亚州。"

汤姆从铁丝上取下了最后一块兔子肉并把它递给他们两个。他又坐了下来,这会儿吃得慢了,他一边不紧不慢地嚼着,一边用袖子擦去嘴上的油脂。当他看着那堆快熄灭的火焰时,他的眼睛暗下来,沉思着。"每个人都去西边了,"他说,"我现在是假释期间,不能离开本州。"

"假释？"穆利问道，"我听说过这个词。它到底是什么意思？"

"嗯，就是说我早于我的刑期就出来了，提前了三年。但是我不能犯事，要不然他们就又会把我送进去。我还要定期向他们报告。"

"他们在牢里对你怎么样？我女人的堂兄在监狱待过，他们把他整得很惨。"

"还不是那么糟糕，"汤姆说，"跟其他地方一样也没什么差别。如果你和他们对着干，他们就会整你。你要是不给警卫们惹麻烦，就会和他们相处得挺好。我和他们相处得还行。我不管闲事，只关心我自己的事。我在里边还学会了怎么把字写得漂亮。而且不光是写字，我还学画画，画些鸟儿什么的。如果老爹看到我一笔能画出一只鸟时，他一定会大吃一惊。不过他看到我做这些一定会疯了。他不喜欢我干那种花哨的事情，他甚至不喜欢写字。我想他是有点害怕，因为每次写完字，就总有人从他那儿拿走点什么。"

"他们在牢里没有打你吗？"

"没有，我只干自己的事，不管别人的闲事。当然，持续四年让你日复一日地干同一件事，该死的，好人也会变得病态。所以如果你想做一些让你感到羞耻的事，你首先应该想到这一点。但是，如果我现在看到赫伯用刀子捅我，我还是会用铲子把他的头打扁。"

"谁都会那么做。"穆利说。牧师盯着火堆，他高高的额头在沉寂的黑暗中显得很苍白。小小的火星闪现出他脖子上的一条条青筋。他的双手紧扣着膝盖，指关节拉得嘎嘎作响。

汤姆把最后吃剩的骨头扔进火堆里，舔了舔手指，然后在裤子上擦了擦。他站了起来，从门廊拿了那瓶水，喝了一口，然后在他再次坐下之前把瓶子递过来。他接着说："坐牢让我觉得最麻烦的事是，我不知道坐牢到底有什么意义。当闪电劈死一头母牛，或者突然发洪水,你不会去找寻它们的意义。因为天有不测风云,世间万物就是这样运行的。但当一群人把你关起来四年时,它应该有一些意义。每个人都应该思考这种问题。他们把我关起来,给我吃,给我喝,关了四年。那就应该是当我碰到同样的情况我再也不会那么做了,或者是我再也不敢那么做了,"他停顿了一下,"但是如果赫伯或其他任何人再那样,我还是会再做一次。在我没有想明白之前我就会那么做,特别是如果在我喝醉了的情况下。就是琢磨这种无意义的事让我心烦。"

穆利说:"法官说他判你判得轻,因为那不全是你的错。"

汤姆说:"在监狱里我认识了一个人。他一直在学习。他是典狱长的助手——帮典狱长写信或干点类似那样的事。嗯,他是一个聪明人,他读法律和诸如此类的东西。我曾经和他讨论过,因为他读过很多东西。他说,读书并没有什么用。他说他读遍了所有关于法律的书,以前的,现在的,他觉得比没读之前还搞不懂。他说,读法律书是一条没法儿回头的通往地狱之路,没人能阻止法律,也没人能改变法律。他说,为了上帝的缘故千万不要读法律,因为它只会让你更混乱更糊涂,而且你读得越多,就会越瞧不起那些在政府部门工作的人。"

"我现在就瞧不起那些在政府部门工作的人,"穆利说,"他们每天只会想着怎么从我们身上榨取利润。不过有一件事真让我感到困惑,就是那个威利·菲力,他还开着拖拉机到自己乡亲们的土地上来作威作福。这让我很困惑。我可以理解看到一个别的地方的家伙来我们这儿欺负我们,可是怎么能是威利·菲力呢?他可是我们自己人。我实在是搞不懂,所以我就去问他。结果他还大发脾气。'我有两个孩子要养,'他说,'我还要养我老婆和我老婆她妈!他们需要吃上饭。'真是疯了。他说,'我能考虑的就只有我自己家里的人了,其他人会发生什么事情是他们的造化。'他说。似乎他说这话时也感到有些羞耻,所以他生气了。"

吉姆·凯西一直盯着即将熄灭的火焰,他的眼睛睁得更大了,脖子上的肌肉也鼓得更高了。突然,他喊道:"我知道了!如果一个人能得到一点点圣灵,我想我找到了我的圣灵。灵光一闪我就找到了!"他跳起来,来回踱着步,摇头晃脑的。"以前我搭过帐篷传道,每晚最多可吸引五百来人听我布道,我接受他们的募捐。那是在你们认识我之前的事了。"他停下来面对着他们。"你们有没有注意到,后来当我来这里向你们传道时,无论是露天还是在谷仓里传道,我从来没有收过你们一分钱或任何东西?"

"上帝保佑你,你从不收钱,"穆利说,"这里的乡亲们都习惯了不给你钱,以至于后来当其他牧师过来传道,传道完了走过来把帽子反过来递过来时,他们都气疯了。是的,先生。"

"我会吃你们布施的东西,"凯西说,"我裤子破了,你们有人会送我新裤子;我鞋子磨坏了,你们有人会送我双新鞋子,不过在这之前我有自己帐篷的时候从来没有这样。那个时候,过些天我就可以拿到十几二十块钱的捐款。但是我并不开心,所以我放弃了,后来我不住帐篷了我却很开心。我想我找到我的圣灵了。不知道还能不能传道——我想我不会试着传道——但也许你们需要一个牧师。也许我可以再次讲道:给在路上寂寞行走的人们讲道,给没有了土地的乡亲们讲道,给无家可归的人们讲道。这样他们就能获得某种意义上的家。也许——"他站在火堆边。他脖子上紧张的肌肉终于放松了下来,火光在他的眼睛里跳跃,余烬在燃烧。他站起来,看着那堆火,他的表情很紧张,好像在聆听什么,他刚才还边说边激动地挥舞着,试图表达着他的想法的手,这会儿已经安静下来,悄悄地被放进他的口袋了。蝙蝠在暗淡的火光中飞进飞出，一只夜鹰轻柔的叫声穿过田野传来。

汤姆悄悄地把手伸进口袋，拿出烟草，慢慢地卷了一支烟，边卷边看着火堆。他对牧师的话好像全然不知，好像这些话是别人的私事不能窥探。他说："我一晚又一晚地躺在我的铺位里想，当我再次回到家时，那会是怎样的一幅场景。我在想那个时候可能爷爷和奶奶都已经死了，也许会有一些新的孩子出生。也许老爹已经没有那么强硬了。老妈会开始少操心，把一些事都交给罗莎去做了。我知道不可能和以前一样了。哦，我猜我们今天就在这里睡觉了，明天天亮以后我们再去约翰伯伯的家里吧。反正我是一定会去的。你也一起去吗，凯西？"

牧师仍站在那儿看着那堆火。他慢慢地说："是的，我和你一起去。当你的家人开始上路的时候，我也会和他们一起去的。大家都离乡背井了，我要和你们在一起。"

"非常欢迎，"汤姆说，"我老妈一直非常喜欢你，她说你是一个值得信任的牧师。罗莎那个时候还没有长大。"他转过头来。"穆利，你会和我们一起去吗？"穆利正朝他们之前来的那条路望去。"你想和我们一起走吗，穆利？"汤姆又重复问了一遍。

"啊？不，我不去别的任何地方，我是无论如何也不会离开这里的。你们看到那边有光了吗，在那儿上下移动？那可能是这片棉花地的监工。有人可能看到了我们的火光。"

汤姆看了看。灯光已经翻过山头了。"我们又没干什么坏事，"他说，"我们只是坐在这里，我们啥也没干。"

穆利笑了。"当然是啊！我们只是在这里啥也没干。我们在非法入侵别人的土地。我们赶紧走吧，不能留下来。他们一直想抓我，都俩月了。现在你们看，如果待会那辆车来了，我们就走进棉花地里躺在里面。不必走得太远。然后，上帝啊，让他们使劲儿找我们去吧！他们得一排一排地在玉米地里上下查看。我们只要把头低下就行了。"

汤姆问："你怎么了，穆利？你从来都不是一个畏手畏脚的人。你现在怎么这样了？"

穆利看着那束接近的光。"没错！"他说，"我过去确实像狼一样凶狠。可是现在我被逼得像一只黄鼠狼一样。当你在追捕猎物时，你是猎人，你是强者。没有人能打败猎人。但是当你被猎杀时——那就不同了。事情发生了变化。你不再强悍；也许你很凶，但你并不强悍。我已经被追捕很久了，我不再是一个猎人。现在我不能再光明正大地拿着棍子揍人，我只能躲在暗处偷偷开枪。我犯不着在这儿自欺欺人。事情就是这个样子。"

"好吧，你出去躲起来，"汤姆说，"留下凯西和我，我们给这些来的家伙一点教训。"

那束光离得越来越近了，它投射到天空又消失，然后又反弹出来。三个人都在看。

穆利说："关于被猎杀还有一件事没说。你得想到所有可能的危险。但如果你是狩猎者，你就不需要考虑这么多，你并不害怕。就像你对我说的那样，如果你又惹上任何麻烦，他们就又会把你送进监狱。"

"没错，是这样的，"汤姆说，"他们是这么跟我说的，但是我们只是坐在这里休息和睡觉，啥也没干——这应该没有什么问题。我们又没有做什么错事。我既没喝醉酒也没有打架生事。"

穆利笑了。"等着瞧吧。现在车马上要过来了，你就坐这儿不动吧。也许是威利·菲力，他现在是治安警察。'你在这里做什么？'

## 第六章

他也许会这么问你。嗯,你知道威利向来是满嘴瞎话,所以你就会回他,'关你什么事啊?'威利就会生气地说,'赶紧滚,要不我就抓你去坐牢。'你听了这话当然不会善罢甘休,因为你知道他是恼羞成怒。然后他就会来一个虚张声势,然后你们一定会杠起来——哦,天哪,我们还不如去棉花地里躲着,这容易得多。而且这也更有趣,因为他们找不着我们会气疯的,但是他们又啥也做不了,我们还能躲在那儿看着他们偷偷笑。但是你要是跟威利他们杠上了,他们一定会把你带回监狱,你就又得坐三年牢。"

"你说得对,"汤姆说,"你说得太对了,但是穆利,天啊,我咽不下这口气啊!我一定要让威利好看!"

"他有枪,"穆利说,"他有枪,因为他是治安警察,然后要么就是他用枪杀了你,要么就是你抢了他的枪杀了他。算了,汤姆。你可以不这样,我们可以躺在棉花地里耍他们,那更好玩。这会儿,一束强烈的灯光斜着射向天空,可以听到汽车发动机的声音了。算了,汤姆,不用走太远,我们只需要走到前面第十四五排棉花的地方,我们可以躲在那里看他们干些什么。"

汤姆站了起来。"天哪,你说得对!"他说,"要是和他杠上了,倒霉的只会是我。"

"来吧,走这边。"穆利带着他们绕到房子后边,走进大约五十码外的棉花地里。"这个位置很好,"他说,"现在躺下。如果他们把大灯照过来,你只需要低下头就好了。很好玩的。"这三个人躺在棉花地里伸展着四肢,用胳膊肘支撑着自己。穆利突然又跳了起来,他跑向房子,过了一会儿,他又回来了,他扔了一件外套和鞋子在房子那儿。"他们找不到我们,为了得到心理平衡,他们一定会把衣服鞋子带走。"他说。那束灯光照在楼顶上,照亮了整个房子。

汤姆问："难道他们不会带着手电筒走到地里来找我们吗？我希望我手头有一根棍子。"

穆利咯咯地笑了起来。"不，他们不会。我说过，我现在被他们逼得像一只黄鼠狼一样狡猾。有一天晚上，威利真的就拿着手电筒过来了。结果被我从后边一棍打过去打着后脑勺，昏死过去了。他后来告诉别人，那天晚上他遭到五个人的围殴。"

汽车驶向房子，一盏聚光灯一闪而过。"低下头，"穆利说。一道冷冷的白光在他们的头上晃来晃去，在田野上一顿乱扫。躲着的三个人看不到任何动静，但他们听到车门砰的一声关上，他们听到了声音。"他们不敢开车灯，有一次还是两次，我对着车头开了一枪把车大灯打坏了。这让威利变得很小心。他现在晚上过来都喊人陪着。他们听到有人踩在木地板上的声音，然后他们看到房子里有手电筒的光。我能朝房子开一枪吗？"穆利低声说，"他们看不到枪从哪里开出来的。让他们头疼去。"

"当然好啦，开一枪。"汤姆说。

"不要这样做，"凯西低声说，"这不会有什么好处，简直就是浪费子弹。我们得做一些有意义的事。"

房子那边传来一阵窸窸窣窣的声音。"他们在弄熄那堆火，"穆利低声说，"把沙土撒在上面。"然后他们听到车门砰的一声关上，前灯转来转去，又射向路面。"赶紧低头！"穆利说。他们低下头，大灯扫过他们头顶，越过棉花地，然后汽车开始滑落，又突然升起直到最后消失了。

穆利坐了起来。"威利最后总是会用手电筒试探一下。他总是这样做，我都算准了。他还自认为这么做很聪明呢。"

凯西说："他们会不会在房子里留下了几个人，等我们回来时，他们就抓住我们。"

"也许吧。你们在这里等着,我知道这种把戏。"他静静地走了过去,只听见路上传来土块被踩碎的声音。两个在地里等候的人努力想听他说点什么,但他已经走了。过了一会儿,他从房子里朝这边喊道:"没有,他们没有留人。回来吧。"凯西和汤姆挣扎着站起来,朝那个黑黑的房子走过去。穆利在还冒着烟的火灰堆附近遇到了他们。"我就知道他们不会留下任何人,"他得意地说。"我敲打过威利一两次,他们小心多了。他们不知道是谁干的,我不会让他们抓住我的。我从来不睡在房子里。如果你俩想跟过来的话,我会带你们去看我睡觉的地方,那是他们绝对找不着的地方。"

"带路,"汤姆说,"我们会跟着你的。我从来没有想过我会来了我老爹家里却不能在这儿睡觉,还得找个地方躲起来。"

穆利出发穿过田野,汤姆和凯西跟着他。他们边走边踢着棉花。"你要躲着的东西还多着呢。"穆利说。他们一字排开,穿过田野。他们来到一个水坑,很容易就能滑到水坑底部。

"天哪,我敢打赌,我知道你要带我们去哪儿了,"汤姆叫道,"是河堤里的一个洞穴吗?"

"没错。你怎么知道的?"

"我挖的,"汤姆说,"那个洞是我和我哥哥诺亚挖的。我俩说要挖洞找金子,但我们就像其他孩子一样只是挖了个洞而已。"水坑的墙壁就在他们的头顶上方。"应该很近了,"汤姆说,"我记得那个洞应该离得很近了。"

穆利说:"我用一些灌木盖上了洞口,没有人能发现。"他们走的山沟的底部很平,地上是沙子。

汤姆在干净的沙土上停了下来。"我可不睡在洞里,"他说,"我就在这里睡吧。"他把外套卷起来放在头下。

穆利拉开灌木爬进了他的洞穴。"我喜欢睡在里边,"他说,"我觉得睡在洞里边有安全感——没人能袭击我。"

凯西坐在汤姆旁边的沙地上。

"睡会儿吧,"汤姆说,"到天亮以后我们再出发去约翰叔叔家。"

"我不困。"凯西说,"我有太多困惑想不通。"他抬起双脚,两手抱住腿。他把头往后一仰,望着天上闪烁的繁星。汤姆打了个哈欠,把一只手放在他的头下。他们不说话了,过了一会儿,他们发现周围有东西在慢慢地动,地面上,地洞里,灌木丛里,一些小动物开始活动了,有土拨鼠在移动,有野兔在悄悄地钻进草丛,有老鼠在地上蹦蹦跳跳,还有鸟儿在头顶无声地盘旋。

## 第七章

在小镇边上的一片空地里,开着好些二手车场、汽车修理厂,还有绘有各种标志牌的车库,车库标志牌上有各种广告:二手车,物美价廉的二手车。便宜的代步工具,可以挂三辆拖车。干净的一九二七年的福特。检查过的车,有保险的车。买车带免费电台。买车就送一百加仑的汽油。进来看看,二手车,绝对没有变相收费。

这年头卖车这行当太好做了。找一块空地和可以放得下一张桌子、一把椅子和一本汽车行情册的房子就可以开个车行了。桌上摆着一堆合同,有一沓用回形针夹着的翻烂了的合同和一堆整齐的未使用的新合同。钢笔必不可少——而且要打满墨水,要保证一直能用。不能因为一支钢笔坏了,丢掉了一笔生意。

那边的那些人是不会买的。他们在每个院子里闲逛,他们只是看看。花他们所有的时间看看。他们不想买车,他们只会占用你的时间。别在这种人身上浪费时间。那边的两个人,看看,他们没带孩子。让他们坐到车里边试试。从两百开始喊价,然后让他们慢慢往下砍。他们只肯出到一百二十五块。让他们滚。这种价钱只能买报废车。让他们滚！简直是在浪费我们的时间。

车行老板们的袖子都卷得高高的。那些推销员，穿得很整洁，用虎视眈眈的眼神打量着你，寻找你的弱点。

他们仔细观察着女人的表情。如果女人喜欢哪辆车，他们就从她身边的老头着手。先带他们去看那辆凯迪拉克，然后你再把他们带到那辆一九二六年的别克那儿去。如果你一开始就从别克车开始推销，他们一定会选择福特。撸起袖子开始干活儿，行情不会永远这么好的。那辆一九二五年的道奇油管有点漏，我去处理一下，你先带他们去看那辆纳什，等我弄好了，我给你打个手势。

您就是想要买辆代步工具，不是吗？那我就不跟您胡扯了。当然这辆内饰有点破，不过坐垫好不好和车子好不好开并不是一回事。

一排排车，一辆接着一辆，车头冲前，车头都生锈了，轮胎都扁了。这些车停在一起，靠得很近。想坐进去看看那辆车？当然可以，没问题。我会把它从这一溜车里边拉出来。

这样他们不买都不好意思了。让他们占用你的时间，别让他们忘了他们正在占用着你的时间。大多数人大多数时候都很好。他们不想老使唤你。让他们使唤你，这样你就可以把车塞给他们。

汽车排成一排，福特第一代T型车，又高又脏，车轮吱吱作响，传动带都磨损了。还有别克、纳什、德索托。

是的，先生，这是一九二二年的道奇。这是最好的道奇车型——永不磨损，低压汽缸。高压汽缸虽然马力大，但是它的金属件不耐用。这还有普利茅斯、罗克尼和星牌车。

天哪，那辆艾普森是从哪里来的，从诺亚方舟上来的吗？还有那辆查尔姆斯和那辆钱德勒——它们都停产好久了。我们并不是在卖汽车——我们是在把这些破铜烂铁处理出去。天哪,我们得多搞点这种古董车来。进价超过二十五块、三十块钱我就不要。卖出去得卖五十块、七十五块。这是一桩很好的买卖。天哪,卖新车哪有赚头?得卖老爷车。我可以一到货就把它们卖掉。进价二百五十块钱冲顶。吉姆,盯住人行道上的那个老头。他一看就是个外行。试着卖给他那辆艾普森。咦,那辆艾普森呢?去哪儿了?卖了吗?如果我们不再搞些老爷车来,我们就没什么可卖的了。

广告旗帜满天飘,红白旗,白蓝旗——沿街到处都是。上面写着:二手车、物美价廉的二手车。

今日特价车——就在展台上。其实我们永远不会卖它。我们只是用它来招徕顾客。如果我们真以那样的价格卖掉那辆车,我们几乎赚不到一毛钱。告诉他们那辆车已经被卖掉了。在你交货前把车里的新电池拿出来。把那块旧电池换进去。哼,六十块钱想买什么好车?撸起你的袖子——投入到你的工作中去。这样的好行情不会一直有。如果我有足够多的老爷车,我卖六个月就可以退休了。

听着吉姆,那辆雪佛兰发动机的声音,比砸碎瓶子的声音还要难听。往发动机里撒点锯木灰进去,再放一点在齿轮中。赶紧把它卖出去,卖三十五块好了。那个浑蛋骗了我。我出价十块他给我加到十五块,然后他把车里的工具都给拿走了。无所不能的上帝啊,我要是能搞到五百辆老爷车就好了!行情不会永远这么好的。他不喜欢这个车的轮胎?告诉他们轮胎已经跑了一万英里了,价钱减掉一块半吧。

篱笆边上堆着一堆生锈的破铜烂铁,后面是一整排的报废车,满地都是油乎乎和黑乎乎的破零件,猪杂草都从烂汽缸的空隙里长出来了。刹车杆,排气管,堆得跟一条条盘踞的蛇一样。地上油腻腻的,一股汽油味儿。

地上都没法儿找到一个没有破裂的火花塞。天哪,如果我能一百块钱以内租到五十辆拖车的话,我保证会把这儿打扫干净的。嗯,那边那个家伙到底在说什么?我们卖货,但是不送货。就这么定了不送货。我敢打赌那家伙一定是看了月刊上的广告过来的。你觉得他会买吗?不买就给我赶出去。为了让他下定决心买,我们费了太多事儿了。把那辆格雷汉姆的右前轮卸下来,换个面再装上去。其余三个轮胎看着很好,胎面上的纹路都还在。

当然,那车还可以开五万英里呢。加满油,就这么着。祝你好运。

看车吗?想买辆什么车呢?有没有看到中意的?天气很热吧?要不要喝点什么?来吧,您的妻子正在看那辆拉萨尔。您不喜欢拉萨尔?车的轴承坏了?太耗油了?那看看这辆一九二四年的林肯吧。这款车永远开不坏,像卡车一样耐造。

火辣的太阳,照射着这堆锈迹斑斑的破铜烂铁,满地油污。人们在四处游荡,他们看得眼花缭乱,他们需要一辆车。

嘿,擦一下你的脚,沾油了。别靠在那辆车上,它很脏。怎么买车你懂吗?这车值多少钱?看着您的孩子。我想知道这车多少钱?我们去问一下。问一下又不花钱。我们可以问一下价吗?超过七十五块,超过一个子儿也不买,要不我们就没有足够的钱去加利福尼亚州了。

天哪,如果我能搞到一百辆老爷车的话。我才不管它们是不是跑得动呢。

到处是轮胎,废旧的、擦伤的,堆在一个个高高叠放的汽缸中;到处是废旧的管子,红的、灰的,像香肠一样悬挂着。

需要补胎?需要散热器清洁剂?要火花增强器?把这个小药丸

## 第七章

放进你的油箱里,就可以再多跑十英里了。只需要花五毛钱涂上这个——你就可以让你的车看上去焕然一新。还要雨刮器、风扇皮带、垫圈,或者是阀门吗?换一个新的阀杆。你花个一毛钱有什么问题?

好吧,乔伊。你去给他们说点好听的,把他们弄进来。剩下的就交给我,我来搞定。不要给我塞些没用的客户进来。我要做生意,我要的是订单。

是的,先生,您进来看看。给您最优惠的价格。好嘞!八十块我就卖。

超过五十块我就不买。外面的家伙说卖五十块。

五十?他真是疯了。那一辆小一点的七十八块五。乔伊,你这个疯子、傻瓜,你是要我破产啊?得开除这个家伙。六十块吧,六十块就卖了。先生您看看,我一天忙得不行。我是一个生意人,但不代表我不通人情。你有什么可以换的吗?

我有两头骡子。

骡子?嘿,乔伊,你听到了吗?这家伙想用骡子来跟我们换。没人告诉你现在是机器时代吗?我们除了做胶水要用到骡子,别的地方不再用骡子啦。

两头骡子还很好,一头才五岁,另一头七岁。算了,我看我们还是去别家转转吧。

去别家转转!在我们最忙的时候,您进来了,浪费了我们这么长时间,然后您说要去别家转转!乔伊,你怎么把这种存心找碴的客人给领进来了?

我不是存心找碴,我是来买车的。我们要去加利福尼亚州,我是来买车的。

好吧,我是个傻瓜。乔伊总说我是个傻瓜。他说如果我不看紧我的荷包，我就快要被饿死啦。要不这样吧——一头骡子我让五块钱，我可以用骡子肉去喂狗。

我不想让他们被狗吃。

好吧，也许我可以出到一头骡子七块到十块钱。这样吧，两头骡子总共二十块吧。对了，换的话得带着骡车吧？你给我五十块现金，然后签一份合同，剩下的你每月寄给我十块钱。

您刚刚说八十块。

难道您没有听说过买车有附加费和保险费吗？倒也没多少，剩下的四到五个月就付清了。在这里签上您的名字，剩下的我们来处理。

嗯，我还想考虑一下。

先生，您看，我都快赔本了，您浪费了我这么久的时间。在我和您说话的时候，我可能已经卖了三辆车了。您不觉得这太让人恶心了吗？好，就在这儿签字。好吧，乔伊，给这位先生加满油。我们说了送汽油。

天哪，乔伊，这单生意咱们有的赚！我们花了多少钱买那辆破车？三十还是三十五块钱，是吗？我们还得了两头骡子，那两头骡子我如果不能七十五块钱卖出去，我就不是生意人！我还得了五十块现金和一份有四十块的合同。哦，我知道他们中并不是每个人都会老老实实寄钱过来，但是你要是知道有多少人老老实实的按照合同寄钱过来你会有多惊讶。有个家伙在跟我签了合同以后连续两年前前后后给我寄了一百块钱。我打赌刚才这个家伙会寄钱给我们的。天哪，如果我能搞到一百辆老爷车的话该有多好。赶紧撸起袖子干吧，乔伊。出去哄哄他们，然后把他们给我领进来。刚刚那笔生意给你二十块提成。干得不错。

满天的广告旗帜在午后的阳光下随风飘扬。今日特价款，一九二九年的福特皮卡，运行良好。

你想花五十块钱买什么车——一辆西风怎么样？

坐垫都裂开了，挡泥板也碎了，保险杠松松垮垮的。没关系，我们有豪华福特敞篷跑车，在挡泥板导轨上有小彩灯，散热器盖上也有一个，车尾有三个。挡泥板是环形的，换挡杆头是一个大骰子。备胎罩上印着彩色的俏丽女孩的图案，女孩名字叫蔻拉。午后的阳光照在布满灰尘的挡风玻璃上。

天哪，我都没有时间出去吃饭！乔伊，叫个孩子给我去买个汉堡过来。

一群古老的引擎在地面上轰隆作响。

看，那边有个二愣子在看那辆克莱斯勒。去看看他的牛仔裤兜里有没有钱。这些乡下来的小伙子看着有些鬼鬼祟祟的。乔伊，去哄哄他，把他领进来。你做得很好。

没错，这车是我们这儿卖出去的。保证？我们保证您买的是一辆汽车，不过我们可不保证它完全没有问题。听着老兄，你——车你已经买了，现在你却又过来嚷嚷，我根本不在乎你付不付尾款。合同现在不在我们这儿。我们已经把合同给了财务公司。他们会追着你要债，而不是我们。我们没有拿合同。什么？你想要横我们就叫警察。不，我们这里不换轮胎。乔伊，把这个人赶出去。他买了辆车，现在不满意了。你觉得如果我买了一块牛排，吃了一半我说要退货那成吗？我们做的是生意不是慈善。乔伊，你见过这种人吗？看那儿！那个大板牙！就是站在那的那个！领他去看一九三六年的庞蒂亚克。对的。

方头车、圆头车、尖头车、扁头车、流线型车、直线型车，各种车型，应有尽有。今日特价。超长车身的老款车——您可以轻松地将它改装成卡车。还有轮轴生锈的两轮拖车。二手车，物美价廉的二手车。干净，路况好，省油。

天哪，看看这辆老爷车！这车保养得真好。

凯迪拉克、拉萨尔、别克、普利茅斯、帕卡德、雪佛兰、福特、庞蒂亚克。一排排的各种老爷车，它们的车灯在午后的阳光下闪闪发光。物美价廉的二手车。

把他们哄进来，乔伊。天哪，我希望我有一千辆老爷车！你先打个前站，我来最后搞定他们。

要去加利福尼亚州？这款正是你需要的。看起来有点破，但是它跑个几千英里没问题。

一排接着一排，物美价廉的二手车。今日特卖，车干净，路况好。

## 第八章

天空繁星闪烁,但是天色灰蒙蒙的,苍白的下弦月显得有点势单力薄。汤姆·乔德和牧师沿着棉花地里一条满是轮子印和履带印的路快速走着。东边依稀可以看见地平线了,但是西边看不到,这种不平衡的天空显示着黎明即将来临。这两个人静静地走着,闻着脚下扬起的尘土味。

"我希望你是真的对这条路很熟悉。"吉姆·凯西说,"我可不想待会天亮了我们还在这条路上不知道往哪里走。"棉花地里这时已经开始有了生气,早起的鸟儿在地上扑打着翅膀觅食,兔子受到惊吓从土地里快速掠过。两人的脚踩在尘土中的小土块上,被踩碎的小土块嘎吱作响,和那些黎明时刻大自然中的神秘声音交织在一起。

汤姆说:"我闭着眼睛也可以走到那儿,放心吧。认真想路,我反倒会走错,不去想,就凭直觉,我就一定不会错。伙计,我可是在这里出生的。在我小的时候我就在这里到处跑。看到没有,那边有一棵树,你在这里刚好可以看到它。我的老爹以前在那棵树上挂过一只死了的土狼。挂在那里直到肉都烂了，然后掉了下来。都干了，就像——天哪，希望老妈这会正在煮点什么，我的肚子都饿瘪了。"

"我也是，"凯西说，"来点烟？这可以让你觉得不是太饿。如果我们没有这么早赶路就好了，天亮了再走可能更好。"他停下来啃了一点烟草。"昨天晚上我睡得还行。"

"就是那个疯子穆利干的好事，"汤姆说，"他吓了我一跳。他一大早把我叫醒，说，'再见，汤姆，我要走了。我有别的地方要去。'他还说，'你们也最好赶紧走吧，这样天亮之前能离开这个鬼地方。'我觉得他现在怪里怪气的，像只地鼠一样生活。你觉不觉得他可能是被印第安人附身了？你觉得他疯了吗？"

"呃，我也不知道。你看昨天我们就生了个小火堆那辆车就开过来了。你看房子都被砸坏成啥样了，这里可能发生了一些很可怕的事情。穆利当然会疯。他像土狼一样爬来爬去，这样的生活不逼疯他才怪。你看吧，他很快就会杀人，然后他们就会带着狗来把他抓走的。我能预见，他的情况会变得越来越糟的。你说，他不愿意跟我们一起走是吗？"

"是的，"汤姆说，"我觉得他现在是害怕看到人。不知道他会不会来找我们，日出前我们能走到约翰伯伯家。"他们又默默地走了一段时间，几只猫头鹰从他们头顶飞过，有的飞向谷仓，有的飞向枯树，还有的飞向水塔，这都是它们白天藏身的地方。东边天空越来越亮，现在可以看到棉花和灰色的大地了。"天哪，他们在约翰伯伯那儿该怎么睡啊。他只有一个房间，一个厨房，一个小谷仓。现在那肯定挤得都不像样了。"

牧师说："我不记得约翰成过家。他是自己独自一个人吗？我记不太清楚了。"

# 第八章

"他是这个世界上最孤独的人,"汤姆说,"疯疯癫癫的,有点像穆利,在某些方面可能比穆利更糟糕。你在任何地方都有可能看到他——他有可能在肖尼镇上喝醉了,或者去拜访一个二十英里外的寡妇,或者半夜点着灯在地里干活。大家都觉得他这么疯疯癫癫的活不了多久。像那样孤独的人都活不了太久。但约翰伯伯年纪比我老爹大,身子骨一年比一年硬朗,脾气越来越不好,脾气比我爷爷还坏。"

"看,天亮了,"牧师说,"天空变成银白色的了。那约翰伯伯没有成过家吗?"

"嗯,他成过家的,不过从他成家这件事你就可以看出他是哪种人了,他向来是我行我素的。以前听我老爹说过,约翰伯伯以前有过一个年轻的妻子。是个很贤惠的人,结婚四个月的时候,有一天晚上,她说肚子疼,要约翰伯伯去找医生。约翰伯伯坐在那里说,'只是胃疼,应该是今天吃多了,先吃一片止痛药吧。应该是吃得把胃撑着了所以胃疼。'结果第二天中午他妻子就疼晕过去了,下午四点左右就死了。"

"什么病?"凯西问道,"是食物中毒了吗?"

"不是,是身体内有什么东西坏了。阑尾还是别的什么。嗯,约翰伯伯,他之前一直是个乐呵呵的人,这件事对他打击很大。他认为他有罪。很长一段时间他都不跟任何人说话。就像他什么都没看见一样,一边到处游荡,一边嘴里做着祷告。他花了两年的时间才摆脱那种状态,然后他就不一样了。有点怪,整天紧张兮兮的。每次只要是我们有一个孩子长了蛔虫或是肚子疼,约翰伯伯就会马上去叫医生过来。老爹后来终于忍不住告诉他不要这样了,孩子肚子疼是常事。他认为他女人的死是他的错。好笑的家伙。他一直在别人身上做着弥补——给孩子们东西,偷偷将一袋吃的放在某人家里的门廊上。把他家里所有的东西都送光了,可他还是不快乐。有时候晚上你会看到他一个人走来走去。不过,他是个好农民。他把他的地种得很好。"

"可怜的家伙,"牧师说,"可怜的孤独的家伙。他女人死后,他经常去教堂吗?"

"不,他没有。从那以后他没有想过亲近别人。他总是独自一人。我从没见过哪个孩子不喜欢他。他有时候晚上会到我们家来,我们知道他肯定来过,因为每到第二天我们就会发现每个人的床边都放着一包口香糖。我们觉得他简直是万能的耶稣基督。"

牧师走了过来,低着头。他没有说话。早上的晨光照着他的前额,前额闪闪发亮,他的手在他身边摆动,在阳光中晃来晃去的。

汤姆也不说话了,好像他说了太多心里话,有点不好意思。他加快了步伐,牧师跟了上来。他们现在可以看到前面灰色的天际了。一条蛇从棉花地慢慢地蠕动到路上。汤姆停下来,凝视着。"小花蛇,"他说,"让它走吧。"他们绕过那条蛇,继续前进。东方天空中出现了一丝色彩,几乎立刻,孤寂的晨光掠过大地。棉花树上出现了绿色,土壤呈灰褐色。男人的脸上失去了灰色的光泽。汤姆的脸似乎因天色越来越亮而变黑了。"真是美好的时光啊,"汤姆轻声说道,"当我还是个孩子的时候,我经常像现在这样早起独自散步。前面是怎么回事?"

前面出现了一群狗。五只公狗,有的看起来像牧羊犬,有的像柯利牧羊犬,都是杂种狗,五只公狗正围着一只母狗。每只公狗都伸长鼻子在母狗身上嗅着,然后飞快地抬起僵硬的腿冲到棉花地里,抬起一只后脚撒泡尿,然后赶快又冲到母狗身边再嗅。汤姆和牧师停下来观看,突然汤姆开心地大笑起来,"上帝啊!"他说,"噢,上帝。"现在,所有的公狗都对峙着,剑拔弩张地站着,互相咆哮着,等着对方扑上来。突然，一只公狗扑上去，趴到母狗身上，其他狗让位了，在旁边淌着口水看得津津有味。两个人继续往前走。"噢，上帝。"汤姆说，"我觉得那只扑上去的狗是我们家的闪电。我以为它已经死了。过来，闪电！"他又笑了。"呵呵，这种情况，谁喊它，它也当没听见啊。这让我想起他们讲的威利·菲力小时候的一个故事。威利小时候很害羞，特别害羞。有一天他带着他们家的小母牛去和格雷夫斯家的公牛配种。格雷夫斯家其他人都出去了，只有他们家的闺女艾尔西在家，不过艾尔西一点也不害羞。威利站在那里满脸通红，说不出一句话。艾尔西说：'我知道你来干什么，公牛在谷仓后面，我带你去。'他俩把小母牛带到后边，然后两个人坐在篱笆上观看。很快，威利就在一边兴奋得不得了。艾尔西看着他，好像不懂的样子，问威利：'你怎么啦，威利？'威利兴奋得不能自抑，在那里根本坐不住了。'噢，'他喊道，'噢，上帝，我希望是我在做！'艾尔西说：'为什么不行，威利？这是你的小母牛。'"

　　牧师轻声笑了起来。"你知道，"他说，"不再当牧师是件好事。当我还是牧师时，没有人会给我讲这种故事，即使他们讲了我也不能笑。因为我是牧师，我不能笑。但是现在，我可以随心所欲，我只要想笑，我就可以笑，我愿意就行。"

　　东方的地平线上露出了一片红色，地上的鸟儿开始叽叽喳喳地叫起来。"快看，"汤姆说，"就在前面，那是约翰伯伯家的水塔。看不到风车，但是水塔是可以看到的。看到那耸立到天空的水塔了吗？"他加快了脚步。"我想知道大家是不是都在那儿。"水塔高高屹立在群山上。汤姆急匆匆地往前走，脚下扬起一团尘土。"我想知道老妈是不是——"他们现在看到了水塔的支架腿，看到了房子，远看像一个方形的小盒子，没有涂漆，光秃秃的，挤在一边的是低矮的谷仓。炊烟正从房子的锡烟囱里袅袅升起。院子里有一堆垃圾,堆满了家具、风车的叶片和马达、床架、椅子和桌子。"天哪,他们要走了!"汤姆说。一辆卡车停在院子里,这辆卡车很奇怪,边很高,前部是一辆轿车,顶部从中间被切断了,后边改装上了卡车这一截。他们走近的时候,听见院子里有人敲打的声音,耀眼的太阳从地平线升起,阳光洒落在卡车上,他们看到一个男人上下挥舞着他的锤子,锤子在阳光下闪闪发光。接着,阳光洒到了房子窗户上,亮晃晃的。饱经风雨的房子木板在阳光的照射下也闪耀起来。地上的两只鸡在阳光下仿佛两团火焰在燃烧一样,红通通的。

"别喊,"汤姆说,"我们悄悄地过去,就像这样。"他走得太快了,以至于扬起的尘土有他的腰那么高。然后他来到了棉花地的边缘。现在他们已经在院子里了,院子里泥土被经年累月地踩得很结实,闪闪发亮,地上长着一些灰扑扑的杂草。汤姆放慢了脚步,好像害怕再往前走似的。牧师看着他,也放慢了脚步,以配合他的步伐。汤姆慢慢地向前走,怯生生地朝卡车走去。这是一辆哈德森超级六座轿车改装的小货车,顶部被凿子生生劈成了两半。老汤姆站在卡车底板上,正在钉卡车两侧护栏的最上边那栏。他满脸灰白的胡子,低埋着头干着活,嘴里咬着一堆六便士硬币大小的钉子。他放上一颗钉子,用锤子把它敲了进去。从房子里传来炉子上盖子的碰撞声和孩子的喊叫声。汤姆侧身走到卡车前,靠在车上。他父亲看着他,却没有认出他来。他的父亲又取出一个钉子把它放上去。一群鸽子从水塔的板上飞来飞去,一会儿停在板上,向板的边缘踱来踱去到处看看。有白鸽子、蓝鸽子和灰鸽子,鸽子的翅膀在晨光下五彩斑斓的。

汤姆用手指钩住卡车一侧最低的栏杆。他抬头看着卡车上那个衰老的、头发花白的男人。他舔了舔厚厚的嘴唇,轻声地说:"老爹。"

## 第八章

"你想干什么?"老爹满口铁钉地嘟哝着。老爹戴着一顶脏脏的松松垮垮的黑帽子,穿着一件蓝色的工作衬衫,补衫上面罩着一件无扣的背心;下身一条牛仔裤,腰上系着一条宽宽的马皮皮带,皮带上有一个黄色的大方形铜扣,皮带和铜扣已经被磨得闪闪发亮;鞋子也被磨破了,鞋底因多年的阳光和潮湿的灰尘已经肿胀成船形。他的衬衫袖子紧紧地贴在手臂上,手臂粗壮而结实。他的肚子和臀部平平的,腿又短又粗,很强壮。他的脸胡子拉碴,下巴很结实,有点翘,下巴上的胡子又粗又硬,颜色也没有那么灰白。颧骨上没长胡子,皮肤呈褐色,因为常常眯着眼睛,眼角周围长满了皱纹。他的眼睛是深咖啡色的,当他看东西时会不自觉地伸长脖子,因为他的视力已经衰退了。他的嘴里含着铁钉,嘴唇又薄又红。

他把锤子悬在空中,准备钉上一颗钉子,他从卡车的侧面望着小汤姆,被人打断干活他有点不高兴。然后他把下巴向前一伸,眼睛看着小汤姆的脸,突然他意识到他看到的是谁。锤子慢慢地落在他身边,他用左手从嘴里取出钉子。他疑惑地说,好像在问自己,"这是汤姆——"然后他好像还是在告诉自己,"汤姆回家了。"他的嘴又张开了,眼里流露出恐惧的神色。"汤姆,"他轻声说,"你是越狱出来的吗?你是回来躲着的吗?"他紧张地等着小汤姆回答他。

"不是的,"汤姆说,"我被假释了。我现在是自由身,我有假释文件的。"他抓住卡车一侧下面的栏杆,抬头看着他老爹。

老爹把锤子轻轻地放在地上,把钉子放进口袋里。他把腿摆到一边,轻轻地从卡车上跳下来,当他站在儿子的旁边时,他似乎有点尴尬和奇怪。"汤姆,"他说,"我们要去加利福尼亚了。我们本来要给你写封信告诉你的。"他好像还是不敢相信地说道,"但是你回来了啊。你可以和我们一起去了。你也可以去了!"房子里咖啡壶的盖子哐啷一声掉了。老爹朝房子里看了看。"来，让我们给他们一个大大的惊喜。"他说着，眼睛里充满了兴奋。"你的老妈很伤心，她觉得她再也见不到你了。她看起来很平静，可是那种平静一般是有人死了的时候她才会那样。她都不想去加利福尼亚了，因为她担心再也见不到你了。"这时屋里又响起一声炉子盖的声音。"我们进去给他们一个大大的惊喜。"老爹重复道。"我们就这么走进去，就像你从来没有离开过一样，看看你老妈有什么反应。"他伸手想摸摸小汤姆，但最后只是拍了拍他的肩膀，然后立刻把手拿开了。他看到了吉姆·凯西。

汤姆说："老爹，你还记得那个牧师吗？他和我一起来的。"

"他也蹲监狱了？"

"没有，我们在路上碰到的。他离开了一段时间。"

老爹庄重地和凯西握了握手。"欢迎您。"

凯西说："很高兴能来到这里。看到一个孩子回到他的家真好。回家真好。"

"回家就好。"老爹说。

"是回到他的家人身边，"牧师马上修正道，"我们昨晚住在另一个地方。"

老爹伸着下巴，回头向大路的方向看了一会儿。然后，他转向汤姆。"我们怎么吓唬一下你妈呢？"他兴奋地说，"要不我走进去对他说，'这里有几个过路的家伙想要一些早餐。'或者你干脆这么做，直接走进去站在那里直到她见到你，怎么样？"他的脸上充满了兴奋。

"不要吓到她了，"汤姆说，"千万别吓坏了她。"

两只笨拙的牧羊犬愉快地跑来跑去，直到它们闻到了陌生人的气味，它们小心翼翼地向后退去，警惕地看着，它们的尾巴缓慢地在空中晃动，但是眼睛和鼻子却透出敌意和危险的气息。其中一只伸长它

## 第八章

的脖子向前迈进,准备随时逃跑的样子,一点一点地朝汤姆移过来并用力嗅了嗅他。然后它退后一步,看着老爹会不会发出某种信号。另一只小狗没有这么勇敢。它四处张望,想找些能转移它注意的东西,一只红色的鸡跑过来,它立刻朝它跑着追过去。那只母鸡咯咯叫了几声,被抓了几根红色的羽毛,然后拼命拍打着翅膀跑了。小狗骄傲地看着那些男人,然后向下翻倒在尘土中,躺在地上心满意足地甩着它的尾巴。

"来吧,"老爹说,"进来。她要见到你了。当她看到你时,我就能看到她那个时候的表情了。来吧。她马上就会喊我们吃早餐。我刚已经听到她把咸猪扒放锅里了。"他带着小汤姆穿过了尘土飞扬的地面。这栋房子没有门廊,只需要走一步里边就是门;门旁边放着一块砧板,经过多年的砍剁,砧板的表面已经变得很柔软了。旁边的护木积了厚厚的木粉,因为灰尘很容易渗透进材质较软的木材里。空气中弥漫着一股柳木烧煳的气味,当三个男人走到门口时,油煎咸肉的气味和烤饼干的香味,还有咖啡壶里滚动着的咖啡的香味扑面而来。老爹从开着的门走进去,站在那里用他宽阔的短身板挡着门。他说:"老婆子,来了两个过路的客人,他们想知道我们能不能给他们点吃的。"

汤姆听到了他老妈的声音,还是记忆中的那个沉着、冷静、友善而谦逊的声音。"让他们进来吧,"她说,"我们今天的早餐很多。告诉他们去洗手进来吃饭吧。面包已经好了,我这会儿正煎咸肉。"炉子上的锅里传来嗞嗞的煎油声。

老爹走进去,拉开门,汤姆一眼就看到了他的老妈。她正把卷着的猪肉片从煎锅里叉出来。烤箱门打开了,一大锅饼干已经烤好了。她向门外望去,但是太阳落在了汤姆的身后,她只看到了金黄色明亮的阳光所勾勒出的一个黑暗身影。她愉快地点点头。"进来吧,"她说,"正好我今天早上做了多的面包。"

汤姆站着朝里看。老妈壮,但不是很胖,因为生孩子和操劳的缘故,她的身材变得很厚实。她穿着一件宽松的灰布长裙,裙子上面以前应该有彩色的花朵,但现在衣服的颜色已经被洗掉了,所以小花朵的颜色变成了只比底色浅一点的灰色。这条裙子很长,都到她的脚踝那儿了,她强壮、宽大、赤裸着的双脚快速而灵巧地在地板上移动着。她那细软而又花白的头发在脑后被绾成一个稀疏的小结。裙子的袖子长度正好到手肘的位置,露出一段肥硕的手臂,手臂上面有一些雀斑,她的双手像小女孩的手一样胖乎乎的。她向着门外阳光的方向看着。她圆圆的脸给人感觉并不温柔,但是内敛又和蔼可亲。她浅褐色的眼睛似乎已经经历了所有可能的悲剧,眼神里是对世间苦难的高度冷静和超出常人的理解。她似乎知道自己是家庭的堡垒,在家里拥有别人无法取代的地位,而她也默默承担并乐于接受自己在家里的这种地位。除非她承认伤害和恐惧,否则老爹和孩子们不会知道什么叫伤害或恐惧,多年来,她一直在训练自己,让自己无所畏惧。当一件快乐的事情发生时,全家人都会先看她是否快乐,她快乐,全家人就会都跟着快乐起来。所以,不管碰到什么事,她总能想办法让大家开心。而且她很冷静,是那种让人觉得可以依靠的冷静。她的这种纯净又冷静的美,让她在整个家庭中拥有伟大而谦逊的地位。她的这种地位让她是一个治愈者,她的双手确定而平静;她又是一个仲裁者,她像女神一样公正、无瑕、遥不可及。她似乎知道,如果她动摇了,那整个家就动摇了,如果她绝望了,整个家就绝望了、堕落了,这个家也就散了。

她看向阳光明媚的院子,看到一个男人的黑暗身影。老爹站在旁

# 第八章

边,激动得发抖。"进来,"他喊道,"进来吧,先生。"汤姆有点羞愧地跨过门槛。

她愉快地抬起头来。然后她的手缓缓地垂向一边,叉子啪地掉到木地板上。她的眼睛睁得大大的,瞳孔也变大了。她张开嘴喘着粗气。她闭上眼睛。"感谢上帝,"她说,"谢天谢地!"突然,她露出很担心的表情。"汤姆,你不是越狱出来的吧?你没有被人追捕吧?"

"没有,老妈。我是被假释了,我这儿可有假释文件的。"他拍了拍他胸前的口袋。

她光着脚轻快地、无声地朝他走去,脸上充满了惊讶与疑惑。她的小手摸了摸小汤姆的胳膊,摸了摸他健壮的肌肉。然后她的手像盲人的手一样伸到他的脸颊上摸着。她高兴得快哭了。汤姆紧咬着他的下嘴唇。老妈惊讶地看到汤姆咬着嘴唇,她看到他牙齿上的血迹和嘴唇因为咬得太厉害而流下的血。她懂了,马上恢复到往日的冷静,她的手抽了回来。她长长地吁了口气。她流泪了:"我们差点就丢下你走了。我们都在担心你到时回来怎么能找到我们。"她捡起叉子,刮走上面的油脂,叉出一片酥脆的猪肉。她把烧开的咖啡壶放在炉子后面。

老爹咯咯地笑着说:"骗到你了吧,老婆子?我们就是想骗骗你,我们做到了,哈哈。瞧你,站在那儿傻傻的!要是老爷子刚才在这儿看到了就好玩了。你那表情好像有人用雪橇打了你的眼睛。老爷子要看到了一定会笑得在地上打滚——就像他上次看到艾尔朝天上开枪,想把军队的飞机打下来那样。汤姆,你还不知道吧,有一天来了一架飞机,足足有半英里长,艾尔拿着枪对它一顿开火,想把它打下来。"老爷子冲他喊道:"艾尔,打那么小只的有什么意思,等更大的来了再打吧,然后他笑得在地上打滚。"

老妈咯咯地笑着,从架子上取下一堆锡盘。

汤姆问:"爷爷在哪里?我回来还没见过他。"

老妈把盘子放在餐桌上,把杯子堆在旁边。她悄悄地说:"他和你奶奶睡在谷仓里。他们晚上需要夜起。房子里太挤,怕他们从小家伙身上过去踩到了。"

老爹插话说:"是的,你爷爷每天晚上都会大发脾气。有一天晚上,他从温菲尔德身上踩过去,温菲尔德大喊大叫,你爷爷一着急就尿在裤子里了,他都气疯了,大吼大叫,结果整个房子乱哄哄的,闹得一团糟。"他一边说一边笑得发抖。"噢,那阵子屋子里可热闹了。有一天晚上,房子里每个人都在咆哮,你的弟弟艾尔,他现在是一个聪明人,他说,'该死的,爷爷,你为什么不去做一个海盗?'好吧,这可把爷爷气坏了,他冲出去拿枪了。吓得艾尔那天晚上都不敢回屋里睡,在外面棉花地里睡了一晚。但是现在爷爷奶奶都睡到谷仓里去了。"

老妈说:"这样好多了,他们想夜起的时候就能随时起来。老家伙,赶紧去告诉他们汤姆回来了。老爷子最疼汤姆了。"

"好,马上去,"老爹说,"我早就应该这样做了。"他走出门,穿过院子,高高地摆动着双手。

汤姆看着他走出去,然后听到老妈在喊他。她正在倒咖啡,并没有抬头看他。"汤姆。"她怯生生地说。

"嗯?"他的迟疑是因为他觉得老妈有点迟疑,这在之前从来没有过。两个人都知道对方有点迟疑,这反而变得更别扭。

"汤姆,我得问你——你先告诉我你不会生气吧?"

"生气,怎么会呢老妈?"

"你在里边没有被人虐待吧?你不会恨什么人吧?他们在监狱里

没对你做什么丧心病狂的事吧?"

汤姆侧过身看着她,盯着她,他的眼睛似乎在问她怎么会知道这些事情。"没有,"他说,"也有过一小段时间。但我并不像有一些家伙那样骄傲。我不会事事放在心上。怎么了,老妈,你怎么突然问这个?"

现在她正看着他,张开嘴,好像这样她能听得更清楚,她的眼睛仿佛想要挖出他的心事。她的表情看起来在寻找汤姆话语背后的答案。她困惑地说:"我知道那个弗洛伊德家孩子的事。我认识他老妈,他们是好人。那孩子有点淘气,但是是个好孩子。"她停顿了一下,然后就滔滔不绝地说起来。"我不全知道——但我知道一些。他只是做了一件很小的错事,他们就开始折磨他,他被折磨得快疯了,后来他不小心又做错事了,结果他们又折磨他。所以那孩子很快就受不了了。他们就像对付野猪一样朝他开枪,他回击,然后他们就像追土狼一样追他,他乱吼乱叫,跟一头狼一样,最后,他就疯了。他不再是以前那个小男孩了,也不是一个正常人了,他疯了。但是认识他的人对他很好,他也不会伤害他们。最后他们找到他把他杀了。不管他们在报纸上怎么说,说他是多么的坏——但这就是事实的真相。"她停下来,舔了舔干燥的嘴唇,满脸的痛苦和疑问。"我得知道,汤姆。他们像这样伤害你了吗?他们这样发疯一样地对你干过什么吗?"

汤姆扯了扯嘴角,他看看自己的那双大手。"没有,"他说,"我没有被那样。"他停下来看着他的破指甲,这些指甲像蛤壳一样隆起。"每次碰到那种事我都躲得远远的。我没有那么疯狂。"

老妈松了口气:"感谢上帝!"

汤姆很快抬起头来。"老妈,当我看到他们对我们的房子做了什么——"

她走近他，站得很近，深情地说："汤姆，你千万不要一个人去对付他们。他们会像追杀土狼一样追捕你。汤姆，我一直在想，一直在做梦。他们说有千千万万个像我们一样的人被赶出去了。我们要是都被逼疯了，他们就不敢对我们怎么样了——"她停了下来。

汤姆看着她，慢慢地垂下了眼睛，直到他的眼睛只露出一条缝。"很多人都这么想？"他问道。

"我不知道。他们都很震惊又无措，像梦游一样四处游走。"

这时从院子里传来像是尖叫一样的老人的声音。"感谢上帝！普天同庆！"

汤姆转过头露出笑容。"奶奶终于知道我回家了。老妈，"他说，"你以前从来没有这样过！"

她的脸变僵硬了，眼睛也变冷了。"我从来没有被人赶出过我的家园，"她说，"我从来没有被迫在路上颠沛流离，也从来没有像现在这样把我的家当给变卖过——现在却成了这个样子。"她挪回到炉子边上，将一大锅球形饼干倒在锡盘上。她将面粉撒到锅里，制成肉汁，她满手是白白的面粉。汤姆看了她一会儿，然后走到门口。

院子那边来了四个人。爷爷走在前面，他是一个瘦削、衣衫褴褛、动作敏捷的老人，他迈着快步几乎是用左腿跳着走的，因为他的右腿脱臼了。他一边走一边扣他的裤子，但苍老的手找了半天也找不到扣子，因为他一着急把第一个扣子扣到第二个纽扣孔去了，结果整个乱套了。他穿着一条深色的破破烂烂的裤子和一件破旧的蓝色衬衫，他的衬衫敞开着，露出里边长长的灰色内衣，内衣也没有扣扣子。他敞开的内衣露出瘦弱的白色的胸口，上面有白色的胸毛。他放弃了扣裤子扣子，让它敞着，去摸索着扣内衣纽扣，也没扣上，最后他索性放弃了，把他的棕色吊带拉上来算是系好了裤子。他瘦弱的脸

# 第八章

这会非常兴奋,小小的明亮的眼睛像孩子的眼睛一样带着点调皮。那是一张桀骜不驯的、满腹牢骚的、淘气的、玩闹的脸。他好斗,喜欢争辩,一开口就是黄腔。他一向好色。他凶狠、残酷、没有耐心,就像那种野孩子,顽皮捣乱个没完。他喜欢酗酒,暴饮暴食,说起话来喋喋不休。

他后面跟着的是奶奶,奶奶还活着纯粹是因为她跟爷爷一样凶狠。她的凶狠体现在对宗教的狂热虔诚上,就像爷爷的好色和野蛮一样。有一次,在布道之后,她嘴里还在念念有词,她朝她丈夫开了两枪,差点就把他的半边屁股给打烂了,自那以后,爷爷反而很钦佩她,从此也不再像小孩子折腾虫子一样折腾她了。这会她边走边把她的家居服扯到膝盖之上,边走边大声嚷嚷:"感谢上帝!"

爷爷和奶奶一路赶着穿过了院子。他们两个一向喜欢针锋相对,并且乐此不疲。

跟在他们身后的是老爹和诺亚,他俩的步伐比较慢,但是能跟上爷爷和奶奶的步子——诺亚是家里第一个出生的孩子,长得很高大但看上去有点奇怪,他的脸上总是显得平静但是带着点困惑。他好像从来不会生气。他总是好奇又不安地看着发怒的人,就像是一个正常人看着一个疯子一样。诺亚走路很慢,很少说话,他做事很慢使得那些不认识他的人都以为他是傻子。他并不傻,但是他有点奇怪。他不骄傲,不好色。他工作和睡觉的时候都带着一种微妙的韵律感,好像这一切都让他很满意。他很爱他的家人,但他却从来不会表现出来。由于一些说不出来的原因旁人总会觉得诺亚看起来有点怪怪的,他的头、他的身体,或者是他的思想,给人的印象总有点别扭,但是你仔细看他的头、身体什么的又都没有问题。其实老爹知道为什么诺亚会看起来有点奇怪,但老爹对这个事一直感到很惭愧,所以从来没有跟别人说过。在诺亚出生的那个晚上，老妈在那儿尖叫，旁边又没有别的人，接生婆还没有来，诺亚已经在老妈的大腿之间露头了，老爹有点无措。他就用双手，用强壮的手指抓住婴儿的头往外拉，拉不出来就边拉边扭动着婴儿的身体。接生婆迟到了，等她到了的时候发现婴儿的头部都被扭变形了，脖子被扯得很长，身体扭曲。她把婴儿的头拼命往后推，用双手把婴儿的身体给弄正了。但是老爹一直记着这个事，并且一直以此为耻。所以他对诺亚比对其他孩子总是更好。在诺亚宽阔的脸上，两只眼睛离得太远，下巴很长，看起来很脆弱，老爹每次看到他，就会想起当初被自己扭得变形的那个婴儿。诺亚其实很正常，你要他做什么他都能做到，会阅读会写字，可以工作和思考，但他好像对什么都并不关心不在意；他对人们想要和需要的东西好像都不是很在意。他常常待在他静得出奇的房子里，用平静的眼睛看着窗外。他是全世界的陌生人，但他并不孤独。

四个人走过院子，爷爷问道："他人呢？在哪里？该死的，他人呢？"他的手摸着去扣裤子纽扣，然后不知怎的又插到了裤袋里。他突然看到小汤姆站在门口，爷爷停了下来，他后面的人跟着都停了下来。他的小眼睛闪烁着凶狠的光芒。"小心这个人，"他说，"他可是从牢里出来的。这么长时间我乔德家还没有人坐过牢。"他的思绪跳了起来。"凭什么把他关进监狱？他什么也没干，这些狗娘养的，凭什么把他关进了监狱？"他的思绪再次活跃了起来。"那个老特恩布尔，那个老混账，还到处嚷嚷说你一出来就要宰了你。说他有哈特菲尔德的血脉。嗯，我给他捎话了。我说，'不要打我们乔德家的主意。也许我有印第安人的血脉。'我说，'你要是敢动汤姆一根汗毛，我就让你好看！'听我这么说他吓坏了。"

奶奶没有接着爷爷的话茬继续说，却说道："赞美上帝。"

# 第八章

爷爷走上前,拍了拍汤姆的胸口,他的眼睛里充满了爱意和骄傲。"还好吗,汤姆?"

"还行,"汤姆说,"您自个儿呢?"

"不好,满肚子火,"爷爷说。他又急躁起来。"就像我刚刚说的,凭什么把我们乔德家的关进监狱?我说,'等着看吧,我们家汤姆会像公牛冲过围栏一样从监狱里冲出来的。'你就真的出来了!别挡着我的路,我很饿。"他说着挤过去,坐下来,把一块猪肉和两块大饼干装上盘子,然后把浓稠的肉汁倒在整个盘子上,在其他人进来之前,爷爷的嘴里已经塞满了吃的。

汤姆深情地朝他笑了笑。"爷爷还是威风不减当年啊!"他说。爷爷的嘴里塞得太满以至于他话都说不出来了,但是他那双小眼睛微笑着,朝小汤姆猛地点了点头。

奶奶骄傲地说:"没有比他更坏的人了。他早晚要下地狱,感谢上帝!他还想要开卡车!"她不屑地说,"好吧,看谁敢让他开。"

爷爷突然呛着了,一嘴的食物喷到了腿上,他咳嗽着。

奶奶朝小汤姆笑了笑。"瞧他那样儿,乱七八糟的,不是吗?"她两眼放光地说道。

诺亚站在台阶上,面对着汤姆,他那对隔得很开的眼睛打量着小汤姆。他的脸上几乎没有表情。汤姆说:"你好吗,哥?"

"还行,"诺亚说,"你怎么样?"他没说什么别的了,但是听起来让人感觉很舒服。

老妈挥着手把苍蝇从肉汤碗里赶开。"桌子坐不下了。"她说。"拿着你的盘子盛上点吃的然后找个地方坐下来吧。去院子外边或别的地方都行。"

突然,汤姆说:"嘿!牧师呢?他到哪儿去了?他刚刚还在这儿的。人呢？去哪了？"

老爹说："我刚见过他，但这会儿不知道去哪儿了。"

奶奶尖声说道："牧师？你带着牧师一起回来的？赶紧找他过来。请他来给我们在吃饭前做个祷告。"她指着爷爷说，"顾不了他了——他已经开吃了。赶紧把牧师叫过来吧。"

汤姆走到门廊上。"喂！吉姆！吉姆·凯西！"他喊道。他走到院子外边。"噢，凯西！"牧师在水塔下面坐着，他站起来，朝房子走去。汤姆问道："你咋了，躲起来干什么？"

"呃，不是要躲起来。只是觉得一个家伙不应该在别人一家人团聚的时候去瞎掺和。我只是坐在那边想了一些事情。"

"进来吃点东西吧，"汤姆说，"奶奶想要你给做个餐前祷告。"

"但是我已经不是牧师了。"凯西说。

"哦，进来再说。给她做个祷告吧。对你又不会有什么坏处，而且她喜欢这样。"他们一起走进厨房。

老妈平静地说："欢迎。"

老爹也说道："欢迎你。来吃点早餐。"

"先做祷告，"奶奶吵着要牧师给做个祷告，"先做完祷告再吃。"

爷爷狠狠地盯着凯西的眼睛，直到他认出了他。"哦，你是那个牧师，"他说，"哦，他很好。自从我见到他，我就一直很喜欢他——"他朝着凯西眨了眨眼睛以至于奶奶以为他要说什么不好听的。"闭上你的嘴，你这老家伙。"

凯西紧张地用手指拨弄着头发。"我得先告诉你们，我现在已经不再是牧师了。我来到这里很高兴也很感激，感谢你们的款待。如果这样可以的话，我就这么给你们做餐前祷告。但是我已经不是牧师了。"凯西说。

## 第八章

"开始祷告吧,"奶奶说,"还有,我们就要去加利福尼亚州了,给我们祝福一下吧。"牧师低下头来,其他人都低下头。老妈双手交叉放在肚子上,低下头。奶奶把头低得如此之低,以至于她的鼻子几乎碰到她盘子里的饼干和肉汁了。汤姆靠在墙上,手里拿着一个盘子,僵硬地低着头,爷爷侧身低下头,这样他就可以用他那促狭的目光看着牧师了。牧师的表情,看起来不是在祈祷,而是在思考问题。他的语气不是在恳求上帝给予恩赐,而是在猜想着什么。

"我一直在想,"他说,"我之前在山上的时候一直思考着,你可能会说那就像耶稣走进旷野去想他该怎么摆脱一堆麻烦。"

"感谢上帝!"奶奶说,牧师惊讶地瞥了她一眼。

"耶稣好像一辈子都是麻烦不断,他也想不出什么办法来解决那些麻烦,他一直在思考这一切都有些什么好处,他这么挣扎有什么用。最后他累了,厌烦了,他的热情都消磨殆尽了。他快要放弃的时候,他一个人去了野外。"

"阿门。"奶奶喊道。这么多年来,她总是在牧师停顿的时候定时回应一下。这么多年她总是会适时回应,而且用的词语还能变换多样。

"我不是说我像耶稣一样,"牧师继续说道,"但我是像他一样感到疲倦了,像他一样感到困惑了,所以我像他一样去了荒郊野外,并且没有随身携带露营的装备。夜晚我躺在草地上仰望星空;清晨我坐着看太阳升起;中午我从山坡上远眺,看着连绵起伏的村庄;黄昏我坐看夕阳西下。有时我会像往常一样祈祷,只是我不知道我在祷告什么、为什么祷告。有山,有我,我和大自然不再分开,我们已融为一体。那种感觉是神圣的。"

"哈利路亚。"奶奶说,她来回摇晃了一下,想让自己陷入一种虔诚无比的状态。

"我开始思考,或者说不是思考,而是比思考更深层次的一种思想行为。我开始想为什么当人和大自然融为一体的时候是神圣的,为什么当所有人类合而为一的时候是神圣的。可是当一个可怜的家伙咬牙切齿、一意孤行的时候他却是不神圣的。像这样的人我们认为他破坏了圣洁。但是,当所有人同心协力,不是某个人为了另外一个人,而是一个人为了全人类时——那就是对的,那就是神圣的。然后我在想我甚至不知道神圣到底是什么意思。"他停顿了一下,但是其他人都还低着头,因为他们习惯了牧师在祷告完说了"阿门"以后才抬起头来。"我已经不能像过去那样祷告了。但是我知道这顿早餐是神圣的。我很高兴这里有爱。没别的了。"但是大家的头还低着。牧师环顾四周。"不好意思我让你们的早餐都凉了。"他继续说道。然后他突然想起忘了点什么。"阿门。"他赶紧说,所有的人都抬起头来。

"阿门。"奶奶说,她开始吃她的早餐,用又硬又老的牙床咬着浸了肉汁的饼干。汤姆吃得很快,老爹嘴里也塞满了食物。大家吃着食物,喝着咖啡,没有人说话,只有咀嚼食物和喝咖啡的声音。老妈边吃边看着牧师,她带着询问、探究和试图去理解的神情看着他。她看着他,仿佛他突然变成了一个神,不再是人了,他的话仿佛是一个从地下发出的声音。

男人们吃完并放下盘子,喝完最后一口咖啡;然后他们走出去了,老爹和牧师以及诺亚和爷爷与汤姆,他们走到卡车边,绕过了一堆旧家具、木制床架、风车机械装置、旧犁耙。他们走到卡车旁边站着。他们摸了摸新的松木侧板。

汤姆打开卡车引擎盖,看了看那台油腻的大发动机。老爹走到他旁边。他说:"你弟弟艾尔在我们买下它之前看过了。他说这车没什么问题,能开。"

"他懂吗?他还只是个毛头小子。"汤姆说。

"他在一家公司工作。去年开过卡车,他懂一点。这小子有点小聪明。他懂一点,他可以修理发动机,艾尔可以的。"

汤姆问道:"他现在在哪里?"

"呃,"老爹说,"他应该在村子里瞎混吧。野得要死。十六岁的鬼头小子,名堂多得很。他满脑子都是女人和车子。机灵的小鬼头。他已经一个礼拜没有回家睡觉了。"

爷爷在胸口摸索着,结果将蓝色衬衫的纽扣扣在内衣的纽扣孔上了。他用手指摸着也觉得有些不对劲,但是摸了半天也没找着问题。他的手指向下摸索试图理清楚这些错综复杂的纽扣。"我年轻的时候比他还坏,"他乐呵呵地说,"比他要坏得多。你可能会说,我简直是一个恶魔。在我年轻的时候,当时就在萨里索举行过营地传教会,我当时比艾尔稍微大点,他不过就是一个小鬼头。我们去那里参加营地传教会。有五百来个乡亲参加了传教会,其中还有好些漂亮妞。"

"爷爷,您现在看起来也还是个硬汉呀。"汤姆说。

"嗯,还行吧。跟年轻时不能比。但是让我去加利福尼亚,我还可以摘橘子、摘葡萄。葡萄我是永远也吃不够的。我可以从葡萄架上摘下一大串葡萄,把它们压在脸上,让葡萄汁在脸上流淌。"

汤姆问道:"约翰伯伯在哪里?罗莎在哪里?还有露丝和温菲尔德呢?怎么也没听到你们说起他们?"

老爹说:"你也没问啊。你约翰伯伯带着一大堆东西到萨里索赶集去了——什么水泵啦,各种农具啦,鸡啦和其他一些我们带过来的东西,带到萨里索去卖。他带着露丝和温菲尔德一起去的,天没亮就走了。"

"我们在路上怎么都没碰到他们?"汤姆说。

"嗯,你们是从公路那边过来的,对吗?他们走的是后边,经过考林顿的那条路。罗莎的话,她和康尼一家在一起。噢,上帝,你可能都不知道罗莎已经嫁给了康尼·里弗斯。你应该记得康尼吧,不错的小伙子。罗莎再过三四个月就要生了。她的肚子已经好大了。看起来很好,应该没有什么问题。"

"天哪!"汤姆说,"感觉罗莎自己都还只是个孩子,现在她都要当老妈了。四年不在家,发生了这么多事。你想什么时候出发去西边,老爹?"

"嗯,我们得把这些东西都拿出去卖掉。如果艾尔从村里鬼混回来了,我想让他把剩下的所有东西都装上卡车去卖了,这样,也许我们明天或后天就可以出发了。我们现在手头的钱不够,他们说该死的加利福尼亚离我们这儿有两千多英里路。我们越早动身,当然我们就越能确保可以到达那里。钱总是源源不断地流出,你身上有钱吗?"

"只有几块钱。你们怎么弄到钱?"

"嗯,"老爹说,"我们把手头所有的东西都卖了,然后我们全体去帮人收棉花,连你爷爷都去。"

"我当然应该去。"爷爷说。

"我们所有的钱加起来现在是两百块钱。不过我们已经花了七十五块钱买这辆卡车,我和艾尔把车拆掉了一半,另一半改装成了货车。艾尔本来还说要调整一下阀门,但是他鬼混到现在也没回来弄。等到我们出发时,估计能有个一百五十块。这辆破车的轮胎怕是跑不了太远。得准备几个备胎。一路上再看看吧。"

这时候太阳直射下来。火辣的太阳照在卡车的底板上,地面上形成了一条黑色的阴影,卡车散发着一股子热油、油布和着油漆的味

## 第八章

儿。几只小鸡从院子里跑到工具棚里躲避太阳。猪圈里的猪气喘吁吁地躺在栅栏边上,那儿有一道薄薄的阴凉处,它们不时地发出几声尖叫,似乎在抱怨天气太热。两只狗躺在卡车下面的红色尘土中,气喘吁吁,它们流着口水,舌头上都是灰尘。老爹把帽子拉低遮住眼睛,蹲在地上。这是他想问题的常用姿势,他蹲在那儿打量着汤姆,打量着他的新的但是被弄得皱皱巴巴的帽子、那套新衣服和那双新鞋。

"你是花钱买的这身衣服吗?"他问,"这身衣服过不了多久对你来说就是个麻烦。"

"他们给我的,"汤姆说,"这身是我出来时,他们给我的。"他脱下帽子,拿在手里欣赏了一下,用它擦了擦额头上的汗,然后又戴回去,轻轻地拉了一下帽舌。

老爹看着。"他们给你的鞋看起来不错。"

"是的,"汤姆同意道,"鞋很好,但是在这么热的天气里,脚捂在里面实在是太热了。"他蹲到了老爹旁边。

诺亚慢慢地说:"你要是把车护栏再钉高点,我估计我们能把这些东西都带走。等艾尔回来,我们看看能不能把这些东西都装上车。"

"如果可以的话,我可以开车。"汤姆说,"我在监狱里开过卡车。"

"好的,"老爹说着,眼睛盯着那条路,"如果我没弄错的话,那个小鬼头现在回来了,"他说,"看来是玩累了。"

汤姆和牧师抬头看着路。而艾尔,发现他被人注意到了,立刻挺起胸膛,像一只正要打鸣的公鸡一样,大摇大摆地走进院子里来。他走得越来越近,这时他认出了汤姆,他神气的模样立刻变了,眼中闪烁着钦佩和敬意。他穿着一条牛仔裤,裤腿下边被卷上去八英寸,露出了他的高跟靴子,他带着一条三英寸宽的腰带,腰带上有铜制的数字,他头上戴着时髦的牛仔帽,甚至在他穿着的蓝色衬衫上还有红色

105

的肩带。不过即便他这样装扮也没法跟他哥哥比，因为他的哥哥杀了一个人，这个没有人会忘记。艾尔知道，他在他这个年龄的男孩中有一些威望，有部分原因是他这个哥哥曾经杀过人。他曾在萨里索被人指出来过："那是艾尔·乔德。他的哥哥用铲子杀了一个人。"

艾尔谦卑地走过来，看到他的哥哥并不像他想象的那么粗暴。艾尔看到了他哥哥那双黑暗沉思的眼睛，眼里有一种坐过牢的人特有的平静，一张光滑硬朗的脸，脸上的表情不卑不亢，连监狱看守也看不透。艾尔的表情马上变了。不知不觉中，他开始喜欢他的哥哥，他英俊的脸庞变得庄重起来，他的肩膀也放松了。他不记得汤姆以前是什么样子。

汤姆说："嘿，艾尔，天哪，你都长这么大了！我都认不出你了。"

艾尔想着汤姆一定会跟他握手，他把手伸得长长的，脸上挂着刻意的笑。汤姆伸出手来，艾尔的手立刻迎上去握着。两个人一看就是兄弟。"他们告诉我，你对卡车很在行啊。"汤姆说。

艾尔感觉到他的哥哥不会喜欢一个吹牛的人，说道："哪是很在行，我懂的其实不多。"

老爹说："你在外面也浪够了。看起来是浪够了，累了。好吧，你得把这一大堆东西带到萨里索去卖了。"

艾尔看着他哥哥汤姆。"想不想一起去？"他尽可能装作随便地问道。

"不了，你去吧，"汤姆说，"我在这里帮忙吧。我们在路上再好好聊。"

艾尔小心翼翼地问道："你不是越狱出来的吧？"

"不是，"汤姆说，"我被假释了。"

"哦。"艾尔有点失望。

## 第九章

在小小的房子里，农户们开始挑选他们的财物以及他们的父辈和祖父辈留下的财物——挑选着他们去西部能带的财物。男人们冷酷无情，因为他们的过往已经被掠夺了，但女人们知道在未来的日子里，过往的苦难还是会降临。男人们走进了谷仓和棚屋。

那个犁，那个耙，还记得我们在战时种的芥末吗？还记得有一个家伙想让我们种一种叫银胶菊的灌木吗？他说种了能发财。唉，把那些工具拿出去卖了吧——说不定能卖几块钱。那犁加上运费当年可花了我十八块钱——在罗巴克镇的西尔斯百货买的。

马具、手推车、播种机、小锄头，把它们都拿出来吧，堆起来。把它们装上马车，带它们去城里，卖掉它们换你需要的东西。马车也给卖了吧，这些都没有用了。

五毛钱？五毛钱可买不了一把好犁。那台播种机值三十八块钱，两块钱可不够。不能把这些又全部拖回去——好吧，拿走吧，连着我的痛苦一起带走吧。那个上好的水泵和那套马具也都拿走吧。这些缰绳、项圈、马颈轭和拖绳也拿走吧。带上这些镶着玻璃的额带吧，那条玫瑰红的额带。这些都可以给这匹枣红色骟马配上，把这匹马也带上。还记得这匹马吗？当它跑起来的时候是多么的威风！

院子里堆满了这些垃圾。

不能再卖手犁了，犁上的这块铁也值五毛钱吧。现在大家都用拖拉机了。

好吧，拿走吧——所有这些——给我五块钱就可以了。你买的可不是一堆垃圾，你买的是一堆有生命的东西。还有——你会看到——你买的是我们的苦难。光买一把犁头，可能会给你带来厄运，买上这些犁把儿和灵魂就可以拯救你。五块钱，不是四块。我也不能把它们又拖回去——好吧，拿四块钱走人吧。但是我可警告你，你花四块钱买了这些有可能会给你带来厄运。你不会看见，你也不能看见。四块钱拿走吧。现在，这些马和马车你出多少？它们都是很好的骟马，很默契，颜色也很搭，行走时步调一致。它们跑起来时，腿和臀部的肌肉拉紧，很有节奏感。每当清晨，阳光照在它们身上，那种枣红色非常漂亮。它们隔着篱笆嗅着我们，竖起的耳朵仿佛在听我们说话，还有那黑亮的额头！我有个闺女，她喜欢把马的鬃毛和后颈毛编成辫子，然后戴上红色的小蝴蝶结。她喜欢这样做，可是以后再也不能这样了。我可以给你讲讲关于我女儿和那两匹枣红马的故事，你肯定会觉得很好玩。那两匹马，一匹八岁，另一匹差不多十岁，但是这两匹马在一块好像是双胞胎似的。你看见了吗？看看这牙，听听它们喷气儿的声音，瞅瞅这肺活量。看看马蹄子，干净又漂亮。多少钱？十块钱？这两匹马？还加上这马车——哦，天哪！我还不如打死它们用来喂我家的狗算了。哦，拿走！赶紧拿走，先生。你知道吗先生，你正在买的这两匹马，有一个小女孩曾经把它们的鬃毛编成辫子，脱下她的发带给它们做成蝴蝶结给戴上，她靠后站着，竖起头，用她的脸颊擦着马儿柔软的鼻子。你正在买的这两匹马多年来陪着我风雨兼程，日晒雨淋，你正在买的这两匹马饱含着我们不能言说的悲伤。但是小心，先生！我所有的这堆东西和那两匹马——那么漂亮的两匹马——所有这些饱含着我们痛苦的东西，有一天会进入你们家，把我们的苦难带给你们。我们本可以拯救你的，但是你乘人之危一再砍价，所以我想你马上就会自食其果的，我们也没有人会拯救你了。

这些农户走着回来了，双手插在口袋里，帽子被拉了下来。有的人马上去买了一瓶酒一口就干了，品尝那苦涩的滋味。他们没有笑，也没有跳舞。他们没有唱歌，也没有弹吉他。他们走回农场，双手插在裤兜里，头低着，用脚踢着红色的尘土。

也许我们可以从头开始，在那片传说中的富饶的土地——加利福尼亚州，在那片土地上从头开始，那里遍地都是水果。我们会在那儿从头开始。

但你已经没法儿说是从头开始了。只有婴儿可以说从头开始。你和我——我们已经是过去时了。你和我，我们处在这愤怒的时代，我们在这千疮百孔的景象之中。这片土地，这片红土地，就是我们；这洪水泛滥的年代，这布满尘埃的年代和数年干旱的年代，就是我们。我们没办法从头开始了。我们卖给那个旧货商的苦难——他买回去以后好好的，但我们还是生活在苦难中。当土地主要我们离开的时候，那就是我们；当拖拉机撞到房子上时，那就是我们，那一切与我们同在，直到我们死。去加利福尼亚或任何其他地方——我们每一个人都是一个鼓乐队队长，带领着一连串苦难、悲伤和我们一起前行。有一天，所有这些苦难的队伍都会涌向同一个方向。他们会走在一起，会带来一种死一般的恐惧。

农户们在红色尘土中匆匆回到农场。

所有可以卖的东西都被卖了——炉灶、床架、椅子和桌子，小角柜，浴缸和水箱，但是还是有成堆的杂物；女人们坐在这堆杂物中间，把它们翻过来翻过去地看，有图片、方形眼镜，这里还有一个花瓶。

现在你应该知道了，有的东西我们可以带走，有的东西带不走。我们会风餐露宿——所以带上一些锅碗瓢盆，用来煮饭和洗漱，带上垫子和被子、灯和水桶，带上块帆布，用它来搭帐篷。这个煤油罐带上。知道这是干什么用的吗？可以用来当炉子。还有衣服——把所有的衣服都带上。还有——枪？枪是一定要带的。当我们没有鞋子、没有衣服、没有食物，甚至连希望也没有了的时候，我们还有枪，我们还可以靠枪来生活。当年你爷爷第一次踏上这片土地的时候——我告诉过你吗？他只带了胡椒、盐和一把枪，其他什么也没有。就这样，就这么简单。还有一瓶水。靠这些，我们就可以活下来了。上车吧，可以上车了，孩子们可以坐在拖车里，奶奶坐在床垫上。带上我们的这些工具，铲子、锯子、扳手和钳子，还有这把斧头。这把斧头我们用了四十年了，看它已经钝成什么样了。还有绳子。还忘了什么别的吗？走吧——一把火把这些都烧掉吧。

孩子们来了。

如果玛丽带那个娃娃，那个脏脏的布娃娃，那我就要带上我的印第安弓箭。我要带上它。还有这根棍子，和我一样长，我可能会需要这根棍子。我用这根棍子已经用了好久了——有一个月，或者是一年了。我要带上它。加利福尼亚是什么样子的？

女人们坐在那堆东西中，把那些东西翻过来看过去。这本书——我父亲的，是他很喜欢的一本书——《天路历程》，我也拿来读过。

上面有他的名字。这是他的烟斗——还能闻到上面的臭味。还有这张画——一个天使。我生头三个孩子的时候一直看着这张画——不过好像并没有什么用。我们能把这只瓷器狗带走吗？萨迪阿姨从圣路易斯集市上买的。你看见了吗？这上面写着呢。唉，算了。这是我哥哥去世前一天写的一封信。这儿有一顶老式的帽子。这上面的羽毛还很新——好像从来没用过似的。不行，车里已经没地儿了。

没有了我们以往的生活，我们要怎么活下去呢？没有了我们的过去，我们怎么知道我们还是不是我们？算了，全烧掉吧！

她们坐着，看着这堆东西被烧掉，一切都被烧成了回忆。如果不知道门外的土地是什么样的，那会怎样呢？如果你在夜里醒来并且知道——门外的柳树不在那儿该怎么办呢？没有那棵柳树你能生活吗？不，你不行。那棵柳树就是你。那床垫上的痛——那可怕的痛——就是你。

孩子们站在旁边——如果萨姆拿着他的印第安弓和他的长棍，我就要拿两样东西。我还要拿我这个毛绒枕头。这是我的！

突然他们紧张起来。赶紧走吧，不能等了，我们不能再等了。他们把杂物堆放在院子里，然后放火烧了它们。他们站着，看着这堆东西被燃烧，然后疯一样地上了车把车开走了，扬起一路灰尘。满载的汽车开走后，尘土在空中飘了很长一段时间。

## 第十章

卡车走了,里面装满了各种东西。有重型工具、床和弹簧,以及有可能卖的每件可移动物品。然后,汤姆在这个地方闲晃。他晃进谷仓,走进空荡荡的小间,然后走到几个被扔掉的工具前,用脚踩翻一个破割草机刀齿。他慢慢地走过他记忆中的地方——燕子筑巢的红色斜坡,猪圈边的那棵柳树。猪圈里两头小猪在栅栏里朝他咕噜咕噜地叫着,两头小黑猪,黑黑的看起来很可爱。然后他走累了,坐到门口的台阶上,那里这会儿正好有荫处。在他身后,老妈在厨房里忙着,她把孩子们的衣服放在桶里洗着,肥皂水从她强壮的有着雀斑的手臂肘部滴下来。当汤姆走过来坐下时,她的手停了下来。她盯着他看了很长一段时间,当他转过身去盯着外面炽热的阳光时,她盯着他的后脑勺。然后她又继续洗衣服。

她说:"汤姆,我希望加利福尼亚一切都好。"

他转过身来看着她。"是什么让你觉得那儿会不好?"他问。

"嗯,没什么。就是看起来有点儿太好了。我看到有人在发传单,写着那儿遍地都是工作,工资又高,我看到传单上面写着他们有多希望人们去摘葡萄、橘子和桃子。那是一份好工作,汤姆,摘桃子,多棒的工作。即使他们不会让你偷吃桃子,但有时候偷吃一两个坏了的桃应该也没事。而且那是在树荫下工作,多好。我觉得他们说得太好了,有点害怕。我不太相信,我害怕有些东西被他们说得太美好了。"

汤姆说:"不要抱太大希望,你就不会太失望。"

"我知道这句话。这是《圣经》里的一句话,不是吗?"

"我想是的。"汤姆说,"自从我读了一本书名叫作《芭芭拉·沃斯的胜利》的书以后,我就记不住《圣经》里边的话了。"

老妈轻声地笑了笑,把衣服从桶里拿出来放进去。她拧干工作服和衬衫,手臂上的肌肉都被拉出来了。"你的爷爷,他总是引用《圣经》上面的话。但他总搞错,引用的都不是《圣经》里的话。他把《圣经》和《迈尔斯医生的年鉴》搞混了。有一次他给我们大声朗读那个年鉴中的句子——都是些失眠的或是腿脚不好使的人写给大夫的信。然后他根据那些话给大家讲了一堆人生道理,他说,'这是《圣经》里的寓言。'把你老爹和约翰伯伯笑坏了,弄得他很难堪。"她在桌子上堆起了像粗绳一样被拧干的衣服,"他们说我们要去的地方有两千英里。你觉得那是多远,汤姆?我在地图上见过,有明信片上面画的那种大山,我们穿过那些大山就到了。汤姆,走那么远要花多长时间?"

"我不知道,"汤姆说,"两个礼拜,如果运气好的话,可能十天。听着,老妈,别再担心了。我告诉你一些关于我在牢里的事。在牢里你不要想着你什么时候能出去这回事,要不你就一定会疯。你必须只考虑当天的事,然后是接下来第二天的事,然后是有关周六球赛的事。你只要想这些就好,这就是你要做的。老鸟们都是这样做的。曾经有一个新来的家伙想得都把头撞到牢房的门上,因为他总是在想在牢里要待多长时间。为什么要那么做呢?过一天算一天得了,老妈。"

"这倒是一个好方法,"老妈说,她往洗衣桶里倒满炉子里的热水,然后她放进脏衣服,开始将它们泡到肥皂水里。"是的,这倒是个好办法。但是我想在加利福尼亚可能也会很好。起码在那儿从来不会觉得冷。一个遍地是水果的地方,一个最好的地方,一个在橘子树中有小白房子的地方。我想知道——也就是说,如果我们都有工作——也许我们也可以得到其中的一个小白房子。一个个小家伙都出去到房子外边的树上摘橘子。他们一定会玩疯了。"

汤姆看着她边说边洗着衣服,他的眼睛里满含着笑容。"你能这么想很好。我在牢里认识一个来自加利福尼亚的家伙。他不像我们这么说话。从他说话的方式就知道他来自很远的地方。但他说在加利福尼亚现在有太多的人在寻找工作。他说,好多摘水果的人住在肮脏的营地里,而且还吃不饱。他说那儿工资很低,而且很难拿到。"

老妈的脸上掠过一道阴影。"哦,不是这样的,"她说,"你老爹收到一份传单,上面写着他们是多么需要采摘工人。如果他们没有充足的工作,他们就不会这么麻烦到这边来发传单。他们花了不少钱才把传单印出来的,他们为什么要撒谎呢?花钱来撒谎吗?"

汤姆摇了摇头。"我也不知道,老妈。很难想到他们为什么这么做。也许——"他望着外面炽热的太阳,太阳光照在红土地上,闪闪发亮。

"也许什么?"

"也许那边很美好,就像你说的那样。咦,爷爷去哪儿了?还有牧师呢?"

老妈走出房子,双臂高举着衣服。汤姆闪到一边让她过去。"牧师说他出去走走,爷爷在房子里睡觉,他白天总要睡上一会儿。"她走到了晾衣线边上,开始往上放衣服,有淡蓝色的牛仔裤、蓝色衬衫和灰色长内衣等等。

在汤姆身后,他听到了一阵脚步声,他转过身去看。爷爷正从卧室里出来,就像早上一样,他摸索着在扣扣子。"我听到你们在说话,"他说,"龟孙子也不让一个老家伙睡会儿觉。你们这些混账东西什么时候能学着让一个老家伙睡会儿觉。"他生气地用手去翻他裤子上唯一的两个扣子眼。但是一会儿他好像忘记了他一直在想干什么。他的手伸进了裤子在裤子里一阵乱抓。老妈进来了,双手湿湿的,手心被热水和肥皂泡得又肿又皱。

"还以为您在睡觉呢。来,我给您扣上吧。"尽管爷爷挣扎着,但是老妈还是抓住他,帮他把他的内衣、衬衫和裤子都扣好了。"你们出去转转吧。"她说,然后放他走了。

爷爷气急败坏地说:"裤子扣子怎么能让别人扣呢?太丢人了!我要自己把裤子扣好。"

老妈开玩笑地说:"在加利福尼亚不扣好裤子会被抓的。"

"他们敢,哼!他们要敢那样,我就给他们点颜色看。他们以为他们还能告诉我该怎么做吗?只要我愿意,我可以什么都不穿就出去走!"

老妈说:"他的话一年比一年说得难听。我看他是在吹牛。"老人伸出他毛乎乎的下巴,用一种精明的眼光看着老妈,又带着点戏谑的神情。"好,等着瞧,"他说,"我们马上就要出发了。噢,我的上帝,到时你们等着瞧,只要看到葡萄挂在那里,你们知道我要怎么干吗?我要装满一洗脸盆的葡萄,然后一屁股坐进去,让葡萄汁从我裤子里流下来。"

汤姆笑了起来。他说:"上帝啊,爷爷您活到两百岁也没人敢招惹您。您已经准备好上路了,是吗,爷爷?"

老人拖出一个盒子,重重地坐在上面。"是啊,"他说,"唉,也快到要走的时间了。我弟弟四十年前就去了那边,只是一直就杳无音信了。那小子总是鬼鬼祟祟的,没有人喜欢他。他当年走的时候,把我的一把单动式柯尔特手枪也给顺走了。如果让我碰到这龟孙子或是他的孩子,如果他在加利福尼亚出来让我碰到,我就问他要回我的柯尔特。就我对他的了解,他一旦生孩子,肯定就是生一窝,生到养不起,只好给别人家养。我恨不得马上就去了。我有一种感觉,到了那边我肯定会生龙活虎,马上跑去摘水果。"

老妈点点头。"他是认真的,"她说,"三个月前他就开始工作了,直到摔坏了臀,这才没干活了。"

"说得太对了。"爷爷说。

汤姆从门口坐的地方向外看。"牧师来了,他从谷仓的后边走过来了。"

老妈说:"我注意到他今天早上给我们做的祷告有点奇怪。一点也不像个祷告,就像在说话,只是声音听起来像是在做祷告。"

"他是一个有趣的家伙,"汤姆说,"说话总是很有趣。不过,他总是看起来像是在和自己说话。他不想把任何事情都说出来。"

"看他眼中的表情,"老妈说,"他看起来好像受过什么打击。那种眼神他们称为'视而不见'。他肯定是受过什么打击。他走路总是低着头,好像在看地上的什么东西。受过打击的人就是这样的。"她不说话了,因为凯西已经走到门口了。

"嘿,老兄,像你那样在这大太阳底下走来走去,会热坏的。"汤姆说。

## 第十章

凯西说:"呃,是的——也许吧。"然后他突然向着所有人,向爷爷,向老妈,向汤姆恳求道,"我得去西部,我要去西部。我想知道我是不是可以和你们一起去。"然后他站在那儿,对自己刚刚讲的话觉得有点尴尬。

老妈看向汤姆等他说话,因为他是一个男人,但汤姆没有说话。她给了汤姆机会开口因为那是他的权利,但是他不说话所以她就开口道:"你愿意跟我们一起去我们觉得很荣幸。不过我现在还不能说得太肯定,老爹说,今天晚上家里所有的男人开会讨论我们什么时候出发。所以我想我们最好等到所有人都来了再说。约翰、老爹、诺亚、汤姆、爷爷、艾尔、康尼,等他们回来人齐了就可以了。不过我想只要车里还坐得下,你当然可以和我们一起走。"

牧师叹了口气。"我无论如何都会去的,"他说,"出事了。我刚去转了一圈,房子全是空的,地也是空的,整个村子都是空的。我不能再待在这里了,我得去人们去往的地方。我会到地里工作,也许我会很快乐。"

"你不打算传教了吗?"汤姆问道。

"我不打算传教了。"

"你不打算帮人做洗礼了吗?"老妈问道。

"我不打算给人做洗礼了。我打算到地里干活,去绿色的田地里,和大家伙一起干活。我不打算再教他们那些没用的东西了,我要去学习。学习为什么人们喜欢在草地上走路,听他们说话,听他们唱歌。我要听孩子们喝浓粥时发出的声音,我想知道夜晚妻子和丈夫在床垫上恩爱的样子,我想跟他们一起吃饭,一起学习。"说到这儿,他的眼睛变得湿润而闪亮。"我要躺在草地上,对任何和我在一起的人敞开心扉。要听听人们谈论的诗歌。所有这些都是神圣的,所有这些都是我之前所不了解的,所有这些都是好事。"

老妈说道:"阿门。"

牧师谦卑地坐在门边的砧木上。"我想知道他们为什么会那么孤独。"

汤姆轻轻地咳嗽。"对于一个不再传教的人来说——"他开始说。

"哦,我是个健谈的人!"凯西说,"不传道不代表我都不说话了。我只是不传道了。牧师是给人们讲一些大道理,但现在我只是在向大家学习。那不是传道,不是吗?"

"我不知道,"汤姆说,"在我看来,传道只是用某种语调,来传播一种看待事物的方式。当人们有困惑时,传道是对人们有好处的。去年圣诞节,监狱就来了救世军的传教士。我们听了足足三个小时的音乐,我们就坐在那里听。他们对我们很好。但如果我们其中一个人想溜出去,那肯定会被单独关禁闭。这就是布道。对于那些倒霉的人来说,布道是有好处的。是,我知道你已经不是牧师了。但是,我知道你还有很多道理要说。"

老妈往炉子里扔了一些木棍。"我这会给你们煮点吃的吧,但是东西不多,不知道够不够。"

爷爷把箱子搬到外面,坐在上面,靠在墙上,然后汤姆和凯西也靠在房子墙上。下午的阳光照在房子上,地上的阴影越来越长。

下午晚些时候,卡车回来了,只听见在一片灰尘中一阵碰撞和嘎吱作响的声音传来,车后的底板上有一层灰尘,引擎盖上也满是灰尘,前大灯都被红色的尘土给遮住了。当卡车回来时太阳落山了,晚霞把大地染成一片血红。艾尔坐在驾驶座上,骄傲、认真、专注地开着车,老爹和约翰伯伯因为是长辈,所以坐在右前座。站在卡车后边的是十二岁的露丝和十岁的温菲尔德,他俩抓着后边护栏的杆,脸色苍白而又狂野,他们的眼神疲惫但兴奋,他们的手指头和嘴角又黑又黏,因为在镇上他们缠着父亲给他们买了甘草糖吃。露丝穿着一件粉红色的平纹细布裙,裙摆刚好在她的膝盖下面,她表情有点严肃,已经是个小姑娘了。但温菲尔德看上去还是个流着鼻涕的小孩,有点天不怕地不怕的感觉,喜欢装成大人的样子,到处找大人丢的烟头抽。露丝已经开始发育了,已经开始有了责任感,但温菲尔德还是个野孩子。在他们旁边,紧紧抓住护栏的是罗莎,她站在那儿踮着脚尖,膝盖和腿微屈,努力保持着平衡。因为她怀孕了所以小心翼翼。她的头发被编成辫子,缠在头上,好像是戴了一顶灰金色的王冠。几个月前,这张脸曾经充满诱惑。现在,她的脸圆润而柔软,脸上挂着满足的微笑,那是一位即将做母亲的满足的微笑。她身体丰满,胸部饱满,腹部突出,臀部紧实,她的身体随着卡车颤动,让人忍不住想过去拍一下——她整个人显得端庄而沉静。她现在整个心思都在肚子里的孩子身上。因为孩子的缘故,她现在踮着脚尖保持平衡。整个世界对她来说都是怀孕的,她满脑子只有生孩子和做母亲这个事。康尼,她十九岁的丈夫,娶了一个丰满、充满激情的妻子,康尼至今对他妻子怀孕后的变化仍然感到害怕和困惑。因为她不再像以前一样,一上床就狂野嬉闹,最后是又哭又笑。现在她是一个稳重、细心、聪明的妻子,会有点害羞但会非常坚定地朝他微笑。康尼对罗莎的变化感到骄傲和些许畏惧。无论什么时候,他都会把手放在她身上或者站在她的旁边,以便他的身体能接触到她的臀部和肩膀,这样的话让他觉得他们俩亲密无间。康尼是典型的得克萨斯州牛仔,五官鲜明,身材精瘦,他苍白的蓝眼睛看上去时而危险,时而善良,时而会露出一丝恐惧。他是一个勤勉的好人,会成为一个好丈夫。他能喝酒,但是不会过量;他敢于接受挑衅但从不吹牛。在人群中他总是静静地坐在其

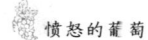

中,但是人们却不会忽略他的存在。

如果约翰伯伯不是年近五十,而且是家庭中的长辈之一,他宁可不坐在前面司机旁边的座位。他本想把那个座位让给罗莎的。但这是不可能的,因为她还年轻而且是个女人。但约翰伯伯坐得有点不踏实,他的眼睛透出不安,他瘦削的身体也并不放松。几乎所有的时候,孤寂都会把约翰伯伯从人和食欲中隔离开来。他吃得很少,不喝酒,独身一人也不与人交往。但在内心,他的胃口不断膨胀形成压力,直到有一天爆发出来。然后他就会吃一些他想吃的食物,一直吃到他想吐;或者他会喝清酒或威士忌,直到他喝红了眼睛;或者他会跑到萨里索去找个妓女平息心中的欲望。据传,他曾经跑去肖尼镇一下找了三个妓女,在她们毫无反应的身体上反复折腾了一个小时。但当他的一个欲望得到满足后,他又会感到悲伤、羞愧和孤独。他躲开人群,并试图通过礼物为自己弥补给所有人。然后他悄悄地溜进别人家的房子,给孩子们在枕头下留下口香糖;他帮人家砍柴,也不需要报酬。就这样他几乎施舍完他所有的财产——马鞍、马和新鞋。那个时候别人也不能和他说话,一和他说话他就跑了,如果不得不面对面的时候,他也是隐藏他自己并且从惊恐的眼睛里偷看着对方。他的妻子去世之后,他把自己一个人关着好几个月,那件事一直让他觉得内疚和羞耻,给他带来了一种无法解除的孤寂。但有些事他无法逃避。作为家庭中的一个长辈,他不得不管事,就像现在他不得不坐在前面司机旁边的座位上。

在开车回家的时候,一路尘土飞扬,前排座位上的三个人都闷闷不乐。艾尔弓腰坐在驾驶座上,他的眼睛不断地从道路移到仪表盘又移到路上,一会看看仪表盘上的电流量表针,它忽高忽低,一会又看看油量计和热量指示器。他在时刻关注着卡车的弱点和可疑之处。他

## 第十章

听着车发出的呜呜声,可能是汽车尾部有什么问题,也可能是没油了;他听着引擎凸轮轴起落的声音。他把手放在变速杆上,感觉着齿轮转动是否顺畅。他的脚不时地松开离合靠在刹车上,来测试刹车的性能,看看车会不会打滑。虽然有时候艾尔会有点莽撞,但这回他很有责任感,这辆卡车的运行和维护都是他的责任。如果车出了什么问题,那就是他的错,虽然可能没人会说什么,但是艾尔知道那就是他的错。所以他一直小心翼翼,不断感受、不断观察、不断倾听。他的表情看起来严肃而负责。每个人都尊重他和他的责任。即使是老爹,他是家里的头,也会拿着扳手并接受艾尔的命令。

卡车上的人都累了。露丝和温菲尔德因为看了太多移动的风景、太多的面孔,两个人争抢着吃了太多的甘草糖,这会儿也累了,还有约翰伯伯老是偷偷地将口香糖塞进他们的口袋,给多了他们也乏了。

座位上的男人们也感到疲倦、愤怒和悲伤,因为他们从农场里拿走了所有可以卖的家当,结果却只卖了十八块钱:马、马车、工具和所有的家具,只卖了十八块钱。他们也和买主砍价了,但是一开始他们就已经失败了,买主知道他们也带不走这些家当,所以一砍价他们就说,那我们就不要了。然后他们不得不认栽,又把买主叫回来,结果最后卖出去的价格比一开始说的还降了两块钱。现在他们觉得既疲乏又害怕,因为他们正在和一个他们不理解的系统对抗,而且已经被这个系统给彻底打败了。他们知道他们那些东西和马车值更多的钱。他们知道买主马上会转手卖掉他们这些东西且会赚得更多,但是他们就是没办法。商品买卖对他们来说是个难解的谜。

艾尔的眼睛一会儿看看路一会儿看看仪表盘,说:"那个家伙,他不是本地人。他说话不像本地人,穿着也不像。"

老爹解释道:"我之前在五金店和一些认识的人说起过。他们说,当我们离开的时候,有些人就会专门来买下我们的东西然后去转手卖掉。他们说这些人就是乘人之危,他们知道我们不得不卖。但是我们对这种情况却无能为力。也许汤姆应该去,也许他可以做得更好。"

约翰说:"但那个家伙根本不接受还价。他就说不要了,我们也不能把那些东西拖回来。"

"我认识的这些人告诉过我,"老爹说,"他们说买家总是玩这一套,用这种方式来吓唬你。我们却不知道怎么去应对那样的事情。老妈一定会失望的。知道只卖了这么点钱,她会气疯的。"

艾尔说:"老爹,您觉得我们什么时候能走?"

"呃,我也不知道。今天晚上我们一起商量决定。我很高兴汤姆回来了,这让我觉得安心。汤姆是个好孩子。"

艾尔说:"老爹,我听到有些家伙在谈论汤姆,他们说他是假释。他们说假释就是他不能去别的州,如果他去了,他们就会抓他回来又关他三年。"

老爹看起来很吃惊。"他们真这么说?看起来是真知道,还是在那儿吹牛?"

"我也不知道,"艾尔说,"他们倒只是在那里闲聊,我没有让他们知道汤姆是我的哥哥。我只是站那儿听着。"

老爹说:"上帝啊,我希望这不是真的!我们需要汤姆。我会问他的。没有警察来追,我们的麻烦也已经够多的了。我希望这不是真的,我们必须公开讨论一下这个问题。"

约翰伯伯说:"汤姆他应该知道。"

他们又陷入了一阵沉默,卡车继续在跌跌撞撞地开着。发动机的声音很嘈杂,一直发出咔咔声,刹车杆发出砰的一声,轮胎应是压着木头或什么了,发出嘎吱一声响,一阵阵水蒸气从水箱盖顶部喷出来。卡车在它后面扬起了一阵像龙卷风似的红色尘埃。当太阳还有一半在地平线以上的时候,卡车轰隆隆地爬上最后一个小山丘,等到卡车冲到约翰伯伯家的房子边时,太阳已经落山了。车停下来时刹车片发出嘎吱一声,艾尔意识到——刹车片已经被磨光了。

露丝和温菲尔德大喊大叫地爬下护栏,跳到了地上。他们喊道:"他在哪里?汤姆在哪里?"然后他们看到他站在门边,他们停下来,觉得有点不好意思,然后他们慢慢走向他,害羞地看着他。

汤姆说:"嘿,孩子们,你们过得怎么样?"他们轻声回答:"你好!我们很好。"然后他们就站开了,偷偷地看着他,看着这个杀了人坐过牢的哥哥。他们还记得小时候他们老玩监狱的游戏,那个时候他们总抢着当囚犯。

康尼·里弗斯把高高的车尾护门放下来,他扶着罗莎下来,她优雅地接受了他的帮助,脸上露出睿智、满足的笑容,嘴角笑成一个弧度。

汤姆说:"呀,是小罗莎呢。我不知道你也和他们在一起。"

罗莎说:"我们当时正在走过来。卡车正好经过,就把我们捎上了。"然后她指着康尼说,"这是康尼,我的丈夫。"她很隆重地介绍道。

两个人握了握手,互相打量着对方,然后好像两个人都比较满意,汤姆说:"嗯,我看你要生小宝宝了呀。"

罗莎低下头。"还早着呢,还不到时候。"

"老妈告诉我的。什么时候生?"

"嗯,还早着呢。得等到冬天去了。"

汤姆笑了起来。"你这是要等到到了加州再生吧,是不是?在那橘子树中间的白房子里生!"

罗莎用双手摸着她的肚子。"还早着呢。"她说，带着一脸满足的笑容走进了屋里。晚上很热，太阳下山后的霞光仍然从西边的地平线照耀过来。没有任何信号，一家人都聚集到了卡车边上，一起准备开会了。

傍晚的光线使得红色的地面变得透亮，地面看起来更立体了，每一块石头、每一根柱子、每一栋建筑物看起来都比在白天的光线下更立体、更坚固了；而且这些物体在傍晚的霞光下奇怪地显得更加独立了——比如柱子看上去更像一个柱子了，从它所矗立的地面和一片玉米地中脱颖而出。所有的作物看上去都很有个性，而不是大片的庄稼；那棵古老的柳树看上去孑然独立，鹤立鸡群于其他柳树之中。土地和天空交相辉映。这幢朝西的灰色的没有刷漆的房屋这会正面看着像月亮一样明亮。在院子里灰扑扑的卡车，这会在光线的照耀下也显得格外突出。

到了傍晚，人们也变得安静了下来。他们似乎是某种无意识组织的一部分。他们服从只在他们思想中隐约出现的冲动。他们的眼神看上去深邃而安静，他们的眼睛在晚上变得透亮，在尘土飞扬的脸上显得十分突出。

这家人在卡车附近聚集起来，这儿如今成了家里最重要的地方。房子是死的，地也是死的，但这辆卡车，是活的。生活法则告诉他们活动着的才有生命。这辆卡车是一辆老旧的哈德逊，散热器护网已经弯曲，看上去伤痕累累，每个零部件都已经被磨损，边缘都有油油的尘土小球，轮毂盖已经消失，在原先轮毂盖的位置上布满了红色的灰尘——这辆卡车现在就是整个家庭的核心。一辆被改装得看上去很笨拙的车，一半是乘用车，一半是卡车，后面周边加上了护栏。

老爹绕着卡车走了一圈，看着它，然后蹲在尘土中，找了一根可以用来画的小木棍。他一只脚平蹲，另一只脚脚跟撑着臀部蹲得稍微靠后，这样一只膝盖看上去高于另一只膝盖。他的左前臂放在左膝盖上，左边低点；右肘放在右膝盖上，右拳拖着下巴。老爹蹲在那里，看着卡车，用拳头撑着下巴。约翰伯伯朝他走来，蹲在他旁边。他们的眼神在沉思。爷爷走出房门，看到他们两人蹲在一起，他走过来坐在卡车的踏板上，面对着他们。他们仨形成了一个核心。随后汤姆、康尼和诺亚走了进来，蹲下来，队伍排成个半圈，爷爷在圆圈的开口处。然后老妈也从房子里走出来，奶奶和她一起，罗莎优雅地跟在后边。她们在蹲着的男人们身后站着，把手放在臀部上。孩子们，露丝和温菲尔德，跳着走到女人们身边。孩子们在红色的尘土中踩着脚趾玩，但他们没有发出声音。只有牧师不在这里。出于体贴，他坐在了房子后面的地上。他是一个好牧师，他知道他们会怎么想。

傍晚的光线越来越柔和，有一会儿，全家人就这么静静地坐着，静静地站着。然后老爹开口了，他对着全家说，"我们卖的东西亏了。那家伙知道我们等不及了，只卖了十八块钱。"

老妈不安地挪动了一下，但她努力保持着平静。

诺亚作为长子，开口问道："我们现在总共加起来有多少钱？"

老爹在尘土中写着数字，嘀咕了一会儿。"一百五十四块，"他说，"但艾尔在这里，他说我们还需要买轮胎。这几个轮胎用不了太久。"

这是艾尔第一次正式参加这样的家庭会议。他以前总是和女人们站在一起。现在他郑重地发表了他的看法。"车已经很老了，有点钝，"他严肃地说，"在买下这辆车以前，我给它做了个全面的检查。你们没有听到那个卖车的家伙说的话，他一直在抬高价格。我把手指放在差速器上，没有摸到锯木屑。我打开变速箱发现也没有锯木屑。我测试了一下离合器，开了一小段路看看它是不是运行顺畅。我钻到了车底下，看看它有没有裂痕。很显然，这车以前没有载过太重的东西。我看到车里的电池中有一个坏了，我让那家伙换了一个好的。轮胎不值，但它们的尺寸很好，比较容易买得到。这车开起来马力很足，而且不会漏油。我决定买它的原因是这种车型很普遍。到处都堆满了哈德逊车的零部件，你很容易就能买到替换件。本来我们可以用同样的价钱买一辆更大、更漂亮的汽车，但是那种车型的零部件太难买了，而且还很贵。不管怎样，这就是这辆车的情况。"最后这句话是他对家里的一个交代。他停下来等着其他人发表意见。

爷爷仍然是名义上的一家之长，但实际上他已经不再管事。他的地位只是一种象征和习俗。但他确实有权第一个发表意见，不管他的发言因为他年纪越来越大而变得有多么的糊涂。蹲着的男人和站着的女人都在等他第一个发言。"说得没错，艾尔，"爷爷说，"我像你这么大的时候，也和你一样凶得像条野狗。但是当有正事的时候，我会认真去干。你已经长大了，干得好。"他以一种祝福的语气结束了他的讲话，艾尔听了高兴得红了脸。

老爹说："听起来有道理。如果今天卖的是马匹，我就不会把这个活儿交给艾尔去做了。但艾尔是这里唯一一个懂点汽车的家伙。"

汤姆说，"我也懂一点，在监狱里我开过卡车。艾尔说的是对的。他做得很好。"艾尔听了汤姆的话脸更红了。汤姆继续说道："我想提一下——嗯，那个牧师——他想和我们一起走。"然后他就不说话了。等着看有没有人接茬，家里人都没有说话。"他是一个不错的家伙，"汤姆补充道，"我们都认识他很久了。他说话有时候有点疯狂，但有时候也有点道理。"他把这个提议抛给了家人。

光线逐渐变暗了。老妈走开了，走进了房子，然后屋里传来了锅铲的声音。过了一会儿，她又回到了这群思考着的人里边。

## 第十章

这时,爷爷说:"这事一般是两种看法。有些人认为和牧师在一起会很倒霉。"

汤姆说:"这个家伙说他已经不是牧师了。"

爷爷挥了挥手。"一朝是牧师,永远是牧师。有些东西是你无法摆脱的。但有一些人认为,有一个牧师随行是一件值得尊敬的事。如果有人死了,牧师可以为他们举行葬礼。要举行婚礼,或是补办婚礼,有牧师在那是现成的。有人生孩子了,牧师正好可以给他做洗礼。就像我说过的,我们的生活离不开牧师。所以,我觉得牧师应该和我们一起去。而且我挺喜欢那个家伙的,他不会一天到晚板着一张脸。"

老爹把手里的小棍插到尘土中,然后把它卷在手指上卷成了一个小洞。"这跟他会不会带来好运,或者是他是不是一个好人没有太大关系,"老爹说,"我们得精打细算。没办法,我们不得不精打细算。现在先让我们看看。爷爷和奶奶——这是两个人。然后是我、约翰和老妈——五个人。还有诺亚、汤姆和艾尔——八个人。罗莎和康尼十个人,露丝和温菲尔德十二个人。我们还得带上我们的两只狗,要不然它们怎么办?总不能把狗给杀了,也没有人可以送给他们。这样就十四口了。"

诺亚说:"还没有算鸡和两头猪。"

老爹说:"我想,两头猪就杀了做成腌肉带在路上吃吧,我们需要肉。随行得携带盐桶。但是我在想我们能不能带上这么多东西,现在还加上个牧师。还多一张嘴吃饭?"他没转头,问老妈道,"我们能吗,老婆子?"

老妈清了清嗓子。"你是问我们能不能,还是问我们要不要?"她坚定地说,"事实上我们什么都不能,我们甚至根本不能去加州,我们啥也没有；但要问我愿不愿意，我想——这么多年来，不管是在这儿还是以前在东部，不管是在乔德家还是在我娘家哈兹莱特家，我从来没有听说过有谁会拒绝过对别人伸出援手的。从来没有，不管是借宿一晚还是搭个便车啥的。乔德家可能有一两个坏心肠的，但绝不会在别人需要帮助的时候不施以援手的。"

老爹插话道："如果车里装不下了呢？"他扭着脖子抬头看着她，感到很惭愧。她的口气让他感到羞愧。"万一车子真的装不下这么多人怎么办？"

"现在就已经装不下了，"她说，"这车也就能装六个人，十二个人本来就装不下。再多塞一个人也没什么大不了的，况且还是一个男人，一个壮年男人永远也不会是一个累赘。我们手头有两头猪和一百多块，还怕我们养不活一个壮年男人吗？"她停了下来，老爹转过身来，有点难为情。

奶奶说："牧师能和我们一起去是一件好事。他今天早上还给我们做了祷告，他做得很好。"

老爹看了看每个人的脸上是否有异议，然后说："汤姆，去叫他过来吧。如果他想跟我们一起去，他应该就在这附近。"

汤姆站起来，朝房子走去，喊道："凯西——凯西！"

一个低沉的声音从房子后面回复了。汤姆走到拐角处，看见牧师背靠墙坐在那里，看着夜空中闪烁的星星。"是你在叫我？"凯西问道。

"对。我们认为，既然你想要和我们一起去，就应该和我们一起过去讨论一下，帮忙出点主意。"

凯西站了起来。他知道一个家庭的管理，他知道他已经被带入汤姆的家庭里了。事实上，他感觉他们待他为上宾，因为当他走过去的

## 第十章

时候约翰伯伯侧身动了动,在老爹和他自己之间为牧师留出了一个空位。凯西像其他人一样蹲了下来,面对着坐在踏板上的爷爷。

老妈又进屋里去了。屋里的灯罩发出刺啦一声,黑暗的厨房里亮起了一盏黄色的灯。当她掀开大锅盖时,锅里的咸肉和甜菜青菜的香味从门里边冒了出来。他们在等着她回到黑暗的院子里,因为老妈在这个家里举足轻重。

老爹说:"我们要想清楚什么时候出发,越早越好。在我们走之前,我们要做的是把猪宰了,用盐腌了肉,然后打包我们的行李。现在的情况是越快越好。"

诺亚表示同意。"如果我们赶紧干,明天我们就能预备妥当,这样明天我们就能出发了。"

约翰伯伯反对说:"这么热的天气,一天肉冷不了。这真不是个杀猪的好季节。如果猪肉不冷却,肉就容易坏。"

"好吧,今天晚上就杀猪。肉今天晚上就能凉得差不多。等我们吃饱了,就能做腌肉了。盐够吧?"

老妈说:"够,盐还有富余。还有两个不错的腌桶。"

"那么,就开始吧。"汤姆说。

爷爷伸手一阵乱摸找东西扶,开始站起来。"马上就要天黑了,"他说,"我开始饿了。等我们到了加利福尼亚,我会一直抓着一大把葡萄,一直吃,吃个过瘾,哦,我的上帝!"他站起来,男人们都起来了。

露丝和温菲尔德在地上兴奋地跳来跳去,像疯了一样。露丝嘶哑着低声对着温菲尔德说:"要杀猪了,要去加州了!杀猪啦,然后要去——"

温菲尔德变得像个疯子。他用手指抵住喉咙,做出一张可怕的脸，颤抖着，微弱地尖叫着："我是一头老猪，看，我是那头老猪。看，我流了好多血，露丝！"接着他摇摇晃晃地倒在地上，假装虚弱地挥舞着他的胳膊和腿。

但是露丝比他年纪要大，她知道这是她人生中一个巨大的变化。"要去加利福尼亚了。"她又说了一遍。她知道这是她生命中非常重要的时刻。

大人们在暮色中走向灯光明亮的厨房，老妈给他们端上了锡盘子盛着的蔬菜炖肉。但是在老妈自己吃饭之前，她把一个大盆放在炉子上，让炉火熊熊地燃烧起来。她往盆里倒着一桶又一桶的水，直到把盆装满，然后在盆周围，她堆满装着水的桶。厨房由于烧水形成了一股股热浪，大家匆匆忙忙地吃完饭，都出去坐在家门口，等着水烧开。他们坐在那里，望着外面的漆黑一片，厨房灯柔和的光投映在门外的地面上，中间照出一个驼背的爷爷的影子。诺亚用扫帚条把牙剔得干干净净。老妈和罗莎洗了盘子，把它们堆放在桌子上。

然后，突然之间，整个家庭开始行动。老爹站起来点燃了另一盏灯。诺亚从厨房的一个盒子里拿出一把弯形屠刀，在一块破旧的磨刀石上磨了磨。他把一把刮刀放在砧板上，弯刀放在它旁边。老爹拿来两根棍子，每根有三英尺那么长，他用斧头把棍子的一头削尖，然后把粗绳用两个双套结绑在棍子的中间。

他咕哝着："不应该把那些马车前的横杆全部卖掉。"

锅里的水已经煮得滚烫了。

诺亚问道："要把水抬到猪圈还是把猪带到这儿来？"

"把猪抓到这儿来吧，"老爹说，"水抬过去倒水的话容易烫着自己。水准备好了吗？"

"马上。"老妈说。

"好,诺亚、汤姆和艾尔都跟我过来。我来举灯,我们在那边杀猪再把猪抬过来。"

诺亚拿起刀,艾尔拿起斧头,四个人走在麦田上,灯光下他们的腿在闪烁。露丝和温菲尔德蹦蹦跳跳地跟在后面。在麦田里,老爹斜靠在猪圈边上,手里提着灯。昏昏欲睡的小猪挣扎着站起来,怀疑地咕噜着。约翰伯伯和牧师也走下来准备过来帮忙。

"好的,"老爹说,"先用棍子把它们打死,然后放血,最后把它们抬到厨房去用开水烫。"诺亚和汤姆跨过猪圈篱笆。他们俩的动作非常迅速娴熟。汤姆先用钝斧头把猪敲晕,然后诺亚靠在猪身上,用刀找到了猪的大动脉一划拉,血就出来了。篱笆里边传来猪的尖叫声。牧师和约翰伯伯拖着一头猪的后腿,汤姆和诺亚拖着另一头猪。老爹提着灯跟着,黑红色的血液在尘土中画出了两条小径。

在房子里,诺亚把刀在猪肌腱和后腿骨之间一分割,用尖头棍子将猪的腿分开,然后把猪挂在房椽子上。然后男人们抬起沸水倒在挂着的猪上。诺亚从头到尾把猪切开,把内脏掏出来扔到地上。老爹又削了两根棍子把猪在空中撑开,然后汤姆拿着刮刀,老妈拿着一把钝刀开始给猪皮去毛。艾尔则拿来一个桶,把地上的内脏铲进去,把它们扔到远离房子的地上,两只猫跟着他,大声地喵喵叫着,两只狗也跟着他,它们小声地对猫咆哮着。

老爹坐在门阶上,看着灯下挂着的猪。现在猪毛刮完了,血也基本流干了,只有零星几滴血在滴滴答答地滴落在地上的血泊里。老爹起身走到挂着的猪边上,用手摸了摸,然后又坐了下来。爷爷和奶奶一起走向谷仓准备去睡觉,爷爷手里拿着一根蜡烛。其余的人静静地坐在家门口,康尼、艾尔和汤姆坐在地上,背靠在房子的墙上,约翰伯伯坐在盒子上,老爹坐在门口。只有老妈和罗莎还在忙活。露丝和温菲尔德已经很困了,但还在强打着精神。他们在黑暗中昏昏欲睡地争吵着,诺亚和牧师面向着房子并排蹲着。老爹紧张地挠着自己,他摘下帽子,用手指梳理着头发。"明天一早我们就把那些猪肉腌好,然后打包好除了床以外的行李装到卡车上,再到第二天早上我们就走。不用一天的时间就应该可以收拾完。"他有点不安地说。

汤姆插嘴说:"那明天我们岂不是收拾完就没什么事干了?"大家不安地激动起来。"我们也可以白天准备好了就出发。"汤姆建议道。老爹用手揉了揉膝盖。这种不安的情绪好像传染给了所有人。

诺亚说:"我们现在就把那些肉腌了应该也没什么关系吧。把肉切成一块一块的,这样它就会冷得快。"

就在这时约翰伯伯突然大声说道,他已经按捺不住了。"我们还等什么?我想马上离开这。马上就走,我们为什么不走?这儿已经没法儿待了!"

这种情绪传染到其他人。"我们为什么不马上走?我们可以在路上睡觉。"大家都有了一种急不可耐的感觉。

老爹说:"我们要去的地方离这儿有两千英里。这是一段很长的旅程,我们应该早点出发。诺亚,我俩把那些肉切了,然后打包行李装卡车吧。"

老妈把头伸出门外。"这么黑如果我们忘了什么东西怎么办?又看不见。"

诺亚说:"我们可以等天亮以后再四处看看检查一下。"他们都静静地坐着不动,想着这件事。突然,诺亚站起身,开始在他那破磨刀石上磨起了刀。"老妈,"他说,"把那张桌子清空一下。"他走到一头猪跟前,在猪的脊骨一侧划出一条线,开始把肉从肋骨上剥下来。

老爹也兴奋地站起来。他说:"来吧,大家都来吧,我们把东西

第十章

收一收。"

现在他们已经下定决心要走了，这种匆忙感感染了所有人。诺亚把肉块搬到厨房，把它切成小块小块的便于腌制，老妈把粗盐抹到肉上，然后把肉一块一块地放在腌桶里，小心地不让肉块与肉块粘在一起。她把肉块像砖一样铺在腌桶里，在空隙里也撒上盐。诺亚那边切完了肋骨肉开始准备切猪腿肉了。老妈并没有把火熄灭，当诺亚把所有的肋骨、脊椎和腿骨的肉都清理下来之后，她把骨头放进烤箱里烤着，当零嘴吃。

在院子里和谷仓里，煤油灯的光圈四处移动，男人们把所有要拿走的东西都放到一起，然后把它们堆到卡车上。罗莎把家里所有的衣服拿了出来：工作服、厚底鞋、橡胶靴、破旧的西装、毛衣和羊皮大衣。她把这些衣服紧紧地打包装进一个木箱子里，用脚把它们踩进木箱子里。然后她又拿出来一些印花连衣裙和披肩、黑色棉袜和孩子们的衣服——小工装裤和便宜的印花连衣裙——然后把它们放进箱子里，用脚踩了进去。

汤姆走到工具棚，拿走剩下的工具：一把锯子和一套扳手，一把锤子和一盒各种各样的钉子，一把钳子和一把平锉，还有一套圆锉。

罗莎取出来一大块防水油布，把它平铺在卡车后面的地上。她艰难地拿着三张双人床和一张单人床的床垫穿过门。她把它们堆在防水布上，又把叠在一起的破毯子抱起来堆在上面。

老妈和诺亚还在忙着弄猪肉，炉子里散发出烤猪骨的味道。孩子们在深夜已经睡下了。温菲尔德蜷缩着躺在门外的土地上，而露丝坐在她看杀猪时的厨房的一个盒子上睡着了，把头往后靠在墙上。她在睡梦中轻快地呼吸着，张着嘴。

汤姆收拾完工具，拿着灯走进厨房，牧师跟着他。"噢，天哪，"

133

汤姆说，"闻闻那肉味！好香啊！烤得还嗞嗞响。"

老妈把肉块放在一个腌桶里，把盐倒在肉的周围和上面，在肉上盖上盐，然后用手拍了拍。她抬头看着汤姆，对他笑了笑，但她的眼神严肃而疲惫。"早餐吃猪骨头正好。"她说。

牧师走到她身边。"我来腌剩下的肉吧。"他说，"我会做。您还有别的事要做。"

老妈停下手里的活，奇怪地看着他，好像他提出了一个奇怪的问题。她的手上裹着盐，新鲜猪肉的汁把手都染红了。"这是女人干的事。"她最后说。

"都是活，"牧师回答说，"没有什么男人或女人的活。您去忙别的吧，这活儿留给我。"

老妈又盯着他看了一会儿，然后把水桶里的水倒进锡盆里，洗了洗手。牧师拿起猪肉块，往上拍着盐，老妈在一边看着他。他像老妈做的那样把肉块放在腌桶里。当他铺完一层肉，仔细撒下盐拍完，老妈这才满意地点点头。她把一双漂白而泡肿了的双手擦干了。

汤姆说："老妈，我们这里要拿些什么东西？"

她迅速地环顾了一下厨房。"桶，"她说，"所有的餐具：盘子、杯子、勺子、刀和叉。把它们都放在那个抽屉里，把抽屉拿走。带上这口大煎锅，这个水壶，咖啡壶。当架子变凉时，把它从烤箱里拿出来。那个烤架很好用，可以过火。我还想带上这个洗衣盆，但是，是不是没地方放了？我可以在桶里洗衣服。小东西就不要拿了。可以在一个大水壶里煮小东西，但不能在一个小锅里煮大块的东西。把这些烤面包盘都拿走。小盘子可以放在大盘子里边。"她站在那儿又环顾了一下厨房。"你先拿上我说的这些东西吧，汤姆。明天我来收拾剩下的，到时再带上那个大胡椒罐、盐、豆蔻和擦丝器。我最后再拿这些剩下的东西。"她拿起一盏灯,疲惫地走进卧室,光着脚踩在地板上,无声无息。

牧师说:"她看起来很累了。"

"女人总是很容易累,"汤姆说,"女人都这样,她们总是很容易累。"

"是的,但是她是真累了。真的快累垮了。"

老妈刚出门,她听到了他们的话。慢慢地,她放松的脸绷紧了,紧绷着的脸上,皱纹突然消失了。她的眼神变得锐利,她把肩膀挺直。她瞥了一眼已经被搬空的房间。除了垃圾,里面什么都没有了。在地板上的床垫不见了,梳妆台被卖掉了。在地板上有一把破梳子、一个空的粉饼盒子和一些粉尘毛球。老妈把灯搁在地板上。她走到一个曾经当过椅子的盒子后面,拿出一个文具盒,这个盒子已经很旧了,脏兮兮破破烂烂的。她坐下来打开盒子。盒子里边有几封信、剪报、照片、一对耳环、一枚小小的印章戒指,还有一条由头发编织而成的、顶端带有金色转环的表链。她用手指摸着这些信,轻轻地抚摸着它们,她抚平了那张报纸,上面写着汤姆的审判。她拿着盒子很长一段时间,看着它,她把这些信打乱又重新排好。她咬着下嘴唇,想着,回忆着。最后她下定了决心。她挑出了戒指、表链和耳环,又从这一堆的后面挖出一枚金色的袖扣。她从一个信封里边取出信,把小饰品放在信封里,然后把信封折叠起来,放进了她的裙子口袋。然后她轻轻地、温柔地盖上盒子,用手指小心地在盒子上面抚摸着。她张开嘴,然后站起来,拿起灯,回到厨房。她抬起炉盖,轻轻地将盒子放在煤炭中。很快,纸便烧成褐色了。一团火焰在盒子上燃烧起来。她把炉盖盖上,炉火立刻发出了滋的一声,盒子上冒出一股烟。

在黑暗的院子里,老爹和艾尔在微弱的灯光下装着卡车。工具放在底部，但是得放在手够得着的地方，这样万一发生故障时方便拿取。接下来是几箱子衣服，厨房用具放在麻袋里；餐具和盘子放在盒子里。然后把桶绑在后面。他们把货物的底部尽可能地弄平整，并用卷起来的毯子塞满箱子之间的空隙。然后他们在上面铺上床垫，使卡车处于一个水平位置。最后，他们把大篷布铺上，艾尔在篷布边各两英尺的地方打上洞，穿上几根绳子，把绳子绑在卡车的边杆底部。

"现在，如果下雨的话，"他说，"我们就把绳子绑在杆的高处，这样人就可以站在下边，就不会被淋着，至少我们的上半身能保持足够干燥。"

老爹鼓了一下掌。"这是个好主意。"

"还不止这些，"艾尔说，"只要有机会，我要找一块长木板放在车顶上，做一个支架，把防水布放在上面。这样既能躲雨也能防止太阳暴晒。"

老爹同意道："这是个好办法。你先前怎么没有想到？"

"之前太忙了，没有时间想。"艾尔说。

"没时间吗？那我看你怎么有时间到处闲逛？天知道这两周你都去哪儿做了些什么。"

"我去做当一个家伙离开他的家乡时必须做的事情。"艾尔说。然后他好像有点不确定，"老爹，"他问道，"去加州你很高兴吗？"

"啊？呃，当然，至少，是的。我们在这里遇到了困难。当然，那里的情况会有所不同——大量的工作，到处郁郁葱葱，十分好看，有小小的白色房子和环绕着的橘子树。"

"那里到处都是橘子树吗？"

"好吧，也许不是到处都是，但应该是很多地方都有。"

这会，天边已经开始发白，快天亮了。工作已经基本完成了——

腌猪肉的桶已经准备就绪，鸡笼也已经准备好了。老妈打开烤箱，拿出一堆烤骨头，焦黄而酥脆，上面还有一些可以啃的肉。露丝睡得迷迷糊糊的，从盒子上滑下来，又睡着了。大人们却站在门口，有些哆嗦地啃着酥脆的猪骨头。

"我们现在是不是应该叫醒爷爷和奶奶了，"汤姆说，"天亮了。"

老妈说："这会叫醒他们实在是有点讨厌，直到走前再叫他们吧。他们需要睡眠。露丝和温菲尔德到时也会休息不好。"

"嗯，到时让他们都睡在行李的上面吧，"老爹说，"那儿能舒服点。"

突然，狗从土地上惊起，竖着耳朵开始倾听。然后，随着一声吼叫，咆哮着冲进黑暗中。"怎么回事？是什么东西？"老爹大声问道。过了一会儿，他们听到一个声音让那些吠叫的狗安静下来，吠叫声也失去了它的凶狠。接着是脚步声，一个人走了过来。是穆利·格雷夫斯，他的帽子被拉得很低。

他胆怯地走过来。"早上好，乡亲们。"他说。

"是穆利，你怎么过来了？"老爹挥了挥手里的猪骨头。"进来吧，穆利，进来吃点肉。"

"嗯，不了，"穆利说，"我不饿。"

"哦，吃点吧，穆利，拿着。接着！"老爹走进房子，拿出一些排骨。

"我来不是想来吃你们的东西，"他说，"我只是在四处走动，然后想来看看你们准备得怎么样了，也许我可以过来道个别。"

"一会儿就准备走了，"老爹说，"如果你一个小时后再来，你就看不到我们了。都打包好了——看到了吗？"

"都打包好了。"穆利看着那辆满载的卡车。"有时候我想我是不是应该离开这去找我的家人。"

老妈问道:"你有没有收到过他们在加州写过来的信?"

"没有,"穆利说,"没有收到过他们的信。但我没去过邮局。我应该时不时去邮局看看。"

老妈说:"艾尔,去叫醒爷爷和奶奶吧。叫他们来吃饭。我们很快就要出发了。"当艾尔好像漫不经心地走向谷仓时,说道:"穆利,你想和我们挤一挤一起去吗?我们给你腾个地方。"

穆利从猪肋骨边上咬了一口肉,然后嚼着。"有时我想我可以这样。但我知道我不会!"他说,"我完全清楚地知道,到最后一刻,我一定还是会跑出来像一个孤魂野鬼一样地在这儿东躲西藏。"

诺亚说:"可是你这样的话有一天你会曝尸荒野的,穆利。"

"我知道,我想到了这一点。我的生活有时看起来很孤单,有时候还好,有时候看起来很好。这没什么区别。但如果你们碰到我的家人——这就是我来这儿真正想说的——如果你们到加州遇见了我的家人,告诉他们我很好,告诉他们我没事。不要让他们知道我这样生活。告诉他们我一赚到钱就很快会来找他们。"

老妈问:"那你会去吗?"

"不,"穆利轻声说,"我不会去,我不能去。我得待在这儿。如果时间重来我可能会去,但是现在不会。大家伙会想的,他们会知道的,我永远都不会走。"

黎明的光现在变得更亮了。它使灯光看起来稍微变暗了一点。艾尔回来了,爷爷挣扎着睡意,一瘸一拐地站在他身边。"他没睡。"艾尔说。"他在谷仓后面。爷爷看起来有点不对劲。"

爷爷的眼睛看起来有点呆滞,没有一点往日的那股坏坏的劲。他说:"我没什么问题,我只是不想走。"

## 第十章

"不走?"老爹大声问道,"您什么意思,不去加州了?为什么,这会儿我们都已经打包好了,准备好了。我们得走了,我们没有地方待了。"

"我不是说你们也要留下来,"爷爷说,"你们走。我——要留下来,我不走。我整晚都在这儿到处溜达,这里是我的家,我属于这儿。我才不在乎加州那边有没有橘子树,是不是到处有葡萄。我不走。这个地方可能并不好,但这是我的家。你们去吧,我不去。我要待在我的地方。"

一家人都挤到爷爷身边。老爹说:"您不能留下。拖拉机很快就要过来把这儿夷为平地了。谁给您做饭?您怎么生活?赶紧走吧,您不能留下来。没有人照顾您,您会饿死的。"

爷爷喊道:"该死的,我是个男人,我自己可以照顾自己。和穆利一块儿过怎么样?我可以和他相处得很好。我告诉你我不去了,你休想拦着我。如果你愿意的话,带上奶奶,但你带不走我,我不去,就这么说定了。"

老爹无奈地说:"现在听我说,爷爷。请听我说,请等一下。"

"我不会听的。我已经告诉你们我要怎么做了。"

汤姆碰了碰他父亲的肩膀。"老爹,进房子里来,我想告诉你一件事。"当他们朝房子走过去的时候,他喊道:"妈——过来一下,好吗?"

厨房里有一盏灯烧灭了,那盘猪骨头还堆得很高。汤姆说:"听着,我知道爷爷有权利说他不去,但他不能留下来。这个我们都明白。"

"当然,他不能留下来。"老爹说。

"好吧,看。如果我们抓住他,把他绑起来,我们有可能会伤害到他，他会发疯的，他会伤害自己。现在我们不能和他争论了。如果我们能让他喝醉，那就没事了。您那儿有威士忌吗？"

"没有，"老爹说，"家里没有一滴酒。你约翰伯伯这段时间不喝酒。他不喝酒的时候，家里就肯定没有酒。"

老妈说："汤姆，上次温菲尔德耳朵痛的时候，我给他喝的镇定糖浆还剩下半瓶。你觉得那个可以吗？当温菲尔德耳朵疼得厉害的时候，我用那个糖浆让他睡觉。"

"或许可以，"汤姆说，"把它拿过来，老妈。无论如何我们都得尝试一下。"

"我之前把它扔到垃圾堆里了，"老妈说。她拿起灯走了出去，片刻之后，她带着一瓶还剩下半瓶黑药水的瓶子回来了。

汤姆从她手里拿过药，尝了尝。"味道不错，"他说，"准备一杯黑咖啡，很浓的那种。看看说明——说每次喝一茶匙。最好多放点，两勺吧。"

老妈打开炉子，在里面放了一个水壶，放在煤炭旁边，她把水和咖啡放进水壶。"只能用罐子装着给他了。"她说，"我们把杯子都打包了。"

汤姆和他的父亲回到了外面。"每个人都有权利说他要做什么。嗯，谁在吃排骨？"爷爷说。

"我们吃过了，"汤姆说，"老妈在给你准备咖啡和一点猪肉。"

爷爷走进屋里，喝着咖啡，吃了猪肉。黎明时分，外面的一群人透过门静静地看着他。他们看见他打了个哈欠，摇晃着，他们看见他把胳膊放在桌子上，头枕在胳膊上睡着了。

汤姆说："不管怎么说，他都会很生气。只能这样了。"

现在他们准备好了。奶奶走过来了，她有点头晕目眩，含混不清地说:"这是怎么啦?你们这么早在做什么?"但她已穿戴妥当,也同意早点走。露丝和温菲尔德也醒来了,虽然有点疲倦还处于一种半梦半醒的状态,却很安静。天越来越亮了。全家的人都不动了。他们站在那里,不愿意主动采取第一步行动。他们害怕,因为时间已经到了——就像爷爷之前害怕的一样。他们看到棚子在灯光的映衬下成形,他们看到灯光慢慢变得微弱,直到不再投射出黄色的光圈。西边的星星慢慢退去,几乎没有了。然而,这家人仍然像梦游者一样站在那里,眼睛全神贯注,看不到任何细节,只看到整个黎明,整个大地,整个家乡的面貌。

只有穆利·格雷夫斯焦躁不安地四处徘徊,透过栏杆往卡车里看,砰的一声撞上了挂在卡车后面的备用轮胎。最后,穆利走近汤姆。"你要越过州界线吗?"他问,"你要违反你的假释条约吗?"

汤姆从麻木中猛然苏醒过来。"天哪,快日出了,"他大声说,"我们得出发了。"其他人这下都从麻木中走出来,朝卡车走去。

"来吧,"汤姆说,"把爷爷抬上车。"老爹、约翰伯伯、汤姆和艾尔走进厨房,祖父就睡在那里,前额垂在胳膊上,桌上放着一壶喝干了的咖啡。他们把他拉到肘下,扶他起来,他发着牢骚,迷迷糊糊地骂着,像个醉汉。走出门,他们把他抬了起来,当他们走到卡车边上时,汤姆和艾尔爬了上去,俯身,把手钩在他的胳膊下,轻轻地把他抬起来,放在车上。艾尔解开防水布,他们把他滚到下面,把一个盒子放在他旁边防水布下面,这样,沉重的帆布就不会压在他身上了。

"我去把那根支撑杆弄好。"艾尔说,"我们晚上停下来的时候你再弄吧。"爷爷咕哝着,无力地挣扎着想醒过来,当他终于安定下来时,他又睡着了,睡得很沉。

老爹说:"老婆子,你和奶奶先跟艾尔在前面坐一会儿。我们会轮流坐前面，这样能舒服点，从你们开始。"他们进入了驾驶室，然后其余的人蜂拥而上，康尼和罗莎，老爹和约翰伯伯，露丝和温菲尔德，汤姆和牧师。诺亚站在地上，抬头看着坐在卡车上的那一大堆人。

艾尔走来走去，看着下面的弹簧。"天哪，"他说，"弹簧都已经压平了。还好我在弹簧下面塞了点东西。"

诺亚说："狗怎么办，老爹？"

"哦，忘了带狗。"老爹说。他吹了声口哨，一只狗蹦蹦跳跳地跑了出来，但只有一只。诺亚一把抓住它把它扔到了卡车上面，在那里它僵硬地坐在高处颤抖着。"另外一只只好留下了，"老爹叫道，"穆利，另外一只狗就拜托给你了，不要让它饿着。"

"好的，"穆利说，"我正好想养条狗。好啊！我会照看好它的。"

"那些鸡也给你了。"老爹说。

艾尔坐到驾驶座上。车的发动机开始嗡嗡作响，停下来，然后再次高速旋转起来。然后一阵六缸发动机的轰鸣声响起来，车尾排出一溜蓝色的烟雾发动了。"再见，穆利。"艾尔喊道。

家里人都跟着喊道："再见，穆利。"

艾尔挂低挡把车滑了出去，接着脚又踩上了离合器。卡车在院子里颠簸着开了出去。艾尔把车挂到二挡。车爬上了山坡，周遭扬起一堆红土。"天哪，这个重量！"艾尔说，"这趟路恐怕要开很久。"

老妈想回头看，但卡车后边挡住了她的视线。她直起了头，沿着土路向前方凝视着。她的眼睛里充满了疲倦。

车后边的人都回头看了看。他们看着房子和谷仓渐渐远去，还有一点炊烟从烟囱里冒出来。他们看到窗户在晨光下变成了红色。穆利孤零零地站在院子里看着他们。然后山丘将他们挡上了。公路两旁是棉花地。卡车在尘土中缓慢地爬上公路，驶向西部。

## 第十一章

房屋在土地上空置着,土地也因此而闲置着。只有拖拉机棚的闪闪发光的瓦楞铁还在使用;那里有机器、汽油和机油以及闪闪发光的犁盘还在使用。拖拉机上的灯亮着,因为拖拉机没有昼夜,犁盘在黑暗中翻动大地,在日光下闪闪发光。当马停止工作,进入谷仓时,谷仓里就有了生命和活力,有了呼吸和温暖,马蹄在稻草上移动,马的嘴里嚼着干草,马的耳朵和眼睛也充满着生机。谷仓里有生命的温暖,还有生命的热度和气味。但当拖拉机的马达停止运转时,周围就像拖拉机死气沉沉的外壳一样毫无生机。热量从拖拉机里面散发出来,又悄悄消逝,就像活生生的灵魂离开一具尸体一样。然后瓦楞铁门被关上,拖拉机司机开车回家,他的家大概离这二十英里远,他不需要几个星期或几个月回来一趟,因为拖拉机是死的。这很简单有效。如此简单,以至于工作已失去了它的奇妙,如此高效,以至于土地和土地上的耕作也失去了它的奇妙,失去了对这种奇妙的深刻理解和关联。在拖拉机工人那里,只有对不了解和没有关系的陌生人才会产生轻蔑。因为硝酸盐不是土地，磷酸盐也不是；棉花中的纤维长度也不是土地。碳不是人，盐也不是，水也不是，钙也不是。人涵盖这些物质，又远超于这些物质。土地也是这样，土地的价值也远比它的成分要多得多。一个不只是简单化学元素的人，走在土地上，转动着他的犁尖寻找石头，丢下工具，用手擦擦一块露出地面的石头，坐在地上吃午饭；一个不只是化学元素的人，对土地的了解远远超过了对它的成分的分析。但对于一个驾驶着机器的人，他只是在他不知道也不热爱的土地上驾驶一辆死气沉沉的拖拉机，他只懂化学名称，他蔑视这片土地，他蔑视他自己。当铁门一关，他就回家了，他的家不是这片土地。

一座座空房子的门打开着，在风中来回飘荡。一群小男孩从镇上出来打破窗户，拾起瓦砾，寻找宝藏。这里有一把刀，但刀片的另一半不见了。那是一个好东西。而且——这里闻起来像是有死老鼠的味道。看看怀特在墙上写的是什么，他在学校的厕所里也写过这个，但是一个老师逼着他洗掉了。

人们离开后的第一天晚上来临了，猎猫从田地里懒洋洋地走了进来，在门廊上呜咽着。当发现没有人走出来的时候，猫从敞开的门中爬进去，迈着步子穿过空空的房间。然后它们又回到田地里，从那时起它们就成了野猫，靠捕食地鼠和田鼠为生，白天则睡在沟里。当夜幕降临时，由于害怕光线而停在门口的蝙蝠猛扑进了房屋，飞过空旷的房间，它们白天待在黑暗的房间角落，高高举起翅膀，在椽子中垂下来，空荡荡的房子里到处弥漫着它们的粪便气味。

老鼠搬进来，把杂草种子放在角落里、箱子里、厨房抽屉里。黄鼠狼时不时进来猎杀老鼠，褐色的猫头鹰尖叫着飞进飞出。

天空下起了阵雨。门前的台阶上杂草丛生，它们在之前不允许生

## 第十一章

长的地方肆虐，草儿从门廊的木板上长出来。房子空置了，空置的房子很快就倒塌了。因为铁钉都生锈了，房子就从铁钉生锈的地方裂开了。地板上积了厚厚的一层灰尘，上面有老鼠、黄鼠狼和猫跑过的痕迹。

一天晚上，风吹松了一块小木瓦，把它掀到地上。下一阵风吹进了木瓦所在的洞里，又吹下来三块木瓦，接着连着吹下来一打。正午的阳光透过屋顶的洞，在地板上投下了一个耀眼的斑点。野猫晚上从田地里爬了进来，但它们不再在家门口喵喵叫了。它们像云朵的阴影一样穿过房间，进入房间去捕捉老鼠。在刮风的夜晚，门被吹得砰砰作响，破烂的窗帘在破碎的窗户里飘动。

## 第十二章

66号公路是主要的移民公路。这条公路——是一条穿越全国的长长的水泥路，它在地图上微微地上下起伏，从密西西比河到贝克斯菲尔德——穿过一片片红色土地和灰色的土地，蜿蜒上山，穿过分水岭，进入明亮而可怕的沙漠，再穿过沙漠到达山脉，进入富饶的加利福尼亚山谷。

66号公路是这些飞驰向西的难民的道路，这些难民有的来自尘土飞扬和土地面积萎缩之地，有的来自到处是震耳欲聋的拖拉机声和土地所有权萎缩的地方，有的来自荒漠化在美国北行入侵的区域，有的来自被龙卷风肆虐的得克萨斯州，有的来自从没有给土地带来富饶但是却无情窃取人们富饶的洪水区。所有这些人都在逃亡，他们从支流、车行道和坑坑洼洼的乡村道路拥入66号公路。66号公路是母亲之路，是逃亡之路。

64号公路途经克拉克斯维尔、奥扎克、范布伦和史密斯堡，然后就出阿肯色州了。所有这些道路都会通到俄克拉荷马市，包括从

## 第十二章

塔尔萨市开始的66号公路和从麦克莱斯特开始的270号公路。还有南边从威奇托福尔斯来的81号公路,北边从埃尼德来的公路。还有埃德蒙、麦克劳德、珀塞尔这些地方都有公路通往俄克拉荷马市。66号公路从俄克拉荷马市一路向西,途经埃尔里诺、克林顿、海德罗、埃尔克市、特克索拉,然后就出俄克拉荷马州进入德州境内。沿途穿过潘汉德尔、沙姆洛克、麦克林、康威和阿马里洛、威尔多拉多、维加、博伊西,就出了得克萨斯州进入新墨西哥境内。在新墨西哥境内沿途经过图库姆卡里和圣罗莎,越过群山到阿尔伯克基,在那里的道路从阿尔伯克基往下到达圣达菲。然后一路沿着里奥格兰德前往拉斯卢纳斯,然后再往西走到盖洛普,在那里离开新墨西哥州州境。

过了新墨西哥州就到了崇山峻岭的亚利桑那州。沿途经过霍尔布鲁克、温斯洛和弗拉格斯塔夫高山区。过了高山区是一片高原,沿途经过亚什福克、金门,又来到一片石头山区域,在那里水是非常珍贵的资源。离开炙热的山区,来到了绿草茵茵的科罗拉多河,然后就出亚利桑那州了。科罗拉多河的对岸就是加利福尼亚州了,河边有一个美丽的小镇尼德尔斯。然而这个小镇是一个孤零零的绿洲。过了尼德尔斯是一片一望无际的炙热无比的沙漠。66号公路在可怕的沙漠中继续前行,前方隐约可见一座黑色的山脉,一段漫长得几乎是无法忍受的路程。然后路经巴斯托,又是一望无际的沙漠,穿过沙漠又是一片山岭。但是越过山岭之后突然豁然开朗,在美丽的山谷下面,是成片的果园和葡萄园以及点缀其中的白色小房子和远处的一个城市。哦,天哪,旅程终于结束了。

逃难的人们蜂拥至66号公路,有时是一辆车,有时是一辆小篷车。他们整天沿着公路慢慢地移动,晚上他们在水边停了下来。白天,古董车的漏水散热器冒着蒸汽,车上松散的连杆被不断地撞击着。开着一辆辆卡车和超载汽车的人都忧心忡忡地听着。城镇之间有多远？城镇与城镇之间比较恐怖。如果有什么东西坏了——好吧，如果有什么东西坏了，我们就在这里就地扎营，而吉姆走到城里再走一段路然后走回来——我们还有多少食物？

听听发动机的声音，听听轮胎的声音。把耳朵和手放在方向盘上倾听；把手掌放在变速杆上倾听；把脚放在底板上倾听。全神贯注地听听这老爷车的轰鸣声，因为如果声音和节奏有变化，可能意味着——在这儿得待上一周？这种响声是凸轮轴的声音吗？那就应该没什么问题。凸轮轴就是会有这种拨浪鼓一样的咚咚声，这没有任何问题。但是当汽车行驶的时候，发生那种砰砰的声音——几乎听不到——但是你仔细听可以感受得到。那可能是哪个地方的润滑度不够，也可能是哪个轮子的轴承快坏了。天哪，如果是轮子的轴承坏了，我们要怎么办？钱快用完了。

该死的，今天这车怎么这么热，又不是在爬坡？让我们来看看。我的天哪，风扇皮带断了！在这里，先用一根绳子做一条皮带吧。我看看有多长。把绳子两头拼接起来，直到我们能挨到下一个小镇。那条绳子用不了多久。

希望我们能在这辆老爷车报废之前到达加利福尼亚，那个遍地是橘子树的地方。如果我们到得了的话。

这个轮胎——两层轮胎面已经被磨光了，只剩下四层了。如果我们一路上没有撞到一块岩石，那么可能它还能走个一百多英里。我们会有什么样的结果呢？——是还能走一百多英里，还是内胎会先爆掉？哪一种？希望是还能走一百多英里吧。嗯，这是你需要思考的问题。我们有轮胎贴片。也许它不会爆胎只是漏一个口子。在它上面铺上一层什么吧？可能还能再多跑个五百英里。让我们一直开到它爆胎为止吧。

我们得买个轮胎,但是,天哪,就算买个旧轮胎也会被敲竹杠的。他们看着我们这个样就会敲竹杠的。他们知道我们没有轮胎就走不了。他们知道我们等不及了。他们一定会抬高价格。

要不要随你,我不是为了好玩在做生意。我是在这里卖轮胎,我不是在这里送轮胎。你会怎么样我帮不了你,我得想想我会怎么样。

下一个小镇离这儿有多远?

我昨天看到了有差不多四十二辆汽车。你们都是些什么地方的人?你们都要去哪?

嗯,加州很大。

也不是那么大。整个美国都没有多大。加州也不是那么大。在这个国家,没有足够的空间给你,给我;给你这种人和给我这种人;它喂不饱有钱人,养不活穷人;喂不饱小偷,养不活诚实的人;喂不饱大腹便便的人,养不活饥肠辘辘的人。你们为什么不回老家去呢?

这是一个自由的国家。你可以想去哪就去哪。

呃,加州不是你想的那样!听说过加州边境巡逻队吗?来自洛杉矶的警察——他们会拦住你们这些浑蛋,把你们赶回来。说,如果你买不起房子,我们就不要你。他们会盘问你:有驾照吗?让我看看。他们会撕了你的驾照。然后说没有驾照就不能进加州。

这是一个自由的国家。

好吧,试着获得一些自由吧。但是没有免费的自由,自由是你要用钱来买的。

听说加州那儿的工资很高。我这里有一份传单上面说的。

胡扯!我看到有去的人回来了。有人在骗你,你要这个轮胎还是不要?

当然要，但是，上帝啊，先生，您能不能再少点？我们没有多少钱了。

我不是做慈善的。要就拿走，不要就算了。

我要了吧。来，看看轮胎。把轮胎推过来看看，你这个浑蛋，你刚刚说你的轮胎很好，这都快磨光了。

这种轮胎怎么用？好吧，还真的破了——乔治！我之前怎么没看见？

你之前就看到了，你这个浑蛋。你四块钱想卖给我们这种破玩意儿！我要宰了你！

不要动粗！我之前真的没有看到。要不这样吧——我三块五便宜卖给你得了。

想得美！我们去下一个小镇买好了。

我们那个轮胎能撑到那么久吗？

必须撑那么久。就算轮胎磨光了我也不给那个浑蛋一个子儿！

算了，你以为做生意的人能怎么样？就像他说的那样，做生意不是为了玩。做生意就是这样的，无商不奸。你觉得他们还能怎么样？伙计们——看到路旁的那个招牌了吗？服务中心。周二特惠午餐，科尔马多酒店？欢迎，兄弟。那是一个服务中心。没点本事是不能在那儿做生意的。我以前去参加过他们的聚会听过他们的生意经。比如说，当我还是个孩子的时候，我的老爹给我牵过来一头小母牛，要我去找人帮忙给配一下种，我就把它带到了服务中心。服务中心的一个家伙说，我自己就可以做这个服务，从那以后一听到服务，我就会忍不住想到这个事，我就会想不知道谁又要倒霉了。做生意的人都是骗子，但他们自己觉得不是在骗。这才是最重要的。你去偷轮胎，你就是个小偷，但他用一个破轮胎偷走你四块钱就不是小偷了。他们称之

## 第十二章

为服务，称之为正当生意。

坐在后座的丹尼想要一杯水。你得等着。这里没有水。

听——后边那是什么声音？

说不出来。

听起来像发电报的嘀嘀声。

垫圈有问题了。但是我们现在不能停下来。听那个嘶嘶声。赶紧找个地方安营扎寨，我得把气缸盖拆下来修一下。但是，万能的上帝啊，食物越来越少，钱越来越少了。当我们买不起汽油的时候——那怎么办呢？

坐在后座的丹尼想要一杯水。小家伙渴了。

听——是车尾发出的嘶嘶声。

垫圈坏了。坏了！内胎爆了，外胎也完蛋了，必须修车。外胎的橡皮要留着，到时可以用到其他的地方。

汽车停在路边，发动机熄火了，轮胎补完了。66号公路上的汽车沿着公路像受伤的动物一样一瘸一拐地前行，气喘吁吁，一路挣扎。发动机过热、连杆松了、轴承松了、车身咔嗒咔嗒快要解体了。

坐在后座的丹尼想要喝水。

66号公路上逃难的人川流不息。水泥路在阳光的炙烤下像一面镜子，远处的热气使公路看起来像是一汪水塘。

丹尼想要喝水。

他不得不再等会，可怜的小家伙。我知道他很热。马上就到下一个服务站了。那个家伙说的，前面应该有一个服务站。

路上有二十五万人。有大约五万辆车——冒着热气的破旧的二手车。一路上随处可见被扔掉的汽车零部件。嗯，他们怎么了？那车里的人怎么了？他们是在走路吗？他们在哪里呢？这是怎么回事儿呢？

151

他们哪来的这股子勇气？他们哪来的这种可怕的信心？

我给你讲一个故事，这个故事可能你难以置信，但是它是一个真实的故事，有点好笑但是很动人。有一个十二口之家，他们被迫离开了他们的土地。他们没有车。他们用废品做了一辆拖车，并把他们的家当装在拖车上拖着走。他们把拖车拉到66号公路的一边等待着。很快，一辆轿车把他们捎上了。他们中有五个人挤在轿车里，另外七个人坐在拖车上，外加一条狗。他们历经千辛万苦终于到了加利福尼亚。拉他们的人不仅拉了他们还给了他们吃的。这事是真的。但是，怎么可能有这种勇气呢？谁能对人这么有信心呢？很少有人能有这种信心。

这些背井离乡的人一路上经历着各种不可思议的事情，有的很残忍，但有的却很动人，这使得他们又重新燃起了信心。

## 第十三章

那辆超载的老哈德逊车嘎吱作响，嘎吱嘎吱地走在萨里索的高速公路上，然后转向西边，阳光十分耀眼。但是在水泥路上，艾尔加快了速度，因为压扁的弹簧不再有危险了。从萨里索到戈尔有二十一英里，哈德逊车每小时行驶三十五英里。从戈尔到华纳十三英里；华纳到契科塔十四英里；契科塔到亨利埃塔三十四英里，不过亨利埃塔才是个真正的小镇。从亨利埃塔再开十九英里就到了凯索镇，太阳在头顶上炙烤，两边一片片红色的田野，由于被头顶上正对着的太阳照耀，田野散发出一股热浪。

艾尔坐在方向盘前，他的脸坚定地朝向前方，他的整个身体倾听着汽车，他不安的眼睛不断地从路上跳到仪表板上。艾尔还关注着发动机的状况，他全神贯注地听着发动机的声音，砰砰声或尖叫声、嗡嗡声和持续的嗒嗒声，这些都表明车会有故障。他已经成为这辆车的灵魂。

奶奶坐在他旁边的座位上，半睡半醒，在睡梦中一会轻轻地打着鼾,一会突然睁开眼睛凝视前方,然后又打起盹来。老妈坐在奶奶旁边,一只手肘伸到窗外,在炎炎烈日下皮肤都晒红了。老妈的眼睛也朝前看着,但她是平视前方,没有看道路或田野,也没有注意加油站和小食棚。当哈德森车经过时,她都没有看一眼这些东西。

艾尔在破旧的驾驶座上动了动然后挪了挪方向盘上的手。他叹了口气:"车子总有一些怪声音,但应该没有什么大问题。天知道如果要爬一座山,我们这么重的负载车要怎么上去。老妈,从这儿到加利福尼亚有山吗?"

老妈慢慢地转过头,她的眼睛恢复了活力。她说:"应该有山。呃,不过我也不确定。但在我看来,我听说是有山丘甚至还有大山。非常大的山。"

奶奶在睡梦中长叹了一声。

艾尔说:"如果我们要爬坡的话,车会熄火的。必须扔掉一些东西。也许,我们不应该带上那个牧师。"

"在我们到之前,你会为带上他感到高兴的,"老妈说,"带上牧师能帮我们不少忙。"她又向前看着太阳下闪闪发光的道路。

艾尔一只手操纵着方向盘,另一只手放在挡位上。他平时说话有困难。在他大声说话之前,他总要在嘴里先默念一遍要说的话才行。"老妈——"她慢慢地看着他,她的头随着汽车的移动微微地摇晃着。"老妈,你是不是有点害怕去加州?你是不是害怕去一个新的陌生的地方?"

老妈听了这话,眼神变得体贴而柔和起来。"有点,"她说,"但是也不是那么害怕。我已经有心理准备了,万一发生什么事,我知道我应该怎么做。"

"你有没有想过我们到达那里会是什么样子?难道你不害怕它不

会像我们想的那样好吗?"

"不,"她说,"不会,我不怕。你不要那么想。我也不能那么想。想多了不好——生活有太多的可能性。生活有太多的可能性,但是当它最后来临时,结果却只有一种。如果总是担心这担心那,就会想多了。你这么年轻,应该一直勇往直前,但是,对我来说,生活就是摆在眼前的道路。生活只是我应该想想你们待会会不会还想吃猪骨头。"说着老妈的脸绷紧了。"这就是我能做的,别的我不能做。如果我再担心这担心那,其余的人都会不安的。他们都很依赖我。"

奶奶打了个哈欠,睁开了眼睛。她四处张望着。"我得出去,天哪。"她说。

"等一下,我看看有没有灌木丛,"艾尔说,"前面就有。"

"管你有没有灌木丛,我要下车!"她开始发牢骚,"我要下车!马上下!"

艾尔加快了车速,当车走到一处低矮的灌木丛跟前时,他把车停了下来。老妈把门打开,把挣扎中的老太太一把拉到路边,然后进入灌木丛。然后老妈抓着她,这样奶奶蹲着的时候不会摔倒。

在卡车后边,其他人都开始动了起来。他们没法躲太阳,脸都被晒得通红。汤姆、凯西、诺亚和约翰伯伯都疲惫不堪地下了车。露丝和温菲尔德从侧板上跑了下来,也进了灌木丛。康尼扶着罗莎慢慢地走下了车。在油布下,爷爷醒了,他的头伸出来,但是他一脸茫然,不知道发生了什么事。他的眼睛看着其他人,但他还像并没有认出他们来。

汤姆对他说:"要下来吗,爷爷?"

爷爷无神的眼睛转向他。"不。"爷爷说。有那么一瞬间,他的眼中充满了凶狠。"我不走,我告诉你。我要像穆利一样待在这儿。"然后他又不理人了。老妈回来了，扶着奶奶回到了公路。

"汤姆，"她在一边说道，"把那盘放在后面油布下面的猪骨头拿过来。我们得吃点东西。"汤姆拿着锅，把它传了过来，一家人站在路边，啃着猪骨头。

老爹边吃边说："还好把这些都带上了。坐在车上都没法动，身体都僵硬了。水在哪儿？"

"不是在后面吗？"老妈问，"我拿了那个一加仑的水壶。"

老爹从车身侧面爬上来，在帆布下摸索。"没在这里。我们肯定忘了拿了吧。"

大家听到后立马都觉得渴了。温菲尔德嘟囔着："我要喝水，我要喝水。"大家舔了舔嘴唇，突然意识到自己渴了。大家开始有点恐慌。

艾尔感觉到恐慌在加剧。"我们到第一个服务站就先买水。我们也需要加油了。"一家人又挤上了卡车，老妈扶着帮奶奶进了车，坐在她旁边。艾尔发动车，他们继续前进。

从凯索镇到帕登有二十五英里，太阳已经过头顶开始西斜了。车的散热器盖开始上下晃动，上面开始冒热气。在帕登附近，路旁有一个小棚屋，小棚屋门前有两个加油泵；在屋栅栏边还有一个水龙头和一根软管。艾尔把车开进去，直接把车接到软管上。当他们进屋时，一个面红耳赤的胖男人从加油泵后面的椅子上站起来朝他们走去。他穿着一件马球衫，一条棕色灯芯绒背带裤，头上戴着一顶涂成银色的硬纸板太阳帽。他的鼻子上和眼睛下面全是汗，汗水在他脖子上的皱纹中形成了一道道小溪。他朝卡车走去，看上去显得很凶。

"你们是想买点什么吗？要加油还是需要其他东西？"他问。

艾尔已经走下车了，他用手指拧下冒着热气的散热器盖，当散热器盖松了的时候,他猛地把手抽回来,以防被里边喷出的水汽烫着。"需要加油,先生。"

"有钱吗?"

"当然有。你以为我们是乞丐吗?"

胖子的脸突然就变了。"好嘞,伙计。要水的话去自取啊。"他不再拉长了脸,赶紧解释道,"路上全是人,进来,用水,弄脏马桶,上帝啊,他们有人进来什么也不买还偷东西。他们没钱买东西。进来要讨一加仑油继续往前走。"

汤姆生气地下了车,朝那个胖子走去。"该付多少我们会给你,"他凶巴巴地说,"你当我们是什么呢,我们又不是不给钱。"

"我不是那个意思,"胖子很快说道。他那件短袖马球衫都开始湿透了。"想喝水你们自己倒点水,如果想用厕所的话就去。"

温菲尔德拿着水管。他从水管里喝着水,然后把头转过来,脸上满是水滴。"水一点也不凉。"他说。

"我不知道农村是怎么啦。"胖子继续说道。他抱怨的内容已经发生了改变,他不再谈论和乔德家有关的话题了。"现在每天从这儿会路过五十六辆汽车,所有的人都是往西边去,带着孩子和所有的家当。他们这都是去哪儿呀?他们要去那边干什么?"

"和我们一样,"汤姆说,"去找个地方住,去想办法活下来。没别的了。"

"不知道农村这是怎么了,"胖子继续说道,"不明白。我现在也是想尽办法活下来啊。你以为有钱人开的那种崭新的豪车会到我这里来加油吗?不会的!他们到镇上喷着黄色油漆的加油站去加油。他们不会把车停在这样的地方。大多数在这里停车的人,都是些一无所有的人。"

艾尔掀开汽车散热器盖,它弹到空中,冒着一股蒸汽,响着一阵气泡声。在卡车的车顶,那条狗怯生生地爬到那些东西的边上,向水汽这边眺望着,叫着。约翰伯伯爬上车,抓着它的后脖子把它弄了下来。有一会儿,狗的腿僵硬得一瘸一拐的有点走不动道了,然后它跑到水龙头下面舔着泥浆。一边的公路上,汽车呼啸而过,车在酷热中闪闪发光,呼啸而过的热风吹进了加油站的院子里。艾尔抓着软管往水箱里灌水。

"不是说我只想和有钱人做生意,"胖男人接着说,"我只是想赚点钱。唉,那些把车停在这里的人要问我讨汽油,还说可以拿东西来换油。我可以给你们看我的后屋里堆着的他们用来换油的各种东西,有床、婴儿车、罐子和平底锅这些东西。一家人还用他们家孩子的洋娃娃换了我一加仑油。我拿这些怎么弄?开个垃圾场?有个家伙要拿他一双鞋换我一加仑汽油。唉,如果我真是那种没良心的人,我敢说我可以——"说到这里,他瞥了老妈一眼,忽然就停了下来。

吉姆·凯西用水淋湿了头,水滴仍从他高高的前额流下来,他那肌肉发达的脖子湿透了,衬衫也湿透了。他走到汤姆身边。"这不是他们的错,"他对胖子说,"你想要不是迫于无奈,他们怎么会卖了睡了多年的那张床来换你一罐汽油?"

"我也知道不是他们的错。每一个离乡背井的人都有他不得已的理由。但是农村到底是怎么了?怎么会变成这样?这就是我想知道的。到底发生了什么事?农民为什么过不下去了?农民为什么不能干农活讨生活了?我问你,这到底是为什么?我就是搞不懂这是为什么。我问过经过这里的每一个人,他们自己也搞不清楚。那家伙只知道他想用一双鞋换一加仑油,这样就可以再多跑个一百英里。真搞不懂这是为什么。"他摘下头上银色的帽子,用手掌擦了擦额头。汤姆

## 第十三章

也摘下帽子,用帽子擦了擦额头。他走到水管边,把帽子弄湿,然后把它挤干水再戴上。老妈从卡车的侧杆伸手拿了一个锡杯,然后她把水带到奶奶和车上面的爷爷那儿。她站在车护栏边上,把杯子递给了爷爷,爷爷湿了湿嘴唇,然后摇了摇头,不再喝了。爷爷抬起头来,那双苍老的眼睛痛苦而困惑地望了老妈一会儿,又睡着了。

艾尔启动了车,把卡车接到油泵上。"加满吧。这车大概能加个七加仑油。我们一般会给加个六加仑,这样它就不会漏了。"

胖子把软管放进油箱里。"是的,先生!我就是不知道这农村是怎么啦,"胖子继续说道,"救济一下不就完事了吗?"

凯西说:"我一直在乡下走来走去,人人都在问这个问题——到底发生了什么事?在我看来,我们从来都没有到一无所有的时候。但我们一直在路上,我们一直被从一个地方驱逐到另外一个地方。大家伙都不思考吗?大家就这么傻乎乎地一直流浪,一直流浪。我们知道为什么大家走,也做了一些准备。因为其他人要走了,我们也要走。这就是为什么人们总是在搬家。因为他们想要过更好的日子。只有搬家、只有走才能过上更好的日子。人们想走,需要走,所以大家都走了,去讨更好的生活。这种情况让人很伤心,让人抓狂,大家都很愤怒。我一直在乡下走来走去,一直听着大家像你一样在说话。"

胖子把油管接好开始加油,指针打到需要的刻度,盘上的数字开始动了起来。"嗯,那到底发生了什么事?这就是我想弄明白的。"

汤姆忽然急躁地插嘴道:"哼,你永远弄不明白的。凯西在试图告诉你,你却一直在重复说一句话。我之前见过像你这样的人。你不是真的想搞清楚为什么,你只是把这句话当个口头禅在说。到底发生了什么事?你其实不想知道。乡下人都在逃亡,都在流浪。他们都快活不下去了。也许很快就轮到你了,但你也不会知道为什么。我见过很多像你这样的人，你什么都不想知道，你只是天天说着这句口头禅——这到底是怎么了？"他看了一眼油泵，油泵生锈了，又老又旧，后面的小棚屋是用老旧木材建造的，最初使用的钉子孔仍然从刷的油漆中显露出来，棚屋涂着黄色油漆试图模仿城里的大公司加油站。但是油漆掩盖不了旧的钉子孔和木材上的裂缝，而且油漆涂上去也没法儿再换颜色了。想冒充大型加油站根本就是白费工夫，这个老板心里也知道。在小屋敞开的门里，汤姆看到了油桶，只有两个，柜台上摆着一些糖果和香烟，一看就放了很久了，因为包装都变色了。里边还有一张破椅子，窗户纱窗上有好些生锈的破洞。院子里之前应该铺过碎石，现在到处是乱丢的杂物，院子后边是一片阳光下日渐枯萎的玉米地。房子旁边有一堆旧轮胎和翻新的轮胎。他第一次看见那个胖子就注意到了他廉价的洗得发白的裤子，他廉价的马球衫和他的纸帽子。于是他说："我不是要让你难堪，先生。是天气实在太热了，我看你也快过不下去了吧，你什么都没有，很快你也要卷铺盖走人了。到时候不是拖拉机来赶你走，而是镇上的那些漂亮的加油站会把你赶走。"他有点羞愤地继续说，"人们都得走，我看先生，你恐怕也快走人了。"

汤姆说话时，胖子的手在油泵上放慢了速度最后停了下来。他担心地看着汤姆。"你怎么知道的？"他有点无可奈何地问道，"你怎么知道我们已经在讨论要搬到西部去了？"

凯西回答他。"是每个人都得搬，"他说，"就像我，我过去一直和魔鬼作战，因为我觉得我的敌人是魔鬼。但现在更糟糕的是，比魔鬼更差劲的东西控制了这个国家，除非它被砍死，否则它不会放手的。先生，你见过一种希拉毒蜥吗？你抓住它，把它砍成两半，它的头还会动。把它的脖子砍下来，它的头也还是会动。只有用螺丝刀钉

## 第十三章

住它的头把头弄碎了它才会死。即使它死了,它嘴里的毒液还会流出来流在它的牙咬过的地方。"他停下来,侧身看着汤姆。

胖子绝望地直视前方。他的手开始缓慢地转动曲柄。"我不知道我们该怎么办。"他小声说。

在水管旁边,康尼和罗莎站在一起,在偷偷说着什么。康尼洗了锡杯,用手指感受了一下水温,然后又把杯子装满了水。罗莎看着在高速公路上飞驰而过的汽车。康尼把杯子递给她。"这水不够凉,但还可以喝。"他说。

她看着他,微微一笑。自从怀孕以后,她看起来总是这么神秘,仿佛一切尽在不言中。她对自己现在的状态很满意,她总是抱怨一些无关紧要的事情。她要求康尼给他做这做那,做一些他们俩都觉得很傻的事。康尼也很喜欢这样,他现在都不敢相信自己的太太怀孕了。他喜欢想象自己也是她神秘中的一部分。当她狡黠地微笑时,他也跟着狡黠地微笑,他们在窃窃私语中保持着相互信任。仿佛世界已经靠近他们,而他们就在世界的中心,或者说,罗莎就是他们的世界中心,康尼在环绕着她的轨道上转圈。他们所说的一切都是秘密。

她把目光从公路上移开。"我不是很渴,"她优雅地说,"但也许我应该喝点水。"

他点点头,因为他很清楚她是什么意思。她拿起杯子,漱了漱口,然后喝了一杯这温温的水。"要再来一杯吗?"他问。

"再喝半杯吧。"于是他把杯子又装了半杯水,给了她。一辆银色的林肯疾驰而过。她转过身去看其他人在哪儿,看见他们在卡车周围站着。好像安心了,她说:"开那种车不知道是什么滋味,你想试试吗?"

康尼叹了口气,说道:"也许——以后吧。"他俩都知道他这话是什么意思。"如果在加利福尼亚有足够的工作做,我们就买自己的车。但是那种车——"他指着已经开远了的林肯车——"那种车的价格和一个大房子差不多。我有那钱宁可先买一个大房子。"

"我想买房子也买车,"她说,"但是当然,得先买房子,因为——"他们都知道她是什么意思。他们对怀孕感到非常兴奋。

"你现在感觉好吗?"他问。

"有点累,在太阳底下一直晒着,有点累了。"

"我们只有这样,否则我们永远无法到达加利福尼亚。"

"我知道。"她说。

那只狗边走边嗅,它走过卡车,又一次小跑到水龙头下面的水坑里,舔着泥水。然后它走开了,鼻子朝下,耳朵垂着。它在路边的尘土中嗅着,一直走到人行道边。它抬起头看了一眼对面,然后往对面跑去。罗莎突然发出一声尖叫。一辆快速行驶的大车飞驰而来,轮胎吱吱作响。那条狗来不及躲开,随着一声尖叫,车从它中间碾过,它倒在车轮下面的一片血泊之中。那辆大车减速了,司机回头看了看,然后又加速消失了。那条狗,倒在一片血泊之中,内脏都出来了,腿还在颤抖。

罗莎的眼睛睁得大大的。"会不会吓着孩子?"她问康尼,"孩子会不会受到惊吓?"

康尼搂着她。"来吧,"他说,"不会的,没事。"

"但我觉得孩子受惊了。我刚刚大声叫时,我觉得他动了一下。"

"不怕,没事的啊,没事,他不会吓着的。"他把她带到卡车边上,避开那只垂死的狗,让她坐在跑踏板上。

汤姆和约翰伯伯走到狗边上。那条狗不再抽搐了。汤姆抓住它的腿,把它拖到路边。约翰伯伯看起来有点尴尬,好像这是他的错。

"我应该把他拴上。"他说。

老爹低头看了一会儿那条狗,然后转身走了。"我们离开这里吧,"他说,"正好也养不起狗了。也许这样更好。"

那个胖子从卡车后面走了过来。"对不起,伙计们,"他说,"公路边上不适合养狗。我自己一年里养了三只狗,全都被车轧死了,没剩下一只。"然后他说,"你们放心,我会料理它的后事的,我把它埋在那边的玉米地里吧。"

老妈走到了罗莎身边,她坐在跑踏板上,还在发抖。"你没事吧,罗莎?"她问,"你有什么不舒服的感觉吗?"

"狗过马路的时候,我看到了。吓了我一跳。"

"你叫的时候我听到了,"老妈说,"现在站起来,打起精神。"

"您认为这伤到肚子里的孩子了吗?"

"不会,"老妈说,"但是如果你一直这么伤心难过下去,就会伤着他了。起来吧,帮我去照顾奶奶,暂时忘了肚子里的孩子。他会照顾好自己的。"

"奶奶在哪里?"罗莎问道。

"呃,我也不知道。她刚刚还在这边的。也许在厕所。"

罗莎走向厕所,片刻之后她搀扶着奶奶出来了。"她在厕所里睡着了。"罗莎说。

奶奶咧嘴一笑。"厕所里很好,"她说,"里边有水能流下去的马桶。我喜欢待在里边,"她心满意足地说,"如果你不来叫我,我会在里边好好地睡上一觉。"

"厕所可不是一个睡觉的好地方。"罗莎说,她扶着奶奶上了车。奶奶愉快地坐下来。"管它是不是厕所,好睡就行。"她说。

汤姆说:"走吧,我们还得赶路。"

老爹吹着口哨招呼大家上车。"孩子们都哪去了?"他把手指放在嘴里又吹了声口哨。

不一会儿,孩子们就从玉米田里冲出来,露丝在前头,温菲尔德在后面追着她。"鸡蛋!"露丝喊道,"你们快看!"她脏脏的手里放着十几个柔软的灰白色鸡蛋。当她举起手时,她的目光落在路边的死狗身上。"天哪!"她一边说道,一边和温菲尔德慢慢走向那条狗。他们仔细看了看它。

老爹在后面叫他们。"快过来,走了啊,如果你们不想被落下。"

他们一脸肃穆地转身走向卡车。露丝又看了看她手中灰色的蛋,然后把它们扔掉了。他们从卡车的一侧爬了上去。"它的眼睛还是睁着的。"露丝平静地说道。

但温菲尔德看起来有点情绪激动。他嚷嚷着说,"它的肠子流得到处都是——"他沉默了一会儿。"到处都是。"他说着,然后迅速翻过身,在卡车的一侧吐了起来。当他再起来时,他两眼泪汪汪的,还流着鼻涕。"这跟杀猪不一样。"他解释说。

艾尔检查了那辆哈德逊车的引擎盖和油位。他从前座的地上拿了一个一加仑的罐子,然后将一些便宜的黑油倒入管道,再次检查油位。

汤姆走到他身边。"要我开会儿吗?"汤姆问。

"我还不累。"艾尔说。

"你昨天晚上都没有睡觉。我今天早上打了一会儿盹。去后面休息一会儿吧,我来开。"

"那好吧,"艾尔有点犹豫地说,"你开的时候注意看机油表,慢点开。我一直在看机油表,看看它的指针。如果它跳到红线区域就得加机油了。慢点开,汤姆。车已经超载了。"

## 第十三章

汤姆笑了起来。"我会小心你的宝贝的,"他说,"你可以好好休息一下。"

全家人再次挤上了卡车。老妈和奶奶还是坐在前座上,汤姆取代艾尔的位置并发动了车。"确实车没什么劲。"他说着,把车开到了公路上。

车的发动机嗡嗡作响,前方天边,太阳逐渐西下。奶奶又睡着了,连老妈也时不时低下头打着瞌睡。汤姆把帽檐遮在眼睛上,挡住炫目的太阳。

从帕登到米克尔是十三英里;米克尔到哈拉是十四英里;然后就到了大城市——俄克拉荷马市。汤姆开着车直奔俄克拉荷马市。他开车穿过街道,这时,老妈醒了,她看着边上的街道。在卡车后边顶上的人也都盯着街上的商店、大房子和办公楼。然后车出了市中心,就看到建筑物慢慢变小,商店也慢慢变小。可以看见一些废车站、热狗摊,甚至还有舞厅。

露丝和温菲尔德看到了这一切,这么大的城市,来来往往的都是些衣着光鲜的人,他们第一次见大城市,这种陌生感让他们觉得有点害怕和尴尬。他们都没有说话。后面会说——但不是现在。他们看到市里、郊区,到处都是油井铁塔;黑漆漆的铁塔散发着浓浓的油味和瓦斯味。但是他们没有惊呼。这个城市如此之大、如此奇怪,这吓坏了他们。

罗莎看到街上一个穿着浅色西装的男人,他穿着一双白色的鞋子,但是头上却戴着一顶草帽。她碰了碰康尼,用眼睛指着那个男人,然后康尼和罗莎轻轻地咯咯地笑了起来,一开始,他们是偷偷地笑,然后是捂着嘴笑。他们觉得这很好玩,就接着找路上的其他人看有没有什么好笑的。露丝和温菲尔德看到他俩一直咯咯地笑,看起来很有趣,他们也试图这样做——但他们做不到。他们笑不出来。但是康尼和罗莎笑得都喘不过气来了,脸涨得通红。他们根本停不下来,只要互相再看对方一眼,他们就又想笑。

市郊很大。汤姆慢慢地小心翼翼地开着车,然后他们又开上了66号公路——这条通往西部的大道——这会太阳正快要落到地平线了。挡风玻璃上满是灰尘,在太阳的照耀下闪闪发亮。汤姆把他的帽檐拉得太低了,以至于他这会不得不把身体向后倾斜,以便能完全看清楚前方。奶奶睡着了,太阳照在她眼帘上,她太阳穴上的静脉血管清晰可见,脸颊上可以看到细细的酒红色的毛细血管,脸上褐色的老年斑这会看上去也更深了。

汤姆说:"我们沿着这条路一直往前走。"

老妈已经沉默了很长时间。"也许我们应该在日落之前找个地方停下来,"她说,"我弄点猪肉和一些面包给大家吃。这得需要点时间。"

"好,"汤姆表示赞同,"反正路途这么远,我们也不可能一下就到。停下来可以伸伸胳膊伸伸腿休息会儿。"

从俄克拉荷马到伯色尼是十四英里。

汤姆说:"我想我们最好在太阳落山之前停下来。待会艾尔还得在车后边搭个棚盖,要不后面的人会被太阳晒死。"

老妈又开始犯困了。但她强打着精神,猛地抬起了头。"找个地方停一下,我给大家弄点晚餐,"她说,"汤姆,你老爹告诉我你要是越过州界——"

过了好久汤姆才答话:"嗯,过了州界又怎么样?"

"嗯,我有点害怕。害怕你被当成逃犯。害怕他们又把你抓回去。"

# 第十三章

汤姆用手遮挡着眼睛,保护自己免受阳光的直射。"您别担心,老妈。"他说,"我早就想过了。假释的人很多,关进牢房的人更多,他们才没时间管我呢。万一我在西部真的被逮到了,他们会通过联邦政府查到我的资料,他们会把我遣送回去。但如果我不犯事,他们才不会管我呢。"

"好吧,我只是有点害怕。有时候你都不知道自己怎么就触犯了法律。说不定加州那边的法律和我们的法律不一样。说不定我们之前做一些事没有关系,但是在加州却不可以。"

"不过这跟我假释不假释没什么关系,"他说,"万一我真的被逮住了,也没什么大不了的。别想太多了,老妈。就算我们不去乱想一些有的没的,我们要愁的事儿也够多的了。"

"我必须得想,我不自觉地总会想,"她说,"你越过州界就是犯罪。"

"那总比在萨里索闲晃饿死强,"汤姆说,"我们留意一下,看看待会能在哪儿停下来。"

他们经过伯色尼镇没有停,到了镇外。他们看见前面有一座涵洞桥,桥边有一条水沟,水沟边停着一辆破旧的敞篷车,车边上搭了一个帐篷,有烟雾从帐篷里冒出来。汤姆指着前方。"有一些人在那里露营。那个地方看起来不错。"他降下车速,在路边停了下来。那辆老式旅行车的引擎盖被掀了起来,一名中年男子站在那里检查着发动机。他戴着一顶宽边大草帽,穿着一件蓝色衬衫和一件脏兮兮的黑色背心,他那条牛仔裤看起来油光发亮。他的脸很瘦,脸颊上有深深的皱纹,这使得他的脸颊和下巴看起来比较突出。他抬头看了一眼乔德家的卡车,眼神里有点困惑和生气。

汤姆把头探出窗外:"把车停在这里过夜违反法律吗?"

那人之前只注意到了卡车。听到汤姆说话，这会儿他的目光集中在汤姆身上。"我不知道，"他对汤姆说，"我们停在这里，只是因为我们的车动不了了。"

"这里有水吗？"

那个人指着前方四分之一英里的一个服务站小屋。"那里有水，跟他们要他们会给你一桶水。"

汤姆迟疑了一下。"呃，我们可以在你们旁边扎营吗？"

那个精瘦的男人看上去有点困惑。"这地又不是我们的，"他说，"我们停在这里，只是因为这该死的车走不动了。"

汤姆坚持说："怎么说也是你们先来。你们有权利选择自己的邻居。"

这个回答马上赢得了那个男人的好感。他的脸上露出了笑容。"可别这么说，当然可以，快把车开下来吧。这是我们的荣幸。"他喊道，"萨莉，有人过来了和我们做邻居。出来打个招呼吧！对了，萨莉她身体不太舒服。"他补充道。帐篷的门打开了，一个干瘪的女人走了出来——她脸上有很多皱纹，看起来像干枯的叶子，但是她的眼睛格外明亮，黑色的眼珠像一口深邃的井，透着一点恐惧。她个子小小的，打了一个寒战。她抓着帐篷帘支着身体，握在帘布上的手看起来皮包骨，满是皱纹。

但当她说话时，她的声音美丽而低沉，柔和而婉转，听起来绵软软的。"欢迎欢迎，"她说，"有人来做伴，太好了！"

汤姆把车从马路上开下来，驶入那片空地，并将卡车与那辆旅行车对齐停着。大家从卡车上一哄而下，露丝和温菲尔德下得太快了，以至于腿被车上的钉子什么的刮得一阵尖叫。老妈很快就去忙活了。她从卡车后面拿出来一个三加仑的大桶，走到在一阵尖叫的孩子们面前。"现在你俩去那边取水——就在那里。好好问人家。就这么问,'您好,请问能在这儿接桶水吗?'然后说,'谢谢。'然后你们俩一起把水抬回来,小心,不要洒了。路上如果看到可以用来烧火的木棍,也捎带上。"孩子们听了盼咐冲向小屋。

两家人站在帐篷边上,一开始,气氛有点尴尬。最后老爹先开口:"你们不是俄克拉荷马这边的人吧?"

站在汽车旁边的艾尔看着车牌。"堪萨斯州。"他说。

那个瘦瘦的人说:"我们是从堪萨斯州的加利纳来的。我叫威尔逊,艾维·威尔逊。"

"我们是乔德一家,"老爹说,"我们从萨里索附近来。"

"嗯,很荣幸认识你们,"艾维·威尔逊说,"萨莉,这是乔德一家。"

"听你们的口音我知道你们不是俄克拉荷马人。你们说话的口音听起来有点奇怪——你别误会,我没有别的意思,只是听起来觉得有点不习惯而已。"

"每个地方的口音都不一样,"艾维说,"阿肯色州人的说话不一样,俄克拉荷马州的人说话也不一样。我们碰到过一位来自马萨诸塞州的女士,她说话就更不一样了。几乎听不懂她在说什么。"

诺亚和约翰伯伯与牧师开始从卡车上下来。他们扶着爷爷下来,让他坐在地上,他无力地坐在那里,眼睛盯着他的前面。"你哪儿不舒服了吗,爷爷?"诺亚问道。

"该死的,你说对了,"爷爷虚弱地说,"我难受死了。"

萨莉·威尔逊慢慢地,小心翼翼地走向他。"您要不要进我们的帐篷里边去?"她问,"您可以躺在里边的垫子上休息会儿。"

听到她温柔的声音,爷爷抬头看着她。"来吧,"她说,"您先休息一下。我们扶您进去。"

但是爷爷突然大哭起来。他的下巴颤抖着,他苍老的嘴唇紧抿着,他哭得撕心裂肺。老妈赶紧冲过去,搂着他。她抬起他的脚,用背撑起爷爷的身体,半抬着他进了帐篷。

约翰伯伯说:"他一定是特别不舒服。他以前从来没有这样过。这辈子我还头回看他哭。"他跳上卡车,扔了一张床垫下来。

老妈从帐篷出来走到凯西身边。"你见过很多生病的人,"她说,"爷爷生病了。你能进去看看他吗?"

凯西快步走近帐篷,走了进去。凯西走进帐篷,地上有一张双人床垫,上面整齐地铺着地毯,地上放着一个铁腿的小锡炉,里面的火烧得不太均匀。一桶水,一个木制工具盒和一个拿来当桌子用的木箱,就这些,别的什么都没有了。夕阳的光线透过帐篷的内壁呈现出粉红色。萨莉·威尔逊跪在垫子旁边的地上,爷爷躺在垫子上。他的眼睛睁着,脸通红。他喘着粗气。

凯西握住他那瘦骨嶙峋的手腕。"感觉有点累是吗,爷爷?"他问。听见他的声音,爷爷瞪着的眼睛朝他看过来,但是眼睛好像看不到凯西。爷爷的嘴张着想要说话但是说不出来。凯西摸了摸爷爷的脉搏,他放下手腕,又把手放在爷爷的额头上。老人的身体突然一阵抽搐,他的双腿挣扎,双手一阵颤抖。他说了一连串模糊不清的话,他的脸在尖尖的白色胡须下面涨得通红。

萨莉·威尔逊小声对凯西说:"你知道他这是什么病吗?"

凯西抬头看着她满是皱纹的脸和发亮的眼睛。"你呢?你知道吗?"

"我——大概知道。"

"什么病?"凯西问道。

"但也有可能弄错了。算了,我还是别说了。"

凯西回头看了看爷爷抽搐得涨得通红的脸。"你是说——也许——他是中风了吗?"

"我想是的,"萨莉说,"我以前见过三次。"

从外面传来了扎营、劈木头和锅碗瓢盆的声音。老妈突然拉开帐篷拉帘探头进来。"奶奶想进来。这会方便吗?"

凯西说:"还是不要让她进来的好,进来了她会更难过。"

"他好点了吗?"老妈问道。

凯西慢慢地摇了摇头。老妈迅速低头瞄了一眼爷爷抽搐着的脸,苍老的脸涨得通红。她放下拉帘,大声说道:"他没事,奶奶。他休息一会儿就好了。"

但是奶奶闷闷不乐地回答:"嗯,我要进去看他。这老家伙花样最多。你永远不知道他会玩什么把戏。"她快速地拉开帘子进来。她站在地垫上往下看。"你在搞什么?"她劈头就问。听到奶奶的声音,爷爷的眼睛又一次看过来,嘴角抽动着。"他只是在生气,"奶奶说,"你们看看,我就知道他在耍花样。他早上想要偷偷溜走,这样他就不会来了。结果他的大腿突然疼。"她充满厌恶地说,"他绝对是在生气。每次他生气,就不和任何人说话。就这德行!"

凯西轻声说:"奶奶,他不是在生气。他生病了。"

"哦!"她又低头看着那个老人。"生病了?是不是很不好,你觉得呢?"

"很不好,奶奶。"

有那么一刻,她有点不敢相信。然后她很快地说:"那你为什么不为他祈祷呢?你是一个牧师,不是吗?"

凯西强壮的手伸向爷爷的手腕,紧紧地抓住他。"可是,奶奶。

我已经不是牧师了。"凯西说。

"你怎么给他祈祷都行！"她命令道，"你心里了解怎么祈祷。"

"我不能。"凯西说，"我不知道祈祷什么或向谁祷告。"

奶奶的眼睛游离了一阵，然后看向萨莉。"他不肯做祷告，"她说，"可是你知道吗？连露丝都会做祷告，当她还是个小屁孩的时候她就会做祷告了。她祷告说：'主啊，我要睡觉了。我祈求主守护我的灵魂。还有，那只可怜的小狗还饿着肚子呢，它跑到橱柜那边，可是柜子里什么吃的也没有了。阿门。'她就是这么祷告的。"这时忽然有人从帐篷边走过，在阳光下，帐篷上有一道影子穿了过去。

爷爷又开始挣扎起来，他的所有肌肉都在抽搐。然后他突然全身一震，好像受了什么打击，接着他就不动了，他的呼吸也停了。凯西低头看着老人的脸，看到它变成了一片黑紫色。萨莉碰了碰凯西的肩膀。她低声说："舌头，舌头，他的舌头。"

凯西点点头。"你帮忙拦着奶奶。"他迅速撬开爷爷紧闭的下巴，把手伸进了老人喉咙去拉他的舌头。当他把舌头拉出来时，爷爷断断续续地出了一口气，接着又猛地吸了一口气。凯西在地上找了一根小棍按住舌头，爷爷又开始断断续续地呼吸了。

奶奶像鸡一样在跳来跳去。"祷告，"她说，"你快点祷告呀，我告诉你，你赶紧祷告。"萨莉试图阻止她。"赶紧给我做祷告，你这浑蛋！"奶奶大喊。

凯西抬起头看了她一会儿。爷爷嘶哑的呼吸声越来越重，越来越不均匀。"我们在天上的父，愿世人都尊你的名——"

"我主荣耀！"奶奶喊道。

"愿你的国降临，愿你的旨意——行在地上——就如同行在天堂。"

## 第十三章

"阿门。"

爷爷张大着嘴,吸了长长一口气,然后又吐出一口气。

"今日赐给我们——我们的饮食——宽恕我们——"这时候,爷爷的呼吸停止了。凯西低头看着爷爷的眼睛,他的眼睛是那么的清澈、深邃,那么的犀利,脸上透着一种庄严、宁静的表情。

"哈利路亚!"奶奶又喊了一声。"还有呢?"

"阿门。"凯西说。

奶奶突然安静下来,杵在那儿。在帐篷外面,所有的声音都停止了。一辆汽车在公路上呼啸而过。凯西还跪在垫子旁边的地板上。其他人都默默地站在外面侧耳倾听,等着通报爷爷的死讯。萨莉抓住奶奶的手臂将她带到了外面,奶奶神情庄重,抬头挺胸。她走过一家人身边。萨莉把她带到外边地上放着的床垫上,然后让她坐在上面。奶奶目不斜视,她知道她现在是大家目光的焦点。帐篷里一片安静,最后凯西终于掀开帘子走了出来。

老爹小声问道:"怎么样?"

"中风,"凯西说,"来势凶猛。"

这时周围好像又恢复了生气。太阳落到了地平线,沉了下去,消失了。沿着公路出现了一排长长的红色货车。它们一路奔驰而来,地面被震动得一阵摇晃,直立式的排气管冒出一阵阵蓝色烟雾。每辆车都有两名司机,一名司机在开车,另一名司机在车顶的卧铺上睡觉。就这样,卡车夜以继日地开着,从不停歇,地面在它们沉重的巨轮下震动。

家里人又围成了一个圈。老爹蹲在地上,约翰伯伯蹲在他旁边。老爹现在是一家之主了,老妈站在他身后。诺亚、汤姆和艾尔蹲了下来,牧师一屁股坐在地上,然后双肘支着躺下来。康尼和罗莎在远处走来走去。这时露丝和温菲尔德抬着一桶水叮当作响地过来了，他们感受到气氛的变化，放慢脚步，放下水桶，静静地走过来和老妈站在一起。

奶奶静静地坐着，脸上一直保持着神圣不可侵犯的神情，直到大家围成一圈，没有人再看她，她躺下，用胳膊遮住脸。火红的太阳已经落下，在陆地上留下了一片璀璨的黄昏，夕阳的余晖照亮了每个人的脸，投射到每个人的眼睛里。夕阳仿佛在尽可能地将余光洒落到每个角落。

老爹说："这是在威尔逊先生的帐篷里。"

约翰伯伯点了点头。"他借了他的帐篷。"

"真是个好人。"老爹轻声说道。

威尔逊站在他那辆破车旁边，萨莉已经去了床垫边上，坐在奶奶旁边，但她很小心地没有碰到她。

老爹喊道："威尔逊先生！"威尔逊走近并蹲了下来，萨莉也过来了，站在他旁边。老爹说："我们一家人都很感谢你们。"

"能帮上忙我们很荣幸。"威尔逊说。

"太麻烦你们了，我们很过意不去的。"老爹说。

"在死亡面前没有什么过意不去。"威尔逊说道。萨莉也附和着说："没事的，不要太见外。"

艾尔说："我给您修车——我和汤姆会修车。"说这话的时候艾尔看起来很自豪，他能够为家里尽点心做点事。

"那太好了。"威尔逊很爽快地接受了，这种答谢的方式他很乐意接受。

老爹说："我们要想一想下一步该怎么做。这个事是有法律程序的。要跟警察申报死亡，这样一来，有两种情况，一种是警察找殡葬人员来收尸体，收费四十块；另一种是警察把爷爷当暴尸街头的流浪汉来处理。"

约翰伯伯插嘴道："我们乔德家的人从来没有过流浪汉。"

汤姆说："可能我们要适应新的情况。我们以前也从来没有这么被迫背井离乡过。"

"这件事我们要小心处理，"老爹说，"不能招人口舌。我们乔德家的人从来没有偷摸盗抢，从来没有接受过别人的施舍。当汤姆遇到麻烦时，我们也是抬头挺胸地做人。他是不得已，任何人在那种情况下都会那么做。"

"那我们要怎么办？"约翰伯伯问道。

"我们像法律说的那样通知警察，这样他们就会过来收尸。我们手头只有一百五十块钱了。要给他们四十块钱来安葬爷爷的话，我们就到不了加利福尼亚了——不给的话他们就会把爷爷当流浪汉处理。"男人们都有点情绪激动，他们看着膝盖前面黑黑的土地思索着。

老爹轻声说道："爷爷用自己的双手埋葬了他的父亲，有尊严地埋葬了他的父亲，自己用铁锹给他的父亲挖了一个很好的坟墓。那个时候，一个男人有权被自己的儿子埋葬，一个儿子也有权埋葬自己的父亲。"

"现在的法律不一样了。"约翰伯伯说。

"有时候，也不能固守法律。"老爹说，"法律往往不留情面。但我们不能任由法律摆布。比如说，你家的孩子不服管束，学坏，法律说我们放弃他——可是没有人会放弃自己的孩子。有时候，我们需要好好琢磨法律，做出筛选。我说我现在有权力埋葬自己的父亲。有人想要说点什么吗？"

牧师高高地举起他的手。"法律在变，"他说，"但是该做的还得做。您有权做您必须做的事情。"

老爹转向约翰伯伯说:"你也有权利,约翰。你有任何反对意见吗?"

"没有,"约翰伯伯说,"只是这看起来像我们要偷偷摸摸地埋葬他。老爷子的一生从来都是光明磊落的。"

老爹面有愧色地说:"我们已经不能像爷爷那样了。我们得在花光钱之前到达加州。"

汤姆突然插话道:"对了,有一次,警察从地里挖出一具尸体,结果他们认为这是一起谋杀案,闹得沸沸扬扬。我们的政府对活人不闻不问,对死人却很感兴趣。他们会想尽办法地去找出他是谁以及他是如何死的。我提议我们在一个瓶子里放一张纸条写着这是谁,怎么死的,为什么他被埋在这里,和爷爷的尸体放在一起埋掉。"

老爹点头同意。"这很好。但是要写清楚。这样爷爷也不会那么寂寞,有他的名字和他在一起,而不是只有一个孤零零的老人寂寞地躺在地下。你们谁还有什么要说的吗?"大家都沉默了。

老爹转过头去问老妈。"你可以先进去打点一下吗?"

"好的,我去打点,"老妈说,"但是谁来煮晚饭呢?"

萨莉·威尔逊说:"我来煮晚饭吧。你去好了,我和那个大女孩来煮饭吧。"

"太谢谢你了,"老妈说,"诺亚,你到卡车里拿一些好的猪肉出来。可能还没有腌透,但是应该可以吃了。"

"我们车上还有半袋土豆。"萨莉说。

老妈对老爹说:"给我两个五毛钱硬币。"老爹在他的口袋里掏出两枚硬币给她。她找了个盆,里面装满了水,然后拿着盆走进了帐篷。这会里边几乎一片漆黑。萨莉进来点燃了一支蜡烛,将它直立在

## 第十三章

一个盒子上,然后她就出去了。老妈低头看了一会儿死去的老人。她突然觉得他好可怜,她从自己的围裙上撕下了一块布从他的下巴绑到头顶上,把他的下巴合了起来。她拉直他的手脚,把他的双手交叉放在胸前。她合上他的眼皮,在每个眼皮上放下一块银色的硬币。她扣上他的衬衫,给他洗了脸。

这时萨莉探头进来看了看,问:"需要我帮忙吗?"

老妈慢慢抬起头来。"进来吧,"她说,"我正想和你说几句话。"

"您的大女孩很棒,"萨莉说,"她在削土豆皮。我要怎么帮您?"

"我要帮爷爷擦身,"老妈说,"但他没有带其他的衣服。你这条床单怕是不能再要了。床单只要沾上尸体,就一直有味道了。我亲眼看到一只狗在我老妈死去的床单上狂吠,那都是我妈死了两年以后的事情了。我们用你的床单来裹着他,我会赔你一条新的床单。"

萨莉说:"您这么说就太见外了。能帮上忙我们很荣幸,我已经很久没有感觉到这么有安全感了。人们需要互相帮助。"

老妈点点头。"唉,是的。"她说。她看着老人那张苍老的脸,长满胡子的下巴,眼睛上盖着的硬币在烛光下闪闪发光。"中风过世的人,表情看起来很不好看。所以,我想把他裹起来。"

"我看奶奶还挺平静的。"

"唉,她太老了,"老妈说,"也许她甚至不知道到底发生了什么事。也许她没有真正懂到底怎么回事。不过这样也好。另外,我们家的人内心都有一股傲气,就像我老爹过去常常说的,'真正的男人什么时候都不能被击倒,什么时候都要挺住'。"她用床单整整齐齐地裹住爷爷的腿和肩。她把床单的一角盖到爷爷头上,然后往下拉,拉到爷爷的脸上盖住脸。萨莉递给她六个大的别针,她开始整齐地把别针别在包裹上。最后她站了起来。"这样应该不至于不体面,"她说,"我们有一位牧师可以主持仪式,我们一家人都围绕在他身边。"突然,她摇晃了一下,萨莉赶紧过去扶住了她,说道:"你是没睡好吧。"老妈不好意思地说道:"不,我没事。昨天晚上我们一直忙着准备出发。"

"到外面出去透透气吧。"萨莉说。

"好,这儿都完事了。"萨莉吹灭了蜡烛,她们两人走了出去。

那条小沟渠底下亮着火光。汤姆已经用棍子和铁丝做了个支架,挂着两个水壶,水壶里冒着气泡,壶盖底下蹿出好多蒸汽。罗莎跪在火堆边上,她手里拿着一把长勺子。她看到老妈从帐篷里出来,她站起来向她走去。

"老妈,"她说,"我有话想问你。"

"是又害怕了吗?"老妈问道,"哎,女人怀孕九个月不可能每天都是好心情。"

"那这会伤害到宝宝吗?"

老妈说:"过去有这样的说法,'一个出生在悲伤当中的孩子长大以后会比较快乐',是不是这样,威尔逊夫人?"

"我也听到过这样的讲法,"萨莉说,"我还听到过另外一个说法,太快乐的老妈生出来的孩子会比较忧郁。"

"但是他动得很厉害。"罗莎说。

"嗯,哪个宝宝在肚子里不是拳打脚踢的,"老妈说,"你还是看着锅里的东西吧。"

在火堆的边上,男人们聚集在一起。他们手上拿着工具,铲子和鹤嘴锄。老爹在地上划了一个范围——大概八英尺长,三英尺宽。他们用接力的方式挖着坑。老爹用鹤嘴锄把土挖松,然后约翰伯伯把土铲出来,艾尔翻土,汤姆铲土。然后诺亚翻土,康尼铲土。土坑越挖越深,他们的动作丝毫没有减慢的迹象。泥土飞快地从洞里飞了出来。当汤姆深陷在长方形的坑里时,他问:"这么深行不行,老爹?"

"还行,再挖个几英尺吧。你先出来,汤姆,先去把那张纸写好。"

汤姆从洞里出来,诺亚又跳了进去。汤姆走到老妈那儿,她在那儿照看柴火。"我们有纸吗,老妈?"

老妈慢慢摇了摇头,"没有——啊,我们忘了带笔和纸。"她看向萨莉。那个小女人快步走到她的帐篷里。她带回了一本《圣经》和一支半截的铅笔。"这儿,"她说,"书最前面有一页空白的,你可以撕下来用。"她把书和铅笔递给了汤姆。

汤姆在火光前坐了下来。他专注地眯起眼睛,用清晰的字体慢慢地小心地写在纸上:"这是威廉·詹姆斯·乔德,年迈,死于中风。他的家人没有钱安葬,所以将他安葬于此。他并没有受到杀害,他是死于中风。"他停了下来。"老妈,您先听一下。"他慢慢地把刚刚写的话读给她听。

"嗯,写得不错,"她说,"对了,你要不要从《圣经》中抄个句子下来,这样听起来比较有宗教气息?就打开《圣经》,随便找个句子抄下来就好了。"

"不能写太长,"汤姆说,"这张纸快没有地儿写了。"

萨莉说:"要不就这句吧:愿上帝垂怜,赦免他的灵魂。怎么样?"

"不太好,"汤姆说,"听起来像犯人临刑前的祷告。我随便抄一句好了。"他翻起书,嘴里念念有词。"有了,这有个好句子。"他说。"罗德对他说:'主啊,不要这样。'"

"这好像没什么内容。"老妈说,"既然要写,就写点有内容的吧。"

萨莉说:"你往后翻,翻到《诗篇》那儿。你应该能从《诗篇》里找到一些有用的句子。"

汤姆翻了几页,低头看着这些诗句。"这儿有一句,"他说,"这句不错,充满了宗教意味:'他的过错被宽恕,他的罪得到了赦免,我主福佑。'这句不错吧?"

"这句真不错,"老妈说,"把这句写上去吧。"

汤姆小心翼翼地抄下了这句。老妈清洗并擦干了一个水果罐,汤姆接过来把纸条放进去拧紧盖子。"也许应该要牧师来写的。"他说。

老妈说:"不行,牧师不是爷爷的亲属。"她从汤姆手中接过罐子,拿着走进黑暗的帐篷里。她打开床单,将水果罐子放在爷爷薄薄的冰冷的手下,然后又将床单别紧了。最后她又回到了火堆旁。

男人们从墓穴里出来了,他们的脸上满是汗水。"可以了。"老爹说。他和约翰、诺亚、艾尔走进帐篷,他们把裹着的爷爷的尸体抬了出来。他们把他抬到了墓穴口。老爹跳进洞里,在下面接过尸体,把尸体轻轻放下。约翰伯伯伸出一只手帮助老爹爬出墓穴。老爹问:"奶奶怎么样?"

"我去看看。"老妈说。她走到床垫边,低头看了老太太一会儿。然后她又回到了墓穴边上。"睡着了,"她说,"也许她到时会怪我,但我不打算把她叫醒。她累了。"

老爹说:"牧师呢?他在哪里?我们要做个祷告。"

汤姆说:"我看到他沿着公路走掉了。他不想再做祷告了。"

"不想做祷告了?"

"对,"汤姆说,"他现在已经不是一个牧师了。我想,他认为,如果他不是牧师了,但要再像牧师那样帮人祷告的话就是骗人了。我猜他一定是故意躲开,这样大家就找不到他了。"

## 第十三章

凯西这会正悄无声息地走过来，他听到了汤姆说的话。"我没有逃走，"他说，"我会尽量帮你们的，但我不会欺骗你们。"

老爹说："你能说几句话主持一下吗？下葬时总得有个人主持说几句话才行。"

"我来说，我会。"牧师说。

康尼领着罗莎走向墓穴这边，她看上去有点不情愿过来。"你必须出席，"康尼说，"不这样做是不合适的。只有一小会，别怕。"

火光照耀在每一个人身上，照耀着他们的脸和眼睛，照亮了他们黑漆漆的衣服。大家都摘下帽子。每个人的眼睛里都闪烁着摇曳的火光。

凯西说："悼词不会太长。"他低下头，其他人跟着他也低下了头。凯西庄严地说："这里的老人已经走过了他的一生，现在，他离开我们了。我不敢说他是好人还是坏人，但这并不重要，重要的是他曾经活过。虽然现在他已离我们而去。我曾经听有人讲过一首诗，他说：'所有的生命都是圣洁的。'我一直在思考这句话，不久我领会到了诗句中的含义。今天我不是在为一位逝去的老人做祷告。不要悲伤，他没事，他只是在完成他在世上最后一件重要的事情，如今他要走向人生最后的一段路，这段路只有一个方向。但是我们，我们也有路要走，只不过我们的路有千万种选择，我们不知道应该选哪一条路。今天我做这个祷告，是为了我们这些活着的人做的祷告，是为我们这些不知道何去何从的活着的人做的祷告。爷爷已经选择了他最轻松直接的路。现在让我们为他盖上尘土，送他最后一程。"说到这儿，他抬起头来。

老爹说："阿门。"其他人跟着低声说道："阿门。"然后老爹拿起铲子，铲了半铲子泥土，轻轻地将它撒到漆黑的墓穴里。他把铲子递给了约翰叔叔，约翰叔叔也铲了一铲泥土进去。然后铲子一个接一个地传递过去，直到每个男人都轮了一遍。当他们都轮完，老爹开始飞快地铲土，很快墓穴里的土就多了起来。女人们回到火堆边去准备晚餐。露丝和温菲尔德还在看着老爹填土。

露丝忽然严肃地说："爷爷就在底下。"温菲尔德惊恐地看着她。然后他跑到火堆边，坐在地上哭了起来。

老爹填了一半土，然后他站在一边喘着粗气，约翰伯伯接着继续填。坟墓填满以后，约翰伯伯正想继续填土，把坟墓堆成坟冢时，汤姆拦住了他。"听着，约翰伯伯，"汤姆说，"别堆成坟冢，要那样的话只要我们一离开坟墓，有人就会立刻打开坟墓。我们把坟墓隐藏起来，把地面填平，然后在上面撒些干草。我们必须这么做。"

老爹说："这我倒没想到。可是没有坟冢怎么叫一座坟墓呢。"

"我们这是不得已，"汤姆说，"我们一走，警察就会立即来挖坟，这样我们就犯法了。如果我违反法律，您知道我会怎么样吗？"

"呀，"老爹说，"是啊，我忘了。"他接过约翰的铁锹，将坟墓夷为平地。"可是到了冬天，土面会陷下去。"他说。

"管不了那么多了，"汤姆说，"到冬天我们已经去了很远的地方。把它踏平，我们再铺些干草上去。"

猪肉和土豆煮好了，家人们坐在地上吃饭，大家都很安静，盯着火堆。威尔逊用牙撕下来一块肉吃了，满足地叹了口气。"这肉真好吃。"他说。

"嗯，"老爹解释说，"我们养了几头小猪，走之前我们想还是杀了猪吃了算了，反正卖也卖不了多少钱。过段时间等老妈习惯了，她会想办法烤面包吃，想想这样的日子也不错啊，一路有美丽的风景，车上还有两桶腌猪肉吃。对了，你们上路多长时间了？"

## 第十三章

威尔逊用舌头清理牙齿上的肉,并把肉吞进去。"我们不太幸运,"他说,"我们离家已经三周了。"

"什么?天哪,我们预计十天或不到十天就应该到加州了。"

艾尔这时插话道:"恐怕很难,老爹。我们的车子这么重,很可能永远到不了加州。万一有山要爬坡,我们根本上不去。"

听到这话,大家都沉默了。大家纷纷看着地上,火光照亮了他们的头发和额头。这会儿,白天的炎热已经逐渐消退,在火光的上方,可以看见远处的天空繁星闪烁。奶奶坐在她的床垫上,远离火堆,像小狗一样轻轻地呜咽着。所有人的头都转向了她的方向。

老妈说:"罗莎,好孩子,去陪陪奶奶。她现在需要人陪。她现在知道了。"

罗莎站了起来,走到床垫旁,躺在奶奶的旁边,她们开始小声地说起话来。坐在火堆边的人能听到她们的喃喃细语。

诺亚说:"很奇怪——爷爷走了,但是我却并不觉得特别难过。反而是我今天早上离家时要更难过。"

"因为他们是一体的,"凯西说,"爷爷就是老家,爷爷和老家早就融为一体了,他们是一回事。"

艾尔说:"唉,真遗憾。先前一直听他说要往他的头上挤葡萄,让葡萄汁流满一脸,他总说那样的话。"

凯西说:"我想他一直都是说着玩的。"我想他心里明白,永远都不会有那么一天。爷爷不是今天晚上过世的,他在他离开家的那一刻就已经死了。"

"是真的吗?"老爹哭了。

"哦,我不是那个意思。他当然当时还有呼吸,"凯西接着说,"但他已经死了,他的心已经死了。因为他就代表着老家,他很清楚

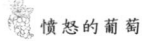

这一点。"

约翰伯伯说:"你当时知道他快死了吗?"

"是的,"凯西说,"我知道。"

约翰凝视着他,脸上露出了恐怖的神情。"你怎么不告诉我们?"

"告诉你们又有什么用?"凯西问道。

"我们——我们可能能做些什么。"

"做什么呢?"

"我也不知道,但是——"

"不,"凯西说,"你什么也做不了,你做什么也没有用。你们有很长的路要走,但是爷爷并不想参与其中。他不用再受折磨了。今天早晨他就已经死了。从他离开家里那片土地时,他就已经死了。他把灵魂留在了那片土地,他离不开那片土地。"

约翰伯伯深深地叹了口气。

威尔逊忽然说:"我们家也一样,我哥哥威尔也没有和我们一起离开。"所有的人都看向他。"我们一起生活了四十多年,从来没有离开过。他比我年长。我们两个人都没开过车。那天,我们进城把所有家当都卖了。威尔他买了一辆车,车行叫一个小伙子教他怎么开车。出发前一天下午,威尔载着姑妈梅妮一起去练车。在路上转弯的地方,他突然大喊一声,结果撞到了路边的篱笆上。接着他又大吼一声'哇,你这混账东西!',结果车又冲进了水沟里。然后他就坐在那儿。他已经没有家当再卖了,车也没了。但这是他自己的错,怪不了别人。他气疯了,不肯跟我们走,只是坐在那儿骂个不停。"

"那他该怎么办?"

"呃,我也不知道。他气疯了,都懒得去想了。我们也等不了了。我们只有八十五块钱了,再等下去就没钱上路了。可是我们上路后开

## 第十三章

了不到一百英里,先是后轮轴的差速齿轮坏了,花了三十块钱修理,接着有个轮胎爆胎了,然后一个火花塞裂开了,然后萨莉病了。我们已经在路上停了十天了。现在这该死的车又坏了,我们身上的钱也快没了。我不知道我们能不能到得了加州。如果我会修车就好了,但我对汽车一窍不通。"

艾尔这时煞有介事地问道:"车是什么问题?"

"嗯,就是动不了。打不着火了。不过,等个一分钟,它好像又可以发动了,但是还来不及上路,它又熄火了。"

"车打着一分钟然后就熄火了?"

"是的。无论我怎么踩油门,车就是动不了。而且情况越来越糟,现在就是完全打不着火了。"

这时艾尔非常自信地说:"我想你的车应该是油管堵塞了。我可以帮你清洗一下。"

老爹听了艾尔的话也觉得很有面子。"他是一把修车的好手。"老爹说。

"好,你们肯帮忙真是太感谢了,真的。你们不知道,当你不知道该拿这车怎么办时,我觉得自己就像个什么也不懂的小孩。等我们到了加州时,我的目标就是要弄一辆好车。省得它一天到晚抛锚。"

老爹说:"等我们到了加州,问题是,我们到加州之前,得吃多少苦头啊。"

"哦,但这是值得的,"威尔逊说,"我看过传单,那边需要工人摘水果,给的薪水很高。哇,你们想想那是怎样的场景,在树荫下摘着水果,偶尔还可以吃上一口。而且他们不会在乎你偷吃了多少,因为他们的水果很多。他们给的工资又高,也许你还可以买一块地,多赚点钱。哎,我打赌几年内我们就可以买一个自己的农场了。"

老爹说:"我们也看到过他们发的传单。我这儿就有一张。"说着他拿出钱包,从里面取出一张折叠着的橙色传单。上面黑字写着:"招聘加州豌豆采摘者。全年招工,薪水优厚。需要八百名。"

威尔逊好奇地看着这张传单。"真的,这就是我见过的那张,一模一样。你认为——也许他们已经招满了八百个人?"

老爹说:"这只是加利福尼亚州的一小地方。我们去的可是全国第二大州。假使他们确实已经招满了八百个人,可加州还有很多其他这样的地方。反正我宁愿去摘水果。就像你说的那样,在树下边摘水果——为什么不愿意呢,即使孩子们也愿意干这样的活儿。"

突然,艾尔起身走向威尔逊的旅行车。他看了一会然后又回来坐了下来。

"你今天晚上没法儿修了。"威尔逊说。

"我知道,我明天早上给你修。"

汤姆仔细观察着他的弟弟。"我大概知道你正在想什么,我也正在想。"他说。

诺亚问道:"你们两个人在说什么?"

汤姆和艾尔不说话了,两个人都在等着对方先开口。"你告诉他们。"艾尔最后终于说了。

"好吧,也许这不好,也许这不是艾尔正在想的事情,但是无论如何我也说一下吧。我们的车目前超载了,但是威尔逊先生的车没有超。如果我们中的一些人可以去和他们一起乘坐并把他的车上一些轻便的东西换到我们车上来,我们车的轮胎就不会被压扁,我们的车就可以爬坡了。而且我和艾尔都懂一点车,所以一路上两辆车有什么问题我们都可以修。我们两辆车可以一起走,这对两家都好。"

威尔逊听了这话高兴得跳了起来。"太好了,当然可以。能和你们一起上路,我们很荣幸。我们自己肯定是走不到的。你听到了,萨莉?"

"这是一件好事,"萨莉说,"可是这样不知道会不会给你们家增加负担?"

"不会,"老爹说,"根本不会有负担。是你们帮我们多一些。"

威尔逊突然坐了下来,有点不安。"呃,我也不知道会不会给你们增加负担。"

"怎么啦,你不想和我们一起上路吗?"

"呃,你看——我们只剩下三十块钱了,我不知道会不会给你们增加负担。"

老妈说:"你们不会给我们增加负担。我们互相帮助,一起去加州。爷爷过世,萨莉帮了我们很大的忙。"她说到这儿就没再说了。现在的情形已经很明显了,两家人一块上路。

艾尔兴奋地喊道:"那车轻轻松松载六个人!假设我来开车,还可以载上罗莎、康尼和奶奶。然后把威尔逊先生车上体积大但是轻的东西放到我们车上来。我们可以轮流坐那辆车。"他大声地说,因为他终于解决了超载的麻烦和担忧。

他们忽然有点不好意思地笑了,低头看着地面。老爹伸手摸摸地上的尘土。他说:"你们老妈一直梦想着那种白色的房子,周围种满了橘子树。她在日历上见过那样的房子。"

萨莉说:"如果我又生病了,你们不用管我继续往前走。我不能给你们增加任何负担。"

老妈凝视着萨莉,仿佛直到这一刻她才看见萨莉眼中的痛苦,仿佛她脸上的皱纹就是她的痛苦造成的。老妈说:"我们会看着你到加州的。你自己刚不是说了嘛,你不能给我们增加负担。"

萨莉在火光中低头看着她满是皱纹的双手。"今天晚上我们可以好好睡一觉了。"说着她站了起来。

"爷爷——我忽然觉得爷爷好像已经过世一年了一样。"老妈说。

于是一家人打着哈欠走到各自睡觉的地方去了。老妈把刚刚泡着的吃饭的锡盘子洗了,用面粉袋子擦了上面的油脂。火堆渐渐熄灭了,天上的星星也渐渐暗淡下来。公路上偶尔有几辆车呼啸而过,但是运输的卡车队每隔一段时间就会轰隆隆地碾过地面,震得地面一阵摇晃。星光下,停在沟渠里的那两辆车几乎看不见。前面路不远的地方,一条拴着的狗朝着加油站不断地狂吠。大家都睡着了,周围一片寂静。地里的田鼠变得大胆起来,在床垫间来回蹦着。只有萨莉·威尔逊没有睡着。她凝视着天空,紧紧地裹着她的身体抵抗着疼痛。

## 第十四章

西部土地上,气氛开始变得不安起来。西部的州,这会儿跟暴雨之前的马一样紧张。那些大农场主,一个个非常紧张,他们感觉到有一场变革正在进行,但是他们对这场变革的本质一无所知。这些大农场主,他们攻击权力日益扩张的政府;攻击日益庞大的工会;反对新的税制、新的政府计划;他们不知道这些事情只是结果,并不是原因。是结果,不是原因。原因既深刻又简单——原因是胃里的饥渴,这种饥渴在成百万倍的增长;是灵魂的饥渴,灵魂里对快乐和安全的饥渴,这种饥渴在成百万倍的增长;是身体和心灵的饥渴,身体和心灵渴望成长,渴望工作,渴望创造的饥渴,这种饥渴在成百万倍的增长。最后一个清晰定义人的功能——拥有渴望工作的肌肉,渴望超越单一需求去创造的思想——这就是人。建造一堵墙,建造一座房子、一座大坝,在墙、房子和大坝中放置一些人自己的东西,并收回墙、房子、大坝的一些东西;从劳作中获得坚硬的肌肉,从思考中获得清晰的线条和形状。因为人,与宇宙中任何其他有机或无机的物质不同，具有这样的品质，人会超越他的工作，走上他概念的阶梯，超越他的成就。你可以这样来论说人的这种品质——当理论概念发生变化和崩溃时，当各个学派、哲学，走入狭隘黑暗胡同的思想，国家的、宗教的、经济的，由发展而瓦解时，人仍然会痛苦地、跌跌撞撞地、有时甚至是错误地向前走。向前走了，他也可能会后退，但只会后退半步，永远不会后退整整一步。你可以这样来论说这种品质，当炸弹从市场上空黑压压的飞机上落下时，当囚犯像猪一样被困时，当被碾碎的尸体在尘土中污秽地腐烂时，你可以通过这些来理解人的这种品质。如果没有迈出这一步，如果跌跌撞撞、疼痛前行中没有生命，炸弹就不会落下，喉咙也不会被割断。当炸弹停止落下，而轰炸机还在的时候，这个时候要害怕——因为每一枚炸弹都是灵魂没有死亡的证明。当罢工停止，而那些大的农场主还活着的时候，这个时候要害怕——因为每一次失败的小的罢工都是正在采取行动的证明。你可以这样理解——当人类不会因为一个概念而痛苦和死亡的时候，这个时候要害怕，因为这种品质是人类的基础，这种品质使人类在宇宙中独一无二。

　　西部各州在开始的变化下感到紧张。得克萨斯州和俄克拉荷马州，堪萨斯州和阿肯色州，新墨西哥州，亚利桑那州，加利福尼亚州。一户人家搬离了这块土地。父亲从银行借了钱，现在银行要这块地。土地公司——当它有土地的时候就是银行——它想要拖拉机，而不是土地上生活的农户。拖拉机坏吗？它能翻出长长的犁沟，这样错了吗？如果这辆拖拉机是我们的，那就好了——不是我的，是我们的。如果我们的拖拉机能在我们的土地上翻出长长的犁沟，那就好了。不是我的土地，是我们的土地。那时我们可以爱那辆拖拉机，就像我们爱这片属于我们的土地一样。但这辆拖拉机做了两件事——它

## 第十四章

翻土,它也驱赶我们离开这片土地。这辆拖拉机和坦克没什么区别。人们都被它们驱赶、恐吓和伤害。我们必须思考这个问题。

一个人,一个家庭被赶出这片土地;一辆锈迹斑斑的汽车在高速公路上嘎吱作响,一路向西。我失去了土地,一辆拖拉机就夺走了我的土地。我独自一人,不知所措。晚上,一户人家在沟里露营,另一户人家靠边停车,搭起了帐篷。两个男人蹲在地上,女人和孩子们在一边听着。这是一个节点,你们这些讨厌变革、害怕革命的人。把这两个蹲着的人分开;让他们互相憎恨、害怕、猜疑。这是你所恐惧事情的根源。这是受精卵。因为在这里"我失去了我的土地"被改变了;一个细胞被分裂,从分裂中生长出你讨厌的东西——"我们失去了我们的土地。"危险就在这里,因为两个人不像一个人那么孤独和困惑。从第一个"我们"开始,就产生了一个更危险的东西:"我有一点食物"加上"我一点也没有"。如果从这个问题来看,总和是"我们有一点东西",那么事情就要发生了,运动就有了方向。现在只增加了一点点,这片土地,这辆拖拉机都是我们的。蹲在沟里的两个男人,一堆小火,一锅炖肉,沉默的女人;在后面,孩子们用灵魂倾听着他们头脑中不理解的话语。夜幕降临。婴儿感冒了。给,拿上这条毯子。这是羊毛毯。这是我老妈的毯子——给孩子拿去吧。这就是我们要炸毁的东西。这是从"我"到"我们"的开始。

如果你拥有人们必须拥有的,那么你一定可以理解这一点,你可能会保护自己。如果你能分开原因和结果,如果你能知道潘恩、马克思、杰斐逊、列宁都是结果,而不是原因,你可能会活下来。但你不知道。因为你拥有的品质将你永远冻结在"我"中,并将你永远与"我们"隔绝。

西部各州对开始的变化感到紧张。基本需求产生概念,概念转变

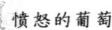

成行动。五十万人正在全国各地流动;还有一百万人在焦躁不安,准备移动;一千万人正在第一次感到紧张。

拖拉机在闲置土地上翻出一条条犁沟。

# 第十五章

66号公路沿路小店铺林立——艾尔和苏西的美食小店、卡尔的午餐店、乔和米妮的餐馆、威尔的快餐店——这些店铺都是些木板搭建的小屋。小屋门前有两个汽油泵、一扇纱门,屋里有一个长条吧台、凳子和一圈脚踏线。门旁边还摆着三台老虎机,透过机身玻璃可以看到里边有很多五分钱硬币,你拉下三个拉杆,就有可能获得这些了。在它们旁边,有一个投币式留声机,上面像馅饼一样一层层堆满了唱片,这些唱片正等待着被人选中放入留声机放出优美的舞曲,有《滴比滴比叮》《谢谢你留给我的回忆》,有宾·克罗斯比的作品,有本尼·古德曼的作品。吧台的其中一端放着一个带盖的箱子,箱子里有止咳糖、"斯普利思"(硫酸咖啡因,一种用于刺激中枢神经系统的药丸)、"诺多思"(一种提神醒脑,对抗瞌睡的药丸)、糖果、香烟、剃须刀片、阿司匹林、"布鲁姻塞耳泽"(一种苏打水)、"冒能适"(一种泡腾式抗酸剂和镇痛药品牌)等。墙上装饰着海报,海报上是沐浴的女孩,她们拥有金黄色的头发,丰满的胸脯、苗条的臀部、蜡一样洁白的脸，穿着白色泳衣，手里拿着一瓶可口可乐，面带微笑——看！喝可口可乐能让你畅爽又快乐。在长条吧台上，放着盐、胡椒粉、装有芥末的小罐和餐巾纸。吧台后边有接啤酒的龙头，后面有一个咖啡壶，闪闪发光还冒着热气，玻璃咖啡壶身上的液位标显示着咖啡的余量。一边的铁架上放着馅饼和四堆像金字塔一样叠放的橙子，以及精心堆放的烤面包片和玉米片。

纸板做的招牌上，用闪亮的云母粉写了几行字：我们做老妈味道的馅饼。赊购树敌，让我们做朋友吧。女客人们可以吸烟，但烟头不要随意乱扔。和你的妻子来这里吃饭吧。如果我告诉你这里美妙无比，你会再买一杯吗？

吧台的另外一端放着烹饪用的盘子、几锅炖菜、土豆、炖牛肉、烤牛肉和以备切片食用的熟烤猪肉。

米妮或者叫苏西或梅的女服务员站在柜台后面，她们已步入中年，头发卷曲，满头大汗的脸上涂着胭脂抹着粉。她们轻声地给顾客点餐，然后像孔雀一样尖声叫着把菜单报给厨师。她们用抹布以打圈的方式用力擦拭着吧台，擦亮大咖啡壶。厨师是乔或者叫卡尔或艾尔，他们穿着白色外套和围裙，戴着白色厨师帽，帽子下，发白的前额上满是大粒儿的汗水；他们郁郁寡欢，很少说话，对于每个新进店的顾客，他们会抬头看上一眼。他们擦洗着锅，啪的一声扔下牛扒。他们轻轻地复述着梅喊出的菜单，用铲子刮着锅，用粗麻布擦拭着锅。他们干活儿时都显得忧郁而沉默。

梅负责接待顾客，她微笑着，但内心却恼怒到近乎爆发；她微笑着，眼神却飘忽不定——对于卡车司机她不是这样的。卡车司机是小店的主顾。卡车停在哪里，哪里就会有顾客到来。她们知道，对卡车司机丝毫不能懈怠，因为他们带来了生意。她们都知道，给他们一杯

## 第十五章

不新鲜的咖啡,他们就不会再来店里了。招待好他们,他们还会再来。梅使出浑身解数,冲着卡车司机露出她真心的笑容。她稍微抬起头,梳理脑后的头发,因为她抬起胳膊时,胸也会相应挺起来。他们通过聊天打发时间,聊一些大的事件、重要的时代、精彩的笑话,但厨师艾尔是从不发言的。他不和顾客接触。有时候,他听到笑话时也会微笑,但从不大笑。有时候,梅的声音很活泼,他也会抬头看一眼,然后便又用刮刀清理锅底,把锅壁周围的油脂刮到铁槽里。他用铲子压着嗞嗞作响的牛扒,把切开的面包放在盘子里,准备烘烤加热。他把盘子里散落的洋葱放到一起,堆在牛扒上,然后用铲子压实。他把半个面包放在牛扒上,另一半涂上熔化的黄油和少许酸黄瓜酱。他压住牛扒上的面包,把铲子伸到薄薄的牛扒下面,将牛扒翻过来,再把涂了黄油的半个面包放到上面,然后把汉堡放进小盘子,把一段腌黄瓜和两颗黑橄榄放在旁边作为点缀。接着,艾尔把盘子沿着吧台滑下来,就像玩套圈一样轻松,随后,再拿铲子把锅底刮干净,闷闷不乐地盯着炖菜的锅。

一辆辆汽车在66号公路上呼啸而过,牌照来自各地的都有,马萨诸塞州、田纳西州、罗得岛州、纽约州、佛蒙特州、俄亥俄州。这些车辆都在向西行驶。车都很不错,它们正在以每小时六十五英里左右的速度行驶。

一辆科德开过去了,它看起来像是带轮子的棺材。

但是,天啊,这些车开得真快!

看见那辆拉塞尔了吗?我想要,我并不贪心,我想要一辆拉塞尔。

你要是真的有钱了,买一辆凯迪拉克又怎么了?车型更大,开起来也更快。

我想给自己买辆林肯。你可能觉得这车并不显得阔绰，但是它很经典，速度也很快，给我一辆林肯吧。

好吧，先生，你可能会笑出声来——我想买一辆别克，别克就足够好了。

不过，见鬼，那和林肯的价位一样，但是没有林肯好。

我不在乎这些，我只是不想买亨利·福特的车。我不喜欢他，从来都不喜欢。我有个兄弟就在他的工厂工作，你应该听他讲讲。

好吧，林肯挺不错的。

高速公路上飞驰的大车上，女士们坐在里面，被扑面而来的滚滚热浪弄得无精打采。她们周围有很多装备：有用来涂抹润滑保湿用的乳霜；有装在小瓶里的着色剂——有黑色的、粉色的、红色的、白色的、绿色的、银色的——可以用来改变头发、眼睛、嘴唇、指甲、眉毛、睫毛和眼皮的颜色。有促进肠胃蠕动的油剂、药片和药丸；还有一袋瓶子、注射器、药丸、药粉、液体药剂、凝胶药剂，这些药品无味，可以用来保证性生活安全并起到避孕效果。除了这些，还有一些衣服。真是太麻烦了！

她们疲惫的眼睛，不满的表情，小小吊带里沉重下垂的胸部，腹部和大腿被橡皮筋紧绷着。她们嘴里喘着气，眼神闷闷不乐。她们不喜欢阳光、风和泥土，憎恨食物和疲劳；她们厌恶时间，因为时间总是让她们的美貌一天天衰老。

在她们身旁，坐着挺着啤酒肚的小个子男人。他们身穿浅色西装、戴着巴拿马帽，长得干干净净，肤色透着粉，他们眼神迷茫且忧虑不安。他们忧心忡忡，因为目前已有的方法是行不通的；他们还渴望安全感，但又感觉到安全感正在从世界上消失。在他们的衣襟上，有协会和俱乐部的徽章，在这些地方，他们可以遇见很多和他们很像的忧心忡忡的小个子男人,这让他们自我安慰,相信做生意是高尚的,但是,他们心里清楚,做生意只不过是一种奇异的仪式化的行窃而已。他们不断安慰自己,做生意的人尽管曾经犯过迷糊,但却很聪明;他们尽管遵循稳健的生意原则,但却是善良、仁慈的;他们不断安慰自己,他们的生活是丰富多彩的,而不是事实上的日常工作单调乏味;他们不断安慰自己,他们不用再担惊受怕的日子即将到来了。

而这两个人,要去加利福尼亚。他们将要坐在比弗利威尔希尔酒店的大厅里,看着他们羡慕的人走过,再去看看山,注意,是高山,还有大树——男人的眼神很忧虑,但女人则想着太阳会晒伤她的皮肤。去看太平洋,我赌十万块钱,男人肯定会说,"太平洋没有我想象的那么大",而女人会羡慕沙滩上年轻人的丰满身材,去加利福尼亚就像回家了一样。女人还会说,"那个女明星是我们在特罗卡德罗的邻桌,她真的是一团糟,但她穿的衣服很好看"。男人会说:"我和那里声誉很高的生意人聊过了,除非我们赶走白宫的那个家伙,否则他们不会有机会的。"女人说:"我从一个知情人那里听说——她染上了梅毒,你知道吧。她演过华纳公司拍的电影。那人说她是靠和别人睡觉换来的拍戏机会,她得到了她想要的东西。"但男人忧虑的眼神从未平静过,女人噘起的嘴也从未高兴过。大车依旧以六十英里的时速飞驰。

我想喝冷饮。

嗯,前面好像有,要停车吗?

你觉得那里干净吗?

这已经是这个渺无人烟的地方里最干净的了。

好吧,也许瓶装汽水还行。

大车的轮胎与地面摩擦,发出刺耳的声音,车停了下来。这名忧虑的胖男人扶着他的妻子下了车。

他们进来了,梅抬头看了一眼,目光又转向别处。艾尔的目光离开了煎锅,他抬头看了一眼,又低下头去。梅知道,他们只会买一瓶五分钱的汽水喝,然后还会抱怨汽水不够冰。那个女人会用上六张纸巾,然后把它们扔在地上。男人会哽咽着试图把责任推给梅,女人会到处闻,仿佛嗅到了腐肉的味道,他们会再次走出去,之后会一直跟别人说道,西部的人都是闷闷不乐的。梅和艾尔独处时,给他们取了个外号。梅称他们为"臭无赖"。

卡车司机才是他们最重要的客人。

大货车来了。真希望他们能停下来,把这两个臭无赖的气味带走。我在阿尔布开克的酒店工作时,艾尔,像他们俩这种人无所不偷。而且,他们的车越大,偷的东西就越多——毛巾、银器、肥皂盒。我真是弄不明白。

艾尔郁闷地问道:"你觉得他们从哪儿弄来这些大车和东西的?生下来就有的?而你就什么都没有。"

大货车上,司机问另外一名轮岗司机,要不要停下来喝杯爪哇咖啡?我知道这家小店。

行程还来得及吗?

哦,时间还有富裕。

那就停车吧,那里的店员都很老练,环境不错。店里的爪哇咖啡也不错。

大货车停了下来。两名男子身穿卡其色马裤、靴子和短夹克,头戴闪亮的军帽,他们下来了,纱门砰的一声关上了。

你好,梅。

嘿,这不是大老鼠比尔嘛!你什么时候开始返程回来的?

### 第十五章

一星期之前。

另一个人在唱片机里投了五分钱,看着唱片滑落,下面的唱片升了起来。是宾·克罗斯比的歌声——真是好歌啊。"谢谢你留给我的回忆,在海边被太阳晒黑的回忆,你也许让人头痛,但我从不厌烦你。"卡车司机也唱给梅听:"你也许是个麻烦鬼,但你从不乱搞一气。"

梅笑了。比尔你这个朋友是谁?他刚开始开车,对吗?

另一个人往老虎机里投了五分钱,赢了四个筹码,他把它们又放了进去。他走向吧台。

你好,想来点什么?

嗯,来一杯爪哇咖啡。馅饼有什么味的?

香蕉奶油味、菠萝奶油味、巧克力奶油味——还有苹果味的。

给我来个苹果味的。等等——那个又大又厚的是什么味的?

梅把它拿出来闻了闻,是香蕉奶油味的。

切一块这个,我要一大块。

站在老虎机旁边的那个男人说:我要两块。

来,给你两块。比尔,最近听过新的笑话吗?

我正好有。

注意,在女士前面不要乱说话。

"哦,这个没事。一个孩子上学迟到了。老师问:'你为什么迟到?'孩子说:'我得牵小母牛——去让它配种。'老师又问:'你的老爹不能做吗?'孩子说:'他当然可以,但不如公牛好。'"

梅大笑起来,笑声很尖锐刺耳。艾尔在切菜板上小心翼翼地切着洋葱,也抬起头来笑了,然后又低下了头。卡车司机,才是重要的顾客。他们每人都会给梅两毛五——馅饼和咖啡一共一毛五,另外再给梅一毛小费。他们也不想占她的便宜。

他们一起坐在凳子上，勺柄从咖啡杯里露出来。他们消磨着时间。艾尔擦着他的平底锅，听着他们聊天，但不发言。宾·克罗斯比的歌声停下了。转盘落下，唱片回到了它在唱片堆中的位置。紫色的灯光熄灭了。硬币，能让这里的所有机器运作起来，让克罗斯比唱歌、管弦乐队演奏——这些硬币从投币口中掉到收币盒里。这些硬币与大多数货币不同的是，它们的的确确地完成了一项工作，的的确确地引发了一个物理上的反应。

蒸汽从咖啡壶的排气孔喷出。制冰机的压缩机轻轻地突突响了一会儿，然后就停了下来。角落里的电扇缓缓地来回摇着头，用温暖的微风扫荡着房间。在66号公路上，汽车飞驰而过。

"刚来了一辆马萨诸塞州的车，走了有一会儿了。"梅说。

比尔抓住杯子的顶部，用他的食指和拇指夹住勺子，他向咖啡吹了一口气，想让它凉一些。"你应该去66号公路上看看，那里有来自全国各地的汽车。它们全都在向西行驶。我以前从来没见过这么多的车。路上肯定有一些好车。"

"今天早上我们看到了一起交通事故。"他的同伴说，"是一辆大轿车——一辆凯迪拉克，一款限量的、漂亮的、矮矮的、奶油色的特别款——撞上了一辆卡车。它的散热器已经被撞得折了起来，压在了司机身上。时速肯定得有九十英里。方向盘直接穿过了那个司机的身体，他像上了钩的青蛙一样晃来晃去。车是极好的，很让人喜欢，但现在已经不值钱了。他是一个人开车的。"

艾尔放下手中工作，抬起头来："卡车撞坏了？"

"哦，天啊！那都不能说是一辆卡车，是一辆改装车，里面装满了炉子、平底锅、床垫，还载有孩子和鸡。你明白的，他们也是往西

## 第十五章

开的。这家伙从我们身边经过,时速估计得有九十英里——只为了超过我们拼命加速,正好对面一辆车开过来,所以他就想插进去,然后砰的一声就撞上了。那个开车的人像喝醉了一样。天啊,衣服、鸡和孩子都被撞了出来,到处都是。有一个孩子被撞死了,我从来没见过那么乱的场面。我们把车停了下来,那个开卡车的老头,他就站在那里,看着那个死去的孩子。他一句话也说不出来,只是傻傻地愣在那里。我的天啊,一路上都是往西行驶的车,我从来没见过这么多车,现在情况越来越糟,真不知道他们到底是从哪儿来的!"

"不知道他们想要去哪儿。"梅说,"有时他们会来加油,但他们几乎从不买其他东西。有人说他们偷东西,但我们店周围没放什么东西,他们也从来没偷过我们的东西。"

比尔嚼着他的馅饼,抬起头,透过纱窗向公路上望去。"最好把你的东西都收起来,我感觉那些人要过来了。"

一辆一九二六年款的纳什轿车疲惫地驶离高速公路。后座上的麻袋、锅碗瓢盆几乎堆到了车的天花板,而在最顶上,紧贴着天花板的地方,还坐着两个男孩。车顶上放着一张床垫和一顶折叠帐篷;帐篷杆绑在车的踏板上。汽车停在了加油泵旁。一个黑头发、瘦尖脸的男人慢慢地下了车。两个男孩从行李堆上滑了下来,下了地。

梅绕过吧台,站在门口。男人穿着灰色羊毛长裤和蓝色衬衫,后背和腋下的汗水把衣服染成了深蓝色。男孩们穿着工装裤,其他什么都没穿,破破烂烂的工装裤上打着补丁。他们的头发颜色很浅,因为刚刚理过发,所以均匀地在头上立着。他们的脸上布满了灰尘。他们直接走到水龙头下的泥潭边,把脚指头伸进泥里。

男人问道:"我们能接点水吗,女士?"

梅的脸上露出厌烦的神情。"当然可以,去吧。"她回头轻声说,

"我会看着水龙头的。"她看着那人慢慢拧开车的散热器盖,把水管接了进去。

车里一个亚麻色头发的女人说:"你看看在这能不能买到。"

男人关掉了水龙头,又拧紧了散热器的盖子。小男孩们从他手里接过水管,他们把水管竖起来,大口大口地喝着水。男人摘下他那沾有污渍的深色帽子,带着好奇又谦卑的表情,站在纱门前,问道:"女士,您能卖给我们一块面包吗?"

梅说:"我们这里不是杂货店,面包是做三明治用的。"

"我知道,女士。"他保持着谦逊,"我们需要面包,而且他们说这附近没有什么地方可以买到了。"

"如果我们卖了面包,我们就没得用了。"梅的语气听起来动摇了。

"我们饿了。"男人说。

"你们为什么不买个三明治?我们有很好吃的三明治、汉堡包。"

"我们也很想买,女士。但我们买不起。我们只能花一毛让我们全家都吃饱。"他尴尬地说,"我们只有一点儿钱了。"

梅说:"一毛钱买不到一块面包,我们只有一毛五的面包。"

艾尔在她身后吼道:"天啊,梅,给他们面包吧。"

"这样我们会在送面包的车来之前就用光的。"

"用光就用光吧,不管了。"艾尔说。他又低下头闷闷不乐地看着自己正在搅拌的土豆沙拉。

梅耸了耸肉乎乎的肩膀,看向卡车司机,想让他们知道她也没办法。她把纱门打开,那个男人走了进来,带着一股汗味。男孩们跟在他身后走了进来,他们立刻走到糖果柜前,盯着里面看——这并不是渴望,也不是期待,甚至没有欲望,他们只是对有这种东西的存在感

## 第十五章

到惊奇。他们体型相仿，面容相似。一个孩子用一只脚的脚指甲抓挠着另一只脚上满是灰尘的脚踝。另一个孩子低声说了几句话，然后他们伸直了手臂，这样工装裤口袋里他们紧握着的拳头就透过薄薄的蓝布露出来了。

梅打开抽屉，拿出一个用蜡纸包着的长条面包。"这是一毛五的面包。"

男人把帽子戴回了头上。他谦恭地回答道："您看看可不可以——切出一块一毛钱的下来？"

艾尔咆哮着说："该死的，梅。把面包给他们。"

男人转向艾尔。"不，我们只买一毛钱的面包。先生，我们要去加利福尼亚，在用钱方面必须算得非常精细。"

梅无奈地说："你可以花一毛钱买下这个。"

"那就是抢劫了，女士。"

"拿去吧——艾尔说让你拿去。"她把蜡纸包着的面包推过吧台。男人从后裤袋里拿出一个深色皮革钱包，解开绳子，把它打开，里面装着沉甸甸的硬币和油腻腻的钞票。

"我们钱这么紧可能有点可笑。"他解释道，"我们还有一千英里的路要走，我们不知道能不能走到。"他用食指在钱包里掏了掏，找到了一个一毛钱的硬币，然后捏在手里。当他把钱放在吧台上时，还带出了一分钱。

他正准备把一分钱硬币放回袋子里时，目光却落在了被糖果柜台吸引住的男孩们身上。他慢慢地走到他们身边。他指了指柜台里的带棍的长条条纹薄荷糖，问道："女士，这是一分钱的糖果吗？"

梅走过去，朝柜台里面看了看。"哪种？"

"那边，有条纹的那种。"

小男孩们抬眼看着她的脸,他们屏住了呼吸,嘴半张着,半裸的身体僵硬着。

"哦,这个。嗯,不是——这种一分钱两个。"

"好,那就给我两个吧,女士。"他把一分钱硬币小心翼翼地放在吧台上。男孩们终于松了口气。梅把带棍的薄荷糖拿了出来。

"拿着吧。"男人说。

他们怯怯地伸手,每人拿了一根糖,他们把糖握在一侧的手里,不去看它。但他们互相看了一眼,嘴角都僵硬地露出了尴尬的微笑。

"谢谢您,女士。"男人拿起面包出了门,小男孩们硬生生地跟在他身后,他们拿着红色条纹的糖棍,手紧紧地贴在他们的腿边。他们像花栗鼠一样蹿到汽车前座,跳到了行李顶部,又像花栗鼠一样钻到了视线之外。

男人上车启动发动机,伴随着轰鸣的马达声和一股蓝色的油烟,这辆旧纳什汽车爬上了高速公路,向西驶去。

卡车司机、梅和艾尔在餐厅里看着他们。

比尔转过身来。"这不是一分钱两个的糖果。"他说。

"关你什么事?"梅恶狠狠地说。

"那是五分钱一根的糖果。"比尔说。

"我们得走了。"另一个男人说,"我们的时间不多了。"他们把手伸进口袋里。比尔在吧台上放了一枚硬币,另一个男人看了看,也从口袋里掏出一枚硬币放下。他们转身向门口走去。

"再见。"比尔说。

梅叫道:"嘿,等一下,你们还有找的钱。"

"去你的吧。"比尔说,纱门砰地关上了。

梅看着他们上了那辆大卡车,看着它吃力地低速起步,又听到嘎吱嘎吱的换挡声,随后加速驶离。"艾尔——"她轻声说。

艾尔正在把牛扒拍扁,然后叠在蜡纸上,他抬头看,问道:"怎么了?"

"看那儿。"她指了指杯子旁边的硬币——是两块五。艾尔走过去看了看,然后又继续工作了。

"卡车司机。"梅虔诚地说,"在他们离开之后,臭无赖又要来了。"

苍蝇嗡嗡地撞击着纱门,又嗡嗡地飞走了。压缩机突突地响了一阵,然后停了下来。66号公路上的车流飞驰而过,卡车、流线型精巧的小轿车和破旧的汽车,它们恶狠狠地呼啸而过。梅端走盘子,把馅饼皮刮到桶里。她找来湿抹布,一圈一圈地擦拭着吧台。她的眼睛盯着公路,公路上的车飞驰而过。

艾尔拿围裙擦了擦手,他看了看钉在煎锅前面墙上的一张纸。纸上的每一栏中都有三行标记。艾尔数了数最长的一行。他沿着吧台走到收银机前,按下"非卖品"键,然后拿出一把五分钱硬币。

"你在干什么?"梅问道。

"三号机已经准备好放奖了。"艾尔说。他走到第三台老虎机前,把五分钱硬币投了进去,抽奖转盘转到第五圈时,三个拉杆都竖起来了,彩金倒进了杯子里。艾尔拿着一大把硬币,回到吧台。他把它们扔进抽屉,砰地关上了收银机。然后他回到自己工作的位置,划掉了那一行标记。"三号机比其他的机器出奖更多。"他说,"也许我应该把它们调换一下。"他掀开锅盖,搅动慢慢煨着的炖菜。

"不知道他们在加利福尼亚会做什么?"梅说。

"谁呀?"

"刚刚进来的那些人。"

"谁知道啊。"艾尔说。

"你认为他们能找到工作吗?"

"我怎么能知道啊?"艾尔说。

她向东凝视着公路的远处。"来了一辆运货车,是双层的。他们会停下来吗?真希望会。"当那辆巨大的卡车从高速公路上重重地驶下并停稳时,梅正拿着抹布擦拭着整个吧台。她还擦了几下亮闪闪的咖啡壶,并把壶下的煤气开大了。艾尔拿出一把小萝卜,开始削皮。当门被打开,两个穿着制服的卡车司机走进来时,梅的脸上露出了快乐的笑容。

"嗨,大姐!"

"我不会做任何人的大姐。"梅说。他们笑了,梅也笑了。"想要什么,小伙子们?"

"嗯,一杯爪哇咖啡。这里有什么味的馅饼?"

"菠萝奶油味、香蕉奶油味、巧克力奶油味和苹果味的。"

"给我一个苹果味的。不,等等——那个又大又厚的是什么味的?"

梅拿起馅饼闻了闻。"菠萝奶油味的。"她说。

"好吧,给我切一大块吧。"

一辆辆汽车在66号公路上飞驰而过。

## 第十六章

乔德和威尔逊两家人一起慢慢地向西前行:他们经过了埃尔里诺、布里奇波特、克林顿、埃尔克城、塞尔和特克索拉,出了州边界,离开了俄克拉荷马州。这一天,两辆车慢慢地开着,它们穿过了得克萨斯州的潘汉德尔、沙姆罗克、阿兰瑞德、格鲁姆和亚纳尔,傍晚经过阿马里洛,车开了很久,一直开到黄昏时分他们才开始扎营。他们又累又脏又热。奶奶因为太热惊厥了好几次,当车停下时,她已经非常虚弱了。

那天晚上,艾尔偷了一根篱笆杆,在卡车上做了一根支柱,把两端都加固了。那天晚上,他们只吃了早餐剩下来的又冷又硬的饼干,其他什么都没吃。他们扑通一声倒在床垫上,穿着衣服就睡了。威尔逊一家甚至都没有搭起他们的帐篷。

乔德和威尔逊两家从潘汉德尔逃离,这是一个连绵起伏的灰突突的乡村,到处都是洪水留下的痕迹。他们从俄克拉荷马州逃离出来,穿过了得克萨斯州。陆龟在尘土中爬行,太阳炙烤着大地,到了晚上，天空中的热气消退了，地面散发出一股热浪。

两家人已经逃离了两天，到了第三天，他们发现这片土地对他们来说太过辽阔，于是他们开始了新的生活方式，公路成了他们的家，移动成了他们表达的媒介。他们逐渐适应了新生活。先是露丝和温菲尔德，然后是艾尔，接着是康尼和罗莎，跟着是年长一些的，最后是几位老人家。大地像静止的大浪一样，连绵起伏。他们一路经过怀尔多拉多、维加、博伊西和格伦里奥，到了得克萨斯州的尽头，接着就到了新墨西哥州。远远望去，前方是一片大山，高耸入云。车轮嘎吱作响，发动机很热，蒸汽在散热器盖周围喷涌而出。他们缓慢前行开到佩科斯河，穿过圣塔罗莎，又继续开了二十英里。

艾尔开着那辆旅行车，老妈坐在他旁边，罗莎坐在老妈的旁边。前面是缓慢行驶着的卡车。热气在大地上形成一股股热浪，山脉在热浪下颤抖。艾尔无精打采地开着车，他弓着背坐在驾驶座上，手轻轻地勾着方向盘，他的灰帽子被拉成了一种令人难以置信的形状，低低地遮住了一只眼睛。他一边开车，一边时不时地转过头来往车外吐一口痰。

在他身旁的老妈合起双手放在膝盖上，尽力去抵抗疲倦。她松松垮垮地坐着，任由汽车行进摇晃着她的身体和头，她眯着眼睛看着前方的群山。罗莎努力对抗着汽车的颠簸，她双脚紧紧地贴在车上，右手肘顶在车门上。由于抵抗车的颠簸，她胖乎乎的脸绷得紧紧的，她的头也因颈部肌肉的紧绷而剧烈摇晃起来。她试图把整个身体弓起来，就像一个坚硬的容器，以保护她肚子里的胎儿免受惊吓。她把头转向老妈。

"老妈。"她说。老妈听到声音眼睛一亮，把目光投向了罗莎。她的目光扫过那张紧绷、疲惫、胖胖的脸，她笑了。"老妈，"女孩说，

## 第十六章

"等我们到了那里,你们都会去摘水果,然后住在乡下,对吗?"

老妈略带讽刺地笑了笑。"我们还没有到。"她说,"我们不知道那边是什么样子,我们得去看看才知道。"

"我和康尼不想再住在乡下了。"罗莎说,"我们已经计划好要做什么了。"

一时间,老妈的脸上出现了一丝担忧。"你们不和我们住在一块吗?——不和家人在一起?"她问。

"我和康尼都谈过了,老妈,我们想住在城里。"她兴奋地继续说,"康尼会在商店里找份工作,或者去工厂干活。他要在家里学习,也许学无线电,这样他就能成为专家,也许以后会有自己的小店。我们随时都可以去看电影。康尼说,我生孩子时要找个医生,他说我们到时要看看情况,也许我会去医院生。我们会买一辆小车。晚上空余的时间学习,啊,真的很美好。他从《西部爱情故事》中撕掉了一页,打算把它寄出去,他要去上一门课,因为通过寄信报名去上课不用花钱,剪报上写得很清楚,我看过了。天啊,他们甚至会在你上完课之后给你找一份工作——关于无线电的,很体面的工作,还有前途。我们会住在城里,随时都可以去看电影。对了,我还会买一个电熨斗,给孩子再买很多新东西。康尼说都要买新的——白色的——嗯,你在购物宣传册里能看到的许许多多的孩子的东西。也许刚开始康尼在家里读书的时候会不容易,但是——嗯,孩子生下来的时候,也许他就学完了,我们就有地方住了,一个小小的地方。我们不想要什么花哨的东西,但我们要给孩子买好的。"她的脸兴奋得发红,"我想——嗯,我想也许我们都可以到城里去,等康尼开了他的店——也许艾尔可以来给他帮忙。"

老妈的眼睛一直没有离开她那张红扑扑的脸。她听着这个话题越来越远，但还耐心地听着。"我们不想让你离开家里。"她说，"分开对家里来说不是好事。"

艾尔哼了一声："我去帮康尼干活？康尼来给我干活怎么样？他真以为他是全家唯一一个能在晚上学习的？"

老妈看起来像是突然意识到这一切都是在做白日梦。她把头转回向前，身体放松下来，但她的眼睛里仍然透出一丝微笑。"我想知道奶奶今天感觉怎么样。"她说。

艾尔握着方向盘，变得紧张起来。发动机发出了轻微的嘎拉嘎拉声。他加快了速度，嘎拉声也更响了。他放慢了速度，听了听，然后又加快了速度，仔细听着。嘎拉嘎拉声越来越响了，变成了金属的撞击声。艾尔按响了喇叭，把车停在路边。前面的卡车也停了下来，然后慢慢地倒车过来。三辆车向西疾驰而过，每辆车都按响了喇叭，最后一个司机探出身子喊道："你们把车停这儿到底是干什么？"

汤姆把卡车倒回来，停在近一点的地方，然后下了车，向那辆旅行车走去。从装满货物的卡车后面，有几个人在往下看。艾尔又启动发动机，听着空转的马达声。汤姆问："怎么了，艾尔？"

艾尔加快了马达的速度。"听。"撞击声更响了。

汤姆听着。"开着发动机，让它空转。"他说。他打开引擎盖，把头探了进去。"现在加快速度。"他听了一会儿，然后关上了引擎盖。"嗯，我想你是对的，艾尔。"他说。

"是连接杆轴承的问题，对吗？"

"听起来像。"汤姆说。

"我放了很多机油。"艾尔抱怨道。

"嗯，机油没有流到那里，那里实在太干燥了。唉，只能拆开看看了，没有办法。听着，我会把车开到前面，找个平坦的地方停车。

你慢慢过来,别把底盘震出来了。"

威尔逊问:"情况很糟吗?"

"非常糟糕。"汤姆说。随后回到卡车上,慢慢地往前开。

艾尔解释说:"我不知道是什么原因让它出问题的,我给它加了很多机油。"艾尔知道这件事的责任在他,他感到一种挫败感。

老妈说:"这不是你的错,你已经做得挺好的了。"然后她又有点胆怯地问:"是不是很糟糕?"

"嗯,很难弄,我们得换一根新的连接杆,否则就需要换个合金的轴承了。"他深深地叹了口气,"我真高兴汤姆在这儿,我从没装过轴承,上帝保佑,但愿汤姆可以做到。"

一个巨大的红色广告牌立在前面的路边,投下一个长方形的影子。汤姆慢慢地把卡车开出公路,穿过路边的浅沟,在阴影里停了下来。他下了车,一直等到艾尔把车开过来。

"现在慢一点。"他喊道,"慢慢来,不然你连弹簧都要弄断了。"

艾尔气得脸都红了,他降低了速度。"该死的。"他喊道,"我又没有把那个轴承弄坏!你这是什么意思,说我又要弄坏一个弹簧?"

汤姆笑了。"消消气。"他说,"我没别的意思,慢一点开过这条沟就行了。"

艾尔一边抱怨着,一边把旅行车小心翼翼地开过去,然后从另一边开了上来。"你可不要让别人以为是我弄坏了轴承啊。"发动机发出咔嗒咔嗒的响声,艾尔把车停在阴影下,关掉了发动机。

汤姆掀开引擎盖,把它撑起来。"在引擎冷却下来之前,我都不能动手。"他说。两家人从车上挤下来,聚集在那辆旅游车周围。

老爹问:"现在情况有多糟?"他蹲下来。

汤姆转向艾尔:"你之前修过吗?"

"没有。"艾尔说,"从来没有,当然,我拆过底盘。"

汤姆说:"好吧,我们得把底盘拆下来,把连接杆拔出来,再找个新的零件,把它磨一磨,给它垫上垫片,再把它装上。需要一天吧。我们还得返回圣塔罗莎,去那里买个零件,阿尔布开克离这儿大约七十五英里——哦,天啊,明天就是礼拜天了!明天我们什么也买不到。"一家人静静地站着。露丝轻轻地走过来,向敞开的引擎盖里窥视,希望能看到坏掉的零件。汤姆小声地接着说:"明天是礼拜天。礼拜一我们才能买到东西,礼拜二之前看样子是修不好了。我们还没有修理的工具,这真的是非常棘手啊。"一只秃鹰的影子掠过大地,全家人都抬头看着这只正在飞行的黑鸟。

老爹说:"我担心的是,如果我们现在把钱花光就到不了那里了。我们都得吃饭,还得买汽油和机油。如果我们没钱了,我就不知道该怎么办了。"

威尔逊说:"看来这是我的错,这该死的破车一直在给我添麻烦。你们全家人对我们都很好。现在你们就收拾东西继续走吧,我和萨莉会留下来,我们会想办法的。我们不想给你们添麻烦。"

老爹慢慢地说:"我们不会这么做的,我们就像一家人了。爷爷,他死在了你们的帐篷里。"

萨莉疲惫地说:"我们只会惹麻烦,总是添麻烦。"

汤姆慢慢地拿出了一支烟,仔细看了看,点燃了。他摘下破帽子,擦了擦额头。"我有个办法。"他说,"也许没人会同意,但请先听我说说看,是这样的,我们离加州越近,我们就能越快赚到钱。这辆车的速度是那辆卡车的两倍。我的想法是,我们从卡车里拿些东西出来,然后除了我和牧师,你们所有人坐卡车走,继续赶路。我和凯西留在这儿,把车修好,然后我们日夜不停地开车,我们就会赶上来的。或者，如果我们在路上没有遇见，你们也可以找个活儿干着等我们。如果你们的车也坏了，你们就在路边露营，等我们来。要是你们到了，就有活儿干了，事情就容易多了。凯西能在这儿帮我，我们会一起赶快过去的。"

聚在一起的家人们考虑着汤姆说的方案。约翰伯伯在老爹身边蹲了下来。

艾尔说："你不需要我帮你修那个连接杆吗？"

"你说你从来没有修过连接杆。"

"没错。"艾尔同意道，"你所需要的就是一个坚强的后盾，可是也许牧师并不想留下来。"

"好吧——不管谁留下都行——我无所谓。"汤姆说。

老爹用食指刮着干燥的土地。"我觉得汤姆说的是对的。"他说，"我们大家都待在这儿不会有什么好处的，天黑之前我们可以跑五十到一百英里的路。"

老妈担心地说："你们怎么找得到我们呢？"

"我们会走同一条路。"汤姆说，"沿着66号公路一直走，去一个叫贝克斯菲尔德的地方。我在地图上看到了，你们一直往前开到那里吧。"

"嗯，可是等我们到了加利福尼亚，然后从这条主路转向岔路的时候呢？"

"别担心。"汤姆安慰她说，"我们会找到你们的，加利福尼亚也没有那么大。"

"在地图上看起来像是一个非常大的地方。"老妈说。

老爹开始征求意见："约翰，你有否定意见吗？"

"没有。"约翰说。

"威尔逊先生，这是你的车。如果我的儿子把它修好，再开过来和我们会合，你有什么意见吗？"

"我没什么意见。"威尔逊说，"你们为我们做了所有的事，我没有理由反对。"

"如果我们没追上你们，你们可以去工作，赚点钱。"汤姆说，"假如我们都在这儿待着，这里没有水，我们也开不了这辆车。但假如你们都到那工作了，你们就会有钱的，也许还会有房子住。怎么样，凯西？你愿意和我在一起留在这里，帮我一下吗？"

"对大家都有利的事儿，我就愿意做。"凯西说，"你们让我上车，带我一起走，我什么都愿意做。"

"好吧，如果你留在这里，你需要躺在地上修车，脸上还会沾满油污的。"汤姆说。

"这活儿很适合我。"

老爹说："好吧，如果决定这么做，我们最好现在赶紧出发，也许能在停车前赶个一百英里路。"

老妈走到他前面说道："我不去。"

"你说你不去是什么意思？你必须去，你得照顾家人。"老爹对老妈的反驳感到很惊讶。

老妈走向旅游车，把手伸到后座下边。她拿出一个千斤顶手柄，轻而易举地把它握在手里。"我不去。"她说。

"我告诉你，你必须去。我们都决定了。"

老妈紧紧地抿着嘴，她轻声说："让我走的唯一办法就是打过我。"她又轻轻地甩了一下千斤顶手柄。"我会让你很羞愧的，老爹。我不会被你打败，也不会哭泣或者乞求你。我会把你揍一顿，反正你也不一定打得过我。如果你真有本事打赢我了，我发誓，我会等你背对着我或者你坐下的时候,用桶把你打得满地找牙。我对天发誓,我一定会的。"

老爹无奈地环顾四周。"她太野蛮了。"他说,"我从没见过她这么野蛮。"露丝咯咯地笑了。

老妈挥舞着手里的千斤顶手柄,"来吧,"老妈说,"你下定决心了,那就来打我吧,试试吧。我不会去的,如果我去了,你就别想睡觉了,因为我会等着,等着你睡着的那一刻,我就用柴火棍揍你。"

"这也太野蛮了。"老爹喃喃地说,"她也不小了。"

所有人都在看着这场激烈的反抗,他们看着老爹,等着他发怒,他们盯着他松弛的双手会不会握紧拳头。但老爹的怒火并没有爆发出来,他的双手还是无力地垂在两侧。顷刻间,大家都知道老妈赢了,老妈也知道。

汤姆说:"老妈,你怎么啦?你这么做是为了什么?你到底怎么了?你是要故意给我们找麻烦吗?"

老妈的脸柔和了下来,但她的眼神仍然凶狠。"你没考虑周全就想这么做。"老妈说,"我们在世界上还剩下什么?除了我们这些人什么都没有,除了家人什么都没有。我们和爷爷一起出来的,他没多久就离开我们了。现在,你竟然还想把我们一家人拆散——"

汤姆哭了,他说道,"老妈,我们会追上你们的,我们不会分开太久的。"

老妈挥动着千斤顶手柄。"假如我们扎营了,你们从我们旁边开过去了。再如果我们一直往前开,我们怎么知道在哪里给你们留下口信,你们又怎么知道到哪儿去问呢?"她说,"我们这一路太难了。奶奶生病了,她还在卡车上躺着呢,她累得快虚脱了,我们还有很长很辛苦的路要走。"

约翰伯伯说:"但我们到那可以先赚些钱,我们还可以存一点钱,等他们在那里碰面。"

全家人的目光又转向了老妈,她就是力量,她已经控制住了局面。"我们赚的钱不会有什么用。"她说,"我们只需要一个完整的家。就像一群奶牛,当狼群来袭的时候,大家都聚在一起。只要我们都在这,都还活着,我就不会害怕,但我不想看到我们分开。威尔逊一家和我们在一起,牧师也和我们在一起。如果他们要走,我也不能说什么。可是,要是我自己的家人分开,我可要拿着这千斤顶手柄发疯了。"她的语气冷酷而坚决。

汤姆安慰她说:"老妈,我们不能都在这里露营,这里没有水,这里连树荫都没有。奶奶需要阴凉的地方。"

"好吧。"老妈说,"那我们先出发,我们先停在有水和树荫的地方,然后——卡车会开回来,载你们到城里去买零件,然后再把你们送回来。你们不能在太阳底下一直走,我也不能让你们一个人在外面。如果你们被人带走了,也没有家人能来帮你们了。"

汤姆闭紧嘴唇,盖住牙齿,然后又猛地张开,他无助地摊开双手,然后让它们贴在身体两侧。"老爹。"他说,"如果你冲到她的一边,我冲到另一边,然后其他人也冲上去,奶奶从上面跳下来,也许我们就能打赢老妈,她那个千斤顶最多能打死我们两三个人。但如果你不愿意被打碎脑袋,我猜老妈已经赢了。天啊,一个人下定决心,就能把这么多人轻易打败,你赢了,老妈。快收起你的千斤顶,免得伤到谁。"

老妈惊讶地看着手里的铁手柄,她的手颤抖着。她把她的武器扔在地上,汤姆小心翼翼地把它捡起放回车里。他说:"老爹,你好好坐下吧。艾尔,你开车带大家往前开,去扎营,然后把卡车开回来,

## 第十六章

我和牧师会把底盘取下来。然后,如果顺利的话,我们就往圣塔罗莎开,试着去找个连接杆。今天是星期六,也许我们晚上就能买到。快一点,这样我们就可以赶紧走了。等我把扳手和钳子从卡车上取下来。"他把手伸到车底,摸了摸沾满油污的底盘。"哦对,给我一个罐子,那个桶,用来装机油吧,我们必须留着它。"艾尔把桶递给汤姆,汤姆把它放在车底,用钳子松开油盖。当他用手指拧开油盖时,黑色的机油顺着他的手臂流了下来,然后静悄悄地流进了桶里。当桶装满一半机油时,艾尔已经让家人都上了卡车。汤姆的脸已经被油弄脏了,他从车轮间往外看。"快点回来!"他喊道。当卡车缓缓驶过浅沟,慢慢驶离时,他正在松开底盘的螺栓。汤姆把每个螺栓都拧了一圈,把它们均匀地从垫圈上松开。

牧师跪在车轮旁:"我能做些什么?"

"不用,现在什么都不用做。马上机油就全流光了,我把这些螺栓松开,你就可以帮我把底盘卸下来了。"他在车底下蠕动着,用扳手松开螺栓,然后用手指把它们拧出来。他把两端的松螺栓留在上面,以防底盘掉下来。"这下面的地面还是热的。"汤姆说道,然后又说,"凯西,你这几天也太安静了。天啊,我刚遇见你的时候,你每半个小时左右就要长篇大论一番。但现在,你这几天总共说了不到十个字。怎么了,是有什么不愉快的事吗?"

凯西把身体伸展开来趴着,看着车底下。他的下巴上长满了稀疏的胡须,他把下巴放在一只手的手背上。他的帽子被推到后面,遮住了后脖子。"我当牧师的时候,说的话已经够多了。"他说。

"是啊,但你也得说一些话啊。"

"我这两天一直心烦意乱的。"凯西说,"我在布道的时候甚至什么都不知道,但我还是大搞一气。如果我不想再布道了,我就得结婚了。嘿，汤姆，我是太渴望女人了。"

"我也是。"汤姆说，"告诉你，我从监狱出来的那天，我抽着烟，遇见了一个女孩，一个妓女，她就像兔子一样。但我不会告诉你发生了什么的，我也不会对任何人说。"

凯西笑了。"我知道发生了什么。有一次我到荒野里斋戒去了，我出来的时候，这同样的该死的事情也发生在我身上了。"

"见鬼！"汤姆说，"好吧，反正省下钱了，我以为我疯了，我本来应该付钱给她的，但我身上总共只有五块钱，她说她不要钱。这里，你趴到这下面来，抓住它。我会敲松它，然后你拧开螺栓，我拧我这一边的，我们很容易就能拆下来。小心垫圈，看，它完好无损掉了下来，这种老道奇车只有四个气缸。我一次取一个下来，主轴承有哈密瓜那么大。现在——把它放下——抓紧它。伸手把垫圈卡住的地方扯下来——轻轻地。可以了！"油腻的底盘被他们放在中间的地上，沟里还有一点机油。汤姆把手伸进前面的沟槽，捡起一些碎的轴承片。"就是那里了。"他说。他用手指摆弄轴承片。"是竖轴的问题，往车后面找一下，把曲柄扳手拿来，我叫你扳时你就把它往回扳。"

凯西站起身来，找到曲柄扳手并固定好。"准备好了吗？"

"准备好了，现在轻点扳，再扳一点，再来一点，可以了。"

凯西跪下来，又看了看车子下面。汤姆晃动连接杆轴承，轴承与竖轴摩擦，发出嘎拉声。"问题就出在这了。"

"你觉得什么原因让它坏了？"凯西问。

"哦，见鬼，我不知道啊！这破车开了十三年了，里程计上显示开了六万英里，那就应该是十六万英里，天知道他们把数字调回去多少次了。也许因为天气变热了——也许是没有加机油——就这样坏了。"他拔出开口销，把扳手放在轴承螺栓上。他用力扳，扳手滑了一下,他的手背上出现了一道长长的伤口。汤姆看了看——鲜血从伤口处均匀地流出,和机油融到一起,随后滴到了底盘上。

"你伤得太严重了。"凯西说,"要不我来扳吧,你把手先包扎一下?"

"哎,不用!我这辈子修车没有不受伤的时候,现在已经受伤了,我也不用担心了。"他又放上扳手,"要是我有一把活动扳手就好了。"他说。他把手攥成拳头敲打扳手,直到螺栓松动。他把螺栓取出来,把它们和底盘螺栓一起放进底盘里,开口销也一起放了进去。他松开轴承螺栓,拔出活塞,把活塞和连接杆也放进底盘里。"好了,天啊!"他从车底下扭着爬出来,把底盘也拉了出来。他拿一块麻袋布擦了擦手,检查了一下伤口。"还在流血,"他说,"好吧,我能把血止住。"接着,他在地上撒起尿来,随后抓起一把尿液浸湿的泥,抹在伤口上,血只渗出了一会儿就止住了。"该死的,这真是全世界最好的止血方法。"他说。

"一把蜘蛛网也能止血。"凯西说。

"我知道,可是这里没有蜘蛛网,而你随时都能尿尿。"汤姆坐在踏板上检查坏了的轴承。"现在,如果我们能找到一辆一九二五年的道奇车,取到一根旧连接杆和一些垫片,也许我们就能把它修好。艾尔一定已经走了很远的路了。"

广告牌的影子现在已经有六十英尺长了。下午慢慢地过去了。凯西坐在脚踏板上,望着西边。"我们很快就要进入山区了。"他说,然后沉默了一会儿,喊道,"汤姆!"

"怎么了?"

"汤姆,我一直在观察路上的车,有我们超过去的,也有超过我们的。我一直在盯着他们行驶的方向看。"

"什么方向？"

"汤姆，有成百上千像我们这样的家庭都往西部去了。我看到了。他们没有一家往东边去——成百上千家都没有，你注意到了吗？"

"是的，我注意到了。"

"哎——就像——他们就像都在躲避士兵的追击，好像整个国家都在往西逃。"

"是的。"汤姆说，"整个国家都在移动，我们也在移动。"

"好吧——假如这儿的所有人——假如他们在那儿找不到工作怎么办？"

"管他呢！"汤姆喊道，"我怎么知道？我只知道一步步往前走而已。我在麦克莱斯特监狱坐了四年牢，天天只是进牢房，出牢房，在混乱中进，在混乱中出。天啊，我还以为我出来的时候会不一样呢！在里面什么也不能想，不然你就只有郁闷了，但现在也什么都不能想了。"他回头看着凯西。"这个轴承坏了，我们之前不知道会这样，所以我们一点也不担心。现在它坏了，所以我们要修好它。我的天啊，别的事也是一样的，我不会去做无谓的担心的，也不能这样。这里的一小块铁和合金，看到了吗？你看到了吗？对，这就是我脑子里想的唯一一件该死的事，我真想知道艾尔现在到底到哪儿了。"

凯西说："你看啊，汤姆。哦，见鬼！该死的我什么都说不出来。"

汤姆把手上的泥块掀起来扔在地上，伤口边缘布满了污垢。他瞥了牧师一眼："你看样子要长篇大论了，"汤姆说，"好吧，那你就说吧，我喜欢听演讲。监狱长之前总是发表演讲，对我们也没什么不好的，他还享受其中。那你想讲点什么？"

凯西捋了捋他的手指节背。"现在正在发生很多事，人们也正在做这些事。就像你说的，一步步往前走，他们也像你说的一样，他们不知道要去哪里，但他们都朝着同一个方向，完全一样的方向前进。如果你仔细听，你会听到有动静，有偷偷摸摸的声音，有沙沙的声音，还有——坐立不安的声音。那些正在发生的事，那些正在做事的人却并不知道——只是现在还不知道。他们这些人都去了西部——离开了他们的农场，离开了家乡。他们这样一定会发生什么事情，也将会改变整个国家。"

汤姆说："我还是在一步步往前走。"

"是啊，但如果有栅栏挡在你面前，你就得爬过去。"

"有栅栏的话我就爬过去。"汤姆说。

凯西叹了口气。"这是最好的办法，我同意。但人和人是不一样的。像我这样的人，还没有遇见栅栏，就开始胡思乱想——这是情不自禁的。"

"那是艾尔来了吗？"汤姆问。

"是的，好像是。"

汤姆站起来，把连接杆和两半轴承包在一块麻袋布里。"我想确保零件是一样的。"他说。

卡车停在路边，艾尔从车窗探出头来。

汤姆说："你可真够慢的，你走了多远？"

艾尔叹了口气说："连接杆拿出来了吗？"

"拿出来了。"汤姆举起袋子，"轴承坏了。"

"嗯，那不是我的错。"艾尔说。

"的确不是你的错。你把家人们送到哪儿去了？"

"我们搞得一团糟。"艾尔说，"奶奶又喊又叫，引得罗莎也开始大声吼叫。罗莎把她的头埋在床垫下叫。可是奶奶，她只是张着嘴喊叫，像月光下的猎狗一样叫个不停。看来奶奶已经失去理智了，像个小婴儿。她不和任何人说话,好像不认识任何人,只是一个劲儿地说,好像在跟爷爷说话。"

"你把他们送到哪儿了?"汤姆坚持问道。

"嗯,我们去了一个营地。那儿有树荫,水管里有水,在那里住一天要花五毛钱。大家都累得不行,疲惫不堪,非常痛苦,就住在那儿了。老妈说他们必须去休息,因为奶奶太累了,她应该是累坏了。于是就把威尔逊他们的帐篷搭起来,把我们的防水布也用来搭了一个帐篷,我觉得奶奶疯了。"

汤姆望着夕阳。"凯西,"他说,"必须有人守着这辆车,否则车里的东西会被偷的,你可以在这等着吗?"

"当然,我可以留下来。"

艾尔从座位上拿了一个纸袋。"这是老妈给的面包和肉,我这儿还有一壶水。"

"她不会忘记任何人的。"凯西说。

汤姆上了车,坐在艾尔旁边。"嘿。"他说,"我们会尽快赶回来的,但我们不知道要多长时间。"

"我会在这等着的。"

"好,你自己不要对着自己滔滔不绝了。走吧,艾尔。"卡车在傍晚时分开走了。"他是个好人。"汤姆说,"这一路上他一直在考虑一些事情。"

"好吧,见鬼——如果你当过牧师,我想你也会这样做。光是在树下露营就得花五毛钱,这让老爹很生气,他搞不懂这是为什么,他坐在那喋喋不休,说再这样下去的话,他们就得把罐子装上空气来卖钱了。但是老妈说他们必须待在有树荫和水的地方,因为奶奶需要休息。"卡车在公路上咔嚓咔嚓地开着,现在货物都卸下了,每个部件

# 第十六章

都在相互碰撞，发出响声。底座的侧板，被切开的车身，都在碰撞着。但卡车开得轻松又稳当。艾尔把速度提高到每小时三十八英里，发动机发出了沉重的咔嗒声，燃烧着的机油冒出一股蓝色的烟，从车底挡板飘了上来。

"速度放慢一些。"汤姆说，"你这么开会把这辆车烧得只剩轮毂盖的。奶奶怎么啦？"

"我不知道。还记得前几天她一直沉默寡言，对什么人都不说话吗？但是，她现在又喊又叫还一直说话，不过她像是在跟爷爷说话，对他大喊大叫，有点吓人。你甚至可以看见爷爷坐在那儿对着奶奶咧着嘴笑，就像他平时一样，用手指着自己，咧着嘴笑，好像奶奶也能看见爷爷在那儿，她就是一直在骂他。对了，老爹给了我二十块钱让我给你，他不知道你需要多少钱，你见过老妈像今天这样反对他吗？"

"我记得没有，我这次确实选了个好时机假释。我想着，我回家了就可以四处闲逛，不用早起，还能吃很多很多。我还打算出去跳舞呢，还打算去找女人——可现在我没有时间做任何事了。"

艾尔说："我忘了，老妈让我告诉你好多事呢。她说叫你不要喝酒，不要吵架，不要和任何人打架，因为她说她担心你会被送回监狱去。"

"我不给她添麻烦，她也有很多烦心事。"汤姆说。

"嗯，我们可以去喝两杯啤酒，可以吗？我正想喝啤酒呢。"

"我不知道。"汤姆说，"但如果我们买啤酒，老爹肯定会疯的。"

"哎，听着汤姆，我有六块钱。咱们两个可以买两品脱啤酒喝个底儿朝天，没人知道我有六块钱，天啊，我们可以尽情享受啊。"

"留着你的钱。"汤姆说，"等我们到了西海岸，再用这个钱，我们也会尽情享受的，也许当我们工作的时候——"他从座位上转过身来。"我真不认为你是一个会享受的人，我还以为你会劝他们不要花钱呢。"

"好吧，该死的，我在这儿谁也不认识。我总是想到处逛逛，我想结婚，等我们到了加州，我一定要尽情玩乐。"

"希望如此。"汤姆说。

"你现在怎么什么都不确定了？"

"的确，我什么都不能确定。"

"你杀死那个家伙的时候——你——你有没有梦到过这件事？你担心吗？"

"没有。"

"嗯，难道你从来没有想过吗？"

"当然。我很难过，因为他已经死了。"

"你没有责怪自己吗？"

"没有。我服了刑，我付出了我的代价。"

"监狱里——糟糕透了吗？"

汤姆紧张地说："你看，艾尔，我服完刑了，现在这事也算过去了。我不想一遍遍提它了。前面有条河，那边就是镇子。让我们试着找到一根连接杆，别的事就都放一边吧。"

"老妈特别偏向你。"艾尔说，"你走了，她很伤心，还自己偷偷哭，是那种把泪水咽到喉咙下的哭，不过我们知道她在想什么。"

汤姆把帽子拉低遮住眼睛。"听我说，艾尔，我们说点别的吧。"

"我只是在告诉你老妈做了什么。"

"我知道——我知道的。但是——我宁愿不要。我只想——一步步往前走。"

## 第十六章

艾尔陷入了沉默。"我只是想告诉你让你知道。"过了一会儿,他说道。

汤姆看着他,艾尔的眼睛一直盯着前方。那辆减轻了重量的卡车轰隆隆地颠簸而行。汤姆咧开长嘴唇,牙齿露了出来,他轻声地笑了起来。"我知道,艾尔。也许我有点神经质,也许有时间我再告诉你。你看,你就是想要知道,你还觉得有趣吧。但我有一个可笑的想法,最好就是让我忘记坐牢这事一段时间。也许过一段时间我就不是这样想了。现在,当我想到被关在监狱的时候,我的内脏像是都下垂了一样,感觉很恶心。听着,艾尔,我告诉你一件事——监狱会让人慢慢变疯掉的。懂吗?有人发疯了,你看到他们那个样子,听到他们所说的话,很快你就搞不清楚自己到底是不是疯了。当他们在夜晚尖叫时,有时你会认为是你在尖叫——有时还确实如此。"

艾尔说:"哦!我不想再提这件事了,汤姆。"

"三十天就好了。"汤姆说,"一百八十天也凑合。但超过一年——我就不清楚了。这种感觉是世界上其他事物都从来不会带给你的,是一种很奇怪的感觉,把人关起来这件事本身就很奇怪。哦,去他的!我不想再说这个了。看,阳光照在窗户上,一闪一闪的。"

卡车开到服务站地带,在路的右手边有一个废车场——是一个大概一英亩的地方,周围有高高的带刺的铁丝围栏,前面是一个波纹状的铁棚,门边堆着旧轮胎,上面标着价格。在棚屋后面,有一个用废木料和铁皮搭成的小棚屋,窗户是嵌在墙上的挡风玻璃。草地上停放着一堆废车残骸,有些车头扭曲、陷在车身里面,还有没有轮子侧翻着的车,地上和车棚旁的发动机都生锈了。地上堆着一大堆垃圾:有挡泥板、卡车的侧面护栏、车轮和车轴,整个车场笼罩着一种腐朽、发霉和生锈的味道,还有扭曲的铁片、半截的引擎以及一堆废弃的东西。

艾尔把卡车开到棚屋前布满油渍的地上。汤姆下了车,向黑黑的门口望去。"没看见人。"他说,然后叫道,"有人吗?"

"天啊,我希望他们这儿有辆一九二五年的道奇车。"

小屋后面的门砰的一声关上了,一个人影从黑暗的棚子里走了出来。他很瘦,看上去脏脏的,油腻的皮肤紧贴着消瘦的肌肉。他的一只眼睛瞎了,当他那只正常的眼睛动起来时,瞎了的这只眼睛裸露的眼窝就会随着眼肌蠕动。他的牛仔裤和衬衫又厚又亮,沾满了厚厚的油脂,他的双手皲裂、皱巴巴的、伤痕累累,他那厚重的下嘴唇忧郁地噘着。

汤姆问:"你是老板吗?"

那只眼睛怒目而视。"我为老板干活。"他闷闷不乐地说,"你们想要什么?"

"有没有坏了的一九二五年的道奇?我们需要一根连接杆。"

"我不知道。如果老板在这里,他能告诉你——但他这会儿不在,他回家了。"

"我们能找一下吗?"

独眼男人用手掌擤了擤鼻子,然后在裤子上擦了擦手。"你们是这附近的人?"

"我们从东边来——往西边去。"

"那就四处看看吧,就算把这该死的地方烧了,我也不在乎。"

"看来你不喜欢你的老板。"

男人摇摇晃晃地走过来,一只眼睛闪着光。"我恨他。"他轻声地说,"我恨那个该死的人!他现在回家了,回他的房子里去了。"他结结巴巴地说了出来,"他有办法——他有办法既挑别人毛病,又伤别人心。他，真不是个东西啊。他有个十九岁的女儿，长得很漂亮。他问我：'你愿意娶她吗？'就是这样对我说的。今晚——他说：'他们要跳舞，你想去吗？'对我说的，他就这样对我说的！"他的眼睛涌出泪水，从红红的眼眶里滴了下来。"总有一天，上帝保佑——总有一天我口袋里会有一把扳手，当他看着我的眼睛说这些话的时候，我要，我一定要用扳手把他的头从脖子上卸下来，一点一点卸下来。"他气得气喘吁吁。"一点一点的，从他脖子上卸下来。"

太阳在群山的后面消失了，艾尔看着停车场里那些被撞坏的汽车。"看那边，汤姆！那看起来像是一九二五年或一九二六年的那款道奇车。"

汤姆转向那个独眼男人，问道："介意我们去看看吗？"

"嘿，当然不介意！你们想要什么就拿什么。"

他们穿过一堆废弃的汽车，走到一辆生锈的轿车跟前，轿车的轮胎已经瘪了。

"真的是一九二五年的道奇。"艾尔喊道，"我们能把底座拆下来吗，先生？"

汤姆跪了下来，看了看车底。"底座已经没了，一根连接杆被拿走了，好像还有一根不见了。"他在车子下面扭动身体。"拿个曲柄把它翻过来，艾尔。"他用连接杆顶着轴承转动。"大部分都被油脂粘住了。"艾尔慢慢地转动着曲柄。"慢慢来。"汤姆叫道。他从地上捡起一块碎木片，刮去轴承和轴承螺栓上的油渍。

"松紧度怎么样？"艾尔问道。

"嗯，是有点松，但还可以。"

"哦，损坏程度怎么样？"

"有很多垫圈，但还没全部抬起来呢。好，现在可以了，现在把车慢慢翻过来吧，放下来，轻点——可以了！快去卡车上拿些工具来。"

独眼男人说："我去给你们拿工具箱。"他拖着脚步从生锈的汽车中间走远，不一会儿，他拿着一个装满工具的铁皮盒回来了。汤姆掏出一个套筒扳手递给了艾尔。

"你把它卸下来吧，别把垫圈弄丢了，别让螺栓跑掉了，还要盯紧开口销。快点，天越来越黑了。"

艾尔爬到车底下。"我们应该有一套套筒扳手。"他喊道，"用活动扳手是进不去的。"

"要帮忙就喊我。"汤姆说。

独眼男子站在一旁看着。"如果你们需要的话，我也可以帮忙。"他说，"知道那个该死的干了什么吗？他来这还穿了条白裤子。然后他说：'来吧，一起去我的游艇上吧。'上帝做证，总有一天我会打死他的！"他喘着粗气，"自从我一只眼睛失明以后，我就没有跟女人出去过了，他还说那样的话。"大颗大颗的眼泪在他鼻子旁的尘土上滑出一道道痕迹。

汤姆不耐烦地说："那你为什么不走？又没有卫兵把你关在这里。"

"是啊，说起来容易。找份工作可不容易——对于一个独眼人来说更不容易。"

汤姆转向他。"听着，伙计。你还有一只睁得大大的眼睛啊，你虽然又脏又臭，但你这是自找的，你乐意这样，因为这让你觉得自己很可怜。你少了一只眼睛，找不到女人，那你就找个东西盖在那只瞎了的眼睛上，然后洗洗脸，别再想着用扳手打人了。"

"我告诉你们，独眼的人生活太难了。"那个人说，"我不能像别人那样看东西，判断不了东西离我有多远，我看什么东西都是平的。"

汤姆说："你胡说八道，哎，我以前认识一个独腿妓女。你觉得她是在巷子里挣那二毛五吗？不是啊，天啊！她会多收五毛钱。她说，'你睡过多少个独腿女人？从来没有吧！'她说，'好吧，你在我这里体验到了不一样的感觉，所以你需要多花五毛钱。'而且，天啊，她不光得到了这额外的五毛钱，男人们出来的时候还认为自己很幸运呢，她说她运气很好。另外，我还知道一个驼背的人——在我之前住的地方。他让别人摸他的驼着的后背以求好运，用这个赚钱。我的天，你只不过是少了一只眼睛而已啊。"

独眼男人结结巴巴地说："唉，你看到有人从你身边躲开，很让人难受的。"

"那就把那只眼遮起来，该死的。你非得把它像牛屁股一样露着，你就喜欢自怨自艾，你根本没有什么大问题啊，你也给自己买条白裤子呗。我敢打赌，你喝醉了就爱在床上哭。需要帮忙吗，艾尔？"

"不用。"艾尔说，"我在把这个轴承松掉，想把活塞卸下来。"

"别伤到自己。"汤姆说。

独眼男人轻声地说："你认为——有人会喜欢——我吗？"

"当然会。"汤姆说，"告诉他们，你自从少了一只眼睛别的地方长长了。"

"你们上哪儿去？"

"加州，全家都去，要在那里找份工作。"

"你觉得像我这样的人能找到工作吗？要是在我那只眼上遮个黑眼罩呢？"

"为什么找不到呢？你又不瘸。"

"嗯——我能搭你们的车吗？"

"天啊,不行。我们人太多了,动都动不了了,你想想别的方法吧。在这些破车里修一辆,自己开车去吧。"

"也许我会修好开过去的,上帝做证。"独眼男人说。

有金属碰撞的声音。"我找到了。"艾尔喊道。

"好,拿出来,让我看一下。"艾尔把活塞、连接杆和轴承的下半部分都递给了他。

汤姆擦了擦轴承的表面,又看了看侧面。"我看还行。"他说,"哎,天啊,要是我们有灯,今晚就能用这些东西把车修好了。"

"喂,汤姆。"艾尔说,"我一直在想,我们没有环夹,要把环装进去可不容易,尤其是在车下面。"

汤姆说:"你知道吗,曾经有人告诉我,你可以在环上缠上一些细小的黄铜丝来固定它。"

"哦,但是你要怎么把铜丝再弄下来呢?"

"不用弄下来,它会熔化的,还不会毁坏任何东西。"

"红铜丝更好。"

"红铜丝不够结实。"汤姆说。他转向独眼男人,"这里有细的黄铜丝吗?"

"我不清楚,我记得什么地方有一卷。你觉得哪里可以搞到独眼人可以戴的一只眼的眼罩?"

"我不知道。"汤姆说,"我们看看你能不能找到那卷铜丝。"

他们在铁棚里翻箱倒柜,最后找到了那卷铜丝。汤姆把连接杆放进虎钳里,小心翼翼地把铜线缠在活塞环上,把活塞环塞得很深,在铜丝扭曲的地方,他就用锤子把它锤平。然后他转动活塞,四处敲打铜丝,直到活塞壁完全出来。他用手指上下摸了摸,以确保环和铜丝与活塞壁完全齐平。棚屋里越来越黑,独眼男人拿来一个手电筒,用手电筒给他们照着。

"就是这个!"汤姆说,"哎——这个手电筒要多少钱?"

"嗯,这个手电筒其实也没那么好,一个新电池是一毛五。你需要的话——嗯,三毛五我就卖。"

"好吧,那这个连接杆和活塞我们要给你多少钱?"

独眼男人用指关节擦了擦额头,额头上一层污垢掉了下来。"嗯,先生,我不知道。如果老板在这里,他会去零件簿上查一查新零件多少钱,然后在你们干活的时候,他会了解一下你们在这停留多长时间,你们有多少钱,然后他会——嗯,他会说零件簿上写着是八块钱——他把价钱定在了五块钱。如果你们大声抱怨的话,你们三块钱就能拿到。你们可以怪我,但我发誓,他真是个浑蛋。他知道你们有多需要这些零件,我见过他卖一个环状齿轮挣到的钱比卖一整辆车的还多。"

"是吗!但是这些零件我们要给你多少钱呢?"

"大概一块钱吧,我估计。"

"好,我再给你二毛五买这个套筒扳手,这样修车就更轻松了。"他把硬币递了过来,"谢谢,别忘了把你那只没用的眼睛罩起来。"

汤姆和艾尔回到了卡车上,这时天已经很黑了。艾尔发动了马达,打开了车灯。"再见。"汤姆喊道,"也许我们在加利福尼亚还会再见到的。"他们在公路上掉了个头,开始往回走。

独眼男人看着他们走了,然后他穿过铁棚来到他后面的小棚屋,里面很黑。他摸索着走到地板上的床垫上,伸展了一下身子,然后躺在床上哭了起来,高速公路上飞驰而过的汽车只增加了他的孤独感。

汤姆说:"如果一开始你就告诉我,我们今晚就能把车修好的话,我一定会说你疯了的。"

"我们会很快修好的。"艾尔说,"不过,你得去修。如果我来修,我要么会担心零件太紧会烧坏,要么会觉得太松会散架的。"

"我会把零件塞到里面。"汤姆说,"如果零件再掉出去那就掉了吧,我也不会损失什么。"

艾尔凝视着暮色,黑暗中已经看不到汽车灯光了。但前方,有一只猫的眼睛在灯光的映照下闪着绿光。"你真是把那家伙教训了一顿啊。"艾尔说,"你确实告诉了他怎么处理他那些事儿。"

"唉,该死的,这是他自找的!他只会自怨自艾,因为他只有一只眼睛,所以把所有的责任都推到他的那只眼睛上了。他是个又懒又脏的浑蛋,如果他知道别人都不傻,都能看得出来,也许他会振作起来的。"

艾尔说:"汤姆,那个轴承不是我弄坏的。"

汤姆沉默了一会儿,然后说:"我要教训一下你了,艾尔。你只会推卸责任,怕别人会责怪你,我知道是怎么回事。年轻人,时刻都有精气神,总想争个对错,一直都想做出一番事。但是,该死的,艾尔,当没有人跟你争抢的时候,你就不用一直这么警惕了,不会有事的。"

艾尔没有回答他,他直视前方。卡车嘎吱嘎吱地开过马路,一只猫突然从路边蹿出来,艾尔急忙转弯想去撞它,但没撞到,猫跳进了草丛里。

"差点就撞到了。"艾尔说,"哎,汤姆,你听到康尼说他晚上要上课了吗?我一直在想,也许我也应该报个夜校。你知道吗,可以学无线电、电视或柴油发动机这些知识,可以往一个方向学下去。"

"可能吧。"汤姆说,"首先,要弄清楚他们会收你多少学费,再想想看你是不是真的要去学习。在监狱里有一些人通过邮件上课,我

## 第十六章

从来没见过他们中有一个人能学完的。这些人都是厌倦之后就把它们扔在一边了。"

"天啊,我们忘了弄点吃的了。"

"嗯,老妈送来了很多吃的,牧师吃不完,会剩下点。我想知道我们还要多久才能到加利福尼亚。"

"天啊,我不知道。就努力坚持走下去吧。"

他们陷入了沉默,夜幕降临,夜空中的星星闪亮而洁白。

当卡车停下时,凯西从道奇的后座上下来,他慢悠悠地走到了路边。"我没想到你们这么快就回来了。"他说。

汤姆把地上的零件装进麻袋布里。"我们很幸运。"他说,"我们买了个手电筒,能马上就修车了。"

"你忘了带晚饭。"凯西说。

"修好车再吃。喂,艾尔,把车再往下开点儿,过来给我拿下手电筒。"他径直走到道奇车跟前,仰面爬了进去,艾尔匍匐着爬到车下面,肚子蹭着地,朝着手电筒的光束爬去。"不要用手电筒照我的眼睛,往这里照,抬高一点。"汤姆把活塞拧进汽缸,又扭又转。黄铜丝被气缸壁钩住了一点。他迅速地推了一下,把它穿过了圆环。"多亏是松的,否则卡住就穿不过去了,我想现在运转应该没问题了。"

"希望那根铜丝不会塞住环。"艾尔说。

"嗯,这就是我把它敲扁的原因,它不会掉的。我觉得铜丝会熔化掉,也许会给气缸壁裹上一层铜。"

"你觉得铜化掉会破坏气缸壁吗?"

汤姆笑了。"天啊,气缸壁可以承受住的,它已经疯狂吸入机油了,再多一点也不会有什么坏处。"他把连接杆伸到竖轴承上,检查了下半部分。"还需要点垫圈。"他叫道,"凯西!"

233

"我在。"

"我现在要把这个轴承向上抬了,你去曲柄那里去,等我叫你的时候,慢慢地翻转它。"他拧紧了螺栓。"现在转吧,慢一点啊!"当那竖轴转动时,他就用轴承顶住它。"太多垫圈了。"汤姆说,"抓住,凯西。"他取出螺栓,从两边取下薄垫片,再把螺栓放回去。"再试一试,凯西!"他又动了动连接杆,"还是有点松,但是不知道如果我再拿出一些垫圈会不会太紧了,我试试看吧。"他再次卸下螺栓,取出两片薄一点的垫片。"现在试一下,凯西。"

"看起来好了。"艾尔说。

汤姆叫道:"是不是不太好转动了,凯西?"

"不啊,我感觉没有。"

"嗯,我觉得现在松紧度刚刚好,我希望车已经修好了,我们要是没有工具就修不了轴承,但我们有套筒扳手,修起来就轻松多了。"

艾尔说:"那个废车场老板如果找那个尺寸的扳手找不到,肯定会发疯的。"

"那是他倒霉。"汤姆说,"我们又没有偷。"他把开口销敲进去,把两端弄弯固定。"我觉得这样就挺好的,嘿,凯西,你帮我拿着手电筒打光,我和艾尔把底盘抬起来。"

凯西跪下来,拿起手电筒,他让手电筒的光打在他们正在干活的手上。汤姆和艾尔轻轻地把垫圈拍进它们的位置,并让底盘螺栓和孔对齐,两个人使劲撑着底盘,抓住两端的螺栓,然后把其他的螺栓都放上,等所有的螺栓都放上之后,汤姆就一点一点地把它们拧紧,直到底盘平坦地固定在垫圈上,然后他把螺帽用力拧紧。

"我觉得这样就行了。"汤姆说。他拧紧了油阀,仔细地抬头看了看底盘,拿起手电筒在地上搜寻着,看有不有漏装的零件。"可以了。

让我们把机油倒回去吧。"

他们爬了出来,把那桶机油倒回曲柄箱里,汤姆检查了垫圈是否漏油。

"可以了,艾尔,启动吧。"他说。艾尔上了车,踩了一下离合器,发动机发动了,蓝色的烟从老旧的排气管里喷涌而出。"少给点油!"汤姆喊道,"它在铜丝熔化前会燃烧机油的,现在别给太大油。"当马达转动时,他仔细地听着。"把火花塞点燃,让它空转。"他又听了一下,"可以了,艾尔,把车熄火。我想我们修好了。肉放哪儿了?"

"你真是个好机修工。"艾尔说。

"怎么不是呢,我在修理厂工作过一年,我们要稳稳地、慢慢地开几百英里,让零件好好适应一下。"

他们在杂草上擦了擦沾满油渍的手,然后又在裤子上擦了擦,他们狼吞虎咽地吃着炖咸肉,大口地喝着瓶子里的水。

"我好像都要饿死了。"艾尔说,"我们现在要做什么,继续前往营地吗?"

"我不知道。"汤姆说,"也许他们还会多收我们五毛钱,咱们过去跟那些人谈谈——告诉他们我们的钱很紧,如果他们还要收钱,我们就往前开。家人们会想我们的,天啊,真高兴老妈今天下午拦住了我们。艾尔,拿着手电筒四处看看吧,看一下我们有没有落下什么东西,把那个套筒扳手收好,我们可能还会需要它。"

艾尔用手电筒在地上搜寻着。"什么也没落下。"

"好吧,我来开这辆。你把卡车开过来,艾尔。"汤姆发动了引擎,牧师上了车,汤姆慢慢地开着,他把引擎保持在一个低速运转的状态。他低速前行,穿过浅沟,艾尔开着卡车跟在后面。汤姆说:"这些道奇车开低速档可以拉得动一个房子,速度确实已经很慢了。对我们来说,这是件好事——我想慢慢让轴承磨合。"

道奇车在高速公路上慢慢地行驶着,十二伏的前灯在人行道上投射出一小团淡黄色的光。

凯西转向汤姆:"真有意思,你们这些家伙居然会修车,你们就这样打着手电筒把车修好了。我就不会修车,即使现在看了你们修,我还是不会。"

"修车这活儿在你小的时候就得接触。"汤姆说,"这不仅仅是知道怎么修,还要更多地去了解。现在的孩子们想都不用想就能把车拆了。"

一只长耳大野兔被灯光照到了,它在车前面轻快地跳来跳去,每跳一下,它的大耳朵就颤动一下。它不时地想跳出公路,但黑暗之墙把它推了回去。远处出现了明亮的车灯,照在它们身上。那只兔子犹豫了一下,摇晃着身子,然后转身向道奇车弱弱的灯光方向跑去。它被车轮轧到时,道奇车轻微地震动了一下,迎面而来的汽车飞驰而过。

"我们一定把它轧扁了。"凯西说。

汤姆说:"有些人喜欢撞它们,但我每次都吓得发抖。车的响声目前还好,活塞环应该起作用了,车子冒烟没那么严重了。"

"你们干得不错。"凯西说。

一座小木屋占据了营地的主要位置,门廊上一盏汽油灯发出嘶嘶声,白色的炫光旁映射出大大的光圈。木屋附近搭了六顶帐篷,帐篷旁边停着汽车。晚饭已经做完了,但营火里的木炭还在露营地旁边的地上燃烧着,一群男人聚集在点着汽油灯的门廊前,在刺眼的白光下,他们的脸显得强壮而结实,光线让帽子的黑影映在他们的前额和眼睛上,使他们的下巴显得很凸。他们有的人坐在台阶上,有的站在地上,胳膊肘撑在门廊的地板上。老板是个闷闷不乐、又高又瘦的男人,他坐在门廊的椅子上,靠着墙,用手指敲着膝盖。木屋里燃着一盏煤油灯,但它微弱的灯光被汽油灯咝咝的强光所掩盖了,一群男人围着老板。

汤姆把道奇车开到路边停了下来,艾尔开着卡车穿过大门。"没必要把车开进去。"汤姆说。他下了车,走进营地大门,走到汽油灯的白光处。

营地老板把翘着的前椅腿放下,身体前倾。"你们想在这儿扎营吗?"

"不。"汤姆说,"我们这里有住着的家人。嗨,老爹。"

老爹坐在最下面的台阶上说:"我还以为你们要修一个礼拜呢,已经把车修好了吗?"

"我们太幸运了。"汤姆说,"在天黑前找到了零件,我们明天一早就可以出发。"

"这真是一件很棒的事情啊。"老爹说,"老妈在担心呢,奶奶发疯了。"

"艾尔告诉我了。她现在好点了吗?"

"嗯,反正她睡着了。"

老板说:"如果你们想把车停在这里露营,就得花五毛钱。你们可以在这找个地方扎营,有水有柴。没有人会打扰你们的。"

"这算怎么回事。"汤姆说,"我们可以睡在路边的水沟里,不用花一分钱。"

老板用手指敲着膝盖。"治安警官晚上会过来,可能会让你很难办。在这个州有法律禁止在外过夜,是一条关于流浪汉的法律。"

"如果我们付你五毛钱,就不是流浪汉了,对吧?"

"没错。"

汤姆的眼里含着怒火。"治安警官是不是你的姐夫?"

老板身体前倾。"不,他不是。但我们本地人要听从你们这些该死的流浪汉说话的时候也还没到呢。"

"收我们五毛钱就没有麻烦了是吗,还有,我们什么时候成了流浪汉?我们什么都没问你们讨要。我们都是流浪汉,是吧?行,在你躺下休息时,我们不问你收半个子儿。"

门廊上的男人们僵硬地站着,一动不动,一句话也不说。他们脸上的表情消失了,他们的眼睛躲在帽子下面的阴影里,目光偷偷地转到老板的脸上。

老爹吼道:"别闹了,汤姆。"

"好吧,我不说了。"

那一圈人很安静,有的坐在台阶上,有的靠在高高的门廊上。他们的眼睛在汽油灯的强光下闪闪发光。在强烈的光线下,他们的脸显得很僵硬,他们一动不动,只有他们的眼睛在跟着说话的人转动,他们的脸上没有任何表情,很沉默。一只飞蛾撞在汽油灯上,身体撞坏了,它坠入黑暗之中。

在其中一个帐篷里,一个孩子在号啕大哭地抱怨,一个女人温柔的声音在安抚他,然后传来了低低的歌声,"耶稣在夜里爱你。好好睡,好好睡吧。耶稣在夜里守望你。睡觉,哦,睡觉,哦。"

汽油灯在门廊上发出咝咝声。老板在敞开的衬衫领口抓痒,还露出一团白色的胸毛。他警惕着,满脑子都是烦恼。他注视着这一圈男人,注视着他们的表情,但他们动都没动。

汤姆沉默了很长时间,他缓慢抬起深色的眼睛看着老板。"我不

## 第十六章

想惹麻烦。"他说,"被称为流浪汉是一件很不开心的事,但我不会因此而害怕。"他轻声说,"我要用我的拳头和你的那个治安警官比试比试——现在就在这里打一架,但这样做并没有什么好处。"

那些男人动了动,换了个姿势,他们闪闪发光的眼睛慢慢地向上看,移向老板的嘴,想看着他的嘴唇动一动。老板放心了,他觉得自己赢了,但也没有一直逼着他们。"你们没有五毛钱吗?"他问。

"嗯,我是有的。但我们非常需要钱,不能只是为了睡觉就把它花掉。"

"是啊,我们都得谋生。"

"对。"汤姆说,"我只是不想有的人过得好好的但又不让别人安宁。"

男人们又换了个姿势。老爹说:"我们很早就要出发了。您看,先生,我们交过钱了啊,这个人是我们家的,他不能住下来吗?我们付过钱的啊。"

"五毛钱停一辆车。"老板说。

"哎,他没有车啊,车停在外面的路上了。"

"他是开车过来的。"老板说,"要是所有人都把车停外面,然后走着来不花钱,那他们就都要住在我这了。"

汤姆说:"我们沿着这条路开车直走吧,明天早上和你们见面,我们会留意你们的车的。艾尔可以留在这里,约翰伯伯可以和我们一起去——"他看着老板,"这样行吗?"

老板很快地作出了一个有所让步的决定:"如果留下的人数和付钱时候住下来的人数是一样的——那就可以。"

汤姆拿出他的烟袋,现在烟袋已经是一块软塌塌的灰色破布了,袋子底部还剩一点潮湿的烟灰。他卷了一支细烟,把烟袋扔了。"我们很快就走。"他说。

老爹对周围的人泛泛地说了几句："对于家人来说，分开走实在是太难受了，像我们这样的家庭之前也有自己住的地方，我们不是无家可归。在被拖拉机赶走之前，我们都是有农场的人。"

一个瘦弱的年轻男人，眉毛被太阳晒得发黄，慢慢地转过头来。"你们是佃农吗？"他问。

"当然，我们是有分成的佃农，那块地之前是我们的。"

年轻男人又转头朝前。"和我们一样。"他说。

"幸运的是这样的情况不会持续太久。"老爹说，"我们要到西部去了，我们要去找工作，我们会获得一块有水的土地的。"

门廊边上站着一个衣衫褴褛的人，他的黑色外套上飘着破布条，他的双膝把工装裤磨出了洞，他的黑黑的脸上积满了灰尘，汗水流过的地方布满了一条条痕迹，他把头转向老爹。"你们家一定有很多钱。"

"不，我们没有钱。"老爹说，"可是我们有很多人可以工作，而且我们都是健全人，在那边我们能拿到不错的工资，再把它们凑在一起。我们会努力的。"

老爹说话的时候，那个衣衫褴褛的男人盯着他看，然后大笑起来，接着他的笑声变成了一种近似于高声呜咽的笑声。那一圈人都转向他，他尖尖的笑声失去了控制，变成了咳嗽，他的眼睛红红的，流出了眼泪，最后他终于控制住了。"你们要去——哦，天啊！"尖厉的笑声又开始了，"你们要去找——高工资的——啊，天啊！"他停了下来，带着点狡黠地说，"可能是去摘橘子吧？或者是去摘桃子？"

老爹的语气很威严："他们那边有什么工作我们都做，他们有很多需要干的活。"那个衣衫褴褛的人还在低声地咯咯笑着。

汤姆不耐烦地转过身来："这到底有什么好笑的？"

# 第十六章

衣衫褴褛的男人闭上嘴，闷闷不乐地看着门廊的地板："我敢打赌，你们都是要去加利福尼亚。"

"我告诉过你。"老爹说，"不用你猜。"

衣衫褴褛的男人慢慢地说："我——我是从那边回来的，我已经去过那里了。"

那些人的脸迅速转向他，男人们都僵住了。汽油灯发出的咝咝声变小了，小得像是在叹气。老板把椅子的前腿放到门廊上，站起来，给汽油灯打了气，那咝咝声又变得又尖又高了。他回到椅子上，但他没有再向后靠了。衣衫褴褛的男人转向那些人。"我要回去挨饿了，我宁愿一开始就饿死。"

老爹说："你到底在说什么？我收到一张传单，上面说他们的工资不错。不久以前，我还在报纸上看到，说他们需要人给他们摘水果。"

衣衫褴褛的男人转向老爹。"你们有地方可去吗，可以回家吗？"

"没有。"老爹说，"我们是被赶走的，他们开着一辆拖拉机从我们的房子上轧过去了。"

"所以你们是不是回不去了？"

"回不去了。"

"那我就不让你心烦了。"衣衫褴褛的男人说。

"你当然不会让我心烦。我有一张传单，上面说他们需要人手。如果他们不需要人，那传单就没有意义了，他们印传单也需要钱。如果他们不需要人手，就不会把传单印出来啊。"

"我不想让你烦恼。"

老爹生气地说："你真是蠢啊，你现在还在一直说个不停。我这里拿到的传单上说他们需要人手，但是你笑着说他们不用。现在，到底是谁在说谎?"

衣衫褴褛的男人低头看着老爹愤怒的眼睛,他看上去很惭愧。"传单内容是没有错。"他说,"他们需要人手。"

"那你到底为什么要那样大笑呢?把我们吓一跳。"

"因为你们不知道他们需要什么样的人手。"

"你这话是什么意思?"

衣衫褴褛的男人决定说出来。"唉。"他说,"你这传单上他们说要多少人手?"

"在一个小地方,需要八百人。"

"传单是橙色的?"

"对,是的。"

"上面有招人的老板名,以及——说他们的工作如何如何,还是签劳动合同的?"

老爹把手伸进口袋,拿出叠好的传单。"你说得对,你怎么知道的?"

"看。"男人说,"这没什么道理啊,这家伙要八百人,但是他印了五千张这样的传单,大概有两万人看到了招人的信息,也许会有两三千个人收到这张传单就行动了,那些着急挣钱的人都疯了。"

"但这说不通啊!"老爹喊道。

"除非你看到那个发传单的家伙你才会明白。你会见到他的,或者他手下的人。你会和其他五十个家庭在一条水沟边扎营。他会检查你的帐篷,看你还有没有吃的。如果你什么都没有了,他就问:'想要工作吗?'你会说:'我当然需要,先生。我一定会感谢你给我一个工作的机会的。'然后他会说:'我可以聘用你。'你会问:'我什么时候开始工作?'他会告诉你去哪里,什么时候去,然后他就会继续

## 第十六章

往前走。也许他需要两百个人,但他跟五百个人这样说,这些人还会再告诉别人。等你到了那里,他们就已经有一千个人了。然后这个家伙说:'我每小时付你们的工钱是两毛钱。'也许有一半的人会走掉,但还会有五百人留下,他们实在是太饿了,甚至不想要一分钱只想要口吃的,所以他们只好和这个家伙签了合同去摘桃子或者摘棉花。你现在明白了吗?他找的人越多,这些人越饿,他付的钱就越少。如果可能的话,他还会找有孩子的人,因为——见鬼,我说过我不会让你为这事烦恼的。"那一圈人冷冷地看着他,眼神看起来像是在思考他说的话。那个衣衫褴褛的男人变得不自在了,"我说过我不会让你们对此失望,但我现在已经说出来了,你们是要去那里的,你们已经回不去了。"门廊上一片寂静,汽油灯发出咝咝声,一圈飞蛾在灯的周围盘旋。衣衫褴褛的男人紧张地继续说道,"让我告诉你们,当你们遇到那个说他会提供工作的家伙时,你们该怎么做,让我告诉你们吧,直接问他,他打算付多少工钱,再让他写下他要付的钱,一定要让他写下来。我告诉你们,如果你们不这样做,你们会被骗的。"

椅子上坐着的老板向前倾着身子,以便更好地看清那个衣衫褴褛、脏兮兮的男人。他挠了挠胸前的白毛,冷冷地说:"你确定你不是来这里捣乱的吗?你确定你不是招假劳工的吗?"

衣衫褴褛的男人喊道:"我向上帝发誓,我不是!"

"他们这种人有很多。"老板说,"到处惹是生非、让人抓狂、多管闲事。这种人太多了,总有一天我们会把他们都绑起来的,把所有这些捣乱的家伙都绑起来。我们要把他们赶出这个国家。一个人要是想要工作,可以。如果他不想工作,那就让他见鬼去吧,我们不会让他挑起事端的。"

那个衣衫褴褛的男人挺直了身子:"我只是想告诉你们。"他说,

"有些事是我花了一年时间才发现的,是用两个孩子的死、我妻子的死来证明给我的。我早就该知道这些的,也没人能告诉我啊,我说不出这种滋味来。那些小家伙躺在帐篷里,肚子鼓鼓的,骨头上饿得只剩下一层皮,像小狗一样发抖、哀叫,我却只能到处跑,想找份工作——不是为了钱,不是为了工资!"他喊道,"天啊,我只需要一杯面粉,一勺猪油。然后验尸官来了,他说:'这些孩子死于心力衰竭。'然后写在他的记录纸上。他们颤抖着,肚子像猪的膀胱一样凸出来。"

周围的人鸦雀无声,大家的嘴都微微张开。男人们呼吸短促,默默注视着。

衣衫褴褛的男人看了看周围一圈人,然后转身迅速地走入黑暗中。黑暗吞没了他,但在他走了很久之后,还能听到他在公路上拖着脚步的踢踏声。一辆汽车从高速公路上开过,车灯照在那个衣衫褴褛的男人身上,他在路上拖着脚步走,低着头,双手插在黑色上衣的口袋里。

男人们都很不安。一个人说:"好吧——有点晚了,我得睡觉了。"

老板说:"可能是个无家可归的人,现在路上有那么多无家可归的家伙。"说完他就安静了。他又把椅子靠在墙上,用手指捋着喉咙。

汤姆说:"我想我得去看看老妈,然后我们再开车走。"乔德家的男人走了。

老爹说:"也许他说的是实话——那家伙?"

牧师回答说:"没错,他说的是实话。对他来说是真的,他没有瞎编。"

"那我们呢?"汤姆问道,"对我们来说,这也是真的吗?"

## 第十六章

"我不知道。"凯西说。

"我也不知道。"老爹说。

他们朝帐篷走去,那是用防水布搭在一根绳子上的帐篷。里面很黑,很安静。当他们走近时,一团灰色的身影在门边晃动,随后站了起来——是老妈出来迎接他们了。

"都在睡觉。"她说,"奶奶终于睡着了。"然后她看见了汤姆。"你怎么到这儿来的?"她焦急地问,"你没遇到什么麻烦吧?"

"车已经修好了。"汤姆说,"等休息好了,我们就出发。"

"感谢亲爱的上帝。"老妈说,"我只是已经迫不及待了,我想去那个满是绿色的富饶的地方,我想快点到那儿。"

老爹清了清嗓子。"有个家伙刚才还在说——"

汤姆抓住他的胳膊猛地一拉。"他说得真有趣。"汤姆说,"说有很多人在去那边儿的路上。"

老妈在黑暗中凝视着他们。在帐篷里,露丝在睡梦中又咳嗽又打鼾。"我帮他们洗干净了。"老妈说,"我们有足够的水,我就帮他们都洗干净了。外面给你们留了几桶水,你们也去洗一下,路上就不好再洗了。"

"大家都在里面吗?"老爹问。

"除了康尼和罗莎以外都在,他们去外面睡觉了,说躺在被子里太热了。"

老爹满腹牢骚地说:"那个罗莎变得越来越一惊一乍,越来越烦人了。"

"这是她第一胎。"老妈说,"她和康尼都很重视,你之前也一样啊。"

"我们现在就走了。"汤姆说,"把车开到前面一点我们就下公路。

如果我们没看到你们,你们就得注意点我们了,我们会把车停到公路右边。"

"艾尔要留在这里?"

"是的。约翰伯伯和我们一起去,晚安,老妈。"

他们穿过沉睡的营地走开了。在一个帐篷前,一堆微微的火苗断断续续地燃烧着,一个女人在看着火苗上煮早餐的锅。煮豆子的味道很浓,味道诱人。

"好想吃一盘呀。"他们走过时,汤姆礼貌地说。

女人笑了。"早餐还没做好,要么就让你们尝尝了。"她说,"天亮时过来吧。"

"谢谢你,女士。"汤姆说。他和凯西还有约翰伯伯走过门廊,老板仍然坐在椅子上,汽油灯发出咝咝声,灯光很明亮。三个人走过时,他转过头来。"汽油灯要没油了。"汤姆说。

"好吧,反正该打烊了。"

"我想不会再有五毛钱在路上滚来了吧。"汤姆说。

椅子腿砸在地板上。"别惹我,我记得你了,你就是这里的捣蛋鬼之一。"

"真的太对了。"汤姆说,"我是布尔什维克。"

"你们这种人太多了。"

汤姆笑着,他们走出大门,坐上那辆道奇。他捡起一块土块儿,朝灯光处扔去。他们听到它击中了房子,看到老板跳了起来,凝视着黑暗。汤姆发动汽车,把车开到路上。他仔细听着马达转动的声音,听着车子有没有响声。在汽车微弱的灯光下,公路昏暗模糊地向前伸展。

## 第十七章

　　流亡人们的汽车从各个岔路上爬上来，上了这条伟大的横穿国家之路，走上了通往西部的流民之路。白天，他们像虫子一样向西爬去，当夜幕降临时，他们又会像虫子一样聚集在庇护所和水边。因为他们感到孤独和困惑，因为他们都来自一个充满悲伤、忧虑和失败的地方，因为他们都要去一个新的神秘的地方，所以他们聚集在一起；他们在一起闲聊；他们分享他们的生活、他们的食物，以及他们对新家的期望。所以，可能一开始只有一个家庭在泉水旁边露营，随后另一家为了取水方便也为了有一个同伴也在那扎营，第三家是因为有两家人开拓了那个地方，觉得那边很好，所以也在那扎营了。当太阳下山时，大概已经有二十户人家和二十辆车在那里了。

　　到了晚上，一件奇怪的事情发生了：这二十户人家成了一家人，孩子们成了大家的孩子。失去家园成了一种所有人的损失，西部的黄金时代成为一个共同的梦想。一个生病的孩子可能会使二十个家庭，一百个人的心中陷入绝望。某个帐篷一个婴儿的诞生，又会使一百个人整夜都安静下来，充满敬畏，早晨这些人对新生命的诞生欢呼雀跃。而一个在前一天晚上还在迷茫而又害怕的家庭，可能会搜寻他们的物品，为新生儿寻找一件礼物。到了晚上，所有人围坐在火堆旁，二十个小家庭变成了一个大家庭。他们成为营地的一部分，傍晚和深夜的一部分。有人拿出包在毯布里的吉他，调好音——所有的人都在这夜色中唱起了歌。男人们唱着歌词，女人们哼着曲调。

每天晚上，一个设施齐全的世界就被他们创造出来了——他们交上了朋友，也树立了敌人。这个世界充满了吹牛的人、胆小的人、沉默的人、谦卑的人、善良的人。每天晚上，这些各种各样的人之间的关系被建立起来形成了一个世界；每天早晨，这个世界又被拆散了，这些人又成了一堆乱哄哄的人群。

起初，这些家庭在建立和拆散这种世界时很胆小，但渐渐地，他们掌握了建立这种世界的技术。然后这里出现了领导人，又制定了法律，形成了准则。随着这些世界向西移动，它们变得更完整，设施更好，因为建造者在建造它们的过程中变得更有经验了。

这些家庭知道了哪些权利是必须遵守的——在帐篷里的隐私权、把过去黑暗藏在心里的权利、说话和倾听的权利、拒绝帮助或接受帮助的权利、提供帮助或拒绝帮助的权利、儿子主动追求和女儿接受追求的权利、饥饿者获得食物的权利、孕妇和病人优先的权利。

虽然没有人告诉他们，但这些家庭明白了什么权利是丑陋的，必须被摧毁。比如，侵犯隐私的权利，他人睡觉时在营地吵闹的权利，引诱或强奸的权利，通奸、盗窃和谋杀的权利。这些权利被粉碎了，因为如果这些权利还存在，这个小世界连一个晚上都不可能存在了。

随着这个世界向西移动，尽管没有人告诉这些家庭，但这些规则变成了法律。在营地旁随地大小便是不合法的，以任何方式污染饮用水都是非法的，在饥饿的人旁边吃丰盛的食物是不合法的，除非请他一起分享。

有了法律，惩罚也随之形成——惩罚只有两种——一种是迅速而凶残的战斗，另一种是被放逐。被放逐是最糟糕的。因为如果一个人违反了法律，就会失去名声和脸面，他不管在哪里建立的任何一种世界都没有立足之地。

在这个世界里，社交行为变得固定和僵化。当他人对你说"早上好"时，你也必须回"早上好"。如果一个男人陪在女人身边，照顾她的孩子并且保护他们时，女人也会愿意和他待在一起。但是一个男人不可能第一天晚上和一个女孩在一起，第二晚上又和另一个女孩在一起，因为这会危及这个世界。

这些家庭向西迁移，建立世界的技术得到了改进，人们在他们的世界里可以很安全。这种规则是如此固定，以至于一个按规则行事的家庭知道在规则里就是安全的。

慢慢地，这些世界里出现了政府，有领袖，有长老。一个有智慧的人发现每个营地都需要他的智慧，一个愚蠢的人也不能因他所在的那个世界而改变他的愚蠢。在这些夜晚，一种保险机制发展了。有食物的人养活了饥饿的人，从而也保证了自己不会挨饿。当一个婴儿死去的时候，帐篷帘外就会出现一堆硬币，因为这个婴儿的生命中没有其他东西了，所以必须被好好埋葬。老人可以被埋在公共墓地里，孩子却不能。

建立一个世界需要某种物理的模式——水、河岸、小溪、泉水，甚至是一个无人看守的水龙头。还需要有足够的平地来搭帐篷，需要一点灌木或木头来生火。如果不远处有个垃圾场，那就更好了，因为那里可以找到一些设备——炉灶盖，一个弯曲的、可以为篝火挡风的木板，以及用来做饭和吃饭的罐子。

世界是在夜晚建造的。那些从公路上走过来的人，用他们的帐篷、他们的心和他们的大脑创造了这一个个世界。

早晨，帐篷被拆掉了，防水帆布折好了，帐篷的杆子绑在了脚踏板上，床放到车上，锅也放好了。随着这些家庭向西移动，人们在晚上建造房屋、在早晨的阳光下拆除房屋的技术变得熟练起来，因此，人们折起来的帐篷总是被放在相同的地方，烹饪的锅也会在清点后如数放进相同的盒子里。随着汽车向西行驶，这个家庭的每个成员都有了自己合适的位置，慢慢熟悉了自己的职责。这样，每个成员，无论老少，都在车里有自己的位置。因此，在疲惫而炎热的夜晚，当汽车开进露营地时，每个人都有自己的职责，这些无须指示就会被执行：孩子们去拾柴，挑水；男人搭帐篷，搬床铺；女人做晚饭，照顾家人吃饭，这些都是不需要命令的。过去以家庭为单位，这些家庭的界限在晚上是房子，在白天是农场，但现在他们的界限发生了改变。在漫长而炎热的阳光下，他们静静地坐在缓缓向西行驶的汽车里；但到了晚上，他们会与遇见的任何群体融合在一起。

因此，他们改变了自己的社会生活——整个宇宙只有人才能改变。他们不再是农民，而是流民。这种思考，这种计划，这种长时间的凝视的沉默，原来是在田地里出现的，现在却转到了路上，转到了远方，转到了西部。那个一心想着几亩地的人现在却住在狭窄的水泥路上。他的思想和忧虑不再与降雨、风沙和庄稼的生长有关。他们的眼睛盯着轮胎，耳朵听着马达的咔嗒声，脑子里纠结着机油、纠结着汽油、纠结着天空与地面之间持续变薄的橡胶轮胎，然后齿轮坏了就是悲剧了。晚上的水和火上的食物是他们的渴望。那时，他们最需要继续生活的健康、继续生活的力量、继续生活的精神。他们的意志在

# 第十七章

他们的身躯之前就向西推进了，曾经他们担心干旱或洪水的恐惧，现在已经转移到了任何可能阻止他们向西前行的事情上。

营地都固定下来了——每一个营地之间只有一天路程的距离。

在路上，恐慌压倒了一些家庭，他们日夜不停地开车，累的时候停下来在车里睡觉，睡醒了然后继续开车向西部驶去，逃离这个公路，逃离这场行动。这些人是如此渴望定居下来，以至于他们迫切地一路开车朝西奔去，迫使轰鸣的引擎声响彻公路。

但大多数家庭都改变了，并迅速融入了新的生活。当太阳下山的时候——

是时候找个地方停下来了。

前面有一些帐篷。

汽车驶离公路，停了下来，因为别人先到了，所以讲究礼节是必要的。这个一家之主的男人从车里探出头来。

"我们能在这儿停车睡觉吗？"

"当然，很欢迎你们的到来，你们来自哪个州？"

"从阿肯色州远道而来。"

"第四个帐篷里住的也是阿肯色人。"

"这样吗？"

"我有个最重要的问题，这里的水怎么样？"

"味道不太好，但很充足。"

"谢谢你。"

"不用谢。"

但礼节是必需的。汽车笨重地穿过营地，来到帐篷的尽头，停了下来。然后，疲惫的人们从车上爬下来，伸伸僵硬的身体。然后，新的帐篷被搭起来了，孩子们去找水，大一点的男孩去砍柴。他们生起了火，在锅里煮着或煎着他们的晚饭。之前扎营的人慢慢地走过来了，他们互相闲聊着，询问各自来自哪个州，他们成了朋友，有时还会发现彼此竟然是亲戚。

"俄克拉荷马州，是吧？哪个县？"

"切诺基县。"

"我在那边有亲戚。认识艾伦一家吗？切诺基到处都是姓艾伦的。认识威利斯一家吗？"

"当然认识。"

于是一个新的单位形成了。在夜幕降临之前的黄昏，这个新的家庭已经熟悉了营地的人。每个家庭都传了口信，他们都是熟人——都是好人。

"我从小就认识艾伦一家。西蒙·艾伦，老西蒙和他的第一任妻子有矛盾。他的老婆只是有一部分的切诺基血统，漂亮得就像一匹黑色的小马。"

"对了，小西蒙，他娶了鲁道夫家的女儿，不是吗？我记着是。他们去了伊尼德，过得很好——非常好。"

"在艾伦家他算是过得好的，他有个车库。"

打好水，砍好柴，孩子们在帐篷间胆怯又小心翼翼地走着，他们为了交朋友费尽心思。一个男孩停在另一个男孩旁边，仔细研究着一块石头。他把石头捡起来，仔细观察，又吐了口唾沫在上面，把它擦干净，再观察，直到迫使另一个男孩问："你拿的是什么？"

他无所谓地说："没什么，只是一块石头。"

"好吧，那你为什么那样看它？"

"我以为我看到了里面有金子。"

"你怎么能知道呢？金子不是金色的，它在岩石里是黑色的。"

"当然,所有人都知道这一点。"

"我打赌这是黄铁矿,你还以为它是金子。"

"不是这样的,因为我爸找到过很多金子,他还告诉我怎么找。"

"你要是确实捡到了一大块金子,你会怎么做?"

"哎!我会拿去买你这家伙从没见过的最大的一块糖果。"

"他们不许我说脏话,但我还是要说,无所谓。"

"我也是,我们去泉水那吧。"

年轻姑娘们害羞地互相吹嘘自己有多受欢迎,未来前途有多么好。女人们在火边干活,忙着把食物做好,让家人们吃饱——如果钱够多的话就可以吃猪肉、土豆和洋葱;荷兰烤炉饼干或玉米面包,上面再浇上很多的肉汁;咸肉、排骨和一罐又黑又苦的茶。如果钱没多少的话,可以炸面团蘸酱吃,炸面团金黄焦脆,再浇上厚厚的蘸酱裹着吃。

那些非常富有的家庭或不会规划花销的家庭吃罐装豆子、罐装桃子、包装好的面包和烘焙蛋糕。但他们都是在帐篷里偷偷地吃,因为公开吃这么精美的东西不太好。即便如此,吃着炸面团的孩子们还是闻到了煮豆子的味道,对此很不高兴。

晚饭吃完,盘子洗了也擦了,夜幕降临,男人们蹲下来聊起天来。

他们开始谈论他们身后的地,不知道土地会变成什么样子,他们说,乡村的土地都被糟蹋了。

土地还会有的,只是我们不在那里了。

也许,他们想,也许我们在某些我们不知道的地方有罪。

有人对我说,是一个政府官员,他说,地上的沟渠会把你吞没,如果你直着耕地,就会形成沟渠。如果按十字耕地,就不会形成沟渠。我还从来没有试过这个方法。可新的大拖拉机并没有沿着十字,而是沿着四英里长的直线来耕地,他们碰到耶稣也不会绕过去或停下的。

他们温柔地谈论着自己的家:风车下面有一间小冷藏室。我们曾经把牛奶放在里面,让它变成奶酪,还把西瓜放进去。中午正是非常热的时候,我们就到冷藏室那儿去,那儿会让你觉得相当凉快,要多凉快就有多凉快。在那里切开一个西瓜,西瓜是如此之冰凉,以至于会冰到你嘴疼。水箱外层全是水珠,都滴下来了。

他们谈到了让他们悲伤的事情:我有一个弟弟叫查理,他的头发像玉米一样黄,他已经是个成年人了,他手风琴也拉得不错。有一天,他正在耙地,打算清理田埂的杂草,天啊,一条响尾蛇突然出现了,它发出咝咝声,把马儿都吓跑了,慌乱中耙子从查理身上穿过,耙头尖齿扎进了他的肠子和胃里,还把他的脸扯了下来——上帝啊!

他们谈到了未来:想知道那里会是什么样子?

嗯,图片里看起来确实不错。我看到过一个地方,天气很热,风景很美,有核桃树和浆果树。就在它的后面,就像骡子的屁股离它的后背那么近的地方,有一座被雪覆盖的高山,真的很美啊。

如果我们能找到工作就好了。那边冬天不冷,孩子们不会在上学的路上冻僵了。我要照顾好我的孩子,让他们别再缺课。我读书不错,但没有习惯像读书人那样把读书当作乐趣。

也许会有一个男人把他的吉他带到他的帐篷前面。他坐在一个箱子上弹,营地里的每个人都慢慢地向他走来,被他吸引住了。很多人都会弹吉他的和弦,但这个人可能会拨片。你会听到低沉的和弦有规律地敲打着、跳动着,而旋律就像在琴弦上轻轻地漫步。厚重结实的手指在挡板上行进。这个男人演奏着,人们慢慢地向他靠近,直到围成一个密闭又紧实的圈,然后他唱起了《一毛钱棉花和四毛钱肉》,周围一圈儿人也和他一起轻声歌唱。他接着唱《女孩们,你们为什么要剪短头发?》,圆圈的人也唱了起来。最后他又悲伤地唱着《我要离开老得克萨斯》这首歌,这首歌在西班牙人来这里之前就已经有了,只是当时歌词是印第安语的。

现在这一群人融合成了一个整体,所以在黑暗中,人们的眼神是向内的,他们的思想会在其他时间活跃,但他们的悲伤如同休息一样,又如同睡觉一样。他唱起了《麦克莱斯特蓝调》,随后,考虑到还有老人,他又唱了《耶稣呼唤我到他身边》。孩子们听着歌声困了,钻进帐篷里去睡觉了,歌声进入他们的梦中。

过了一会儿,那个弹吉他的人站起来打了个哈欠。"晚安,伙计们。"他说。

人们也低声说:"晚安。"

每个人都希望自己也会弹吉他,因为这是一件优雅的事情。人们都上了床,营中也安静了。猫头鹰在头顶盘旋,土狼在远处嗥叫,臭鼬跑进营地,它们在寻找食物渣滓——摇摇摆摆,这些傲慢的臭鼬,什么都不怕。

夜晚过去了,随着黎明的第一缕曙光,女人们从帐篷里出来,生起了火,开始煮起咖啡。之后,男人们也出来了,在清晨里轻声交谈。

人们说,当你们穿过科罗拉多河之后,那边就是沙漠,要小心沙漠。不要耽误了行程,多带点水,以防中途被耽搁。

"我会在晚上开过沙漠。"

"我也是,白天走实在太热了。"

家家户户都吃得很快,盘子也被洗了又擦了,帐篷被拆下了,大家争先恐后地走了。当太阳升起的时候,露营的地方空了,只留下一点儿人们的垃圾。这里也已经准备好迎接一个新的夜晚和一个新的世界。

沿着高速公路,流民的汽车像虫子一样爬着,前方狭窄的混凝土道路向前一点点延伸着。

# 第十八章

乔德一家慢慢地向西行驶,他们开进新墨西哥州的山区,越过高地上的尖峰。他们爬进了亚利桑那州的高地,穿过一个峡谷,他们俯视着眼前的佩恩蒂德沙漠(又称彩色沙漠,位于美国亚利桑那州中北部)。一名州界警卫拦住了他们。

"你们要去哪儿?"

"去加利福尼亚。"汤姆说。

"你们打算在亚利桑那州待多久?"

"我们只是途经这里。"

"带了植物吗?"

"没有。"

"我需要检查一下你们的东西。"

"我告诉你了,我们没有带植物。"

警卫在车子的挡风玻璃上贴了一张小贴纸。

"好吧,去吧,但你们最好一直开不要停。"

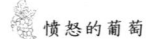

"当然,我们就打算这样。"

他们爬上山坡,这里被低矮扭曲的树木覆盖了。经过了霍尔布鲁克、约瑟夫城、温斯洛。然后,高大的树木开始出现,汽车喷出蒸汽,吃力地爬上山坡。到了旗杆镇,这里就是这边的最高点了。再从旗杆镇往下开,越过大高原,道路在前方的远处消失了。水越来越少了,水需要购买了,一加仑五分钱,一毛钱,到一毛五一加仑。太阳晒干了地面的岩石,前方是参差不齐的山峰,那是亚利桑那州的西部壁垒。现在他们正在躲避太阳和干旱,他们开了整晚的车,在晚上他们开到了山里,他们爬过参差不齐的城墙,昏暗的灯光在暗淡的石墙上闪烁。他们在黑暗中开过了山顶,在深夜里慢慢下山,穿过奥塔曼的碎石残骸。天亮的时候,他们看到了下面的科罗拉多河。他们继续开到托波克,在桥上停了下来,一名警卫把挡风玻璃上的贴纸撕掉了。然后他们过了桥,进入了全是碎石的荒野。他们已经累得要死,而且早晨的天气越来越热,他们停了下来。

老爹喊道:"我们到了——我们到加利福尼亚了!"他们呆呆地望着在阳光下闪闪发光的碎石,望着河对岸亚利桑那州可怕的壁垒。

"我们到了沙漠。"汤姆说,"我们得去找点水,然后休息。"

这条路与河平行,已经快到中午了,车开到尼德尔斯时,发动机已经被烧得滚烫,一边湍急的河水在芦苇间流淌着。

乔德一家和威尔逊夫妇开车到河边,他们坐在车里,看着惹人喜爱的河水从身边流过,绿色的芦苇在水流中慢慢地摆动。河边有一个小营地,已经有十一顶帐篷了,地上有沼泽草。汤姆从卡车窗户探出头来:"介意我们在这里停一下吗?"

一个胖女人抬起头来,她正在桶里洗衣服,"这里不是我们的,先生,如果你想停下来就停下来吧,一会儿会有警察过来审查你们。"

## 第十八章

然后她继续在太阳下搓洗衣服。

两辆车停在沼泽草地上的一块空地上,帐篷被人们递了下来,威尔逊一家的帐篷搭好了,乔德一家的篷布搭在了绳子上。

温菲尔德和露丝穿过柳树,慢慢地走到芦苇地上。露丝不失温柔但又无比激动地说:"加利福尼亚。这里是加利福尼亚啊,我们已经到了!"

温菲尔德折断了一根杂草,把它薅下来,然后把白色的芯放进嘴里咀嚼。他们走进河里,静静地站着,水没过了他们的小腿。

"我们还没到沙漠呢。"露丝说。

"沙漠是什么样子的?"

"我不知道,但我见过沙漠的照片,沙漠里到处都是尸骨。"

"都是人的骨头?"

"有一些吧,我想,但大多数是牛骨头。"

"我们能看到它们的骨头吗?"

"也许吧,我不知道,我们得在晚上穿过沙漠,汤姆就是这么说的。汤姆说如果我们在白天走,就会被活活热死的。"

"这里感觉很舒适很凉爽。"温菲尔德说,他把脚趾伸进河边的沙子里。

他们听到老妈喊道:"露丝,温菲尔德,你们回来吧。"他们转过身,穿过芦苇和柳树,慢慢地往回走。

其他的帐篷都很安静。每次,当汽车驶来的时候,都有几个脑袋从帐篷帘间伸出来,然后又缩回去。现在,家里的帐篷搭好了,男人们聚集在一起。

汤姆说:"我要去那儿洗个澡,我睡觉之前必须得洗个澡。我们让奶奶到帐篷里休息去了,她怎么样了?"

"不知道。"老爹说,"似乎怎么都叫不醒她。"他朝帐篷歪了歪头。帆布下面传来一个呜咽的、含混不清的声音,老妈赶紧走了进去。

"她醒了,还好。"诺亚说,"好像她整晚都在卡车上哇哇叫着,她完全失去了理智。"

汤姆说:"见鬼!她累坏了。如果她不尽快休息,她就坚持不了多久了,她就是累坏了。有人跟我一起来吗?我要洗个澡,我还要在阴凉处睡上一整天。"他走了,其他男人也跟着他走了。他们在柳树林里脱掉衣服,然后走到水里坐下。他们把脚跟埋在水底的沙子里,只把头露出水面,他们保持这个姿势坐了很长时间。

"天啊,这感觉真爽。"艾尔说。他从河底抓起一把沙子,用它擦洗身体。他们泡在水里,望着对面尼德尔斯的尖峰和亚利桑那州白色的岩石山。

"我们穿过了这些山。"老爹惊奇地说。

约翰伯伯把头埋到水里。"是的,我们到了这里。这里是加利福尼亚,这里看起来不怎么繁荣。"

"还没穿过沙漠呢。"汤姆说,"我听说沙漠真的很可怕。"

诺亚问:"我们是今晚穿过沙漠吗?"

"你怎么想的,老爹?"汤姆问。

"嗯,我不知道。让我们休息一下也好,尤其是奶奶。但另外,我又有点想赶紧穿过沙漠,然后找份工作,我们只剩下大约四十块钱了。等我们都干活了,赚点小钱,这样就放心些。"

男人们都坐在河里,感受着水流的拖拉感。牧师让他的胳膊和手浮在水面上。他们的身体从脖子到手腕都是白色的,手和脸以及锁骨的 V 形部分都被晒成了深褐色。他们用沙子擦洗着身体。

诺亚懒洋洋地说:"我只想在这里待着,喜欢永远躺在这里,永远不要挨饿,不会悲伤。一辈子泡在水里,像一头猪懒洋洋地窝在泥里。"

汤姆望着河对岸嶙峋的山峰和下游的尼德尔斯,说:"从没见过这么险峻的山,这是一片谋杀之地,一片白骨之地。不知道我们是否会到达那样一个地方,在那里人们可以正常生活,不需要害怕贫瘠的土壤和岩石。我看到过一张照片,照片里村庄的土地又平又绿,还有老妈提到过的白色小房子,老妈一心想要一栋白房子。但我现在想,会不会根本就没有那样的地方,我只是在照片上见过那种地方。"

老爹说:"等我们到了加利福尼亚再说,到那时你就会看到美丽的村庄了。"

"天啊,老爹!这里就是加州。"

两个穿着牛仔裤和被汗浸湿的蓝衬衫的男人从柳树间走了过来,看着这些河里光着身子的男人,他们喊道:"这里能游泳吗?"

"不知道。"汤姆说,"我们没有试过游泳。不过,在水里坐着就感觉很好。"

"介意我们也下水坐着吗?"

"这又不是我们的河,我们给你们留点地儿。"

这两个男人脱下裤子和衬衫,涉水走了进去。他们膝盖以下的腿裹满了灰尘,他们的脚因汗水而泡得苍白又柔软。他们懒洋洋地坐在水里,无精打采地洗着身子侧面。烈日照着这对父子,他们在水里嘟嘟囔囔在说些什么。

老爹礼貌地问:"你们是到西部去?"

"不,我们从西边来,要回家去,我们在那无法谋生了。"

"你们的家在哪儿?"汤姆问。

"潘汉德尔尔,我们是从潘帕附近来的。"

老爹问:"你们能在那里生活得了吗?"

"不能,但至少我们可以和认识的人一起饿死,不用和一群憎恨我们的家伙一起挨饿。"

老爹说:"你知道吗,你是第二个这么说的人,是什么原因让他们憎恨你们啊?"

"不知道。"男人说。他双手捧满水,搓了搓脸,吸了吸鼻子,吹了吹泡泡。满是灰尘的污水从他的头发里流出来,在他的脖子上留下了痕迹。

"我想听你多说一些。"老爹说。

"我也是。"汤姆补充说,"为什么这些西边的人憎恨你们?"

那人神色尖锐地看着汤姆。"你们也去西边?"

"我们正在去那的路上。"

"你们没去过加利福尼亚吧?"

"没有,我们没去过。"

"好吧,那就别相信我的话,你们自己去看看吧。"

"好吧。"汤姆说,"不过人们总想知道会发生什么啊。"

"好吧,如果你们真的想知道,我就告诉你们吧。我是一个有问必答的人。那里确实很不错,但那里很久以前就被夺走了。你们穿过沙漠,就到了贝克斯菲尔德附近的乡村。你们也许从来没有见过这样美丽的地方——到处都是果园和葡萄,这应该是你们见过的最美的地方了。你们会经过风景优美的平地,还有一个三十英尺深的湖。但是那地方正在休耕,不能种地。那是一家畜牧业公司的土地,他们想休耕,就不能开垦。你们要是到那儿哪怕是去种点玉米,你们都会进监狱的!"

"你说,地很好,但他们不开垦吗?"

## 第十八章

"是的,先生。地很好,但他们不用!好吧,先生,这会让你有点生气,但还有你们从未见过的事情。人们看你们的眼神会不一样,他们会看着你,脸上的表情好像在说:'我不喜欢你,你这个该死的家伙。'还有治安警察,他们会追着你来回跑。你在路边扎营,他们会赶你走的,你会从他们的脸上看到他们有多恨你。我还要再告诉你,他们憎恨你,是因为他们很害怕。他们知道一个饥饿的人会拼命去夺得食物,他们知道让土地休耕是罪恶的,这样有人会抢走土地的。搞什么鬼!你们还从来没被人叫过'俄克佬'吧。"

汤姆说:"俄克佬?那是什么?"

"嗯,俄克佬曾经指的是来自俄克拉荷马州的人,现在的意思是你是个废物。叫你俄克佬,就是说你是人渣。这个词本身并没有什么意思,只是他们说这个词的方式,但我跟你讲不明白,你必须去了那里才知道。我听说那里有三十万我们的乡亲——他们过着像猪一样的生活,因为加州所有的东西都是有主的,那里什么都不剩了。那些拥有土地的人会紧紧地守住它,即使他们要杀死世界上所有的人。他们很害怕,这让他们疯狂。你得去那看一看,你得去那听一听,那是你从未见过的最美丽的地方。但那些人对你们并不好,对他们的乡亲们也不好,他们太担心害怕了,以至于他们对自己人也不好。"

汤姆朝河水里看了看,他把脚跟踩进沙子里。"假如一个人有了工作,又有了存款,他就不能得到一小块土地吗?"

老人笑了,他看了看他的儿子,他一直没说话的儿子露出仿佛胜利了的笑容。男人说:"你不会有稳定的工作的,每天你都要为你的晚餐拼尽全力,你工作时别人还会用鄙视的眼光看你。摘棉花,你会发现秤不准。有些秤是准的,有些秤不准。但你总会认为所有的秤都是有问题的,你也不知道问题出在哪,反正你也没办法。"

老爹慢悠悠地问:"难道——难道那里一点也不好吗?"

"哎,风景看起来不错,但那些不属于你,你什么也没有。那有一片橘子树林——还有一个拿着枪的家伙,如果你碰了橘子,他就有权杀了你。还有一个人是卖报纸的,住在海边,有一百万英亩地——"

凯西迅速抬起头。"一百万英亩?他要这一百万英亩地究竟做什么呢?"

"我不知道,他就是有。他养了几头牛,地有警卫看守,把人拦在外面。他坐在一辆防弹车里到处转。我看过他的几张照片,人很胖,长着一双刻薄的小眼睛,嘴长得很难看。他很怕死,他有一百万英亩地,但是他还是很怕死。"

凯西质问道:"他到底拿这一百万英亩地能干什么呢?他要一百万英亩土地干什么?"

男人从水里伸出他那泛白的、皱巴巴的双手,摊开手掌,抿紧下嘴唇,头靠向一边肩膀。"我不知道。"他说,"我猜他疯了,一定是疯了。我看过他的照片,他看起来像是一个疯子,长得又疯狂又刻薄。"

"你说他很怕死?"凯西问。

"我也是听说的。"

"他是害怕上帝会惩罚他吗?"

"我不知道,应该就是害怕吧。"

"他在担心什么?"老爹说,"他好像是没找到什么乐趣。"

"爷爷就不害怕。"汤姆说,"爷爷每次最开心的时候,他都开心得要命。有一次爷爷和另一个人在晚上碰到一群纳瓦霍人,他们玩得非常快活,但平时你都不愿有机会碰见纳瓦霍人。"

## 第十八章

凯西说:"看来就是这样。人要想活得开心,就别在乎。可是一个人如果是一个吝啬、孤独、年老、失望的家伙——那他才怕死!"

老爹问:"他有一百万英亩地,他还对什么感到失望呢?"

牧师笑了,他看上去很困惑。他用手把一只漂浮在水面的虫子拨走。"如果他需要一百万英亩地来让自己感到富有,在我看来,他之所以需要,是因为他内心感到自己非常贫穷,而如果他内心贫穷,那几百万英亩地都不会让他感到富有。也许他会感到失望,因为他做什么都不能让他感到富有——不像威尔逊夫人那样富有,她在爷爷去世时把自己的帐篷给了他。我不是在说教,但我从来没有见过,只懂得不停赚钱买地的人能不失望。"他咧嘴一笑,"听起来有点像布道,不是吗?"

此刻,太阳正炽热地照耀着大地。老爹说:"最好在水里缩着吧,这太阳真会热死人。"他弯下身,让轻柔的水没过他的脖子,"如果一个人愿意努力工作,就能一直生存下去吗?"老爹问。

男人坐起来,面对着他。"听着,先生,我不是什么都知道。你们也许能去那里找到一份稳定的工作,那我就是个骗子。但你也可能永远找不到工作,那我就属于没有提醒过你。我可以告诉你们,大多数人到那里的生活都很糟糕。"他后仰着钻进水里,"一个人不可能什么都知道的。"他说。

老爹转过头看着约翰伯伯。"你从来不是个爱说话的人。"老爹说,"但是,自从我们离开家之后你如果张了两次嘴,我都可以被天打雷劈,这件事你怎么看?"

约翰伯伯皱起了眉头。"我什么也没想,我们还是要去那里,不是吗?这里谈论什么都不会阻止我们去那里,当我们到达那里时,就一目了然了。有了工作我们就工作,没找到工作我们就等着,在这谈论什么都没有意义。"

汤姆往后仰头,嘴里灌满了水,他把水喷到空中,笑了起来。"约翰伯伯话不多,但他讲得很有道理。是的,上帝做证!他说话很有道理。我们今晚继续开车吗,老爹?"

"可以,不妨早点穿过去。"

"好,我要到灌木丛里去睡一会儿。"汤姆站起来,涉水走向沙滩。他把衣服套在湿漉漉的身上,但马上就被滚烫的衣服烫得畏缩了一下,其他人也跟着他去了。

男人和他的儿子在水里看着乔德一家离开了,男孩说:"我想六个月后就能再见到他们了,天啊!"

男人用食指擦了擦眼角。"我不应该那样做。"他说,"人就是这样,总是想当个聪明人,还想说教一下别人。"

"哦,天啊,老爹!这是他们自己问的。"

"是的,我知道,但就像那个人说的,他们无论如何都要去。我对他们说的话不会改变什么的,除非他们到达之前就感受到痛苦了。"

汤姆走进柳树丛中,爬进一个阴凉处躺下,诺亚就跟在他后面。

"睡在这里吧。"汤姆说。

"汤姆!"

"怎么了?"

"汤姆,我不想走了。"

汤姆坐了起来。"你这是什么意思?"

"汤姆,我不想离开这条河了,我要沿着这条河走下去。"

"你疯了。"汤姆说。

"我自己自给自足,饿了就到河里抓鱼吃,人总不能在这么好的河边还挨饿吧。"

## 第十八章

汤姆说:"那家人呢?那老妈呢?"

"我没有办法,我不能离开这条河。"诺亚的两只宽眼距的眼睛半闭着,"你知道我为什么要这么做,汤姆。你知道家人们对我有多好,但他们并不真正关心我。"

"你疯了。"

"不,我没疯。我知道我是怎样的人,我知道他们很愧疚。不过——好吧,我不跟着一起去了,你告诉老妈吧——汤姆。"

"你听着,"汤姆开始说。

"别说了,没用的。我刚才进到这河水里,我就不打算离开了。我现在要走了,汤姆——我要顺流而下。我会抓鱼什么的,但我不能离开这河水了,我不能。"他从像洞穴一样的柳树林中爬了出来。"你告诉老妈吧,汤姆。"他走开了。

汤姆跟着他到了河岸。"听着,你这个该死的傻瓜——"

"没用的。"诺亚说,"我很难过,但我也没办法,我得走了。"他突然转身,沿着河岸向下游走去。汤姆开始跟着,然后又停了下来。他看见诺亚消失在灌木丛中,然后又出现,沿着河边走。他看着诺亚在河边变得越来越小,直到最后消失在柳树林中。汤姆摘下帽子,挠了挠头,他回到他刚刚待的那片柳树林,躺下睡了。

在铺开的篷布下面,奶奶躺在一张床垫上,老妈坐在她旁边。天气热得令人窒息,苍蝇在帆布的阴影下嗡嗡作响。奶奶赤身盖着一条长长的粉红色窗帘,她焦躁不安地左右转动着她那苍老的脑袋,喃喃自语,哽咽着。老妈坐在她旁边的地上,用一张硬纸板把苍蝇赶走,并向那张紧绷的老脸上扇来一股流动的热气。罗莎坐在奶奶的另一边,看着她的母亲。

奶奶蛮横地叫道:"威尔!威尔!你到这儿来,威尔。"奶奶睁开眼睛，凶狠地环顾四周。"叫他赶快到这儿来。"她说，"我要抓住他，我要把他的头发拔下来。"她闭上眼睛，前后转动着脑袋，喃喃自语。老妈用纸板给她扇着风。

罗莎无助地看着奶奶，轻声说："她病得很重。"

老妈抬起眼睛看着女儿的脸。她的眼睛虽然看起来不紧张，但额头上却有焦虑的皱纹。老妈不停地扇着风，她的那张硬纸板把苍蝇赶走了。"你现在还年轻，罗莎，你遇见的事情都是独立发生的，是单独的事。我知道，并且我还记得自己年轻时候的事儿，罗莎。"她很喜欢叫她女儿的名字，"你会有个孩子的，罗莎，这对你来说既孤独又遥远，这也会让你痛苦，而且这种痛苦是孤独的，而这个帐篷在这个世界上也是孤独的，罗莎。"她扇了一下空气，让一只嗡嗡作响的苍蝇飞走，那只闪闪发光的大苍蝇在帐篷上空盘旋了两圈，然后迅速飞到刺眼的阳光下。老妈接着说："这是一个变化的时代，当它到来的时候，个体死亡是集体死亡的一部分，个体生存是集体生存的一部分，生存和死亡是同一件事的两个方面，然后事情就不再孤立了。这样痛苦就不会那么严重，因为它不再是孤独的痛苦，罗莎。我希望我能告诉你，让你知道，但我不能。"她的声音是那么温柔，那么充满爱，泪水涌进了罗莎的眼睛，流了出来，她的视线也变得模糊了。

"拿着，给奶奶扇风。"老妈说着，把硬纸板递给了女儿，"这是一件你能做的好事。我真希望我能告诉你，这样你就明白了。"

奶奶紧闭眼睛，皱着眉头，低声哭诉："威尔！你真是个肮脏的人！你永远也不会清白的。"她布满皱纹的手抬起来，挠了挠脸颊。一只红蚂蚁爬上窗帘，爬到老太太脖子上松弛的皮肤皱纹里。老妈赶紧伸手把它抓下来，用拇指和食指捏碎，然后把手指在衣服上擦了擦。

## 第十八章

罗莎挥舞着纸板扇子,她抬头看着老妈。"她——?"要说的话被噎到喉咙里了。

"把你的脚擦干净,威尔——你这头脏猪!"奶奶喊道。

老妈说:"我不知道。也许我们得把她带到一个不那么热的地方,但我也不清楚。别担心,罗莎。需要的时候就吸气,再需要时就呼气。"

一个穿着破黑裙子的高大女人向帐篷里张望。她的眼睛模糊涣散,皮肤耷拉到下巴,呈片状下垂。她的嘴唇松弛,上嘴唇像窗帘一样遮在牙齿上,下嘴唇由于太厚重,向外翻出,露出了下牙龈。"早上好,太太。"她说,"早上好,感谢上帝让我们胜利。"

老妈环顾四周。"早上好。"她说。

那女人弯腰进了帐篷,她低下头看着奶奶。"我们听说你们这儿有一个灵魂准备见耶稣了,赞美上帝!"

老妈的脸绷紧了,眼神变得锐利起来。"她累了,仅此而已。"老妈说,"她在路上走得太累了,天气又热。她只是累坏了。稍微休息一下她就会好的。"

女人俯下身来,仔细看着奶奶的脸,她几乎是闻了上去。然后她转向老妈,迅速地点了点头,她的嘴唇抖动着,她的下巴颤抖着。"一个可爱的灵魂要见耶稣了。"她说。

老妈叫道:"不是这样的!"

那女人慢慢地点了点头,把一只肿胀的手放在奶奶的额头上。老妈伸手想把那只手挪开,但很快就克制住了自己。"是的,就是这样的,姐妹。"女人说,"我们帐篷里有六个圣徒,我去把他们叫来,我们做个仪式——祈祷和祷告,算上我,我们六个都是耶和华圣徒,我去把他们叫过来。"

老妈生硬地说,"不——不可以。"她说,"奶奶太累了,她受不了办仪式。"

女人说:"受不了祷告?受不了耶稣善良的气息吗?你这是在说什么,姐妹?"

老妈说:"不,不能在这里祷告,她太累了。"

女人责备地看着老妈,"你不是信徒吗,女士?"

"我们一直都是信徒,"老妈说,"可是奶奶累了,我们整晚都在赶路,我们不想麻烦你们了。"

"一点也不麻烦,即使会麻烦,我们也愿意为一个马上飞升的灵魂做这件事。"

老妈跪了下来。"谢谢你。"她冷冷地说,"我们不能在这个帐篷里做仪式。"

女人看了她很长时间。"好吧,但我们不会让这个老人没有听到一点祷告就走的。我们会在自己的帐篷里祷告,女士,我们会原谅你的铁石心肠。"

老妈又坐下来,把脸转向奶奶,她的脸仍然很僵硬。"她就是累了。"老妈说,"她只是累了。"奶奶前后摇着头,低声咕哝着。

女人僵硬地走出帐篷,老妈继续低头看着那张苍老的脸。

罗莎扇动着硬纸板,让热气在空气中流动。她叫道:"老妈!"

"怎么了?"

"你为什么不让他们做仪式呢?"

"我不知道。"老妈说,"耶和华圣徒是好人,但他们喜欢又叫又跳,我不清楚,我只是突然有种感觉,我觉得我受不了,我会彻底疯了的。"

从不远的地方传来了开始祷告的声音,那是一种祈祷的颂歌,歌

## 第十八章

词听不清楚,只能听到曲调。那声音忽高忽低,但音调在每一次升高后越升越高。现在,每当吟诵暂时停下来时就有回应,颂歌带着胜利的音调越来越高,声音里充满了有力的咆哮。它膨胀着,又停了下来,回应也变成了咆哮。然后,吟诵的句子逐渐缩短,变得尖锐,像命令一样,回应中出现了抱怨的语气。节奏加快了,男人和女人的声音本来是一个音调,但现在,在回应时,一个女人的声音越来越高,变成了一种号叫,狂野而凶猛,像野兽的叫声。另一个低沉的女人的声音随后响起,像是犬吠。一个男人狼嚎般的声音也逐渐变大。然后,吟诵停止了,帐篷里只剩下了野兽般的嚎叫,伴随着在地上砰砰作响的声音。老妈颤抖着,罗莎急促又沉重地呼吸着,号叫的合唱声持续了很长时间,好像他们的肺都要爆裂了。

老妈说:"这让我很紧张,我总觉得要发生什么事了。"

现在,那高亢的声音变得歇斯底里,像是鬣狗的急促又含糊的尖叫声,砰砰声变得更响了。接着,颂歌的声音分开了,整个合唱变成了呜咽、咕哝的低调吟诵,还有肉体的拍打声和地上的砰砰声。啜泣声随后又变成了哀叫声,就像一窝小狗围着一盘子食物的叫声一样。

罗莎紧张地轻声哭了起来。奶奶踢掉腿上的帘子,她的腿像灰色的一截一截的树枝,奶奶和远处的哀鸣声一起呜咽着。老妈把窗帘拉回原处,接着,奶奶深深地叹了口气,她的呼吸变得平稳而轻松,合着的眼皮也不眨了。她睡得很沉,半张着的嘴打着呼噜。远处传来的哀鸣声越来越轻,直到再也听不见了。

罗莎看着老妈,眼神空洞,浸满了泪水。"他们做得很好。"罗莎说,"这对奶奶有好处,她睡着了。"

老妈低着头,觉得很惭愧。"也许我对待这帮好人的方式错了,奶奶睡着了。"

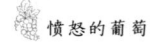

"你为什么不问问牧师,看看这样是不是有罪?"罗莎问。

"我会的——不过他是个怪人。也许是因为他,我才告诉那些人不能来这里。那个牧师,他总是不去思考别人做的是不是对的。"老妈看了看她的手,然后说:"罗莎,我们得睡觉了。如果我们今晚要出发,我们就得睡觉了。"她躺在床垫旁边的地上,伸展着身子。

罗莎问:"再给奶奶扇扇风怎么样?"

"她现在睡着了,你躺下休息吧。"

"我不知道康尼到哪儿去了?"罗莎抱怨道,"我很久没见过他了。"

老妈说:"嘘!好好休息吧。"

"老妈,康尼晚上要学习了,将来他会出人头地的。"

"是的,你跟我说过,好好休息吧。"

罗莎躺在奶奶的床垫边上。"康尼有一个新计划,他一直在思考,等他学会电子方面的知识以后,他会开一家自己的商店,然后你猜我们会得到什么?"

"什么?"

"冰——你想要多少冰就有多少,再买一个冰箱,里面装满冰。如果有冰块,东西就不会变质。"

"康尼一直在思考。"老妈轻声笑着说,"你现在最好休息一下。"

罗莎闭上了眼睛,老妈翻过身来,双手交叉放在头下。她听着奶奶和罗莎的呼吸声。她伸出一只手去驱赶额头上的苍蝇。营地里一片寂静,酷热难耐,但炙热的草地上有声音——那是蟋蟀的声音,还有苍蝇的嗡嗡声——除此之外,几乎是一片寂静。老妈深深地叹了口气,然后打了个哈欠,闭上了眼睛。在半梦半醒中,她听到有人走近,那是一个男人的声音,把她惊醒了。

## 第十八章

"谁在这里?"

老妈迅速坐了起来,一个棕色脸的男人弯下腰正往里看。他穿着靴子和卡其裤,还有一件带肩章的卡其衬衫。他的武装腰带上挂着手枪皮套,左胸前的衬衫上别着一颗银星,他的脑袋上戴着一顶宽松的军帽。他用手拍打着帆布,紧绷的帆布像鼓一样震动着。

"谁在这里?"他又问。

老妈问:"你想干什么?先生。"

"你觉得我想干什么?我想知道谁在这里。"

"嗯,这里只有我们三个人。我、奶奶和我的女儿。"

"你家的男人呢?"

"嗯,他们去洗澡了,我们开了一整夜的车。"

"你们从哪里来?"

"从俄克拉荷马州萨里索附近。"

"好吧,你们不能待在这儿。"

"我们打算今晚出发,穿过沙漠,先生。"

"嗯,最好是这样。如果你们明天这个时候还在这儿,我就把你们抓进监狱。我们不想你们任何人在这里住。"

老妈的脸气得发黑。她慢慢地站了起来,俯身到餐具箱前,拿出了那只铁煎锅。"先生。"她说,"你虽然有一个铁皮徽章和一把枪。但在我们这里,你也不要用命令的语气说话。"她拿着煎锅向他走去,他松开枪套,拿出枪。"过来啊。"老妈说,"你还恐吓女人,我很庆幸我家男人们不在这里,他们会把你撕成碎片。在我的家乡,你这样说话可要担心你的舌头。"

男人向后退了两步。"嘿,你现在不在你们的家乡啊,你们在加利福尼亚,我们可不想让你们这些该死的俄克佬在这儿定居下来。"

老妈向前的脚步停止了,她看上去很困惑。"俄克佬?"她轻声说,"俄克佬。"

"没错,俄克佬!如果我明天来的时候你们还在,我就把你们都抓进去。"他转身走到下一个帐篷,用手猛拍着帆布。"谁在这里?"他说。

老妈慢慢地回到帆布下面,她把煎锅放在厨具箱里,慢慢地坐下来。罗莎偷偷地注视着她,看到老妈的脸直哆嗦,罗莎闭上眼睛假装睡着了。

下午太阳落山了,但热量似乎并没有减少。汤姆在柳树下醒来,他的嘴巴干裂,浑身是汗,他的头因为没休息好很难受。他摇摇晃晃地站起来,朝水边走去。他脱下衣服,涉入河水中。水没过他的身体时,他口渴的感觉就消失了。他向后仰,躺在浅水里,让身体浮在水面上。他把胳膊肘插在河底沙子里,让身体支撑不动,看着自己露出水面的脚趾。

一个肤色苍白、骨瘦如柴的小男孩像动物一样爬过芦苇,脱下了衣服。他像麝鼠一样扭动着跳进水里,像麝鼠一样拖着身体游动,只有眼睛和鼻子露出水面。突然,他看到了汤姆的头,发现汤姆正在看着他。他停下来,坐了起来。

汤姆说:"你好。"

"你好!"

"你好像在学麝鼠。"

"嗯,是的。"他慢慢地向岸边移动,动作非常随意,然后他从水里跳出来,挥舞着双臂收拾好衣服,消失在柳树丛中。

汤姆轻轻地笑了。就在这时,他听到有人尖声叫他的名字。"汤姆,哦,汤姆!"他在水里坐了起来,吹起了口哨,尖锐的口哨声最后以悠扬的循环收尾。柳树摇了摇,露丝站在那里看着他。

"老妈找你。"她说,"老妈要你马上过去。"

"好的。"他站了起来,大步穿过河水来到岸边。露丝既好奇又感到惊奇地看着他赤裸的身体。

汤姆看了看她眼睛的方向,说:"你先去吧,小家伙!"露丝赶紧跑了。汤姆听到她一边跑一边兴奋地喊温菲尔德。他把晒热的衣服套在又冷又湿的身上,慢慢地穿过柳树林向帐篷走去。

老妈用干柳枝生了一堆火,还烧了一锅水,她看到汤姆的时候松了一口气。

"怎么了,老妈?"他问。

"我很害怕。"她说,"这边的警察刚才来我们这了,他说我们不能待在这里。我害怕他跟你说话了,我怕他跟你说话你会打他。"

汤姆说:"我为什么要打警察呢?"

老妈笑了。"嗯——他说话不客气——我自己都要差点打他了。"

汤姆抓住老妈的胳膊,松松地摇了摇,然后笑了起来。他坐在地上,还在笑着。"我的天啊,老妈,我觉得你之前很温和的,你怎么啦?"

她看上去很严肃。"我不知道,汤姆。"

"你先是拿千斤顶手柄和我们对峙,现在又想打警察。"他轻轻地笑了笑,伸出手温柔地拍了拍老妈的光脚。"你真是厉害啊。"他说。

"汤姆"。

"怎么了?"

她犹豫了很久。"汤姆,这个警察——他叫我们——俄克佬。他说,'我们可不想让你们这些该死的俄克佬在这儿定居下来。'"

汤姆端详着老妈,他的手仍然轻轻地放在她的光脚上。"有人告诉过我。"他说,"那人告诉我,他们会这样称呼我们。"他想了想,"老妈,你说我是个坏人吗?应该被关进监狱——像之前那样?"

"不。"她说,"你之前被关过——不应该再被关了,你为什么问我这个呢?"

"嗯,我不知道。我就是想打那个警察。"

老妈开心地笑了。"也许我应该让你打他,因为我也差点用煎锅揍他了。"

"老妈,他为什么说我们不能在这里待着?"

"他就说他们不想让该死的俄克佬定居下来,他说如果我们明天还在这里,他就会把我们抓起来。"

"但我们没有被警察追捕过。"

"我告诉过他。"老妈说,"他说我们现在不是在自己的家乡,我们在加州,他们想干什么就干什么。"

汤姆不安地说:"老妈,我有事要告诉你。诺亚——他沿着河往下游走了,他不和我们一起上路了。"

过了一会儿,老妈才明白过来。"为什么?"她轻声问道。

"我不知道,他说他必须这么做,他得留下,他让我告诉你。"

"他怎么吃饭?"她问。

"我不知道,他说会抓鱼。"

老妈沉默了很长时间。"这个家要破裂了。"她说,"我不知道,看来我不能再思考了,我只是无法思考,发生的事情太多了。"

汤姆结结巴巴地说:"他会没事的,老妈,他是个有趣的家伙。"

老妈目瞪口呆地看向河水。"我不能再想下去了。"

汤姆望向一排排帐篷,目光最终停在露丝和温菲尔德身上,他们正站在一顶帐篷前,颇有礼节地与帐篷里的人进行着交谈。露丝紧张地拧着裙子,而温菲尔德则似乎心不在焉地用脚尖在地面上蹭出个小洞。汤姆高声喊道:"露丝,嘿!"露丝抬起头,一见到汤姆就向他跑去,温菲尔德紧随其后。当她走过来时,汤姆随后开口道:"快去叫醒我们的家人,他们在柳树下睡觉。把他们叫醒,还有你,温菲尔德,去通知威尔逊一家,我们很快就要出发了。"孩子们立刻转身奔跑去执行命令。

汤姆问:"老妈,奶奶现在怎么样了?"

"嗯,她今天能睡上一觉,可能会好一些。她现在还在睡。"

"那太好了。我们的猪肉还剩多少?"

"不多了,大约还有四分之一头猪的量。"

"嗯,我们需要再装满一桶水,确保带足够的水。"他们隐约能听到露丝在冲着柳树下男人们尖声喊叫的声音。

老妈把柳条塞进火中,火焰在黑色的锅周围发出噼里啪啦的声音。"祈求上帝让我们能休息一下。"她说,"祈求耶稣让我们能找到一个舒适的安顿之所。"

西边,太阳正缓缓地朝着焦黄又破碎的山丘下沉。锅在火上沸腾着。老妈走进帐篷,从里边拿出一围裙的土豆,然后将它们一一投入沸腾的水中。"祈求上帝让我们能洗洗衣服。我们从未如此脏乱过。连土豆在煮之前都不洗了。想不通这是为什么?感觉就像身心被掏空了一样。"

男人们一起从柳树林中走出来,他们的眼中还带着睡意,脸上因为在白天睡觉而显得红润且略带肿胀。

老爹问:"怎么了?"

"我们要走了。"汤姆说,"警察说我们得走。最好现在就开始动身,或许我们还能穿过沙漠。我们要去的地方离这儿差不多有三百英里远。"

老爹说:"我以为我们还能休息一会儿。"

"不能,我们必须得走了,老爹。"汤姆说,"诺亚不会和我们一起去。他已经沿着河流走了。"

"不去?他这是怎么了?"老爹一时没反应过来,随后他似乎明白了什么。"是我的错。"他悲痛地说,"那孩子的事全是我的错。"

"不,不是这样的。"

"我不想再讨论这个了。"老爹说,"我不能——都是我的错。"

"哎,我们得走了。"汤姆说。

威尔逊来做最后的告别,"我们不能走了,伙计们。"他说,"萨莉已经累极了。她需要休息。她不可能活着穿越那片沙漠了。"

听了这话,他们沉默了;随后,汤姆打破了沉默:"警察说,如果明天我们还留在这里,他会把我们送进监狱。"

威尔逊摇了摇头,他的眼神充满了担忧,深色的皮肤之下透出一抹苍白。"那么,我们别无选择。萨莉无法行走。如果他们要把我们关起来,那就让他们这么做吧。她需要休息,需要恢复力量。"

老爹说:"或许我们应该等一等,等大家都准备好了再一起走。"

"不用,"威尔逊说,"你们已经对我们非常友善非常好了,但你们不能因为我们停留在这里。你们得继续前进,尽快找到工作。我们不能拖累你们。"

老爹情绪激动地说:"但你们什么都没有。"

威尔逊笑着说:"当你们帮助我们时,我们就已经什么都没有了。这不关你们的事。请别让我说出刻薄的话来。你们必须离开,否则我真的会变得刻薄和愤怒。"

老妈示意老爹走进帐篷,她轻声地与他交谈。

## 第十八章

威尔逊转身对凯西说:"萨莉希望你能去看看她。"

"当然可以。"牧师应允后,走向威尔逊家的帐篷,那是一顶灰色的、不起眼的小帐篷。推开帐篷的门帘,他走了进去。帐篷里边十分昏暗、闷热不堪,地上摆放着一张床垫,四周散落着一些杂乱的物品,因为早上到这的时候就没有卸行李。萨莉躺在那张床垫上,她的双眼大而明亮,似乎在黑暗中寻求着光明。凯西站在她的旁边,低垂着头,颈部的肌肉紧绷,他摘下帽子放在手中。

萨莉开口说:"我丈夫告诉你我们不能和你们一起上路了吗?"

"是的,他这样告诉我了。"

她以一种低沉而悠扬的声音继续说:"我真希望我们能和你们一起走。我知道自己可能无法到达沙漠的另一端,但他至少有机会。可他选择不离开。他还不了解,一直以为我的情况会有所改善。"

"他坚称不会离开。"

"我知道。"她轻声回答,"他的固执我是知道的。我让你来,是希望你能为我做一次祷告。"

"我现在已经不是牧师了。"他轻声地说,"我所做的祷告,恐怕帮不上什么忙。"

她微微湿润了一下嘴唇,似乎在回忆着什么:"我记得之前有老人去世的时候,我在场。那时,你曾祷告过一次。"

"那时的仪式,其实算不上是祷告。"

"那也算是一种祷告。"她说。

"但那并非是牧师所做的祷告。"

"那是一种美好的祷告。我希望你也能为我做一个。"

"我真的不知道应该说些什么。"

她轻轻闭上眼睛想了一会儿,然后又睁开了眼睛,"那就在心里说吧。不需要用言语表达，心里的祷告也同样有效。"

"我心中没有上帝。"他说。

"你心中有上帝，即使你不知道他的模样，你的心中也有。"牧师低下了他的头，萨莉用担忧的神情看着他。当牧师再次抬起头时，她看起来像是放心。"很好。"她说，"这正是我所需要的，有一个足够亲近的人能够为我祷告。"

他摇了摇头，仿佛想让自己从混乱的思绪中清醒过来。"我还是不太明白。"他说。

她回答说："不——你应该明白我的意思，是不是？"

"我明白你的意思。"他说，"但我不能理解。或许你休息几天之后能再继续前行。"

她缓缓摇头。"我现在哪里都疼。我自己明白这一点，但我不会告诉他。那样会让他心痛。他也不知道该怎么做。可能在夜深人静时，他沉睡之后这样当他醒来时，就不会那么糟糕。"

"你希望我不走，留在这里陪你吗？"

"不。"她说，"不用。当我还是个小女孩的时候，我很爱唱歌。周围的人都说我唱得就像珍妮·琳德那样悦耳。人们常常来听我唱歌。当他们站着，我在唱歌，我与他们之间的联系远比你想象的要深。我为此感到非常感激。很少有人能够感受到这种连接，它是如此充实和亲密，他们在那站着，我在唱歌。我曾梦想着在剧院唱歌，尽管这个梦想从未实现，我也不曾后悔。因为在那唱歌的时刻，没有任何东西能够阻隔我与听众之间的联系。这就是我为什么希望你为我祷告的原因。我想要重新感受那种亲近，那种唱歌时的连接。唱歌和祷告本质上是一样的，它们都是一种与他人心灵相通的方式。我希望你能感受到我心中的歌声。"

## 第十八章

牧师低下头,深深地看着她的眼睛。"再见。"他说。

她微微地点点头,紧闭着双唇。牧师转身离开了昏暗的帐篷,步入了外面刺目的阳光中。

营地里,男人们正忙着往卡车上装载行李。约翰伯伯负责在车上整理,而其他人则将行李逐一递给他。他小心地摆放每样物品,使整个面能保持平整。老妈将剩下的四分之一桶咸猪肉全部倒入锅里开始炖煮,汤姆和艾尔则带着两个空桶到河边清洗。他们洗净后,将桶装满水,紧紧地绑在卡车踏板上,并用帆布盖好,以防水溢出。现在,只剩下篷布和奶奶的床垫没有装车了。

汤姆说:"我们带上这些东西,这辆旧车的引擎怕是吃不消。我们还得确保带上足够的水。"

老妈开始分发她煮好的土豆,她从帐篷里又拿出半袋土豆,放进煮着咸肉的锅里。全家人站着吃完了这顿饭,他们拖着脚,一边将热乎乎的土豆在手中相互传递,直到它变凉到可以放进嘴里。

老妈走进威尔逊一家的帐篷,在里面说了大约十分钟。当她走出帐篷时,她的脚步显得格外轻柔。"是时候出发了。"她说。

男人们走到篷布下开始行动。奶奶仍在沉睡中,嘴微微地张着。他们小心翼翼地连人带床垫一起抬起,轻轻地放置在卡车顶上。奶奶在睡梦中不自觉地蜷缩起她瘦弱的双腿,眉头紧皱,但是她并没有醒来。

约翰伯伯和老爹一起在车顶上的货物上方搭起了一个小巧紧凑的帐篷,用绳子将篷布牢牢地绑定在横梁和侧栏上。他们做好了出发的准备。接着,老爹从口袋里拿出钱包,小心翼翼地抽出两张皱巴巴的钞票。他走向威尔逊,递过手里那两张钞票:"我们希望你能接受这个。"他还指向旁边的猪肉和土豆,"还有那个。"

威尔逊低着的脑袋急切地摇晃着："我不能接受。"他说，"你们也没剩多少了。"

"到那边的路上也够了。"老爹说，"我们不会把所有的东西都留给自己的，一到那儿我们就能找到工作。"

"但我还是不能接受。"威尔逊说，"如果你强行留下这些，我会生气的。"

老妈接过老爹手中的钞票，将它们整齐地折叠好，放在地面上，并把装有猪肉的锅放在钞票上方。"钱就留在这里。"她说，"如果你不拿走，别人就会拿走的。"威尔逊还是没有抬头，他转身走回了自己的帐篷，帐篷的门帘随即落下。

全家静静地等待了几分钟。"我们该出发了。"汤姆说，"我猜现在快四点了。"

随即，全家人纷纷爬上了卡车。老妈和奶奶在车顶。汤姆、艾尔和老爹坐在座位上，温菲尔德坐在老爹的腿上。康尼和罗莎在驾驶室旁边安了个小窝，靠着车壁。牧师、约翰伯伯和露丝在一团货物上坐着。

老爹喊道："再见，威尔逊先生和太太。"帐篷里没有任何回应。汤姆随即启动了卡车，车辆开始缓慢地移动。他们顺着颠簸的道路，朝着尼德尔斯和公路的方向前进。老妈回头望去，只见威尔逊站在他的帐篷前，默默地看着他们离开，手里拿着他的帽子，阳光恰好映照在他的面庞上。老妈朝他挥了挥手，但他没有回应。

在崎岖不平的道路上，汤姆小心翼翼地将卡车保持在低速行驶，以避免对车辆造成过大的压力。当他们到达尼德尔斯时，他开进了一家服务站，他检查了一下轮胎有没有漏气，看了看车后的备胎。他不仅把油箱加满了，还额外购买了两桶五加仑的汽油和一桶两加仑的机油。他把散热器加满水，向加油站员工索要了一张地图，认真地研究了起来。

加油站的员工是一个身穿白色制服的年轻人，他显得有些局促不安，但在他们付清钱后他松了口气，说："你们这些人真的很有勇气。"

汤姆把视线从地图上转向他："这是什么意思？"

"我是说，用这样一辆旧车还要开过沙漠。"

"你之前有没有开车穿过去过？"

"当然，我穿过去很多次，但我开的不是这种旧车。"

汤姆说："如果我们的车坏了，可能还会有人愿意帮忙呢。"

"可能吧。但是到了晚上，人们通常不太愿意停下来，我自己就不会那么做。那需要的勇气超出了我能够承受的范围。"

汤姆轻轻一笑："当你别无选择的时候，做事情并不真的需要什么勇气。感谢你的帮助，我们得继续赶路了。"说完，他回到卡车上，启动车辆，离开了加油站。

身穿白衣服的年轻人转身走进了那座铁皮屋，他的同事正在那审一本账单。"天啊，那群人看起来真是凄惨。"

"那些俄克佬吗？他们看上去总是那么凄惨。"

"天哪，我绝不会开那样一辆破车去穿过沙漠。"

"是啊，我们至少还有点常识。那帮可恶的俄克佬既没有常识也没有感觉。他们简直不是人。一个正常的人是不会像他们那样生活的，一个正常的人不可能忍受那样的脏乱和苦难。他们和大猩猩没什么两样。"

"不过，我还是感激自己不必驾驶哈德逊超级六号穿越这片沙漠。那声音，真像是一台打谷机在工作。"

旁边的另一名工作人员目不转睛地看着手中的账单，额头上的汗水顺着指尖滴落，染湿了粉色的账单纸。"你知道吗，他们根本就没有太担心。他们太无知了，他们甚至没意识到这一切有多危险。哦，天哪，他们根本不知道这世上还有比他们有的更好的东西，你也没必要替他们担心了。"

"我并不是担心，我只是在想，如果是我，我可能不会就这么草率地出发。"

"那是因为你知道有更好的装备，但他们不知道。"他一边说，一边用袖子轻轻擦去粉色账单上的汗迹。

卡车继续沿着崎岖的山路前行，穿过碎石残骸。引擎很快就变烫了，汤姆调整速度，谨慎地驾驶着。他们缓缓爬升，穿越一片荒凉、毫无生命迹象的死亡之地，这里只有焦黑的岩石和褪色的土壤。其间，汤姆把车停下来了一次，让引擎稍作冷却后才再次出发。他们在日落之前越过了山脊，目睹了沙漠的广阔——这处黑色的煤渣山和金黄色的太阳映照在灰色的沙漠里，稀稀疏疏的干枯的灌木丛、鼠尾草和油脂木在沙漠和几块岩石上投下了明显的阴影，刺眼的阳光直射向前方。汤姆不得不用手遮挡阳光才能清晰地看路。当他们越过山顶开始下坡时，引擎通过风扇的冷却而渐渐降温。驾驶室的一行人——汤姆、艾尔、老爹和他腿上的温菲尔德，面对着那耀眼的夕阳，坚毅地驶入了沙漠的深处，他们的眼睛冷冷的，被晒黑的脸上挂满了汗珠。那片被日光烤焦的土地和黑色的煤渣山打破了远方的平坦，在落日的辉映下显得更加荒凉和可怕。

艾尔说："天啊，看这地方。如果走着穿过这片荒漠要怎样才能做到呢。"

"有人成功过。"汤姆说，"很多人都做到了。如果他们能，我们也没理由做不到。"

艾尔说:"但肯定也有很多人没能成功。"

"是的,我们的路途并非全然平安。"

艾尔沉默了,窗外红色的沙漠飞速掠过。"你觉得我们还能再遇到威尔逊一家吗?"艾尔问。

汤姆瞥了一眼油压表,"我预感没有人能再见到威尔逊太太了,当然这只是我的直觉。"

这时,温菲尔德插话说:"老爹,我想要下车。"

汤姆转头看向他。"我们不如都下车休息一下,在继续夜行之前,让大家都休息一会儿。"说着,他减慢了车速,最终把车停下了。温菲尔德赶紧爬出车外,到路边去小便。汤姆探出头来询问:"还有谁需要休息一下?"

"我们都在坚持呢。"约翰伯伯从车厢里喊道。

老爹说:"温菲尔德,你爬上边去吧,你坐在我腿上我腿都麻了。"小男孩迅速地扣好自己的外套,乖乖地从车尾板爬了上去,他小心地手脚并用地爬过奶奶的床垫,爬到露丝身旁。

夜幕降临,卡车继续前行。太阳在地平线边留下一抹最后的光辉,为沙漠披上了一层红色的华光。

露丝说:"不让你再坐那儿了,是不是?"

"才不是,我不太喜欢那样坐。坐这里更加舒服,还能躺下。"

"那好吧,只是别吵我就行。"露丝说,"我想睡一会儿。等我醒来的时候,我们应该就快到了。汤姆说的,我们会看到很美的乡村风光,会感觉非常美妙。"

当太阳完全落山时,天空中只剩下了淡淡的余晖。篷布下变得漆黑一片,仅仅是前方和后方隐约透出的一点光亮,形成了一片扁平的三角形光影。

康尼和罗莎紧靠着驾驶室的后面，他们感受到了从帐篷下方吹过的热风，这股风拂过他们的后脑勺，同时，他们头顶上的帐篷布发出了轻微的噗噗声。在这轻微的声音中，他们用几乎无法捕捉的低声交谈，他们的对话几乎被帐篷的鼓动声覆盖，只有他们自己能听见。康尼偏头靠近罗莎，轻声在她耳边说话，而罗莎也以相同的方式回应他。她说："感觉除了继续前行，我们什么都做不了了。我真的很累。"

康尼转头贴近她的耳边说："也许等到明早就到了，你现在需要一些独处的时间吗？"在微光中，他的手轻轻触摸着罗莎的臀部。

她回应说："不要这样，你这会让我无法忍受的，停下来。"她转过头，等待他的回答。

"或许我们可以等到大家都睡着后。"

"那可能是个办法。"她说，"但我们等大家都睡了再说。你这样做会让我发疯的，他们也可能不睡啊。"

"我觉得我快控制不住自己了。"他说。

"我懂，我也是这样。我们可以讨论一下到达目的地后我们要做什么；然后你最好离我远一点，要不然我真要疯了。"

康尼稍微移开了一些。"行，一到那儿，我就开始每天晚上都学习。"他说，"我会立刻去买书，买那种附有优惠券的书。"

"你认为需要多久？"罗莎问。

"什么需要多久？"

"多久后你能赚到大钱，我们才能买到冰？"

"不好说。"康尼强调道，"真的很难说。那得学得很好，至少要坚持到圣诞节前。"

第十八章

"那你一旦学成,我想我们就能买到冰和其他好东西了。"

他笑了笑。"这里现在的确很热。"他说,"那在圣诞节期间,你干吗还想买冰呢?"

她咯咯地笑着。"是啊,但我无论什么时候都喜欢冰。别这样,你这样会让我发疯的!"

随着黄昏悄然离去,天空逐渐暗淡,沙漠上空的星星在柔和的夜空中亮起,星辰刺破夜空,星星点点,整个天空宛如一片丝绸。气温也随之变化。当太阳高悬时,沙漠的热浪猛烈且热情似火,但现在,热量似乎直接从地面散发出来,带来一种沉重而闷热的感觉。卡车的灯光此刻亮起,照亮了前方模糊的公路和两旁的沙漠景象。有时,远处的灯光中会闪过一两点眼睛的光芒,但在灯光直射的范围内却看不到任何动物。现在,帆布下一片漆黑。约翰伯伯和牧师在卡车中间蜷缩着,用手肘支撑着身体,凝视着车后的三角形出口。从他们的位置,可以看到老妈和奶奶的身影。老妈偶尔会动一动,她手臂的影子也随之摇晃。

约翰伯伯转向牧师说:"凯西,你应该明白该怎么办。"

"什么怎么办?"

"我不知道。"约翰伯伯说。

凯西回答:"那倒是让事情不好办了!"

"但你以前是牧师啊。"

"听着,约翰,每个人都因为我曾是牧师就来找我寻求帮助。但牧师也不过是个普通人。"

"是的,但他是一种特别的人,否则他不会成为牧师。我想问你——你认为一个人会给别人带来不幸吗?"

"我不知道。"凯西说,"我真的不知道。"

"你看，我曾结婚的那个女孩，她是个非常好的女孩。一天晚上，她肚子疼，她让我去叫医生。我说：'哦，你可能只是吃多了。'"他放下手，把手放在凯西的膝盖上，在黑暗中凝视着他，"她用一种眼神看着我。她整夜都在呻吟，第二天下午她就去世了。"牧师低声说了些什么。"你看。"约翰伯伯接着说："我觉得是我杀了她。从那之后，我一直试图弥补——主要是对孩子们。我尽力去做一个好人，但我做不到。每当我喝醉时，我就会失去控制。"

"每个人都有可能失控。"凯西说，"我也不例外。"

"是的，但你不像我，我的灵魂负担着的罪孽，你没有。"

凯西以一种柔和的语调回应道："我当然也有罪。每个人都有罪。罪，就是那些你自己都不确定的事情。那些对每件事情都无比确定、自认为没有罪孽的人——哼，如果我是上帝，我会直接把他们踢出天堂！他们让我受不了！"

约翰伯伯说："我总觉得我会给身边的人带来不幸。我感觉我应该离开，不去干涉和打扰别人。我的内心很不安。"

凯西赶紧说道："我懂你的意思——一个人必须做自己必须去做的事。我不能替你做决定，我真的不能。我不认为世界上存在所谓的好运或坏运。我唯一确定的，就是没有人有权力去干预别人的生活。你可以帮助他们，但不要告诉他们该怎么做。"

约翰伯伯失望地问："那就是说你也不知道了？"

"我也不知道。"

"你觉得让我的妻子那样痛苦地离世，是我的罪过吗？"

"唉。"凯西说，"对别人而言，那可能是个错误。但如果你觉得那是罪过——那么，它就是罪过。人的罪孽是他自己一点一滴地积累构建起来的。"

# 第十八章

"我需要时间好好想想。"约翰伯伯说,他卷起背,把膝盖缩紧放到胸前。

卡车在沙漠的热土上缓缓前行,时间一点点过去了。露丝和温菲尔德已经沉沉睡去。康尼轻轻地从行李中扯出一条毯子,盖在自己和罗莎身上。他们在闷热的天气里纠缠到了一起,两人几乎屏住了呼吸。不久,康尼掀开了那块毯子,让热风吹拂过他们湿漉漉的身体,这带来了丝丝凉意。

在卡车的后面,老妈靠着奶奶在床垫上躺下,虽然看不见,但她能感觉到奶奶的挣扎、感受到每一个呼吸的起伏,耳边回荡着压抑的抽泣声。老妈反复地安慰道:"没事的,一切都会好起来的。"她用嘶哑的嗓音继续说,"你知道我们家得穿过沙漠,你知道的。"

约翰伯伯喊道:"你们还好吗?"

她沉默了片刻才回答:"都还好,我刚才好像睡着了。"时间慢慢流逝,奶奶终于安静了下来,老妈僵直地躺在她的身旁。

夜越来越深,四周的黑暗笼罩着卡车。偶尔,有汽车从他们身边驶过,消失在西边的远方;有时则是从西边来的巨型卡车,轰隆隆地朝东边驶去。在西方的地平线上,星星缓缓下沉。接近午夜时,他们来到了达盖特附近,那里设有检查站。道路被强光灯照得通亮,标志牌也被照亮了,牌子上写着"靠右停车"。虽然官员们最初在办公室里休息,但当汤姆驾车驶入时,他们便走出来,在有顶棚的长廊下站好了位置。一名官员记录了车牌号码,并掀开了车辆的引擎盖。

汤姆询问道:"这是为什么?"

"农业检查。我们需要检查你们携带的物品。你有携带蔬菜或种子吗?"

"没有。"汤姆回答。

"好吧，我们还是得检查一下。你们需要卸下货物。"

这时，老妈缓缓地从卡车上爬了下来，她的脸因为劳累而肿胀，但眼神中透露出坚定。"听我说，先生。我们这有个病重的老人，需要立刻看医生。我们等不起了。"她的语气显得很急切，"你现在不能让我们就这么等着。"

"是吗？那我们还是得检查一下。"

"我发誓我们什么都没有！"老妈大喊道，"我真的发誓。奶奶病得很重。"

"你自己看起来也不太好。"官员说。

老妈抓住卡车后部，费尽全力爬上了车。"请看吧。"她说。

官员用手电筒的光线照亮了奶奶苍老的脸庞。"天啊，确实。"他感叹道，"你能发誓说你们没有带任何种子、水果或蔬菜吗？没有玉米，没有橙子？"

"没有，什么都没有。我发誓！"

"那就走吧。巴斯托不远，只有八英里，那里可以找到医生，往前开吧。"

汤姆赶紧爬回驾驶座，重新启动卡车。

官员转头对他的同伴说："我不能拦住他们。"

"可能他们只是在吓唬我们。"另一位官员猜测说。

"哦，不，绝对不是！你应该看看那位老太太的脸，那绝对装不出来。"

汤姆加快速度开向巴斯托，他在一个小镇停下车，围绕卡车走了一圈看看有没有人注意到他们。这时，老妈探出头。"没关系。"她说，"我不想在这里停留太久，担心我们穿不过沙漠。"

"可是，奶奶的情况怎么样？"

## 第十八章

"她没事——没事的。我们继续走吧,我们得穿过沙漠。"汤姆不太放心,但还是走了回去。

"艾尔。"他说,"我去加油,然后你来开一会。"他把车开到了一个二十四小时营业的加油站,给油箱、机油箱都加满了油,散热器加满了水。随后,艾尔开车,汤姆坐在靠外的位置,老爹坐在中间。他们重新开入了夜色之中,巴斯托附近的小山已经远远留在了身后。

汤姆说:"我真不明白老妈怎么了,她最近变得好像耳朵有跳蚤的狗一样焦躁不安。仅仅是检查一下东西并不会花费太多时间。先是说奶奶病了,现在又说奶奶没事。我真是弄不懂她,感觉她有点不正常。难道是旅途中过于劳累了吗?"

老爹说:"现在的老妈几乎和她年轻时一样。那时她很野性,无所畏惧。我以为随着时间的推移,孩子们和生活的重担会让她变得更加稳重,但看来并非如此。天啊!记得她那时候拿起千斤顶手柄,我真不想成为那个挑战她的人。"

"不知道她到底怎么了。"汤姆说,"可能只是太累了吧。"

艾尔说:"哭泣和呻吟对于穿过沙漠来说一点用都没有,得靠这辆破车,这辆破车已经附在我的灵魂上了。"

汤姆说:"嗯,你选的车还真不错,我们开这车几乎没遇到过什么大麻烦。"

他们整晚都在闷热黑暗之中穿过,偶尔有野兔闪进灯光,随后又敏捷地跳着离开了。当黎明从他们背后升起时,莫哈韦的灯光出现在前方,揭开了西边高山的面纱。他们在莫哈韦加油加水后,继续驶入山区,黎明的光芒逐渐将他们周围的景象照亮。

汤姆说:"天啊,我们终于离开沙漠了!老爹,艾尔,看看啊!沙漠终于穿过去了!"

"我太累了,累到什么都顾不上了。"艾尔说。

"要我来开一会儿吗?"

"不用,等一会儿吧。"

当晨光初照时,他们穿过了特哈查比。太阳从他们背后缓缓升起,紧接着——他们突然看见了下方壮丽的山谷。艾尔突然猛踩刹车,车辆在道路中央停了下来。他兴奋地叫道:"天啊!快看!"只见葡萄园、果园遍布,广阔的山谷平坦而美丽,绿树成行,农舍点缀其间。

老爹也感叹道:"万能的上帝!"远方的城市,果园中的小镇,晨光照耀着山谷,万丈光芒。这时,后边有车辆按喇叭催促。艾尔随即把车开到路边停好。

"我想好好欣赏一下。"他们面前是金黄的麦田,成排的柳树和桉树。

老爹深深地感叹:"我从来都不知道世上竟有这样的地方。"桃树和核桃树林,深绿色的橘园间,红色的屋顶和谷仓点缀其间。艾尔下车伸展着他的腿脚。

他大声喊道:"老妈——来看看。我们到了!"

露丝和温菲尔德也从车上爬了下来,然后他们静静地、满怀敬畏地站着,对这伟大的山谷感到既震撼又有些不知所措。远处有薄薄的雾气,土地在薄薄的雾气中越发柔和。一座风车在阳光下闪烁,它旋转的叶片宛若远处的小型信号器。露丝和温菲尔德注视着它,露丝轻声说道:"这就是加利福尼亚。"

温菲尔德静静地在嘴唇上重复那几个音节。"那里有水果。"他大声说道。

凯西、约翰伯伯、康尼和罗莎纷纷下车,他们静静地站立着。罗

## 第十八章

莎本来正在梳理她的长发,但当她的目光落在那壮丽的山谷上时,她的手慢慢地停了下来,最终静静地垂落在一旁。

汤姆说:"老妈在哪儿?我想让老妈也看看这景色。快来看啊,老妈!"老妈正缓慢而僵硬地从卡车的后板上费力地爬下来。汤姆看着她:"天啊,老妈,你感觉怎么样?你生病了吗?"她的脸色僵硬,如同泥塑般没有表情,眼睛深陷,眼睛周围因疲劳而呈现红色。她稳稳地踩在地上,用手抓紧车侧边稳住了身体。

她嘶哑着声音问:"你说我们穿过去了吗?"

汤姆一边指向那伟大的山谷,一边说:"看!"

她转过头,目瞪口呆。她的手指轻轻触摸到自己的喉咙,又轻轻地捏了一下。"感谢上帝!"她说,"全家人终于到了。"她的膝盖软了下来,她坐在了踏板上。

"老妈,你是不是不舒服?"

"不,我只是太累了。"

"你没有睡觉吗?"

"没有。"

"奶奶的情况不好吗?"

老妈低下头,注视着自己的双手,它们无力地躺在她的腿上,像极了一对疲惫的恋人。"我真希望能等到稳定下来再告诉你们。我希望——一切都能变得美好。"

老爹说:"那就是说,奶奶情况不好吧?"

老妈抬起头,眼神穿过山谷的远方。"奶奶去世了。"

一时间,大家都静静地看着她。老爹问:"什么时候的事?"

"就在昨晚,他们让我们停车之前。"

"所以你不想让他们来检查车。"

"我怕我们穿不过沙漠。"她说,"我对奶奶说,我们帮不了她了。我们全家需要穿过沙漠。她快要不行时,我这么跟她说的。我们不能在沙漠中就这样停下来,还有孩子们——还有罗莎肚子里的宝宝。我都告诉了她。"老妈用手遮住了脸,过了一会,她说:"她会被安葬在一个美丽的、绿意盎然的地方。"她轻声继续说道,"周围有树木的好地方。她最终能在加利福尼亚得到安息。"

家人带着一丝恐惧,却满怀敬畏地看着老妈,为她的坚强和决断所震撼。

汤姆说:"天啊,你整晚都陪着她!"

"全家都需要穿过沙漠。"老妈带着痛苦的语气说。

汤姆靠近,本想把手放在她的肩上。

"别碰我。"老妈说,"如果你不碰我,我就能保持坚强。一旦你碰我,我就要崩溃了。"

老爹说:"我们得继续走了,我们得往山下走了。"

老妈抬起头看向他:"我——我可以坐在前面吗?我不想再回到后面去了——我实在太累了,我真的非常累。"

随后,他们都重新爬到车顶的行李堆上,绕过那个被毯子小心覆盖、整齐包裹的僵硬身体。尽管连头部也被毯子遮住,他们还是能感觉到那里有什么。他们各自找到了自己的位置,尽量不去注视那毯子下的形状——避免看到那似乎是鼻子的凸起,或那似乎预示着下巴的轮廓。尽管他们努力转移视线,但目光总是不自觉地回到那里。露丝和温菲尔德挤在前排的角落,尽可能远离那具尸体,但却不自觉地凝视着被包裹得整整齐齐的身形。

露丝低声说:"那是奶奶,她死了。"

温菲尔德庄重地点了点头:"她一点都不呼吸了。她真的走了。"

## 第十八章

罗莎轻声对康尼说:"她去世的时候,我们在——"

"我们怎么能确定呢?"康尼试图安慰她。

艾尔爬上行李,为老妈腾出了座位。艾尔的情绪复杂,一方面他试图保持自尊,另一方面他内心深受打击。他重重地坐下,紧挨着凯西和约翰伯伯。"嗯,奶奶已经年老了。大概她的时间到了吧。"艾尔说,"毕竟,每个人最终都会离开。"凯西和约翰伯伯转过头,面无表情地盯着他,就像在看一株能说话的奇异植物。"不是这样吗?"艾尔追问。他们转开了目光,让艾尔感到一种被遗弃的孤独感和震惊。

凯西惊叹地说:"她整整一夜都独自一人。"他继续说,"约翰,这样伟大的爱——真让我感到恐惧,让我感到自己的渺小。"

约翰问道:"这算是一种罪过吗?你觉得这之中有什么是罪过吗?"

凯西震惊地转过头,回答说:"罪过?没有啊,这事里面没有任何罪过。"

"我做过的每件事都不是无罪的,"约翰说,他的目光落在那长长的、被包裹的身体上。

汤姆、老妈和老爹坐在前座。随着汤姆启动卡车,重重的卡车缓缓移动,发动机喷着气,卡车颠簸着沿着山坡路段前进,发出嘎吱声。太阳从他们身后升起,前方的山谷在阳光的照射下一片金黄而充满生机。老妈缓缓摇头,说道:"真美,希望他们也能看到。"

"我也这么希望。"老爹说。

汤姆轻拍着他手下的方向盘。"他们年纪太大了。"他说,"看不到这些了。爷爷可能只能想象当他年轻时他看到的印第安人和草原。奶奶则会回忆她最初的家。他们年纪太大了,真正能看见这里景色的,是露丝和温菲尔德。"

老爹说:"汤姆,你这话说得像个成年人,简直像个牧师。"

老妈带着一丝悲伤的笑容说:"确实是。汤姆长大了——长得太快,有时我都跟不上他了。"

他们继续沿着蜿蜒曲折的山路下行,山谷时而消失,时而又重新出现。山谷温暖的气息扑面而来,夹杂着炙热的绿草、树脂和鼠尾草还有焦油草的味道。路边的蟋蟀发出窸窸窣窣的声音,一条响尾蛇横穿道路,汤姆不小心撞上了它,留下它的残破躯体在地上扭曲挣扎。

汤姆说:"我想我们需要去找验尸官,不管他在哪里。我们必须确保奶奶能得到体面的安葬。老爹,我们还剩下多少钱?"

"差不多四十块钱。"老爹说。

汤姆笑了笑。"天啊,看来我们要重新开始了!我们确实没带什么过来。"他笑了一会儿,随即脸色变得严肃,将帽檐拉得低低的,遮住了眼睛。卡车继续沿着山路下滑,进入了广阔的山谷之中。

# 第十九章

加利福尼亚,这片曾经属于墨西哥的土地,原本是墨西哥人的领土。但后来,一批怀着热烈梦想的美国人拥入了这里。他们对土地的欲望强烈至极,以至于不惜一切代价夺取了这些土地——窃取了萨特的土地、格雷罗的土地,他们通过各种手段获取土地,然后将其分割,围绕这些土地争吵不休。这些被热情和贪婪驱动的人用武力守护着他们夺取的土地,建立起房屋和谷仓,在这片土地上耕种,将其据为己有,占有后他们就有了土地所有权。

墨西哥人是软弱无力的,他们无法与美国人那种对土地近乎疯狂的渴望抗衡,他们逃走了。

随着时间的推移,那些最初的侵占者变成了土地的合法拥有者;他们的孩子和孙子在这片土地上成长,那种对土地、水源、土壤以及上方的蓝天的原始饥渴逐渐消失。他们完全拥有了这一切,以至于再也不会感到渴望。他们不再因梦想拥有一块肥沃的土地和一把闪亮的耕犁而心痛,不再为了播种和风车的旋转而心潮澎湃。他们不再在夜深人静时起床，倾听瞌睡鸟的早鸣和绕房而吹的晨风，不再渴望迎接第一缕阳光去探望心爱的土地。这一切都已消失，作物被用钱来衡量，土地按本金加利息来估值，作物在种下之前就已经被卖出。那时，作物的损坏、干旱或洪水不再是生活中生命消逝的象征，而仅仅成了金钱上的损失。爱因金钱而变得稀薄，所有的热情在利息中消散，直到他们不再是农民，而变成了作物的小零售商，成了那种必须先销售才能生产的小生产者。那些不擅长做生意的农民，最终将土地丢给了擅长经营的商人。无论一个人在土地和种植方面有多聪明、多热爱，如果他不是一个好的商人，就难以生存。随着时间的流逝，商人们成了农场的主人，农场规模变得更大，但数量却减少了。

随着时代的变迁，农业逐渐变为一种产业，土地的所有者们仿佛在不自觉中追随着古罗马的脚步，他们引入了"奴隶"，尽管他们并不将这些人直接称作奴隶，他们称之为"劳工"。这些劳工来自中国、日本、墨西哥和菲律宾，他们的生活据说只需米饭和豆子就足够了。商人们认为，这些劳工不需要多少工资，他们也不懂得如何管理较高的收入。只需看看他们的生活方式，看看他们的饮食习惯，就能发现这一点。如果这些外来工人的行为变得不受欢迎——那就把他们遣送回国。

同时，农场的规模日益扩大，而真正拥有土地的人却越来越少。那些在土地上辛勤耕作的农民数量也在减少。引进的劳工遭到殴打、恐吓，生活在被饿死的边缘，直到其中一些人选择返回自己的国家，而另一些因为反抗而被杀害或被驱逐。这一过程中，农场继续扩大，拥有它们的人却越来越少。

作物的种植方式经历了巨大的变化。原本以种植粮食为主的田地，现在被果树和各种蔬菜所占据，这些蔬菜布满了低洼的土地，包括生菜、花椰菜、朝鲜蓟和土豆等——这些都是需要弯腰劳作的农作物。过去，农民可以站着使用工具如镰刀、犁和草叉进行农作；而现在，他们必须像爬行的虫子一样在生菜行间移动，弯着背拖着长袋穿行于棉花田间，或者像做忏悔的人一样跪着通过花椰菜地。

随着时间的推移，农场的所有者不再亲自下地耕作。他们转而在纸上管理农场，他们渐渐忘记了土地的气味和触感，只记得他们拥有土地，只关心因土地带来的盈亏。一些农场变得庞大到难以想象的程度，大到需要一整组簿记员来管理财务，需要化学家来测试和改良土壤，以及监工来确保弯腰劳作的工人在以他们身体承受极限之速度在田间移动。在这样的发展下，一些农场主转型成为店主，开设了商店。他们向工人支付工资，并在自己的店内卖给他们食物，然后再收回钱。后来，一些农场主甚至停止支付工资，改为通过记账的方式提供食物。这样，一个人即便辛勤工作并试图自给自足，到头来可能还会发现自己欠着公司的钱。最终，许多农场主不仅不亲自耕作土地，有的甚至从未见过自己所拥有的农场。

随着西部的吸引力增加，来自各地的人们——包括堪萨斯、俄克拉荷马、得克萨斯、新墨西哥、内华达和阿肯色的家庭和部落纷纷踏上了前往西部的旅程。他们被严酷的风沙和无情的拖拉机赶出了家园，成群结队地移动，无家可归、饥肠辘辘；人数从两万到五万，再到十万、二十万不等。他们跨越山脉，带着饥饿和不安，他们的焦躁如同蚂蚁般强烈，急迫地寻找任何可以支撑生活的工作——扛、推、拖、捡、割——无论什么工作都可以接受，只要能换来食物。他们的孩子总是处于饥饿状态，他们居无定所，他们就像蚂蚁一样，总是在急切地寻找工作、食物，最重要的是寻找一片属于自己的土地。

我们不认为自己是外来者，如果追溯到七代以前，我们都是美国人,再往前追溯,我们的祖先来自爱尔兰、苏格兰、英格兰和德国。我们中的一些人曾参加过革命战争,而在南北战争期间,不论是北方还是南方,我们许多人都参与其中,所以我们是美国人。

我们的祖先面临着饥饿和艰苦,但他们坚韧不拔。他们希望寻找一个可以称之为家的地方,却遭到了排斥和仇恨。尤其是被称为俄克佬的人,遭到了地主的憎恨。地主之所以讨厌他们,是因为地主们感到自己的地位不稳——他们柔弱,俄克佬强悍;他们饱食终日,而俄克佬饥肠辘辘;地主们害怕,因为他们知道如果一个人饥饿、强悍且手持武器,夺走一个弱者的土地将会是多么的容易,就像多年前,他们的祖先从墨西哥人手中夺取土地那样。这就是为什么地主们讨厌他们。在城镇里,店主们也对俄克佬持有敌意,因为他们没有钱消费。对于店主来说,没有比这更直接的方式来表达他们的轻蔑了,而他们对付费顾客的钦慕却恰恰相反。镇上的人们,包括小银行家们,都讨厌俄克佬,因为他们觉得从俄克佬身上得不到任何利益,他们一无所有。而普通的劳动者对俄克佬的敌视,则是因为饥饿的人必须接受工作,这意味着雇主可以以更低的工资聘请他们,因此,没有人能从这种局面中获益。

成千上万的人,失去了土地,纷纷拥入加利福尼亚。二十五万人,三十万人。在他们的背后,是新式拖拉机在土地上耕作,迫使佃农们离开他们世代耕种的土地。一拨又一拨的新移民,在路上奔波,这些人被剥夺了财产,失去了家园,他们变得性格坚韧、目标明确,甚至带有危险。

与此同时,加利福尼亚的居民拥有着众多的欲望:财富积累、社会地位、休闲娱乐、奢侈享受,以及新型的金融资本。但对于那些新来的野蛮人,他们的需求远比这简单,他们仅仅需要两样东西——土

## 第十九章

地和食物；在他们眼中，这两者是生存的基础。加利福尼亚人的渴望似乎模糊且无形，而那些失去一切的俄克佬，则有着具体而迫切的需要，他们的需要显而易见，他们渴望的就是广阔的土地、丰饶的田野，他们希望能够亲手触摸那肥沃的土壤，感受那草地的芬芳，咀嚼着燕麦茎，直到品尝到那浓烈的甜味。他们仅仅看一看某片休耕的土地，脑海中就能想象着自己弯曲的背影和辛勤的双手将会在那片土地上种出迎向阳光的卷心菜、金黄色的玉米、萝卜和胡萝卜。

想象一位无家可归且饥饿的男人，他驾车前行，身边是他的妻子，他瘦弱的孩子们坐在后座。他们经过的土地，虽未耕种，却有能力产出食物，尽管这并不会带来任何利润。这位男人深知，任何一片未被耕耘的土地，对于他那需要营养的孩子来说，都是一种罪行。他驱车前行，对每一块经过的土地都心生渴望，希望能够占为己有，让这些土地养育他的孩子，并给予他的妻子最起码的安慰。这样的诱惑一直伴随着他，每一片土地都在挑战他的意志，每一个拥有充足水源沟渠的公司都在刺激着他的心。

在南方，他目睹了树梢上挂满了金色的橙子，这些鲜亮的果实在深绿色叶子的衬托下显得格外引人注目。守卫们手持霰弹枪巡逻，严防任何人为了一个饥饿的孩子摘下一颗橙子。如果橙子的市场价格不够高，这些满树的橙子甚至会被视为无用，被丢弃而不是分发给那些需要的人。

男人开着他那辆破旧的车，来到了一个小镇，希望在当地的农场找到一份工作。我们今晚能在哪里过夜？

河边有个胡佛村，那里住着很多俄克佬。

他驱车直奔胡佛村。从此以后，他就再也没有提出过住宿的问题，因为几乎每个小镇附近都会有类似的胡佛村。

这个临近水边的破旧小镇，住处都是些帐篷、用杂草和茅草做的围栏、纸质房屋以及堆积如山的废弃物。男人带着他的家人进入胡佛村，很快就成了那里的一分子——类似这样的地方总被称作胡佛村。如果可能，他会尽量在水边搭建自己的帐篷；如果没有帐篷他就会去垃圾场找一些纸板箱，搭建起一个临时的纸房子。可是一旦下雨，这些纸质的住所就会被雨水淋湿，倒塌，被冲走。他在胡佛村定居下来，在乡下到处找工作，他那点工资都用来买找工作时开车用的汽油了。晚上，男人们聚在一起聊天。他们蹲在地上，谈论着他们所看到的土地。

在我们这边往西的位置，有三万英亩土地，就在那荒废着。唉，想象一下，如果其中的五英亩是我的，我都能做些什么！天啊，我肯定能种出足够的食物来。

你们有没有注意到，这些农场里没有种植任何蔬菜，也没有养鸡或猪？他们专注于种植单一作物，像是棉花、桃子或是生菜。而有的农场则全部养鸡。他们本可以在家门口种的东西，但是他们却要买。

哦，如果我能养几头猪就好了！

可惜，养了也不属于你，也永远不会是你的。

那我们该怎么办呢？孩子们不能在这样的环境下长大。

在营地里，总有人会悄悄传播消息，说沙夫特那边有工作机会。夜幕降临，人们匆忙地准备出发，公路上车流如织，简直是找工作的淘金热。到了沙夫特，你会发现那里的人数是工作机会的五倍。为了一线寻找工作的希望，他们在夜里偷偷地离开，沿着公路寻找那些可能带来食物的土地，心中满是对未来的渴望和不安。

这块地已经有主了，不属于我们。

好吧，或许我们可以得到那么一小块土地。那么一小块——就在那片草地上，现在那里长满了曼陀罗。天啊，如果我能在那小块地里种上土豆，就足以养活我的家人了！

但那块地不是我们的，它注定只会长满曼陀罗。

偶尔还是会有人试图改变现状。他们悄悄地进入这片土地，清理出一小块地方，像小偷一样尝试从大地母亲那偷取一点丰饶。在这个秘密的花园中，隐藏着新种下的胡萝卜种子和萝卜种子，土豆块茎也被偷偷埋下。他们在夜晚悄悄出动，秘密地耕作这片偷来的土地。

他们留下周围的杂草不动，这样就没人能发现他们在做什么了。他们甚至在中间也留下了一些高大的杂草。

他们到了晚上就进行这种秘密的耕作，用一个生锈的桶来浇水。然而，终于有一天，一位治安警察出现了：你在做什么？

我没有干坏事。

我早就在监视你了。这块地不属于你，你在非法占用私人领地。

这块地从未被耕种过，我没有对它造成任何伤害。

你们这些该死的占地者。很快你们就会开始认为这片地是你们的。你会变得非常固执，认为你有权拥有它。现在，赶快离开这里。

随后，那些刚刚露出土面的小小绿色胡萝卜顶被踢散，萝卜叶也被踩坏了。然后，那些曼陀罗再次占据了这片土地。但是，治安警察的话还是有道理的。种植作物，这本身就象征着对土地的所有权。一旦土地被耕种，胡萝卜被收获吃下，人们可能就会为了这片养育他们的土地而战斗。赶快把他赶走！他会以为这片地是他的，他甚至还可能为了那些曼陀罗间的一小块地而战斗到底。

你有没有注意到，当我们踢开那些萝卜时他脸上的表情？怎能不注意？他的脸上透露出凶狠，眼神好像随时会杀人。我们确实需要警惕这类人。如果不采取措施保护自己，我们很可能会看着我们的土地全部落入他们手中。

没错，他们是外来的，是异乡人。

他们虽然口中说着我们的语言，但他们的生活方式却与我们截然不同。观察他们的生活就可以知道，那种生活方式我们能接受吗？绝对不行！

在傍晚时分的闲谈中，一个情绪激动的男人提出建议：我们这二十人为什么不自行占领一片土地呢？我们有武器。一旦占领，我们就大声宣布，"有本事你们就来把我们赶走"。我们为什么不这样行动起来？

他们会像对付老鼠一样轻松地毙了我们。

那么，你更偏向于哪一种选择？是选择死亡，还是选择留在这里继续生活？是选择被埋在地下，还是选择住在用麻袋搭建的简陋房子里？你希望你的孩子将来如何？是现在就死去，还是两年后死于所谓的营养不良？你知道这一周我们都吃了些什么吗？煮荨麻和油炸面团！你知道我们的面粉从哪里来的吗？那是我们从一辆货车底板上扫出来的。

在营地交谈时，治安警察们来了，他们身形肥硕，肥胖的臀部上拴着枪，他们缓步穿行于帐篷间：我们需要让他们去思考别的事情，必须让他们保持纪律，否则天知道他们会搞出什么事来！天啊，他们就像那些南方的黑鬼一样危险！一旦他们聚集，将无法被轻易制止。

在劳伦斯维尔的事件中，一名治安警察在驱散一名占领者时遭到了抵抗，这迫使警官不得不采取武力行动。在冲突中，占领者的十一岁孩子用一把点二二口径的步枪射杀了这名治安警察。

我们要像警惕响尾蛇一般，不要与他们冒不必要的险。如果他们试图反抗，先行动。如果连孩童都可能成为杀手，那成年人又能做出

## 第十九章

什么呢？关键在于我们需要展现出比他们更加坚决的态度，要对他们采取强硬的手段，让他们感到害怕。

如果他们无所畏惧怎么办？如果他们勇敢地站起来，迎难而上，毫不退缩怎么办？这些男人从小便与武器为伍，枪械成了他们自我意识的一部分。如果他们心无畏惧，如果有一天，他们如同昔日伦巴第人占领意大利，如同日耳曼人横扫高卢，如同土耳其人征服拜占庭那般，群集成军，向这片大地发起挑战呢？他们同样渴望土地，尽管武装不足，但即便是军团也难以阻挡他们的脚步。屠戮与恐吓亦不能使他们止步。你怎么可能让那个饥肠辘辘的人，那个不仅为自己狭窄的胃囊担忧，更为他孩子们挨饿而烦恼的人感到害怕呢？你无法吓唬他——他已经面对了超越一切的恐惧。

在胡佛村，男人们交谈着：我的祖父是从印第安人手中夺得他的土地的。

不，这样不对。我们应当清楚我们在谈什么。你们所说的，归根结底，是盗窃。但我不属于小偷之列。

你不是吗？你前天晚上从一家门廊上偷走了一瓶牛奶。你还偷了些铜线，卖掉又买了一块肉。

确实如此，但孩子们饿了。

但这就是偷窃行为啊。

你知道费尔菲尔德牧场是怎么来的吗？我来告诉你。那本来是政府的土地，任人占据。老费尔菲尔德，他闯进旧金山的一个酒吧，拉来了三百个无家可归的人。这些人占据了那块地。费尔菲尔德提供给他们食物和威士忌，等到他们对土地拥有了所有权后，他就从他们手中夺走了土地。他常说，那片土地是他以每英亩一品脱威士忌换来的。你认为这算偷窃吗？

嗯，这的确不对，但他从未因此被关进监狱。

没错，他从未因此入狱。那个把船放在车顶，并声称因为他坐船所以一切其他东西都是在水下的人——他也没有进过监狱。那些向国会议员和立法机关行贿的人也都没进过监狱。

在整个州的胡佛村里，人们对此议论纷纷。

随后是突袭——武装警察对占地者营地的突袭。走吧，这是卫生部的命令。这个营地威胁到了公共健康。

那我们该去哪里呢？

这与我们无关。命令已下，我们必须将你们从这片土地上赶走。半个小时后，我们将放火烧了这个营地。

沿途疾病横行，伤寒四起。难道你们愿意看到它的蔓延吗？

我们接到命令，你们必须离开这里。半个时过后，我们将会放火烧了营地。

半个小时之后，纸质小屋和茅草屋的烟雾已融入云端，人们驾车行驶在高速公路上，四处寻找下一个避难所。

在堪萨斯州、阿肯色州、俄克拉荷马州、得克萨斯州和新墨西哥州，拖拉机如同战马般驱逐着佃农们离开他们的家园。

加利福尼亚迎来了三十万流离失所的人，还有更多人在途中向这片土地拥来。加州的道路上，满是惊恐与绝望的人群，他们争先恐后，像是被惊扰的蚂蚁群，拖拉、推移、扛抬、劳作。对于每一样能够搬起来的物品，总有五双手伸出来想要承担重量；对于每一份能够被分享的食物，总有五张嘴等待着喂食。

在这动乱的世界里，那些掌握着广袤土地的大地主注定会失去他们的领地。这些大地主接触过历史，他们以洞悉的眼光审视历史的深层，深知那个被重复证明的伟大真理：当财富积累在寥寥数人之手

## 第十九章

时,终将引发剥夺之风暴。他们深知那个事实:当绝大多数人陷入饥寒交迫的绝境时,他们必将发起武力,夺回生存的权利。他们深知那个贯穿历史长河的低语:压迫只会使被压迫者更加坚韧,更加团结。然而,这些大地主对这三个真理和事实视而不见,他们的土地逐渐集中于更少的人手中,使得流离失所者的队伍日益壮大,他们的每一举措都只是加深了压迫。他们将金钱投入到武器的配备,用以守卫他们浩瀚的领地;他们派出间谍,去捕捉那些反叛的低语,以扼杀希望于萌芽。他们无视经济的变迁,忽略变革的计划;他们只是一味追求压制反抗的手段,而忽略了反抗的根源。

那些将人们从其岗位上驱逐的机器,拖拉机、运输车、各式生产机械的数量与日俱增,越来越多的家庭在高速公路上流离失所,他们渴望能在路边找到一片属于自己的土地。大地主们成立了保护组织,他们商讨恐吓、屠杀、使用毒气这些手段。他们深感恐惧的是一个可能性——三十万受苦的人民,一旦团结在一个领袖之下,他们的统治就将宣告终结。这三十万饥饿与痛苦的人,如果认清自己的力量,那么全世界所有的毒气和步枪也无法阻挡他们夺回土地的决心。而那些凭借自己的占有而自视超然却又不免俗世的大地主们,正在用自己的手段走向自我毁灭的边缘。每一个微小的手段,每一次冷酷的暴力行径,每一次对胡佛村的突袭,以及每一个在营地的废墟中大摇大摆巡视的治安警察,都无形中将那不可避免的日子推迟,同时也更坚实地铸就了其必然到来的命运。

男人们蹲在地上,他们的面庞刻画出生活的严酷,他们的身形因饥饿而消瘦,他们的眼中透露出由于对饥饿不屈的抗争而生出的坚韧,他们目光阴郁,下巴紧绷。肥沃的大地环绕在他们周围。

你听说第四个帐篷里的那个孩子了吗?

没有，我才刚到。

那孩子睡觉的时候一直在哭闹，在地上打滚。他家人以为他身体进了虫子，便给他吃了驱虫药，结果他没能撑过去，死了。孩子实际上是得了所谓的"黑舌病"，都是因为长期缺乏营养。

可怜的孩子。

是啊，但他们连埋葬他的地方都没有，只能把他送到石头坟园埋了。

那真是一场悲剧。

人们把手伸入口袋，轻轻取出几枚硬币。在帐篷前，一堆小小的硬币逐渐累积，孩子的家人们看到了。

我们的人民本性善良；我们的人民心地纯净。愿上帝保佑，有朝一日，善良之人不再全部是贫穷之身。愿上帝保佑，每一个孩子都能饱腹。

地主们心知肚明，终将有一天，祈祷将会停止。

到那时，一切终将结束。

## 第二十章

一家人坐在车顶,孩子们、康尼、罗莎和牧师,都全身僵硬地挤在一起。他们在贝克斯菲尔德的验尸官办公室前顶着烈日坐着,老爹、老妈和约翰伯伯走了进去。然后,一个抬尸架被抬了出来,奶奶裹着的尸体从卡车上被运了下来。他们就在太阳底下坐着,等着查清死因,签上证明书。

艾尔和汤姆沿街走着,他们往商店的橱窗里看,看着人行道上的陌生人。

最后,老爹、老妈和约翰伯伯出来了,他们都很低沉,很安静。约翰伯伯爬上了行李堆,老爹和老妈坐在了车前边的座位上。汤姆和艾尔逛了一圈回来,汤姆坐到了驾驶位。他静静地坐在那里,等待着指示。老爹直直地看着前方,他把黑帽子拉得很低。老妈用手指揉着嘴角,眼睛茫然地望着远方,疲倦得要死。

老爹深深地叹了口气。"我们把能办的事都办到了。"他说。

"我知道。"老妈说,"不过,她想要一个隆重的葬礼,她一直都想要一个。"

汤姆斜眼看着他们。"是埋在坟地吗?"他问。

"是啊。"老爹迅速摇了摇头,仿佛想让自己回到现实。"我们的钱不够,我们这样做不到。"他转向老妈,"你不必难过,无论我们多么努力,无论我们做了什么,我们都做不到,我们就是没有钱。防腐,棺材,牧师,还要买墓地里的一块地,那得花我们现在剩的钱的十倍的钱才行,我们已经尽了最大的努力。"

"我知道。"老妈说,"我就是忘不了她是多么渴望一场隆重的葬礼,只能忘了它吧。"她深深地叹了口气,揉了揉嘴角。"那个小伙子人挺不错的,他虽然很专横,但人很好。"

"是的。"老爹说,"他对我们直言不讳。"

老妈用手把头发往后梳,她的下巴紧绷着。"我们得走了。"她说,"我们得找个地方住。我们得找份工作,安定下来。不能让这些小家伙挨饿啊,那从来不是奶奶的作风,她之前总是在别人葬礼上美餐一顿。"

"我们去哪儿?"汤姆问。

老爹举起帽子,抓了抓头发。"找个营地。"他说,"在我们找到工作之前,我们不能花光我们剩下的那点钱了,我们开车到乡下去吧。"

汤姆发动了汽车,他们穿过街道,向乡间开去。在一座桥旁,他们看到了一堆帐篷和棚屋。汤姆说:"我们就在这停下吧,看看这里的人在做什么,工作都在哪里。"他把车开下一个陡峭的土坡,停在营地的边上。

这个营地里没有秩序。灰色的小帐篷、棚屋、汽车到处排放。第一所房子简直无法用语言形容。房子的南墙是用三片生锈的波纹铁皮拼成的，东墙是用一块发霉的方地毯夹在两块木板之间做成的，北墙是一条油毡和一条破帆布，西墙是六块麻袋布。在屋子方形架构上堆满没有修剪过的柳树枝和茅草，堆成了一个低矮的小丘。在放麻袋的那一边是入口，杂乱地堆满了工具，一个五加仑的煤油罐被用来当炉子用，它是侧着放的，一头插着一段生锈的排烟管。一口洗衣锅靠在墙上，还有一堆箱子，可以用来坐着，也可以用来当桌子吃饭。一辆福特T型轿车和一辆双轮拖车停在棚屋旁边，营地周围呈现出一幅邋遢又绝望的景象。

小屋旁边有一顶小帐篷，虽然已风化成灰色，但支得整整齐齐。它前面的箱子靠着帐篷的墙堆放着。门缝里伸出了一个排烟管，帐篷前的泥土被清扫过了，还洒过了水。一个箱子上放着一桶在水里泡着的衣服。这个小帐篷整洁有序，一辆A型敞篷跑车和一辆自制的小拖车停在帐篷旁边。

接下来是一个巨大的帐篷，破烂不堪，有的地方被撕成一条条的，还用线缝补起来。帐篷的门帘敞开了，可以看到帐篷里面有四个宽大的床垫放置在地上，旁边挂着一条晾衣绳，上面挂着粉红色的棉质连衣裙和几条工装裤。营地里有四十个帐篷和棚屋，每个住所旁边都有一辆汽车。排列着的帐篷那头有几个孩子站在那里，盯着刚来的卡车，然后朝它走去。这些小男孩穿着工装裤，光着脚，头发上面满是灰尘。

汤姆停下卡车，看着老爹。"这里看起来不太好。"他说，"去别的地方吗？"

"我们要先知道这里是哪里，再去别的地方。"老爹说，"我们得问一下哪里有工作。"

汤姆打开车门走了出去。其他人也从行李堆上爬下来，好奇地看着营地。露丝和温菲尔德按照一路上的习惯,放下水桶,向柳树边走去,因为那里可能有水。排成一排的孩子为他们让路,他们过去后,又排到一起。

第一间棚屋的门帘打开了,一个女人在向外张望。她灰色的头发被编成了辫子,她穿着脏兮兮的带有花图案的长罩衣,她的脸干瘪而呆滞,空洞的眼睛下面有深灰色的眼袋,嘴周也是松松垮垮的。

老爹说:"我们能随便找个地方停下来露营吗?"

那个女人把头又缩了进去。一阵寂静之后,门帘被掀了起来,一个穿着衬衫的大胡子男人走了出来。那个女人在他后面往外看,但她没有出来。

大胡子男人说:"你们好,伙计们。"他那不安的黑眼睛望着乔德家每个人,目光又从他们身上转移到卡车上,又到他们带的行李上。

老爹说:"我只是问你的妻子,我们能不能安顿在这里。"

大胡子男人目不转睛地看着老爹,好像他说了什么很有智慧的话,值得深思。"你们想在这里找个地方安顿下来吗?"他问。

"当然。这地方是谁的,我们在扎营前需不需要见他一下?"

大胡子男人眯起一只眼睛,眯得都快闭上了,他打量着老爹。"你们想在这里住下吗?"

老爹有些生气了,那个灰色头发的女人从粗麻布棚子里往外看。"你以为我在说什么?"老爹说。

"好吧,如果你想在这里扎营,为什么不行呢?我不会阻止你们的。"

汤姆笑了。"他明白了。"

老爹更生气了。"我只是想知道这块营地有主人吗?我们要付钱吗?"

## 第二十章

留胡子的男人伸出下巴。"主人是谁?"他问道。

老爹转过身去。"见鬼去吧。"他说。那女人的头又缩回去了。

那个留胡子的男人威吓地走上前来。"这地到底是谁的?"他又问道,"谁会把我们赶出去?你就告诉我吧。"

汤姆走到老爹面前。"你最好去好好睡一觉。"他说。留胡子的男人张着嘴,用一根脏手指抵着下牙龈。他继续用睿智、思索的神情看了汤姆一会,然后转身,快速走进了棚屋。

汤姆转向老爹。"那到底是怎么回事?"他问。

老爹耸了耸肩,他望着营地的另一边。一个帐篷前停着一辆旧别克车,车头没了。一个年轻男人正在磨阀门,他用工具前前后后地扭着,他抬头看了看乔德家的卡车。他们看得出这个男人在暗自发笑。留胡子的男人走后,年轻男人放下手头的工作,踱步走了过来。

"你们好啊。"他说。他的蓝眼睛闪烁着快乐的光芒。"我看你们刚见了梅厄。"

"他到底怎么了?"汤姆问。

年轻男人咯咯地笑了。"他跟你我一样都是疯子。也许他比我更疯一点,我不知道。"

老爹说:"我只是想问他我们能不能在这里住下。"

那个年轻男人在裤子上擦了擦油腻的手。"当然。为什么会不行呢?你们是刚穿过沙漠吗?"

"是的。"汤姆说,"我们今天早上刚到。"

"从来没来过胡佛村?"

"胡佛村在哪里?"

"这就是啊。"

"哦!"汤姆说,"我们刚到这。"

温菲尔德和露丝一起提着一桶水回来了。

老妈说:"我们把帐篷搭起来吧。我累坏了,也许我们都可以休息一下。"老爹和约翰伯伯爬上卡车,把帆布和床搬了下来。

汤姆慢悠悠地走到那个年轻男人身边,跟着他走到他正在修理的那辆车的旁边。磨阀门的支架放在外面,一个黄色的罐子放在真空箱的顶部,罐子里也装着磨阀门用的某种化合物。汤姆问:"那个留胡子的老家伙到底是怎么回事?"

年轻男人拿起他的支架继续工作,他前后扭动支架,在阀门座上磨着阀门。"梅厄?谁知道,我猜他可能是傻透了。"

"为什么说是傻透了?"

"我猜可能是因为警察总是追着他到处跑,他到现在还没缓过神来吧。"

汤姆问:"警察为什么要那样追他?"

年轻男人停下手中的活,看着汤姆的眼睛。"谁知道呢,"他说,"你们刚来这,也许你们能弄明白吧。有些人是一种说法,有些人又是另一种说法。不过,你只要在这地方住上一段时间,你就会知道治安警察驱赶你的频率有多快了。"他拎起一个阀门,在阀门座上涂上化合物。

"但这到底是为了什么?"

"我告诉你,我不知道。有些人说他们不想让我们投票,让我们一直奔波,这样我们就不能投票了。有人说,他们这么做是为了让我们不能得到救济。还有人说,如果让我们在一个地方安顿下来,我们就会组织起来反抗。我不知道为什么,我只知道我们总是得一直走,你们等着看吧。"

"我们不是流浪汉。"汤姆坚持说,"我们在找工作,我们接受任何工作。"

年轻男人正在把支架装到阀门槽上,这时,他停了下来,他惊讶地看着汤姆。"找工作?"他说,"你们在找工作啊,那你们认为其他人在找什么?钻石吗?你以为我累死累活是在找什么?"他前后扭动着支架。

汤姆环顾四周,看了看肮脏的帐篷、破烂的用具、老旧的汽车、太阳下凹凸不平的床垫,看了看被熏黑的厨灶上面做饭用的黑乎乎的罐子。他小声地问:"难道这儿没有工作吗?"

"我不知道,可能有吧。这里现在没有庄稼,葡萄之后才能摘,棉花也得等等才能摘。我们磨完阀门就要继续前进了,我和我的妻子还有我的孩子一起走。我们听说有人在北边干活,我们就往北走,去萨利纳斯附近。"

汤姆看见约翰伯伯、老爹和牧师把防水帆布挂在帐篷杆子上,老妈跪在帐篷里,把床垫在地上铺好。一群孩子安安静静站成一圈,看着这个新家庭安顿下来,这些孩子光着脚,脸脏脏的。汤姆说:"在我们家乡,有些人拿着传单过来——是橙色的传单,他们说这里需要很多人来收庄稼。"

年轻男人笑了。"他们说这里有三十万人,我敢打赌,这里所有人都见过那张传单。"

"是啊,可是如果他们不需要人,他们费那么大劲把这些传单印出来干什么呢?"

"动动脑子,为什么不好好想想呢?"

"嗯,但是我想快点知道。"

"看。"年轻男人说,"假如你有一份工作需要招人,而只有一个人想得到这份工作,那你得照他说的付。不过,假如有一百个人要工作呢。"他放下了工具,目光凝重,声音尖厉起来。"假如有一百个人想要那份工作,假如他们都有孩子,孩子饿了,再假如一毛钱能给孩子们买一盒粥,五分钱至少也能给孩子们买点东西。你有一百个这样的人选,只要给他们五分钱一小时的工资,他们就会为了那五分钱拼命争夺的。知道他们给我们一份工作多少钱吗?我的上一份工作,一小时一毛五。十个小时才一块五,你还不能住在那里,要到工作地还需要消耗汽油开车才行。"他气得喘不过气来,眼睛里闪烁着仇恨的光芒。"这就是他们发这么多传单的原因了,雇人在地里干活,每小时付一毛五的工钱,省下的钱可以印出一大堆传单来。"

汤姆说:"这真的太无耻了。"

年轻男人严肃地笑了起来。"你们在这边待上一段时间,如果能找到工作,也介绍给我。"

"但他们总有工作吧。"汤姆坚持说,"天啊,还有这里正在生长的东西:橙子、葡萄、蔬菜——我看见了。他们肯定需要人啊,我看到了这些东西。"

一个孩子在汽车旁的帐篷里哭了,年轻男人走进帐篷,他的声音轻轻地透过帆布传了过来。汤姆拿起支架,把它塞进阀门的凹槽里,然后扭起来,他的手前后快速移动着。孩子的哭声停止了,年轻男人走了出来,看着汤姆。"你可以当修理工。"他说,"真不错,你修东西很不错。"

"我说的怎么样?"汤姆继续说,"我看到这里生长着好多东西。"

那个年轻男人蹲着说:"我来告诉你吧。"他平静地说,"我之前在一个大桃园工作,一整年都只需要九个人。"他停顿了一下,"在桃子成熟的时候,他们需要三千人干那么两个星期,一定要这样,否则桃子会烂的。那他们怎么办呢?他们把传单发遍了各地。他们需要三千人干活,而他们招到了六千人,他们想付多少钱就付多少钱。如果你不想接受他们开的工资,哦,他们还有一千个人在等着干活呢。所以你只能去摘桃子,一直摘桃子,直到摘完,整个国家的桃子,都一起成熟了。当你摘完桃子的时候,其他地方的桃子也摘完了,在那个地方没有任何别的工作可做了。然后,这里的地主就不想让你们再待在那里了,你们有三千个人啊。工作完成了,你们可能会偷窃,可能会喝醉,还可能会大吵大闹。再说,你们住在破帐篷里,看上去也不好看。这是个美丽的地方,可你们却把它搞得一团糟。他们不希望你们留下来,所以他们会把你们赶出去,让你们走,就是这样。"

汤姆低头朝自己家的帐篷看了看,只见老妈疲惫不堪,步履蹒跚地用垃圾生起了一小堆火,把锅放在火上。营地里的孩子们围成一圈走过去,孩子们安静地睁大眼睛注视着老妈双手的一举一动。一个弯腰驼背的老头儿像獾一样从帐篷里出来,一边偷偷看一边走过去,嗅着煮饭的味道。他把胳膊放在身后,和孩子们一起看着老妈。露丝和温菲尔德站在老妈身边,用敌对的目光看着这些陌生人。

汤姆生气地说:"桃子要马上摘,是吗?等它们熟了就摘?"

"当然。"

"好吧,假如这些人聚在一起说,'让它们烂掉吧!'用不了多久,工资就会上涨,上帝做证!"

年轻男人的目光从阀门上抬起,讥讽地看着汤姆。"好吧,你这是想出了个办法,对吗?用你自己的脑袋想出来的吧。"

"我累坏了。"汤姆说,"开了一整夜车,我不想和任何人争论,我实在太累了,不想吵,别对我耍小聪明,我在问你呢。"

年轻男人咧嘴一笑,说:"我不是那个意思,你没来过这里,人们想到了,桃园的地主也想到了。听着,如果大家聚在一起,那就会有一个领导者——必须会有——一个为这个群体发言的人。那这个群体的领导只要一开口，他们就要抓他，把他关进监狱。如果又出现了一个领导者，他们就再把他关进监狱。"

汤姆说："反正监狱里也有吃的。"

"但他的孩子们没有啊，你愿意被关进监狱，然后眼睁睁看着自己的孩子饿死吗？"

"也是。"汤姆慢慢地说，"是这道理。"

"还有一件事。你听说过黑名单吗？"

"那是什么？"

"嗯，你只要敢张嘴，说让我们聚到一起反抗，你就会知道了。他们会把你拍下来，到处公开你的照片。这样你就找不到工作了，如果你有孩子——"

汤姆摘下帽子，在手里搓了搓。"所以我们只能得到多少工资都认了，嗯，否则我们就饿死了。如果我们反抗，也会饿死。"

年轻男人做了一个扫除的手势，他挥手扫出了一个圈，并试图圈住那破旧的帐篷和生锈的汽车。

汤姆又低头看了看老妈，她正坐在那儿削土豆，孩子们离近了。他说："我不会接受的，该死的，我和我的家人可不是待宰的羔羊，我要把他们踢到地狱。"

"对警察这样？"

"任何人都一样。"

"你疯了。"年轻男人说，"他们会马上把你抓走的。你没有名，没有财产。其他人最终只会在臭水沟里找到你，你的嘴巴和鼻子上都会是干了的血。但在报纸上只会写一行字——知道会是什么吗？'发现一名已死亡流浪汉'，就这些。你还会看到很多这样的一小行字，

'发现一名已死亡流浪汉'。"

汤姆说:"那就让他们和我一起去死。"

"你真是疯了。"年轻男人说,"那样做没有什么好处啊。"

"那么,你们打算怎么办呢?"汤姆看着那张满是油渍的脸,年轻男人的眼睛开始暗沉下来。

"我们也没主意,你是哪里人?"

"我们?我们来自俄克拉荷马州萨里索附近。"

"刚来这里吗?"

"今天来的。"

"要在这儿待很久吗?"

"不知道。哪能找到工作,我们就待在哪里。为什么要问这个?"

"没事。"年轻男人的眼睛又暗沉了下来。

"得睡一觉了。"汤姆说,"明天我们要出去找工作。"

"你们可以试试。"

汤姆转身向自家的帐篷走去。

年轻男人拿起那罐阀门用的化合物,把手指伸了进去。"嘿!"他喊道。

汤姆转过身。"有什么事?"

"我想告诉你。"他的手指沾上了一团化合物,他正试图把它们弄掉。"我只是想告诉你,不要自找麻烦,记得那个傻透了的家伙的样子吗?"

"那个在帐篷里的家伙?"

"是啊——看上去很傻——没脑子?"

"他怎么了?"

"嗯,警察要来的时候,他们什么时候都能来,你就要像那家伙一样。像傻子一样——什么都不知道,什么都听不懂。警察就希望我们是这样的。不要打警察,那和送死没什么区别,一定要装得傻透了。"

"让那些该死的警察随意欺负我,而我什么也不做?"

"不,你听着。今晚我来找你,也许是我说错了。到处都是巡逻的治安警察。我只能碰碰运气,我也有个孩子。但我会来找你的。如果你看见警察,哎,你就假装自己是个傻透了的俄克佬,懂吗?"

"如果我们可以做点什么,那无所谓。"汤姆说。

"别担心,我们正在行动,只是我们不会冒险。小孩子饿得很快,一个孩子只要两到三天就饿死了。"他回到他的工作岗位,把化合物涂在一个阀座上,他的手在支架上快速地来回推拉,神情阴郁而沉默。

汤姆慢悠悠地走回到他家的帐篷。"要装傻充愣。"他压低声音说。

老爹和约翰伯伯朝帐篷走来,手里拿着干柳条,他们把柳条扔到火堆旁,蹲下。"柳枝太难捡到了。"老爹说,"要走很长的路才能捡到。"他抬头看着围成一圈盯着他看的孩子们。"我的天啊!"他说,"你们从哪儿来?"所有的孩子都难为情地看着自己的脚。

"我猜他们闻到了做饭的味道。"老妈说,"温菲尔德,靠边点站。"她把他推开了,"得做点炖菜吃。"她说,"我们从家里一出来就没吃过什么东西。老爹,你去那边的商店买些颈肉,我要在这里做一道美味的炖菜。"老爹站起来,信步走开了。

艾尔把卡车的引擎盖打开,低头看着油腻腻的引擎。汤姆走近时,他抬起头来。"你看起来真是高兴得像只秃鹰。"艾尔说。

"我就像春雨中的癞蛤蟆一样快活。"汤姆说。

"看这引擎。"艾尔指了指,"很不错吧?"

汤姆往里看了看。"我看挺不错。"

"很好是吧?天啊,真的太好了。这车没有漏油,更没有出过什么问题。"他拧开火花塞,把食指插进火花塞的孔里。"结了点皮,不过火花塞是干的。"

汤姆说:"你选车选得不错,你想让我这么夸你是不是?"

"嗯,我确实一路都很紧张,生怕车会出问题,要是出了差错那就是我的错了。"

"不,你这车挑得很好了,最好把车装回去,因为明天我们要出去找工作了。"

"这车能开得很快的。"艾尔说,"你不用担心这个。"他拿出一把小刀,刮着火花塞顶部。

汤姆绕着帐篷走了一圈,发现凯西坐在帐篷外面的地上,正打量着自己的一只光脚。汤姆重重地坐在他旁边。"你觉得还能动吗?"

"什么能动?"凯西问。

"你的脚趾。"

"哦!我就是坐在这儿思考事情呢。"

"你总爱思考,还表现得很享受。"汤姆说。

凯西把他的大脚趾抬起,把第二个脚趾弯下,他静静地微笑着。"对于一个人来说,想要做到能静下心思考就已经够难的了。"

"好几天没听到你说话了。"汤姆说,"你一直想事情吗?"

"是啊,一直在想。"

汤姆脱下他的布帽,帽子现在又脏又破,帽檐像鸟嘴一样尖尖的。他把帽子里的汗带抽出来,取掉了一条长长的折叠好的报纸。"出了太多的汗,帽子都塌了,"他说。他看着凯西摆动的脚趾。"你能不能别想了,听我说一分钟?"

凯西转动他像植物茎秆一样坚硬的脖子,转过头来。"我一直都在听着,这就是为什么我一直在思考。我只要听着人们的谈话,我很快就能听懂他们的感受,我总是这样子。我能听到他们的声音,体会到他们的感受,他们像在阁楼上的鸟一样拍打着翅膀。他们总想飞出满是尘土的窗子,但这也会折断他们的翅膀。"

汤姆睁大眼睛看着他,然后转过身来,看着二十英尺外的一个灰色帐篷。帐篷旁边挂着洗过的牛仔裤、衬衫、裙子。他轻声说:"这就是我要告诉你的,你也已经看到了。"

"我看到了。"凯西同意道,"我们这样的人越来越多了。"他低下头,伸出手慢慢地顺着额头往上摸,然后插进头发里。"我一直都有注意到。"他说,"每次我们停下来,我都注意到了。人们饿着肚子,都想吃猪肋肉,但是买到了也吃不饱。人们饿得受不了的时候,他们就叫我为他们祈祷,有时我也会帮忙祈祷。"他双手紧抱着膝盖,又把腿缩了进去。"我之前还认为这能帮助到他们。"他说,"我之前只要为他们祈祷,他们所有的烦恼就会像苍蝇粘在捕蝇纸上一样也随之而去,烦恼也会被带走,但现在祈祷也没用了。"

汤姆说:"只凭祈祷可得不到猪肋肉,要想得到肉,得先有小猪。"

"是的。"凯西说,"上帝也不能让我们涨工资。这些人想体面地生活,体面地抚养孩子。当他们老了,他们也想坐在门口,看着夕阳西下。当他们年轻的时候,他们想一起跳舞、唱歌、睡觉。他们想要吃,想要喝,想要工作。这就够了——他们只是想甩干膀子干活,让身体疲惫。唉!我到底在说些什么?"

"我不知道。"汤姆说,"听起来不错。但是你觉得什么时候你可以去工作而不是在这里胡思乱想?我们得去工作了,实在没什么钱

## 第二十章

了。老爹花了五块钱买了一块喷漆木板,插在奶奶的坟地上了。我们剩下的钱不多了。"

一只瘦削的棕色杂种狗跑到帐篷边上嗅来嗅去。它很紧张,弓着背跑着。它凑近嗅了嗅,然后又抬起头来,才发现那两个男人,它跳到旁边,跑开了。它的耳朵向后仰着,瘦骨嶙峋的尾巴夹得紧紧的。凯西看着它走了,绕过了一个帐篷,就看不到了。凯西叹了口气。"我帮不了任何人的忙。"他说,"无论是我自己,还是对别人。我想一个人走算了,我吃着你们的食物,占着你们的地方,还什么都回报不了你们。也许我可以找到一份稳定的工作,这样还能还你们的人情。"

汤姆张开嘴,把下巴向前伸,用一根干芥菜秆敲了敲下面的牙齿。他的眼睛凝视着整个营地,看着灰色的帐篷和杂草、铁皮和纸板搭建的棚屋。"真希望我能有袋达勒姆的香烟啊。"他说,"我已经很久没抽过烟了,之前我还能在监狱买到烟草,真希望我能回去啊。"他又敲了敲牙齿,突然转向牧师。"你进过监狱吗?"

"没有。"凯西说,"从来没有。"

"那你先别走。"汤姆说,"现在还不能走。"

"我现在越快去找工作,就越早能找到工作。"

汤姆半闭着眼睛打量着他,然后又戴上了帽子。"瞧。"他说,"这不是像牧师说的那样,会有牛奶和蜂蜜。他们这里的人很刻薄,害怕我们这些人到西部来,所以他们派警察出来,想把我们吓回去。"

"是的。"凯西说,"我知道,但是你为什么问我进没进过监狱?"

汤姆慢慢地说:"你在监狱里的时候——你就能感觉到一些事。人们在监狱不允许在一起说太多话——两个人可以,但一群人就不行了。这样你就对事情有些敏感了。如果有什么人要闹事——比如说,一个家伙发疯了,要拿着拖把对警卫动手——这样,你在事情发生之前就能有感觉。如果他们要越狱或者发动暴乱,不用任何人告诉你,你会很敏感,你能感觉到的。"

"真的吗?"

"先别走了。"汤姆说,"不管怎样,明天再说吧。"有什么事要发生了,我刚刚在和路上的一个孩子说话,他就像土狼一样狡猾又聪明,他太聪明了。这只土狼只关心自己的事,很天真,很可爱,还会找乐子,又不伤害人——嗯,不远处有个鸡窝。"

凯西专注地看着他,想问一个问题,却又紧紧地闭上了嘴。他慢慢地摆动他的脚趾,放松膝盖,把脚伸出来,看着它。"好的。"他说,"我现在先不走。"

汤姆说:"当一群人,一群善良又安安静静的人,假装什么都不知道的时候——一定会有什么事情要发生。"

"我会留在这的。"凯西说。

"明天我们就坐卡车出去找工作。"

"好啊!"凯西说,他上下摆动着脚趾,严肃地看着它们。汤姆靠在胳膊肘上,闭上了眼睛。他听见帐篷里传来罗莎的喃喃声和康尼回应她的声音。

篷布投下了黑色的影子,帐篷两端射出的三角形的灯光非常刺眼明亮。罗莎躺在床垫上,康尼蹲在她旁边。"我应该去帮老妈。"罗莎说,"我试过了,但每次我一动起来就要吐。"

康尼的眼神阴沉了下来。"早知道会是这样,我就不会来了。我在家里学几个晚上拖拉机的知识,再找一份一天三块钱的工作也不错。人们只要一天挣三块钱就能过得很舒服,而且每晚都能去看电影。"

## 第二十章

罗莎看起来忧心忡忡。"你不是晚上想学无线电的知识吗?"她说。他过了好长时间也没回答。"不是吗?"她又问道。

"是的,当然。我很快就能安下心来学习,再挣点钱来。"

她用胳膊肘撑着身子。"你不会就这样放弃了吧?"

"不——不——当然不是。可是——我不知道我们还会住在这样的地方。"

罗莎的眼神变得坚定了。"你必须要学。"她轻轻地说。

"当然。当然,我知道,我得踏实学习,再挣一点钱。但也许待在家乡学拖拉机会更好。他们每天能挣三块钱,而且还能赚到额外的钱。"罗莎的眼神看起来像在思索。当康尼低头看她时,他从罗莎的眼睛里看出了她是在打量自己、猜测自己。"我还是会学的。"他说,"我很快就会行动的。"

罗莎严肃地说:"我们在孩子出生之前就要有一个房子,我们可不能在帐篷里生孩子。"

"当然。"康尼说,"我很快就会行动的。"他走出帐篷,低头看着老妈,她蹲在灌木丛的火堆旁。罗莎在地上翻过身来,盯着帐篷的顶部。然后她把拇指放进嘴里,想堵住嘴,却默默地哭了起来。

老妈跪在火堆旁,掰断小树枝,添到火堆里,让炖锅下面的火不灭掉。火焰一会变大,一会又变小了,反反复复。那十五个孩子静静地站在旁边看着。当炖菜的香味扑鼻而来时,他们的鼻子都微微皱起,闻着菜香。阳光照在满是灰尘的黄褐色头发上。孩子们在那里站着,感到不好意思,但他们也没有离开。老妈轻声地和这一圈孩子中的一个小女孩说着话,她比其他孩子年纪大一些,她单脚站着,用另一只光着的脚背蹭着自己的后腿。她的双臂在背后交叉,用一双灰色的小眼睛注视着老妈。她提出了自己的建议:"阿姨,如果您需要的话，我可以帮您掰点树枝。"

老妈从她手中的活抬起头来。"你想来吃点饭，是吧？"

"是的，阿姨。"女孩肯定地说。

老妈把小树枝塞到锅底下，火焰发出噼里啪啦的声音。"你没有吃早饭吗？"

"没有，阿姨。这附近没有活儿干，我老爹在想办法卖些东西来买汽油，这样我们就能多往前开一会了。"

老妈抬起头来。"你们都没吃早餐吗？"

围成一圈的孩子们紧张地动来动去，把目光从沸腾的锅上移开。一个小男孩得意地说："我吃了——我和我哥哥都吃了——他们两个也吃了，因为我看见了。我们吃得很饱，我们今天晚上要到南边去。"

老妈笑了。"那你不饿了吧，这里的饭不够大家都吃到。"

小男孩噘着嘴。"我们吃得很饱。"他说，说完就转身跑进了一个帐篷。老妈看着他远去，看了很久很久，那个年龄最大的女孩提醒了她。

"火要变小了，阿姨。如果您愿意，我可以帮忙加柴。"

露丝和温菲尔德站在孩子们围成的圈子里，表现得冷漠又端庄，他们在表示着自己才是这锅食物的主人。露丝用冷漠而愤怒的目光看着那个小女孩，随即蹲下来帮老妈掰树枝。

老妈掀开锅盖，用一根棍子搅拌着炖菜。"我很高兴能知道你们有人填饱了肚子，反正那个小家伙不饿了。"

女孩冷笑着说。"哦，他啊！他在吹牛呢，还觉得高高在上。如果他吃了晚饭——您知道他会怎么做吗？昨天晚上，他出来说他们买了鸡肉吃。嗯，他们吃饭的时候我往里看了看，吃的是油炸面团，和别人吃的都一样。"

## 第二十章

"哦!"老妈向下看了看小男孩进的帐篷,她又回头看了看这个女孩。"你来加州多久了?"她问。

"哦,大概六个月吧。我们在一个政府的营地住了一段时间,然后我们往北走,当我们再回到那的时候,那里已经住满了人,但那里真是个适合居住的好地方。"

"是哪里呢?"老妈问。她从露丝手里拿过树枝,往火里添柴。露丝憎恨地瞪着那个年长的姑娘。

"是在韦德派奇,那里有不错的厕所和浴池,你可以在清洗池里洗衣服,而且用水很方便,还有饮用水。晚上人们还会演奏音乐,星期六晚上他们会举行舞会。您肯定从没见过这么好的地方,那里还有孩子玩耍的地方,那儿的厕所都带有纸供人们用。只要把冲水绳拉下来,水就会直接流进马桶里,而且那里也没有警察想什么时候到就什么时候到你帐篷里检查,管理营地的人很有礼貌,还会来拜访你,跟你聊天,而且一点也不趾高气扬,我真希望我们还能再去那里住。"

老妈说:"我从来没听说过这个地方,但我跟你说,我确实需要一个洗衣池。"

女孩兴奋地继续说:"哎,上帝啊,那里的水管里有热水,你到花洒下面冲水,还很暖和,你一定从来没见过这样的住处。"

老妈说:"你是说现在那里都住满人了?"

"是的,我们上次问过,的确住满了。"

"在那里住要花很多钱吧。"老妈说。

"嗯,的确贵,但如果你没钱,他们就让你工作——每周干几个小时,比如打扫卫生、倒垃圾这类的活。晚上会放音乐,大家都在一起聊天,水管里有热水,您一定从来没有见过这么好的住处吧。"

老妈说:"我真希望我们能去那里住下啊。"

露丝突然站起来，她恶狠狠地脱口而出："奶奶就死在卡车上了。"女孩疑惑地看着她。"嗯，的确是死在车上。"露丝说，"她被抬走验尸了。"她紧闭双唇，掰碎了一小堆树枝。

温菲尔德对露丝大胆的攻击眨了眨眼睛。"就在卡车上。"他附和道，"验尸的人把她放在一个大架子上。"

老妈说："你们两个都给我闭嘴，不然就都给我滚开。"随即，她把小树枝扔进火里。

艾尔沿着营地慢慢走到了那个研磨阀门的年轻男人那儿，看着他干活。"看来你要完成了。"他说。

"还差两个。"

"这个营地里有女孩吗？"

"我有妻子了。"年轻男人说，"我没时间和女孩接触。"

"我有的是时间和女孩相处。"艾尔说，"但是我没有时间做别的事。"

"你饿的时候就会改变主意的。"

艾尔笑了。"可能会吧，但我从来没有改变过这个想法。"

"刚才跟我说话的那个家伙，他是你亲戚吗？"

"是啊！那是我的哥哥汤姆，最好别跟他开玩笑，他之前杀过一个人。"

"杀了人？为什么要杀他？"

"因为和他打了一架，那个家伙用刀捅了汤姆，汤姆就用铲子打死了他。"

"真打死了？最后怎么判的？"

"让他走了，因为他只是在打架。"艾尔说。

"他看起来不像个爱吵架的人啊。"

"哦，他不是。可是他不吃别人的那一套。"艾尔的声音里充满了自豪，"汤姆，他看起来安安静静的。但是，一定要注意他的脾气！"

"嗯——我跟他说过话，他说话不像是一个刻薄的人。"

"他的确不是。在他没被激怒的时候，一切都很好，但是一旦被激怒——小心吧。"那个年轻男人在磨最后一个阀门了，"要我帮你把阀门装好，把引擎盖装上吗？"

"如果你没有别的事需要做的话，那就帮我装一下吧。"

"是该睡一觉了。"艾尔说，"但是，该死的，我看到破车就控制不住我的手要修它，就想修好它。"

"好啊，能得到你的帮助我很荣幸。"年轻男人说，"我叫弗洛伊德·诺尔斯。"

"我是艾尔·乔德。"

"很高兴见到你。"

"我也是。"艾尔说，"要用和之前一样型号的垫圈吗？"

"是的。"弗洛伊德说。

艾尔拿出他的小刀，在垫圈上刮来刮去。"天啊！"他说，"我对垫圈的喜爱可比不上对发动机的喜爱。"

"那女孩子呢？"

"是，女孩子也一样！真希望我能拆了一辆劳斯莱斯，再安装回原样。有一次我看了看一辆一九一六年版凯迪拉克的引擎盖里面，天啊，你这辈子从没见过这么漂亮的车！在萨里索——这辆一九一六年版的凯迪拉克就停放在一家餐馆门前，然后我就掀起了引擎盖。一个人出来说：'你在搞什么鬼？'我说：'我只是想看看，这车是不是很漂亮？'他就站在那儿。我觉得他以前从没看过这辆车里面的结构。他只是站在那里，他是个有钱人，戴着一个草帽，穿着一件条纹衬衫，戴着眼镜。我们什么也没有说，就是站在那里看。过了一会儿，他说：'你想开一下这辆车吗？'"

弗洛伊德说："真的吗！"

"当然可以——'你想开一下试试吗？'哎，我当时穿的工装裤，全身都脏兮兮的。我说，'我会把这车弄脏的。''来试试吧！'他说，'你就开这辆车在这附近兜兜风。'嗯，先生，我就坐在那辆车的驾驶座上，开着它在附近绕了八圈，然后，哦，我的天！"

"那车怎样？"弗洛伊德问。

"哦，天啊！"艾尔说，"如果我能把它拆了看看该多好，嗯——我愿意付出——任何代价。"

弗洛伊德放慢了他快速推拉着的手臂。他把最后一个阀门从阀门座上拿下来看了看。"你最好习惯一下开旧车"他说，"因为你再也开不了一九一六年版凯迪拉克了。"他把支架放在车的脚踏板上，拿起一把凿子，把阀门上结的硬皮敲掉。两个健壮的女人，没有戴帽子，光着脚，提着一桶乳白色的液体从他们中间走过去了。她们一瘸一拐地提着沉重的水桶，谁也没有抬起头来。下午，太阳落下了一半。

艾尔说："感觉你什么都不喜欢。"

弗洛伊德的凿子刮得更用力了。"我已经在这里待了六个月了。"他说，"我一直在这个州到处奔波，努力工作，来来回回跑，就想为我和我的妻子、孩子们弄到肉和土豆。我跑得像只长耳大野兔，可是——我还是没有挣到钱。不管我怎么做，我们家都吃不饱。我累了，仅此而已。我累得只想睡觉休息，我只是不知道该怎么办。"

"难道这儿就没有稳定的工作吗？"艾尔问道。

"没有，根本没有稳定的工作。"他用凿子把阀门上的硬皮刮开，然后用一块油腻的抹布擦了擦已经没有光泽的金属。

## 第二十章

一辆生锈的旅游车开进了营地，里面坐着四个男人，他们褐色的脸非常结实。旅游车慢慢地驶过营地。弗洛伊德对着他们喊道："有什么进展吗？"

汽车停了下来。司机说："我们开了好长一段路。在这个村里，他们不需要人干活了，我们得走了。"

"那你们去哪儿？"艾尔喊道。

"谁知道呢，我们在这里没有活可干了。"他踩住离合，慢慢地沿着营地下坡开去。

艾尔看着他们开走。"一个人去不是更好吗？如果只有一份工作，那这个人就可以做了。"

弗洛伊德放下凿子，苦笑着。"你不懂。"他说，"开车到处找工作都需要消耗汽油的。"汽油每加仑一毛五，他们四个人不能开四辆车啊。所以他们每个人花一毛钱，买了汽油，你会明白的。"

"艾尔！"

艾尔低头看着站在他身边的温菲尔德。温菲尔德开口说："艾尔，老妈炖好菜了，她说过去吃饭。"

艾尔在裤子上擦了擦手。"我们今天还没吃饭。"他对弗洛伊德说，"我吃完饭就再来帮你。"

"你不愿意就不用帮忙了。"

"我愿意，我会过来帮忙的。"他跟着温菲尔德向家里帐篷走去。

营地现在很拥挤。陌生的孩子们站在炖锅旁边，离得很近，老妈干活时用胳膊肘都能碰到他们，汤姆和约翰伯伯站在她旁边。

老妈无奈地说："我不知道该怎么办了，我得养家糊口。这里这么多人围着，我该怎么办呢？"孩子们僵硬地站着看着她。他们一脸茫然，僵在那里。他们的目光机械地从锅上移到她拿着的铁盘子上。

他们的眼睛跟着老妈的动作，看到老妈用勺子舀着锅里的菜放到盘子里。当她把热气腾腾的一盘子菜递给约翰伯伯时，他们的眼睛也跟着看向约翰伯伯。约翰伯伯把勺子伸进炖菜里，那一双双呆呆的眼睛也随着勺子一起抬了起来。一块土豆塞进了约翰伯伯的嘴里，这些孩子呆愣的眼睛也紧盯着他的脸，看他会作何反应。这菜好吃吗？他喜欢吃吗？

约翰伯伯似乎才看到他们。他慢慢地咀嚼着。"你拿着这盘菜吃吧。"他对汤姆说，"我不饿。"

"你今天还没吃饭呢。"汤姆说。

"我知道，但是我肚子疼，我不饿。"

汤姆轻轻地说："你把盘子拿到帐篷里去吃。"

"我真不饿。"约翰坚持说，"我在帐篷里也能看到他们。"

汤姆转向孩子们。"你们离开这吧。"他说，"现在就赶紧走。"那一排呆愣的眼睛离开了那锅炖菜，疑惑地看着他的脸。"现在赶紧走，你们在这里看着也没用，这些菜不够给你们吃的。"

老妈把炖菜舀进铁盘子里，舀了很少，她把盘子放在地上。"我不能让他们就这样走。"她说，"我不知道该怎么办，你们拿着盘子进帐篷里吧，我会让他们吃剩下的菜的。来，拿个盘子给罗莎带进去。"她抬头对孩子们微笑，"听着。"她说，"你们这些小孩子，每人去拿一根扁木片来，我把剩下的给你们，但你们不要抢。"这群孩子迅速安静地散开了，他们跑去找扁木片，还跑到自己的帐篷里，拿出勺子。老妈还没盛完菜，他们就回来了，他们沉默着，像狼一样。老妈摇了摇头，"我不知道该怎么办，我不能把家人的饭让给你们，我得养家糊口。露丝，温菲尔德，艾尔。"她大声喊道，"拿好你们的盘子，快点，快进帐篷里。"她带着歉意看着等着的孩子们。"这不够分的了。"她小心翼翼地说,"我要把这口锅端过来,你们大家都少尝尝吧,不过你们也不够分的。"她结结巴巴地说,"我也没办法,也不能不给你们吃。"她把锅抬起来放在地上。"现在先等会再吃吧,太烫了。"然后她迅速走进帐篷,这样她就看不见。她的家人坐在地上,每人拿着自己的盘子。他们可以听到外面孩子们用他们的扁木片、勺子和生锈的铁片在锅里挖东西吃的声音。一堆孩子把锅围得都看不见了,他们不说话,不打架,也不争论。但他们都安静又专注,眼神既呆愣又凶狠。老妈转过身去,这样她就看不见了。"下次我们不能再这样做了。"她说,"我们得偷偷吃饭。"这时,外面传来了刮锅的声音,然后这群孩子四散走开,只留下一口刮得干干净净的锅在地上。老妈看着那些空盘子。"孩子们谁也没吃饱啊。"

老爹站起来,没有回答就离开了帐篷。牧师笑了笑,躺在地上,双手交叉放在脑袋后面。艾尔站了起来。"我去帮别人修车了。"

老妈把盘子收起来,拿到外面洗。"露丝。"她叫道,"温菲尔德,马上给我打一桶水来。"她把水桶递给他们,他们迈着沉重的步伐向河边走去。

一个身强力壮的女人走了过来。她的裙子上有灰尘和汽油的污点。她骄傲地扬起下巴。她站在不远处,挑衅地看着老妈,最后她走近了。"下午好。"她冷冷地说。

"下午好。"老妈说。她站起来,向前推了推箱子。"你不坐下吗?"

那个女人走近了。"不,我不坐了。"

老妈疑惑地看着她。"我能帮你什么忙吗?"

那女人双手叉腰。"你照顾你自己的孩子就行,别来管我的孩子,就是帮助我了。"

老妈睁大了眼睛。"我什么也没干啊——"她说。

那女人对她怒目而视。"我的小孩回来了,身上有一股炖菜的味道,是你让他吃的,他告诉我的。你别老吹嘘自己吃了炖菜,别到处宣扬了。你要不这样炫耀,我就不会有这么多麻烦了。我家孩子过来告诉我,还问'我们为什么不吃炖菜呢?'"她的声音因愤怒而颤抖。

老妈走近了。"你坐下吧。"她说,"坐下来咱们好好谈谈。"

"不,我不想坐下。我只想养活我的家人,结果你就带着你的炖菜来了。"

"坐下。"老妈说,"这大概是我们找到工作前最后一次吃炖菜了。如果你在做炖菜,一群小家伙站在旁边盯着,你会怎么做?我们没做足够多的菜,但当他们那样看着你的时候,你根本没办法自己把菜全部吃光,一点儿也不分给他们。"

女人的手垂下来了。有那么一会儿,她的眼睛在质问老妈,然后她转身迅速走开,走进一个帐篷,拉下了身后的门帘。老妈盯着她的背影,然后她又跪在一堆铁盘子旁边。

艾尔匆匆走近。"汤姆。"他叫道,"老妈,汤姆在里面吗?"

汤姆伸出头来。"干什么?"

"跟我走。"艾尔兴奋地说。

他们一起走开了。"怎么啦?"汤姆问。

"你会知道的,稍微等一下。"他把汤姆领到那辆被拆开的汽车前,"这是弗洛伊德·诺尔斯。"他说。

"是的,我和他说过话。你在干什么?"

"我只是想把这辆车装回去。"弗洛伊德说。

汤姆用手指摸了摸那一大块的顶部。"你到底怎么了,艾尔?"

# 第二十章

"弗洛伊德刚刚告诉我来着,给他讲讲吧,弗洛伊德。"

弗洛伊德说:"也许我不应该讲的,但是——哎,我还是跟你讲吧。有个人走过来,说他们要去北边干活。"

"要往北去?"

"是的——他们要去一个叫圣克拉拉谷的地方,要走很远很远,一直往北走。"

"是吗?哪种工作?"

"采摘李子、梨和做罐头的工作,说是现在很需要人干活。"

"多远呢?"汤姆问。

"哦,谁知道呢。大概两百英里吧。"

"那可真够远的。"汤姆说,"我们怎么知道我们到那里时他们还招人呢?"

"嗯,这就不知道了。"弗洛伊德说,"可是这里什么也没有,这个人说他收到了他哥哥的信,他正在去的路上。他说不要告诉任何人,告诉了的话就会很多人过去。我们应该会在晚上出发,应该会去那里找工作。"

汤姆端详着他。"我们为什么要偷偷溜走?"

"哎,如果所有人都过去了,那谁也找不到活儿干。"

"到那边儿的路太远了。"汤姆说。

弗洛伊德听起来有点受伤。"我只是告诉你这个消息,听不听由你。你弟弟帮了我,所以我才告诉你们。"

"你确定这里没有工作吗?"

"听着,我已经在这边来来回回找了有快三周了,一点活儿也没干成,一份工作都没找到。如果你想四处看看,浪费汽油在这边找,那就去吧,我不会求你听我的。到那边的人越多,我的机会就越小了。"

汤姆说:"我不是在挑你的毛病。只是路途太遥远了,我们想在这儿找份工作,租个房子住。"

弗洛伊德耐心地说:"我知道你们都是刚到这儿,有些事情你们不知道。如果你们听我说的,你们会少走很多弯路。如果不听,你们就自己体会去吧。你们不可能安顿下来,因为这里已经没有工作了。你们的肚子也不会让你们安定下来的,我就这么跟你们直说了吧。"

"真希望我能先四处看看。"汤姆不安地说。

一辆轿车驶过营地,停在了旁边帐篷前。一个穿工装裤和蓝衬衫的男人爬下了车。弗洛伊德对他喊道:"有好消息吗?"

"在这个该死的地方,除了摘棉花的时候,根本找不到一份工作。"他走进了破旧的帐篷。

"懂了吗?"弗洛伊德说。

"好吧,我明白了。可是要开两百英里啊,天啊!"

"哎,你们一时半会也没找到地方安顿下来,还是快点拿定主意吧。"

"我们还是走吧。"艾尔说。

汤姆问:"这里什么时候才能有活可干?"

"嗯,一个月后棉花就要长出来了。如果你有足够的钱,你可以等着摘棉花的工作。"

汤姆说:"老妈不会想走的,她太累了。"

弗洛伊德耸了耸肩。"我不是非要你们往北去,你们怎么合适就怎么办,我只是告诉你们我听到的消息。"他从脚踏板上取下油油的垫圈,小心地把它装在阀门上,然后按了进去。"现在,"他对艾尔说,"你能不能帮我装上发动机缸盖?"

## 第二十章

汤姆看着他们把沉重的发动机缸盖轻轻地放在螺栓上,平稳扣好。"我得和家人谈谈。"他说。

弗洛伊德说:"除了你的家人,我不想让任何人知道这件事,我只告诉了你们。要不是你弟弟帮助了我,我也不会告诉你们的。"

汤姆说:"嗯,谢谢你告诉我们。我们得思考一下,也许我们会去。"

艾尔说:"上帝做证,不管你们去不去,我都要去,我搭便车到那。"

"你会离开你的家?"汤姆问。

"当然。我回来的时候工装裤口袋里就会装满钱的,为什么不呢?"

"老妈不会希望你这样的。"汤姆说,"老爹,他也不会愿意。"

弗洛伊德把螺帽放上,用手指使劲把它们拧好。"我也是和我的妻子还有我们的家人一起出来的。"他说,"之前在家,我们从来没有想过要离开,也没想过会这么做。不过,见鬼了,我们都往北走了一段路,我到这儿来了,他们又继续走了,现在也不知道他们在哪儿。从那以后,我就一直在找他们,打听他们的情况。"他把扳手放在发动机缸盖的螺栓上,平稳地拧紧,每个螺母拧一圈,一圈又一圈。

汤姆蹲在汽车旁,眯着眼睛朝那排帐篷望去。看到人们在帐篷间的泥土里扎的一些木桩。"不,艾尔。"他说,"老妈不会希望你离开的。"

"嗯,在我看来,一个人能有更多的工作机会。"

"可能会吧,但老妈不会希望这样的。"

两辆载着闷闷不乐的男人的汽车开进了营地。弗洛伊德抬起眼睛,但他没有问他们有没有得到好消息,他们满是灰尘的脸上充满了悲伤和不甘。太阳正在落下,金灿灿的阳光照在胡佛村和村子后面的柳树林上。孩子们开始从帐篷里出来,在营地里走来走去。女人们也从帐篷里出来,生起了一小堆火,男人们则蹲在一起聊天。

一辆崭新的雪佛兰双人小轿车驶离公路,直奔营地而来。车开到营地中央停了下来。汤姆问:"这是谁?他们不住这里啊。"

弗洛伊德说:"我不知道——也许是警察吧。"

车门开了,一个男人走了出来,站在车旁边,他的同伴仍然在车上坐着。现在所有蹲着的男人都看着这个新来的人,谈话也停止了。正在生火的女人们偷偷地看着那辆闪闪发光的轿车。孩子们小心翼翼地迂回走近,沿着曲线悄悄靠近这辆轿车。

弗洛伊德放下扳手,汤姆站了起来,艾尔在裤子上擦了擦手,三个人慢悠悠地朝这辆雪佛兰走去。从车里出来的那个男人穿着卡其色裤子和法兰绒衬衫,他戴着一顶宽帽檐斯泰森毛毡帽,他的衬衣口袋里放着一叠文件,还别着一圈钢笔和黄色铅笔,从他后裤袋里还露出一个金属封面的笔记本。他走到那群蹲着的男人中的一位身边,这些人用眼睛盯着他,充满疑惑又谁也没说话。他们看着他,一动也不动。他们的眼白在虹膜下面露了出来,因为他们没有抬起头来看他。汤姆、艾尔和弗洛伊德漫不经心地走过来。

男人说:"你们想要份工作吗?"他们仍然静静地、充满疑惑地看着他。全营的人都走过来了。

最后,一个蹲着的男人说话了。"我们当然想找份工作,工作地点在哪里?"

"图莱里县,摘水果的工作,需要很多采摘工人。"

弗洛伊德问:"你负责招人吗?"

"嗯,那片土地是我的。"

这些男人马上聚集到一起。一个穿着工装服的男人摘下他的黑帽子,用手指把他长长的黑发往后梳。"你付多少工资?"他问。

"嗯,还不能确切地说能给多少,大概三毛钱一小时吧,我估计。"

"你为什么不能告诉我们多少?你签的是土地承包合同,不是吗?"

"那倒是。"那个穿卡其色裤子的男人说,"但关键还要看水果的市场价格,工资可能会多一点,也可能少一点。"

弗洛伊德走了出来。他小声地说:"我要去,先生。你承包了土地,你应该有许可证。你只要出示你的许可证,然后给我们一张录用协议,告诉我们开工时间、地点和工资,你签了字,我们就都去干活了。"

承包人转过身来,皱着眉头。"你在教我怎么经营自己的生意吗?"

弗洛伊德说:"如果我们要帮你干活,那这也是我们的事。"

"嗯,不用你告诉我要怎么办,我告诉过你们我只需要干活的。"

弗洛伊德生气地说:"但是你没说需要多少人手,也没说你会付多少工资啊。"

"该死的,我也不知道啊。"

"如果你不知道,你就没有权力雇人。"

"我有权用自己的方式经营自己的生意。如果你们想坐在这里,那也行,我要去图莱里县招人了,我们需要很多人。"

弗洛伊德转向人群。他们此刻都站了起来,安静地看看这个人,又看看那个人。弗洛伊德说:"我被骗过两次了,也许他需要一千个人。但他会让五千个人去,每小时只付一毛五。你们这些可怜的人只能就这么认了,因为不干活就会挨饿。如果他想雇人,就让他去雇人吧,让他把要付多少工资写下来,再看看他的许可证,他没有许可证是不能和人签合同招工的。"

承包人转向雪佛兰轿车，喊道："乔！"他的同伴向外看了看，然后打开车门走了出来。他穿着马裤和系带的靴子，一个沉重的手枪枪套挂在他的裤腰带上，他的棕色衬衫上别着治安警察的徽章。他步履沉重地走过来，脸上挂着淡淡的微笑。"怎么了？"枪套在他的臀部前后摆动。

"以前见过这个人吗，乔？"

警官问："谁？"

"这小伙子。"承包人指了指弗洛伊德。

"他做了什么？"警官对弗洛伊德微笑。

"他胡言乱语，惹是生非。"

"嗯……"警官慢慢地转过身去看弗洛伊德的侧身，弗洛伊德的脸上慢慢泛起了红晕。

"你们看到了吗？"弗洛伊德喊道，"如果这家伙是坦荡的，他会带警察来吗？"

"以前见过他吗？"承包人又问了一遍。

"嗯，好像见过，上周那个二手车市场被人闯入的时候，我好像看到他在附近闲逛。是的！我发誓就是同一个人。"突然，他脸上的笑容消失了。"上车。"他说，然后解开了他腰带上那把自动手枪的枪套。

汤姆说："你没有办法证明就是他。"

警官转过身来。"如果你也想进监狱，你就接着说。当时他们两个人就在那里闲逛。"

"上星期我根本不在这个州。"汤姆说。

"嗯，也许你是在别的地方被通缉的，你快闭上你的嘴。"

## 第二十章

承包人转身对着他们。"你们这些家伙不要听他们说的话。他们就会找麻烦,他们会让你们惹祸上身。现在你们就去图莱里县,我可以招你们所有人。"

这群男人都没有回答。

治安警察转过身来对着他们。"也许去是个好主意。"他说,他脸上又露出了淡淡的笑容。"卫生局说我们得清理这个营地。如果你们这儿有捣乱的——哎呀,那样会有人受伤。你们最好都去图莱里,在这边也没有工作,我只是好心好意告诉你们,要是你们还没走,可能到时候就会有一群人拿着镐头过来了。"

承包人说:"我告诉过你们我需要人干活,如果你们不需要工作——好吧,那也无所谓。"

治安警察笑了。"如果他们不想工作,这个地方就没有他们的容身之地,我们很快就会让他们离开这里的。"

弗洛伊德僵硬地站在治安警察身边,大拇指戳在腰带上。汤姆偷偷地看了他一眼,然后盯着地面。

"没错。"承包人说,"图莱里县需要人手,那儿有很多工作要做。"

汤姆慢慢地抬头看了看弗洛伊德的手,他看到手腕上的血管透过皮肤清晰可见。汤姆也伸出手来,大拇指搭在腰带上。

"是的,没错。我不希望你们中的任何一个人明天早上还在这里。"

承包商人跨进了雪佛兰车里。

"现在,你。"警官对弗洛伊德说,"你上那辆车去。"他伸出一只大手,抓住弗洛伊德的左臂。弗洛伊德一个动作就突然转起身来,他挥舞着拳头,一拳打在那张大脸上,随即转身离开,顺着一排帐篷躲了过去。治安警察跟跄了一下,汤姆伸出一只脚把他绊倒了。警察重重地摔了一跤，打了个滚，伸手去拿枪。弗洛伊德在帐篷之间躲进躲出，若隐若现。治安警察躺在地上，开了枪。帐篷前的一个女人尖叫着，然后看了看自己的一只没有指关节的手。她的手指挂在手筋上掉在掌心里，皮肉被炸得撕裂惨白，没有血色。在远处，弗洛伊德出现了，他向柳树林冲去。警察坐在地上，再次举起枪。突然，牧师凯西从人群中走了出来。他踢了警察的脖子一脚，然后走回去了，那个大块头警察倒下了，昏迷不醒。

雪佛兰轿车的马达轰鸣着，疾驰而去，搅动着尘土。它上了公路，飞驰而去。那个女人仍然站在她的帐篷前，看着她受伤的手，血开始从伤口渗出来。她开始发出一种歇斯底里的咯咯的笑声，夹杂着呜咽声，随着她每一次呼吸，这种呜咽的笑声越来越响，越来越高。

治安警察侧身倒在地上，嘴巴张着，满是灰尘。

汤姆拿起他的自动手枪，掏出弹匣，扔进灌木丛，然后把子弹从枪膛里取了出来。"像你那样的家伙没有资格拿枪。"他说。随后，他把自动手枪扔在地上。

一群人围在那个断了手的女人周围，她的歇斯底里越发加剧了，她的笑声中夹杂着尖叫。

凯西靠近汤姆。"你得走。"他说，"你到柳树林去等着，他没看见我踢他，但他看见你伸了脚。"

"我不想去。"汤姆说。

凯西把头凑近了。他低声说："他们会让你验指纹的。你违反了假释规定，他们会把你遣送回去。"

汤姆静静地吸了口气。"我的天！我忘了。"

"快跑。"凯西说，"在他醒过来之前赶紧跑。"

"我想拿走他的枪。"汤姆说。

## 第二十章

"别拿了,把枪留在那吧。如果你能回来了,我就吹四声口哨。"

汤姆漫不经心地走开了,但一离开那群人,他就赶紧跑了,消失在河边的柳树林中。

艾尔向倒下的治安警察走去。"天啊。"他赞叹地说,"你们真是把他打倒了!"

那群人继续盯着那个晕倒的警察。这时,在很远的地方,一个警报器的声音响起,忽上忽下,声音尖厉了起来,这次离得更近了。人们立刻紧张起来,他们不知所措地来回走动了一会,然后各自回到自己的帐篷里去了,只剩艾尔和牧师还在外面站着。

凯西转向艾尔。"走吧。"他说,"走吧,马上——到帐篷里去,你要表现得什么都不知道。"

"嗯?那你要怎么办啊?"

凯西对他咧嘴一笑。"总得有人承担责任,我没有孩子,他们只会把我关进监狱,我什么都不用干,只用四处走走。"

艾尔说:"但你没有理由进去啊——"

"去吧。"凯西严厉地说,"你快点走。"

艾尔发怒了。"我不会听你命令的。"

凯西轻声说:"如果你把这件事搞砸了,你们全家,你们家所有的人,都会有麻烦的。我不在乎你,但你爹妈,他们会有麻烦的。也许他们会把汤姆送回麦克莱斯特监狱。"

艾尔想了一会儿。"好吧。"他说,"不过,我觉得你是个该死的傻瓜。"

"当然了。"凯西说,"怎么不是呢?"

警笛一声又一声地尖叫着,而且越来越近。凯西跪在治安警察身边,把他翻了个身。警察呻吟着,眨着眼睛,想看清周围,凯西擦去他嘴唇上的灰尘。各家各户现在都待在帐篷里，帐篷的门帘被放下，夕阳把天空染成了红色，把灰色的帐篷染成了青铜色。

公路上发出刺耳的轮胎声，一辆敞篷汽车迅速开进营地。四个男人拿着步枪，一拥而上。凯西站起来走向他们。

"这到底是怎么回事？"

凯西说："我把你们的人打晕了。"

其中一名武装人员走向治安警察。他现在清醒了，虚弱地想坐起来。

"这里发生了什么事？"

"嗯。"凯西说，"他太残暴了，我就打了他，然后他就开始开枪——打伤了一个女人，所以我又打了他一拳。"

"那你一开始是怎么做的？"

"我顶嘴了。"凯西说。

"上车吧。"

"好吧。"凯西说，然后他爬进车后座坐了下来。两个人扶着受伤的治安警察站了起来，他小心翼翼地摸着自己的脖子。凯西说："那头有个女人，她快要流血过多死了，他开枪的技术太差劲了。"

"我们一会看看去。乔，打你的就是这个人吗？"

那个茫然的警察虚弱地盯着凯西。"看起来不像是。"

"就是我，没搞错。"凯西说，"你能准确地认错人也真是聪明。"

乔慢慢地摇了摇头。"你看起来不像是打我的人。天啊，我要难受死了！"

凯西说："我会跟着去的，不会惹事。你们最好回去看看那个女人伤得有多严重。"

"她在哪儿？"

## 第二十章

"那边那个帐篷。"

治安警察的头儿手里拿着步枪向那个帐篷走去,他隔着帐篷冲里面说话,然后走了进去。过了一会儿,他走了出来,往回走。他有点骄傲地说:"天啊,零点四五口径的手枪能搞成这样!他们给她缠上了止血带,我们会派医生来的。"

凯西的两边各坐着两个治安警察,他们的头儿按响了喇叭。营地里没有任何动静。帐篷的门帘拉得紧紧的,人们都在帐篷里。汽车引擎发动了起来,他们掉转车头,驶出了营地。凯西骄傲地坐在两个警察之间,昂着头,脖子上的肌肉紧绷。他的嘴唇上挂着淡淡的微笑,脸上带着征服他们的奇特表情。

治安警察走了,人们从帐篷里出来了。太阳已经落山了,柔和的蓝色晚霞洒满营地,东边的群山依然被阳光照得泛黄。女人们回到已经熄灭的火堆旁。男人们聚在一起蹲着,轻声交谈。

艾尔从帐篷下面爬出来,朝柳树林走去,他吹响口哨叫汤姆回来。老妈走出帐篷,用小树枝生起了火。

"老爹。"她说,"这次别吃太多了,上次吃得晚。"

老爹和约翰伯伯站在帐篷附近,看着老妈削土豆皮,把土豆切成片放进油锅里。老爹说:"牧师到底为什么要这样?"

露丝和温菲尔德悄悄走近,蹲下来听他们谈话。

约翰伯伯用一根生了锈的长钉子使劲刮着地面。"他很了解有关罪的一切。我问他关于罪的问题,他告诉了我,但我不知道他说的是不是对的。他说如果一个人认为自己有罪,那他就是有罪的。"约翰伯伯的眼睛疲倦而悲伤,他说:"我一直都是有秘密的,我做过一些从来没和人讲过的事。"

老妈从火旁转过身来。"那就别说出来了,约翰。"她说,"告诉上帝吧。不要让你的罪成为别人的负担,那可不好。"

"它们让我很烦。"约翰说。

"嗯,那也别告诉别人。你到河岸去,把头伸到水里,轻轻地告诉溪流吧。"

老爹听了老妈的话慢慢地点了点头。"她说得对。"老爹说,"说给别人听会让人松一口气,但这只会让他的罪恶扩散。"

约翰伯伯抬头望向太阳照耀着的金色的群山,群山映照在他的眼睛里。"我希望我能坚持下来。"他说,"但是我不能,不说出来心里很难受。"

在他身后,罗莎睡眼惺忪地走出了帐篷。"康尼在哪儿?"她不耐烦地问,"我很久没有见到康尼了。他去哪儿了?"

"我没见到他。"老妈说,"如果我见到他,我会告诉他你在找他。"

"我感觉不舒服。"罗莎说,"康尼不应该离开我身边。"

老妈抬头看着女孩肿胀的脸。"你刚才哭了。"她说。

罗莎的眼睛里又涌出了泪水。

老妈坚定地继续说:"你自己要好好的,我们这么多人都在这里,你得振作起来。过来,和我一起削土豆皮吧,不要自己偷偷难过了。"

罗莎往帐篷方向走去,她试图避开老妈严厉的目光,但这目光迫使她慢慢地走向火堆边。"他不该走的。"罗莎说,但她的眼泪已经消失了。

"你要干活。"老妈说,"在帐篷里坐着,你自己一个人就容易难过,我之前一直没时间照顾你,但是现在该多关心你了,你拿着这把刀去切土豆吧。"

罗莎听老妈的话跪了下来。她恶狠狠地说:"等我见到他,我会狠狠打他一顿的。"

老妈慢慢地笑了。"他可能会打你。你天天难受、抱怨,都是自找的。如果他让你能明白一些,我会赞同他这么做的。"罗莎的眼睛里闪烁着怨恨的光芒,但她没有说话。

约翰伯伯用他宽大的大拇指把生锈的钉子深深地按进地里。"我得说出来。"他说。

老爹说:"哎,那就说吧,该死的!你杀了谁?"

约翰伯伯用大拇指从蓝色牛仔裤的口袋里掏出了一张叠好的脏钞票,他把它摊开展示出来。"五块钱。"他说。

"偷的?"老爹问。

"不,这是我的,我把它收起来了。"

"这是你的钱,不是吗?"

"是的,但我没有权利把它收起来。"

"我不认为这能有什么罪过。"老妈说,"这就是你的钱。"

约翰伯伯慢慢地说:"我不仅仅是想自己把钱收起来,我还想用它买酒,喝个烂醉。我知道总有一天我会买酒喝醉,当我难受的时候,就想使劲喝酒。我想只是时间还没到,然后——牧师就去救汤姆了,他被抓了。"

老爹慢慢点头,歪着头听着。露丝像小狗一样靠了过来,用胳膊肘撑着爬了过去,温菲尔德跟着她。罗莎用刀尖在土豆上挖了一个很深的洞。夜色渐深,天空变得更蓝了。

老妈用一种尖锐而正式的语气说:"我不明白他救汤姆,和你要喝酒有什么关系呢?"

约翰伤心地说:"我说不出来,我感觉糟透了,他轻而易举地就这么做了。他直接走上前说:'我把你手下打晕了。'他们就把他带走了,我真想喝醉啊。"

老爹仍然点了点头。"我不明白你为什么要说。"他说,"如果是我的话,如果我不得不借酒消愁,我只会去买酒,然后喝个烂醉。"

"之前我本可以做点什么,免除我灵魂上的罪恶。"约翰伯伯悲伤地说,"但我没抓住这次机会,没得到这机会,然后——就没有机会了。看!"他说,"你有钱,那你给我两块钱吧。"

老爹不情愿地把手伸进口袋,拿出了他的皮钱包。"你喝酒不需要七块钱,你不喝香槟用不了这么多钱。"

约翰伯伯拿出他的钱。"你拿着这钱吧,给我两块钱,我用两块钱就能买到不错的酒。我不想浪费任何东西再有罪了,我总是会花光我所有的钱,总是这样。"

老爹接过那张脏钞票,给了约翰叔叔两个硬币。"给你吧。"他说,"一个人必须做他该做的事,其他人不懂自己的苦,也说不了什么。"

约翰伯伯拿了硬币。"你不会生气吧?你知道我必须这么做吗?"

"天啊,我知道。"老爹说,"你知道你要做什么就行了。"

"没有别的办法,我不喝酒是熬不过这个夜晚的。"他说。他转向老妈。"你不会拦着我吧?"

老妈没有抬头。"不。"她轻声说,"不会——你去吧。"

他站了起来,孤独地走开了,消失在暮色中。他走到水泥公路上,穿过人行道来到杂货店。走到纱门前,他脱下帽子,把它扔进尘土里,然后用脚跟使劲踩,陷入自卑中。他把他又破又脏的黑帽子留在那里。他走进商店,走到铁丝网架子后面放着的威士忌酒瓶前。

老爹、老妈和孩子们看着约翰伯伯走开了。罗莎的眼睛一直怨恨地盯着土豆。

"可怜的约翰。"老妈说,"我在想,这样对他来说好不好,如果——没有——我想不会有什么好处,我从来没见过一个人变成这个样子。"

露丝在尘土中翻了个身。她把她的头靠近温菲尔德的头旁边,把他的耳朵拉过来贴在自己的嘴上。她低声说:"我要喝酒喝到醉。"温菲尔德哼了一声,把嘴抿得紧紧的。两个孩子爬走了,他们屏住呼吸,憋着笑,脸都憋得发紫了。他们在帐篷周围爬来爬去,跳起来,尖叫着跑出帐篷。他们跑到柳树林边,躲起来,然后放声大笑。露丝转了转眼睛,放松了一下关节。她摇摇晃晃地走着,舌头耷拉着,步履蹒跚。"我喝醉了。"她说。

"看。"温菲尔德叫道,"看我,快看我,我是约翰伯伯。"他甩着胳膊,喘着气,不停地转圈,转到他头晕。

"不。"露丝说,"是这样的,这样。我是约翰伯伯,我喝得烂醉。"

艾尔和汤姆悄悄地穿过柳树林,他们碰到了孩子们在发疯似的摇摇晃晃。现在暮色很深了,汤姆停下来仔细看了看。"那不是露丝和温菲尔德吗?他们到底是怎么回事?"他们走近了,"你们是疯了吗?"汤姆问。

孩子们停了下来,感到很尴尬。"我们只是在玩。"露丝说。

"你们可玩得真疯狂啊。"艾尔说。

露丝傲慢地说:"还有好多比这更疯狂的。"

艾尔继续往前走,他对汤姆说:"露丝现在不学好了,她这样很久了,也该管管她了。"

露丝在他背后做了个鬼脸,她把食指放进嘴里把舌头拔出来,用淌着口水的舌头伸向他,用她所知道的一切方式去激怒他,但是艾尔没有回头。她又看了看温菲尔德,准备开始他们的游戏,但好好的游戏已经被破坏了,他们俩都知道。

"我们到水里去,把头埋下去。"温菲尔德提议道。他们穿过柳树林,对艾尔的话很生气。

艾尔和汤姆在暮色中静静地走了,汤姆说:"凯西不应该这么做,不过我可能早就知道会这样了,他说过他什么都没为我们做。他是个有趣的家伙,艾尔,他还一直在思考。"

"因为他之前是牧师。"艾尔说,"他们一天到晚都会想事情。"

"你说康尼上哪儿去了?"

"我想是去拉屎了。"

"嗯,那他去得挺远的。"

他们在帐篷之间穿过,紧靠着帐篷边走着。经过弗洛伊德的帐篷前时,一个轻微的招呼声让他们停了下来。他们走近帐篷的门帘,蹲了下来。弗洛伊德把门帘布掀开了一点。"你们要离开这里吗?"

汤姆说:"我不知道,你觉得我们走比较好吗?"

弗洛伊德酸溜溜地笑了。"你们听到警察说的话了。如果你们不这样做,他们会在这里放火,逼你们走的。如果你们认为那家伙会被打一顿就不回来了,那你就是疯了。那群台球厅的小伙子今晚会到这儿来把营地烧了,赶走我们的。"

"那我们还是走吧。"汤姆说,"你们上哪儿去?"

"啊,就像我说的,去北边。"

艾尔说:"听着,有个人告诉我这附近有个政府的营地,它在哪儿?"

"哦,我想已经住满人了。"

"嗯,它在哪儿呢?"

"在99号公路上向南走,大概十二到十四英里,然后向东拐向韦德派奇,就在那附近,不过我想营地已经满员了。"

"大家都说那里很不错。"艾尔说。

## 第二十章

"当然,那个营地很好。至少把你当个人,而不是狗。那里没有警察,但已经满员了。"

汤姆说:"我不明白的是那个警察为什么那么刻薄,他好像就是想找我们麻烦,好像他就是要招惹别人,制造麻烦。"

弗洛伊德说:"我不知道这里的情况,但在北方,我认识一个人,他是个好人。他告诉我在那里,治安警察要抓人,抓到一个犯人每天就能得到七毛五分钱,但是他给犯人的伙食是二毛五。如果他没抓犯人,他就赚不到钱。这人说他一个星期都没抓一个人,警长告诉他,他最好抓人来,否则就把他开除。这家伙今天看来一定是要千方百计来抓人捞钱的。"

"我们得走了。"汤姆说,"再见,弗洛伊德。"

"再见,也许会再见到你们,希望如此。"

"再见。"艾尔说。他们穿过夜幕笼罩着的灰色的营地,走向自己家的帐篷。

煎锅里的土豆在火上嗞嗞作响。老妈用勺子把厚厚的土豆片翻来翻去。老爹坐在旁边,抱着他的膝盖,罗莎正坐在帐篷里。

"汤姆!"老妈喊道,"感谢上帝。"

"我们得离开这里。"汤姆说。

"怎么了?"

"嗯,弗洛伊德说治安警察今晚要烧掉营地。"

"这到底是为了什么?"老爹问,"我们什么也没做。"

"除了打了一个警察以外,的确什么也没干。"汤姆说。

"嗯,但是可不是我们打的。"

"从那个警察说的话来看,他们就是想把我们赶走。"

罗莎问:"你们看见康尼了吗?"

"看见了。"艾尔说,"他沿着河走,走了很远,去南边了。"

"他——他走了吗?"

"我不知道。"

老妈转向了罗莎。"孩子,你的言行举止都很奇怪,康尼对你说了什么?"

罗莎不高兴地说:"他说要是他待在家里学拖拉机就好了。"

他们安静了。罗莎看着火堆,她的眼睛在火光下闪闪发光。土豆在煎锅里发出尖锐的嗞嗞声。罗莎抽了抽鼻子,用手背又擦了擦。

老爹说:"康尼这个人不怎么样。我早就看出来了。自己没有胆量,还总是觉得自己比别人都有能耐。"

罗莎站起来,走进了帐篷。她躺在床垫上,翻了个身,把头埋在交叉着的双臂里。

"我想,把他抓回来也没有什么好处。"艾尔说。

老爹回答说:"对,如果他我行我素,我们就不要他了。"

老妈朝帐篷里看了看,罗莎躺在她的床垫上。老妈说:"嘘,别这么说。"

"嗯,他人的确不怎么样。"老爹坚持说,"他总是说他要做什么,结果什么都不做。他在这儿的时候,我不想说什么。可现在他跑出去了——"

"嘘!"老妈轻声说。

"为什么,是看在上帝的分上?为什么我要小声?他跑了,难道不是吗?"

老妈用勺子把土豆翻过来,油脂沸腾了,溅了出来。她把小树枝放进火里,火焰燃烧起来,照亮了帐篷。老妈说:"罗莎要生孩子了,那孩子的血统有一半是康尼的。一个孩子在别人说他老爹不好的环境中长大是没有好处的。"

"那也比说谎要好。"老爹说。

"不,不是的。"老妈打断他说,"假装他已经死了吧。如果康尼死了,你就不会说他的坏话了。"

汤姆插嘴说:"嘿,这是什么情况?我们都不确定康尼是不是再也不会回来了。我们也没时间在这说别的了,我们吃完就得走了。"

"这就出发?我们刚来这。"老妈在黑暗中透过火光凝视着他。

他小心翼翼地解释道:"他们今晚就要烧掉营地,老妈。现在你知道,我可不想眼睁睁地看着我们的东西被烧掉,老爹也不想,约翰伯伯也不想。我们会和他们打起来的,不过我可不能被抓去啊。要不是牧师帮我,我今天差点就被抓走了。"

老妈一直在热油里翻炒土豆,现在她有了决定。"来吧!"她喊道,"我们吃吧,我们得加快速度了。"她把铁盘摆好了。

老爹说:"约翰怎么样?"

"约翰伯伯在哪儿?"汤姆问。

老爹和老妈沉默了一会儿,然后老爹说:"他去喝酒了。"

"我的天!"汤姆说。"他选的时间怎么就这么巧啊!他去哪儿了?"

"我不知道。"老爹说。

汤姆站了起来。"这样吧。"他说,"你们都赶紧吃东西,把行李装车,我去找约翰伯伯,他应该去了马路对面的杂货店。"

汤姆迅速走开了。营帐和棚屋前的小火堆都燃烧着,火光照在衣衫褴褛的男人和女人的脸上,也照在蹲着的孩子们脸上。在几个帐篷里,煤油灯的光透过帆布,在布上投下巨大的人影。

汤姆走上尘土飞扬的马路,穿过水泥公路来到小杂货店前,他站在纱门前往里看。店主是个头发灰白的小个子男人,胡子蓬乱,眼睛湿湿的，他靠在柜台上看报纸。他露着瘦削的胳膊，系着一条长长的白色围裙。在他的周围和身后，像金字塔和墙壁那样堆着成堆的罐头食品。汤姆进来时，他抬起头来，眯着眼睛，好像在用猎枪瞄准一样。

"晚上好。"他说，"缺什么东西吗？"

"缺我大伯。"汤姆说，"我大伯不见了。"

灰白头发的男人看上去既困惑又担心。他轻轻地摸了摸鼻尖，又晃了晃，像是在止痒。"好像你们这些人总是找不到人。"他说，"每天有十个甚至更多的人到这里来问我，'如果你看到一个叫某某的人，长得什么样子，你能告诉他我们去北边了吗？'这些人总是这样。"

汤姆笑了。"好吧，如果你看到一个叫康尼的，总是流鼻涕，长得有点像野狼，就叫他去死吧，我们往南走了。但他不是我要找的人。是不是有一个六十岁左右、穿着黑裤子、头发有点灰白的人，到过这里来买威士忌？"

灰白头发男人的眼睛亮了起来。"的确有过，我从来没见过他这样。他站在前面，还把帽子扔到地上，一脚踩在上面。给，我还把他的帽子拿来了。"他从柜台下面取出那顶满是灰尘的破帽子。

汤姆从他手里拿了过来。"没错，就是他。"

"嗯，先生，他喝了两品脱威士忌，什么也没说。他拔出软木塞，把瓶子倒过来就喝。我没有可以在这里喝酒的许可证，我说：'听着，你不能在这里喝酒。你得出去。'然后，先生！他就走到门外了，我敢打赌，他只把那一品脱酒往嘴里倒了四次，就把它喝光了。他把瓶子扔了，靠着我的店门，眼神有点呆滞。他说：'谢谢您，先生。'然后他离开了，我这辈子从来没见过那样喝酒的人。"

"他离开了？从哪条路走的？我得找到他。"

"嗯，我正好可以告诉你。我从来没见过这样的酒鬼，所以我盯了他一会。他向北走，然后一辆汽车开过来，照了照他，他就往下沿着河堤的方向走了。他的腿有点发软了，他还把另一品脱酒打开了。他不会走远的——那样走不了路。"

汤姆说："谢谢你，我得找到他。"

"你要拿走他的帽子吗？"

"是的！是的！他会需要的。嗯，谢谢你。"

"他怎么了？"灰色头发的男人问，"他喝酒的时候看起来不高兴啊。"

"哦，他有点——喜怒无常。好了，晚安。如果你看见那个叫康尼的家伙，就告诉他我们到南方去了。"

"我有太多的人要留意了，还要告诉他们一些事儿，我不可能把他们都记住啊。"

"你也别太认真了。"汤姆说。他拿着约翰伯伯那顶满是灰尘的黑帽子走出纱门。他穿过水泥路，沿着路的边缘走。在公路下面的洼地，就是胡佛村了。一个个小火堆在闪烁着火光，篷布透着汽油灯的光线。在营地的某个地方，吉他声响起，那是缓慢的和弦，没有任何次序，弹奏者是在练习和弦演奏。汤姆停下来听着，然后又慢慢地沿着路边走，每走几步就停下来再听一下。他走了四分之一英里路的时候，听到了他想听到的声音。路堤下面传来一个浑厚的、不成音调的声音，单调无味地唱着歌。汤姆歪着头，想听得更清楚一些。

那沉闷的声音唱道：

"我已经把我的心交给耶稣，

所以耶稣带我回家。

我把灵魂交给了耶稣，

所以耶稣就是我的家。"

歌声越来越弱，变成了低吟，然后停了下来。汤姆急忙从路堤上下来，朝歌声的方向走去。过了一会儿，他停下来又听了起来。这一次声音又近了，还是那缓慢而无调的歌声：

"哦，麦琪死的那晚，

她把我叫到她的身边，

把她穿的红色法兰绒裤子给我。

膝盖都松垮了——"

汤姆小心翼翼地向前移动。他看见那个黑影坐在地上，便偷偷地走过去坐了下来。约翰伯伯把酒瓶倾斜，酒从瓶口缓缓地流出来。

汤姆小声地说："嘿，等等！有没有我的份儿？"

约翰伯伯转过头来。"你是谁？"

"你已经把我忘了？你喝了四杯，我只喝了一杯。"

"不，汤姆。你别想骗我，只有我一个人在这里，你刚才又没在这。"

"嗯，但是我现在确实就是在这了，给我喝一杯怎么样？"

约翰伯伯又举起那瓶酒，威士忌缓缓地流出来。他摇了摇瓶子，已经空了。"没有了。"他说，"我真想死，真太想死了，就试着去死，应该去死，死了就像睡觉一样了，试着去死吧，我太累了，太疲惫了。也许——不要再醒来了。"他低吟着，"我要戴王冠，还要金的。"

汤姆说："听我说，约翰伯伯，我们走吧。你回来，可以直接睡在行李上。"

约翰摇了摇头。"不用了，走吧，我不想走了，我就在这里待着，我回去也没好处，对谁都没有好处——只是把我肮脏的罪恶带给好人，我就是个肮脏的人。算了吧，我不走了。"

## 第二十章

"来吧。你不回去,我们就不能出发。"

"你们走吧,我回去也没用。我只会拖着我的罪孽,再带给所有人。"

"其他人本身都有罪,你也不比他们罪多啊。"

约翰凑近头,眨着眼睛,带着一股机灵劲儿。在星光下,汤姆能模糊地看到他的脸。"没有人能知道我的罪,除了耶稣,他才知道。"

汤姆跪了下来,他把手放在约翰伯伯又热又干的额头上,约翰笨拙地甩开他的手。

"来吧。"汤姆恳求道,"和我走吧,约翰伯伯。"

"我不去,我只是累了,我在这里休息一会,就在这吧。"

汤姆离他很近。他用拳头顶着约翰伯伯的下巴尖,然后试了试以弧线抡起拳头,像是在测量距离,然后,他的胳膊使劲一抡,给约翰叔叔的下巴一个精确且完美的打击。约翰的下巴突然咔嚓一声,他向后摔倒了,尝试着想再坐起来。但是汤姆跪在他身上,当约翰抬起一只胳膊肘时,汤姆又打了他一拳,约翰叔叔被打得静静地躺在地上。

汤姆站了起来,弯下腰,想把那松松垮垮的身体立起来,扛在肩上,他在约翰伯伯身体的重量下摇摇晃晃。约翰耷拉着的双手轻拍着他的背,他慢慢地、气喘吁吁地沿着河岸向公路走去。一辆汽车开了过来,车灯照亮了这个软塌塌的男人和汤姆。汽车的速度慢了下来,然后又飞驰而去。

汤姆到胡佛村时,已经气喘吁吁了。他走下了公路,回到卡车旁。约翰伯伯快要醒过来了,他虚弱地挣扎着,汤姆轻轻地把他放在地上。

汤姆去找约翰伯伯的时候,老爹他们把帐篷都收起来了。艾尔把行李递上卡车,等行李装好,就拿防水帆布把它们包起来。

艾尔说:"他喝了酒以后上头挺快啊。"

汤姆带着歉意说:"我只能把他打晕,再把他背回来,可怜的约翰伯伯。"

"没有伤到他吧?"老妈问。

"我觉得没有,他要醒过来了。"

约翰伯伯虚弱地躺在地上,他气喘吁吁又断断续续地吐着。

老妈说:"汤姆,我给你留了一盘土豆。"

汤姆笑了。"我现在没心情吃。"

老爹叫道:"好了,艾尔,把防水帆布抛上来。"

卡车装好了,大家都准备好了,约翰伯伯已经睡着了。汤姆和艾尔把他抬起来,放到行李堆上面。温菲尔德在卡车后面学着约翰伯伯发出呕吐的声音,露丝用手捂住嘴,不让自己尖叫出来。

"我们准备好了。"老爹说。

汤姆问:"罗莎在哪儿?"

"在那边。"老妈说。"来吧,罗莎,我们出发吧。"

罗莎一动不动地坐着,下巴抵在胸前。汤姆向她走过去。"来吧。"他说。

"我不去。"她没有抬起头来。

"你一定得去。"

"我要康尼回来。他不回来,我就不走。"

三辆车驶出了营地,开上了通往公路的道路,破旧的车上载着营地的人和帐篷。他们哐当哐当地开上了公路,暗淡的车灯沿着道路闪烁着。

汤姆说:"康尼会找到我们的,我在刚刚的商店捎了句话,告诉我们要往哪去,他能找到我们的。"

## 第二十章

老妈走过来,站在他身边。"来吧,罗莎。和我们走吧,听话。"她温柔地说。

"我想等一等。"

"我们等不及了。"老妈俯下身来,抓住罗莎的胳膊,扶她站了起来。

"康尼会找到我们的。"汤姆说,"别担心。他一定会找到我们的。"他们走在罗莎的两边。

"也许他是去买书学习了。"罗莎说,"也许他会给我们一个惊喜。"

老妈说:"也许他就这么做了。"他们把她带到卡车前,帮她爬到行李堆上,她爬到防水帆布下面,钻进了一片黑暗中。

这时,茅草棚里的大胡子男人胆怯地走到卡车跟前,他双手背在背后等着。"你们会留下一些能用的东西吗?"他终于问道。

老爹说:"想不出能留下什么来,我们没有什么可留下的。"

汤姆问:"你们不离开这里吗?"

长胡子的男人盯着他看了很长时间。"不了。"他最后说道。

"但是他们会放火把你们赶走的。"

他那犹豫不决的眼睛看向了地面。"我知道,他们以前就这么做过。"

"哎,那你到底为什么不走呢?"

长胡子男人那双困惑的眼睛抬了起来,看了汤姆一会儿,又低下头来,即将熄灭的营地的红色火光在他的眼睛里照映着。"我不知道,把东西装起来也要花很长时间。"

"如果他们放火了,你们就什么都没有了。"

"我知道,你们真的不留点有用的东西吗?"

"我们已经收拾干净了,一点不剩。"老爹说。留着胡子的男人茫然地走开了。"他怎么啦?"老爹问道。

"被警察赶出问题了吧。"汤姆说,"那家伙说——他现在要装傻了,他的脑袋被警察打得太狠了。"

第二拨小车队驶过营地,爬上公路开走了。

"来吧,老爹。我们走吧。这样,老爹、你、我和艾尔坐在座位上。老妈可以坐在行李上。不,老妈,你坐中间吧,艾尔——"汤姆把手伸到座位下面,拿出一把扳手——"艾尔,你坐后面,拿着这个,以防万一。如果有陌生人想爬上来,就用扳手打他。"

艾尔拿着扳手爬上挡板,盘腿坐了下来,握紧扳手。汤姆从座位下面抽出千斤顶的铁手柄,把它放在刹车踏板下的地上。"可以了。"他说,"到中间来,老妈。"

老爹说:"我手里什么也没有呢。"

"你可以把手伸过来拿千斤顶手柄。"汤姆说,"我向耶稣祈祷,希望你不需要它。"他踩在发动机上,那叮当作响的调速轮转了起来,发动机启动了,停了下来,又再次启动了。汤姆打开车灯,慢慢地把车开出了营地。昏暗的灯光不安地照着道路,他们爬上公路,向南转弯。汤姆说:"人们都会发疯的。"

老妈插嘴说:"汤姆——你告诉过我——你答应过我你不会那样的,你跟我承诺过。"

"我知道,老妈,我在尝试让自己不发疯了。但那些治安警察——你见过哪个治安警察不是肥头大耳吗?他们摇动着肥胖的身躯,挥舞着他们手中的枪啊,老妈。"他说,"如果他们按照法律办事,我们可以接受,但这不是法律规定的,他们在折磨我们的内心。他们想让我们像被鞭打的废物一样畏缩爬行,他们想击垮我们。天啊,老妈,现在,一个人要想保住他的尊严,只能和警察对着干,他们让我们过得毫无体面可言。"

老妈说:"你答应过的,汤姆,老家那个很不错的小伙子弗洛伊德之前就这样做过,我认识他老妈,治安警察把他弄伤了。"

"我在试图让自己冷静,老妈,我对天发誓,我真的尽力了。你不会想让我像个挨了打的废物一样,肚子贴在地上爬吧?"

"我祈祷一切会好起来,你一定不要这样做,汤姆。咱们这个家庭在一点点破裂,你一定不要乱来。"

"我试试,老妈。但当他们中的一个胖子想要对我下手时,控制住自己就很难了。如果法律就是这样规定的,就不一样了,但放火烧毁营地可不是法律中的一条。"

汽车颠簸着前进。前面,一小排红色的灯横贯公路挂着。

"我觉得还是绕道吧。"汤姆说,他放慢车速,停了下来,一群人立刻围住了卡车。他们手持镐头和猎枪,戴着战壕头盔和某种美军的帽子。一个男人把头钻进车的窗户里,一股威士忌的温和气味先于他飘进了车里。

"你们要去哪儿?"他把一张通红的脸凑近汤姆。

汤姆的身子僵住了。他蹑手蹑脚地摸到了地板上的千斤顶手柄。老妈抓住他的胳膊,使劲握着。汤姆说:"嗯——"然后他的声音变成了一种卑躬屈膝的抱怨。"我们对这里不熟悉,"他说,"我们听说人们都在一个叫图莱里的地方工作。"

"好吧,该死的,你们走错路了。我们镇上不想看到任何俄克佬的身影。"

汤姆的肩膀和胳膊都僵住了,浑身打了个寒战。老妈紧紧抓住他的胳膊。卡车的前面被武装人员包围了。他们中的一些人穿着紧身短上衣,系着军用腰带,让他们自己看起来像是军人。

汤姆呜咽着说:"我们应该往哪里走呢,先生?"

"你向右转,然后往北走,等棉花该摘了的时候你们才能过来。"

汤姆浑身发抖。"明白,先生。"他说。他把车挂到倒挡,倒回去,然后掉了个头,他按原来的路线往回开了。老妈松开他的手臂,轻轻地拍了拍他。汤姆强忍着他那难以抑制的啜泣。

"你别介意。"老妈说,"不要放在心上。"

汤姆向窗外擤了擤鼻涕,用袖子擦了擦眼睛。"那帮该死的——"

"你做得很好。"老妈温柔地说,"你做得很不错。"

汤姆突然转向一条路边的土路,速度有一百码,他关掉了车灯和马达,握着千斤顶手柄下了车。

"你上哪儿去?"老妈问道。

"我只是看看,我们不往北走。"红色的灯沿着公路移动着。汤姆看着他们经过的那条土路的汇入口,继续往前开。不一会儿,传来了喊叫声和尖叫声,接着,从胡佛村的方向出现了一道火光。火势越来越大,越来越广,从远处传来了噼里啪啦的声音。汤姆又上了卡车。他掉了头,在没有灯光的泥土路上继续开着。

在公路上,他又向南转弯,打开了车灯。老妈胆怯地问:"我们要去哪儿,汤姆?"

"到南方去。"他说,"我们不能让那些浑蛋到处赶我们,不能这样,要先试着绕过这个城镇,不要穿过它。"

"嗯,但我们要到哪里去?"老爹开口问,"这才是我想知道的。"

"我要去找那个政府管理的营地。"汤姆说,"有人说那个营地不让治安警察进去,老妈——我得远离他们,我怕我忍不住会杀掉一个。"

"放松,汤姆。"老妈安慰他,"不要急,汤姆,你这次做得不错了,你可以再次这么做的。"

"嗯，但是再过一段时间，我就毫无尊严可言了。"

"放轻松。"她说，"你必须要有耐心。哎，汤姆——他们都死了之后，我们这些人还会活下去的。汤姆，我们才是能一直活下去的人，他们不会消灭我们的。反正，我们就是——能一直活下去。"

"我们总是挨打。"

"我知道。"老妈咯咯地笑了，"也许这让我们变得坚强。富人们来了就死了，他们的孩子也活不下来，他们也就都死了。但是，汤姆，我们还在活着。别担心，汤姆，一个不同的时代马上要到来了。"

"你怎么知道的？"

"我也不清楚。"

他们进了镇，汤姆拐进一条小街——为了避开市中心。借着街灯，他看了看母亲。她的脸看起来很平静，眼睛里有一种好奇的神情，就像一座雕像的眼睛。汤姆伸出右手，拍拍她的肩膀，他必须要这么做。然后他又缩回了手。"我这辈子从没听你说过这么多话。"他说。

"之前没有现在这么多机会。"老妈说。

他开车穿过辅路，经过小镇，然后又折了回来。在一个十字路口处，牌子上写着"九十九"，他朝南开上了这条路。

"好吧，不管怎样，他们没能把我们往北边赶。"他说，"我们仍然要去我们想去的地方，即使我们要爬着去，也依旧会去想去的地方。"

昏暗的车灯探索着前面宽阔的黑色公路。

## 第二十一章

在不断的迁移中,寻找生活的人们如今已成了流浪者。那些曾在一小块土地上扎根的家庭,那些在四十英亩土地上生活并最终长眠的人,以及那些曾依靠这片土地的收成为生的人,如今都在广袤的西部漫游。他们四处流浪,寻找工作机会;公路上人来人往,沟渠旁排满了寻求机遇的扎营人群。而在他们的后面,更多的人正在蜂拥而至。宽阔的公路上,充满了不断迁移的人们。那些在中西部和西南部生活的朴实农民,他们未随工业变迁而改变,他们不知耕作机械化,更不了解机器落入私人之手所带来的力量与风险。他们未曾在工业化的悖论中成长,对于工业化生活的荒诞性仍旧保持着敏锐的感觉。

突然,机器无情地将他们推上了旅途,他们纷纷拥向公路。这样的流离失所彻底改变了他们;公路上的奔波、路边简陋的营地、对饥饿的深刻恐惧以及饥饿的现实,都重塑了他们的存在。家中吃不到晚餐的孩子、无尽的颠沛流离,导致他们成为新的移民。敌意也成为他们转变的催化剂,把他们焊接成一个团结的整体——这种敌意也使得

## 第二十一章

小镇居民聚集、武装自卫，仿佛要抵御外来入侵者一般。他们手持工具和猎枪，坚守阵地，防止被同胞侵犯。

在西部，随着公路上的移民激增，地方上的恐慌情绪也随之升温。拥有财产的人开始害怕失去财产。那些从未经历过饥饿的人现在能够透过饥饿者的眼神看到饥饿的真实面貌。那些从未真正渴望过任何东西的人，现在能在移民的眼中看到炙热的渴望。镇上的人和郊区的居民聚集起来，自我防卫，他们安慰自己认为自己是正义的，而那些入侵者则是邪恶的，这正是人们在冲突即将爆发前必做的心理建设。他们咒骂那些被称为俄克佬的人，说他们脏乱、无知，堕落和好色，把他们贬称为小偷，他们什么都偷。他们没有财产权的概念。

确实，没有财产的人如何理解拥有的重负？那些自诩为自卫者的人声称，新来者带来了疾病，他们脏乱不堪。他们坚决反对让这些外来者进入学校，称他们为外来人，甚至质疑："你会让你的妹妹与他们中的一个约会吗？"

被恐惧驱使，当地人自我逼入了一种残酷的处境。他们组织起来，成立了武装小队，手持棍棒、毒气和枪械。他们宣称："这是我们的国家，我们不能让这些俄克佬失控。"但讽刺的是，那些手持枪支的人自己并不拥有土地，却假装拥有一切。夜以继日训练的店员们一无所有，小店主们则背负着债务，但即使是债务，即使是一份工作，在他们眼中也代表着某种拥有。小店员在想，"我每周能挣十五块钱，一个该死的俄克佬会为十二块钱工作吗？"而小店主则焦虑地思考，"我怎样才能与那些无债一身轻的人竞争呢？"

移民们沿着公路拥入，他们的饥饿之情溢于言表，他们的迫切需求从眼神中透露无遗。他们没有争吵的理由，没有支撑的体系，只有他们众多的人数和迫切的需求。当只有一份工作而十个人争夺它时，他们为了微薄的工资而展开激烈的争夺。如果有人愿意接受三毛钱的报酬，我只要二毛五。

如果他愿意接受二毛五，我则会接受两毛钱。

不，选我吧，我太饿了。我愿意为一毛五工作，甚至愿意仅为了食物而工作。孩子们的情况更是令人心疼。他们像是小疙瘩般瘦弱，没有力气奔跑玩耍。给他们一些风吹落的果实吧，他们身上已经肿胀起来了。而我，我甚至愿意仅为一小块肉而工作。

这种低廉的工资令地主们感到满意，他们发出更多的招工传单，吸引更多的人拥入。随着工资的持续下降和价格的稳定，我们很快就会重回农奴时代。

如今，大地主和公司采取了一种新策略。一个大地主购买了一个罐头厂，当桃子和梨成熟时，他故意压低水果价格至低于种植成本。作为罐头厂的主人，他以低价收购水果，同时保持罐头产品的高价，从中牟取暴利。那些无力拥有罐头厂的小农场主，只能眼睁睁看着自己的土地被大地主、银行和那些也拥有罐头厂的公司逐一收购。随着时间的流逝，独立的农场日渐稀少。这些小农场主被迫搬到镇上，逐渐耗尽了他们的信用和亲朋好友的耐心。最终，他们也加入了那条充满绝望的公路，道路上挤满了渴望工作的人群，他们的绝望程度几乎到了杀人的地步。

同时，公司和银行在无意识中走向灭亡。土地虽然肥沃，但路上却充满了饥饿的流浪者。粮仓虽满，却有穷人的孩子们因缺乏营养而身形佝偻。患有佝偻病的儿童身上肿起了痛苦的脓包。大公司们不知道，饥饿与愤怒之间的界限何其微小。原本应用于支付工资的资金，现在转而用于购买汽油、枪支，雇用特工和间谍，制定黑名单和举行演习。在公路上，人们如同被赶走的蚂蚁一般不断移动，寻找工作，寻找一线生机。愤怒在他们心中慢慢发酵。

# 第二十二章

汤姆·乔德驱车沿着乡间小路寻找韦德派奇营地时,已经很晚了。乡下几乎没有灯光,只有身后的天空中出现大的火焰的强光显示出贝克斯菲尔德的方向。卡车慢慢地摇晃着前进,前面的路上正在寻找食物的猫跑开了。在一个十字路口,有一小群白色的木质小屋。

老妈在座位上睡着了,老爹不说话,沉默了很长时间。

汤姆说:"我不知道那个营地在哪里,也许我们可以等到天亮再找人问下。"他在一个林荫大道的信号灯前停了下来,另一辆车在十字路口停了下来。汤姆探出身子。"嘿,先生,知道大营地在哪里吗?"

"向前直走。"

汤姆把车开到对面的路上,开了几百码后,他停了下来。一条高高的铁丝栅栏正对着路,一条宽阔的有大门的车道拐了进去。在大门里面不远的地方有一个小房子,房子窗户里透着灯光。汤姆开进了这道门。整辆卡车猛地腾空而起,又摔了下去。

"天啊!"汤姆说,"我竟然没有看到那个小圆丘。"

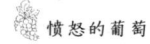

一个守营人从门廊上站起来,向卡车走来。他靠在车的一边。"你开得太快了。"他说。"下次注意一点。"

"这到底是什么,干什么用的?"

守营人笑了。"嗯,很多孩子在这里玩。你告诉人们慢慢开吧,他们很快就忘了。不过,让他们碰一下那个小圆丘,他们就不会忘记了。"

"哦!也是。希望车没被撞坏。那么——你们这儿有地方给我们住吗?"

"有一个地方,你们有几个人?"

汤姆用手指数着。"我和老爹、老妈、艾尔和罗莎、约翰伯伯、两个孩子露丝和温菲尔德。"

"好吧,我想那块营地够用,有露营用品吗?"

"有一块大篷布和几张床。"

守营人踩到脚踏板上。"开到那条路的尽头,然后右转,就能找到第四卫生大楼了。"

"那是干什么的地方?"

"有厕所、花洒和清洗池。"

老妈问:"这里有清洗池——自来水吗?"

"当然了。"

"天啊!感谢上帝。"老妈说。

汤姆开车穿过那排又长又黑的帐篷。在卫生大楼里,一盏微弱的灯亮着。"把车停在这里吧。"守营人说,"这是个好地方,原来住在这里的人刚搬走了。"

汤姆停下了车。"这里吗?"

"是的。现在你让其他人卸货吧,我来帮你登记,登完记就睡觉吧。营地委员会明早会来找你，帮你们安排一下的。"

汤姆垂下了眼睛。"是警察要来吗？"他问。

守营人笑了。"没有治安警察，我们这儿都是我们营地自己的警察，是这里的人们选举的警察，过来吧。"

艾尔下了卡车，绕了过来。"你要住在这里？"

"是的。"汤姆说，"你和老爹去卸货，我去一下办公室。"

"安静点。"守营人说，"有很多人在睡觉呢。"

汤姆穿过黑暗，爬上办公室的台阶，走进一个小房间，房间里面放着一张旧桌子和一把椅子。守营人在桌子旁坐下，拿出一张表格。

"叫什么名字？"

"汤姆·乔德。"

"那是你父亲吗？"

"是的。"

"他的名字叫什么？"

"他也叫汤姆·乔德。"

守营人还在继续问。从哪里来，在这个州待了多久，做了什么工作。然后他抬起头来。"我不是爱管闲事，只是我们必须有这些信息。"

"好的。"汤姆说。

"那么你们——有钱吗？"

"只有一点。"

"你不是一点钱都没有吧？"

"有一点钱，为什么要问这个？"

"嗯，露营地每周要场地费一块钱，但你可以通过干活来抵销，可以搬运垃圾，保洁——诸如此类的事情。"

"我们来干活抵销场地费吧。"汤姆说。

"你们明天会见到委员会的人,他们会告诉你们如何在营地里生活,告诉你们一些规定。"

汤姆说:"嗯——这是什么?委员会是干什么的?"

守营人靠在椅背上。"委员会把这里管理得很好,营地有五个卫生大楼。每一个楼选举一名代表委员,委员会来制定这里的规定,他们说什么就要遵守。"

"要是他们不讲理了怎么办?"汤姆说。

"嗯,通过投票你很快就能把他们投出去,也可以投票选委员会人选,他们都做得很好。告诉你他们平时是怎么做的吧——你知道圣辊轮的牧师总是跟着人们,一边授道一边募捐吧?他们想在这个营地传教,很多老年人也都想这样。所以,就由总委员会做决定。他们开了个会,这样解决了。他们说,'任何牧师都可以在这个营地传教,但是不要募捐。'这对老人们来说有点不开心,因为从那以后就没有一个牧师过来了。"

汤姆笑了,然后问道:"你的意思是说,管理营地的那些人只是平民——在这里露营的?"

"当然,而且他们工作很到位。"

"你刚才提到的警察——"

"总委员会来维持秩序,制定规定。然后还有妇女的委员会。她们会去找你老妈的。她们会照顾孩子,看护卫生大楼。如果你老妈没工作,她还能替那些有工作的人照看孩子,等她有了工作——那样,就会有别人来照看孩子的。她们可以缝衣服,还会有一个护士来教她们知识,诸如此类的事情。"

"你是说他们不是警察?"

"不是,先生。没有搜查令,警察不能进来。"

## 第二十二章

"好吧，如果有个家伙脾气不好，或者喝醉了，又爱吵架，会怎么处理？"

守营人用铅笔戳了戳吸墨纸。"嗯，第一次总委员会会对他发出警告，第二次就正式警告了，第三次就会把这种人赶走的。"

"天啊，我简直不能相信！今晚，那些治安警察和那些戴着小帽子的人，还把河边的一个营地烧了。"

"他们进不来这里。"守营人说，"晚上有些男孩会在围栏附近巡逻，特别是有舞会的晚上。"

"夜间舞会吗？天啊！"

"这里每个星期六晚上都会举办全县最好的舞会。"

"啊，我的天！为什么就没有更多这样的营地呢？"

守营人看上去闷闷不乐。"那你得自己去弄明白，先去睡一觉吧。"

"晚安。"汤姆说，"老妈会喜欢这个地方的，她已经很久没有得到这么像样的待遇了。"

"晚安。"守营人说，"快睡觉吧，在这里住的人们都起得很早。"

汤姆在一排排帐篷之间的路上走着。他的眼睛渐渐习惯了星光，他看到一排排的帐篷都排得笔直，帐篷周围没有垃圾，地面已经扫过，还洒过水。帐篷里传来睡觉的人们的鼾声，整个营地都传来嗡嗡声和打鼾的声音。汤姆走得很慢，他走近第四卫生大楼，好奇地打量着它，那是一栋没有粉刷的房子，低矮而粗糙，房子有屋顶，但两边是开放式的，里边有着一排排的清洗池。他看见自家的卡车停在附近，就悄悄地朝它走去。篷布搭好了，营地里静悄悄的。当他走近时，一个人影从卡车的阴影中走了出来，向他走过来。

老妈轻声说："是你吗，汤姆？"

"是的。"

"嘘！"她说，"他们都睡着了，他们太累了。"

"你也应该睡觉了。"汤姆说。

"嗯，我在等你，目前来看这里怎么样？"

"很好。"汤姆说，"我先不跟你讲，他们明天早上会告诉你的，你会喜欢的。"

她低声说："我听说这还有热水。"

"是的。现在你应该睡觉了，我不知道你上次什么时候睡的觉。"

她恳求道："你有什么不能告诉我的？"

"我先不跟你讲，你先睡觉吧。"

突然间，她变得跟小女孩一样。"如果我一直想着这事，你又不告诉我，我怎么能睡得着呢？"

"不，你别这样。"汤姆说，"你明天早上第一件事就是穿上一件新裙子，然后——你就知道了。"

"我老是想起这事，我就睡不着。"

"你必须睡。"汤姆高兴地笑着，"你就是必须睡觉。"

"晚安。"她轻声说。她弯下腰，钻到黑色的防水帆布下面。

汤姆爬上了卡车的后挡板，他仰面躺在木板上，双手枕在脑袋后面，前臂压着耳朵。夜晚变得更冷了，汤姆把胸前的外套扣子扣好，然后又恢复了他刚刚躺着的姿势。他头顶上的星星清晰而明亮。

汤姆醒来时天还是黑的——一阵轻微的撞击声把他从睡梦中惊醒了。他听了听，又听到铁制品撞击产生的声音。他僵硬地移动着，在早晨的冷空气中瑟瑟发抖，营地里的人还在睡觉。汤姆站起来，从卡车的侧面往外看。东方的山脉是蓝黑色的，他继续注视着，这时太阳的光线在山脉背后隐隐升起，在山的边缘染上了一层淡淡的红色，然后天气变得越来越冷，天空越来越灰、越来越暗，当光线上升到头顶，上升到接近西方地平线的地方，才与纯净优美的夜晚融合在一起。在山谷深处，黎明的大地呈现出薰衣草般的灰紫色。

铁的碰撞声又响起了。汤姆向下看了看那排帐篷，棚布的灰色只比地面浅一点。在一个帐篷旁边，他看到一个旧铁炉的裂缝里冒出了橙色的火焰，灰色的烟从粗短的排烟管里飘了出来。

汤姆爬过卡车一侧，跳到地上。他慢慢地走向那个火炉。他看到一个女孩在炉子旁干活，看到她弯曲的胳膊上抱着一个婴儿，婴儿的头埋在女孩的衬衫下正在吃奶。那女孩四处走动，拨弄火堆，拨动生锈的炉盖，想做一锅好饭。她打开炉门，婴儿一直在吮吸着，这位母亲熟练地把他从一只手臂移到另一只手臂。婴儿并没有妨碍她的工作，也没有妨碍她快速又优雅的动作。橘黄色的火苗从炉子缝里冒出来，在帐篷上投射出闪烁的倒影。

汤姆走近了一些，他闻到了煎培根和烤面包的味道。东边，太阳的光线迅速变亮了。汤姆走近炉子，把手伸向它。女孩看着他，点了点头，她的两条辫子也随着晃了晃。

"早上好。"她说着，把锅里的培根翻了翻面。

帐篷的门帘被猛地掀了起来，一个年轻男人走了出来，一个年长的男人跟着他。他们穿着崭新的蓝色粗布工装裤和粗布大衣，衣服被填充物填得很结实，黄铜纽扣闪闪发光。他们的脸都很消瘦，看着长得很像。那个年轻男人留着黑色的胡茬，那个年长的男人留着白色的胡茬。他们的头和脸都是湿的，头发在滴着水，水滴在他们僵硬的胡须上挂着。他们的脸颊湿得发亮，他们站在一起，静静地望着东方的光亮。他们一起打哈欠，看着山边的光圈。然后他们转过身来，看到了汤姆。

"早上好。"年长男人说，他的表情看起来既不友好，但也无恶意。

"早上好。"汤姆说。

"早上好。"年轻男人说。

他们脸上的水慢慢干了。他们来到炉子前,在炉子上烤手。

女孩继续干活。有一次,她把孩子放下,用一根绳子把她的辫子在背后绑起来。当她干活的时候,两条辫子也跟着拉扯摇摆着。她把铁质杯子放在一个大包装盒上,把铁盘子和刀叉也摆好。然后,她把培根从油腻的油锅里舀出来,放在一个铁盘上。培根变脆了,发出吱吱作响的声音。她打开生锈的烤箱门,取出一个装满面包的方形盘子。

空气中弥漫着面包的香味,两个男人都深深地吸了一口气。年轻男人轻声说:"闻起来太美味了!"

这时,年长男人问汤姆:"你吃过早饭了吗?"

"嗯,不,没吃呢。但是我的家人在那边,他们还没起床,需要多睡会。"

"那么,跟我们一起坐下吧。我们今天做了很多——谢天谢地啊!"

"哇,谢谢你们啊。"汤姆说,"闻起来太香了,我无法拒绝。"

"是吗?"年轻男人问。"你这辈子闻过这么香的东西吗?"他们走向包装箱,蹲在包装箱的周围。

"在这边工作吗?"年轻男人问。

"想在这边找工作。"汤姆说,"我们昨晚才进来,还没有机会四处看看呢。"

"我们工作了十二天了。"年轻男人说。

在炉子旁干活的女孩说:"他们甚至还买了新衣服。"两个人都低头看着自己硬邦邦的蓝衣服,害羞地笑了笑。女孩端出一盘培根、烤得发棕的面包、一碗熏肉肉汁和一壶咖啡,然后也在箱子旁边蹲了下来。婴儿还在吃奶,他的头埋在女孩的衬衫下。

他们把盘子装满,把培根肉汁倒在面包上,给咖啡加了糖。

年长男人往嘴里塞满了吃的,他嚼啊嚼,咽啊咽。"天啊,这太好吃了!"他说着,又往嘴里塞了些吃的。

年轻男人说:"我们已经吃了十二天的好东西了,十二天里从来没有错过一顿饭——我们都没有。我们工作了,拿工资了,还吃上了好东西。"他几乎发狂似的又吃了起来,把盘子里的东西再一次装满了。他们喝完一杯滚烫的咖啡,把咖啡渣倒在地上,重新又斟满杯子。

现在太阳的光线里有了颜色,一种微红的光芒。父子俩停止了进食。他们面向东方,脸被晨光照亮了。晨光洒在大山上,映入他们的眼睛里。然后,他们把杯子里的残渣倒在地上,一起站了起来。

"得走了。"年长的男人说。

年轻男人转向汤姆。"等下。"他说,"我们要铺设管道,如果你想和我们一起过去,也许我们可以让你也一起干活挣点钱。"

汤姆说:"哇,你们真是太好了,还有,真的很感谢你们的早餐。"

"很高兴你和我们共进早餐。"年长男人说,"如果你愿意,我们会尽力推荐你和我们一起工作的。"

"我当然特别愿意。"汤姆说,"请等一下,我要告诉我的家人。"他急忙跑到自家的帐篷前,弯下身往里面看。在昏暗的帆布下,他看到了一团团熟睡的人影。但是被褥开始动了起来。露丝像蛇一样扭动着出来,她的头发垂下来遮住了眼睛,裙子又皱又扭。她小心翼翼地爬了出来,站了起来。她那双灰色的眼睛从睡梦中醒来,明亮又平静,眼神中已经看不出要捣蛋的意思了。汤姆从帐篷里走了出来,示意她跟着走。当他转过身来,露丝抬头看着他。

"天啊,你长大了。"他说。

她突然尴尬地把目光移开。"听着。"汤姆说,"别吵醒别人,等他们起来了,你就告诉他们,我得到了一个工作机会,我要去干活了。告诉老妈,我和邻居吃了早餐,你听明白了吗?"

露丝点点头,转过头去,她的眼睛是小女孩那种清澈的眼睛。"别把他们吵醒了。"汤姆强调,说完,他急忙回到新朋友们身边。露丝小心翼翼地走近卫生大楼,从敞开的门口往里偷看。

汤姆回来时,那两个男人正在等着。那个年轻的女人拖了一张床垫出来,把婴儿放在上面,然后就去洗盘子了。

汤姆说:"我想告诉我的家人我去哪儿了,但他们没有醒。"三个人在帐篷间的路上走着。

营地开始活跃起来。在新燃起的火堆旁,女人们在干活,切肉,揉面团准备早晨的面包,男人们在帐篷和汽车周围忙碌起来。天空变成了玫瑰色。在办公室前,一位瘦削的老人仔细地耙着地面。他拖着耙子,在地上留下了又直又深的痕迹。

"你出来得真早,大伯。"年轻男人在他们走过的时候说。

"是的,是的。我得挣钱交房租。"

"房租,见鬼!"年轻男人说,"上星期六晚上他喝醉了,在帐篷里唱了一整夜。委员会给他安排了一些活儿。"他们沿着路的边缘走着,路旁长着一排核桃树。太阳越过群山在天空露了出来。

汤姆说:"好像很有趣。我吃了你们的饭,但没有告诉你们我的名字——你们也没有提过你们的名字。我叫汤姆·乔德。"

年长男人看着他,然后微微一笑。"你来这边没多久吧?"

"是的!也就来了几天。"

"我就知道。真有趣,你改掉了告诉别人自己名字的习惯,要认识的人可真多啊,还要记住名字。嗯,先生——我叫蒂莫西·华莱士,这是我的孩子威尔基。"

"很荣幸认识你们。"汤姆说,"你们在这儿待很久了?"

"十个月了。"威尔基说,"我们去年来的时候正好赶上洪水的尾巴。天啊!我们之前太煎熬、太艰难了!真的快饿死了。"他们的脚在路上走着,发出嘎吱声。一辆卡车从他们身旁经过,车上的每个人都沉默着。他们都在卡车上撑着身体,皱着眉头向下看。

"是去煤气公司的。"蒂莫西说,"他们这份工作不错。"

"我可以去开我们家的卡车。"汤姆提议道。

"不用的。"蒂莫西俯下身,捡起一个绿色的核桃。他用拇指摸了摸,然后把它扔向了一只停在铁丝网上的黑色鸟儿。鸟儿飞了起来,核桃从它下面飞过去了。然后这只鸟儿落回到铁丝网上,用尖尖的嘴抚平它黑亮亮的羽毛。

汤姆问:"你们没有车吗?"

华莱士家二人都默不作声,汤姆看着他们的脸,看出他们都很羞愧。

威尔基说:"我们工作的地方离这条路只有一英里远。"

蒂莫西生气地说:"没有,我们没有车。我们卖掉了我们的车。我们是不得不卖掉。我们没有食物,什么都没有,还找不到工作。每周都有来买车的人,他们过来,如果知道你饿着肚子没饭吃,他们就会买你的车。如果你实在太饿了,他们就会少付点钱。而且——我们已经饿得不行了,买车的人只给了我们十块钱就买走了我们的车。"他朝路上啐了一口唾沫。

威尔基轻轻地说:"上星期我在贝克斯菲尔德看见那辆车了——

它停在一个二手车停车场——就停在那儿，车身上的标签上写着七十五块钱。"

"我们只能把车卖了。"蒂莫西说，"要么我们只能让他们偷走我们的车，要么我们得从他们那里偷些东西来。但是我们现在还用不着去偷，不过，该死的，我们差一点就得去偷了！"

汤姆说："听我说，在我们离开家乡之前，我们听说这里有很多工作招人。我看到了他们发的传单，请人们到这里来工作。"

"是的。"蒂莫西说，"我们也看到了。但是在这里他们却不需要太多的工人，而且工资一直在下降。我们光想着怎么吃口饭，就已经累坏了。"

"你们现在已经有工作了。"汤姆说。

"是的，但这工作不会持续太久。我们是为一个好人工作，他有块小地，也和我们一起干活。但是，该死的——这份工作不能长期干。"

汤姆说："你们到底为什么要让我一起去呢？我去的话这份工作的时长又会缩短。你们为什么要做对自己不利的事呢？"

蒂莫西慢慢地摇了摇头。"我不知道，也不明白。我们还想挣钱给每人买一顶帽子，我想我做不到了。就在那儿，右边那边，真是份不错的工作，每小时工资有三毛钱，为这么友好的老板工作真好。"

他们拐下公路，沿着一条砾石路往前走，穿过一个小果园。在树林后面，是一座白色的农舍，有几棵遮阴的树和一个谷仓。谷仓后面是一个葡萄园和一片棉花地。当这三个男人经过农舍时，一扇纱门砰的一声关上了，一个被太阳晒得黝黑的矮胖男人从后面的台阶上走了下来。他戴着一顶纸做的遮阳帽，卷着袖子，穿过大院，他那被太阳晒黑的浓眉皱了起来，他的双颊被太阳晒得像牛肉一样红。

## 第二十二章

"早上好,托马斯先生。"蒂莫西说。

"早上好。"男人暴躁地说。

蒂莫西说:"这位叫汤姆·乔德。我们想问问你能不能给他安排份工作?"

托马斯皱着眉头看着汤姆。然后他笑了笑,但他的眉头仍然皱着。"哦,当然可以!我会给他安排的,我会给每个人都安排,没准有一百个人我也能安排得了。"

"我们只是想——"蒂莫西充满歉意地说。

托马斯打断了他的话。"是的,我也一直在想。"他转过身,面对着他们。"我想告诉你们,我之前一直每小时付给你们三毛钱工资——对不对?"

"啊,没错,托马斯先生——可是——"

"而且我一直也能得到值得三毛钱的劳动成果。"他那双沉重的双手紧握着。

"我们每天干活都尽力了。"

"好吧,该死的,今天早上开始,你们每小时只能拿二毛五的工资了,干不干随你们。"他的脸因为愤怒,红得更厉害了。

蒂莫西说:"可是我们干活干得很好,你自己也这么说的。"

"我知道,但我好像不能自行定工资了。"他吞了口口水,"看吧。"他说,"我在这里有六十五英亩地,你们听说过农民协会吗?"

"嗯,当然听说了。"

"嗯,我是农民协会的,我们昨晚开了个会。你们知道现在谁在管理农民协会吗?我来告诉你们吧,是西部银行。这家银行拥有这个山谷的大部分土地,而且所有不属于它的地,也都被抵押给这家银行了。所以昨天晚上银行的人告诉我,他说:'你现在每小时付三毛钱的工资,但你最好把它减到二毛五。'我说:'我手底下的人干得很好,他们的劳动值每小时三毛钱。'他说:'不是这样算的,现在工资一般都是二毛五,如果你付三毛钱,就会引起动乱。'他又说:'顺便问一下,明年你还需要农作物贷款吗?'"托马斯停下来了,他喘着气。"你们懂了吗?工资现在是二毛五——是这么回事。"

"但是我们工作完成得挺不错的啊。"蒂莫西无奈地说。

"你们还不明白吗?银行雇了两千个人,而我只雇了三个,我要遵守银行相关文件的规定。现在,如果你们能想出办法,我发誓,我也会接受的!可他们专门过来让我降低工资。"

蒂莫西摇了摇头。"我不知道该说什么了。"

"你们在这儿等着。"托马斯快步走向农舍,进去后,门砰地关上了。不一会儿,他回来了,手里拿着一份报纸。"你们看到这个了吗?这里,我来读一下:'对红色骚乱者感到愤怒的市民烧毁了流浪汉的营地。昨晚,一群市民对当地一个流浪者营地发生的骚乱感到愤怒,他们把搭有帐篷的营地放火烧尽,并警告骚乱者离开这个县。'"

汤姆开口说:"哎,我——"然后他又闭上嘴,沉默下来。

托马斯小心地把报纸折叠起来放进口袋里。他又控制住了自己的心情,轻轻地说:"那些人是协会派来的,现在我把这事说出来了,如果他们发现我说了,明年我就连农场都没有了。"

"我只是不知道该说什么。"蒂莫西说,"如果他们是骚乱者,我可以理解他们为什么疯了。"

托马斯说:"我观察过很长时间了,减薪前总会有红色骚乱者,总是这样。该死,他们把我限制住了。现在,你们要怎么做?二毛五一小时的工资可以接受吗?"

蒂莫西看着地面。"可以的。"他说。

"我也是。"威尔基说。

汤姆说:"我好像正好赶上降薪了。当然,我也会工作的,我得干活了。"

托马斯从后裤兜里掏出一条大手帕,擦了擦嘴和下巴。"我不知道这种情况会持续多久,我真不知道你们这些人怎么能靠现在的工资去养活一家人。"

"我们工作了就能养活家人的。"威尔基说,"但没有工作就养不活了。"

托马斯看了看他的手表。"好吧,我们出去挖沟吧。""天啊。"他说,"我还要告诉你们,你们现在住在政府的营地,对吗?"

蒂莫西的身子僵硬着。"是的,先生。"

"你们每个星期六晚上都有舞会吗?"

威尔基笑了。"我们那儿当然有。"

"嗯,下周六晚上你们得小心点。"

蒂莫西突然挺直了身子,他走近了。"你这是什么意思?我就是营地总委员会的,我得了解一下。"

托马斯显得忧心忡忡。"别告诉别人是我说的。"

"什么事?"蒂莫西问道。

"嗯,协会不喜欢政府的营地,治安警察进不去。我听说,营地的人自己制定营地里的规定,没有搜查令一个人也不能逮捕。现在,如果营地发生了一场大打斗,或者再发生枪击事件——那么治安警察就可以进去清理营地。"

蒂莫西的表情变了。他的肩膀笔直,目光冰冷。"你这是什么意思?"

"千万别告诉别人你在哪儿听到的。"托马斯不安地说,"星期六晚上营地里会有一场打斗,而且会有治安警察准备进去。"

汤姆问:"为什么,到底为什么?营地里那些人又没有打扰任何人。"

"我来告诉你为什么。"托马斯说,"营地里的那些人已经习惯了被真正当作人来体面对待的感觉,等他们回到流浪汉的那种营地,就很难对付了。"他又擦了擦脸,"现在快去工作吧。天啊,我希望我不会因为说了这些话失去我这块田地,但我喜欢你们这些人。"

蒂莫西走到他面前,伸出一只又瘦又干硬的手,托马斯握住了。"没人会知道是谁说的,我们都很感谢你,他们不会打架的。"

"继续工作吧。"托马斯说,"现在工资按每小时二毛五算。"

"我们可以接受你的报价。"威尔基说。

托马斯朝农舍走去。"我一会就出来。"他说,"你们先去工作吧。"他身后的纱门砰地关上了。

三个男人走过粉刷得雪白的小谷仓,沿着田野的边缘走了出去。他们来到一条狭长的沟边,沟边放着几段混凝土管道。

"这就是我们工作的地方。"威尔基说。

他的父亲打开谷仓,拿出两把镐和三把铲子。他对汤姆说:"这就是你宝贵的工具了。"

汤姆拿着镐头。"天啊!这手感不错!"

"等到十一点左右吧。"威尔基说,"到时你再感受一下手感有多好。"

他们走到这条沟的尽头。汤姆脱下外套,把它扔在土堆上。他推了推帽子,走进了沟里。然后他朝自己的手上吐了口唾沫。他把镐头举到空中,飞快砍下去。汤姆轻声哼了一声。镐头忽起忽落,每当汤姆用镐头砍进土里,再把土弄松的那一刻,他都会发出哼的声音。

威尔基说:"哎,老爹,我们可算找对人了,这人挖土技术一流啊!"

汤姆说:"我是之前干过(嘿哟),没错,我确实挖过土(嘿哟),之前没少干(嘿哟),有点喜欢这种感觉(嘿哟)!"他面前的土壤松动了。现在,太阳照耀着果树,葡萄藤上的绿叶子透出一抹金色。挖了有六英尺长的时候,汤姆走到一边,擦了擦额头。威尔基跟在他后面。铁锹起起伏伏,泥土飞到不断变长的壕沟旁的那堆土上。

"我听说过这个营地的总委员会。"汤姆说,"所以你就是他们中的一员。"

"是的,先生。"蒂莫西说,"这是一种责任,对于所有营员的责任。我们已经尽力了,营地里的人也都在尽力做好。我希望那些大农场主不要再折磨我们。我希望他们不会再找我们麻烦。"

汤姆爬回沟里,威尔基站在一旁。汤姆说:"那他在舞会上说的(嘿哟)要有打斗是怎么回事?(嘿哟)他们这么做是为了什么?"

蒂莫西跟在威尔基后面,蒂莫西用铲子倾斜着插进沟底,再把沟底磨平,准备铺设管子。"看来治安警察还是想赶走我们。"蒂莫西说,"他们怕我们组织起来反抗,也许他们考虑得对,这个营地是一个组织,那里的人都会把自己照顾好,营地还有这周边最好的乐队,还有可以稍微赊点账的商店让饿肚子的人也能买东西。比如赊账五块钱——你可以赊账买五块钱的食物,商店老板也会同意的。我们也从来没犯法,我想大农场主们应该害怕这一点,总不能不犯法就把我们扔进监狱吧——哼,这会让他们害怕。他们想,如果我们能管住自己,也许还能做出点别的事。"

汤姆从沟里走出来,擦去眼睛旁边的汗水。"你听说过报纸上提到的'贝克斯菲尔德北部的骚乱者事件'吗?"

"当然。"威尔基说,"他们一直都这么做。"

"嗯,我当时就在那边。他们不是骚乱者,也没有什么红色政党。这些红色政党的人到底是谁?"

蒂莫西在沟底铲出一座小山那么多的土,阳光照得他的白胡子闪闪发亮。"很多人都想知道红色政党是什么。"他笑了,"我们有一个孩子发现了。"他用铲子轻轻地拍了拍堆好的土,"有个人叫海恩斯——他有大概三万英亩的土地,种有桃子和葡萄——有一个罐头厂还有一个酿酒厂。嗯,他一直提到关于该死的红色政党的话题。他说:'这帮该死的红色政党的人正在把这个国家推向毁灭,我们得把这帮浑蛋赶出去。'嗯,有一天,一个刚从西部来的年轻人听到了,他挠了挠头说:'海恩斯先生,我来的时间不长,这些该死的红色政党的人是谁? '海恩斯说:'我们付二毛五工资的时候,那个该死的红色政党的人想要三毛钱!'嗯,这个年轻人思考了一下,他挠了挠头,说:'哦,天啊,海恩斯先生,我不是那些所谓的浑蛋,不过,如果这就是红色政党的意思——那么,我每小时也想要三毛钱的工资,我们每个人都想。海恩斯先生,这么说来我们都是红色政党了。'"蒂莫西沿着沟底铲着,铲到的每块地上,坚实的泥土都在闪闪发光。

汤姆笑了。"我想我也是。"他用镐头画过一个弧线,抬起又砍了下来,凿到的土地裂开了。汗水顺着他的额头淌下来,顺着他的鼻子流了下来,然后在他的脖子上闪闪发光。"该死的。"他说,"如果你不抗争(嘿哟),镐头就是个好工具(嘿哟),你和镐头一起工作(嘿哟)。"

三个男人整齐地排列着干活,沟渠慢慢地向前延伸,接近中午了,炙热的太阳照在他们身上。

## 第二十二章

当汤姆离开后,露丝在卫生大楼外往里面看了半天。没有了温菲尔德在她旁边听她吹嘘,她就有点胆小了。她光着脚踩在水泥地板上,然后又缩回来。一排排帐篷的那头,一个女人从帐篷里走出来,在一个铁皮野营炉里生起了火。露丝朝那个方向走了几步,但她不能离这里太远。她蹑手蹑脚地走到自家帐篷的门口,往里看。帐篷里,约翰伯伯躺在帐篷一侧的地上,他张着嘴,喉咙发出一阵阵打鼾声。老妈和老爹裹着舒适的被子,把头埋在里面,遮蔽光线。艾尔在离约翰伯伯很远的一边,他用胳膊挡住眼睛。罗莎和温菲尔德在靠近帐篷前门的地方,温菲尔德旁边空着露丝之前待过的位置。露丝蹲下来往里看,她的眼睛一直盯着温菲尔德的黄头发。当她就这么看着他的时候,温菲尔德睁开眼睛盯着她,他透露出严肃的神情。露丝把手指放在嘴唇上,用另一只手示意。温菲尔德的眼睛转向罗莎,她那红通通的脸离他很近,嘴巴微微张着。温菲尔德小心翼翼地掀开毯子,溜了出来。他悄悄爬出帐篷,走到露丝身边。"你起床多久了?"他低声问。

她小心翼翼地把他领了出去,等他们到了安全的地方,她说:"我一直没睡,整晚都醒着。"

"你没有。"温菲尔德说,"你真是大骗子。"

"好吧。"她说,"如果我骗你了,我就不会告诉你发生了什么。我不会告诉你那人是怎么被刀刺死的,也不会告诉你还跑来一只熊,叼走了一个小孩。"

"这里没有熊啊。"温菲尔德不安地说。他用手指梳理了一下头发,往下拉了拉工装裤。

"好吧——这里没有熊。"露丝讽刺地说,"而且也没有产品目录上那种用陶瓷做的白色设施。"

温菲尔德严肃地看着她,他指了指卫生大楼。"在那儿?"他问。

"我是个卑鄙的骗子。"露丝说,"告诉你这些对我没有任何好处啊。"

"我们去看看。"温菲尔德说。

"我已经去过了。"露丝说,"我已经进楼里坐过了,我甚至还在里面尿过尿。"

"你肯定没有。"温菲尔德说。

他们走进卫生大楼,这次露丝不再害怕了。她大胆地带路进了大楼。厕所排在大房间的一边,每个厕所都有一个隔间,隔间还有一扇门。陶瓷做的马桶白得闪闪发光。洗手池排在另一面墙上,而第三面墙上是四个淋浴间。

"这里。"露丝说,"这就是马桶,我在产品目录里见过。"孩子们走近其中一个马桶,露丝突然虚张声势地掀起裙子,坐了下来。"我告诉过你我来过这里。"她说。为了证明这一点,马桶传来一阵水流的响声。

温菲尔德很尴尬。他用手拧动了冲水杆。只听哗啦一声,露丝跳了起来,跳到了马桶旁边。她和温菲尔德站在房间中间,看着马桶。水流还在马桶里哗啦啦地响着。

"是你干的。"露丝说,"你把它弄坏了,我看见你干的。"

"我没有,我真没弄坏。"

"我看见是你动的。"露丝说,"之后有好东西可不能再给你用了。"

温菲尔德垂着头,他抬起眼睛看着露丝,眼里充满了泪水,他的下巴颤抖着。露丝立刻后悔起来。

"没关系。"她说,"我不会告发你的,我们就假装这东西本来就是坏的,假装我们没来过这。"她领温菲尔德走出大楼。

## 第二十二章

这时,太阳升起了,它已经高过了群山。阳光照在五个卫生大楼的波纹铁皮搭的屋顶上,照在灰色的帐篷上,照在帐篷之间扫过的地面上。整个营地的人都醒了,煤油罐和金属板做的火炉里的火燃烧着,空气中弥漫着烟味。帐篷的门帘被掀开,人们在外面走来走去。在乔德家的帐篷前,老妈站在那里上下打量着来来往往的人,她看见了孩子们,就过去找他们了。

"我很担心你们。"老妈说,"我不知道你们去哪了。"

"我们只是在随便看看。"露丝说。

"哎,汤姆去哪儿了?你看见他了吗?"

露丝一下子来劲了。"是啊,老妈,汤姆让我给你传话。"她停顿了一下,像是让别人看出她在完成多么重要的使命一样。

"嗯,什么事?"老妈问道。

"他说要我告诉你——"她又停顿了一下,还看了看温菲尔德是否明白她的地位多么重要。

老妈举起手,手背朝着露丝。"是什么事?"

"他找到工作了。"露丝赶紧说,"汤姆出去工作了。"她担心地看着老妈举起的手。那只手放了下去,然后又伸向了露丝。老妈抱住露丝的肩膀,激动地颤抖着,然后又松开了她。

露丝尴尬地盯着地面,改变了话题。"卫生大楼里有马桶。"她说。"是白色的。"

"你去过那里吗?"老妈问道。

"我和温菲尔德去了。"她说。然后,她狡诈地说,"温菲尔德,他弄坏了一个马桶。"

温菲尔德脸红了,他怒视着露丝。"她在马桶撒尿了。"他恶狠狠地说。

387

老妈很担心。"你们做了什么?让我看看。"她逼迫孩子们走到卫生大楼门口,进了楼。"现在说吧,你们当时怎么做的?"

露丝说。"它发出哗啦啦的水流声,现在没有了。"

"你们怎么做的,演示一下。"老妈要求道。

温菲尔德不情愿地去了厕所。"我没有太用力。"他说,"我只是掰了一下这儿,然后就——"水的哗哗声又传来了,他赶紧跳开。

老妈仰起头来笑了,露丝和温菲尔德却怏然不悦地看着她。"这就是这样用的啊。"老妈说,"我以前见过马桶。上完厕所的时候,你需要拉下冲水杆。"

孩子们对他们的无知感到太羞愧了。他们赶紧跑出了门,沿着路走,看到了一大家人正在吃早饭。

老妈看着他们出了门,然后她环顾了一下这个小隔间,又走到淋浴间往里看。然后,她又走到洗手池前,用手指抚摸着那些白瓷。她轻轻拧了一下水龙头,把手指放在水下,水热了就把手抽开。她看了一会儿水池,然后拧紧塞子,从水龙头里接了一点热水,又接了一点凉水,水温就正好了。然后她在调好的温水里洗了手,还洗了脸。她又用沾了水的手指梳理了一下头发,这时身后的水泥地上响起了脚步声。老妈转过身来,一个上了年纪的男人站在那里,带着一种理直气壮又震惊的表情看着她。

他严厉地说:"你怎么进到这儿来的?"

老妈咽了口气,她感到水从下巴滴了下来,浸透了她的裙子。"我不知道。"她充满歉意地说,"我以为这是给大家公用的。"

老人对她皱起了眉头。"这是给男士公用的。"他严肃地说。他走到门口,指着门上的一个牌子:男士。"这里。"他说,"这里写着呢,你没看到吗?"

## 第二十二章

"没有。"老妈不好意思地说,"我从来没见过这个标识,那请问这里有没有我能进的地方呢?"

老人的怒气消了。"你刚来这里吧?"他亲切地问。

"昨天半夜来的。"老妈说。

"那么你还没有跟委员会的人谈过吧?"

"什么委员会?"

"啊,妇女委员会啊。"

"还没有,没谈过呢。"

他骄傲地说:"委员会的人很快就会来拜访你,给你安排安排,我们会关照好刚来的人。现在,如果你想用女厕所,你可以到大楼的另一边去。那一面的厕所是你能用的。"

老妈不安地说:"你说妇女委员会的人——要到我的帐篷里来?"

他点了点头。"我觉得快了。"

"谢谢你。"老妈说。她急忙出去,快速赶回帐篷。

"老爹。"她叫道,"约翰,起来!你,艾尔,快起来洗脸。"大家用惊恐又困倦的眼睛望着她。"你们所有人。"老妈叫道,"快起床洗脸,把头发也梳好。"

约翰伯伯脸色苍白,病恹恹的。他的下巴上有一块红色的伤痕。

老爹问:"怎么了?"

"委员会的人要来。"老妈叫道,"有一个委员会——一个妇女委员会要来拜访咱们。现在起来吧,洗洗脸。我们睡觉打呼噜的时候,汤姆都出去干活去了,现在快点起来吧。"

他们睡眼惺忪地走出帐篷。约翰伯伯跟跄了一下,脸上露出痛苦的表情。

"到卫生大楼去洗洗。"老妈命令道,"我们得吃完早餐,为委员会的人过来做好准备。"她走到营地的一小堆劈开的木头旁。她生了一堆火,把锅放了上去。"做个玉米饼。"她自言自语道,"玉米饼和肉汁,能快一点,动作也要快点。"她继续自言自语,露丝和温菲尔德站在旁边,不知道能做些什么。

清晨,营火的烟雾弥漫了整个营地,四面八方传来了人们窃窃私语的声音。

罗莎蓬头垢面,睡眼惺忪,她从帐篷里爬了出来,老妈正一把一把用手量着玉米面。她转过身来,看着罗莎皱巴巴的脏裙子,看着她蓬乱的头发。"你得去洗干净。"她轻快地说,"马上就过去洗脸吧。穿一条干净的裙子,我洗过了。把头发梳理一下,把眼屎也清理干净。"老妈很兴奋。

罗莎不高兴地说:"我觉得不舒服,我希望康尼也来这里。没有康尼,我什么事也不想干。"

老妈转过身来看着她。黄色的玉米面沾在她的手上和手腕上。"罗莎。"她严厉地说,"你自己得能站得住身。你已经郁闷很长时间了。妇女委员会的人就要来了,她们到这儿来的时候,我们家可就不能那么皱着眉头了。"

"但我感觉不舒服。"

老妈向她走过来,伸出一双沾满玉米面的手。"快点吧。"老妈说,"有些时候,你得能控制住自己的情绪。"

"我要吐了。"罗莎抱怨道。

"好吧,你去吐吧,你当然要吐了,每个女人怀孕时都会想吐。克服一下,然后洗洗脸,再洗一洗腿,穿上你的鞋子。"她又转身去做饭了,"把头发扎好。"她又补了一句。

油锅里的油在火上四处飞溅,老妈用勺子把玉米面放进去,油锅的油炸开了,滋啦啦地响着。她把面粉和油脂在一个小罐里混合,加入水和盐,搅拌起来做成肉汁。铁罐里的咖啡开始翻腾,咖啡的香味从罐里飘了出来。

老爹从卫生大楼走了回来,老妈严肃地抬起头来。老爹说:"你说汤姆有工作了?"

"是的,先生。我们还没醒,他就出去了。你快点在那个箱子里面找件干净的衣服和衬衫。老爹,我很忙。你把露丝和温菲尔德的耳朵冲洗一下吧,那里有热水。你能帮帮忙吗?给他们搓一搓耳朵和脖子,把耳朵周围全都洗干净,尽量洗得红扑扑、亮亮的。"

"从没见过你这么活跃啊。"老爹说。

老妈大声说:"这个家庭也该变得体面一点了。之前在别的营地都没有机会把自己收拾干净,但现在我们可以了。把你的脏衣服扔到帐篷里去吧,我来把它们都洗干净。"

老爹走进帐篷,不一会儿,他穿着洗干净的淡蓝色工作服和衬衫出来了。他领着那两个既伤心又吃惊的孩子走向卫生大楼。

老妈在他身后喊道:"把他们耳朵周围清洗干净。"

约翰伯伯走到男厕所门口向外看了看,然后又进去。他在马桶上坐了很长时间,双手抱着阵阵作痛的头。

老妈抬起一锅棕色的玉米面饼,又往第二个油锅里舀面,准备再煎一锅。这时一个影子落在她身边的地上。她回头看了看,一个穿着一身白色衣裤的小个子男人站在她身后——他有一张瘦削的、棕色的、布满皱纹的脸和一双透露着喜悦的眼睛。他瘦得像个树杆子,洁白干净的衣服上接缝处都磨破了。他对老妈笑了笑。"早上好。"他说。

老妈看着他的白衣服,疑惑而有些僵硬地说,"早上好。"

"你是乔德太太吗?"

"是的。"

"嗯，我是吉姆·罗利，是这个营地的管理人员。我只是过来看看你们住得怎么样，需要的东西都有了吗？"

老妈疑惑地打量着他。"是的。"她说。

罗利说："昨晚你们来的时候我已经睡了，幸好这里还有一个空位。"他的声音听起来让人觉得很温暖。

老妈简要地说："这里的设备都很好，特别是清洗池。"

"你等着女人们去洗衣服的时候吧，很快了。你应该从来没见过这么热闹的一群人，她们就像开会一样。知道她们昨天做了什么吗，乔德太太？她们组织了合唱。一边唱着赞美诗，一边不停地搓着衣服，唱得还挺好听。"

老妈脸上疑惑的神情消失了。"她们一定唱得很不错，你是这儿的老板吗？"

"不是。"他说，"这里的人让我都没活可干了，他们保持营地的清洁，维持秩序，什么都做了，我从来没见过这么勤快的人。他们在会议厅做衣服，还做玩具，我从没见过这样的人。"

老妈低头看着自己的脏裙子。"我们还没清洗干净呢。"她说，"在路上没有办法保持干净。"

"我当然知道了。"他说。说罢便闻了闻周围散发的香味。"哎——咖啡的味道真香啊，是您煮的吗？"

老妈笑了。"真的很香，是吧？这咖啡闻起来一直都挺香的。"她骄傲地说，"如果您愿意和我们一起吃早餐，我们会很荣幸的。"

他走到火堆旁，蹲下来，老妈放松下来。"我很乐意您和我们一起吃个早饭。"她说，"我们没做什么好东西，所以您也不用客气。"

小个子男人朝她咧嘴一笑。"我吃过早饭了，但我很想喝一杯咖啡,这咖啡闻起来真香啊。"

"好的,好的,当然可以了。"

"别着急。"

老妈从铁罐子里倒了一杯咖啡。她说:"我们没有糖了,也许我们今天会买一些,如果平时您喝咖啡要加糖,可能这杯无糖咖啡喝起来不是那么好喝。"

"我喝咖啡从来都不加糖。"他说,"加糖会把上好咖啡的味道破坏掉的。"

"嗯,我喜欢加一点糖。"老妈说。她突然仔细地打量着他,想弄明白他怎么这么快就能和自己熟络起来。她在这个男人的脸上寻找着动机,却只发现他除了对人很友好之外,什么都没有。然后她看着男人白色外套上磨损的接缝痕迹,放心了。

他喝了一口咖啡。"我想今天早上妇女委员会的人会来拜访你的。"

"我们还没清理干净。"老妈说,"希望等我们稍微打扫打扫,她们再过来。"

"她们都知道的。"营地管理员说,"她们也都是这样过来的,不用太着急清理。这个营地的委员们人都很好,因为她们了解这里人的情况。"他喝完咖啡站了起来。"好吧,我得离开了。你想要什么就来办公室吧,我一直都在那里。这咖啡真的太好喝了,谢谢您。"他把杯子放到箱子上,和其他杯子摆放到一起。他挥挥手,沿着一排帐篷走远了。老妈听到他一边走,还一边和营地住民打着招呼。

老妈低下头,抑制住想哭的情绪。

老爹领着孩子们回来了,他们的眼睛里还含着泪水,因为耳朵边被洗得很疼。他们闷闷不乐,脸被洗得干干净净。温菲尔德鼻子上晒伤的皮肤也被擦洗掉了。"好了。"老爹说,"污垢都洗下去了,皮肤也擦干净了。我差点得打他们才能让他们老老实实站着。"

老妈表扬了他们。"你们现在看起来还不错。"她说,"自己去吃玉米饼,喝点肉汁吧。我们得把东西都收拾干净,把帐篷也收拾好。"

老爹把盘子端给孩子们,自己也拿起盘子吃了起来。"不知道汤姆在哪儿干活呢?"

"我也不知道。"

"嗯,如果他能找着活儿,我们应该也能找个活儿干。"

艾尔兴奋地来到帐篷。"这里真好啊!"他说。他开始吃饭,也倒了一杯咖啡。"知道那个人在干什么吗?"他在建一个拖车屋。就在那边,那帐篷后面。拖车上有床,有炉子——要什么有什么。那人就住在这样的车里。天啊,真会享受生活!你停在哪里——就能住在哪里。"

老妈说:"但我觉得还是有个小房子就好,我们很快就能有了,我想要一个小房子。"

老爹说:"艾尔——等我们吃完饭,你、我和约翰伯伯就开着卡车出去找工作。"

"可以啊。"艾尔说,"如果汽车修理厂招人的话,我想在那找份工作,那才是我真正喜欢的工作。给我弄辆小型老福特汽车。把车身喷上黄色的漆,然后到处开。"要是在路边看到漂亮的女孩,我就冲她眨眨眼,姑娘真的很漂亮啊。"

老爹严厉地说:"你最好先找点活干,然后再去找姑娘。"

约翰伯伯从厕所里出来,慢慢走近。老妈朝他皱了皱眉头。

"你还没洗脸呢——"她开口了,然后她看到了约翰伯伯那病恹恹、虚弱又悲伤的样子。她说:"你进帐篷里去躺会儿吧。"她说,"你现在的状态还不太好。"

他摇了摇头。"的确不太好。"他说,"我犯了罪,我必须接受惩罚。"他闷闷不乐地蹲下来,给自己倒了一杯咖啡。

老妈从锅里拿了最后几个玉米饼,她随口说道:"营里的管理员来过了,他还坐下来喝了杯咖啡。"

老爹慢慢地看了她一眼。"是吗?他想干什么?"

"他就是来打发时间的。"老妈轻轻地说。"只是坐下来喝了杯咖啡,他说他之前喝不到这么好的咖啡,我们煮的咖啡闻起来味道也特别香。"

"他想干什么?"老爹又问。

"没有,他只是来看看我们住得怎么样。"

"我不信。"老爹说,"他可能正四处张望到处打听消息呢。"

"他可没有!"老妈生气地叫道,"那种四处打听人家消息的我能辨别出来的。"

老爹把咖啡渣从杯子里倒了出来。

"你不应该这么做了。"老妈说,"这里本来是个挺干净的地方。"

"哎。但是弄得太干净了还让人怎么住呢?"老爹嫉妒地说,"快点,艾尔,我们要出去找工作了。"

艾尔用手擦了擦嘴。"我准备好了。"他说。

老爹转向约翰伯伯。"你也一起吗?"

"是的,我一起去。"

"你看起来不太好。"

"我是状态不太好,但我也想去。"

艾尔上了卡车。"我得去加油。"他说。他发动了引擎,老爹和约翰伯伯爬到车上,坐在旁边。卡车沿着街道开走了。

老妈看着他们走了。然后,她拿了一个桶,走到卫生大楼露天天台的清洗池旁。她在桶里装满了热水，把它拎回了帐篷。罗莎回来的时候，她正在桶里洗碗。

"我把你的早饭盛到盘子里了。"老妈说。然后她端详着罗莎。她的头发滴滴答答滴着水，皮肤红润有光泽，她穿上了那件印着小白花的蓝裙子，脚上穿着婚礼时穿的高跟拖鞋。她在老妈的注视下脸红了起来。"你洗完澡了。"老妈说。

罗莎嗓子沙哑地说："我在浴室里面的时候，一个女人走了进来，你知道她怎么做的吗？你走进一个小隔间，转动水龙头，水就流下来了——热水也好，冷水也好，随你的便——我也会用浴室的设备洗澡了！"

"我也要去洗个澡。"老妈叫道，"等我干完这里的活就去，你教我怎么用。"

"我要每天都洗个澡。"罗莎说，"那位女士——她看见了我，也看见了我肚子大大的，你知道她说了什么吗？她说这里每周都有护士来，我可以去见一下那个护士，她会告诉我该怎么做能让孩子强壮一些，她说这里所有的女人怀孕了都会找护士咨询，我也要去问问。"她脱口而出，"你知道吗？上个星期，这里有个婴儿出生了，整个营地开了一个聚会，他们给孩子送衣服，给孩子送东西——甚至还送了一辆婴儿车——一辆柳条做的。虽然不是新的，但这些人给它涂了一层粉红色的漆，就像新的一样。他们给孩子起了名字，还吃了蛋糕。哦，天啊！"她平静下来，喘着粗气。

老妈说："感谢老天，我们来到了像自己家乡一样的地方，我要去洗个澡。"

"哦，好啊。"罗莎说。

老妈擦了擦铁盘子，把它们堆了起来。她说："我们是乔德一家，

# 第二十二章

我们不会仰视任何人。爷爷的爷爷,他参与过革命战争。在欠债之前,我们一家都是农民。然后——那些人,他们要赶走我们。他们每次来都像是在鞭打我——鞭打我们所有人。在尼德尔斯,那个警察。他对我们动手动脚很气人,让我感到耻辱。现在我不这么觉得了,这些人是我们的同胞,是和我们一样的人。还有那位营地管理员,他来我们这坐了一会儿,喝了杯咖啡,然后说,'乔德太太这个,乔德太太那个'之类的——又问我们,'你们住得好吗,乔德太太?'"她停了下来,叹了口气,"啊,我感觉现在是被当作人一样对待了。"她把最后一个盘子叠好。她走进帐篷,在衣服箱里翻出鞋子和一件干净的裙子。她发现了一个小纸包,里面装着她的耳环。当她从罗莎旁边走过时,她说:"如果委员会的人来了,你告诉她们我马上回来。"她在卫生大楼另一边消失了。

罗莎沉重地坐在一个箱子上,看着她的婚鞋,这双鞋有着黑色漆皮还有量身定制的黑色蝴蝶结。她用手指擦了擦自己的脚趾,又用手指在裙子内侧擦了擦,俯下身的动作给她渐渐变大的腹部施加了压力。她坐直了身子,摸索着用手指抚摸着自己的身子,微微一笑。

一个矮胖的女人沿着路走着,她拎着一个装满脏衣服的苹果箱走向清洗池。她的脸被太阳晒成了棕色,眼睛又黑又神采奕奕。她在格子布连衣裙外面系了一条用装棉花的布袋子做的大围裙,脚上穿着一双棕色的男式牛津鞋。她看到罗莎在抚摸自己,看到了她脸上的一丝微笑。

"原来如此!"她叫道,高兴地笑了起来,"你觉得是男孩子还是女孩子?"

罗莎脸红了,她低头看着地面,然后抬起头来。女人闪亮的小黑眼睛凝视着她。"我不知道。"她咕哝着说。

女人把苹果箱砰的一声扔在地上。"我长了一个活肿瘤，"她说着，像一只快乐的母鸡一样咯咯地笑着。"你想要哪一个？"她问。

"我不知道——我想应该是男孩吧。当然，男孩挺好的。"

"你们刚来这里，是吗？"

"昨天晚上来的——很晚了。"

"要留下来吗？"

"我不知道。如果我们能找到工作，我想我们会留在这里。"

那女人的脸上掠过一道阴影，那双黑色的小眼睛变得严肃起来。"如果能找到工作的话，我们都是这么说的。"

"我哥哥今天早上已经找到工作了。"

"是吗？也许你们真的很幸运，但是要小心这种好运，不能一味地相信运气。"她靠近罗莎，"你只可能幸运一次，不能再走运了，你是个好女孩。"她恶狠狠地说，"你要听话。如果你犯了罪——你就要注意点这个孩子了。"她蹲在罗莎面前。"在这个营地里发生过一些可耻的事情。"她闷闷不乐地说，"每个星期六晚上他们这帮人都会跳舞，而且不只是跳方块舞。他们一边跳舞，还一边互相拥抱！我看到他们这样干了。"

罗莎小心翼翼地说："我喜欢跳舞，喜欢那种方块舞。"她很认真地补充道，"我从来没跳过其他的舞。"

棕色皮肤的女人沮丧地点了点头。"嗯，有些人是喜欢跳这种舞。但上帝不会放任他们的，你觉得呢？"

"是的，阿姨。"罗莎轻声说。

那女人把一只棕色的皱巴巴的手放在罗莎的膝盖上，这样一接触，女孩缩了起来。"我警告你，现在已经没剩下几个深信耶稣的信徒了。每到星期六晚上，当那奇怪的乐队开始演奏赞美诗的时候，他们就又转又跳——是的，他们在狂欢，我都看见他们了，但是我自己不会靠近那里，我也不会让我的家人们靠近。我告诉你，他们都在互相拥抱的。"她停顿了一下，想强调她说的话，然后她又用嘶哑的声音小声地说，"他们不仅仅跳舞，还演舞台剧呢。"她退到一边，歪着头，想看罗莎对这种事会作何反应。

"他们是演员吗？"罗莎惊叹道。

"不是，他们不是演员，不是那帮该死的人。他们都是和我们一样人，是我们的人。里边还有小孩，他们还什么也不懂。他们把自己伪装起来。我没有靠近他们，但我听到他们在说自己在做什么，这帮人真像个魔鬼在这个营地里大摇大摆地走来走去啊。"

罗莎听着，眼睛和嘴巴都张大了。"之前在学校，我们表演过圣诞节的儿童戏剧——在圣诞节那天。"

"嗯——我可没说这是好是坏。有的好人认为圣诞节表演儿童戏剧是个不错的想法。可是——唉，我可不想直截了当地说出来。但这也不是圣诞节儿童戏剧，这里的表演是充满罪恶、欺骗和魔鬼的东西。他们趾高气扬，四处卖弄，说话的语气浮夸得就像不是自己一样。他们还跳舞，互相搂搂抱抱。"

罗莎叹了口气。

"不仅仅是少数人。"棕色皮肤的女人接着说，"这样的人越来越多了，要想数清楚这些内心邪恶的家伙有多少，你得把你脚指头一起加起来才能数清。你别认为那些罪人能欺骗上帝，不会这样的。上天已经用粉笔把他们的罪一项项记下来了，还画出了人们的底线，最后还要把这些罪一个个都加起来。上帝在看着，我也在看着，他已经把两个人赶走了。"

罗莎喘着粗气说："真的吗？"

那个棕色皮肤的女人的声音越来越高。"我看到了。有一个像你一样怀孕的女孩,她还会演戏,还会在舞会上和别人拥抱跳舞。然后——"她的声音变得凄凉,充满不好的预兆——"她瘦下来了,越来越瘦,然后——孩子突然掉出来了,死了。"

"我的天啊!"罗莎的脸色惨白。

"孩子死了,浑身是血,当然没人愿意再跟她说话了,她就离开了。如果不抓住这种罪恶,就不能解决这个问题,解决不了的。还有另一个人,做了同样的事,她也瘦下来了,你知道吗?有一天晚上,她也走了。两天后,她再次回来了,说她去拜访别人了。但是,她的孩子也没了。你知道我怎么想吗?我想是那个营地管理员把她带走了,把她的孩子给打掉了。他不相信什么罪恶,他自己告诉我的。他说罪恶就是饥饿,说罪恶是挨冻。他还说了——我告诉你,这些都是他亲口对我说的——他说上帝在这种情况下也没出来帮过谁。他说那些女孩子是因为没有吃饱才变瘦的。唉,我教训了他。"她站起身来,向后退了一步,她的眼睛坚定而锐利。她用僵硬的食指指着罗莎的脸。"我说,'回去!'我就这么对他说。我说:'我知道有魔鬼在这营地里横行霸道,现在我终于知道谁是魔鬼了。回去吧,撒旦。'这些都是我说的。天啊,他真的回去了!他浑身发抖,鬼鬼祟祟的。他说:'求求你!'他说,'求求你不要让大家伙都不高兴。'我说:'不高兴?他们的灵魂怎么办呢?那些死去的婴儿和那些被舞会祸害的可怜的罪人呢?'他看了看我,无奈地咧着嘴笑了笑,就走开了。他知道他遇到上帝的真正的见证人了。我说:'我在帮着耶稣看这里到底发生了什么,你和其他罪人是逃不掉的。'"她拿起装满脏衣服的箱子。"你要小心,我警告过你。你要小心你肚子里的那小宝宝,别靠近罪恶的人和事。"她充满活力地大步走开了,眼神充满了对美好的

## 第二十二章

渴望。

罗莎看着她走了,然后她用双手捂住了脸,窝在手掌心里啜泣起来。一个温柔的声音在她身边响起。她抬起头来,羞愧难当。是那个穿白衣的小个子管理员。"不用担心。"他说,"你不用担心什么。"

泪水模糊了她的双眼。"可是我之前跳过舞。"她哭着说道,"我也和别人抱着跳的舞,我没有告诉她。我是在萨里索跳的,我和康尼一起。"

"别担心。"他说。

"她说我的孩子留不住的。"

"我知道她说了,我一直都盯着她的。她是个好女人,但她就是老让人们都不开心。"

罗莎抽泣着。"她知道有两个女孩就在这个营地失去了她们的孩子。"

管理员在她面前蹲了下来。"哎!"他说,"听我说,我也认识她们,这两个女孩又饿又累,她们工作太努力了,她们坐在卡车上,路上十分颠簸。她们生病了,但这不是她们的错。"

"可是她说——"

"别担心,那个女人总是喜欢制造麻烦。"

"可她说你是魔鬼啊。"

"我知道她会这么说,那是因为我不让她给这里的人们平添烦恼。"他拍拍她的肩膀,"别担心,她胡说的。"说完,他就迅速走开了。

罗莎看着他走远,看见他走路时瘦削的肩膀摇晃着。当老妈回来的时候,她还在注视着这瘦弱的身影。老妈的面色红润又干净,她已经把湿乎乎的头发梳理好了,还打了个发结。她穿着那件花纹裙子,脚上蹬着一双破鞋，耳朵上挂着一对小耳环。

"我洗干净了。"她说，"我站在浴室里，温水就直接冲下来，流到身上。那里有个女人跟我说，如果你愿意的话，你可以每天都来冲个澡。嗯——妇女委员会的人来了吗？"

"嗯——还没来！"罗莎说。

"那你就只坐在这，也没把帐篷收拾干净！"老妈一边说一边收拾铁盘子。"我们这必须收拾好了。"她说，"快，动起来！拿上麻袋，把地扫干净。"她拿起各种用品，把锅放进装厨具的箱子，再把箱子移到帐篷里。"把他们的床都收拾好。"她命令道，"我跟你说，我之前从未体验过冲热水澡，太舒服了。"

罗莎无精打采地听从了命令。"你觉得康尼今天会回来吗？"

"也许会，也许也不会，我也不知道。"

"你确定他能知道我们去哪儿了？"

"当然了。"

"老妈——你觉不觉得——他们在营地放火的时候康尼已经被烧死了——"

"他不会的。"老妈自信地说，"他只要想走，就能走掉——他像野兔一样敏捷，像狐狸一样狡猾。"

"我真希望他能来这儿。"

"他想来的时候就会回来的。"

"老妈——"

"我希望你能去干活。"

"那么，你认为跳舞和演戏都是罪过，会让我留不住孩子吗？"

老妈停下手上的活，双手叉腰。"你在说什么？你又没演戏。"

"嗯，这里有些人跳舞演戏，结果有个怀孕的女孩肚子里的孩子掉出来了——死了——浑身是血,好像被审判了似的。"

老妈盯着她。"这是谁告诉你的?"

"一个从这儿路过的女人说的。然后那个穿白衣服的小个子管理员也过来了,他说那个女人在胡说。"

老妈皱起了眉头。"罗莎。"她说,"别再自找苦恼了,你是自己招自己哭啊。我不知道你怎么了,我们一家人从来不会这样,遇见什么事情我们都勇敢解决,而不是掉眼泪。我敢说这些都是康尼告诉你的吧,他太自大了。"她严厉地说:"罗莎,你只是一个人,除了你,还有很多形形色色的人,你应该把自己放到适合自己的位置上。我知道总有些人会犯各种罪过,直到最后他们才会知道自己在上帝面前就是个又蠢又坏的人。"

"但是,老妈——"

"别再说了,闭上你的嘴,然后开始工作吧。你现在年龄还不够大,你的罪恶也没有那么多,不足以让上帝为你发愁。如果你不停下来自己自找烦恼的话,我就要打你了。"她把燃烧出的灰尘扫进火炉洞,又把火炉边的石头扫了扫。她看见委员会的人沿路走来了。"去干活吧。"她说,"委员会的人要来了,现在赶紧干活吧,收拾得像模像样给人留下个好印象。"她没有再往路上看,她已经意识到了委员会的人过来了。

毫无疑问,路上的那些人正是委员会的人。是三位女士,她们个个洗得干干净净,穿着她们最满意的衣服:一个是身材瘦削的女人,头发纤细,戴着钢框眼镜;另一个是身材矮胖的女人,灰色的卷发,还有一张甜美的小嘴;还有一个身材魁梧的女人,腿和臀部都很肥大,胸部也很丰满,浑身的肌肉,像一匹拉车的马,强壮而坚定。委员会的这些人自信又大方地走了过来。

当委员会的人快要走近老妈时,老妈故意转过身去。她们停下来,站成了一排。那个个子高大的女人声音洪亮地说:"早上好,您是乔德夫人,对吗?"

老妈转过身来,好像不经意间被吓了一跳一样。"啊,是的,是的。您怎么知道我的名字?"

"我们是妇女委员会的。"那个大个子女人说,"我们是第四卫生大楼妇女委员会的,我们在办公室看到的您的名字。"

老妈慌张地说:"我们这儿还没收拾太整齐。如果你们能进来坐坐,我煮点咖啡招待你们,我会感到很荣幸的。"

那个矮胖的女人说:"介绍一下我们叫什么吧,杰西,让乔德夫人认识一下我们。对了,杰西是妇女委员会的主席。"她解释道。

杰西一本正经地说:"乔德夫人,她们是安妮·利特菲尔德和艾拉·萨默斯,我是杰西·布利特。"

"很高兴能认识你们。"老妈说,"你们不坐下吗?不过这儿的确没什么可坐的地方。"她补充说,"我来煮点咖啡招待你们吧。"

"哦,不用麻烦了。"安妮一本正经地说,"不用忙活了,我们是来看看你们家住得怎么样了,想让你们在这里有家的感觉。"

杰西·布利特严厉地说:"安妮,请你记住我是主席。"

"哦!当然,当然会记住。但下个星期我就是主席了。"

"嗯,那你也要等到下星期才是主席。我们每周都在轮流担任主席。"她向老妈解释道。

"你们真的不想喝点咖啡吗?"老妈不知道该怎么做了。

"不用了,谢谢。"杰西开始说道,"我们先为您介绍一下这里的卫生设备,然后如果您愿意的话,我们可以帮您报名加入妇女俱乐部,让您去值班,当然也不是必须加入。"

## 第二十二章

"那么——要花很多钱吗?"

"除了需要花费时间干活,什么都不用花。等您在营地出名了,也许您可以被选为这个委员会的成员。"安妮插嘴说,"杰西,就是这位,她是整个营地委员会的一名成员,她可是委员会相当重要的一员。"

杰西骄傲地笑了。"还是全票通过。"她说,"好了,乔德夫人,我想该向您介绍一下这个营地的情况了。"

老妈说:"这是我的女儿,罗莎。"

"你好。"她们说。

"最好也来和我们一起了解一下吧。"

个子高大的杰西说话了,她的一举一动都充满了自信和善良,她讲的话是已经排练过的。

"您千万别以为我们在干涉你的事,乔德夫人。这个营地有很多都是大家一起用的设备,我们有制定我们自己的规则。现在我们要去卫生大楼了,那里有很多东西都是大家一起用的,所有人都要爱护那里的设备。"她们漫步到露天的清洗池旁,一共有二十个池子,其中八个有人正在用。女人们正弯腰洗衣服,一堆堆拧干的衣服堆在干净的混凝土地板上。"你们什么时候想用都可以用。"杰西说,"唯一需要注意的是,你们必须保持这里的清洁。"

正在洗衣服的妇女们饶有兴趣地抬起头来。杰西大声说:"这是乔德夫人和罗莎,她们刚来这里。"她们齐声向老妈打着招呼,老妈向她们微微鞠了一躬,说:"很高兴见到你们。"

杰西带领委员会成员走进了厕所和淋浴间。

"我已经来过这里了。"老妈说,"我甚至还洗了个澡。"

"这里就是用来洗澡的。"杰西说,"这里的规定一样,你用过后把它们清理干净。每周委员会成员都会变，他们会把这里每天清理一次，也许您也能进入委员会。还有，你洗澡时记得自己带肥皂。"

"我们得买点肥皂了。"老妈说，"我们都用没了。"

杰西的声音变得有些恭敬起来。"你们用过这里的这个设备吗？"她指着马桶问。

"是的，我们用过，今天早上用的。"

杰西叹了口气。"那就好。"

艾拉·萨默斯说："上周——"

杰西严厉地打断道："萨默斯小姐——我会跟她们讲的。"

艾拉让步了。"哦，那好吧。"

杰西说："上个星期，你还是主席的时候，你已经说过了，如果你这周能让我说，我会感谢你的。"

"好吧，你告诉她们那个女人干了什么吧。"艾拉说。

"嗯。"杰西说，"作为委员会的人本不应该讨论别人，不过我不会说她是谁的。上个星期营地来了一个女人，她在委员会来找她之前就进卫生大楼，她用马桶洗老人的裤子，然后她说：'池子太低了，又不够大，要弯着腰才能洗。'她还说，'池子为什么不能高一些？'"委员会的女士们都露出了高高在上的微笑。

艾拉插嘴说："她还说了，'这池子一次放不了多少衣服。'"杰西向艾拉露出严肃的目光。

杰西说："还有卫生纸的问题，这里规定你们不能拿走。"她咂了咂舌头，发出响声。"那是整个营地的人一起凑钱买的卫生纸。"她沉默了一会儿，然后坦白了："第四卫生大楼的卫生纸比所有楼用得都多，因为有人偷卫生纸，这事儿在妇女委员会会议中提到过。'第四卫生大楼女厕所卫生纸用得太多了。'大会上是这么说的。"

老妈屏住呼吸听着。"偷卫生纸——为什么？"

"嗯。"杰西说，"我们之前也有过类似的麻烦事。上次是三个小女孩用卫生纸剪纸娃娃，我们抓住她们了，但这次我们不知道是谁，几乎刚放一卷卫生纸就不见了，会议上也说了这事儿。有一位女士说，我们应该往卫生纸上挂个小铃铛，卫生纸滚一圈铃铛就会响一次，这样我们就可以知道每个人用多少了。"她摇了摇头，"我不知道这样能不能行。"她说，"我们操心了整整一个星期，就因为有人偷第四卫生大楼的厕纸。"

门口传来一个哀怨的声音："布利特小姐。"委员会的人转过身来，"布利特小姐，我听到您说的话了。"一个满脸通红、汗流浃背的女人站在门口，"开会时我不好意思站起来，布利特小姐。我只是做不到，我怕她们会笑话我。"

"你在说什么？"杰西往前走了走。

"嗯，我们——也许——是我们，但我们不是偷，布利特小姐。"

杰西向她走去，慌乱的忏悔者此时汗流浃背，"我们控制不住啊，布利特小姐。"

"现在你把要说的都说出来吧。"杰西说，"我们是第四卫生大楼的人因为厕纸的事儿被搞得很是令人羞耻。"

"整整一个星期，布利特小姐。我们也控制不了，您也知道我有五个女儿。"

"她们拿卫生纸干了什么？"杰西带着命令的语气问道。

"只是用了，真的只是用掉了。"

"他们没有这个权利！每次用个四五张就够了，她们用这么多是怎么啦？"

忏悔者低声说："闹肚子了，我的五个女儿全这样，我们家缺钱，女儿们就吃还没成熟的绿葡萄。她们五个人都一个劲儿地闹肚子，每十分钟就得跑一次厕所。"她辩护着，"但她们没有偷卫生纸。"

杰西叹了口气。"你应该告诉我的。"她说，"你得说出来，这是第四卫生大楼的耻辱，因为你之前一直都没说才会这样，谁都有闹肚子的时候。"

那温柔的声音呜咽着说："我阻止不了她们吃绿葡萄，而且情况越来越糟了。"

艾拉·萨默斯脱口而出："有补助金啊，她应该得到补助金。"

"艾拉·萨默斯。"杰西说，"我最后一次告诉你，你不是主席。"她回过头来看着那个满脸通红的女人。"你没有钱了吗，乔伊斯小姐？"

她羞愧地低下头。"没有了，不过我们随时都有可能有活儿干。"

"现在你抬起头来。"杰西说，"那不是什么罪恶。你可以直接去韦德派奇商店买些杂货，营地的人到那可以赊账二十块钱，你可以先买五块钱的东西，等你有了工作，再把钱还给总委员会。乔伊斯小姐，你应该知道的。"她严厉地说，"你怎么能让你的女儿们都饿肚子呢？"

"我们从来没有接受过什么施舍。"乔伊斯夫人说。

"这不是施舍，你知道的。"杰西怒不可遏，"这是我们都享有的福利，在这个营地里没有施舍可言，我们不会施舍什么。现在你去商店买些食品，然后把收据给我拿来。"

乔伊斯夫人胆怯地说："如果我们永远都没钱还呢？我们已经很久没有工作了。"

"你什么时候能还就还，如果你还不了，那就不关我们的事，也不关你的事。之前有个赊账的人走了，两个月后他才把钱寄回来。你也没有权利让你的女儿们在这个营地里这样挨饿啊。"

乔伊斯夫人被吓到了。"是的,夫人。"她说。

"给女儿们买点奶酪吧。"杰西命令道,"奶酪对治拉肚子有好处。"

"是的,夫人。"乔伊斯夫人飞快地跑出门。

杰西生气地转过身来,朝向两人。"她没有权利这样固执己见。她没有权利,没有权利这样对我们自己人。"

安妮·利特菲尔德说:"她来这里的时间不长,也许她不知道吧,也许她之前接受过施舍。"好了。"安妮说,"别想让我闭嘴,杰西,我有权讲话。"她半转过身对着老妈。"如果一个人曾经接受过施舍,那就会留下无法愈合的伤痕。这不是施舍,但如果你之前接受过施舍,你就会忘不掉,我敢打赌杰西从来没接受过施舍。"

"嗯,我的确没有。"杰西说。

"但是我接受过。"安妮说,"就在去年的冬天,我们都快饿死了——我和老爹,还有我的孩子们,当时正在下雨,有个人叫我们去找救世军。"她的目光变得严肃起来,"我们很饿——他们让我们讨饭吃,他们夺走了我们的尊严。他们——我讨厌他们!也许乔伊斯夫人之前接受过施舍,也许她不知道我们营地的福利不算施舍。乔德夫人,我们不允许这个营地里的任何人用施舍的方式给自己树立形象,我们不允许任何人施舍给别人任何东西,他们可以把物品交给营地,营地把它分发出去,我们不允许任何施舍!"她的声音响亮又沙哑,"我讨厌他们。"她说,"我从来没见过我们家的人被打过,可是他们——救世军把他打了。"

杰西点点头。"我听说过。"她轻声说,"我之前听说了,我们还得带乔德夫人转一转去。"

老妈说:"这营地确实不错。"

"我们去缝纫室吧。"安妮提议,"营地有两台机器,她们在用机器缝被子,还做裙子呢,您也许会喜欢在那里缝纫衣物吧。"

当委员会的人拜访老妈时,露丝和温菲尔德不知不觉地离开了。

"我们为什么不去听听呢?"温菲尔德问。

露丝抓住他的胳膊。"别听了。"她说,"就是因为这些家伙要来,老妈才要我们去洗澡,我才不和她们一起参观呢。"

温菲尔德说:"你跟老妈说了我弄坏马桶的事儿了,我也要告诉她们你的坏事儿,让她们知道你是怎么背后说她们的。"

露丝的脸上掠过一丝恐惧。"不要这样,我告诉她们是因为我知道你没有真的把它弄坏。"

"你才不是呢。"温菲尔德说。

露丝说:"我们四处看看吧。"他们沿着一排帐篷踱来踱去,他们细细打量着每一个帐篷,呆呆地看着。在卫生大楼的尽头有一块平地,上面有一个槌球场,六个孩子在玩得很认真。在一个帐篷前,一位老奶奶坐在长凳上看着,露丝和温菲尔德突然小跑起来。"让我们一起玩吧。"露丝叫道,"让我们加入你们吧。"

孩子们抬起头来。一个扎着马尾辫的小女孩说:"下一场你们可以一起玩。"

"我现在想玩!"露丝叫道。

"嗯,现在你们不能玩,等下一场再说。"

露丝威慑地走到球场上。"我要玩。"扎着辫子的女孩紧紧地抓着她的木槌,露丝扑向她,打了她一巴掌,还推了她一把,从她手里夺过了木槌。"我说我要去玩,我就要玩。"她得意地说。

老奶奶站了起来,走到球场上。露丝凶狠地怒视着她,双手紧握着木槌。老奶奶开口了:"让她玩吧——拉尔夫上周不也一起玩

## 第二十二章

了吗?"

孩子们把木槌放在地上,默默地排着队离开球场。他们远远地站着,面无表情地看着。露丝目送他们离开场地。然后她打了一球,追着它跑。"来吧,温菲尔德,拿根木槌来。"她喊道。随后她惊奇地看到了温菲尔德也加入了围观的孩子们,他也面无表情地看着她。她又一次坚定地击打着球,扬起了一堆灰尘,她假装玩得很开心。孩子们就这样站在那里看着她,露丝把两个球排成一列,她同时击中了两个球。她转过身去,背对着那些注视着她的眼睛,然后又转过身去面向他们。突然,她手里拿着木槌向他们走来。"你们玩吧。"她命令道。她走近孩子们时,他们都默默地后退。露丝盯着他们看了一会儿,然后扔下了木槌,哭着跑回家。孩子们又回到了球场上。

扎辫子的女孩对温菲尔德说:"你可以下一局和我们玩。"

一边看着他们的老奶奶告诉他们:"等她回来想规规矩矩玩的时候,你们就让她玩吧,你自己也很小气的,艾米。"游戏继续着,而在乔德家的帐篷里,露丝哭得很伤心。

卡车沿着美丽的道路行驶,经过桃子开始慢慢成熟的果园,经过长着一串串淡绿葡萄的果园,经过了一排排核桃树,核桃树的树枝伸展到了马路中央。每到一个果园的门口,艾尔都放慢速度,他看到每个大门上都有一块牌子,上面写着:"不招人,禁止擅自闯入。"

艾尔说:"老爹,水果熟了以后肯定就需要人帮忙了。这儿真是个有趣的地方——他们在你问之前就告诉你他们这儿不招人了。"他慢慢地开着车。

老爹说:"也许我们可以进去问问他们知不知道哪儿还在招人,他们可能知道吧。"

一个穿着蓝色工装裤和蓝色衬衫的男人沿着路边走着。艾尔把车停在他旁边。"嗨,先生。"艾尔说,"你们知道这儿哪里招人吗?"

那个男人停了下来,咧嘴一笑,他嘴里的门牙掉了一颗。"我不清楚。"他说,"告诉你们吧,我整整找了一周,都没有找到一个招人的工作。"

"你住在政府的那个营地里?"艾尔问道。

"是啊!"

"那么,上车吧,你坐车后座吧,我们一块去找找看。"那个男人爬过车的侧板,跳进车里。

老爹说:"我觉得我们不太好找到工作了,不过我想我们还得到处找找,虽然我们都不知道去哪里找。"

"我应该和营里的人打听一下。"艾尔说,"你现在感觉怎么样了,约翰伯伯?"

"我疼啊。"约翰伯伯说,"我浑身都疼,这是我自找的。我应该走远点,去一个不会让我的家人受到惩罚的地方。"

老爹把手放在约翰的膝盖上。"听着。"他说,"你不要离开我们了,家里人越来越少了——爷爷奶奶死了,诺亚和康尼跑了,牧师还进了监狱。"

"我有预感,我们还会再见到牧师的。"约翰说。

艾尔用手指拨动变速杆上的球。"你这么难受了,还在说什么预感。"他说,"见鬼去吧,我们回营地找人问问吧,看看他们在哪里工作,我们这真是在水下抓臭鼬啊。"他停下车,探出车窗,回头喊道:"嘿!我说,我们先回营地去,看看他们在哪儿干活,我们这样漫无目的开车找也是浪费汽油。"

那个男人从卡车侧面探过身来。"我也是这么想的。"他说,"我的脚一直到脚踝都被磨得很疼,我还没吃一点饭。"

## 第二十二章

艾尔在路中间掉头,往营地方向返回。

老爹说:"老妈会伤心的,尤其是汤姆这么容易就找到了工作。"

"也许他没找到工作呢。"艾尔说,"也许他也只是去找工作了,我真希望我能在汽车修理厂找份工作,我很快就能学会修车这些活儿,而且我很喜欢修理厂的工作。"

老爹咕哝了一声,他们默默地开车回营地去了。

妇女委员会的人离开后,老妈在帐篷前的一个箱子上坐了下来,她手足无措地看着罗莎。"嗯——"她说,"嗯——我好久没有这么兴奋了,那些委员会的人真好,对不对?"

"我可以在育儿站干活。"罗莎说,"这些人告诉我了,我可以学习怎么照顾孩子,然后我就知道生下孩子该如何抚养了。"

老妈惊奇地点点头。"如果男人们都能有份工作不就很好吗?"她说,"他们干活赚点钱。"她的目光飘忽不定,"他们干他们的活儿,我们在营地工作,营地里的人也都很好。我们要做的第一件事就是买个小炉子,买个好点的炉子,也不会花费很多。然后我们再买个大帐篷,也许还能买个二手的弹簧床垫,我们平时就在这个帐篷里吃饭,星期六晚上我们还能一起去跳舞。他们说如果你愿意,你可以邀请老乡来一起玩。真希望我们能有朋友邀请,也许我们家的男人们知道该邀请谁。"

罗莎凝视着路的尽头。"那个女人说我会保不住孩子——"她说道。

"你不要说了。"老妈警告她。

罗莎低声地说:"我看见她了,她要过来了。啊!她朝我们来了。老妈,别让她——"

老妈转过身来,看着那个走近的人影。

"你们好。"女人说,"我是桑德里夫人——莉斯贝特·桑德里。我今天早上见到你女儿了。"

"你好。"老妈说。

"你在上帝的庇佑下过得开心吗?"

"很开心。"老妈说。

"你获得上帝的救赎了吗?"

"是的。"老妈的脸紧绷着,等待着她说话。

"嗯,我很高兴听到这些。"莉斯贝特说,"这里的罪人非常多,你来到了一个非常糟糕的地方。这儿到处都是坏人。罪恶的人,罪恶的事儿——一个纯正血统的基督徒简直受不了这里,我们周围都是罪人。"

老妈的脸有些红了,她紧紧地闭着嘴。"对我来说,这里的人都很好。"她简短地说。

桑德里夫人瞪大了眼睛。"很好!"她叫道,"你觉得他们跳舞还搂搂抱抱的很好吗?我告诉你,在这营地,你没有机会让灵魂永生了。昨晚我去参加了一个在韦德派奇举办的会议,你知道牧师说什么了吗?他说:'那个营地里坏人很多。'他还说:'穷人还在努力变得富有。'他说:'当他们本应该在罪恶中哭泣和呻吟时,他们却在跳舞和拥抱。'他就是这么说的。'凡是不在这儿参与会议的人都是内心黑暗的罪人。'他说。我告诉你,听到他讲话会让人感觉很好,我们还知道我们是安全的,因为我们没有跳过舞。"

老妈的脸涨得通红。她慢慢地站起来,面对着桑德里夫人。"你快滚!"她说,"现在就滚出去,在我告诉你该去哪儿之前,在我变成一个罪人之前,滚吧!你去哭吧,去呻吟吧!"

桑德里夫人张大了嘴,她往后退了一步,然后她变得凶狠起来。

"我还以为你们是基督徒呢。"

"我们的确是。"老妈说。

"不,你们才不是。你们都是该死的罪人!我会在会议上说说你们的事儿,我能看到你们黑色的灵魂在燃烧,我还能看到那个女孩肚子里那无辜受害的婴儿也在燃烧!"

一声低沉的哀号从罗莎的嘴里发出。老妈弯下腰,捡起一根木棍。

"滚开!"她冷冷地说,"你别再过来了,我以前见过你们这种人,你们这种人就会把别人的好心情一扫而空,是不是?"老妈向桑德里夫人走去。

那女人往后退了一点儿,然后突然仰起头号叫起来。她眼睛向上翻,肩膀和胳膊松松地耷拉在身边,一串黏稠的唾液从她的嘴角流出。她一遍又一遍地号叫,是像动物那样的又长又深的号叫。男男女女从其他帐篷里跑了出来,他们站在旁边——害怕得不敢说话。那女人慢慢地跪了下来,号叫变成了颤抖、模糊不清的呻吟。她侧身倒了下去,胳膊和腿都在抽搐,睁开的眼睑下露出白色的眼球。

一个男人轻声说:"是鬼魂,有鬼魂进入她的身体了。"老妈站在那里,低头看着她那抽搐的身体。

小个子管理员信步走来。"怎么回事?"他问。人群分开了,让他过去。他低头看着那个女人。"太糟糕了。"他说,"你们谁来帮忙把她送回帐篷去好吗?"沉默的人们慢慢移动着。两个男人弯下腰把那个女人扶起来,一个抱着她的胳膊,另一个扶着她的脚。他们把她抬走了,人们慢慢地跟在他们后面。罗莎进了帐篷里,躺了下来,用毯子盖住了脸。

管理员审视着老妈,然后目光又转向她手中的棍棒,疲倦地勉强露出一丝笑容。他问道:"你动手打她了吗?"

老妈目光追随着渐行渐远的人群,缓缓摇了摇头,"没有——但我真的差点那么做了。今天她已经两次吓到我的女儿了。"

管理员说道:"尽可能别打她。她的健康状况不佳,真的很糟。"他又低声地补充说,"我希望她能离开,她家人也一起走。她给营地带来的麻烦比所有人加起来还多。"

老妈再次抑制住自己的怒气,"如果她再来,我可能真的会动手。我不确定。但我不会让她再打扰我的女儿。"

"别担心,乔德夫人。"管理员安慰道,"你不会再见到她了。她只是专门欺负新来的人。她不会再回来的,她认为你是个罪人了。"

"嗯,我是罪人也好。"老妈说。

"当然,每个人都有罪,但不是她口中所说的那样。"他叹了口气,"她的身体确实很不好,乔德夫人。"

老妈感激地望向他,然后大声喊道:"你听到了吗,罗莎?她得病了,她疯了。"但罗莎没有抬头。老妈继续说:"我提前跟你说,先生,如果她还这样,那我也不是好惹的,我就会打她。"

管理员苦笑着回应:"我了解你的感受,但你尽量避免这样做吧,我真心希望你能忍耐一下。"说完,他慢慢走向桑德里太太的帐篷。

老妈走进帐篷,轻轻坐在罗莎的旁边。"抬头看看我。"她温柔地说道。罗莎静静地躺着,眼神中透露着无声的忧伤。老妈将毯子从女儿的脸上掀开,"那个女人精神有些失常。"她轻声说,"别相信她的话。"

罗莎的声音带着恐惧,低声回应说:"当她提到火烧的事情时,我——我能感觉到那种火焰在燃烧。"

"那些都不是真的。"老妈安慰道。

## 第二十二章

罗莎的声音几乎听不见了,"我筋疲力尽了,我厌倦了这一切,我只想睡觉。"

"那就睡吧,这里很安全,你可以放心地睡。"

"但她可能会回来。"

"不,她不会的。"老妈说,"我会在外面守着,不让她回来。你现在好好休息一下吧,你很快就要到育儿站工作了。"

老妈费力地站起身,步履蹒跚地走到帐篷的入口处坐下。她选择了一个箱子作为座位,肘部支在膝盖上,手掌托着下巴。虽然营地里的生活在继续进行,孩子们的笑声和铁锤的敲击声此起彼伏,但老妈的目光却直直地望着前方,仿佛穿透了营地的喧嚣。

老爹在沿路返回时看见了她,他蹲下来,与老妈并肩坐着。老妈慢慢转过头,目光中带着疲惫和期待,"找到工作了吗?"她问道。

"没有。"老爹羞愧地回答,"我们尽力了。"

"艾尔和约翰,还有那辆卡车在哪里?"

"艾尔在修东西,不得不去借一些工具来,那儿的人说艾尔得在那儿修好才行。"

老妈的声音带着一丝伤感:"这儿是个好地方,我们还能在这里快乐地住一阵子。"

"如果我们能找到工作的话是挺快乐的。"

"是啊!只要能找到工作啊。"

老爹感受到了她的悲伤,凝视着她的脸,"你为什么这么沮丧?这里这么好,你为什么还要忧心忡忡呢?"

老妈凝视着他,眼睛缓缓合上。"挺有趣的,不是吗?我们一直在到处奔波、忙着赶路,我之前从未真正停下来真正思考过。而现在,当这里这些人对我这么好的时候,我的第一个反应是什么?我想起了那些悲伤的记忆——想起了爷爷去世的那天夜晚,我们将他埋葬的时候。当时,我心中只有路上的颠簸和不断的移动,一切似乎还算承受得住。但现在,到了这个地方,一切变得更糟。还有奶奶——还有诺亚就那样沿着河离开了我们。所有那些事,现在都一起涌回我的心头。奶奶像一个乞丐一样被埋葬,如今这感觉格外尖锐。还有诺亚,他也沿着河走了,他不知道前方有什么,我们也不知道,我们永远不会知道他是生是死。康尼也悄悄地离开了。我之前都没有好好思考这些事儿,但现在这些回忆又涌上来了。我本应感到高兴,因为我们到了一个好地方。"当她说话时,老爹一直注视着她的嘴。她的眼睛紧闭着。"我还记得那些山,它们在河边像老人的牙,参差不齐,那是诺亚离开时候的路。我还记得爷爷被埋葬的地方,地上的麦茬。我记得家里的砧板,上面黏着的羽毛和交错的刀痕,还沾满了鸡血。"

老爹也被她的心情感染了。"今天我看到了大雁。"他说,"它们在向南飞,在很高的天空,所以它们看起来十分渺小。我还看到了电线上的乌鸦,篱笆上的鸽子。"老妈睁开眼睛看着他,他继续说道,"我看到了一股小旋风,就像是一个人在田野上旋转。大雁继续向南飞,一直飞向南方。"

老妈微笑着说:"还记得吗?我们以前在家的时候总说冬天会来得比以往早,我们每当看到大雁飞过时就这么说。我们总是这样说,直到冬天真正地到来,但并没有比以往早。但我们总说,冬天会早来,我想知道这到底意味着什么呢?"

老爹回应道:"我今天看到电线上的乌鸦,它们挤得很紧。还有鸽子,没有什么比它们更安静了——两只并排坐在篱笆上。还有那股小旋风——就像一个人那么大,它就像跳舞一样欢快地穿过田野,但看起来得有个大人那么大了吧。"

"我希望我不会想起家的事。"老妈说,"那不再是我们的家了,我希望我能忘记它,忘记诺亚。"

"他从来就不对劲,我是说,嗯,这都是我的错。"

"我告诉过你,你绝对不要这么说,也许没有你他根本就活不了这么久。"

"但我本应该多思考一下的。"

"现在你不要再说了。"老妈说,"诺亚这孩子一直行事就很奇怪,也许他能在河边过得很愉快呢,可能这样更好吧,我们也不能总是担心。这营地真是个好地方,也许你们会很快找到工作的。"

老爹指着天空。"看——好多大雁啊,有一大群。老妈,今年冬天来得要比以往早了。"

老妈轻声笑道:"人总是爱说一些自己都听不懂的话。"

"约翰来了。"老爹说,"快坐下吧,约翰。"

约翰伯伯加入他们,蹲在老妈前面。"我们什么都没找到。"他说,"我们只是四处走了一圈。对了,艾尔想见你,他说需要个新轮胎,现在的轮胎被磨损得只剩一层皮了。"

老爹站起身。"希望他能买到便宜的轮胎。我们手头不宽裕了。艾尔在哪?"

"就在那边,下一个十字路口右转。他说如果不换新的,轮胎可能会爆,内胎也坏了。"老爹慢慢地走开了,目光追随着天空中巨大的人字形大雁群。

约翰伯伯拾起一块石头,在手中把玩,让石头掉落到地上,又拾起来。目光未曾落在老妈身上。"还是没有工作。"他低声说。

老妈说:"你们还没有仔细找。"

"确实没有,但他们挂了牌子写着不招人了。"

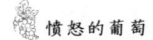

"汤姆肯定找到工作了,他还没回来。"

约翰伯伯说:"也许他是走了,像康尼一样,或者像诺亚。"

老妈凶狠地瞥了他一眼,然后眼神又柔和了下来。"有些事你心里有数,"她说,"有些事你会很确定。我确定汤姆找到了工作,他今晚会回来的。"她满意地笑了。"他不是个好孩子吗!"她说,"他是个好孩子!"

汽车和卡车开始驶入营地,男人们向卫生大楼走去,手里都拿着干净的工装裤和衬衫。

老妈振奋起来。"约翰,去找老爹,然后去商店。我需要豆子、糖,还有一块适合煎烤的肉和一些胡萝卜,告诉老爹买点好东西,什么都行,要买好的,今晚我们要好好享受一顿。"

## 第二十三章

那些为工作奔波、为生活挣扎着的移民总在寻找乐趣,他们挖掘、制造乐趣,渴望娱乐。有时娱乐就是简单的言谈,他们用笑话点缀生活。在路边的营地,沟渠边的河流旁,在梧桐树下,喜欢讲故事的人应运而生,人们围坐在微弱的火光下聆听那些有天赋的人讲述。在听故事时,他们的参与感使得每个故事都显得更加奇妙。

我是当年对抗杰罗尼莫的士兵——

人们聆听着,他们平静的眼神反射着火光的微弱余晖。

那些印第安人挺可爱的——如同蛇般滑溜,而且在必要时刻异常沉默。他们能够无声无息地穿越满地的干树叶,这是值得亲身体验的技艺。

在树叶的嘎吱声中,听众的记忆也被唤醒。

季节交替,天空布满厚重的云层,这时机并不理想。有谁听说过军队在这种时候能准确无误地完成任务吗?给他们十次机会,他们往往还是蹒跚前行。要想消灭一百名勇士,往往需要三个团的力量。

听众在静谧中聆听，面庞平和。讲故事者以其激动人心的节奏和宏伟的言辞吸引了所有人的注意力，他们通过这些奇特的故事得到升华，成为故事的一部分，共同体验其伟大。

他们见到一个勇士站在山脊之上，背对着太阳。他的身影醒目，双臂张开，就这样站在那里，背对那渐渐升起的太阳。或许他已被时代的重负逼疯，我不确定。他那般挺立，双臂展开，远远望去，如同一个孤独的十字架。他距离四百码外，那些人，他们调整了瞄准镜，指尖轻弹，测试着风的方向；然后，他们就那么趴下，但未曾把枪口对准生命。或许那印第安勇士知晓了些什么，知晓我们的迟疑和惧怕。他们就那么躺着，枪已上膛，却未曾举至肩膀。只是静静地、仔细地观察着他。他头戴着羽饰，赤裸着身体。我们趴在草地上，久久地望着，他一动不动。然后，队长发怒了。"开枪，你们这些疯子，开枪！"他大喊。我们依然躺着不动。"我数到五，再不开枪，我就记下你们的名字！"队长说。我们慢慢地、犹豫地举起枪，每个人心中都希望别人先开枪。我这辈子从未如此伤心过。我将瞄准器对准他的腹部，因为对于印第安人来说，别的地方对他们没用——然后，就在那一瞬间，开枪了，他突然倒下并开始翻滚。我们走过去，他个子并不高，而在远处却显得无比宏伟——就那么躺在那里。他全身撕裂成碎片。你见过野鸡吗？每一根羽毛都绘制得精致，连眼睛也描绘得非常漂亮。然后一声枪响！你再抓起来——它浑身血淋淋的，扭曲着身体，你毁掉了比自己还美的存在；就算吃掉它也无法补偿，因为你破坏了你自己心中的一部分，永远无法修复。

人们点头表示同意，在某个瞬间，篝火的光芒突然一闪，照亮了他们沉思的眼神。

他对着太阳张开双臂，他的轮廓在耀眼的光辉中显得庄严，宛若

# 第二十三章

上帝降临凡间。

或许,有个人在简单的快乐和仅有的几个硬币之间做出了选择,他可能去了玛丽维尔或图莱里的电影院,或许是萨莉斯或山景城的某个小影厅。他带着电影中的情节和场景回到沟渠边的营地,那些画面在他的记忆中挤得满满当当的。他开始讲述电影的故事:

有个富人,他假装自己很穷,还有个富家女,她也假装自己很穷,他们在汉堡摊上偶然相遇。

为什么?

我不知道为什么——剧情就是这样的。

他们为什么要假装自己很穷?

嗯,他们厌倦了富有吧。

胡说八道!

你到底想不想听这故事?

继续讲吧。当然,我想听。但如果我挺富有的话,我会多囤积一些猪排,我会把它们堆起来围在我周围,然后我会一路吃出去。好吧,你继续说吧。

他们两个人都以为对方很穷。然后,他们都被逮捕关进了监狱。他们都没保释,因为如果谁先出来了,另一个就会知道他其实很富有。看守一直以为他们是两个穷汉,对他们异常刻薄。当他发现真相的那一刻,简直差点晕倒了。

他们为什么会进监狱?

嗯,他们在某个激进派会议上被抓了。不过他们俩并不是激进分子,只是碰巧在那里。而且,他们都不想因为钱结婚,你懂的。

所以这两个浑蛋一开始就彼此撒谎。

在电影里,他们做得挺好的。他们对人真的很好,你知道的。

我曾经看过一个电影,拍的简直就是我,放大了的我,拍的简直就是我的生活,只是比我的生活更宏大的一个故事。

嗯,我这辈子已经有足够多的悲伤了,我可不想看了。

当然——如果你相信这些话就能想明白了。

然后,这对男女结婚了,他们发现了真相,所有那些曾经刻薄对待他们的人都惊呆了。有个家伙一直很傲慢,当他戴着高顶帽进来的时候,几乎就要晕过去了。当时电视上还有一个新闻片段,正播放着德国士兵在跳着滑稽的舞步——简直太好笑了。

而且总是如此,只要口袋里有几许钱币,男人们便能借酒消愁。饮酒须臾,世界的锐利边缘慢慢消失,温暖随之涌来。在那一刻,孤独不复存在,因为他可以在思绪中召唤出朋友的身影,可以设想敌人并将其击败。坐在路边的沟渠里,他感觉大地在自己身下逐渐柔软。失败的边界开始模糊,未来不再充满威胁。饥饿也不再在周围徘徊,世界变得柔和而宽容,人似乎能回到旅程的起点。星空奇异地低垂,仿佛触手可及,天空也随之变得温柔。死亡变成了朋友,睡眠仿佛是死亡的亲兄弟。往昔如影随形——那个曾在家中舞动轻盈步伐的女孩,以及往昔的马匹,马鞍上刻着精美的花纹。那是多久前的事了?或许应该找那女孩聊聊,感受那份曾经的美好。或许,还能与她一起睡觉。但这里,此刻,天气很温暖。星辰近在咫尺,悲伤与欢乐交织,它们本质上是同一回事。沉醉于此,何乐而不为?谁又能否定这份自得?那些牧师,他们自己也有迷茫的时候;那些瘦弱的妇女,她们的痛苦让她们无暇自顾;那些改革者,他们对生活的理解尚浅,无从体会。不,星辰如此亲切,又那么近,我已与这世界的兄弟情深相连。一切,无一例外,都是神圣的,包括我自己在内。

口琴易于携带,可以从你的后口袋中轻轻取出,轻拍于掌心,抖

第二十三章

落那些灰尘、口袋里的绒毛与烟草碎屑。现在，它已准备好发声。你可以用口琴演绎任何的曲调：从细腻的单音到和弦，再到充满节奏感的旋律。你可以双手微屈，让音符如风笛般哀号，如风琴般饱满，或如山丘上的芦苇般尖锐而苦涩。演奏完毕，它又静静地归于口袋，伴你左右。在你的演奏中，你会学会新的技巧，新的手法，新的唇韵，这一切都在午后的荫凉处或晚饭后的帐篷门前自然发生。你的脚轻拍地面，你的眉毛随节奏轻扬。即使口琴丢失或损坏，也不过是小小的损失，不值一提，你总可以花仅仅两毛五分钱再买一个新的。

相比之下，吉他则显得更为珍贵，弹吉他需要更多的学习。你的左手指会长出厚厚的老茧，右手的拇指也形成坚硬的角质。伸展你的手指，如同蜘蛛般在琴弦上迈着长腿轻巧行走，才能弹奏美妙的乐曲。

这是我父亲的吉他。记得他第一次教我弹 C 和弦时，我还很小很小。随着我逐渐掌握技巧，几乎能与他相媲美时，他自己却几乎不再弹奏了。他常坐在门廊上，脚随着旋律轻拍，聆听着我弹奏的音乐。每当我想休息的时候，他都会紧紧地皱起眉头；而当我弹得流畅时，他便会放松地靠回椅背，满意地点点头，轻声说道："继续弹。"这是一把见证无数曲子历练的好吉他，琴头的磨损便是证明。也许有一天，它会像脆弱的鸡蛋壳一样裂开。但你不能去修补它，也不能过度担心，那样会让它失去本应有的音质。在夜晚弹奏它时，隔壁帐篷中的口琴声会伴随而来，一起奏出美妙的旋律。

至于小提琴，那是一件稀有且难以驾驭的乐器——没有固定的音位，也没有老师教学。

我只能靠旁听一位年迈老人的演奏来自学。他从不透露如何弹重音，总说那是个秘密。但我观察他的每一个动作。

小提琴的音色尖锐而紧张,如同刮过的风。

它并不是一把上乘的小提琴——我仅用两块钱就买下了它。有人说,有些小提琴拥有四百年的历史,它们的音质如同陈年威士忌般厚重,甚至能卖到五六万块钱。不过,我对此持怀疑态度。这只不过是个尖锐刺耳的老家伙罢了,不是吗?如果你想跳舞,我可以在琴弓上多涂些松香。天啊,那声音就算离了一英里也能听见!

这三个乐器在晚上聚集到了一起,有口琴、小提琴和吉他。先弹奏一首里尔舞曲,定好曲调,打着拍子,吉他琴弦粗犷的声音像心脏跳动的韵律一般,它和口琴偏高的和弦与小提琴又尖又细的声音混在了一起。人们靠近了,他们情不自禁地细细品鉴着。《小鸡里尔舞曲》开始了,大家轻轻跺着脚,一个瘦弱的年轻人跟着节奏快步跨了三步,胳膊耷拉着。人群聚在一起开始跳舞,他们脚踩在光秃秃的地面上,脚后跟击打着地面。双手摇晃着、摆动着。他们的头发都垂下来,跳得气喘吁吁,然后侧过身来继续跳。

看那个得克萨斯州的男孩,他的长腿轻松而自在地摇晃着,每舞一步都伴随着四下的跺脚声。我从未见过有谁能像他那样轻盈地旋转,观察他如何熟练地引导那位切罗基女孩跳舞,她的脸颊染上淡淡的红晕,脚尖轻点,身体随着音乐节奏快速旋转,她的呼吸变得急促。你以为她累了?以为她几乎要喘不过气来?不,她并未表现出疲惫。而那得克萨斯州的男孩,虽然头发遮住了眼睛,嘴巴张得大大的,仿佛喘不过气来,但他每跳一步都要跺四下脚,他还要继续与那位切罗基女孩共舞到底。

音乐中,小提琴的尖锐乐声与吉他的低沉重音交织,口琴手的面颊涨得通红。得克萨斯州男孩和切罗基女孩像筋疲力尽的猎犬一般喘息,他们的脚步重重地拍打着地面。舞台边的老人们拍着手,脸上挂着微笑，也轻轻地跺着脚。

还在家乡的时候——那时还在学校，月亮渐渐西沉。我与他一同沉默地走了一小段路，因为我们的喉咙都哽咽得说不出话来。我们默不作声，很快便到达了一个干草堆，我们径直躺了下来，眼睛注视着得克萨斯州男孩和那个女孩消失在夜色中——仿佛没人注意到他们的离去。哦，我多么希望能随那男孩一起走。不久，月亮将再次升起。我看到那个女孩的老爹曾想阻止他们，最终却放弃了。他懂得，想要阻止秋天的到来，想要阻止树木中的水分流动，都是徒劳的。不久，月亮将再次升起。

再多弹奏一些曲子吧——弹奏一些讲述那些故事的旋律——比如《当我走过拉雷多的街道》。

夜晚的篝火已经熄灭，再次点燃它似乎是一种浪费。不久，天空中就会升起一轮小小的月亮。

在一处灌溉沟旁，一个牧师正在布道，四周的人们陷入了哭泣。他如同老虎般在人群中来回踱步，用他那充满力量的声音对人们进行着无情的鞭挞，他们无力地在地上匍匐着、呻吟着。他审视他们，揣测着他们，用他的话语操控着他们。当众人痛苦地趴在地上时，他弯下腰，依靠自己的巨大力量，一个接一个地将他们扶起，大声宣告：接受基督的审判吧！然后将他们一个个扔进水中。当他们站在及腰深的水中，惊恐地仰望他时，他就在河岸上跪下，为他们祈祷。他祈求所有的男人和女人都这样趴在地上痛苦地哭泣。湿漉漉的男人和女人们，衣服紧贴着身体，就这么看着他。在路上，他们拖着鞋子走回营地，湿乎乎的鞋子发出啪嗒的声音，他们走回各自的帐篷，吃惊地低声说着：

我们得救了。我们被洗得洁白如雪，我们再也不会有罪了。

孩子们又惊又怕，浑身湿透，也在一起窃窃私语：

我们得救了，我们不会再有罪了。

我多希望能知晓所有被禁止的罪行是什么，至少我还能尝试去触碰它们。

而现在，流浪的灵魂们在路面上，以谦卑的姿态寻求着微小的乐趣。

# 第二十四章

周六的早晨，清洗池周围熙熙攘攘。女人们在洗着裙子，有的裙子是粉红色格子布的，还有的裙子是花纹棉布做的。她们把裙子小心翼翼地挂在绳索上晒干，用力拉扯把裙子的布料展平。午后，营地里的氛围渐渐活跃起来，兴奋的情绪似乎感染了每一个人。孩子们也不例外，他们比平常更加吵闹。到了午后，大人们开始给孩子们洗澡，每个小家伙都被紧紧抓住，随后进行一番彻底的清洗，操场上的喧嚣声逐渐平息。到了傍晚五点，孩子们已经被擦得干干净净，还被严厉告知不得再去弄脏自己；他们穿着刚洗过的衣服，小心翼翼地走动，僵硬又谨慎的动作让他们感到难受。

在宽大的露天舞台上，委员会的成员们忙得不可开交。每一条电线都被征用，为了寻找可用的电线，就连城市的垃圾场也被翻遍了。各个家庭也把他们工具箱的绝缘胶带慷慨地贡献了出来。经过紧急修补和接驳的电线被一路拉到舞台之上，旧瓶子的瓶颈部分被巧妙地转化为临时的绝缘体。当夜幕降临，这个改进的舞台将首次亮起灯光。

到了六点，男人们不是结束了一天的工作，就是从寻找工作的奔波中回到营地，开始了傍晚新一轮的洗浴。七点，吃完晚饭后，男人们换上了他们最好的衣服：洗得干净的工作服、整洁的蓝色衬衫，有时候是体面的黑色工装。女孩们身着鲜艳的印花连衣裙，裙子洗得干干净净，还被细心地熨平了。她们的长发被编成整齐的辫子，头上系着彩色的丝带。在这充满期待的氛围中，焦虑的妇女一边照看着家人，一边清理餐盘。在舞台上，弦乐队在练习着，周围像两座城墙一样围满了小孩子。人们都聚精会神，兴奋不已。

在总委员会主席以斯拉·休斯顿的帐篷中，五名委员正在紧张地开会。休斯顿是一个身材高瘦、脸由于风吹日晒而变得黑黝黝的男人，他的眼神如刀锋般锐利，他正在和他的委员们说话。总委员会是由每个卫生大楼派的代表委员组建而成的。

他发言了："真是幸运极了，我们提前得知了他们打算破坏今晚舞会的消息！"

一个身材矮胖的代表说："我觉得我们应该直接揍他们，给他们点颜色看看。"

"那可不行。"休斯顿说，"那正是他们想要的结果。不可以，先生。如果他们引发了冲突，他们就会有借口请警察来，说我们扰乱了公序。他们在其他地方已经这样做过了。"他转向第二卫生大楼那个忧郁的黑皮肤男孩，"叫人一起检查过围栏周围了吗？确保没有人偷偷溜进来？"

那男孩点头回答道："是的，已经安排了十二个人。我叮嘱过他们，不要动手，只需要把闯入者推开。"

休斯顿说："你出去找一下威利·伊顿，他是娱乐委员会的主席，对吧？"

## 第二十四章

"是的,我这就去。"

"好的,跟他说我们要见他。"

男孩立刻行动,他很快带回了一个瘦高的得克萨斯州人。他就是威利·伊顿。威利的身形瘦长,下巴尖细,一头灰色的头发显得有些凌乱。他的四肢看起来又长又松弛,眼睛里透着得克萨斯州潘汉德尔尔地区特有的灰色光泽。他站在帐篷中央,嘴角挂着笑容,双手在他的手腕上不停捏着、转动着,显得有些不自在。

休斯顿说:"你听说了今晚的事情吗?"

威利咧嘴一笑:"听说了!"

"你采取了什么措施来对付他们吗?"

"嗯,做了一番小动作。"

"具体说说你都做了些什么吧。"

威利·伊顿的笑容里满是自豪。"好的,休斯顿先生,我们娱乐委员会本来只有五个人,但这次我特意又招募了二十个壮实的小伙子。他们在跳舞时会特别留意周围的动静。一旦发现任何争执或可疑言论,他们就会迅速行动,密切围住目标,他们操作得很隐蔽,外人几乎察觉不到。一有什么异常,我们就把那家伙带出去。"

"确保他们都明白,不要对那些人造成伤害。"

威利的笑容未减,"我已经强调过了。"

"好,必须确保他们都记住了。"

"放心,已经有安排。我们还在大门外安排了五名队员,他们负责检查每一个进来的人,力争在任何事情发生前就识别出潜在的麻烦制造者。"

休斯顿站起身来,钢灰色的眼睛透出一丝不容置疑的严厉。"听好了,威利。我们绝不能让那些人受伤,门口会有治安警察在场。如果我们的行动让人流血了,那治安警察肯定会找我们麻烦。"

"我已经考虑到了。"威利说,"我们会从后门悄无声息地把他们带到田地里。已经安排了几个强壮的小伙子,会盯着他们离开的。"

休斯顿皱着眉头,略带担忧地回应:"听起来计划还不错。"他严肃地补充,"但你必须确保一切顺利进行,威利。这次行动你负全责。记住,不要伤害那些人,别用棍子、刀子或任何可能造成伤害的工具。"

"不会的,先生。"威利说,"绝不会伤到他们。"

休斯顿带着一丝怀疑:"我真希望我能完全信任你,威利。如果实在需要动手,至少也要确保打他们不会流血的地方。"

"绝对遵命,先生!"威利说。

"你确定你挑选的人都可靠吗?"

"完全可以放心,先生。"

"好吧。如果情况失控,我会在舞台右边的角落待着,从舞台这边走就是了。"

威利戏谑地敬了一个礼,笑着转身离开了。

休斯顿说:"我不知道能不能信他。我只希望威利的手下们不会闯下大祸,那些该死的治安警察为什么要找我们的麻烦呢?他们为什么不能放过我们?"

第二卫生大楼的忧郁男孩从一旁插话说:"我以前住在桑兰牧场公司的地方,那里警察密布,差不多每十个人就有一个治安警察看着,每两百人就只有一个水龙头,老天爷啊,简直像监狱。"

矮胖的男人说:"天啊,杰里米,你不用告诉我这些,我也在那住过。那里有好几排的棚屋——每排三十五间,总共十五排。整个营地只有十个厕所,臭气熏天,那味道能熏到一英里外。有次我和一个

## 第二十四章

治安警察坐下来聊天,他对我说:'那些该死的政府营地给人们提供了热水,他们就会想要永远有热水。给他们装了冲水马桶,他们就一直想用冲水马桶。'他还说,'给了那些该死的俄克佬这些东西用,他们就会觉得这些都是理所当然。'他继续说,'他们还在那些政府营地里开红色政党会议,想尽办法怎么拿更多救济金。'"

休斯顿听后问道:"没人揍他吗?"

"没有,只有个矮个子问他,'你说的救济金是什么意思?'"

"我说的就是救济金啊,就是我们纳税人辛辛苦苦赚的,最后被你们这些该死的俄克佬取走的钱。"

"'我们交了销售税、汽油税和烟草税。'矮个子激动地说。他接着追问:'农民从政府那里每磅棉花能得到四分钱——难道那不算救济金吗?'他还问道:'铁路和航运公司得到的补贴——那不也是救济金吗?'"

"治安警察说:'他们做的是必须要做的事情。'"

"矮个子说:'那么,如果没有我们,你们该死的庄稼谁来收呢?'"矮胖的男人说完环顾了一下四周。

休斯顿问:"那治安警察说了什么?"

"啊,治安警察真的火大了。他说:'你们这些该死的红色政党分子总是在挑事。'然后他命令道:'你最好跟我来。'他就这样把那个矮个子带走了,最后那个可怜的家伙因为所谓的流浪罪被判了六十天。"

"他有工作,他们怎么可以这么对待他呢?"蒂莫西·华莱士问。

胖男人笑了。"这你就不懂了。"他说,"流浪罪就是警察用来定义不喜欢的人的借口。他们讨厌这个营地的原因就是这一点了,警察无法随意进入。这里是美国政府管理,不是加利福尼亚州管理。"

休斯顿深深地叹了一口气。"我多希望我们能一直住在这里。但是，我们可能很快就得离开了。我真的喜欢这里——大家和睦相处。上帝啊，为什么他们非要折磨我们，把我们送进监狱，而不是让我们就这样自由地生活呢？我发誓，如果他们不停止干涉我们的生活，最终肯定会逼我们起来反抗的。"他的声音逐渐降低。"我们必须保持和平。"他提醒自己道，"委员会不能冲动行事啊。"

第三卫生大楼的矮胖男人插嘴说："如果有人觉得这个委员会能处理一切问题，那他们应该自己来试试。今天我的大楼里就发生了一场打斗——都是女人们。她们先是互相叫骂，然后开始扔垃圾。妇女委员会束手无策，她们找到了我，想让我把问题带到总委员会来解决。我告诉她们，这种小事她们需要自己解决。我们的总委员会不应该插手这种垃圾打斗。"

休斯顿赞同地点了点头。"你做得对。"他说。

此刻，夜幕降临，营地的生活似乎也更加活跃起来。随着夜色加深，弦乐队的练习声渐渐响亮。灯光逐一亮起，两个男人检查着通向舞池的电线是否牢固。孩子们围绕着演奏者们，聚精会神地观看。一个拿着吉他的男孩温情地唱着《乡下布鲁斯》，他的手指在吉他上熟练地滑过和弦。当第二个副歌响起时，三个口琴和一把小提琴加入进来。帐篷里的人们被这旋律吸引，纷纷向舞台拥去。男人们穿着干净的蓝色牛仔衣，女人们则穿着她们的格子布裙，他们走近舞台，然后静静地站着，灯光下他们的脸庞显得格外明亮和专注。

营地周围被一道高高的铁丝网围栏环绕，每隔五十英尺，就有一名守卫坐在草地上，静静地等待着。此时，宾客们的车辆陆续到达，包括一些小农场主、他们的家人和来自其他营地的移民。他们通过大门时，总会提到邀请他们的营地居民的名字，以此作为进入营地的

## 第二十四章

凭证。

弦乐队调整了他们的乐器,开始演奏一首快节奏的舞曲,此时他们已经结束了练习,乐声响亮。那些虔诚的耶稣信徒们坐在自家的帐篷前,他们坐着观看着,脸上带着坚硬和轻蔑的表情。他们之间几乎不交谈,他们的眼神中透露出对罪孽的搜寻,他们的表情仿佛在谴责整个活动。

在乔德家的帐篷前,露丝和温菲尔德匆匆吃完晚餐,然后走向舞台。老妈迅速叫住他们,用手托起他们的下巴,仔细检查鼻孔,拉开他们的耳朵查看里面,然后催他们再去卫生大楼里洗一次手。孩子们绕到卫生大楼的后面,然后全速冲向舞台,迅速在乐队周围的孩子群中找到位置站定。

艾尔吃完晚餐后花了半小时用汤姆的剃须刀精心地刮着自己的脸。他穿着合身的羊毛西装和条纹衬衫,洗过澡后,他把直发向后梳理得整齐划一。趁洗手间空出来的那会儿,艾尔站在镜子前露出迷人的微笑,然后又转过身去尝试着看看自己侧脸的样子。他戴上紫色袖带,穿上紧身外套,甚至还用一张卫生纸把自己的黄色鞋子擦得发亮。当一个迟来的人进来洗澡时,艾尔匆忙走出,大步向舞台方向前进,他的眼睛不断在人群中寻找可能的女伴。当他接近舞台时,他注意到一个漂亮的金发女孩正坐在一个帐篷前,他敞开外套,展示他的精心搭配的衬衫,悄然靠近。

"今晚跳舞吗?"他问。

女孩望向别处,没有回答。

"难道不能和你说句话吗?我们一起跳舞怎么样?"他不经意地补充道,"我华尔兹跳得还不错哦。"

女孩害羞地抬起眼睛回答他:"那没什么特别的——谁都会跳华

尔兹。"

"不,肯定没有我跳得好。"艾尔说。他随着音乐的节奏跺着脚。"来吧,试试看。"他说。

就在这时,一个非常胖的女人从帐篷中探出头来,用严厉的眼神瞪着他。"走开。"她凶狠地说,"这个女孩已经有未婚夫了,他一会儿就来接她。"

艾尔向那个女孩俏皮地眨了眨眼,笑着继续前行,他随着音乐的节奏舞动,肩膀摇摆,双臂轻摆。那个女孩目不转睛地看着他。

老爹放下他的盘子站了起来。"来吧,约翰。"他说,然后他向老妈解释道,"我们要去找一些人谈谈工作的事。"老爹和约翰伯伯朝着营地管理员的房子走去。

汤姆拿起一块店里买的面包,蘸着盘中的炖菜汁,然后大口吃掉。他把吃完的空盘子递给老妈,老妈把它放入热水桶中仔细地洗净,随后交给罗莎擦干。

"你不去舞会吗?"老妈问道。

"当然去。"汤姆说,"我加入了一个委员会,我们还要负责招待一些来访者。"

"你已经进委员会了?"老妈说,"我猜是因为你找到了工作。"

罗莎转过身来,放下手中的盘子。汤姆指着她的肚子说:"天啊,看她,她的肚子越来越大了。"

罗莎的脸颊染上了淡淡的红晕,她从老妈手中接过另一个盘子。"当然了。"老妈说。

"她变得越来越漂亮了。"汤姆说。

这使得罗莎的脸更加红润了,她害羞地低下了头。"别说了。"她轻声说。

"那当然了。"老妈说,"怀孕的女孩会变得更加美丽。"

汤姆笑得更开心了,"如果她的肚子继续这样长,她可能真的需要一个手推车来托着肚子。"

"不要再说了。"罗莎说,然后她快步走进帐篷,消失了。

老妈笑了。"你真不该这样让她担忧。"

"她喜欢的。"汤姆说。

"我知道她喜欢,但这也让她有些担心,她还在为康尼的事伤心呢。"

"嗯,她不如放弃康尼算了,那小子现在可能正忙着学习当美国总统呢。"

"别招惹罗莎了。"老妈说,"她这一路已经够艰难的了。"

威利·伊顿走近了,他笑容满面地问:"你是汤姆·乔德吗?"

"是的。"

"嗯,我是娱乐委员会的主席,我们需要你的帮助,有人跟我提起过你。"

"当然可以,我很乐意帮忙。"汤姆说,"这位是我老妈。"

"您好。"威利说。

"很高兴见到你。"

威利说:"一开始,我会把你安排在门口接待,之后在舞台周围。我需要你在宾客进入时进行检查,尝试把闹事的人找出来。你会和另一个人一起工作。晚些时候,我还希望你能一边跳舞一边保持警觉。"

"好的!我能做到。"汤姆说。

老妈带着些许担忧地问道:"不会有什么麻烦吧?"

"不会,夫人。"威利说,"绝对不会有任何麻烦。"

"一点问题都没有。"汤姆说,"好的,我会准备好的。舞会上见,老妈。"两个年轻人迅速朝大门口走去。

老妈将洗净的盘子叠放在一个箱子上。"出来吧。"她喊道。没听到回应,她又喊了一声:"罗莎,出来吧。"

罗莎从帐篷里走出来,继续擦拭着盘子。

"汤姆只是在开玩笑。"

"我知道,我不介意。只是我不喜欢别人一直盯着我看。"

"这是难免的,别人总会注意到的。但看到一个女孩怀孕,通常会让人感到一种愉悦的幸福。你不打算去舞会吗?"

"我本来打算去的——但现在我不太确定了。我真希望康尼能在这里。"罗莎提高了说话的声音,"老妈,我真的非常希望他在这里,我感觉快承受不住了。"

老妈走近仔细地看着她。"我知道,宝贝。"她说,"但罗莎——你不能让你的情绪影响到整个家庭。"

"我不会的,老妈。"

"那好,我们都不能丢脸。我们现在的处境已经够艰难的了,我们不能再添加什么麻烦事儿了。"

罗莎的嘴唇微微颤抖。"我——我不去舞会了。我做不到——老妈——请帮帮我!"她坐下来,双手掩面,泪水开始滑落。

老妈用擦盘子的抹布擦干净手,蹲下来面对着女儿,她双手轻柔地抚摸着罗莎的头发,"你是个好女孩。"她说,"你一直都是个好女孩,我在这儿,我会照顾你,不用担心。"她顿了顿,继续充满兴致地说,"你知道我和你要做什么吗?我们会去那个舞会坐下来观看。如果有人邀请你跳舞,我会告诉他们你不舒服,需要休息。你就坐在那里听听音乐。"

罗莎抬起头。"你不让我跳舞吗?"

## 第二十四章

"不,我不让。"

"那就别让别人碰我。"

"不,我不会让任何人碰你。"

罗莎叹了口气,眼中闪过一丝绝望。"我不知道我该怎么办,老妈。我真的不知道。"

老妈拍了拍她的膝盖。"看着我。"她说,"事情会好转的,过不了多久就会好的,这是真的。现在,我们去洗个澡,换上漂亮的裙子,然后我们就坐在舞台边上,看着别人跳舞。"说着,她带着罗莎向卫生大楼走去。

老爹和约翰伯伯正与一群男人蹲坐在办公室的门廊旁。"今天差点就找到工作了。"老爹说,"我们只是迟到了几分钟,他们就已经录用了两个人。而且,先生,有趣的是,那儿有个招工的老板,他说:'我们刚招了一些两毛五的人,当然我们也可以用两毛钱的人,我们可以招很多两毛钱的人,你回到你的营地去,告诉他们我们会雇很多人,每小时两毛钱。'"

蹲着的男人们开始不安地移动。一个宽肩膀的男人,他的脸完全隐藏在一顶黑帽子的阴影中,他用手掌拍打了一下自己的膝盖。"我就知道,该死!"他喊道,"他们会招到人的。他们会招到饥饿的人。你用两毛钱一小时养不活家人,但你也得接受这份工作,他们把你逼得走投无路,他们这只是把工作拍卖出去。天啊,很快他们会让我们倒付钱去工作的。"

"我们本来会接受的。"老爹说,"我们没有工作,肯定会接受的,但那里人在那看着我们,我们不敢接受。"

黑帽子说:"真是要疯了!我为一个家伙工作,他收不了自己的庄稼。仅仅收割的成本就比他能卖到的价格还要高,他不知道该怎办了。"

"在我看来——"老爹停了下来。一圈人静静地听着他说。"我只是想,如果一个人有一英亩地。好吧,我的妻子她可以种点小菜,养几头猪和一些鸡。我们男人可以出去找工作,然后回家。孩子们也许可以去学校,还从来没有见过这里的学校呢。"

"我们的孩子在学校里并不开心。"黑帽子说。

"为什么?那些学校挺不错的。"

"嗯,我们的孩子衣衫褴褛没有鞋子,而其他孩子穿着袜子,穿着漂亮的裤子,他们叫喊着'俄克佬'。我的儿子去了学校,每天都打架,学得却还不错,真是个坚强的小家伙。他每天都打架。回到家时衣服也破了,鼻子还流着血。他老妈就打他。我让他老妈别打了,没必要这么打他,可怜的小家伙啊。天啊,但是他把一些孩子打得鼻青脸肿——是那些穿着漂亮裤子的该死的孩子。我不知道,我也不知道啊。"

老爹继续问道:"那我该怎么办?我们没钱了。我一个儿子找到了一份短期工作,但那养不活我们。我得去接受两毛钱的工作,我必须这么做了。"

黑帽子抬起头,他那略带胡子的下巴在灯光下显露无遗,他的细长脖子上的胡须平贴如毛。"是的!"他有些苦恼地说,"那你就接受吧,而我是个两毛五的人,你会以两毛钱的价格抢走我的工作,然后我会挨饿,我就会以一毛五的价格把我的工作抢回来。是的!你就继续这么做吧。"

"那我还能怎么办?"老爹迫切地问,"我不能饿死,就为了让你能挣到两毛五。"

黑帽子再次低下头,他的下巴沉入阴影中。"我不知道。"他说,

## 第二十四章

"我真的不知道。每天工作十二个小时,结果只是能吃上一点东西,但我们还得一直想办法。我的孩子都吃不饱,我也思考不下去了,该死的!这事儿真让人发疯啊。"那一圈男人紧张地挪动着双脚。

汤姆站在门口,观察着来参加舞会的人们,一盏泛光灯照亮了他们的脸。威利·伊顿说:"你要保持警惕,我会派朱尔·维特拉过来,他有一半是切罗基血统,他是个不错的家伙。你要注意,看看能不能辨认出谁会闹事。"

"好的。"汤姆说。他观察着走进来的农户家庭,有的女孩们的头发被编成了辫子,有的男孩们为了舞会打扮得光鲜亮丽。朱尔走过来站在他旁边。

"我和你一起。"他说。

汤姆看着他那鹰钩鼻子和高高的颧骨、棕色的皮肤还有细长的下巴。"他们说你有一半印第安血统,但是你看起来完全就是个印第安人。"

"不是的。"朱尔说,"我真的只有一半的血统,但是如果我完全是个印第安人就好了呢,那样我就有自己在保留地上的土地了。那些纯血统的人中有些人被分配到的土地相当不错。"

"快看那些人。"汤姆说。

客人们通过大门进入,有来自农场的家庭,还有来自沟渠营地的移民。孩子们努力挣脱想要到处逛逛,而冷静的父母则拉住了他们。

朱尔说:"这里的舞会真的很有趣。我们的人一无所有,但仅仅因为可以邀请朋友来这里跳舞,就让我们感到很自豪,而且大家会因为这些舞会而尊重我们。我工作的地方有个人有块土地,他也来过这里的舞会,是我邀请他的,他就来了。他说我们有县里唯一一个像样的舞会,男人可以带他的女儿和妻子来。嘿!快看。"

三个年轻人穿过大门——他们都是年轻的工人，穿着牛仔裤，他们紧紧地走在一起。门口的守卫询问了他们，他们回答后就进了大门。

"仔细看着他们。"朱尔说。他走向守卫。"是谁邀请那三个人的？"他问。

"一个叫杰克逊的，第四卫生大楼的。"

朱尔回到汤姆身边。"我觉得他们是我们要找的人。"

"你怎么知道的？"

"我也不知道，只是有种感觉，他们看起来有点恐惧。跟着他们，告诉威利留意他们，让威利和第四卫生大楼的杰克逊确认一下，看看他们有没有异常，我会留在这里。"

汤姆悠闲地跟着那三个年轻人。他们向舞池走去，在人群边缘静静地站好了位置。汤姆在乐队附近看到威利，向他打了个手势。

"怎么了"威利问。

"那三个人——你看——就在那儿。"

"看到了。"

"他们说第四卫生大楼一个叫杰克逊的邀请了他们。"

威利伸长脖子看了看，叫休斯顿过来了。"那三个家伙。"他说，"我们最好找到第四卫生大楼的杰克逊，看看是不是他邀请的。"

休斯顿转身走开，几分钟后，他带着一个瘦削的堪萨斯人回来。"这位就是杰克逊。"休斯顿说，"看，杰克逊，看到那三个年轻人了吗——"

"是的。"

"你邀请他们了吗？"

"没有。"

# 第二十四章

"你以前见过他们吗?"

杰克逊凝视着他们。"见过,之前和他们一起在格雷戈里奥工作过。"

"所以他们知道你的名字。"

"没错,我就在他们旁边工作。"

"好吧。"休斯顿说,"你不要靠近他们。如果他们是好人,我们就不会把他们赶出去的。谢谢你,杰克逊先生。"

"做得好。"他对汤姆说,"我猜他们就是要惹事的人。"

"是朱尔看出来的。"汤姆说。

"见鬼了,难怪啊。"威利说,"他身上有印第安人的血统,能认得出来。好吧,我会让伙计们都认识一下的。"

一个十六岁的男孩从人群中跑了过来,他气喘吁吁地在休斯顿面前停了下来。"休斯顿先生。"他说,"我按您说的做了,有一辆载着六个人的车停在了桉树旁边,还有一辆载着四个人的车停在了北边的路上。我问他们要了根火柴,发现他们有枪,我看到了。"

休斯顿的目光变得冷酷无情。"威利。"他说,"你确定准备好了吗?"

威利开心地笑了。"当然准备好了,休斯顿先生,不会有什么麻烦的。"

"好吧,别伤害他们,一定要记住。一定要尽量安安静静地把事儿办好,我还想看看他们呢,让他们来我的帐篷里。"

"我会小心的。"威利说。

舞会还没有正式开始,威利爬上了台。"现在,排好你们的队形。"他喊道。音乐停了,男孩和女孩,年轻的男人和女人都跑来跑去,舞池里形成了八个四方队形,他们准备好了,等待着。女孩们把手放在身前,扭动着手指。而男孩们有节奏感地不停跺脚。老人们围着舞池坐着,微笑着,拉着小孩子,让他们不到处乱跑。在远处,耶稣基督徒们带着责备的表情坐在那里,看着他们的罪恶行为。

老妈和罗莎坐在长凳上看着。当有男孩邀请罗莎做搭档时,老妈都说:"不行,她不舒服。"罗莎脸红了,她的眼睛里冒着光。

舞会指挥者走到舞池中央,他举起双手。"都准备好了吗?那就让舞会开始吧!"

音乐响起了,是《小鸡的里尔舞曲》,曲子的声音尖锐又清晰,有小提琴尖锐的声音,口琴时而浑厚时而尖细的声音,和吉他在低音弦上轰鸣着的声音。指挥者发出指令,四方队形听着他的指令移动着。他们前后舞动,双手转动起来,男人和女人都绕着圈跳起欢快的舞蹈。指挥者跟着舞曲的旋律,按着节拍卖力踏着,他昂首阔步地走来走去,走过各个四方队形,冲他们喊着。

"和你们的女搭档转圈,舞起来。一起手拉手,我们一起跳起来。"音乐忽高忽低,人们前后舞动的脚步声在舞台上敲打着,如同擂鼓一般。"向右摆动,向左摆动;现在,松开手——松开手——拉起来——拉起来。"指挥者高亢地喊着。现在,女孩们梳理好的头发已经跳得散开了,男孩们的额头上冒出了汗珠,专业的舞者展示了他们高难度的舞步。坐在舞池边上的老人们也跟着舞曲的旋律,轻轻地拍着手,跺着脚。他们轻轻地笑了笑,彼此对视,点了点头。

老妈把头凑近罗莎的耳朵。"你应该想不到吧,你老爹年轻的时候是我见过的跳舞跳得最好的了。"老妈笑了,"这场舞会让我想起了过去的日子。"她说。观众们的脸上挂着和昔日一样的微笑。

"二十年前,在马斯科吉附近,有个拉着小提琴的盲人——"

"我曾经见过一个人,他跳起来的时候他双脚的脚后跟还能互相

## 第二十四章

碰四下。"

"达科他州的瑞典人——你知道他们有时会做什么吗?他们把胡椒粉撒在地上,还撩起女人们的裙子,这让他们很是活跃——像发情的小母马,瑞典人有时就会这么做。"

在远处,耶稣基督的信徒看着他们躁动的孩子。"看看这眼前的罪恶吧。"他们说,"那些人会下地狱的。真遗憾,上帝看到了这一切。"他们的孩子看上去沉默又紧张。

"再来一轮,然后中场休息。"指挥者高呼,"使劲跳吧,我们马上就要休息了。"女孩们浑身湿漉漉的,满脸通红,张着嘴,一脸严肃又虔诚地跳着舞。男孩子们把长发往后一甩,大摇大摆,踮起脚尖,跺着脚后跟。四方队形移动着,相互交叉着,时而后退时而旋转,音乐声响亮又刺耳。

然后音乐突然停了下来。跳舞的人也站着不动了,他们累得喘不过气来。孩子们挣脱了束缚,冲进舞池,疯狂地互相追逐,他们跑着,有的还滑了一跤,有的偷别人的帽子,还扯头发。跳舞的人坐了下来,用手扇着风。乐队成员站起来伸着懒腰,又坐了下来。吉他手们轻轻地拨弄着他们的琴弦调着音。

这时威利喊道:"如果休息好了的话,大家再组一次队形吧。"跳舞的人争先恐后地站起来,新的要来跳舞的人也争先恐后地去找自己的舞伴。汤姆站在三个年轻人旁边。他看见他们挤了进来,来到舞池中,朝一个正在组建的四方队形走去。他向威利挥了挥手,威利正在和小提琴手说话。小提琴手用琴弓在琴弦上拉出了一个尖厉又奇怪的声音。二十个年轻人慢慢走过舞池,那三个人走到队形中间。其中一个说:"我要和这位搭档跳舞。"

一个金发男孩惊讶地抬起头来,说:"她是我的搭档。"

"听着,你这个该死的家伙——"

黑暗中响起了刺耳的哨声。这三个人现在已经被人团团围住了。每个人都感觉到了他们的手被抓得紧紧的。接着,那一群人慢慢地从舞台上移走了。

威利叫道:"我们开始吧!"刺耳的音乐声响起,指挥者继续指挥着,人们的脚咚咚地在舞台上踏着。

一辆旅游车开到了入口处。司机喊道:"开门,我们听说你们这儿发生了暴乱。"

门卫没有动。"我们这里没有什么骚乱,你们听听这儿的舞曲,你们是谁啊?"

"治安警察。"

"有搜查令吗?"

"如果发生骚乱,我们就不需要搜查令。"

"嗯,但我们这里没有发生骚乱。"门卫说。

车里的人听着舞曲和指挥者的声音,然后把车开走了,停在一个十字路口等着。

在移动的队伍里,三个年轻人被抓住了,他们的嘴都被别人用手捂着。当他们到达黑暗的地方时,这群人才疏散开来。

汤姆说:"干得漂亮。"他从背后按住受害者的双臂。

威利从舞池跑向他们。"干得好。"他说,"现在只需要六个人,休斯顿想看看这些家伙。"

休斯顿本人从黑暗中现身了。"就是这些人吗?"

"是的。"朱尔说,"他们直接走过去,就开始闹事,但他们甚至还没开干就被抓了。"

"让我们看看他们。"这几个被抓的人被转过来面对着休斯顿,他

# 第二十四章

们低着头。休斯顿用手电筒照在每个阴沉的脸上。"你们为什么要这样做?"他问。没有人回答。"到底是谁让你们这么做的?"

"该死,我们什么也没做,我们本来只是要跳舞的。"

"不,才不是。"朱尔说,"你要揍那个男孩的。"

汤姆说:"休斯顿先生,只要这些家伙过来,就有人吹口哨。"

"是啊,我知道!警察就直接到门口来了。"他转过身来,"我们不会伤害你们的。你们现在就说,谁叫你们来舞会捣乱的?"他等着答复,"你们是我们的同胞啊。"休斯顿悲伤地说,"你们是和我们一样的人,你们这样是怎么了?我们已经收到消息了。"他补充道。

"该死的,人总得吃点东西啊。"

"哎,谁派你们来的?谁付钱雇你们来的?"

"我们还没拿到钱。"

"你们拿不到钱的,因为没打起来,就没有报酬,对不对?"

其中一个被抓的人说:"你们要怎么办就怎么办吧,我们什么都不会说的。"

休斯顿的头垂了下来,然后轻声说道:"好吧,不说就算了。但是我跟你们讲,不要再伤害自己人了,我们要试着和睦相处,一起玩得开心,保持这里的秩序,别把这些都给毁了。天啊,想想看,你们这是在伤害自己啊。

"好了,孩子们,把他们从后面的篱笆上抬出去,别伤害他们,他们不知道自己在做什么。"

这群人慢慢地向营地后方移动着,休斯顿看着他们。

朱尔说:"让我们狠狠地踢他们一脚。"

"不,可不能这样啊!"威利叫道,"我说过我们不能这样。"

"只轻轻踹一脚。"朱尔恳求道,"就只把他们踹过篱笆。"

"不行的,先生。"威利坚持说。

"听着。"他说,"这次我们放你们一马,但是你们记住,如果再发生这种事,我们自然会把来的人赶出去,我们要把他们的骨头都打碎,你们回去就立马跟你们那边的人说。休斯顿说,你们是和我们一样的人,也许吧,但我不觉得。"

他们走近了篱笆。两个坐着的门卫站了起来,走了过去。"这儿有些人要提早回家了。"威利说。那三个人翻过篱笆,消失在黑暗中。

这一队人马迅速地走回舞池。这时,弦乐队弹奏起了尖锐而悠扬的《老丹·塔克》的旋律。

办公室附近,几位男士仍旧蹲坐着在交谈,那尖锐的音乐随风飘荡至他们耳边。

老爹说:"变化即将到来,我也不知道会发生什么样的变化,也许我们活不到见证变化的时候了,但是变化总会来的,周围弥漫着一种不安的氛围,人们因为过度紧张而思绪纷乱。"

戴着黑帽子的男人重新抬起头,昏黄的灯光映照在他粗犷的胡须上。他从地上捡起几颗小石头,用拇指将它们逐一弹射出去。"我也不清楚,但我同意你的观点。的确,变革已近在咫尺。有人告诉我从俄亥俄州的阿克伦传来的消息,那里的橡胶厂招了一些山区的工人,因为招他们给的工资低。这些新工人不久后加入了工会,情势随之急转直下。商店老板、退伍军人及其他民众开始聚集,他们高喊着'打倒红色势力',他们要把阿克伦的工会赶走。牧师布道也这么说,报纸上的报道则更夸张。橡胶厂不仅把铲子的把手卸了下来,他们还额外购置了汽油。天啊,那些报道读起来,你会认为山区的居民都是些恶魔。"他边说边弯下腰捡起更多小石头,再把石头弹出去。"嗯,先生——那是去年三月的一个礼拜天,五千名山区居民在镇外举行了一场盛大的火鸡射击比赛。他们五千人手持步枪在小镇中穿过,比赛结束后又手持步枪步行返回,他们就做了这些。天啊,先生。从那天起,他们就再也没有过麻烦。市民委员会归还了铲子把手,店主们恢复了日常营业,再也没有人受到过暴力对待,没有人被打,也没有人被涂柏油、粘羽毛,更没有人被杀害。"在一段沉默之后,他的声音再次响起,"但在这里,他们变得冷酷无情——焚烧营地,殴打住民。我一直在思考,我们所有人都配备了枪械,也许我们应该组建一个火鸡射击俱乐部,每个礼拜天聚一次。"

周围的人们抬头看向他,随后又默默低下头往地上看,他们不安地移动着脚,来回交换着两条腿的重心。

# 第二十五章

加州的春天美丽得让人心醉。在群山环绕的山谷里，果树的花朵散发着甜蜜的粉红和洁白的色彩，仿佛水面上轻柔的涟漪。接着，老藤上的葡萄开始发芽，嫩绿的枝条从藤上垂下，渐渐覆盖了树干。目之所及是满山的青翠，山丘柔和而圆润，像是大地的胸脯。蔬菜地一片平坦，长着一英里长的浅绿色生菜和细长的小花椰菜，还有灰绿色的朝鲜蓟，外形独特，宛如外星植物。

接着，树木开始长出新叶，果树的花瓣纷纷飘落，粉红和白色的花瓣铺满了大地。花心逐渐膨胀，开始变色，预示着樱桃、苹果、桃子和梨子的成熟，还有包裹着花朵的无花果。整个加州焕发出勃勃生机，果实在枝头慢慢成熟，越来越沉甸甸，甚至需要小支架来支撑枝条，防止它们因承受不住重量而弯曲。

丰收的背后是那些拥有知识和技能的人，他们不断试验种子，开发新技术，以培养更多作物。这些作物的根部需要具备对抗地球上数以百万计的敌人——霉菌、昆虫、锈病和枯萎病的能力。这些人小心

第二十五章

翼翼、坚持不懈地工作，完善种子和培养根系。还有化学家们，他们喷洒树木，防止害虫侵害，用硫黄处理葡萄，修剪病树上的腐烂和霉菌。这些化学家就像预防医学的医生，担任边境的守卫者，寻找果蝇和日本甲虫，隔离病树，拔除并焚烧，以防止疾病蔓延。他们是对抗病虫害的知识精英。嫁接年轻树木和小藤条的人是最聪明的，他们的工作像外科手术般精细敏感。他们需要拥有外科医生般的手和心，才能切开树皮，放入嫁接枝条，包扎切口并遮挡空气。这些都是伟大的人。

在田间，农夫们来回穿梭，割断春天生长的杂草，并将其埋入土中，让土壤更加肥沃，为植物生长做好准备。他们翻开土壤让地表保持水分充足，并将地面挖出小水坑，以便灌溉，同时还要摧毁可能吸收树木水分的杂草根。

果实不断膨胀，藤上的花朵成长成一串串的簇。在这一年的生长季节，温度逐渐升高，叶子变得深绿。李子像小小的绿色鸟蛋般开始长大，枝条在果实的重量下弯曲，靠在支架上。硬硬的小梨开始成形，桃子上逐渐长出绒毛。葡萄花的细小花瓣落下，转而变成了绿色的小颗粒，这些颗粒慢慢变成绿色的小纽扣，逐渐变得越来越重。在田间工作的农民和小果园的主人们细心观察、计算着。他们预见到今年将是一个丰收之年，因为凭借他们的知识和经验，他们让丰收成为可能。他们改变了世界。曾经矮小、贫瘠的小麦被培育得高大且多产。小小的酸苹果变得大而甜，那些曾经在树丛中生长、只供鸟儿觅食的小葡萄，如今被繁育出了数以千计的品种——红的、黑的、绿的、浅粉色的、紫的和黄的，每一种都有自己独特的风味。在实验农场工作的科学家和农民不断努力，培育出新的水果——油桃、四十种李子，以及带着脆薄外壳的核桃。他们不停地工作，挑选、嫁接、改变、不断推动自己,也激励了大地,让土地不断生产。

第一个成熟的是樱桃。然而一磅只卖两分钱,天哪,我们根本赚不了钱。黑樱桃和红樱桃饱满又甜美,鸟儿吃掉每个樱桃的一半,黄蜂在鸟儿啄过的洞里嗡嗡作响。地面上,掉落的果核连同粘在上面的黑色的碎果肉一起变得干燥了。

紫色的李子开始变软,变得甜蜜。天啊,这样的情况,我们既不能采摘它们,也无法晒干或用硫黄处理。不管工人的工资是多少,我们都负担不起。紫色的李子铺满了地面。最初,果子的皮略微起皱,随之而来的是成群的苍蝇,它们大饱口福。整个山谷弥漫着甜腻的腐败味道。然后,果肉开始变暗,作物在地上逐渐枯萎。

接着,梨子变黄变软了,每吨的价格只有五块钱。每箱梨五十磅,那么五块钱可以买到四十箱;而中间的流程很多,如修剪和喷洒树木、耕作果园、采摘水果、将果子装箱、装载卡车、运送到罐头厂——这样一系列工作下来定价为四十箱五块钱。我们无力维持运营。黄色的梨子就重重地落到地面,砸在地上。黄蜂钻进软化的果肉里,空气中弥漫着发酵和腐烂的气味。

最后是葡萄的收成——然而我们根本无法酿造好酒,因为人们买不起。葡萄从藤上摘下时,混杂了好的、烂的、被黄蜂叮咬的。压榨过程中,茎、泥土和腐烂的葡萄混合在一起,无法生产高质量的葡萄酒。

酒桶里的酒已经沦为霉变和蚁酸的混合物。

加一些硫黄和单宁酸吧。

那就没有葡萄酒那种醇厚的香气,只有一种腐败与化学药品的味道了。

哦,好吧。反正里面有酒精,他们可以喝醉的。

## 第二十五章

小农场主们眼睁睁看着债务像潮水一样逐渐逼近,尽管他们努力维护果树,给果树喷洒药水、修剪树枝、嫁接树枝,但作物无法销售出去,果实也无法收获。有知识的人们虽然辛苦工作、深思熟虑,但他们的劳动成果却在地上腐烂,酒桶里的腐败果肉的味道更是污染了空气。品尝这种酒,你只能尝到硫黄、单宁酸和酒精的味道,而葡萄的味道早已不见踪影。

明年,这个小果园很可能就会被债务吞噬,成为大地主的财产。

到那时,这片葡萄园将不再属于现在的主人,而是变成银行的资产。在这片土地上,只有拥有加工厂的大地主才能够生存下去。即使是罐装的梨,里面有四个去皮切半的梨,经煮熟后罐装,仍旧标价一毛五,这种罐装食品不会变质,可以保存多年。

腐败的气味蔓延到了整个州,甜甜的气味成了这片土地上的一种哀伤的象征。那些能嫁接树木、让种子肥沃丰产的人,却找不到办法让饥饿的人们享受到他们种植的果实。那些创造了新果种的人,也无法建立一个有效的体制让人们食用这些果实。这种失败,如同一种沉重的悲哀,笼罩着整个州。

为了推高价格,葡萄藤和树木的根部遭到了毁灭性的破坏,这无疑是一幅悲哀至极且痛苦万分的景象。整车的橘子被倒在了地上,从远方赶来的人们希望能捡拾这些果实,但他们的努力注定徒劳无功。如果人们能开车过来捡拾,又怎会愿意花费两毛钱购买一打橘子呢?那些手持水管的人向橘子喷洒煤油,他们对自己的行为感到愤怒,对那些试图捡拾水果的人同样心生愤怒。这是一个悲剧的场面:一百万饥饿的人急需这些果实,而这堆金色的果实却被煤油破坏。

腐烂的气味弥漫着整个国家。

在海上,人们燃烧咖啡豆作为燃料,烧掉玉米来取暖,它们燃烧时能释放出炽热的火焰。农户将土豆倒入河中,并在河岸派出警卫,防止饥饿的人们捞取食物。猪被屠宰后埋葬,腐烂的血水悄然渗透进土壤。

这里的罪行,已经超越了人们能对其的一切谴责。这里的悲伤,无法仅凭泪水来表达。这里的失败,已经颠覆了所有的成功。肥沃的土地上,原本树木整齐、树干坚固、果实成熟。然而现在,患有糙皮病的孩童必须面对死亡,因为大地主们无法从橙子上获得利润。验尸官在死亡证明书上写着——死于营养不良——因为这里的食物必须腐烂,必须被迫腐烂。

人们拿着网在河里打捞被扔掉的土豆,警卫们阻拦他们;他们有的驾驶着嘎吱作响的破车,试图捡拾那些被倒掉的橘子,但是那些橘子被洒上了煤油。他们静静地站在河岸,眼睁睁看着土豆在水面漂过,听着被屠杀的猪在沟渠中的惨叫声,随后又被石灰所掩埋。他们目睹着橘子堆积如山,最终变成了一堆腐烂的泥浆。在所有人的眼中都显露出失败的迹象,在饥饿者的眼中,怒火日益燃烧。愤怒的葡萄占据了人们的心灵深处,日渐沉重,等待着被酿造的日子。

## 第二十六章

在韦德派奇营地的晚上,长条形的云朵悬挂在日落的天际线上,夕阳的余晖点燃了它们的边缘,洒下一片橘红色的光芒。饭后,乔德一家迟迟没有散开。老妈犹豫片刻,然后开始洗碗。

"我们得做点什么。"她说着,指向温菲尔德。"看看他。"全家的目光随之转向那个小男孩,他睡觉的时候又抽搐又发抖,脸色也显得不健康。"一定是油炸面团吃多了。"老妈继续说,"我们来这儿已经一个月了,只有汤姆工作了五天。你们其他人每天都在外面努力找工作,却一无所获,还都害怕谈论这个问题。我们的钱也快用完了,你们都不愿意把问题摊开说,每晚只是机械地吃饭,之后就四处游荡。这种状况谁都不愿意说,哎,还是得谈谈啊。罗莎的预产期也快到了,看看她的脸色就知道了,我们必须开诚布公地讨论。现在,谁也不要离开,我们要想出个办法来。我们的食用油还能够吃一天,还有能吃两天的面粉,土豆还够吃十天。你们都坐下来,想想办法!"

他们默默地低下了头。老爹手拿折叠刀,专心地修剪着自己厚厚的指甲。约翰伯伯坐在旧箱子上,剔除着箱子边沿的毛刺。汤姆则拉开下嘴唇,把牙齿露了出来。

汤姆的嘴唇轻轻松开,他的声音有些无力:"我们一直在找工作,老妈。自从买不起汽油后,我们就一直在走路。我们敲遍了每一个大门,走访了每一间房子,哪怕心里清楚可能一无所获,我们也在尝试。但这种徒劳无果的尝试,让我们压力真的很大。明知道找不到,还要去找。"

老妈严厉地说:"你们没有权利就这样气馁了,我们这个家庭正在面临大难题,你们可不能就这样垂头丧气了。"

老爹仔细看着修理了的指甲。"我们应该离开这里了。"他说,"我们的确不想走啊,这里的人很好,环境也不错。但是我们都担心最终可能只能住进那些胡佛村里了。"

"如果真的必须走,那我们走吧。但首先,我们得解决吃饭的问题。"

艾尔突然插嘴:"我在卡车里还装了一桶汽油,我没让任何人动过那桶油。"

汤姆笑了起来:"这个艾尔,不仅是个花花公子,还真是个机灵鬼。"

"现在想想办法吧。"老妈说,"我不能再眼睁睁看着这个家庭挨饿了。我们的食用油只够吃一天了,就只有这些了。罗莎快要生了,她需要有东西吃,要想出个办法来啊!"

"这里的热水和厕所——"老爹开口说。

"嗯,我们可不能吃厕所的东西。"

汤姆说:"今天来了一个小伙子,他想招人去马里斯维尔摘水果。"

## 第二十六章

"嗯,我们为什么不去马里斯维尔呢?"老妈问。

"不知道。"汤姆说,"不知怎么的,感觉不对劲。他看起来很着急,还不愿透露工资是多少,他说他也不清楚。"

老妈说:"我们去马里斯维尔,我不在乎工资是多少,我们走吧。"

"太远了。"汤姆说,"我们都没钱买汽油了,我们这样到不了那里。老妈,你说我们要想办法找工作。我别的什么也没做,一直都在找工作。"

约翰伯伯说:"有人说北部一个叫图拉尔的地方,那附近在产棉花。那人还说,那里不远。"

"好了,我们得走了,而且要快点到那。不管这里有多好,我都不会再住在这里了。"老妈拿起水桶,走向卫生大楼取热水。

"老妈态度很强硬。"汤姆说,"我觉得她应该很生气,她简直要暴怒了。"

老爹如释重负地说:"哎,反正她把这事说出来了。我整夜躺在床上,一直在想这事儿,不管怎么样,现在我们可以开诚布公地说这事了。"

老妈提着一桶热气腾腾的水回来了。"嗯。"她问,"有什么想法了吗?"

"正在想办法呢。"汤姆说,"我们干脆到北边产棉花的地方去吧,这地方已经都找过了,我们都知道这里什么工作都没有。要是我们现在收拾行李往北走,棉花长好了,我们也就到了,我还有点喜欢棉花放在手上的感觉呢。你的油箱加满了吗,艾尔?"

"差不多——大约两英寸深。"

"应该能开到那个地方吧。"

老妈把盘子放在桶上。"怎么样?"她问。

汤姆说:"你赢了,我们走吧。怎么样,老爹?"

"我想我们必须走了。"老爹说。

老妈看了他一眼。"什么时候走?"

"嗯——不用等了,我们明天早上就走吧。"

"我们明天早上就得走,我告诉你们没有多少食物了。"

"老妈,别以为我不想去。我已经两周没好好吃过东西了,当然我也是吃饱了,但我没吃到什么好点的饭菜。"

老妈把盘子放进桶里。"我们明天早上就走。"她说。

老爹吸了吸鼻子。"时代好像是变了。"他讽刺地说,"以前是男人说了算,现在好像都是女人说什么算什么了,看来是时候拿出棍子了。"

老妈把那只清洗干净的、滴着水的铁盘子放在箱子上。她低头微笑着看着自己的劳动成果。"老爹,你去拿棍子啊。"她说,"之前我们家有能吃的食物,有可以居住的地方,也许你还能用用棍子,显示一下你的家庭地位。但你现在也没有工作,也没有想办法,还没帮忙干点活儿。哼,你也可以用棍子,女人们也不能说什么,只能像老鼠一样偷偷溜掉。但你现在拿根棍子来,你也不能打女人,你也只能和我打架,因为我也准备了一根棍子。"

老爹尴尬地笑了。"让孩子们听到你这样说话可不好。"他说。

"你先给孩子们吃点肉,然后再来告诉他们有什么好的吧。"老妈说。

老爹生气地站起来走开了,约翰伯伯也跟着他走了。

老妈的手在水桶里忙碌着,但她的眼睛注视着他们离开,她自豪地对汤姆说:"他没事,他没有被打垮,他也不想真揍我一顿。"

## 第二十六章

汤姆笑了。"你就是故意招他的?"

"当然。"老妈说,"一个人如果不停地担心,就会伤到肝脏,很快就只能躺下,心脏衰竭而死。但如果你能让他疯狂一下,发泄发泄,他就会没事的。老爹虽然什么也没说,但他非常生气,他向我发泄完就会好的。"

艾尔站了起来。"我要到那排帐篷走走。"他说。

"最好看看卡车怎么样了。"汤姆提醒道。

"卡车已经准备好了。"

"如果没准备好,我就告诉老妈。"

"确实已经准备好了。"艾尔得意扬扬地沿着那排帐篷漫步。

汤姆叹了口气。"我累了,老妈。要不你也惹我生气看看?"

"你比老爹更懂事,汤姆,我不想惹你生气,我还要靠你办事。其他人都不会办事,除了你,你不要放弃啊,汤姆。"

负担落到了汤姆身上。"我可不喜欢这样。"他说,"我想像艾尔那样到处溜达溜达,我想像老爹那样发疯,我还想像约翰伯伯那样喝醉。"

老妈摇了摇头。"你不能这样,汤姆。我知道,你还小的时候我就知道了,你也不会这么做的。他们就是一些只关心自己的人,还有艾尔——他只想着怎么追求女孩子,你从小就不是那样的人,汤姆。"

"我就是那样的。"汤姆说,"现在还是那样的人。"

"不,你不是的,你之前所有做的事儿都不仅仅只是为自己考虑,他们把你关进监狱的时候我就知道了,都替你说话呢。"

"好了,老妈——别说了。这不是真的,一切都是你自己认为的。"

她把刀叉堆放在盘子上。"也许吧,也许的确只是我自己认为的那样。罗莎,你把这些餐具擦干净,收起来。"

罗莎上气不接下气地站了起来,大大的肚子露了出来。她慢吞吞地走到箱子前,拿起一个洗过的盘子。

汤姆说:"肚子绷得太紧了,把她的眼睛都绷大了。"

"你别开玩笑了。"老妈说,"她做得很好了。你可以到处走走,想和谁告别就说一声吧。"

"好吧。"他说,"我要问问别人去那有多远。"

老妈对罗莎说:"他说那样的话并不是为了让你难过,露丝和温菲尔德在哪儿?"

"他们跟着老爹偷偷溜走了,我看到他们了。"

"好吧,让他们走吧。"

罗莎慢吞吞地擦着盘子,老妈仔细地打量着她。"你感觉还好吗?你的脸好像有点松松垮垮的。"

"他们说我应该喝点牛奶,但是我没有。"

"我知道,我们没有牛奶喝。"

罗莎沉闷地说:"要不是康尼走了,我们现在已经有一所小房子了,他可以在房子里读书,我也能有牛奶喝,还会有一个漂亮的宝贝。但现在孩子估计长得不会太好看了,我本应该喝牛奶的。"她把手伸进围裙口袋,把一些东西放进了嘴里。

老妈说:"我看见你在嚼什么东西,你在吃什么啊?"

"没吃什么。"

"快点说,你在吃什么?"

"一块熟石灰,我之前找到了一大块。"

"为什么要吃石灰,那就像在吃土一样。"

"我有点想吃。"

老妈沉默了,她伸开两个膝盖,拉紧裙子。"我知道。"她终于说道,"我之前怀孕还有一次吃过煤呢,吃了一大块,奶奶说我不应该那样。你说过宝宝的事儿,所以为了宝宝好,你连吃石灰的想法都不应该有。"

"我没有丈夫!还没有牛奶!"

老妈说:"如果你现在没有怀孕,我真想揍你,就往脸上打。"她站起来,走进了帐篷。过了一会,她又走出来,站在罗莎面前,伸出手来。"看!"她手里拿着一对小小的金耳环。"这是给你的。"

罗莎的眼睛亮了,然后目光又移到别处。"我还没有扎耳洞。"

"嗯,我来帮你扎。"老妈急忙回到帐篷里,她拿着一个硬纸盒出来了。她赶紧穿了一根针,把线绕了一圈,在上面打了一串结。她又穿了第二根针,把线打好了结。她在盒子里还找到一块软木塞。

"穿的时候会有点疼,会疼的啊。"

老妈走到她跟前,把软木塞放到耳垂后面,把针穿过耳朵,戳进软木塞里。

罗莎疼得抽搐了一下。"针戳进去了,太疼了。"

"不会疼太久的。"

"实在太疼了。"

"好吧,让我们先穿另一只耳朵吧。"她把软木塞放好,在另一只耳朵上穿洞。

"我很疼。"

"嘘!"老妈说,"已经穿好了。"

罗莎吃惊地看着她,老妈把针拔下来,把每根线上的一个结穿过耳洞。

"可以了。"她说,"我们每天只要拉动一个结,不出两个星期就会长好了，你就可以戴上耳环了。给你——现在耳环是你的了，你可以把它们收好。"

罗莎轻轻地抚摸着她的耳朵，看着手指上面沾上的小血点。"其实也不是特别疼，只是有点疼。"

"你早就该穿耳洞了。"老妈说。她看着罗莎的脸，得意地笑了。"现在把盘子都洗好收拾起来吧，你的孩子会长得不错的，差点让你没打耳洞就生孩子了，不过现在没问题了。"

"有什么含义吗？"

"那是，当然有了。"老妈说，"当然有意义。"

艾尔沿着街道向舞台走去。在一个整洁的小帐篷外，他轻轻地吹了一声口哨，然后又沿着街道往前走。他走到营地边上，在草地上坐了下来。

西边的云已经没有了因太阳照耀而映出的红色边沿，云朵中间变成了黑色。艾尔挠了挠腿，望着傍晚的天空。

过了一会儿，一个金发女孩走了过来，她长得很漂亮，五官端正。她坐在艾尔身旁的草地上，没有说话。艾尔把手放在她的腰上，顺着她的腰摸着。

"不要这样。"她说，"很痒。"

"我们明天要走了。"艾尔说。

她吃惊地看着他。"明天？你们往哪里去？"

"到北方去。"他轻轻地说。

"好吧，但是我们要结婚了啊，不是吗？"

"当然，会结婚的。"

"你说过很快就结婚的！"她生气地叫道。

"是的，该结婚的时候就马上结婚。"

## 第二十六章

"你发誓过的。"他的手继续摸着。"走开。"她喊道,"你说我们会很快结婚的。"

"嗯,我们当然会。"

"但是现在你又要走了。"

艾尔问道:"你怎么了?你怀孕了?"

"不,我没有。"

艾尔笑了。"那我只是在浪费时间,对吧?"

她抬起下巴,跳了起来。"你离我远点,艾尔·乔德,我不想再见到你了。"

"哦,别这样,你怎么啦?"

"你以为你就是玩完就走吧。"

"你等一下。"

"你认为我必须和你结婚,才不是呢!我有很多机会的。"

"你等等。"

"不是,先生——你走开。"

艾尔突然扑过去,抓住了她的脚踝,把她绊倒了。当她跌倒时,艾尔一把接住她,抱住了她,用手捂住她愤怒的嘴。她想咬他的手掌,但他把手掌放在她的嘴上,用另一只胳膊按住她。一会儿她就静静地躺下了,不一会儿他们又一起在干草地上咯咯地笑了。

"哎呀,我们很快就会回来的。"艾尔说,"我到时就要有一口袋的钱了,我们还要去好莱坞看电影。"

她仰面躺着,艾尔俯身看着她。他看到晚上明亮的星星映在她的眼睛里,他看到乌云映在她的眼睛里。"我们坐火车去。"他说。

"你觉得要多久?"她问。

"哦,也许一个月吧。"他说。

夜幕降临，老爹、约翰伯伯和其他一家之长们蹲在办公室外面。他们在研究着这个夜晚和今后的未来怎么办。小个子管理员穿着白衣，衣服有些磨损，但是干干净净，胳膊肘撑在门廊的栏杆上，他的脸憔悴又疲惫。

休斯顿抬头看着他。"你最好睡一会儿，先生。"

"我想我是该睡会儿了，昨晚在第三卫生大楼出生了一个婴儿，我快成为一名不错的助产士了。"

"每个人都应该知道点怎么接生。"休斯顿说，"已婚的人应该知道。"

老爹说："我们明天早上就出发。"

"是吗？你们往哪去？"

"我想我们应该往北走一段时间，看能不能赶上摘到第一批棉花，我们一直没有工作，已经没有食物了。"

"你们知道哪里有工作吗？"休斯顿问道。

"不清楚，但这儿肯定没有。"

"这里总会有的，就是要稍微晚点。"休斯顿说，"我们还要再等等。"

"我们也不愿意离开这儿。"老爹说，"这里的人都很好——厕所和一切设备也都很好，但我们得吃饭。我们还有一箱汽油，这样我们还能开一段路。我们在这里每天都洗澡，我这辈子从没这么干净过。挺有意思的是，以前我每周只洗一次澡，身上也从来没有发臭过。但现在，如果我每天不洗个澡，我就会觉得身上有臭味。不知道是不是洗多了澡才会有这样的感觉？"

"也许是你以前闻不到吧。"营地管理员说。

"也许吧，我也希望我们能留下来。"

# 第二十六章

小个子管理员用手掌按着脑袋两侧的太阳穴。"我想今晚会有另一个婴儿出生。"他说。

"我们家很快也会出生一个婴儿了。"老爹说,"我希望我们能在这里生下来,真希望啊。"

汤姆、威利和混血朱尔坐在舞台边上,晃着脚。

"我买了一包达勒姆的烟。"朱尔说,"来一根抽抽?"

"好啊。"汤姆说,"好久没抽过烟了。"他小心地把棕色的香烟卷起来,不漏掉一丝烟草。

"哎,先生,我们听说你要走了,很伤心。"威利说,"你们都是好人啊。"

汤姆点燃了香烟。"我一直在想这件事,天啊,真希望我们能安定下来。"

朱尔拿回了他的达勒姆。"安定下来不容易啊。"他说,"我有一个女儿,我还以为我们到这儿,她就能有学上。但是,我们在哪都安定不下来,搬过来住不了多久就得走,我们只能把她上学的事儿耽误了。"

"我希望我们不要再去胡佛村了。"汤姆说,"我当时真的很害怕。"

"治安警察总是要赶你们走?"

"我怕我会杀人。"汤姆说,"我只在胡佛村待了一会儿,但我一直都在控制自己的脾气。治安警察闯了进来,还抓走我的同伴。只是因为他乱说话,我一直都在忍气吞声啊。"

"你参加过罢工吗?"威利问道。

"没有。"

"嗯,我是想了挺多的,比如治安警察为什么不到这里来,而在别的地方那样到处闹事呢?你觉得是办公室里的小个子管理员阻止他们的吗？不是这样的，先生。"

"那是因为什么？"朱尔问道。

"我来告诉你，因为我们在同一战线。在这个营地里，治安警察不敢乱抓任何一个人。因为找了一个人的麻烦，就相当于在找整个营地人的麻烦，他们不敢这么做。我们只要喊一声，营地就会来二百来个人。组织工会的人们也谈到过这事儿。他说我们可以在任何地方这么做，只要大家都团结在一起，他们不会招惹那么多人的，他们只敢惹单独一个人。"

"原来如此。"朱尔说，"假如你们有了工会，有了领导者，他们就会抓你们的领导人，这样工会还能办下去吗？"

"好吧。"威利说，"我们总得找个时间好好思考一下，我出门得有一年时间了，工资还越来越低，我已经不能靠工资养家糊口了，而且情况越来越糟。只待在这儿挨饿也不是个事儿，我不知道该怎么办了。如果一个人养了一群马，在马不干活的时候给它喂食，那没什么问题。但如果他招了人为他干活，他根本不在乎工人是否吃饱，这样看来马可比人值钱多了，真是不明白为什么。"

"所以我不想去想了。"朱尔说，"但是我还是得去思考，因为我家有个女儿，你们都知道她有多漂亮。有一周，他们在营地还给她颁奖了，因为她太美了。你们知道现在她变成啥样了吗？她越来越瘦了，我实在受不了了，她之前很漂亮的，我要疯了。"

"怎么了？"威利问道，"你打算怎么办——偷点东西然后进监狱吗？还是杀了人之后被绞死？"

"我不知道。"朱尔说，"我想这事想得都要发疯了，我想有一天我真的会彻底疯了的。"

"我会想念这里的舞会的。"汤姆说，"这是我见过的最精彩的舞会之一了。好了,我要睡觉了,再见吧,之后一定会再次遇见你们的。"他握了握手。

"当然了。"朱尔说。

"好了,再见了。"汤姆消失在黑暗中。

在黑暗的帐篷里,露丝和温菲尔德躺在床垫上,老妈躺在他们旁边。露丝低声叫道:"老妈!"

"怎么了?你还没睡吗?"

"妈——我们要去的地方能玩槌球吗?"

"我不知道,快睡一觉吧,我们还想早点走呢。"

"嗯,我希望我们还能待在这里啊,因为在这还能玩槌球。"

"嘘!"老妈说。

"老妈,温菲尔德今晚揍了一个小孩。"

"他不应该这么做啊。"

"我知道,我告诉他了,但他打了那个小孩,正好打在他的鼻子上,天啊,血怎么就流出来了!"

"别这么说,这样说话可不太好。"

温菲尔德翻了个身。"那孩子说我们是俄克佬。"他愤怒地说,"他说他不是俄克佬,因为他来自俄勒冈州,而我们是该死的俄克佬,我就揍了他一顿。"

"嘘!你不应该揍他啊,他骂你又伤不到你。"

"是这样,但是我不会让他得逞的。"温菲尔德恶狠狠地说。

"嘘!你就赶紧睡会儿吧。"

露丝说:"你真该看看他的衣服,上面到处都沾上了血。"

老妈从毯子下面伸出一只手,用手指在露丝的脸颊上弹了一下。她僵住了一会儿,然后抽泣着,轻声哭了起来。

在卫生大楼，老爹和约翰伯伯坐在相邻的隔间里。"我们最后再上一次厕所吧。"老爹说，"这里的设备真是太好了，还记得那两个孩子第一次被冲水的声音吓一跳的时候吗？"

"我自己也吓了一跳呢。"约翰伯伯说，他把工装裤整齐地拉到膝盖上。"我变坏了。"他说，"我觉得我有罪。"

"你不能再犯罪了。"老爹说，"你没有钱了，坐着别乱折腾了，因为你至少得有两块钱才能罪恶地喝酒，而我们身上已经没有两块钱了。"

"没错！可是我总是想着喝醉。"

"没事的，你怎么想都可以。"

"那也是不对的。"约翰伯伯说。

"只是想想要比真喝酒省钱多了。"老爹说。

"你不要轻看了罪恶。"

"我没有，你爱怎么想就怎么想，你总是一喝醉就会犯错。"

"我知道。"约翰伯伯说，"我一直都是这样，我还有一半儿事情没说过呢。"

"好吧，那就别告诉别人了。"

"我用了这么不错的卫生间设施让我感到自己有罪。"

"那你就到外面的灌木丛里解决吧。赶紧的，提上裤子，我们去睡一会儿吧。"老爹把他的背带拉好，扣上扣子。他冲了冲马桶，若有所思地看着水在马桶坑里旋转。

当老妈叫醒家里人时，天还没有亮。昏暗的夜灯透过卫生大楼敞开的门照了进来。沿路的帐篷里传来露营者们的各种鼾声。

老妈说："快点，快起床了，我们得上路了，马上天亮了。"她刺啦一声把灯罩掀开，点燃了灯芯。"快点，所有人都起床。"

## 第二十六章

帐篷的地板上,慢慢响起了蠕动的声音。毯子和被子都被掀开了,他们睡眼蒙眬地眯着眼睛望着灯光,老妈在睡衣外面套上了裙子。"我们没有咖啡了。"她说,"我们还有一些小面包,我们可以在路上吃。你们现在就起来,我们得往卡车里装东西了。快点,别出太大声,不要吵醒邻居。"

过了一会儿,他们才完全醒过来。"现在你们不要到处跑。"老妈警告孩子们。全家人都穿好衣服,男人们拆下帐篷,把东西装上卡车。"把它装得平整些。"老妈说道。装好东西后,他们把床垫堆在所有行李上,把帐篷布绑在支撑杆上。

"装好了,老妈。"汤姆说,"行李已经装上车了。"

老妈手里拿着一盘冷面包。"好的,过来吧,每人拿一片,这是我们的全部食物了。"

露丝和温菲尔德抓起面包,爬上行李堆。他们盖上毯子继续睡觉,手里还拿着又冷又硬的面包片。汤姆坐上驾驶座,踩了一下油门,卡车发出了一点嗡嗡声,然后停了下来。

"该死的艾尔!"汤姆大喊,"你把电池用没电了。"

艾尔吼道:"没汽油让它动起来我怎么能让电量一直充足?"

汤姆突然咯咯地笑了起来。"嗯,我也不知道怎么让它充足,但这就是你的错,你得去摇一下曲柄。"

"我告诉你,这不是我的错。"

汤姆下了车,在座位下面找到了曲柄。"就当是我的错吧。"他说。

"把那个曲柄给我。"艾尔接过了它。"把火熄了,这样就不会伤到我胳膊了。"

"好的,去摇吧。"

艾尔使劲摇晃曲柄,一圈又一圈。汤姆小心翼翼地发动了汽车,

469

发动机启动了，发出噼啪轰鸣的声音，他减小了油门。

老妈爬上来，坐在他身边。她说："营地的人估计都被吵醒了。"

"他们很快又会睡着的。"

艾尔从另一边爬了进去。"老爹和约翰伯伯坐到车顶去了。"他说，"他们要继续睡觉。"

汤姆朝大门的方向开去，门卫从办公室出来，用手电照着卡车。"等一下。"

"怎么了？"

"你们要离开营地吗？"

"是的。"

"好吧，我得把你们从营地名单里划掉。"

"好的。"

"你们知道要走哪条路吗？"

"嗯，我们去北边找工作。"

"好吧，祝你们好运。"门卫说。

"你也一样，再见了。"

卡车缓慢地开过那个土坡，驶入公路。汤姆沿着他以前开过的路折回，经过韦德派奇，向西开到99号公路，然后沿着平坦的大路向北开，朝贝克斯菲尔德行驶。当他们开到城郊时，天渐渐亮了。

汤姆说："这一路开过的地方都有饭店，里面都有咖啡。看那通宵的店铺，我敢打赌，里面至少有十加仑的咖啡，而且都是热的！"

"好了，你闭嘴吧。"艾尔说。

汤姆朝他咧嘴一笑。"嗯，我看你马上就能找个新的女孩了。"

"那又怎么样？"

"他今天早上很刻薄，老妈，他可不好相处。"

艾尔烦躁地说:"我很快就自己单独出门了。如果一个人不用考虑家庭,生活就容易多了。"

汤姆说:"九个月后你就会有自己的家庭了,我看见你到处找姑娘。"

"你疯了。"艾尔说,"我会在汽车修理厂找份工作,还要在饭店吃饭——"

"九个月后你就会有妻子和孩子了。"

"我告诉你,我不会的。"

汤姆说:"你是个聪明人,艾尔,但是你会被人暴打一顿的。"

"谁会来打我呢?"

"总会有人要打你一顿的。"汤姆说。

"你以为就因为你——"

"你们别吵了。"老妈插嘴说。

"是我的问题。"汤姆说,"我激怒他了,但是我并没有恶意,艾尔。我不知道你这么喜欢那个女孩。"

"我不喜欢任何女孩。"

"好吧,那你就不喜欢吧,我不会跟你争辩什么的。"

卡车开到了城市的边缘。"看看那些热狗摊——有好几百个。"汤姆说。

老妈说:"汤姆!我还剩一块钱。你真的想买咖啡喝吗?"

"不,老妈。我只是随便说说。"

"你要是真的很想喝,你就去买。"

"我不用。"

艾尔说:"那就别再提咖啡了。"

汤姆沉默了一会儿。"好像我一直以来都在路上开车。"他说,

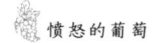

"这就是我们那天晚上跑的那条路。"

"希望我们再也不会发生那天的事情了。"老妈说,"那真是个糟糕的夜晚。"

"我也不希望。"

太阳从他们的右边升起,卡车巨大的影子映射在他们身边,掠过路边的篱笆栏杆,他们开过了重建的胡佛村。

"看。"汤姆说,"胡佛村有了新住民了,看起来没什么变化。"

艾尔慢慢地从怒气中恢复过来。"有人告诉我,他们中有些人的房子被烧毁了十五次、二十次左右。他们说,每次治安警察来放火烧,他们就躲在柳树林里,火烧完了再出来,他们再重新搭建一个杂草棚子,就像地鼠一样。这个家伙说,他们已经习惯了,甚至不生气了,他们仅仅认为发生这样的事就像是坏天气来了一样。"

"那天晚上的事儿对我来说的确就像坏天气一样。"汤姆说。他们沿着宽阔的公路前进着,太阳的温暖使他们打了个哆嗦。"早上有点冷了。"汤姆说,"冬天就要来了,我只是希望我们能在冬天来临之前挣到一些钱,冬天住在帐篷里可不舒服。"

老妈叹了口气,然后抬起了头。"汤姆。"她说,"冬天我们得有个房子。我告诉你我们必须有房子。露丝身体还好,但温菲尔德身体就不太行了。下雨时我们得有个房子住,我听说这里下雨下得很大呢。"

"我们会有房子的,老妈,放心吧。你会有房子的。"

"只要房子有屋顶和地板就行了,我只想不让孩子们在地上睡。"

"我们会尽力的,老妈。"

"我不想让你们心烦。"

"我们会尽力的,老妈。"

## 第二十六章

"我有时会感到恐慌。"她说,"我没那么有胆量了。"

"我没觉得你胆量变小了啊。"

"晚上我有时会害怕。"

卡车前面传来一声刺耳的噗噗声。汤姆紧紧抓住方向盘,把刹车猛踩到底。卡车颠簸着停了下来。汤姆叹了口气。"哎,不好了。"他重心向后靠在座位上。艾尔跳下车,跑向右前胎旁边。

"是枚大钉子。"他叫道。

"我们有补轮胎的材料吗?"

"没有。"艾尔说,"都用完了。还有补丁,但胶水快没有了。"

汤姆转过身来,对老妈悲伤地笑了笑。他说:"你不应该说出来你还剩一块钱。"他说,"但是我们会想办法把车修好的。"他下了车,走到爆了的轮胎处。

艾尔指着从扁平的外轮胎上突出来的一枚大钉子。"钉子在那儿!"

"整个县只有这一颗钉子,还被我们的车轧到了。"

"情况很糟糕吗?"老妈大声问道。

"没事,还不算严重,但我们得停下来修车。"

一家人从卡车顶上往下挤。"扎铁钉了吗?"老爹问,然后他看到了轮胎,沉默了。

汤姆扶着老妈从座位上下来,然后从坐垫下面拿出一罐轮胎补丁。他打开胶布,拿出一管接合剂,轻轻地挤了挤。"快干了。"他说,"也许这些胶水就足够了。好了,艾尔,挡住后轮,我们把车抬起来。"

汤姆和艾尔合作得很好,他们把石头放在车轮后面,把千斤顶放在前轴下面,抬起瘪了的轮胎的那一侧。他们拆下了外轮胎,找到了钉子的洞眼,用一块抹布在油箱里蘸了点油,然后把洞的周围擦洗干净。然后，当艾尔把轮胎紧紧地放在膝盖上时，汤姆把接合剂撕成两半，用小刀把剩余的一点胶水薄薄地涂在橡胶补丁上，他小心翼翼地刮着胶水。"现在把它晾干，我修剪一下橡胶补丁。"他沿着斜角把那块蓝色补丁的边缘修剪下来。艾尔紧紧按住轮胎，汤姆轻轻地把橡胶补丁贴好。"可以了！现在把它拿到踏板上，我用锤子敲一下。"他小心地敲打着补丁，然后把轮胎拉长，观察补丁的边缘。"这样就可以了！应该补住了。把它放在轮辋上，我们来打气。看来那一块钱可以留下了，老妈。"

艾尔说："我希望我们能有一个备用的轮胎。我们得买个备胎，汤姆，已经装到轮辋上，打上气了，这样要是漏气了我们晚上还可以再修。"

"等我们有钱买备胎了，我们先要给自己买些咖啡和肋条肉。"汤姆说。

清晨的车辆在公路上嗡嗡作响，太阳渐渐变得温暖而明亮。一阵轻柔的风叹息着，从西南方向吹来，山谷两边的群山在珍珠般的薄雾中依稀可见。

汤姆正在给轮胎打气，这时一辆从北边开过来的敞篷跑车停在了路的另一边。一个穿着浅灰色西装的棕脸男人下了车，穿过马路向卡车走去。他没戴帽子，脸上挂着笑容，他的牙齿在棕色皮肤的衬托下显得很白。他左手的中指上戴着一枚硕大的金戒指，一个小小的金色足球挂在他背心上的细链子上。

"早上好。"他愉快地说。

汤姆停止了打气，抬起头来。"早上好啊。"

那人用手指捋了捋他那又粗又短、花白的头发。"你们在找工作吗？"

"当然是了,先生,我们哪里都找了。"

"你们会摘桃子吗?"

"我们从来没摘过。"老爹说。

"我们什么都能做。"汤姆急忙说,"我们可以摘任何果子。"

那人用手指摸着他的金色足球挂饰。"嗯,往北四十英里的地方有很多活儿等着你们干。"

"我们当然很想得到这份工作。"汤姆说,"你告诉我们怎么去那儿,我们就往那边去。"

"嗯,你们向北走到皮克斯利,三十五到三十六英里,然后向东拐,走大约六英里。顺便找个人问问胡珀农场在哪里,你们能在那里找到很多工作。"

"我们肯定会去的。"

"你们知道哪里还有其他人在找工作吗?"

"当然。"汤姆说。"在韦德派奇营地那边,有很多人在找工作。"

"我去跑一趟,我们可以招很多人。记住,在皮克斯利往东拐,一直往东走到胡珀农场。"

"好的。"汤姆说,"谢谢你,先生。我们非常需要工作。"

"好,你们要尽快出发。"他穿过马路,爬上敞篷跑车,向南驶去。

汤姆把他身体的重量压在了打气筒上。"每人打二十回气。"他叫道。"一——二——三——四——"汤姆打完了二十下,艾尔接着拿过了打气筒,然后是老爹和约翰伯伯。轮胎鼓了起来,变得饱满光滑。又打了三圈,可以收回打气筒了。"把它放下来,让我们看看。"汤姆说。

艾尔松开千斤顶,放下汽车。"打了很多气。"他说,"也许气有点太多了。"

他们把工具扔进了车里。"来吧,我们走。"汤姆喊道,"我们终于能找到工作了。"

老妈又坐到了中间的位置,这次是艾尔开车。

"现在慢点开车,别把发动机烧坏了,艾尔。"

他们驱车穿过早晨阳光明媚的田野。薄雾从山顶上消散了,山峦呈现出清晰的褐色,夹杂着黑紫色的沟渠。卡车驶过时,野鸽从篱笆上飞了起来,艾尔不知不觉地加快了速度。

"放慢点。"汤姆提醒他,"如果你使劲开,车胎会爆掉的。我们必须开到那里,也许今天还能干点活。"

老妈兴奋地说:"有四个人一起工作,也许我可以马上赊账买些东西了。我想买的第一件东西是咖啡,因为你们一直想喝,然后是面粉、发酵粉和肉,最好别马上买肋条肉,留点钱以后再说,可能等到星期六就能买了。还要买肥皂,必须去买肥皂了,不知道我们会住在哪里啊。"她唠叨个没完,"还要买些牛奶,我得去买些牛奶,因为罗莎得喝牛奶,护士说过的。"

一条蛇蜿蜒穿过温暖的公路。艾尔迅速转了方向,轧过了它,又回到了刚刚的车道上。

"是一条花蛇。"汤姆说,"你不应该把它轧死。"

"我讨厌蛇。"艾尔快活地说,"各种蛇我都不喜欢,让我感到反胃。"

上午,公路上的车流量增加了,商人们开着锃亮的跑车,车门上印有公司的标志,红白相间的运油车后面拖着叮当作响的链条,从杂货店批发仓库开过来的方形门大货车正在运送农产品。沿路的乡村很富饶。这里果园的果树正值盛年,叶子茂盛;葡萄园中,一排排葡萄

## 第二十六章

架之间的地上铺满了长长的绿色藤蔓。那里还有瓜田和麦田。白色的房子矗立在绿色的田地中,玫瑰在房子上生长着,金色的阳光暖洋洋的。

在卡车的前座上,老妈、汤姆和艾尔欣喜若狂。"我已经很久没有感觉这么好了。"老妈说,"如果我们采了很多桃子,我们可能会租到一所房子,甚至还能付得起几个月的租金,我们得有房子住。"

艾尔说:"我要攒钱,我一定要攒钱,然后到镇上去,在汽车修理厂找份工作。我也要住在房子里,还能去餐馆吃饭,每个晚上都疯狂去看电影,不会花费太多钱,看西部牛仔的电影。"他的手紧握着方向盘。

散热器冒着水泡,喷出蒸汽,发出咝咝声。"你给水箱加满水了吗?"汤姆问。

"是的,但是风一直跟在车后,所以水箱喷气了。"

"真是个好天气啊。"汤姆说,"之前在监狱的时候,我一直在想我之后要做什么。我是要直接下地狱的,哪儿也不会停。回想起来好像是很久以前的事了,我坐牢也好像是好几年前的事了,坐牢时有个守卫很难对付,我本来要揍他的,我想就是因为这个守卫所以让我对警察很反感。好像每个警察都有脾气,那个警察经常会气得涨红了脸,看起来像一头猪。他们说他在西部有个兄弟,他总是把假释的犯人派到他兄弟那里,然后他们就无条件地帮忙干活。如果他们敢闹出动静来,就会因为违反假释法而被送回监狱,大家都是这么说的。"

"别再想了。"老妈恳求他,"我只想要很多食物吃,还要很多面粉和猪肉。"

"其实思考一下也好。"汤姆说,"要是不去想这事,这事儿时不时还会钻进我脑海里。监狱里还有怪人,我从没跟你们提过他,他看起来就像个快乐的流氓,他不会伤害别人,总是想越狱,人们都叫他流氓。"汤姆暗自发笑。

"别再想了。"老妈恳求道。

"继续说吧。"艾尔说,"说说那家伙的事儿吧。"

"说出来也没什么,老妈。"汤姆说,"这家伙总想从监狱逃跑,他想逃走,但是他总憋不住想说出来,很快大家就都知道了他要越狱的计划,连监狱长也知道了。他一越狱,他们就抓着他的手把他带回去。嗯,有一次他画了一张越狱计划图,还标上了要从哪越狱。当然,他还把这张图展示给大家看了,大家谁也没说什么。于是他躲了起来,大家也没说什么。然后他不知道从哪里找了根绳子,然后就翻墙了。外面有六个守卫,手里拿着一个大麻袋,流氓从绳子上悄悄滑下来,他们把麻袋撑开,他就滑到麻袋里去了。守卫把麻袋口绑起来,把他带回了监狱。监狱的兄弟们要笑死了,但这事儿打击了流氓的精神头,他就不停地哭啊哭,闷闷不乐地走来走去,还生病了。这件事严重伤害了他,就因为太受打击,他就用别针割断他的手腕,最后流血过多致死。他其实一点也不坏,监狱里就是有各种各样的怪人。"

"不要谈论这事儿了。"老妈说,"我认识那个帅气男孩弗洛伊德的老妈。他也不是个坏孩子,只是被逼无奈。"

太阳升起,快到中午的时候了,卡车的影子越来越小,移到了车轮下面。

"前面一定是皮克斯利了。"艾尔说,"我刚刚看到有个路牌。"他们开进了小镇,在狭窄的路上向东转去。路边果园像走廊一样排成了一排。

"希望我们能轻松找到吧。"汤姆说。

老妈说:"那人说要找胡珀牧场,还说随便找个人问都会告诉我们的。希望到那里后附近能有个商店,能让我们赊账买些东西,我们家四个人一起工作没问题的。如果他们同意赊账,我们就可以吃一顿丰盛的晚餐,也许可以做个大锅炖菜。"

"还能买些咖啡。"汤姆说,"也许还能买包达勒姆的香烟,我很久没给自己买过烟了。"

前方的道路被汽车堵塞了,路边停着一排白色的摩托车。"一定有车坏掉了。"汤姆说。

当他们的车开近时,一名穿着靴子、系着山姆·布朗皮带的州警绕过停在最后的一辆汽车,他举起手,艾尔把车停了下来。警察紧紧地靠在汽车侧面,问道:"你们要去哪儿?"

艾尔说:"我们听人说,从这条路往前走就能找到摘桃子的活儿。"

"你们想找工作,对吗?"

"太对了。"汤姆说。

"好吧,在这儿等一会儿。"他走到路边,冲前面喊。"又来一辆,已经有六辆车了,最好让这批先过去。"

汤姆喊道:"嘿!这是怎么回事?"

巡警懒洋洋地往回走。"前面遇到点麻烦,别担心,你们能过去的,跟着队伍走就行了。"

摩托车启动的轰鸣声响起了。一排汽车继续往前开,乔德家的卡车排在最后。两辆摩托车带路,另外两辆紧跟其后。

汤姆不安地说:"不知道发生了什么事。"

"也许路不通了。"艾尔猜测道。

"那也不需要四个警察来给我们带路,这很奇怪。"

前面的摩托车加速了,那排旧汽车也加快了速度。艾尔急忙跟上最后一辆车。

"这些人都是我们自己人,他们都和我们一样。"汤姆说,"这很奇怪啊。"

领头的警察突然开下公路,开到一个宽阔的砾石路口。破旧的汽车疾驰着跟上他们,摩托车的马达在轰鸣。汤姆看见一排人站在路边的沟渠里,他们张着嘴,好像在大喊大叫,他们挥舞拳头,脸上露出愤怒的表情。一个肥胖强壮的女人向这排车跑来,但一辆呼啸的摩托车挡住了她的去路。一扇高高的铁丝门打开了。六辆旧车开了进去,大门在他们身后关上了。随后,四辆摩托车转过车身,朝着他们来时的方向疾驰而去。摩托车开走了,现在可以听到远处沟渠里的人的喊叫声。有两个男人站在碎石路旁,每个人都拿着一把猎枪。

其中一个人喊道:"继续开,继续往前开,你们到底在等什么?"六辆车向前行驶,拐了个弯,桃园的营地突然出现了。

这里有五十个平顶的方形小棚屋,每个棚屋都有一扇门和一扇窗户,整组棚屋都在一个大广场里。一个水箱高高地立在营地的一边,另一边是一家小杂货店。在每排方形棚屋的尽头都站着两个拿着猎枪的人,他们的衬衫上别着大大的警徽。

六辆汽车停了下来,两个记录员从每辆车旁边经过。"想找工作吗?"

汤姆回答说:"当然要找,但这是什么情况?"

"这不关你的事,想找工作吗?"

"当然要找了。"

"姓什么?"

"乔德。"

# 第二十六章

"几个男人?"

"四个。"

"几个女人?"

"两个。"

"孩子呢?"

"两个。"

"你们都能工作吗?"

"嗯——我觉得都可以。"

"好吧,你们去六十三号房子住,工资是五分钱摘一箱,不能碰坏桃子。好了,走吧,马上去干活。"

汽车继续往前开。每个方形的红棚屋的门上都写着一个数字。"六十。"汤姆说,"这是六十号,一定在那边了。在那儿,六十一,六十二——就是这儿了。"

艾尔把卡车停在小屋门口附近。一家人从卡车顶上爬下来,迷惑不解地四处张望。两个治安警察走过来,他们端详着每一张脸。

"姓什么?"

"乔德。"汤姆不耐烦地说,"喂,这是怎么回事?"

一个治安警察拿出一长串名单。"名单里没有,见过这些人吗?看看牌照,也没有。名单上面没找到,我觉得他们应该没问题。"

"现在你们注意听着,我们不想找你们麻烦。你们只要干好你自己的活儿,管好自己的事儿,你们就没什么问题。"两人突然转身离开了,他们在尘土飞扬的街道尽头的两个箱子上坐了下来,他们坐下的位置能监视到一整个街道。

汤姆盯着他们的背影。"他们确实让我们有宾至如归的感觉了。"

老妈打开棚屋门,走了进去。地板上溅满了油渍,在这仅有的一个房间里,只放着一个生锈的铁炉,没有其他物品了。铁炉摆放在四块砖上,生锈的烟囱管从屋顶上钻了出去。房间里弥漫着汗水和油脂的味道。罗莎站在老妈的旁边。"我们要住在这里吗?"

老妈沉默了一会儿。"嗯,是的。"她最后说,"我们把屋子收拾干净,就没那么糟了。把地板擦干净吧。"

"我更喜欢住之前那种帐篷。"罗莎说。

"这里的棚屋有地板。"老妈提醒道,"下雨的时候这里不会漏水。"她转向门口走去。"最好先把行李卸下来吧。"她说。

男人们默默地从卡车上卸下行李。一种恐惧降临到他们身上。巨大的广场上,每个棚屋都静悄悄的。一个女人从路上走过,但她并没有看他们,她低垂着头,那件脏兮兮的格子布裙子下摆被磨损了,像小旗子一样挂着。

露丝和温菲尔德也笼罩在恐惧中。他们没有冲出去视察这个地方。他们先是待在卡车旁边——离家人很近的地方。他们失落地在尘土飞扬的街道上看来看去。温菲尔德找到了一根铁丝,他把铁丝前后弯曲,最后掰断了。他用最短的那段儿做了一个小曲柄,在手里转了一圈又一圈。

汤姆和老爹正把床垫搬进屋里,这时一个工作人员出现了。他穿着卡其色裤子和蓝色衬衫,系着黑色领带。他戴着一副镶银边的眼镜,透过厚厚的镜片,他的眼睛显得红肿无神,瞳孔瞪得像小公牛的眼睛。他向前探身看着汤姆。

"我给你们登记一下。"他说,"你们有多少人要去干活?"

汤姆说:"四个男人。这份工作很辛苦吗?"

"工作是摘桃子。"工作人员说,"计件工作,摘一箱五分钱。"

"小孩子们不会不让帮忙吧?"

## 第二十六章

"当然不会,他们可以小心一点干活。"

老妈站在门口。"等我安顿下来,我就马上去帮忙。我们没东西吃了,先生。我们能马上得到报酬吗?"

"嗯,不行,不能马上给工资。但你可以在商店里赊账买你需要的东西。"

"来吧,我们快点干活吧。"汤姆说,"今晚我想吃点肉和面包。我们去哪儿干活,先生?"

"我现在正要过去,跟我来吧。"

汤姆、老爹、艾尔和约翰伯伯跟着他走过尘土飞扬的街道,走进果园,走进桃树林中。狭窄的桃树叶子开始变成淡黄色。树枝上的桃子红彤彤的,还透着金色,圆圆的像个小球,桃树中间堆着一堆空箱子。摘桃子的人忙得团团转,从树枝上摘下桃子,装进桶里,再放进箱子里,把箱子运到检查站。在检查站,一堆装满桃子的箱子等着卡车运走,工作人员等着核对摘桃工人的名字。

"这儿又来了四个人。"引路人对一个工作人员说。

"好的,你们以前摘过桃子吗?"

"从来没有。"汤姆说。

"嗯,小心点摘,桃子不能碰坏,风刮掉的不能捡。碰坏了桃子我们就不计数了,这里有几个桶。"

汤姆拿起一个三加仑的桶看了看。"桶底下有好几个洞。"

"是啊。"一个站在不远处的工作人员说,"这样可以防止有人偷桶了。好了,就在那边摘吧,去吧。"

乔德一家四个男人提着桶走进果园。"他们真不浪费时间啊。"汤姆说。

"我的天啊。"艾尔说,"我宁愿去修车厂工作。"

老爹顺从地跟着他们进了果园,他突然转向艾尔。他说:"现在你就别再说了。你一直都在瞎扯,在抱怨,在胡说八道。你该开始好好干活了,你现在还没长大呢,我还能打你的。"

艾尔气得脸都红了,他开始咆哮起来。

汤姆向他走近了。"来吧,艾尔。"他轻轻地说,"我们还要买面包和肉,我们必须买吃的。"

他们伸出手去摘桃子了,就这样摘下来扔进桶里。汤姆忙着干活,装满了一桶、两桶。汤姆把这些桃子倒进了一个箱子里。三个桶装满了。箱子装满了。"我刚赚了五分钱!"他喊道。他搬起箱子,匆匆向检查站走去。"这箱五分钱。"他对检查员说。

那人朝箱子里看了看,翻出一两个桃子。"把这箱桃子放那儿吧,这箱不合格。"他说,"我告诉过你不要碰坏桃子,你这是把桃子直接从桶里倒出来了,对吗?每个桃子都有刮痕。这箱不能收了,得轻点放,不然你就白干了。"

"啊——该死的——"

"之后再摘要轻一些,你们摘之前我就告诉过你们了。"

汤姆闷闷不乐地垂下眼睛。"好吧。"他说,"好吧。"他迅速回到其他人身边。"你们摘的桃子都倒了吧。"他说,"你们摘的都和我的一样,他们都不收。"

"喂,该死的怎么回事!"艾尔发怒了。

"要轻轻摘。不能把桃子直接扔进桶里,要轻点放好。"

他们又重新开始摘,这次他们轻轻地摘着桃子,箱子装得更慢了。"我敢打赌,我们会想出办法的。"汤姆说,"如果露丝、温菲尔德和罗莎能把桃子轻轻装进箱子里,我们就能成体系地工作了。"他把他刚装满的箱子带到检查站。"这回我能得五分钱吗?"

## 第二十六章

检查员仔细检查了一遍,还往下翻看了几层。"这箱好点了。"他说。他把这箱桃子登记好。"轻轻摘就行了。"

汤姆急忙赶回来。"我有五分钱了!"他叫道,"我赚了五分钱,我再这样摘二十箱,就能挣到一块钱了。"

整个下午他们都一直在工作。过了一会儿,露丝和温菲尔德找到了他们。"你们得干活了。"老爹告诉他们,"你得小心地把桃子放进箱子里。喏,像这样,一个一个放。"

孩子们蹲下来,从装满桃子的桶里拿出桃子,旁边已经摆好了一排桶等他们装箱。汤姆把装满的箱子运到了检查站。"那是第七箱。"他说,"这是第八箱。我们赚到了四毛钱,四毛钱能买一块好肉啊。"

下午过去了,露丝想离开了。"我累了。"她抱怨道,"我得休息了。"

"你必须坚守岗位。"老爹说。

约翰伯伯慢慢地摘着。他摘了一桶的时间,汤姆都摘两桶了。但是他的速度还是没有加快。

下午三点左右,老妈吃力地走了出来。"我本来想早点过来的,但罗莎晕倒了。"她说,"她突然晕倒了。"

"你们一直在吃桃子啊。"她对孩子们说,"哎,这样会吃坏的。"老妈身体粗壮但是行动迅速。她迅速放下桶,摘下桃子放进围裙。太阳下山时,他们已经摘了二十箱。

汤姆把第二十箱放下。"我们挣了一块钱了。"他说,"我们今天要干多久?"

"一直干到天黑吧,只要你还能看见就一直干。"

"那么,我们现在可以赊账了吗?老妈该进商店买些吃的东西了。"

"当然。现在我给你一张一块钱的工资条。"检查员在一张纸条上写了字,递给汤姆。

汤姆把工资条拿给老妈。"给你。你可以在商店买到一块钱的东西了。"

老妈放下桶,挺直了肩膀。"累了吧,你是第一次这样干活,对吗?"

"当然,但是我们很快就会习惯的,进去买点吃的吧。"

老妈说:"你们想吃什么?"

"肉。"汤姆说,"肉、面包,还要一大壶加糖的咖啡,肉要很大很大块的。"

露丝哭着说:"老妈,我们累了。"

"那你们跟我回去吧。"

"他们刚开始干活就说累了。"老爹说,"他们像兔子一样野,我们得多管管他们,要不什么都干不成。"

"我们一安顿下来,就让他们上学。"老妈说。她步履沉重地走开了,露丝和温菲尔德怯生生地跟在她后面。

"我们每天都要干活吗?"温菲尔德问。

老妈停下来等着他们跟上,她拉着温菲尔德的手走着。"这活不算很辛苦。"她说,"对你们有好处,你们干活就是在帮我们。如果我们都干活,很快我们就会住在漂亮的房子里,我们都得帮忙搭把手。"

"但是我太累了。"

"我知道。我也累了。每个人都有疲惫的时候啊。得想想别的事情,想想你们什么时候去上学。"

"我不想上学,露丝也不想。那些去上学的孩子,我们见过他们,老妈。都不是好人!还叫我们俄克佬。我们见过他们了,我不去上学。"

老妈同情地低头看着他像稻草一样的头发。"现在你就别给我们添麻烦了。"她恳求道,"等我们站稳脚跟之后,你就当个坏小孩也行,但现在肯定不行。我们现在还有很多事儿要做。"

"我吃了六个桃子。"露丝说。

"好吧,那你会拉肚子的。而且我们住的地方附近还没有厕所。"

公司的商店是一个用波纹铁板搭建的大棚子,没有商品展示的橱窗。老妈打开纱门走了进去。柜台后面站着一个小个子男人,他的头完全秃了,头皮略显青色。棕色的大眉毛拱得高高的,遮住了他的眼睛,这使得他脸上的表情看上去似乎很惊讶,又透出一丝害怕。他的鼻子又长又细,像鸟嘴一样弯曲着,鼻孔被浅棕色的鼻毛堵住了。他在蓝色衬衫的袖子上套了一个黑色的棉缎袖套。老妈进来的时候,他正把胳膊肘支在柜台上靠着。

"下午好。"老妈说。

他饶有兴趣地打量着她。他眼睛上方的拱形眉毛翘得更高了。"你好。"

"我有一张一块钱的工资条。"

"那你可以选购一块钱的东西。"他说着,发出了尖厉的咯咯笑声。"是的,女士,你能买一块钱的东西,一块钱的东西哦。"他朝店里的物品挥了挥手。"随你选购。"他把袖套往上拉整齐。

"我想我得买块肉。"

"我们店各种各样的肉都有。"他说,"汉堡肉,想买点汉堡肉吗?每磅两毛钱的汉堡肉。"

"价格是不是有点太高了啊?上次我买汉堡肉的时候是每磅只要

一毛五。"

"嗯。"他轻声咯咯地笑着,"是啊,价格是贵了点,但我觉得也不能算是贵。你如果要去镇里买几磅汉堡肉,还得花掉你大约一加仑的汽油。所以你看,这里的价格并不是很高啊,因为你不用再买一加仑汽油了。"

老妈严厉地说:"可是你进了这些货不需要花费一加仑的汽油啊。"

他高兴地笑了。"你正好说反了。"他说,"我们不是在买,我们是在卖。如果是我们要买,嗯,那就不一样了。"

老妈把两根手指放在嘴边,皱起眉头沉思着。"这肉看起来全是肥肉和软骨。"

"我不能保证这肉一定能煮得熟。"店主说,"我也不敢保证自己会吃这种肉。但有很多事我都是不会做的。"

老妈抬头恶狠狠地看了他一会儿。她控制住了自己的声音。"你们店就没有便宜一点的肉吗?"

"有熬汤的骨头肉。"他说,"一磅一毛钱。"

"可那只是些骨头。"

"就是骨头。"他说,"但是用这骨头能熬出美味的汤。"

"有用来煮着吃的牛肉吗?"

"哦,有!当然有。一磅两毛五。"

"我可能不能买肉了。"老妈说,"但家里人都想吃肉,他们说他们想吃肉。"

"每个人都想吃肉——都需要吃肉。那汉堡肉挺不错的,油脂还能做份肉汁。非常不错,一点也不浪费,也不用把骨头扔掉。"

"嗯——肋条肉多少钱?"

# 第二十六章

"哎呀,你这可问到我们店的好东西了。那可是圣诞节、感恩节时候吃的东西。一磅三毛五。如果我这儿有火鸡的话,我可以便宜点卖给你。"

老妈叹了口气。"我买两磅汉堡肉吧。"

"好的,女士。"他把发白的肉舀在一张蜡纸上。"还要什么吗?"

"嗯,我还想买点面包。"

"面包在这。上好的一大块面包,一毛五。"

"这块是一毛二的面包。"

"没错。如果你到镇上去,花一毛二买一块面包,但是你还得废掉一加仑的汽油。你还想买点什么,土豆需要吗?"

"是的,要买点土豆。"

"土豆五磅二毛五。"

老妈气势汹汹地朝向他。"我受够了你这样要价,我知道这些东西在镇里多少钱。"

那个小个子男人紧闭着嘴。"那你就去镇上买吧。"

老妈看着自己的指关节。"这叫什么话?"她轻声问道,"这家店是你开的吗?"

"不是,我只是在这店里工作。"

"你为什么要这样开别人的玩笑?这对你有什么好处?"她注视着她那布满皱纹、磨得发亮的双手。小个子男人沉默了。"这家店是谁开的?"

"是胡珀农场公司开的,女士。"

"价格是他们定的吗?"

"是的,女士。"

她抬起头,微微一笑。"是不是每个来买东西的人都像我这样说话,都气疯了?"

他犹豫了一会儿。"是的,女士。"

"这就是你捉弄我的原因了?"

"你这是什么意思?"

"你做这样肮脏的事,真丢脸,不是吗?就得耍点小把戏,是吧?"她的声音轻柔了下来。店员看着她,看得太专注了,他没有回答。"就是这样。"老妈最后说道,"肉花了四毛钱,面包花了一毛五,土豆花了二毛五,一共八毛钱。咖啡多少钱?"

"最便宜的是两毛,女士。"

"买这些就花了一块钱。我们七个人干活,就挣到了一顿晚饭。"她细细地看着自己的手。"把这些都包起来吧。"她快速说道。

"好的,女士。"他说,"感谢购买。"他把土豆放进一个袋子里,小心地把袋子口折下来封好。他的目光转向了老妈,然后又转到了他的工作中。老妈看着他,微微一笑。

"你是怎么找到这样一份工作的?"她问。

"人总要吃饭的。"他开口说。然后他又挑衅地说:"每个人都有权利吃饭。"

"什么人?"老妈问。

他把四袋东西放在柜台上。"肉。"他说,"土豆、面包、咖啡,一共一块钱,刚刚好。"老妈递给店员那张工资条,看着他把名字和金额记在一个记账本上。"好了。"他说,"现在我们一手交钱一手交货了。"

老妈拿起她买的物品。"哎。"她说,"我们还没有买糖加到咖啡里。我儿子汤姆,他喜欢加糖的咖啡。你看!"她说,"他们在那儿干活呢。你就再让我赊账买点糖吧,我一会儿就把工资条给你带来。"

## 第二十六章

小个子男人把目光移开——尽可能把目光从老妈身上移得足够远。"我不能没有工资条就提前给你赊账。"他轻声说,"这是规矩,我不能这样做。这样做会有麻烦的,这样做会被开除的。"

"可是他们现在就在地里干活呢。他们赚的肯定不止一毛钱了,就给我一毛钱的糖吧。汤姆想在咖啡里加点糖,他告诉过我。"

"我不能这样做啊,女士。这是这儿的规定,没有工资条就不能给货。经理一直都和我们强调这个事儿。不行,我不能赊给你。不行的,我不能。他们肯定会发现的,他们总是查得到,总会查到的,我不能这么做。"

"就因为一毛钱吗?"

"多少钱都会被查,女士。"店员恳求地看着她。然后他脸上的恐惧消失了。他从口袋里掏出一毛钱,在收银机里打了个账。"这样就行了。"他如释重负地说。他从柜台下面拿出一个小袋子,把它扯开,舀了一些糖进去,称了称重量,又加了一点糖。"给你。"他说,"现在没问题了,你下回把你的工资条拿来,我就能拿回我的一毛钱了。"

老妈打量着他。她的手伸了过去,她看也没看,把那一小袋糖放在胳膊抱着的一堆东西上。"谢谢你。"她平静地说。老妈向门口走去,走到门口时,她转过身来。"我学到了一个不错的道理。"她说,"我每时每刻都在思考这个道理。如果你有麻烦、受伤了又或者需要帮助,就去找穷人吧。只有穷人能帮上忙——只有他们。"说完,商店的纱门在她身后关上了。

小个子男人把胳膊肘靠在柜台上,用惊讶的目光看着她。一只胖胖的玳瑁猫跳到柜台上,懒洋洋地向他走来,侧着身在他的胳膊上蹭来蹭去,店员伸出手把它拉过来,用脸贴着它。那只猫大声地发出咕噜咕噜的声音,尾巴尖前后晃动着。

暮色已深,汤姆、艾尔、老爹和约翰伯伯从果园走了出来。他们步履沉重地走在路上。

老爹说:"我是真不知道摘桃子会后背疼。"

"过几天就好了。"汤姆说,"喂,老爹,我们吃完饭之后,我要出去看看门外吵吵嚷嚷是怎么回事,我一直在想这个,你想一块去吗?"

"不了。"老爹说,"我喜欢有这么一段时间,只用来工作,其他什么都不想。我感觉我的大脑思考过多,已经不在状态很久了。不去了,我要坐一会儿,然后去睡觉。"

"你呢,艾尔?"

艾尔把目光移开。"我想我还是先在这里看看吧。"他说。

"嗯,我知道约翰伯伯不会去了。我想我还是一个人去吧,我非常好奇。"

老爹说:"外面有那么多警察,我可不怎么好奇。"

"也许他们晚上不在那儿。"汤姆猜测道。

"好吧,但是我还是不想去。你最好别告诉老妈你要去哪儿,她会担心得要命的。"

汤姆转向艾尔。"你不好奇吗?"

"我想先在这个营地里四处看看。"艾尔说。

"你想找找看有没有女孩,是吧?"

"我只管自己的事儿。"艾尔尖刻地说。

"我还是会去的。"汤姆说。

他们走出果园,来到红色棚屋之间尘土飞扬的街道上。煤油灯发出的昏暗的黄光从一些棚屋门口照出来,在半明半暗的屋里,黑黑的人影在走动。在街道的尽头,一个警卫仍然坐着,他的猎枪靠在他的

## 第二十六章

膝盖旁。

汤姆经过警卫时停了下来。"有可以洗澡的地方吗,先生?"

警卫在半明半暗的光线中打量着他。最后他说:"看到那个水箱了吗?"

"看到了。"

"嗯,那边有一根水管。"

"有热水吗?"

"喂,你以为你是谁啊,当自己是 J.P. 摩根吗?"

"不是这样的。"汤姆说,"不,我可没有那样想。晚安吧,先生。"

警卫轻蔑地哼了一声。"热水,我的天。下次就该要浴缸了。"他闷闷不乐地望着乔德家的四个男人。

第二个警卫从那排棚屋的最后一间绕了过来。"怎么回事,麦克?"

"哎,又是那些俄克佬。那个人刚刚问我:'这里有热水吗?'"

第二个警卫把他的枪托放在地上。"就是那些政府营地设备太好了。"他说。"我敢打赌那家伙在政府的营地里待过。除非我们毁掉他们的营地,否则我们过不了好日子。我想接下来第一件事儿,他们会要干净的床单。"

麦克问:"大门那边怎么样——听到什么了吗?"

"嗯,他们在外面喊了一整天,州警已经控制住了,他们把这些惹事的家伙都吓跑了。我听说闹事的是个又瘦又高的该死的家伙,州警说他们今晚就会抓到他,这样其他跟着闹事的就没有领头人了。"

麦克说:"如果这么容易就控制住了,我们工作就不保了啊。"

"我们会有活儿的,没事。都怪这些该死的俄克佬!你得一直盯着他们。事情要是平息了,我们总有办法又煽动起来。"

"我猜,要是这儿减工资了,应该就会闹起来了吧。"

"当然了。嗯,你不用担心我们会没有活儿干——只要胡珀农场就在附近,看着,我们就不用担心。"

乔德家的炉火熊熊燃烧着。汉堡肉饼在锅里飞溅着油脂,发出嗞嗞声,煮着的土豆冒着泡泡。房子里烟雾缭绕,黄色的提灯在墙上投下暗黑的影子。老妈在火炉旁迅速地干着活,罗莎坐在一个箱子上,把她沉重的肚子搁在膝盖上。

"你现在感觉好些了吗?"老妈问。

"做饭的味道让我很恶心,但是我也饿了。"

"你去门口坐着吧。"老妈说,"反正我也得把那箱子拆成两半了。"

男人们一块进来了。"是肉,天啊!"汤姆说,"还有咖啡,我闻到咖啡的味道了。天啊,我饿了!我吃了很多桃子,但是还是很饿。我们在哪儿洗澡呢,老妈?"

"到外面的水箱那里洗,就在那洗。我刚刚叫露丝和温菲尔德去洗了。"男人们又出去了。

"去吧,罗莎。"老妈命令道,"你要么去门口坐着,要么躺在床上,我得把那个箱子拆开。"

罗莎用手撑着站了起来。她迈着沉重的步伐走到一张床垫前,在上面坐了下来。露丝和温菲尔德悄悄走了进来,紧靠在墙边不出声,不想让人发现。

老妈转头看着他们。"你们两个小家伙真幸运,这会没那么亮了。"她说。她突然一把抓住温菲尔德,摸了摸他的头发。"好吧,你身上的确是湿的,但我敢打赌你还是没洗干净。"

"这儿没有肥皂。"温菲尔德抱怨道。

"嗯,说得对。但是我现在买不起肥皂,至少今天买不起。也许明天我们可以买一块肥皂。"她回到火炉旁,摆好盘子,开始盛晚饭。

每人两块汉堡肉和一个大土豆。她在每个盘子里放了三片面包。肉全部从煎锅中盛出来了,她还在每个盘子里倒了一点肉汁。男人们又回来了,他们的脸上滴着水,头发上挂着的水珠在光线下闪亮亮的。

"我要开吃了。"汤姆喊道。

当他们拿着油腻的盘子时,房间内只剩下沉默和匆忙的吞咽声。每个人都狼吞虎咽地吃着,用残余的面包片擦拭盘中的油渍。孩子们躲到房间角落,将盘子轻放在地面上,双膝着地,低头进食,宛如饥饿的小动物般。

汤姆将最后一块面包塞入口中。"还有吃的吗,老妈?"

"没有了,孩子。"她说,"你们挣的一块钱,我们这顿饭就吃掉了一块钱。"

"这就是全部的食物了吗?"

"是的,他们这里卖得贵。能去镇上就去镇上买吧。"

"我还没吃饱呢。"汤姆说。

"嗯,明天你有一整天的工作等着你。到了明天晚上——我们就会有更多的吃的了。"

艾尔用袖子擦拭着嘴角。"我想我得四处看看。"他说。

"等一下,我跟你一起去。"汤姆紧随其后,他们一同步入夜色中。在昏暗的光影中,汤姆靠近了他的兄弟。"你确定不跟我一起去?"

"不,就像我说的那样,我要自己四处看看。"

"好吧。"汤姆低声说道。他转身,慢慢沿着街道走开。周围房屋的烟雾轻轻飘浮在地面上,破旧的油灯在每个门廊和窗户边将影像投射到路上。门阶上的人们静静地坐着,眼神迷茫地望向黑夜,而当汤姆穿行其间时,他注意到他们的目光在随他而动。街道尽头,一条尘土飞扬的土路穿过被收割的田地，星光下，黑色的干草堆显得格外孤寂。西方的天际挂着一弯薄月，银河的长云清晰地横贯上方。汤姆的脚步声在寂静的小路上轻轻回响，他黑色的影子与远处黄色的田地相映成趣。他将双手深埋在口袋中，眼神坚定地向前方的大门口走去。一座小堤坝在路旁静静地守候着。汤姆能听到水流在灌溉沟的草丛中低声细语。他攀上堤坝，俯视着黑暗中的水面，星光在水面上划出了长长的倒影。前方的州际公路隐约可见，偶尔掠过的车灯揭示了它的位置。汤姆再次出发，他的目光在星光下锁定了前方高大的铁门。

突然，路边有个身影微微动了动。一个声音说："喂——你是谁？"

汤姆停下脚步，站定。"那你是谁？"

一个男人站起来，慢慢走近了。汤姆瞥见他手里的枪。接着，一束手电筒的光突然照在他的脸上。"你这是要去哪里？"

"嗯，我只是想出去走走，难道有法律禁止出去吗？"

"你最好换个方向走。"

汤姆说："我连出去都不行吗？"

"今晚你不能出去。你是想自己走回去，还是我吹口哨叫人帮忙把你带走？"

"该死的。"汤姆说，"出不出去对我来说无所谓，反正不值得因为散步招惹麻烦。当然，我会回去的。"

那个黑暗中的身影似乎放松了下来，手电筒的光线熄灭了。"你看，这是为了你好。那些疯狂的红色游行者可能会伤害到你。"

"什么游行者？"

"那些该死的红色政党分子。"

"哦。"汤姆说，"我不认识他们。"

## 第二十六章

"你来时看到他们了吗?"

"嗯,我看到了一群人,但那边警察太多,我没有注意发生了什么。我以为发生了什么事故。"

"你最好还是先回去吧。"

"没问题,先生。"他转身,缓缓往回走。他静静地走了约一百码,然后停下来细听。灌溉沟附近传来浣熊的叫声,远处一条疲惫的狗在愤怒地吠叫。汤姆坐在路边,聆听四周:周围传来夜鹰的声音和田地里某个潜行动物爬动的声音。他环视四周,天际线两端都被黑暗笼罩,没有任何东西显现出来。他又站起身来,从路的右侧走进田地。他弯腰低至几乎与干草堆齐平,随后缓缓移动,时不时地停下来倾听。最终,他到达一道有五股紧绷铁丝的围栏旁,他侧仰着躺下,将头部从最低的铁丝下方钻进去,用手托起铁丝,然后用脚推动着从地面滑了过去。

正当他准备起身时,一群男人从公路边走过。汤姆等他们走远后才站起来跟着他们,他留意着路边是否有帐篷。几辆汽车从他身边驶过。一条小河穿过田野,公路和小溪交叉的地方是一座低矮的混凝土桥。汤姆探头向桥边望去,在深深的峡谷底部,他看到一个亮着灯的帐篷,他观察了一会儿,看到帐篷的帆布上映射出了人影。汤姆越过围栏,穿过灌木丛和矮柳树,下到峡谷底部。在那里,他沿着小溪找到了一条小路。一个男人正坐在帐篷前的箱子上。

"晚上好啊。"汤姆说。

"你是谁?"

"嗯——我呢,嗯——我只是恰好路过。"

"这里有认识的人吗?"

"没有。我已经说过,我只是路过。"

突然，一个脑袋从帐篷里探了出来。一个声音问道："怎么了？"

"凯西！"汤姆大叫，"凯西！天啊，你怎么会在这里？"

"唉，天哪，汤姆·乔德！快进来，汤姆，快进来。"

"你认识他？"帐篷前的男人问。

"认识？当然，我认识他多年了。我们一起来到西部的。快进来吧，汤姆。"他伸手抓住汤姆的胳膊，把他拉进了帐篷。

帐篷里另外有三个男人坐在地上，中央的油灯散发着微弱的光芒。他们疑心地抬头望着汤姆。一个肤色黝黑、皱着眉的男人伸出手来："很高兴见到你。"他说，"我听凯西提到过你，这就是你之前经常提到的那位吗？"

"没错，正是他。天啊！你的家人呢？你怎么会在这里？"

"嗯。"汤姆说，"我们听说这里有工作机会，于是我们就来了，结果被一群州警察赶到这个农场。我们整个下午都在这里摘桃子。我看到一群人在喊叫，但他们不告诉我们发生了什么事，所以我出来看看到底发生了什么。你是怎么来到这里的，凯西？"

牧师前倾身子，头顶的灯光将他苍白的前额照得发黄。"监狱是个奇妙的地方。"他说，"它就像是我的荒野，一个我如同耶稣去试图寻找答案的地方。有时，我觉得我几乎触及到了真理。但我真正找到答案的时刻，却是在监狱的牢房之中。"他的眼睛里闪烁着一抹快乐的光芒，"那是一个永不空旷的大牢房。新人不断进来，旧人不断离去。我自然是与他们每一个人都交谈过。"

"那是当然的了。"汤姆说，"你总是喜欢聊天。即便是站在绞刑架上，你也会找刽子手聊天来打发时间，我从未见过如此爱聊天的人。"

帐篷里的男人们发出了笑声。一个面容憔悴的矮小男人拍了拍自己的膝盖,"他总是在聊天。"他说,"但人们确实喜欢听他讲话。"

"他以前是个牧师。"汤姆说,"他提过这件事吗?"

"当然,他说过。"

凯西露出了微笑。"嗯,先生。"他继续说道,"我开始了解到一些事情。那些在监狱里的人,有的是因为酗酒,但大多数人是因为偷窃。而且通常是他们迫切需要东西,别无选择才那么做的。你明白我的意思吗?"他问。

"不明白。"汤姆说。

"嗯,他们本质上是好人,是他们需要东西才使他们变坏的。我开始明白这一点了。需求是所有问题的根源。我还在思考这个问题。有一次,他们给我们一些坏了的酸豆子吃。有个家伙突然开始大声喊叫,但实际上什么也没发生。他的声音嘶哑而响亮。看守走过来看了看,什么也没做就走了。然后,另一个人也开始喊叫。先生,接着我们都加入了。我告诉你,我们所有人都用相同的音调,就像那间囚室就要爆炸了似的。天啊,你猜怎么着!他们最后跑来,给了我们一些别的东西吃——真的给了我们,你明白了吗?"

"还是没有。"汤姆说。

凯西用手托住下巴。"也许我无法让你完全理解。"他说,"也许你需要自己去体会,你的帽子呢?"

"我没戴出来。"

"你妹妹还好吗?"

"该死的,她胖得像头牛。我打赌她怀的是双胞胎。现在她的肚子底下应该装个轮子了,她得用手托着。你还没告诉我这里到底发生了什么。"

那个面容憔悴的男人说:"我们罢工了,这里就是罢工现场。"

"嗯，五分钱一箱不多，但足够吃上东西了。"

"五分钱一箱？"那个憔悴的男人惊叫道，"他们给你们五分钱？"

"是的，我们今天挣了一块五。"

帐篷里陷入一片沉重的寂静。凯西的目光穿过帐篷的入口，凝视着外面漆黑的夜晚。"嗯，汤姆。"他开口了，"我们来这里是为了工作，一开始他们承诺给我们五分钱，结果人来得很多。到了那儿，他们却说只能给一半。一个人光是吃饭都不够，更不用说如果他有孩子了——所以我们拒绝接受这份工作。结果他们把我们赶了出来，好像要让世界上所有的警察都来对付我们似的。现在他们又给你们五分钱。你觉得，当他们压制了这场罢工之后，他们还会继续给五分钱吗？"

"我不知道。"汤姆说，"现在他们是给五分钱。"

"听我说。"凯西说，"我们试图团结起来，他们却像对待猪一样把我们赶散，将我们分开，打得人们遍体鳞伤。他们也会像对待猪一样驱赶你们，我们撑不了多久了，有些人已经两天没吃东西了。你今晚回去吗？"

"回去。"汤姆说。

"嗯——回去后告诉里面的人真正的情况，汤姆。告诉他们，他们这些人正在饿死我们，同时也在背刺你们。因为一旦他们把我们赶出去，价格肯定会马上降到两分五。"

"我会试着告诉他们。"汤姆说，"但我不知道该怎么开口。我从没见过这么多拿枪的警察。不清楚他们是否会允许我们交谈。而且，这些人之间也不交流，只是低头走路，连最基本的问候都没有。"

"尽量让他们知道，汤姆。我们一旦离开，他们就只能拿到两分五了，你知道那意味着什么——摘一吨桃子才能赚到一块钱。"凯西低下头,"不——你这样做是无法购买足够食物的,你会饿肚子的。"

"我会尝试告诉他们的。"

"你老妈怎么样了?"

"她很好,她很喜欢那个政府营地,那里有浴室和热水。"

"是啊——我听说过。"

"那边很不错,就是找不到工作,我们只能离开。"

"我想去那里看看。"凯西说,"真想去看看,有人告诉我那里没有警察。"

"那里的住民都自己维持秩序。"汤姆说。

凯西兴奋地抬起头:"那里有麻烦的事情吗?比如打架、偷窃或醉酒?"

"没有。"汤姆说。

"那如果有人惹事——那怎么办,他们怎么处理?"

"把他赶出营地。"

"但是坏人不多,对吧?

"哎,当然没那么多坏人。"汤姆说,"我们在那儿待了一个月,只遇到过一个。"

凯西的眼神中闪烁着希望,他转向其他人:"你们看。"他大声说,"我之前就告诉过你们。警察带来的麻烦比他们能解决的还要多。汤姆,试着让那里的人悄悄出来。再有几天他们就能出来了。那时桃子都熟了,把这消息带给他们。"

"他们不会理会的。"汤姆说,"只要他们能得到五分钱的工资,其他的都不重要。"

"但如果他们破坏罢工,就拿不到这五分钱了。"

"我不觉得他们会接受我们的邀请。对他们来说,他们现在的五分钱工资就是一切。"

"无论如何,还是得告诉他们一声。"

"老爹不会那么做的。"汤姆说,"我了解他,他会说那与他无关。"

"是的。"凯西带着一丝沮丧说,"我猜也是这样,有些事得亲身经历才能明白。"

"我们已经没有食物了。"汤姆说,"但今晚我们还能吃到肉。虽然不多,但总算还有。你觉得老爹会因为外面有人在抗议就放弃他的肉吗?罗莎还需要牛奶,你想老妈会因为有人在外面喊叫就让孩子饿着吗?"

凯西悲伤地说:"我真希望他们能明白,希望他们能明白啊,只有一个方法能一直吃到肉——哦,见鬼!有时候我真觉得累极了,非常累。我认识一个人,在我入狱时他也被关了进来。他一直试图组织工会。他成功了,但治安队最终破坏了一切。你知道的,那些他一直试图帮助的人,最后却抛弃了他。他们害怕被人看到与他在一起,就对他说:'离开我们吧,你对我们来说是个威胁。'这对他来说是个沉重的打击。但他后来说,'如果能让你们明白一些事儿,也不算糟糕了。'他说,'想想法国大革命——那些弄清楚真相的人最后都被砍了头。这是常有的事。'他说,'就像自然规律一样。你不是为了好玩而参与其中的,你这么做是因为别无选择,因为那就是你该做的,想想华盛顿。'他说,'他参加了革命战争,但之后那些浑蛋却背叛了他。林肯也是,那些同一批人曾大声疾呼要杀死他。就像天总要下雨一样,这是很正常的。'"

"听起来不怎么有趣。"汤姆说。

"是的,确实不怎么好玩。牢里那个人还说:'无论如何,你都得尽力而为。'他说,'你只需关注每一点小小的进步,即使有时候似乎会稍微退步，但绝不会完全倒退。有事实能证明这一点．'他说，'这说明一切都是值得的，因为这意味着即便看起来像是浪费精力，其实并没有浪费．'"

"那就一直讲。"汤姆继续说，"一直说。就拿我兄弟艾尔来说吧，他只在乎找女朋友。几天后，他就会找到一个。他整天都在想着这事，整夜都在做这事。他不在乎是前进还是后退，或是横着走。"

"当然。"凯西说，"当然了，他只是在做他要做的事，我们都是这样。"

突然，帐篷外的那个男人掀开帐篷门帘。"该死，我受不了这种感觉。"他说。

凯西望向他："怎么了？"

"我不知道，我浑身发痒，紧张得跟只猫似的。"

"那怎么回事呢？"

"我不知道，我感觉好像听到了什么声音，于是我就静下心来听，但实际上什么也没有听到。"

"你只是过度紧张了。"另一个憔悴的男人说，他站起身走到外面。几秒钟后，他回到帐篷里。"一大片乌云正向这边飘过来。我打赌，肯定得打雷。所以才会全身发痒——因为雷电。"他弯下腰又钻了出去。其他两个男人也从地上站起来，跟着他出了帐篷。

凯西低声说："他们身上都发痒。警察一直威胁说要把我们打到半死，把我们赶出这个县。他们把我视为头目，因为我总是说个不停。"

那张憔悴的脸再次探进帐篷："凯西，关掉灯，出来吧。外面有情况。"

凯西轻手轻脚地拧动开关，火焰顿时缩进灯芯管内，啪的一声后

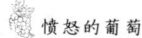愤怒的葡萄

熄灭了。他摸索着走出帐篷,汤姆紧随其后。"发生了什么?"凯西轻声问。

"不清楚,你听!"

寂静中只能听见青蛙的叫声,还有蟋蟀尖锐的鸣叫声穿插其中。但在这自然的背景声中,还有其他声音——道路上微弱的脚步声,河岸上泥块的嘎吱声,下游灌木间轻微的唰唰声。

"真的很难分辨是否真的听到了什么。这种声音会迷惑你,让你感到紧张。"凯西安慰他们,"我们都紧张,真的很难说。汤姆,你听到了吗?"

"我听到了。"汤姆说,"是的,我听到了。感觉有人从各个方向靠近,我们最好离开这里。"

那个憔悴的男人低声说:"到桥墩下,往那边走。我不想离开我的帐篷。"

"我们走吧。"凯西说。

他们沿着溪流边悄无声息地移动。前方的黑色桥墩像一个洞穴般显现。凯西弯腰小心穿过去,汤姆紧跟其后。他们的脚踏进水中,往前走了三十英尺,轻微的水声和他们的呼吸声在弯曲的桥洞顶上回响。然后,他们到达了桥墩的另一侧,他们直起身子继续前行。

突然,一个尖锐的呼喊划破了夜空:"在那儿!"随即,两束手电筒的光束刺穿黑暗,照射在他们的身上,光芒强烈到让他们目眩神迷。黑暗中很多人的声音传来:"站住,就是他。那个脸上发光的浑蛋,就是他。"

凯西努力适应刺眼的光芒,但是他什么都看不见,他的呼吸沉重而急促。"听我说。"他说,"你们不清楚你们在做什么,你们这是在助纣为虐,这样会让孩子们挨饿的。"

## 第二十六章

"闭嘴，你这个红色政党的混账。"

这时，一个矮胖的男人步入光线，手里紧握着一根崭新的白色镐柄。凯西坚持说："你们真的不知道自己在做什么。"

那个肥胖的男人猛地挥动镐柄。凯西试图躲闪，但未能完全避开。镐柄重重地击中了他的头部，发出一声沉闷的撞击声。凯西的身体摇摇欲坠，在光线外倒下了。

"天啊，乔治，我觉得你把他给打死了。"

"把光打到他身上。"乔治说，"该死的浑蛋，活该。"手电筒的光束落下，搜寻着，最终聚焦在凯西被血迹染红的头部。

汤姆低头观察牧师。光线从这个魁梧男人的腿间和那把全新的白色镐柄上扫过。汤姆几乎无声地跃起，熟练地从牧师身边夺过镐柄。第一次挥击没能命中要害，只是击中了肩膀；但第二次，他猛烈地将镐柄击向头部，当那个男人倒地时，汤姆又迅速三下连击他的头部。光线在四周乱舞，混乱中传来尖叫、奔跑的脚步声和穿过灌木丛的撞击声。汤姆站在倒地的男人旁，突然感觉头部一阵剧痛，一个棍棒擦边击中了他，电流般的疼痛穿透他的神经。他弯下身子，沿着小溪疾跑，听到追踪者的脚步声在水中溅起。突然间，他转身蜷缩进灌木丛，深藏于一片毒橡树之中，静静地躺着。脚步声靠近，手电筒光线在小溪底扫过。汤姆努力在灌木丛中向上爬，最终到达顶部，来到一个果园中。呼喊声和追捕声仍在小溪边回荡。他低头快速穿过耕种的土地，泥块在他脚下滑动、滚动。前方，他看到围绕田野的灌木丛，他沿着灌溉沟边缘前行，穿过栅栏，挤进藤蔓和黑莓丛中。然后他静静地躺下，粗重地喘着气。他摸了摸自己麻木的脸和鼻子，感觉到鼻子骨折了，下巴上还滴着血。他仰面躺着，等待意识逐渐回归。慢慢地，他爬过沟渠的边缘，用冷水洗脸，撕下蓝衬衫的边角，浸湿后贴在受伤的脸颊和鼻子上。水让他有了刺痛和灼烧之感。

乌云遮蔽了星空,形成一片昏暗的阴影。夜晚再次陷入寂静。汤姆踏入水中,突然感觉脚踩不到水渠的底部。他朝对面划了两下水,沉重地爬上对岸。他的衣服紧贴在身上,每移动一步,鞋子就会发出啪嗒声。然后他坐下,脱下鞋子倒出里面的水,随后拧干裤脚,脱下外套,拧出水分。

沿着公路,他看到了手电筒的光束在夜空中跳动,像是在沟渠中搜索着什么。汤姆穿好鞋子,蹑手蹑脚地穿过麦茬田地,鞋底不再发出任何声响。他凭借着本能向田地的另一边移动,最终走上了小路,小心翼翼地靠近那排房屋。

突然,一个守卫好像听见了声音,喊道:"谁在那里?"

汤姆迅速蹲下,如雕塑般一动不动,手电筒的光束从他的头顶扫过。他悄无声息地爬到乔德家的门前,门轴发出嘎吱声。此时,传来了老妈的声音,平静而坚定,她非常清醒地说:"是谁啊?"

"是我,汤姆。"

"好吧,你该去睡了。艾尔还没回来。"

"他一定是去找女孩了。"

"去睡吧。"她轻声说,"去窗户那边睡。"

他找到了一个角落,脱光衣服,躺在毯子下发抖。他感觉到自己那受伤的脸开始从麻木中恢复,头部跳动着疼痛。

大约一个小时后,艾尔悄然回来了。他小心翼翼地走来,但不慎踩到了汤姆湿漉漉的衣服。

"嘘!"汤姆说。

艾尔小声说:"你还没睡?你怎么全湿了?"

"嘘。"汤姆说,"明天早上告诉你。"

## 第二十六章

老爹翻了个身,房间里都是他的喘气声和打鼾声。

"你冷吗?"艾尔问。

"嘘,去睡吧。"在黑暗的房间中,窗户的玻璃显得十分灰白。

汤姆难以入眠。受伤的神经令他的脸部抽动,颧骨上的痛楚和鼻梁的断裂随着痛感的波动似乎在折磨着他。他眼神呆滞地盯着小小的方形窗户,窗外的星星一闪而过,随即消失。夜深时分,他时而能听到守夜人沉重的脚步声。

终于,远处的公鸡欢叫,预示着黎明的到来,窗户逐渐变亮。汤姆轻触自己肿胀的脸,这一动作似乎惊扰了正在做梦的艾尔,他不安地呻吟并喃喃自语。

随着天色渐明,周围的房屋开始活跃,断裂的树枝和轻微的锅碗碰撞声此起彼伏。老妈突然坐起,她的脸因睡眠而略显肿胀。她凝视窗外良久,然后掀开毯子,找到她的连衣裙。她坐着,把裙子从头顶套进去,把胳膊举起来,让裙子滑到腰的位置。她站起身,把裙子拉到脚踝,光着脚小心翼翼地走到窗前,望着外面逐渐明亮的天色。她解开头发,梳理整齐,又重新编了自己的发辫,然后她双手合十,静静地站了一会儿,脸庞在窗外的光线的照射中显得格外明亮。然后,她转身,小心翼翼地拿起油灯,提起灯罩,点燃了灯芯。

老爹翻身坐起,眨了眨眼睛看向她。她说:"老爹,你还有钱吗?"

"嗯?有的,还有六毛钱的工资条。"

"那快点,去买些面粉和猪油。现在就去,别磨蹭!"

老爹打了个哈欠:"商店可能还没开门呢。"

"那就让他们开门!我们需要食物,还得去工作。"

老爹努力地穿上工装裤,披上那件旧外套,打着哈欠、伸着懒腰,慢慢地走出了门。

两个孩子醒过来了,躲在毯子里偷看,像个小老鼠一样。房间被淡淡的光线填满,是那种没有颜色的黎明时的光芒,但太阳尚未升起。老妈匆匆瞥了床垫一眼,注意到约翰伯伯已经醒来,而艾尔还在沉睡。她的目光最终落在汤姆身上,她凝视了他一会儿,然后快步走向他。汤姆的脸肿得发青,嘴唇和下巴上的血迹已经干成了黑色,受伤的脸颊紧紧绷住。

"汤姆。"她轻声问,"你怎么了?"

"嘘!"汤姆说,"小声点,我打架了。"

"汤姆!"

"老妈,我别无选择。"

老妈跪在他身旁。"你惹事了吗?"

汤姆沉默了好一会儿。"是的,有点麻烦。我不能去工作了,得躲起来。"

孩子们蜷缩着爬了过来,眼睛里充满了好奇,来回张望着。"汤姆怎么了,老妈?"

"嘘!"老妈说,"都去洗脸吧。"

"我们没有肥皂。"

"那就先用水。"

"汤姆怎么了?"

"安静!不要对任何人提起汤姆。"

他们静静地退远,靠着离得最远的一面墙蹲下,他们知道这里不会被注意到。

老妈问:"情况严重吗?"

"鼻子骨折了。"

"我是说麻烦有多大?"

# 第二十六章

"很严重。"

艾尔惊愕地睁大眼睛,看着汤姆。"天啊,汤姆,你这是怎么了?"

"发生了什么?"约翰伯伯问。

此时,老爹走进来。"商店开门了。"他把手里提着的一袋面粉和一包猪油放在炉边的地上。"出了什么事?"他问。

汤姆撑了一会儿,又躺了回去。"天啊,我感觉好虚弱。我告诉你们吧,让你们了解一下。孩子们去哪了?"

老妈看着蜷缩在墙边的孩子们。"去洗你们的脸。"

"没事。"汤姆说,"他们也要听,也需要知道。如果他们不清楚真相,可能会多嘴。"

"到底发生了什么?"老爹问。

"我告诉你们吧。昨晚我出去看那些喊叫声是怎么回事,然后我遇到了凯西。"

"那个牧师?"

"对,那个牧师,他正参与罢工,然后他们来抓他了。"

老爹问:"是谁来抓他的?"

"我不知道。就是那晚在路上赶我们进来的那群人,他们手里拿着镐柄。"他顿了一下。"他们杀了他,他的头骨被打碎了。我就站在那里,彻底失去了理智,我也抓起了镐柄。"他说着,回忆着那个黑暗的夜晚,还有摇曳的手电筒的光束。"我,我揍了一个人。"

老妈屏住呼吸。老爹的身体僵硬了。"你杀死了他吗?"他轻轻地问道。

"我——不确定。我当时疯了,只想着要杀了他。"

老妈问:"有人看到你了吗?"

"我不清楚,我真的不知道。我想他们可能看到了。他们用手电筒照了我们。"

老妈凝视着他的眼睛良久。"老爹。"她说,"去拆些箱子吧。我们需要准备早餐了。你还得去干活。露丝,温菲尔德,如果有人问起——就说汤姆生病了——你们听清楚了吗?如果你们说漏了嘴——他就会——被送进监狱。你们明白吗?"

"明白了,老妈。"

"约翰,注意看着他们,别让他们和任何人说话。"她一边说着,一边开始生火,而老爹则开始拆开装货物的箱子。她揉着面团,在火上放好一壶咖啡,木材被点燃了,火焰在烟囱中咆哮着。

老爹拆完箱子后,走到汤姆旁边。"凯西——他是个好人。他为什么要卷入这些事呢?"

汤姆呆滞地回答:"他们来这里是为了每箱五分钱的工资。"

"我们摘一箱也是这么多钱。"

"是的,我们所做的就是在破坏他们的罢工,他们只给那些人两分五的报酬。"

"那样的话根本就吃不饱。"

"我知道。"汤姆疲倦地说,"这正是他们罢工的原因。昨晚他们的罢工行动可能被破坏了。今天我们可能也只能得到两分五了。"

"天啊,这些无耻之徒。"

"没错!老爹,你明白了吗?凯西他——是个好人。可恶,我就是无法将那一幕从脑海中抹去。他就那么躺在那里——头部被打扁,血流不止。"汤姆用手掩住了眼睛。

"那我们接下来该怎么办?"约翰伯伯问道。

艾尔此时站了起来:"天啊,我只知道我接下来要做什么,我要

# 第二十六章

离开这儿。"

"不,你不能离开,艾尔。"汤姆说道,"我们现在需要你,应该走的是我,我的处境变得危险了。一旦我能站起来了,我就得离开。"

老妈在炉子旁忙碌着,她的头微微转向一侧以便听得更清楚。她在煎锅里加了些油,油发出嗞嗞声,她随后将面团舀了进去。

汤姆继续说:"你得留下,艾尔,你得照看好卡车。"

"嗯,但我并不喜欢这样。"

"没办法,艾尔。这是你的家人,你可以帮助他们。对他们来说,我只会带来危险。"

艾尔愤怒地嘟囔着:"我不明白为什么我不能去修车厂找份工作。"

"也许以后会有机会。"汤姆说着,目光移向艾尔身后,那里躺着的罗莎眼睛睁得大大的。"别担心。"他大声对罗莎说,"别担心,会买牛奶给你的。"她缓缓地眨了眨眼,却没有做出回应。

老爹说:"我们需要弄清楚,汤姆。你到底杀死了那个人没有?"

"不知道,那时候太黑了,有人还打了我一下。我不知道,但是我希望是打死了,我真希望我了结了那浑蛋。"

"汤姆!"老妈叫道,"不要这么说。"

街上传来汽车缓慢行驶的声音。老爹走到窗户边,向外望去,"看,一大群新人过来了。"

"我猜他们也是来破坏罢工的。"汤姆说,"今天你们也许只能挣两分五了。"

"但是光靠那点工资,不管怎么拼命工作,还是会饿的。"

"我知道。"汤姆说,"吃风吹掉的桃子,应该能吃饱的。"

老妈一边翻动着面团,一边搅拌咖啡,"听我说。"她说,"我今天要买点玉米粉,我们会煮些玉米粥。等我们有了足够的汽油钱,我们就离开这里,这里不适合我们。我不会让你单独出去的,汤姆。那样不行。"

"你不能那样做,老妈。我告诉你,对你们来说我就是个危险。"

老妈咬紧牙关。"我们必须这么做。来,先吃点东西,然后我们再出去工作。我洗完脸就出来,我们需要赚些钱。"

他们边吃着刚出锅的热面团,边感受着它在嘴里发出的咝咝声。他们互相递过咖啡壶,喝下一杯又一杯的热咖啡。

约翰伯伯摇头看着自己的盘子。"看起来我们走不了了,我觉得这一切都是因为我的过错。"

"闭嘴!"老爹大声喊道,"我们现在没时间讨论你的过错。快点,我们得出去了。孩子们,快来帮忙。老妈说得对,我们得离开这里。"

他们匆匆离开后,老妈拿了一个盘子和一个杯子给汤姆。"你最好还是吃点东西。"

"我吃不下,老妈。我太痛了,嚼不动。"

"你最好试着吃一点。"

"不了,老妈,我真的吃不了。"

老妈坐在他的床边。"你得告诉我。"她说,"我需要了解整个情况,我必须保持头脑清醒。凯西当时在做什么?他们为什么要杀他?"

"他只是站在那里,手电筒都照向他。"

"他说了些什么?你记得他说了什么吗?"

汤姆说:"当然记得。凯西他说过,'你没有权利让人们挨饿。'随后,一个矮胖的男人骂他是该死的红色政党。凯西回应道,'你们根本不明白自己在做什么。'就在那时,那个男人打了他。"

老妈低下了头,双手紧紧揉搓着。"他说的是——'你们根本不明白自己在做什么'?"

"是的。"

老妈说:"我希望你奶奶能听到这些。"

"老妈——我也不知道自己在做什么,我甚至没想到会那样做。"

"没关系,孩子。我只是希望你没打人,我希望你根本不在那里。但你做了你认为必须做的事,我也找不出你有什么错。"她走到炉子旁,拿起一块布,浸入洗碗水中。"给。"她说,"把这个敷在你的脸上。"

他将温热的布轻轻敷在鼻子和脸颊上,布条的热度让他感到很疼。"老妈,我今晚必须走了。我不能再让这重负压在你们身上。"

老妈的声音带着愤怒。"汤姆!有很多事情我不理解。但离开我们不会让事情变得更轻松,这会彻底毁了我们。"她深呼吸,继续说道,"那时候,我们在自己的土地上,家乡还有边界。老人家去世了,新生命降临,我们始终是一体的,是一个大家庭,而这是完整且明确的。但是现在,一切都变得模糊不清。我找不到任何线索,什么也无法让我们保持清晰明确。艾尔——他总是胡思乱想,急切地想要独自冒险。约翰伯伯只知道和我们走。老爹失去了他的地位,不再是家中的领导者。我们家也散了,汤姆。现在在家庭已不复存在。"她环顾四周,看到罗莎惊讶的眼神,"她要生孩子了,但她也没有家。我不知道该怎么办了。我一直在努力撑住整个家庭。温菲尔德——这样的话他长大会变成什么样子?变得野蛮。露丝也一样——像野兽一样。没什么可依赖的了。别走了,汤姆,留下来帮忙吧。"

"好。"汤姆疲惫地回答,"那好吧,但是我不应该留在这,我知道。"

老妈走到洗碗的盆旁边,清洗并擦干了铁盘。"你还没睡觉吧?"

"没有。"

"那你睡一会儿吧,我看到你的衣服湿透了,我会把它们挂在炉子旁边烘干。"她忙完手头的活儿,说道:"我现在要去摘桃子了。罗莎,如果有人来,就说汤姆生病了,听见了吗?不要让任何人进来,你听见了吗?"罗莎点头。"我们中午回来。睡会儿吧,汤姆,也许今晚我们可以离开。"她迅速向他靠近,"汤姆,你不会偷偷离开吧?"

"不会,老妈。"

"你确定吗?你真的决定不离开这里了?"

"我不离开了,老妈。我决定留下。"

"那好。罗莎,记住我说的。"老妈离开了房间,关上了身后的门。

汤姆安静地躺着——睡意逐渐袭来,他感觉自己仿佛被轻轻抬至昏迷的边缘,随后又缓缓下沉,再度抬起。

"汤姆!"

"嗯?怎么了!"他从梦中惊醒,转头看向罗莎,她的眼中闪烁着怒火。"你有什么事吗?"

"你杀了一个人!"

"是,小声点!你想让整个营地都听到吗?"

"我在乎什么?"她几乎是在哭喊,"那个女人向我透露了罪行的后果。她向我揭示了一切。我怎样才能生下一个健康的孩子?康尼已离我而去,连基本的营养食物我都吃不到,连喝个牛奶都是奢望。"她的声音越来越激昂,几乎失控。"而你现在还杀了人。我的孩子怎么能正常?我知道了——它肯定会有缺陷——是一个有缺陷的孩子!我甚至未曾参加过一场舞会。"

汤姆迅速站起身来。"嘘!"他说,"你会引来别人的。"

## 第二十六章

"我不在乎。反正我将生下一个有缺陷的孩子!但是我都没跳过一次那种拥抱的舞啊。"

汤姆走近罗莎。"小声一点。"

"离我远些,你杀的又不止这一个人。"她的面庞因激动而泛红,说话也不清楚了。"我不想再看到你。"她用毯子遮住了自己的头。

汤姆听到了毯子里闷住的抽泣声。他紧咬下唇,眼神凝重地盯着地板。接着,他向老爹的床边走去。床垫的边缘下藏着一支又长又重的温彻斯特点三八口径杠杆步枪。汤姆拾起它,熟练地拉动杠杆检查弹仓,确认是否装填了子弹。他在半击发状态下轻轻试探了一下扳机。之后,他返回自己的床垫,将步枪放置在地面上,枪托朝上,枪管朝下。这时,罗莎的哭声渐渐转为低声的呜咽。汤姆再次躺下,用毯子盖住自己,遮掩住青紫的脸颊,又露出一点缝隙来呼吸。他发出了一声叹息:"天啊,哦,天啊!"

外面一群汽车驶来,传来说话声。

"有多少人?"

"只有我们三个。你们这儿付多少工资?"

"去二十五号房子,门上有号码。"

"好的,先生。你们付多少钱?"

"两分五。"

"哎,该死的,这工钱连饭都赚不到!"

"我们就是这么付的。有两百个从南方来的人都很高兴挣这个钱的。"

"但是,天啊,先生!"

"请赶紧做出选择。要么接受,要么离开。我没有时间进行无谓的争论。"

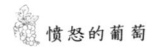

"但是——"

"请注意,我并不负责定价,只负责记录。如果您决定干活,就留下。否则,请离开。"

"二十五号,您是说二十五号房吗?"

"是的,正是二十五号。"

汤姆在床垫上小憩。房间内突然出现的轻微声响惊醒了他。他的手缓缓移向步枪,紧握住握把。他揭开遮盖在脸上的毯子。罗莎站在他的床垫旁。

"你要干什么?"汤姆询问。

"你继续休息吧。"她说,"你就睡吧。我会看着门,确保没人进来的。"

他凝视罗莎片刻。"好的。"他说后,又用毯子盖住了脸。

黄昏时分,老妈回到家中。她在门口轻轻敲门,说道:"是我。"以此让汤姆放心。她推门进入,手里提着一个包裹。汤姆从床垫上坐起,注意到他的伤口已经干了,周围的皮肤收紧了,没受伤的皮肤透着亮。他的左眼几乎无法睁开。"我们不在时有人来过吗?"老妈询问。

"没有。"他说,"一切如常。我听到有人提到工钱变低了。"

"你怎么知道?"

"我听见外面有人说了。"

罗莎呆滞地抬起头,望向老妈。

汤姆用拇指指着她说道:"她感到非常沮丧,老妈。她认为所有困难都是针对她的。如果我的存在使她感到如此不安,或许我应该离开。"

母亲转身面对罗莎:"你在做什么?"

## 第二十六章

罗莎不满地回答:"在这种环境下,我怎么能拥有一个健康的宝宝?"

老妈说:"安静些!现在不是讨论这个的时候。我理解你的感受,我知道你感到无力控制,但请保持沉默。"

她再次转向汤姆:"不要太在意她的话,汤姆。这确实很难受。我记得那种感觉。当你准备成为母亲时,你会感觉到一切都在针对你,每一句外界的话语都像是侮辱,一切都似乎是针对你的。不要放在心上,她无法控制自己的感受。"

"我不想伤害她。"

"安静!现在不要说话。"她将包放在冷冰冰的炉子上,"我们几乎没有赚到什么钱。"她继续说道,"我已经决定了,我们需要离开这里。汤姆,帮我搬些木柴来。不——你不能走。这里,我们只剩下这一个箱子了。把它拆开。我已经告诉其他人在回来的路上捡些树枝。我们需要准备玉米糊,加一些糖。"

汤姆起身,将最后一个木箱拆成小片。老妈在炉子一端小心翼翼地点燃了火焰,确保火势仅集中在炉眼之下。她装满一壶水,置于火上加热。水壶置于明火之上,发出叮当和呼哧的声响。

"今天摘桃子的情况怎么样?"汤姆询问道。

老妈从她的玉米粉袋中舀出一杯粉。"我不太想说这个事。我今天在想,以前我们常常能听到的笑话。我并不喜欢现在的情况,汤姆。我们不再有以往的笑话了。现在的笑话带有尖酸刻薄的成分,缺乏乐趣。今天有人说,'大萧条已经结束了。我看到一只野兔,但是没有人追赶它。'另一个人回答说,'那不是因为大萧条结束了,而是因为人们再也不敢猎杀野兔了,他们是在将兔子抓起来挤奶,然后放走。你看到的那只可能已经被挤干了。'这就是我想说的,这些笑话实际上并不好笑，不像以前那次约翰伯伯那个笑话好笑。约翰伯伯之前试图改变一个印第安人的信仰，结果那印第安人在他家里吃光了所有豆子，最后连带把约翰伯伯的威士忌也一起偷走了。汤姆，你可以用蘸了冷水的布敷在你的脸上。"

随着黄昏渐深，老妈点燃了油灯，挂在一颗钉子上。她继续添火，并逐渐将玉米粉倒入热水中制作成粥。她转向罗莎："罗莎，能帮忙搅拌这玉米粥吗？"

外面传来急促的脚步声。门突然被猛力推开，撞击到墙壁上。露丝冲入屋内。"老妈！"她大声呼唤，"老妈，温菲尔德病了！"

"他在哪里？快告诉我！"

露丝喘息着回答："他脸色变得煞白，突然晕倒了。因为吃了过多的桃子，他整天都在拉肚子。他就这样倒下了，脸色惨白！"

"带我去看看！"老妈命令道，"罗莎，你看着那锅玉米粥。"她和露丝一同急忙离开了屋子。在街上，她紧随小女孩的步伐匆匆前行。暮色中，三个男人朝她走来，其中一人正抱着温菲尔德。老妈急速跑到他们面前。"他是我的孩子。"她大声说道，"请把他交给我。"

"我来帮您抱着，夫人。"

"不，交给我吧。"她从男人手中接过孩子，随即她又清醒过来。"非常感谢你们。"她对那些男人表示感谢。

"不用谢，夫人。这小家伙看上去非常虚弱，可能是寄生虫引起的。"

老妈急忙带着温菲尔德回到家中，小男孩在她怀里显得柔软而松弛。她将他轻轻放在床垫上，并跪下。"告诉我，发生了什么？"她迫切地问道。温菲尔德昏昏沉沉地睁开眼睛，摇了摇头，又闭上了眼睛。

露丝说："我已经告诉过您了，老妈。他整天都在拉肚子，隔一会儿就拉一次。他吃桃子吃得太多了。"

老妈轻抚着他的头。"他没有发烧,但他的脸色确实煞白,神情呆滞。"

汤姆走上前来,将油灯放低。"我明白了。"他说,"他是饿成这样的。给他一罐牛奶,让他先喝下,然后再将牛奶混入玉米粥中。"

"温菲尔德。"老妈说,"你现在感觉怎么样?"

"头晕。"温菲尔德说,"感觉头一直在旋转。"

"从来没见过这样的拉肚子。"露丝郑重地说。

此时,老爹、约翰伯伯以及艾尔抱着满手的木棍和树枝进入了屋内。他们将这些柴火放置在炉子旁。"发生了什么?"老爹询问。

"温菲尔德,他需要一些牛奶。"

"天啊!我们都需要吃东西。"

老妈问:"今天我们赚了多少钱?"

"一块四毛二。"

"好的,你现在就去买一罐牛奶给温菲尔德。"

"他怎么生病的?"

"我也不知道为什么,但他现在就是生病了。快去吧!"父亲嘟囔着离开了屋子。"你在搅拌玉米粥吗?"

"是的。"罗莎加快搅拌速度以示回应。

艾尔抱怨道:"这是真的吗,老妈?我们劳作至天黑,却只能吃玉米粥吗?"

"艾尔,你明白的,我们必须离开,我们得攒钱买汽油。"

"但是,老妈,一个人如果要工作的话,是需要吃肉的。"

"你安静一点。"她说,"我们需要先解决最紧迫的问题,你知道那是什么。"

汤姆问:"是关于我吗?"

"我们吃过饭再讨论这个问题。"老妈说,"艾尔,我们的油能让我们开一段路程,对吧?"

"大约只剩四分之一箱了。"艾尔回答。

"我希望你能告诉我是什么事。"汤姆说。

"先吃饭吧,再等一会儿。"

"你继续搅拌玉米粥,不要停下,我来煮些咖啡。你可以把糖加在玉米粥里或咖啡里。但是都加就不够了。"

老爹带回一大罐牛奶。"这花了一毛一。"他带着不悦说道。

"给我。"老妈接过罐子,打开它,并把浓郁的牛奶倒入一个杯子,递给汤姆。"让温菲尔德喝这个。"

汤姆跪在床垫旁。"来,喝这个。"

"我喝不下,我会吐出来的。不用管我。"

汤姆站起来。"他现在喝不下,老妈。我们再等一会儿。"

老妈把杯子放在窗台上。"谁都不许碰这个。"她警告道,"这是给温菲尔德的。"

"我没有牛奶喝。"罗莎不满地说,"我也应该有份。"

"我知道,但你还能站着,这小家伙已经躺下了。玉米粥够稠了吗?"

"是的,几乎搅不动了。"

"好了,我们可以吃饭了。糖在这儿,每人一勺。你可以把它拌进玉米粥里,或者加在咖啡里。"

汤姆说:"我更喜欢在玉米粥上撒些盐和胡椒。"

"如果你喜欢,就加些盐吧,"老妈说,"但我们的胡椒已经用完了。"

## 第二十六章

木箱已经被烧光了。全家人坐在床垫上喝着他们的玉米粥。他们不断地盛取，直到锅中几乎所剩无几。老妈说："留一些给温菲尔德。"

温菲尔德坐起来喝了牛奶，随后感到极度饥饿。他将粥锅放在膝盖之间，迅速吃掉了剩余的粥，并且把锅边的粥皮刮得干干净净。老妈将剩余的罐装牛奶倒入一个杯子，悄悄地递给罗莎，让她在角落里偷偷喝。她接着将热咖啡倒入杯中，分发给众人。

"现在你能解释一下到底发生了什么吗？"汤姆问，"我想了解详细情况。"

老爹不安地说："我希望露丝和温菲尔德能暂时离开，他们可以出去一会儿吗？"

老妈说："不用了。他们需要像成年人一样了，即便他们尚未成年。没有别的办法。露丝——你和温菲尔德永远不能把今天听到的说出去，否则你们可能会给我们带来严重的后果。"

"我们不会的。"露丝说，"我们已经足够成熟了。"

"那好，那就安静点，听我们说。"所有的咖啡杯都被静静地放置于地面。油灯释放出粗短的火焰，犹如幼小蝴蝶的翅膀，向墙壁投射着微弱的黄色光晕。

"现在说吧。"汤姆说。

老妈转向老爹。"老爹，你来说吧。"

约翰伯伯拿起杯子缓缓地啜饮着咖啡，老爹说："正如你所言，他们压低了工资。新来的采摘工会因饥饿难耐，哪怕为了一片面包也甘愿参与采摘。他们会在果园里争抢桃子，先到者先得，整片果树瞬间被扫清。人们只能争先恐后地奔向新的树木。我目睹了有人打架——有一个人声称这是他的树，而另一个人则想从树上摘取果实。

他们从遥远的埃尔森特罗招来了这些工人。这些人极度饥饿，为了一片面包他们愿意整天劳作。我对检收员说，'我们不能接受每箱仅得两分五的报酬。'他回答说，'那就离开，反正这些人可以接受。'我说，'一旦他们饱腹，就不会这么做了。'他却说，'见鬼，我们会在他们吃饱前采完这些桃子的。'"老爹的话语戛然而止。

"简直是个魔鬼。"约翰伯伯说，"他们说今晚还有两百多人要来。"

汤姆说："是吗，那事儿怎么样了呢？"

老爹沉默片刻后缓缓开口："汤姆。"他说，"你好像把人打死了。"

"我感觉是这样。虽然没看清，但感觉得到。"

"人们都在谈论这事儿。"约翰伯伯说，"他们组织了警察，甚至有人提议实施私刑——一旦抓到那个人就这么做。"

汤姆转向那些睁大眼睛的孩子，他们几乎不眨眼，仿佛害怕在眨眼的一瞬间错过什么。汤姆说："嗯——这个行凶的家伙，是在他们杀害凯西之后才这样做的。"

老爹打断他："他们现在的说法可不是这样，他们声称凯西先动手的。"

汤姆叹了口气。"唉！"

"他们在煽动我们这些人的情绪。我听到的所有人，无论是杀人不偿命的还是管理员，都在说要抓到这个家伙。"

"他们知道他长什么样吗？"汤姆问。

"嗯，虽然不完全清楚，但据说，他们认为他受了伤。他们猜想，他可能——"

汤姆缓缓抬起手，触摸了一下自己青紫的脸颊。

老妈喊道："他们说的不是真的！"

"放轻松，老妈。"汤姆说，"那些杀人不偿命的家伙掌握了关于我们的所有坏话，他们说的话总是针对我们。"

老妈透过昏暗的光线，深深地注视着汤姆，尤其是他紧抿的嘴唇。"你答应过我。"她说。

"老妈，我——也许那家伙该走了。如果那个家伙真做了错事，他可能会想，'好吧，该结束了。我愿意承担后果。'但那个家伙没做错什么。他只觉得自己像误杀了只臭鼬。"

露丝忍不住插话："老妈，我和温菲尔德都明白，不用当着我们的面说那个家伙什么的。"

汤姆笑了笑。"嗯，他不想被绞死，因为他不会就此罢休。同时，他也不想给我们带来麻烦。老妈，我得走了。"

老妈急忙用手捂住嘴巴，轻咳一声清理嗓子。"你不能走。"她说，"这里无处可藏，你不能信任外面的任何人，但你可以信任我们，我们帮你藏起来，确保你有饭吃，直到你恢复。"

"但是，老妈——"

她坚定地站起来。"你不能走，我们会带你走。艾尔，把卡车开到门口。现在听好，我们会在车底铺一张床垫，汤姆你快速躲进去。然后我们再放上另一张床垫，把它折叠成一个洞，就这样藏起来。最后，我们周围会围上东西，他可以从一端呼吸，不要再争了，就这样做。"

老爹有些不满地说："现在男人的话似乎一点也不重要了，她真的很强势啊。等我们安定下来，我得好好教训她一顿。"

"到时候再说吧。"老妈说，"快点，艾尔，天色已经够黑了。"

艾尔走出棚屋，到卡车边看了看车况，然后驾驶卡车倒退，停在了台阶附近。

老妈说："快点！把那个床垫搬上去！"

老爹和约翰伯伯合力将床垫扔到挡板上方，然后掀了过去。"接着放这张。"他们用力把第二个床垫掀了上去。"现在——汤姆,快上来,钻进去,快点。"

汤姆敏捷地爬上卡车,然后蹲下来。他迅速把第一个床垫摆平,再将另一个床垫拉到自己身上。老爹帮助他将床垫弯曲成拱形,两边立起来,为汤姆形成一个隐蔽的小空间。从卡车的侧板缝隙中,汤姆能够隐约看到外面的情形。老爹、艾尔和约翰伯伯快速地把东西装车,把毯子堆在汤姆的洞穴上方,水桶堆放在两侧,最后一个床垫则放在后面。因为他们的箱子之前已经被当成柴火烧掉了,锅碗瓢盆和额外的衣服随意地被塞入空隙中。他们快完成装载时,一个守卫挎着猎枪走近了。

"这是在干什么?"守卫问。

"我们要离开了。"老爹说。

"为什么要离开?"

"嗯,我们找到了个工作——非常不错的工作机会。"

"是吗?在哪里工作?"

"在韦德派奇附近。"

"我得检查一下。"守卫用手电筒照亮了老爹、约翰伯伯和艾尔的脸。"你们不是还有一个同伴吗?"

艾尔说:"你是指那个搭便车的小伙子吗?个子矮,脸色苍白的那个?"

"对,好像是长这样。"

"我们过来时碰到的,今天早上降工钱他就走了。"

"他长什么样子来着?"

"个子矮,脸色苍白。"

"他今天早上有伤吗?"

"我什么也没看到。"艾尔说,"加油站还开门吗?"

# 第二十六章

"是的,营业到八点。"

"上车。"艾尔喊道,"如果我们想在早晨之前到达韦德派奇,我们得快点。老妈,你坐前面吗?"

"不,我坐后面。"老妈说,"老爹,你也来后面坐。让罗莎坐在前面,艾尔还有约翰伯伯也坐在前面。"

"给我工资单,老爹。"艾尔说,"我去加油顺便找点零钱。"

守卫盯着他们沿街驶去,然后向左拐进了加油站。

"加两个加仑。"艾尔说。

"你们去的地方不远吧。"

"不远,这张工资单可以换零钱吗?"

"嗯——不能找零钱。"

"听我说,先生。"艾尔说,"如果我们今晚能到那里,我们就能干上那份好工作。如果我们赶不到那里,就会错过这个机会,请你帮个忙吧。"

"好吧,那行吧。工资条上面签个字给我。"

艾尔从车里下来,绕过车头。"好的,我签字。"他说着,同时拧开散热器的水帽,开始加水。

"两加仑,对吧?"

"是的,两加仑。"

"你们打算去哪?"

"往南。我们找到了一个工作。"

"是吗?现在的工作挺难找的——尤其是稳定的工作。"

"我们有个朋友在那边。"艾尔说,"他帮我们找的工作。好了,我们得走了,再见。"说完,卡车掉转车头,一路颠簸着从土路开上了小路。微弱的前灯在颠簸中摇晃,右边的灯因为接触不良时不时地闪烁着。随着每一次颠簸,车厢内散落的锅碗瓢盆相互碰撞,发出叮当的响声。

罗莎轻轻地呻吟了一声。

"你感觉不舒服吗?"约翰伯伯问。

"是的,我一直感觉不舒服,就想找个地方坐会。我真希望我们还在家,从未离开过。如果我们还在家,康尼也不会走的。他本可以继续学习,找到自己的出路。"艾尔和约翰伯伯对此沉默不语,康尼的离开显然是个敏感话题。

当卡车缓缓靠近农场那扇涂着白色油漆的大门时,一名守卫走到了卡车旁。"你们是打算走了一直不回来吗?"

"是的。"艾尔说,"我们往北走,我们找到工作了。"

守卫用手电筒照亮了卡车,光束也扫过了车厢里的帐篷。老妈和老爹面无表情地盯着那耀眼的光。"可以。"守卫挥了挥手,打开了大门。卡车左转,进入了101号公路——那是一条主要的南北向公路。

"知道我们要去哪吗?"约翰伯伯问。

"不知道。"艾尔说,"就往前开吧,该死的,开到受不了为止。"

"我离预产期不远了。"罗莎的声音中带着一种警告的语气,"最好给我找个适合的地方。"

夜空中带着初霜的寒意,路边的果树已经开始落叶。老妈坐在行李上,背靠着车的一边,老爹坐在她的对面。

老妈喊道:"汤姆,你还好吗?"

他的声音显得有些含混不清:"这里挺挤的,我们已经过了那个农场了吗?"

"小心点。"老妈说,"可能会有人拦截检查。"

汤姆撑起他隐蔽处的一角,车厢内昏暗的光线中,锅碗瓢盆发出

## 第二十六章

轻微的叮当声。"我可以快速把这个盖子放下。"他说,"我真不喜欢被困在这里。"他撑着手肘,"天啊,现在开始冷了,不是吗?"

"天上布满了云。"老爹说,"有人说,今年冬天会来得早。"

"是松鼠在高处筑巢,还是根据草籽看出的?"汤姆问,"天啊,你们什么都能用来预测天气。我敢打赌,肯定还有人能用一条旧内裤来预测天气呢。"

"我也不清楚。"老爹说,"感觉冬天是真的要来了。我们得在这里待上一阵子才能知道这儿的天气。"

"我们要往哪个方向走?"汤姆问。

"我也不清楚。艾尔刚才左转了。看起来他好像是开向了我们来时的路。"

汤姆说:"我不确定哪条路最安全,如果我们走主公路,可能会遇到更多警察。看我的脸这个样子,他们会立刻认出我。也许我们应该坚持走小路。"

老妈说:"在后面敲一下,让艾尔停车。"

汤姆用拳头敲打着前板,卡车随即在路边缓缓停下。艾尔下车走到后面,露丝和温菲尔德从毯子下探出头来。

"怎么了?"艾尔问。

老妈说:"我们得想清楚接下来该怎么做,也许我们最好继续走小路。汤姆也是这么说的。"

"是因为我的脸。"汤姆补充说,"任何人一看到我就能认出来,任何警察都能认出我。"

"那你想怎么走?我原本打算向北走。南边我们已经走过一次了。"

"可以的。"汤姆说,"但我们应该继续走小路。"

艾尔问:"我们要不要找个地方停下来休息,明天再继续赶路?"

老妈迅速说:"不行,我们先离这里远一些吧。"

"好的。"艾尔回到座位上,重新启动了卡车。

露丝和温菲尔德重新蒙上了头。老妈大喊:"温菲尔德还好吗?"

"当然,他很好。"露丝说,"他一直在睡觉。"

老妈靠在卡车的侧边说:"被追捕的感觉真奇怪,我开始变得越来越刻薄了。"

"每个人都在变得刻薄。"老爹说,"每个人都是,你没看到今天的斗殴吗?人们在变。在那个政府的营地里,我们可不是这样的。"

车子向右拐进了一条碎石路,艾尔的黄色车灯在颠簸的地面上颤抖。周围的果树已经不见了,取而代之的是密集的棉花地。他们在棉花中行驶了二十英里,车辆转弯后开进乡村道路上。这条路与一条灌木丛生的小溪平行,过了一座混凝土桥,继续沿着溪流的另一侧前行。

然后,他们在溪流边遇到了一长排红色的无轮闷罐车车厢,旁边一个大牌子上写着:"招聘棉花采摘工。"艾尔减慢了速度。汤姆从卡车侧栏的缝隙中窥视。在闷罐车过去四分之一英里的地方,汤姆再次敲击车身。艾尔立刻响应,把车停在了路边,再次下了车。

"又怎么了?"

"关掉引擎,然后从这里爬上来。"汤姆说。

艾尔爬到座位上,将车开进沟渠,熄灭了车灯和发动机。他翻过后厢挡板。"可以了。"他说。

汤姆从一堆厨具上爬过去,跪在老妈面前。"看。"他说,"上面写着他们想招聘采棉工。我看到了那个标示牌。现在,我一直在思考我该怎么才能和你们在一起,同时又不会招惹麻烦。等我的脸好起来也许就可以了,但现在不行。你们也看见他们那些停在后面的车厢了。哎，采棉工就住在车里。现在也许他们就在那里工作。如果让你们去那里工作，然后住在其中一辆车里的话你觉得怎么样？"

"你怎么办呢？"老妈反问道。

"嗯，你看到那个小溪了吗，两岸都是树。我可以躲在树林里，这样就没人能发现我。晚上的时候，你们可以带点吃的给我。在后面不远的地方我看到了一个涵洞，也许我可以睡在那里。"

老爹说："天啊，我挺想摘点棉花的！这活儿我能干得了。"

"住在车厢应该挺不错的。"老妈说，"舒适又干燥。你觉得藏在树林里能行吗，汤姆？"

"当然了，我一直在观察。我可以固定藏在一个小的角落里。很快我的脸就会好起来，然后我就可以出来了。"

"你的伤疤挺严重的。"老妈说。

"那又怎么样！每个人都有伤疤。"

"我曾经一次性摘了四百磅重的棉花。"老爹说，"因为那次棉花大丰收，如果我们都去摘棉花的话，我们就可以挣一些钱。"

"可以买到一些肉。"艾尔说，"那我们现在该怎么做？"

"开回那里，在卡车里一觉睡到天明吧。"老爹说，"然后明早上再起来工作，晚上就算在黑暗中我也能看见棉花的。"

"汤姆呢？"老妈问。

"现在先别管我了，老妈。我拿一条毯子就行了。你们在回去的路上朝外面看看就可以了，那里有个很棒的涵洞。你可以给我带一些面包、土豆或者玉米糊，放在那里就行。我会自己去拿。"

"好吧！"

"我觉得这主意还不错。"老爹说。

"这真是个好主意。"汤姆坚持道，"很快我的脸就会好转一点，我就骑马上来摘棉花了。"

'好吧,就这么办吧。"老妈也同意了。"但是你不要轻举妄动,暂时不要让任何人看到你。"

汤姆爬到卡车的后面。"我只拿这个毯子就行了,你在回去的路上注意找一找那个涵洞吧,老妈。"

"照顾好自己。"老妈恳求道,"你要注意身体。"

"会的。"汤姆说,"我会注意的。"他翻过尾板,走下河岸。"晚安。"他说。

老妈看着他的身影逐渐在黑暗中变得模糊,消失在小溪背后的树林里。"亲爱的上帝啊,我希望他一切安好。"她说。

艾尔问道:"你们希望我现在往回开吗?"

"是的。"老爹说。

"慢慢开。"老妈说,"我要确保我看见了他说的那个涵洞,我必须看到。"

艾尔在那条狭窄的路上倒车,最后他才把方向倒了过来。他慢慢地将车开回到那排棚车旁。卡车的灯光照亮了宽阔的车门旁的脚踏板。门很黑,夜里无人走动。艾尔关了灯。

"你和约翰伯伯爬到后面去。"他对罗莎说,"我睡在这里的座位上。"

约翰伯伯扶着沉重的罗莎爬上尾板。老妈把锅堆在一个小地方。一家人紧紧蜷缩在一起,在卡车后面挤着。

一个婴儿在一辆棚车里大哭,发出又长又尖的啜泣的声音。一只小狗跑了出来,嗅着鼻子闻来闻去,在乔德家的卡车周围慢慢地绕着。潺潺的流水声从河床传来。

# 第二十七章

"招聘采棉工。"路上的标示牌,分发的橘色传单上,都写着"招聘采棉工。"

它上面写着:在这里,往上坡走。

深绿色的棉秆长得很纤长,荚壳里裹着沉甸甸的棉花。白色的棉花像爆米花一样炸开。

我真喜欢把手放在棉花上的感觉啊,就这样用指尖轻柔地摸着。

我是个很好的采棉工。

这里有个管理员,就在不远处。

我打算摘一些棉花。

有袋子吗?

呃,我没有。

你需要花一块钱买一个袋子,这笔钱你可以用你第一次摘得的一百五十磅棉花赚的钱抵销。第一次摘一百磅棉花可以赚八毛钱,第二次赚九毛钱。到这儿来拿你的袋子吧,一块钱。如果没有钱,我们会从你第一次摘得的一百五十磅里扣除。这很公平，你也知道。

　　当然，这是公平的。这个棉花袋子挺好，可以用一整个季节。当袋子有所磨损的时候，可以换一面用，用另一端。把开口那一端缝上，然后拆开磨损的那一端。等两端都用坏的时候，何不将其当作一块绝佳的布料呢！夏天的时候，可以做一件漂亮的短裤和睡衣。哦，我的天。——棉花袋子确实是个好东西。

　　把它挂在你的腰上。跨开两条腿，把它拖在两腿中间。一开始很轻。你用指尖把棉花摘下来，手一转，扔进两腿之间的袋子里。孩子们跟在后面，他们没有棉花袋子——用麻袋装或放在大人的袋子里。摘了一会儿，装棉花的袋子就重了。身子就需要弯下来，拽着袋子走。我非常擅长摘棉花。我的手指灵巧，很轻松就能摘下来。可以一边走，一边闲谈，也可以唱歌，袋子慢慢就装满变沉了。手指能够轻车熟路地摘下棉花，手指会知道的。可以用眼睛去看着手指干活，但是其实已经熟练到不需要去看它了。

　　人们都在一排排棉花秆间交谈——

　　曾经家乡有个女士，就不提她的名字了——她突然生了一个黑人孩子。以前没人知道。没人知道孩子的父亲是谁。她只觉此后颜面扫地。但我得说——她是一个很好的采棉工。

　　现在袋子装得沉甸甸的，拖着走吧。调整好臀部的位置，像役马一样拖着这个棉花袋子走。孩子们摘的棉花装到了大人的棉花袋子里。这里收成不错。再低一点的地方，棉花秆会变得又细又长，长势就没有这里好了。别的地方的棉花还真没有加利福尼亚的棉花那么好。这里的棉花纤维很长，这是这里我见过的最优质的棉花。但是很快这片土地就会遭到破坏，如果有人想买棉花地——绝对不要买，要租。然后等这片地种不了棉花后，就可以再换块地接着种。

一排排的人在棉花地里穿行。他们手指灵巧,试探地在棉花丛里翻找,去寻找棉球。他们几乎不需要用眼睛去看。

我敢说就算我双目失明我依然能够采棉花,我能够感受棉花的位置,并且还能摘得相当干净。

现在,麻袋装满了,把棉花拿去过磅。过磅的人说,你在棉花里掺了石头,增加了重量。你又说是他的秤不准,克扣了重量。有时候他是对的,你的确在麻袋里掺了石头。但有时候你是对的,他的确克扣了重量。有时候两种情况都存在,既放了石头,也克扣了重量,总在争吵打闹。你理直气壮,他也理直气壮。有几个石头呢?可能就一个?哪有四分之一磅?总是会有争吵存在。

带着空袋子回家。我们自己也有记账本,记下摘棉花的重量,一定要这样做。如果他们知道你在记录,那么他们就不会欺骗你。但如果你不自己去记下重量,那你只能祈求上帝保佑你了。

这个活儿不错。孩子们可以到处跑。听说过棉花采摘机吗?

是的,我听过。

你觉得这儿会有吗?

如果这儿有的话,有人说它会取代我们手摘的采棉工。

天黑了,大家也都累了,但是大家都干得很棒。我和夫人还有小孩子们,一共赚了三块钱。

很多汽车开到棉花地里。摘棉工的帐篷营地搭建起来了。装有网罩的高卡车和拖车上堆满了白色棉花。棉花粘在围栏的钢丝上,风吹过时,棉花就一团一团在路上滚动。还有干净的白色棉花,被送进轧棉机。大捆的棉花包裹立着,准备送去压缩打包。棉花粘在你的衣服上,胡须上。清理一下你的鼻子吧,棉花进到你的鼻子里了。

现在弯下腰往前走,在天黑前把袋子装满。灵巧的手指在棉球里寻找。撅着屁股，拖着袋子往前走吧。天色已晚，孩子们现在累了，他们在耕过的地上容易绊倒，太阳要下山了。

希望能继续这样干下去。虽然这钱不多，但我希望能一直有棉花摘。

在公路上，被传单吸引过来的破旧汽车把公路堵得水泄不通。

有装棉花的袋子吗？

没有。

一块钱一个。

如果我们只有五十个人，我们可能还能干一阵儿。但是我们有五百个人，根本就摘不了多久。我知道有个人就连买袋子的一块钱都没挣到。每找到一份工作他都买一个新袋子，但是在挣到袋子的钱之前，棉田里的棉花就都被摘没了。

老天保佑吧，让我们尽量省一点钱！冬天快到了。在加州，冬天根本没有工作。天黑前就把袋子装满，我看到那个家伙在袋子里放了两块土块进去。

哎，见鬼去吧。为什么不能这样呢？这样就把少的重量补回来了。

这是我的记账本，一共摘了三百一十二磅。

是的！

天啊，他从不争辩！他的称重秤一定是克扣了磅数的。不管怎样，今天摘得不错。

他们说有一千人正在前往这片棉花地的路上，我们明天就会和他们争着摘棉花了。我们得加快速度才能摘到。

招聘采棉工。采摘的人越多，就能越快把棉花送进轧棉机里。

现在回到摘棉工的帐篷里去吧。

## 第二十七章

今晚有肋条肉,我的天!我们有钱买肋条肉了!伸手扶一下这个小家伙,他累坏了。你跑到前面给我们买四磅的肋条肉吧。老妈如果不太累的话,今晚还会做一些好吃的面包。

## 第二十八章

十二个棚车首尾相连地停在小溪边的一个小平地上。一共有两排,每排六个,轮子都拆了。大滑动门旁搭有长长的木板,方便人们上下车。这些车厢变成了摘棉工的房子,防水、防风,可容纳二十四户家庭,每辆车的两端各住一户。没有窗户,但车身两侧的门敞开着。在一些车厢中间会挂一块帆布,而没有挂帆布的车厢就将车门位置当作两户家庭的界线。

乔德家就住在车尾部的车厢。一些以前的住户已经装了油炉,还在墙上开了一个洞装烟囱。即使大车两侧的门敞开着,车尾还是一片黑暗。老妈把帆布挂在了车厢中间。

"太好了。"她说,"除了政府的营地,其他的营地都没这里好。"

每天晚上,她都会把地板上的床垫展开,每天早上再把它们卷起来。他们天天下到田里去摘棉花,天天晚上都有肉吃。在一个星期六,他们开车进入图拉雷,买了一个铁炉,给艾尔和老爹、温菲尔德和约翰伯伯买了新的工装服,还为老妈买了一件连衣裙,并把老妈最

## 第二十八章

好的裙子送给了罗莎。

"她的肚子太大了。"老妈说,"现在给她买一条新裙子简直是浪费钱。"

乔德一家很幸运。他们很早就在棚车里占有一席之地了。现在,后来家庭的帐篷已经挤满了那片小小的空地,那些住在棚车的人都是前辈了,某种程度上来说他们也是贵族。

那条窄窄的小溪从柳树林旁流出,然后又回到柳树林中去。每辆车旁都有一条被人们踩出来的崎岖不平的小路通向小溪。车厢之间挂着晾衣绳,每天晾衣绳上都挂满了晾晒着的衣服。

晚上,他们从田里回来,腋下夹着叠好的棉花袋子。他们走进了十字路口的商店,商店里有很多采棉工,他们会在这里买东西。

"今天挣了多少钱?"

"今天干得还不错。我们挣了三块五,真希望能保持这样。孩子们也正在成长为优秀的采棉工。老妈给他们每人做了一个小袋子,因为他们拖不动成年人使用的大袋子。他们会把采摘的棉花倒进我们的袋子。袋子是用几件旧衬衫做成的,装东西很好用的。"

老妈走到卖肉的柜台前,食指贴在嘴唇上,她在手指上吹了一口气,沉思道:"也许可以买些猪排,"她问道,"多少钱?"

"三毛钱一磅,夫人。"

"好吧,我要三磅。还要一块上好的煮着吃的牛肉,我的女儿明天就能煮。我还想给我的女儿买一瓶牛奶,她很爱喝,她马上要生孩子了。护士告诉她要多喝牛奶。嗯,我看看,我们还有一些土豆。"

老爹走近了,手里拿着一罐糖蜜。"买一罐这个糖蜜吧。"他说,"可以配着煎饼吃。"

老妈皱眉道:"好吧好吧,是的。我们得买,嗯——我们已经有很多猪油了。"

露丝走来，手里拿着两大盒爆米花，眼中流露着思绪，只要老妈点头或摇头，这个问题要么演变成悲剧，要么会带来喜悦的激动。"老妈？"她举起盒子，上下挥动，使它们更有吸引力。

"你现在马上把它们放回去。"

露丝眼里透露出失望。老爹说："每盒也就五分钱，这两个小家伙今天表现不错。"

"好吧——"露丝眼里又慢慢涌现出激动。"那就买吧。"

露丝转身跑走了。快到大门时，露丝还拉住了温菲尔德，把他推出了门，一起进入夜色中。

约翰伯伯用手指摸了摸一副手掌是黄色皮革的帆布手套，他试着戴上，然后又摘了下来放到一边。他慢慢地走到酒柜前，站在那里仔细研究瓶子上的标签。老妈看到了他。"老爹。"她说着，并用头朝约翰伯伯示意。

老爹悠闲地往约翰伯伯那边走过去。"想喝酒了吧，约翰？"

"没有啊。"

"等棉花都摘完了再说。"老爹说，"那时候你就可以喝得烂醉如泥了。"

"我现在不太在乎喝不喝酒了。"约翰伯伯说，"我干活很认真，睡眠也很好。晚上根本不做梦。"

"我才看到你对着酒瓶子流口水呢。"

"我都看不到酒瓶啊。真有意思，我倒是想买一些东西，买一些我不需要的东西。比如买一把安全剃须刀。还想在那边买一双手套，卖得真是太便宜了。"

"戴着手套没办法摘棉花。"老爹说。

## 第二十八章

"我知道,我也不需要安全剃须刀。就是东西放在那里,不管你是否需要,你都会想买。"

老妈叫道:"来吧,东西都买到了。"她提着一个袋子,约翰伯伯和老爹每人拿了一个包。露丝和温菲尔德在外面等着,他们的眼睛瞪起来,脸颊鼓起,塞了满嘴的爆米花。

"我打赌你们吃不下去晚饭了。"老妈说。

人们拥向棚车营地,帐篷里的油灯被点燃了。烟从烟囱里喷涌而出。乔德一家爬上木板,钻进了他们的车厢。罗莎坐在炉子旁边的一个箱子上。她生了火,铁炉烧成了酒红色。"你们买牛奶了吗?"她问道。

"买了,就在这里。"

"把牛奶给我吧,我从中午之后就什么也没吃了。"

"她还把这个当药呢。"

"护士就是这么说的。"

"你已经准备好土豆了吗?"

"在这里——已经削好了皮。"

"我们来把这些土豆煎了。"老妈说,"这儿有猪排,把土豆切好放到新的煎锅里,然后再放一个洋葱。你们出去洗一洗,提一桶水来。露丝和温菲尔德在哪里?他们也该去洗洗。他们每个人都买了爆米花。"老妈对罗莎说,"他们每个人都有一整盒。"

男人们去小溪里洗澡。罗莎把土豆切好放到煎锅里,然后用刀尖搅拌。

突然,防水帆布被掀到一边。一张大汗淋漓的脸从汽车的另一端往这边看。"你们挣了多少,乔德夫人?"

老妈转过身来。"嗯,已经晚上了,温莱特夫人,我们干得不错。

今天赚了三块五。准确地说是三块五毛七。"

"我们赚了四块钱。

"好吧。"老妈说,"因为你们人更多。"

"是啊,乔纳斯长大了。我看见你们有猪排吃啊。"

温菲尔德悄悄地从门口走了进来。"老妈!"

"安静一会吧。是的,我家男人们都喜欢猪排。"

"我在煎培根。"温莱特夫人说,"你能闻到它的味道吗?"

"没闻到——土豆里混了洋葱,就闻不到了。"

"快煳了!"温莱特夫人喊道,她的头猛地缩了回去。

"老妈!"温菲尔德喊道。

"怎么了?吃爆米花吃坏了吗?"

"老妈——露丝说了。"

"说了什么了?"

"汤姆的事。"

老妈盯着她问:"说了?"然后她跪倒在温菲尔德面前。"温菲尔德,她给谁说了?"

温菲尔德满脸尴尬,他往后退了退。"嗯,她只说了一点点。"

"温菲尔德!现在你给我说清楚她说了什么。"

"她——她没有把爆米花都吃掉。她留下了一些,一次只吃一个,她老是那样慢慢地吃,她说,'我敢说你也希望你还留着点吧'。"

"温菲尔德!"老妈命令道,"你现在告诉我。"她紧张地回头看了看帘子。"罗莎,你过去跟温莱特夫人说话,这样她就不会偷听了。"

"这些土豆怎么办?"

"我会看着的,你去吧。我不想让她在帘子后面听到我们说的话。"罗莎拖着沉重的脚步走过车厢,绕过挂着的防水帆布。

## 第二十八章

老妈说:"现在,温菲尔德,你说吧。"

"就是我说的那样,露丝一次只吃一个,然后把一些爆米花捏成两半,这样可以吃得更久。"

"继续,快点。"

"嗯,有些孩子过来了,他们也想要一些爆米花,但露丝,她只是一点一点吃,一口也不给那些孩子。所以他们生气了,一个孩子抢走了她的爆米花盒子。"

"温菲尔德,你快点说重要的事儿。"

"马上了。"他说,"露丝很生气,然后去追他们,她追到了一个,又去追另一个,然后一个大女孩跑过来揍了露丝,狠狠地打了她。然后露丝被打哭了。露丝说她会找她的哥哥,她哥哥会杀了那个大女孩。那个大女孩说,哦,是吗?嗯,她说她也有一个哥哥。"温菲尔德说得喘不过气来。"然后她们就打起来了,然后大女孩又把露丝狠狠打了一通,露丝说她哥哥会杀了大女孩的哥哥。大女孩说没准是她哥哥杀了我们的哥哥呢。然后——露丝说,我哥哥已经杀了两个人了。那个大女孩说,你只是一个耍小聪明的骗子。露丝说,哦,是吗?好吧,我哥哥现在就躲着呢,因为他杀了人。不过他也可以把大女孩的哥哥给杀了。然后她们就骂了起来,露丝朝她扔了一块石头,大女孩就追着她,然后我回家来了。"

"天啊!"老妈浑身没了力气,"哦!老天瞎了眼了!我们现在该怎么办?"她双手扶额,揉了揉眼睛。"我们现在该怎么办?"炉子噼啪作响,飘来土豆烧焦的味道。老妈赶忙过去将它们翻了一面。

"罗莎!"老妈喊道。女孩出现在帘子后。"过来看着这里的晚餐。温菲尔德,你出去,把露丝带回来。"

"老妈,你要打她吗?"温菲尔德满怀期待地问道。

"不会，现在做什么也没用了。哎，我想知道，她为什么非要这么做？不会打她的，打她也没有好处。现在赶紧跑着找她吧，把她带回来。"

温菲尔德向车门跑去，正好遇到乔德家三个男人从木板上走上来，他们进来时，温菲尔德站到旁边给他们让路。

老妈轻声说："老爹，我得和你谈谈。露丝把汤姆躲着的事儿跟一些孩子说了。"

"什么？"

"露丝跟别人说了，她和一些孩子打了架，还把汤姆的事情说出去了。"

"为什么要这样做，这个小浑蛋！"

"不是的，她不知道自己在做什么。听我说，老爹。我想让你们留在这里。我要出去找到汤姆，然后告诉他要小心。你留在这里，老爹，留神点。我给他带点晚饭。"

"好吧。"老爹同意道。

"你别告诉露丝这事儿，我会告诉她的。"

就在这时，露丝走了进来，温菲尔德在她身后，露丝全身上下很脏，嘴黏糊糊的，鼻子上因为打架还滴着血，她看起来既羞愧又害怕。温菲尔德得意扬扬地跟在她后面。露丝凶狠地环顾四周，但她走到车厢的一个角落靠在那里。她又羞愧又恼怒。

"我告诉她你的反应了。"温菲尔德说。

老妈正在把两块排骨和一些煎土豆放在一个铁盘子里。"嘘，温菲尔德。"她说，"别再伤她的心了，她已经被别的孩子打了。"

露丝猛地扑向老妈，一把抱住老妈的腰，把头埋在老妈的肚子上，哽咽的抽泣震得她浑身发抖。老妈试图松开她，但露丝脏兮兮的

## 第二十八章

手指紧紧地抓住了她。老妈的手轻轻地拂过露丝后脑勺的头发,拍了拍她的肩膀。

"嘘。"她说,"你也是一时冲动。"

露丝抬起那张满是尘土、泪痕斑斑且带着血迹的脸庞,哭喊道:"他们偷走了我的爆米花!那个该死的大女孩竟然动手打了我——"说罢,她又放声大哭起来。

"嘘,安静点!"老妈安抚道,"别说这样的话。来,放开我。我现在得出去一趟。"

"老妈,你怎么不打她一顿呢?如果她吃爆米花不那么嚣张,这种事压根儿就不会发生。快,给她点教训看看。"

"你只管好自己的事情就行了,小伙子。"老妈严厉地说道,"再乱说,小心我打你。露丝,放开手。"

温菲尔德躺回到卷起的床垫上,他带着愤怒又麻木的眼神注视着家人。他做好了防御的准备,因为他深知露丝一旦逮到机会就会攻击他。露丝则伤心而默默地走到了车厢的另一侧。

老妈在铁盘上放了一张报纸盖住,说道:"我现在要出去了。"

"你自己不吃点吗?"约翰伯伯问道。

"待会儿再吃。等我回来再吃。我现在什么都不想吃。"说着,老妈走到敞开的车门前,沿着陡峭的窄木板,稳稳地下了车。

在棚车的溪流旁,帐篷密密麻麻地紧挨着,拉绳纵横交错,一个帐篷的木桩甚至钉在另一个帐篷的帆布旁边。灯光穿透帐篷的布幕,所有的烟囱都冒着袅袅炊烟。男人女人们站在门口闲聊,孩子们兴奋地跑来跑去。老妈威严地沿着帐篷行进,不时有人与她打招呼。"晚上好,乔德夫人。"

"晚上好。"

"乔德夫人，您要出去吗？"

"有个朋友需要我送点面包过去。"

终于，她走到了帐篷的尽头，停下脚步，回头望去。只见营地上笼罩着一层柔和的光芒，伴随着众人交谈的嗡嗡声，偶尔会有更尖锐的声音刺破这片宁静。空气中弥漫着炊烟的味道。有人轻轻地吹着口琴，试图营造出某种氛围，他反复地吹奏着同一段乐曲。

老妈轻轻走进溪边的柳树林之中。她离开小径，悄悄躲起来，聆听四周的动静，以防有人尾随。一名男子正沿着小径朝营地走去，他边走边调整着吊带裤，扣上牛仔裤的扣子。老妈一动不动地坐着，男子从她身边走过，并未发现她。老妈等待了五分钟之后，她站起身，继续沿着溪边的小径前行。她步伐轻盈，她踩在柳叶上时，能听到脚下潺潺的溪水声。小径与溪流蜿蜒前行，左右拐弯，直至靠近公路。在灰白的星光下，她依稀看到了路堤旁那个熟悉的黑洞——那是她经常给汤姆留食物的地方。她小心翼翼地靠近，把包裹塞进洞里，并取回了上次留下的空铁盘。然后，她小心翼翼地退回柳树林中，挤过茂密的灌木丛，找了个地方坐下来等待。透过灌木丛的缝隙，她紧盯着那个涵洞的洞口。她双手紧抱膝盖，静静地坐着。没过多久，灌木丛重新焕发了生机。田鼠开始在树叶间小心翼翼地穿梭。一只臭鼬沿着小径大摇大摆地走过，身上散发出一股难以名状的气味。突然，一阵微风轻轻吹过，柳枝摇曳，仿佛是在试探着，金色的树叶如雪花般飘落在地。紧接着，一阵狂风席卷而来，吹得树木哗哗作响，树叶如雨点般纷纷扬扬地落下。老妈感到树叶落在了她的头发和肩膀上。天空中，一大朵黑云缓缓飘过，将星光一一遮蔽。大颗的雨滴稀稀拉拉地落下，溅在落叶上发出清脆的响声。随着黑云渐行渐远，星光再次闪烁在夜空中。老妈不禁打了个寒战。狂风呼啸而过，灌木丛又恢复了宁静,只有远处的树林还在沙沙作响。这时,从远处的营地传来一阵小提琴声,那尖锐而具有穿透力的声音仿佛在寻找着某个曲调。

突然,老妈听到左侧远处的树叶间传来微弱的脚步声,她立刻警觉起来。她松开紧抱的双膝,坐直身体以便听得更清楚。那声音停顿了一会儿,然后又重新开始。干枯的树叶上传来一阵刺耳的摩擦声。老妈看到一个黑影溜进空地,靠近了涵洞。那个黑洞被短暂地遮挡了一下,然后黑影又退了回去。她试着轻声呼唤:"汤姆!"那个黑影一动不动地蹲在那里,低矮得仿佛一截树桩。她又喊了一声:"汤姆,哦,汤姆!"这时,黑影终于动了。

"是你吗?老妈。"

"是我,我就在这里。"说着,她站起身,向黑影走去。

"老妈,你不该来的。"汤姆说道。

"我必须见到你,汤姆。我有些话要跟你说。"

"可是这里离小道太近了。"汤姆说,"万一有人经过怎么办?"

"你不是有一个躲起来的地方吗?"

"有是有,但是如果有人看到我们在一起,会给家里带来麻烦的。"

"可是我必须得来找你啊,汤姆。"

"那好吧,你跟我来,小声点儿。"说着,他涉过小溪,毫不在意地踩着水往前走。老妈跟在他的身后,穿过了灌木丛,来到了另一边的田野上,他们沿着被开垦过的田地继续前行。黑色的棉花秆在地面上很显眼,有几缕棉花挂在棉花秆上。他们沿着田地边缘行走了大约四分之一英里后,又拐进了另一片灌木丛中。他们走到了一大堆野生黑莓树旁,汤姆俯下身去,拉开了一丛藤蔓。"你得从这里爬进去。"他轻声对老妈说道。

母亲匍匐在地，双手双膝触地而行。她感触到沙土在指尖流过，爬了一会，老妈感受到树林里黑色的树叶不再刮到她了。她摸到了地上汤姆铺的毯子。他小心翼翼地将藤蔓恢复原状。洞内一片漆黑。

"老妈，你在哪儿？"

"这儿，我就在这儿。小声点儿，汤姆。"

"别担心，我像兔子一样在这里生活已经有一段时间了。"

她听见他拆开铁盘外包装的声音。

"猪排。"她说，"还有煎土豆。"

"天啊，竟然还是温热的。"

黑暗中，老妈完全看不见他，但她能听见他咀嚼、撕咬肉块和吞咽的声音。

"这真是个不错的藏身之处。"他说。

老妈不安地说："汤姆——露丝把你藏起来的事儿说出去了。"老妈听见他吞咽的声音戛然而止。

"露丝？她为什么要说出去？"

"唉，这不是她的错。她和别的孩子起了争执，她说她哥哥会揍那个女孩的哥哥。你知道的，她们总是这样。然后露丝就说她哥哥杀了一个人，现在正躲藏着。"

汤姆轻声笑了起来。"我总是让约翰伯伯去盯着他们，但他就是不愿意。那只是孩子话，老妈。没关系的。"

"不，这有关系。"老妈说，"那些孩子会到处说，然后大人们会听到，他们也会传出去，很快，嗯，他们很可能会派人出来搜寻，以防万一。汤姆，你得离开这里。"

"我一直都这么说。我总是担心有人会看见你往涵洞里放东西，然后他们就会盯上你。"

## 第二十八章

"我知道。但我想让你离我近点儿,我担心你。我一直都没见到你,现在也看不见你。你的脸怎么样了?"

"恢复得挺快。"

"靠近点儿,汤姆,让我摸摸。靠近点。"汤姆爬了过来。在黑暗中,她伸手摸索到了他的头,手指从他的鼻子滑到左脸颊。"你脸上有道很深的疤痕,汤姆。你的鼻子也歪了。"

也许这是件好事。这样一来,就没人能认出我了。如果我的指纹没有被记录在案,我会很高兴的。"说完,他继续吃东西。

"嘘。"她说,"听!"

"是风,老妈。只是风而已。"狂风席卷着溪流,树木在风掠过时沙沙作响。

老妈爬到离他声音更近的地方。"汤姆,我想再摸摸你。这里太黑了,我好像瞎了似的。我想记住你的样子,即使只有我的手指记住也行。你必须得走了,汤姆。"

"是啊!我一开始就知道了。"

"我们过得还不错。"她说,"我一直偷偷攒钱。汤姆,伸出手来。我这里有七块钱。"

"我不会拿你的钱。"他说,"我会好起来的。"

"伸出手来,汤姆。如果你没有钱,我会睡不着的。也许你需要坐巴士,或者其他什么。我希望你走得远远的,三四百英里之外。"

"我不要。"

"汤姆。"她严厉地说,"你必须拿着这些钱,听到了吗?你没有权利让我痛苦。"

"你这样说不公平。"他说。

"我想你可以去一个大城市,也许去洛杉矶之类的城市。他们永远不会去那里找你。"

"嗯。"他说,"看,老妈。我整天整夜独自一人躲藏着。你猜我在想谁?凯西!他平时说话很多,过去常惹我烦。但现在我一直在思考他说的话,我都能记得——所有的都记着呢。有一次他说他去荒野寻找自己的灵魂,结果发现自己并没有属于自己的灵魂。他说他发现自己只是一个伟大灵魂的一小部分。他说荒野不好,因为他的灵魂那一小部分没有其他部分的陪伴,是不完整的,也就没有价值。奇怪的是我还记得这些。我以为我当时甚至没有在听。但我现在知道,一个人独处是不好的。"

"他是个好人。"老妈说。

汤姆继续说道:"他曾引述过一段《圣经》,那话语平和,并没有烈火炼狱的意味。他复述了两遍,所以我记忆犹新。据他说那出自《圣经》的《传道书》。"

"那段经文是怎么说的,汤姆?"

"经文上写道:'两人同行,总比一人独走好,因为二人劳碌,同享美好的成果。若是跌倒,这人可以扶起他的同伴。若是孤单一人跌倒,没有别人扶起他来。'这便是经文的一部分。"

"继续说下去。"老妈说,"别停下,汤姆。"

"还有一点。"汤姆继续说道,"'两个人睡在一起,就会暖和;一个人独睡,怎能暖和呢?有人攻击孤身一人的,但若有两人便可以抵挡他。三股拧成的绳子是不容易断的。'"

"这确实是《圣经》里的内容吗?"

"凯西说是的。他说是《传道书》里的。"

"嘘,安静,听。"

"只是风声而已,老妈。我对风很了解。而且我一直在思考,老

## 第二十八章

妈,大多数的布道都说,常有穷人和我们同在,如果你一无所有,那么,只需随心而行,死后自然会有享不尽的荣华富贵。然后,这个《传道书》说,两个人一同工作,会得到更丰厚的回报。"

"汤姆。"老妈问道,"你接下来打算怎么做?"

他沉默了许久。"我一直在回想在政府营地中的日子,我们的同胞都是自力更生的。如果有争斗,他们会自己解决;那里没有警察挥舞枪支,但他们的秩序井然,比警察在场还管用。我一直在想,为什么我们不能将这种做法推广开来,把那些非我族类的警察驱逐出去。大家团结一致,为了我们共同的目标而努力——共同开垦、耕种我们自己的土地。"

"汤姆。"老妈再次问道,"你到底打算怎么做?"

"做凯西曾经做过的事。"他回答道。

"但他们最终杀了凯西。"

"没错。"汤姆说,"他躲避得不够迅速。他并没有做出任何违法的行为,老妈。这段时间,我思考了许多,想到我们的同胞像猪一样地活着,而他们却让那些肥沃的土地任其荒芜,或者有可能一个人坐拥成千上万英亩的土地,而成千上万辛勤耕作的农民却仍在忍饥挨饿。我一直在想,如果我们所有的同胞能够团结起来,共同发声,就像那些在胡珀农场呐喊的人一样,虽然他们人数不多——"

老妈说:"汤姆,他们会追捕你,就像对待小弗洛伊德那样毫不留情。"

"他们反正会对我穷追不舍,对我们所有人都这样。"

"你不是想杀人吧,汤姆?"

"不想。我一直在思考,既然我已经是个逃犯了,或许我能够——唉,我还没完全想清楚,老妈。现在别来打扰我,让我静一静。"

他们陷入了沉默,静静坐在被葡萄藤重重包围的漆黑洞穴里。老妈又问:"那我要怎么才能得知你的消息呢?他们可能会对你下毒手,而我却一无所知。他们可能会伤害你,我要如何才能知晓?"

汤姆苦笑着回答说:"这个嘛,也许就像凯西所言,一个人并不拥有独立的灵魂,而只是伟大灵魂的一小部分——然后——"

"然后怎样,汤姆?"

"然后,一切就无所谓了。我的灵魂会飘散在黑暗中,无处不在。无论你在哪里,都能感受到我。只要有饥饿难耐的人们为了一口食物而奋力抗争的地方,我都会在那儿。只要有警察对百姓施暴的地方,我都会在场。如果凯西有在天之灵看到就好了。我会融入愤怒民众的呐喊声中——我会出现在饥饿的孩子们因晚餐而欢呼雀跃的笑声里。还有,当我们的同胞品尝着自己辛勤耕作的果实,住进自己建造的温馨小屋时——我会在那里守护着他们。你明白了吗?天啊,我说话的口吻越来越像凯西了。大概是最近太想念他了吧。有时我隐隐感觉他就在我身边。"

"我听不懂你的话。"老妈说,"我真的不太理解。"

"其实我也不懂。"汤姆说,"这些都只是我最近的一些思考罢了。当一个人闲下来的时候,就会胡思乱想。老妈,你得回去了。"

"那你把这些钱带上吧。"

他稍作沉默,然后回应道:"好的,我收下了。"

"还有,汤姆,等风头过了之后,你要记得回来找我们。你能找到我们,对吗?"

"当然可以。"他说,"你最好现在就走。来,把手给我。"他领着老妈走向洞口,她的手指紧紧握着他的手腕。他拨开藤蔓,跟在她身后走了出去。"一直往前走,穿过田野,直到看到一棵梧桐树,然后过河。再见了,老妈。"

"再见。"老妈轻声说道,然后匆匆离去。她的双眼湿润而灼热,但她强忍着泪水没有哭出声。她穿过灌木丛,脚步声在树叶上回荡,显得有些凌乱。就在这时,天空开始下起了雨,稀疏的大雨点重重地砸在干枯的树叶上。老妈停下脚步,站在滴水的树丛中。她犹豫了片刻,然后转身向藤蔓丛的方向走了三步;但随后她又迅速转身,朝着棚车营地的方向走去。她径直穿过涵洞,爬上了马路。雨已经停了,但天空依然阴沉。她听到身后传来脚步声,她紧张地回过头去。只见一把昏暗的手电筒在路上闪烁。老妈没有理会,继续朝家的方向走去。不一会儿,一个男人追了上来。他很有礼貌地将手电筒照向地面上,避免直射她的眼睛。

"晚上好。"他说。

老妈说:"你好啊。"

"看起来今晚可能会下点小雨。"

"希望别下,采摘工作可不能停。我们可都等着采摘棉花呢。"

"我也正等着采摘呢。你们就住在那边的营地里是吗?"

"是的,先生。"他们俩一边交谈,一边在道路上并肩走着。

"我种了二十英亩的棉花,虽然种植的时间有点晚,但现在都已经成熟了。我来是想下来找些采摘工。"

"你肯定能找到的,毕竟采摘季快结束了,大家都想找点活干。"

"希望如此。我的农场离这里不远,只有一英里。"

"我们总共有六个人。"老妈说,"三个男人,我,还有两个孩子。"

"我会在路边立个指示牌。你们沿着这条路走两英里就能看到我的农场。"

"我们明天早上就到。"

"希望别下雨。"

"是啊,我也这么觉得。"老妈说,"二十英亩的棉花,其实采摘起来也很快的。"

"越快越好,我的棉花种植得比较晚,之前一直没能收获。"

"那采摘的薪酬怎么算呢,先生?"

"九毛钱。"

"我们接了。不过我听说,明年薪酬可能会降到七毛五,甚至六毛钱。"

"我也听说了。"

"那样的话,我们可就难过了。"老妈说。

"确实,日子会更难过了。我们这种小农户,对协会定的价格只能接受,不能反抗。如果不遵守,我们可能连农场都保不住。我们这种小人物,总是被压迫的一方。"

他们抵达营地时,老妈说:"我们会去的,毕竟剩下的采摘工作不多了。"说完,她径直走向最后一节棚车厢,并顺着狭窄的木板爬了上去。昏暗的油灯光下,车厢内显得颇为阴森。此时,老爹、约翰伯伯与一位老人正靠着车厢壁蹲着。

"你们好。"老妈说,"晚上好,温莱特先生。"

温莱特先生抬起头,露出他那精致的面容。深邃的眼眸隐藏在他浓密的眉毛之下,蓝白相间的细腻头发下,一层银白色的胡须轻轻覆盖着他的下巴。"晚上好,夫人。"他说。

"我们明天要去北边一英里外的地方采摘棉花。"老妈接着说,"那边有整整二十英亩呢。"

"那我们还是开卡车去吧。"老爹说,"这样效率更高些。"

温莱特立刻表现出浓厚的兴趣："那我们也能加入吗？"

"当然可以啊。我刚才还和农场主聊了一会儿，他正愁找不到采摘工呢。"

"不过，这一季的棉花差不多都摘完了。现在剩下的都不太多，品质也不如之前的好。想要靠这些次等棉花赚工钱，恐怕有些困难。"

"要不你们和我们一起坐车去吧。"老妈说，"这样大家还可以平摊一下油费。"

"哎呀，你真是太贴心了，夫人。"

"这样大家都能省点儿钱。"老妈说。

老爹说："其实，温莱特先生这次来找我们，是有点儿烦心事想和我们商量。"

"哦？怎么了？"

温莱特有些为难地低下头："是关于我家阿吉的事情。这孩子快十六岁了，已经是个大姑娘了。"

"阿吉确实是个漂亮姑娘。"老妈说。

"听他说完吧。"老爹说。

"嗯，阿吉最近总和你们家的艾尔一起出去玩。虽然阿吉是个好姑娘，但她毕竟也到了该找对象的年纪。现在家里条件不太好，我们夫妇俩都很担心她会做出什么冲动的事情来。"

老妈一边铺着卷起来的床垫坐在了上面，一边问道："他们俩现在又出去了吗？"

"他们总是外出。"温莱特说，"每天晚上都如此。"

"嗯，艾尔这孩子本性不坏，他现在可能有些年少轻狂，但总的来说，他还是个稳重可靠的孩子，他是个好孩子。"

"我们不是对艾尔有意见！我们都很喜欢他。但我和我夫人担心的是——阿吉已经是个亭亭玉立的大姑娘了。万一我们离开了,或者你们离开了,阿吉要是惹出什么麻烦该如何是好?我们家可从未有过任何丑闻。"

老妈柔声回应:"请放心,我们会竭尽所能,不让你们难堪。"

他迅速起身,感激地说:"谢谢你,夫人。阿吉已经是个成熟的女孩了。她善良又体贴——真的是个非常好的姑娘。如果你们能帮我们避免任何丑闻,我们全家都会感激不尽。这不是阿吉的错,她毕竟已经长大了。"

"艾尔的老爹会找他谈谈的。"老妈说,"如果他老爹不愿意,我会跟他谈的。"

"非常感谢你们,晚安。"温莱特说完,绕过了帘子。他们听到他在车厢的另一头轻声细语,向其他人解释他此行的收获。

老妈侧耳倾听了片刻,随后招呼道:"你们几个,快过来坐。"

老爹和约翰伯伯相继从蹲坐的地方站起身来,坐到老妈身旁的床垫上。

"小家伙们去哪儿了?"

老爹指了指角落的床垫,"露丝咬了温菲尔德,我让他们俩都躺下休息了。现在应该都睡着了。罗莎去找她认识的一位女士了。"

老妈轻轻叹了口气,"我找到汤姆了。"她低声说道,"我让他离开,去很远的地方。"

老爹缓缓点了点头,而约翰伯伯则垂头丧气。"我们别无选择。"老爹说,"你觉得呢,约翰?"

约翰伯伯抬起头说:"我脑子里一片空白,我好像再也振作不起来了。"

"汤姆是个好孩子。"老妈再次肯定道,随后又致以歉意,"我刚才说我会找艾尔谈谈，没别的意思。"

"我明白。"老爹平静地回应，"我已经力不从心了。我整天都在怀念过去的美好时光。我无时无刻不在想念家乡，但我知道，再也回不去了。"

"这儿的风景更美，土地也更好。"老妈说。

"这我知道。我甚至都没太注意周围的风景，只是在想，现在家乡的柳树应该已经掉叶子了。有时还想过要修补南边栅栏上的那个洞。真是有意思，现在女人开始管家了。她们开始决定我们要做什么，要去哪里。我居然也不介意。"

"女人比男人更懂得适应变化。"老妈温柔地安慰老爹，"女人的生活重心在于家庭和情感，而男人则更侧重于思考和决策。但别担心，也许明年我们就能找到个安身之处。"

"我们现在什么都没有。"老爹说，"长期以来，没有工作，没有收成。接下来我们该怎么办？我们该怎么解决吃的问题？还有，罗莎也快要生了。我甚至开始害怕未来。为了逃避现实，我只能不断回忆过去。我们的生活似乎已经结束了。"

"不，还没有。"老妈微笑着说，"我们的生活还没有结束，老爹。在这点上，女人比男人看得更开。我注意到了，男人的生活总是充满了波折——孩子的出生、亲人的离世，得到或失去农场。但女人的生活就像一条连绵不断的河流，虽然会有小漩涡、小急流，但河水始终会向前流淌。女人能从这样的角度看待生活。我们不会就此消亡，人类会不断前进，也许会有所变化，但绝不会停止前进的脚步。"

"你怎么能这么确定？"约翰伯伯问，"有什么能保证一切不会停滞不前，人们不会感到疲惫而就此放弃呢？"

老妈沉思片刻，她的一只手在另一只手的手背上轻轻摩擦，右手的手指轻轻揉捏着左手的手指。"这很难说。"她说,"我们所做的一切,在我看来,都是为了能继续前行。我就是这么认为的。无论是饥饿还是疾病,虽然有人会因此离世,但活下来的人会变得更加坚强。我们只需要尽力过好每一天就足够了。"

"如果她那次没有死的话——"约翰伯伯说道。

"过好每一天就够了。"老妈说,"别想太多。"

"明年回家可能会是个好年头。"老爹说。

老妈说:"嘘!你们听。"

外面走廊上响起了脚步声,随后艾尔从帘子后面走了进来。"嘿。"他说,"我还以为你们都已经睡了。"

"艾尔。"老妈说,"我们正在聊天呢,过来坐吧。"

"好啊,没问题。其实我也有事想说,我很快就要离开这里了。"

"你不能走,我们需要你。为什么要走呢?"

"是这样的,我和阿吉·温莱特打算结婚,我会在修车厂找份工作,我们会先租个房子住段时间。嗯,我们就要结婚了,谁也阻止不了!"

他们都在盯着他看。过了一会儿,老妈终于开口说:"艾尔,我们很高兴。我们真的非常高兴。"

"真的吗?"

"当然了。你已经是个成年男子了,你需要一个妻子。但现在别走,艾尔。"

"我答应了阿吉。"他说,"我们得走了。我们再也受不了这里了。"

"就留到春天吧。"老妈恳求道,"就待到春天。你们能不能留到春天?你要是走了谁来开卡车?"

"嗯——"

温莱特夫人探头从帘子后面问道:"你们听说了吗?"

"是的!刚刚听说。"

"哦,天啊!我希望——我希望我们能有块蛋糕。我希望我们有——蛋糕或者别的什么作为庆祝。"

"我来煮些咖啡,做些煎饼吧。"老妈说,"我们还有糖蜜呢。"

"哦,天啊!"温莱特夫人说,"嗯,我会带点糖来。我们在煎饼里加糖。"

老妈往火炉里添了些小树枝,晚饭剩下的炭火又重新燃了起来。露丝和温菲尔德像寄居蟹从壳里钻出来一样,从床上爬了出来。一开始他们非常小心,观察周围的家人是否还视他们为罪犯。当他们看出没有人注意到他们时,他们就大胆起来。露丝一脚跳到门口又跳了回来,一次也没扶墙。

老妈正往碗里倒面粉时,罗莎爬上了通道。她稳住身体,小心翼翼地前进。"怎么了?"她问。

"哦,是个好消息!"老妈高兴地说,"我们要开个小派对,因为艾尔和阿吉·温莱特要结婚了。"

罗莎静静地站着,她慢慢地看着艾尔,他站在那里,显得既困窘又尴尬。

温莱特夫人从车厢另一头喊道:"我给阿吉换上新裙子,马上过来。"

罗莎慢慢转身,她回到宽敞的门口,蹑手蹑脚地下了踏板。一到地面,她就慢慢地向小溪和旁边的小道走去。她走的是老妈早些时候走过的路——进入柳树林。风此刻吹得更稳健了,灌木丛中发出沙沙的声音。罗莎跪下,爬进了浓密的灌木丛中。黑莓藤划伤了她的脸,拉扯着她的头发,但她并不介意。只有当她感觉到灌木丛遍布她的全身时,她才停了下来。她仰面躺下,感觉到肚子里的宝宝沉沉的。

在没有灯光的车厢里,老妈醒了,掀开毯子起身。在车厢门口,微弱的星光渗透进来。老妈走到门口,站着向外望。东方的星星开始变得暗淡。微风轻拂过柳树丛,小溪边水流潺潺。营地大部分人还在睡觉,但在一个帐篷前,火堆的火焰燃烧着,人们围在火堆旁取暖。老妈能看到他们在跳动的火光周围站立着,搓着手;然后他们转过身,把手背到身后。老妈凝视了好一会儿,也把双手交叠在前。风力忽强忽弱,空气中带着一丝寒意。老妈冻得直哆嗦,搓了搓手。她蹑手蹑脚地回去,摸索着找到油灯旁边的火柴,她把灯罩提了起来。老妈点燃了灯芯,看着它燃烧出蓝色的火焰,火焰随后又慢慢变成了黄色,形成了精致而弯曲的光环。她拿着灯走到炉子旁,然后放下,开始把干燥的柳枝折断,投入火炉。不一会儿,火焰便猛烈燃烧,烟也顺着烟囱飘出了车厢。

罗莎翻了一个身,沉重地坐了起来。她说:"我这就起来。"

"你为什么不等暖和一点再起?"老妈问。

"不,我现在就起。"

老妈从桶里舀水,倒进咖啡壶,放在炉子上,然后把煎锅放上去,放上厚厚的一层油准备烧热做玉米饼。"你怎么了?"她轻声问。

罗莎说:"我要出去。"

"去哪儿?"

"去摘棉花。"

"你不能去,你的肚子已经很重了。"

"不,我还行,我要去。"

老妈往水里加咖啡。"罗莎,你昨晚没吃煎饼。"罗莎没有回答。"你为什么想去摘棉花?"罗莎依旧没有回答。"是因为艾尔和阿吉吗?"这次老妈仔细地看着她的女儿。"哦。好吧,你不需要去摘。"

"我要去。"

"好吧,但是不要累着自己。"

"起床,老爹!醒醒,起床!"

老爹眨了眨眼,打了个哈欠。"我还没睡够。"他抱怨说,"昨晚差不多十一点才睡。"

"快起来,你们所有人,去洗漱。"

车厢里的人们慢慢苏醒过来,从毯子里钻出来,扭动着穿上衣服。老妈把腌猪肉放到另一个煎锅里。"出去洗洗。"她命令道。

车厢另一端亮起了灯光。从温莱特那边传来折断树枝的声音。"乔德夫人。"有人喊道,"我们在准备了,我们很快就准备好。"

艾尔抱怨道:"我们干吗这么早就要起床?"

"那边只有二十英亩棉花地。"老妈说,"得赶过去。棉花不多了。得在棉花采完之前到那儿。"老妈匆忙让他们穿好衣服,让他们赶快吃早餐。"来,快点喝你的咖啡。"她说,"得上路了。"

"现在天还是黑的,我们可摘不了棉花啊,老妈。"

"我们到那里天就亮了。"

"可能还会下雨。"

"不会下大雨的。快点,把咖啡喝完。艾尔,你吃完就赶紧去启动引擎准备开车。"

她叫道:"温莱特夫人,你们快准备好了吗?"

"正在吃呢,一会儿就好。"

外面,营地已经活跃起来。帐篷前人们也开始生起火堆。货车厢的烟囱也开始冒烟了。

艾尔拿起杯子把咖啡往嘴里倒,结果喝了一口渣。他一边沿着踏板走下去，一边吐掉嘴里的咖啡渣。

"我们已经准备好了，温莱特夫人。"老妈叫道。她转向罗莎说，"你得留下。"

罗莎咬紧牙关说："我要去。"她说，"老妈，我得去。"

"好吧，但是你没有装棉花的袋子，你拿不动袋子啊。"

"我可以往你的袋子里放。"

"我还是希望你不要去。"

"我要去。"

老妈叹了口气。"我会看着你的。真希望我们能有个医生。"罗莎在车厢里焦急地走动。她穿上了一件轻薄的外套又脱掉了。"带条毯子。"老妈说，"这样如果你想休息，可以暖和点。"他们听到卡车引擎在车厢后面轰鸣。"我们会是第一个出发的。"老妈兴奋地说，"好了，拿上你们的袋子。露丝，别忘了我给你们准备的旧衣服缝的袋子。"

温莱特一家和乔德一家在黑暗中爬上了卡车。黎明即将到来，但它来得很慢，天色依旧昏暗。

"向左拐。"老妈告诉艾尔，"我们要去的地方会有标志。"他们沿着黑暗的道路行驶。其他的车辆也跟随着他们，而营地里，汽车正在发动，人们纷纷上车；汽车开上公路，向左转。

路右边的一个邮箱上绑着一块纸板，在上面用蓝色蜡笔写着"招聘棉花采摘工"。艾尔拐进了入口，开到了谷仓院子里，而那个院子里已经停满了车。一个电灯挂在白色谷仓的一端，照亮了一群站在秤旁的男人和女人，他们把袋子卷在手臂下夹住。一些女性把袋子挂在肩上，前面交叉绑紧。

"我们来得没我们想的那么早啊。"艾尔说。他把卡车靠近栅栏停

## 第二十八章

了下来。两家人爬下车,加入到等待的人群中,更多的车从路上驶入,停了下来,更多的家庭加入到人群中。在谷仓尾端的灯光下,农场主在登记他们的信息。

"霍利?"他说,"霍——利——?几个人?"

"四个。威尔——"

"威尔。"

"本顿——"

"本顿。"

"阿梅莉亚——"

"阿梅莉亚。"

"克莱尔——"

"克莱尔。下一个是谁?卡彭特?多少人?"

"六个。"

他在册子上记下了这些人名,留下了记录摘取棉花重量的空格。"带了你们的袋子吗?我这儿有几个。一个一块钱。"车辆继续涌入院子。农场主把他的羊皮衬里皮夹克拉高到喉咙处。他若有所思地看着车道。"这二十英亩地很快就会被这些人采完的。"他说。

孩子们爬进大棉花拖车里,脚趾钩住侧面的铁丝网。"从那儿下来,"农场主喊道,"快下来。你们会把网踩坏的。"孩子们慢慢地、尴尬而沉默地爬了下来。灰蒙蒙的黎明到来了。"我还要扣掉棉花中露水的重量。"农场主说,"太阳出来后把棉花的水分晒干再来称重。好了,你们想出去干活时就出去吧,现在已经足够亮了。"

人们迅速移动到棉花地中,各自选了一排。他们把袋子绑在腰上,拍打着手掌让僵硬的手指变得暖和一些,因为摘棉花时手指一定要灵活。黎明为东方的山丘染上了颜色,光照射的范围越来越大,照到一排排棉花秆上。公路上,车辆仍然不断进入,停在谷仓院子里,直到整个院子都停满了车,后来的车只能停在路的两边。风轻轻吹过田地。"我不知道你们怎么都知道这里的。"农场主说,"你们肯定有个很厉害的消息网。这二十英亩棉花到中午就都能摘完了。你们叫什么名字?休姆?多少人?"

人群沿着田野前进,强劲的西风吹拂着他们的衣服。他们的手指迅速移动到绽开的棉团上,然后飞快地把它们摘下,放到他们身后越来越重的长袋中。

老爹对他右边一排的一个男人说:"在我们家乡,这样的风可能会下雨。感觉现在的天气灰蒙蒙的很像要下雨。你到这儿多久了?"他一边说话一边低头干着活儿。

旁边那个男人没有抬头。"我来这儿差不多一年了。"

"你觉得会下雨吗?"

"我说不准,但这也不是我的问题。这儿的老住民都说不准。如果雨会影响到庄稼,那就会下雨,这是这里的人常说的话。"

老爹迅速看向西边的山丘。大片灰色的云被风吹动,正沿着山脊飘过。"那看起来像是要下雨的云了。"他说。

旁边那个男人偷偷瞥了一眼天空。"说不准。"他说。人们都回头看了看云层。然后他们把身子弯得更低,手快速地摘着棉花。他们与时间赛跑,比着摘更多的棉花。他们与即将到来的雨水赛跑,也在和彼此赛跑——可摘的棉花有限,能赚的钱也有限。他们跑到棉花地的另一边,争先恐后地去抢新的一排。现在他们面对着风,可以看到高高的乌云在天空中向刚刚升起的太阳的方向移动。停在路边的车更多了,不断有新的采摘工来登记。人们在田间疯狂地移动,摘完后在田地边沿称重,记录棉花重量,再把重量记录在自己的账本上,然后又跑去摘新的一排。

到了十一点，田地的棉花已经摘完，工作也结束了。带有铁丝网的拖车挂在带有铁丝网的卡车后面，它们开上公路，驶向棉花加工厂。棉花从铁丝网中飘散出来，空中飘浮着小团棉花，路边的杂草上也挂上了一团团棉花。采摘工们失望地回到谷仓院子，排队等着领钱。

"休姆、詹姆斯，二毛二。拉尔夫，三毛钱。乔德、托马斯，九毛钱。温菲尔德，一毛五。"钱都被卷成卷，有一块钱、一毛钱和一分钱的硬币。每个人在领钱时都查看了自己的账本。"温莱特、阿格尼丝，三毛四。托宾，六毛三。"队伍缓慢地移动。一家家领完钱默默地回到他们的车里，缓慢地驶离。

乔德家和温莱特家在卡车里等着车道上的车开走。在他们等待时，雨滴开始落下。艾尔把手伸出驾驶室感受着雨点。罗莎坐在中间，老妈坐在外侧。罗莎的眼神再次失去光泽。

"你本不该来的。"老妈说，"你摘的棉花也就十到十五磅。"罗莎低头看着她隆起的肚子，没有回答。她突然颤抖起来，昂起了头。老妈仔细注视着她，展开她的棉花袋，把它披在罗莎的肩膀上，把她拉过来靠着自己。

终于道路清空了。艾尔启动发动机，开上了公路。时大时小的雨点猛烈地落下，随着卡车的行驶，雨点变得越来越小，越来越密集。雨点砸在卡车驾驶室的车窗上，敲击声如此响亮，盖过了卡车老旧发动机的轰鸣声。在卡车的车厢里，温莱特家和乔德家用他们的棉花袋遮住头和肩膀。

罗莎靠在老妈的臂弯里剧烈地颤抖，老妈喊道："开快点，艾尔。罗莎冷得发抖。得让她用热水泡泡脚。"

艾尔加速行驶,回到营地后,他把车开到靠近那些红色车厢的位置。还没好好停稳,老妈就开始发号施令了。"艾尔。"她命令道,"你、约翰和老爹去柳树丛里,捡尽可能多的枯枝落叶。我们得保持温暖。"

"不知道车厢顶会不会漏水。"

"我觉得不会。车上既干燥又舒适,但我们得有木柴保持温暖。也带上露丝和温菲尔德吧。他们可以捡小树枝。罗莎身体不舒服。"老妈走下车,罗莎试图跟随,但她的膝盖一软,重重地坐在踏板上。

胖胖的温莱特夫人看见了她。"怎么了?她要生了吗?"

"不,我不这么认为。"老妈说,"可能是着凉了。麻烦帮个忙,可以吗?"两个女人搀扶着罗莎。走了几步后,罗莎的力气回来了——她的腿能承受她的体重了。

"我没事,老妈。"她说,"只是刚才那会儿很难受。"

两位年长的女性还是扶着她的胳膊。"用热水泡个脚吧。"老妈明智地提议道。她们帮罗莎走上踏板,进了车厢。

"你来帮她搓搓身子。"温莱特夫人说,"我去生火。"她用最后的小树枝在炉子里烧起了火。这会儿外面的雨倾盆而下,冲刷着车顶。

老妈抬头看着车厢顶。"感谢上帝,我们有一个严实的屋顶。"她说,"那些帐篷不管多好都漏水。温莱特夫人,再烧点水。"

罗莎静静地躺在床垫上,让她们帮她脱掉鞋子,搓着她的脚。温莱特夫人弯下腰。"你觉得疼吗?"她问。

"不,就是觉得不舒服,觉得有点难受。"

"我有止痛药和盐。"温莱特夫人说,"如果你想用的话,非常欢迎。"

罗莎剧烈地颤抖着。"拿被子帮我盖上吧,老妈,我冷。"老妈拿来所有的毯子,一床床叠着给她盖上。雨在屋顶上猛烈地砸着,声音响亮。

这时,捡柴的人回来了,他们的胳膊上堆满了树枝,帽子和外套都在滴水。"天啊,雨太大了。"老爹说,"一分钟就能把你淋透。"

老妈说:"最好回去再捡些树枝,烧得太快了,很快就要天黑了。"露丝和温菲尔德滴着水走进来,把他们的树枝扔到火堆里,他们转身还要出去。"你们留下。"老妈说,"站在火边上,先把衣服烘干。"

下午的雨使得天空呈现出银色,道路上的水珠闪烁着光芒。时间一点点过去,棉花秆似乎变得越来越黑,逐渐枯萎。老爹、艾尔和约翰伯伯一趟又一趟地进入树林中,带回了很多枯树枝。他们将这些树枝堆放在门边,堆得实在太高了,几乎要触及天花板了。最后,他们停下脚步,向炉子走去。水滴顺着他们的帽子流下,滴到肩上,外套的边缘也在滴水,他们的鞋子在走动时也发出了咯吱声。

"好了,现在脱掉那些衣服吧。"老妈说,"我给你们准备些好喝的咖啡。还有干净的工装服可以换上,别站在那儿了。"

傍晚来得格外早。在车厢里,各家各户挤在一起,听着屋顶上倾泻的雨水声。

## 第二十九章

高山和山谷上空，灰色的云层从大海那边袭来。风在高空猛烈而寂静地吹拂，梳过灌木丛，在森林中呼啸。云层断断续续地移动，有时是一团团，有时是一层层，有时又像是一块块灰色的峭壁；它们聚集在一起，压得很低，盖满了西方的天空。然后风停了，留下了厚重而坚实的云层。雨开始时是阵阵狂风骤雨，间歇后又是倾盆大雨；渐渐地，雨的节奏变得单一了，细小的雨点均匀地掉落下来，天色看上去一片灰蒙蒙，但细细看还是可以看清的。由于雨水，刚刚正午时分却显得好像黄昏一般。最初，干燥的土壤迅速吸收了水分变得发黑。两天后，土壤不断吸饮着雨水，直到喝饱。然后，水坑开始形成，在低洼地带，一个个小湖在田野中出现。这些泥泞的湖水水位不断上涨，不停歇的雨水激起了湖面的浪花。最终，群山也喝饱了水，山坡的水流涌入小溪，使它们变成急流，急速冲向峡谷。雨仍旧不断地落下。小溪和河流的水位上升到河岸边，开始淹没柳树和树根，弯曲的柳树深陷水流，冲刷着杨树的根部，将整棵树木连根冲走。泥水沿着

# 第二十九章

河岸旋转,慢慢地上涨,最终溢出,流入田野、果园,流入残存黑色棉秆的棉花地。平坦的田野变成了广阔的湖泊,灰蒙蒙的,雨水激起湖面的浪花。然后水流漫过了公路,汽车缓慢行驶着,划开前方的水面,留下泥浆翻滚的尾流。土地在雨的拍打下仿佛在低语,洪流翻滚,发出轰鸣声。

当刚开始下雨时,流民们蜷缩在他们的帐篷里,说着"雨很快就会过去的",同时问着"这雨可能会下多久"。

当水坑形成时,男人们拿着铲子冒雨出去,在帐篷周围筑起小堤坝。猛烈的雨水冲击帆布,最终雨水渗透进来,水流顺着帆布流下。然后,小堤坝被冲毁,水流进了帐篷内部,床和毯子都被浸湿了。人们穿着湿衣服坐着。他们搭起箱子,把木板放在箱子上。然后,他们日夜都坐在木板上。

帐篷旁的旧车停在那里,水浸坏了点火线和汽化器。小小的灰色帐篷矗立在湖中。最后,人们不得不搬走。那时汽车因为电线短路而无法启动;即便发动机能运转,深深的泥浆也困住了车轮。人们涉水而行,怀里抱着湿透的毯子。他们跋涉前行,抱着孩子,抱着行动不便的老人。

如果有谷仓位于高地,那里肯定会挤满了发抖且绝望的人们。

然后有些人去了救济办公室,最后只能悲伤地回到家人身边。

他们有规定——你得在这儿住一年才能获得救济金。他们说政府会提供帮助。但是他们不知道什么时候才会提供帮助。

渐渐地,最可怕的情况出现了。

接下来三个月里,将没有任何工作了。

在谷仓里,人们挤在一起;恐惧笼罩了他们,他们的脸色因恐惧而变得灰白。孩子们因饥饿而哭泣,而食物却无处可寻。

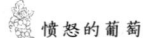

然后疾病来临，肺炎，还有麻疹，麻疹蔓延到了他们的眼睛和耳朵。

雨持续不断地下着，水流过公路，沟渠也无法排走这些水。

然后从帐篷里，从拥挤的谷仓里，一群群浑身湿透的男人走了出来，他们的衣服像破布一样湿答答的，鞋子泥泞不堪。他们穿过水流，前往城镇、乡村商店、救济办公室，乞求食物，卑躬屈膝地乞食，求救济，试图偷窃、撒谎。在这种乞求和卑躬屈膝之下，一种无望的愤怒开始慢慢积聚。而在小镇上，居民对这些浑身湿透的男人的同情转变为了愤怒，对饥饿人群的愤怒变成了对他们的恐惧。于是，警长们成群结队地任命治安警察，急速订购了步枪、催泪弹和弹药。饥饿的男人们挤满了商店后面的小巷，乞求面包，乞求腐烂的蔬菜，还尽可能地去偷窃。

在医生办公室的门前，焦急的人们敲打着门；而医生们在忙碌着。伤心的人在乡村商店留言，让验尸官派车来。验尸官们并不太忙。验尸官的车辆在泥泞中倒车，将死者带走。

雨无情地绵绵不断地下着，小溪溢出河岸，蔓延到田地。

人们蜷缩在棚屋下，躺在湿漉漉的干草上，饥饿和恐惧孕育出愤怒。然后，男孩们出门了，他们不是去乞讨，而是去偷窃；男人们也虚弱地出了门，试图偷窃。

警长们任命了新的治安警察，并订购了新的步枪；舒舒服服地住在房屋里的人群起初感到同情，随后是反感，最终又演变为对这些流民的怨恨。

在漏水的谷仓中，湿漉漉的干草上，患有肺炎、大口喘气的妇女生下了婴儿。老人们蜷缩在角落里死去，验尸官无法将他们的尸体摆正。夜晚，焦急的男人们大胆地走向鸡窝，抱走叫唤的小鸡。如果他们遭到射击，他们并不会逃跑，而是战战兢兢地继续走开；如果被击中，他们就疲惫地倒在泥泞之中。

雨停了。在田野上，积水映照着灰色的天空，大地上流水潺潺。男人们从谷仓、从棚屋走出来。他们蹲坐着，望着被洪水淹没的土地。他们沉默不语。有时，他们也非常轻声地交谈。

春天之前不会有工作的，已经没有工作了。

如果没有工作——就没有钱，没有食物。

一个人要是拥有几匹马，用它们来犁地、耕作和割谷子，人们也不会在马儿不工作时就把它们赶走，也不会让它们挨饿。

但那些只是马——我们可是人啊。

女人们观察着男人们，看他们是否最终崩溃。女人们就这样静静地站着、观察着。而当许多男人聚在一起时，他们脸上的恐惧消失了，取而代之的是愤怒。女人们松了一口气，因为她们知道一切都还好——他们还没有崩溃，只要恐惧能转化为愤怒，就永远不会崩溃。

细小的小草尖从土地上钻出，几天后，随着新的一年的到来，山丘逐渐染上一抹浅绿。

## 第三十章

在卡车车厢的临时营地中,随处可见聚满雨水的水坑,细雨在泥泞的地面上啪啪作响。小溪的水位渐渐上涨,缓缓向那些停放在低洼平地上的车厢流淌。

连续的阴雨进入第二天,艾尔从车厢中间卸下了那块厚重的防水帆布。他把帆布拿到外面,小心翼翼地铺设在卡车的车头,然后他重回车厢,在自己简陋的床垫上坐下。隔断被移除,车厢内的两个家庭现在合而为一,空间显得更加宽敞。男人们聚在一起,脸上都挂着忧郁的神色。老妈则坐在炉子旁,细心地维持着微弱的火苗,不断地添加细小的树枝,以节约大块的木柴。雨水无情地打在车厢几乎平坦的车顶上,发出连续的噼啪声。

到了第三天,温莱特一家开始显得越来越焦虑。"也许我们该走了。"温莱特夫人说。

老妈努力说服他们留下。"你们去哪里能找到一个这么严密的屋顶呢?"

"不知道，但我感觉我们真的应该离开了。"他们之间的争论愈演愈烈，老妈却专心注视着艾尔。

露丝和温菲尔德刚玩了一会，但不久后，他们也沉浸在沉闷的氛围中，屋顶上的雨持续地敲打着。

到了第三天，溪流的奔腾声开始压过了雨滴落地的喧哗。老爹和约翰伯伯站在车厢敞开的门口，凝视着急速上涨的溪水。在营地的两端，水流逼近公路边缘，但在这里，它却巧妙地绕开，仿佛给营地后方的公路堤坝画上了一个保护圈，而小溪在前方恰好将营地紧紧围绕。老爹的声音带着几分忧虑："你怎么看，约翰？我觉得如果这溪水继续涨，我们很快就会被水淹没。"

约翰叔叔张开嘴，手指不自觉地摩挲着他那粗糙的下巴。"确实。"他低沉地回应，"可能真会这样。"

在一旁，罗莎由于重感冒而脸色发红，她的眼睛因发烧而异常明亮。老妈坐在她身边，手中轻轻握着一杯热牛奶。"来。"她说，"喝了这个，里面放了腌肉的油，能帮你补充体力。来，喝了它。"

罗莎摇了摇头。"我不饿。"

老爹用手指在空中画了一个大弧线。"如果我们大家动手，用铁锹筑起一个堤坝，我敢打赌我们可以挡住这水，只需从那边筑到这边。"

"确实。"约翰伯伯缓缓点头同意，"也许行得通。不过得看其他人的意见，他们可能更倾向于搬到其他地方去。"

"但这些车厢至少是干燥的，"老爹坚定地反驳，"这附近找不到比这更适宜的地方了，你等一下。"说完，他从车厢内的灌木堆中捡起一根细小的树枝，顺着踏板跑下去，蹚着泥水，跑到小溪边。他在涡流的边缘将树枝竖立插上，然后匆匆返回车厢。"天啊，已经湿透了。"他说。

两个男人紧盯着水边的那根小树枝,他们看到溪水缓缓上涨,开始围绕着树枝漫上河岸。老爹蹲在门口。"水涨得很快,"他说,"我得去跟其他人商量一下,看看他们是否愿意帮忙修堤坝。如果他们不参与,我们可能真的得离开这里。"他的目光转向远处卡车车厢另一端的温莱特一家,艾尔正和他们坐在一起,他靠近阿吉坐着。

老爹走过去了。"水位在上涨。"老爹说,"我们要是筑起一个堤坝怎么样?如果每个人都出一份力,我们绝对能做到。"

温莱特说:"我们刚讨论完这件事,看起来我们还是应该离开这里。"

老爹说:"你们走过的地方多,你知道找一个像这样干燥的地方住的机会有多小。"

"我知道,但还是有些不安——"

艾尔说:"老爹,如果他们决定走,我也得走。"

老爹显得非常惊讶:"你不能走,艾尔。卡车——我们都不会开卡车啊。"

"我不在乎,我得和阿吉在一起。"

"等一下。"老爹说,"过来这边。"说着,温莱特和艾尔起身,一同走向门口。"看见了吗?"老爹伸手指向远处,"我们就从那里筑堤到这里。"他的目光落在那根半浸在水中的树枝上。水已经开始在树枝周围打漩,逐渐侵占河岸。

"这将是一大堆工作,而且水可能还是会涨过来。"温莱特反对道。

"好吧,我们现在无所事事,不如干点实事。我们不可能找到比这更好的地方了。来吧,就现在。我们去跟其他人谈谈。如果每个人都出力帮忙,我们一定能做到。"

艾尔说:"如果阿吉走,我也走。"

老爹说:"看,艾尔,如果那些人不肯修堤坝,我们可能不得不走。来吧,我们去跟他们谈谈。"话音刚落,他们便耸着肩膀,沿着踏板快步跑到下一节车厢,踏上台阶进入车门敞开的车厢。

车厢内,老妈在炉子旁忙碌地给微弱的火焰添了几根树枝。露丝挤在她身边。"我饿了。"露丝抱怨道。

"不,你不是饿了。"老妈说,"你已经吃了很多玉米糊。"

"我想要一盒爆米花。这里没什么好玩的,一点都不好玩。"

"会有好玩的事情的。"老妈说,"你等着吧,马上就会有意思的。我们很快就会有一个新家,也会有田地,很快就会有了。"

"我希望我们有只狗。"露丝说。

"我们会有的,会有只狗,还有只猫。"

"黄猫?"

"现在别烦我了,露丝。"老妈的声音带着一丝恳求,"现在请你不要打扰我。罗莎病了,你再乖乖待一会儿,很快就会有好玩的事情。"

露丝边抱怨边慢慢走开了。就在这时,从罗莎的床垫上突然传来一声尖锐而短促的叫声,紧接着便戛然而止。老妈迅速转身跑到她身边。罗莎屏住呼吸,眼里充满了恐惧。

"怎么了?"老妈焦急地喊道。罗莎吸了一口气,马上憋住。老妈迅速地将手伸进被子里。然后她站了起来。"温莱特夫人!"她喊道,"哦,快来,温莱特夫人!"

圆润小巧的温莱特夫人沿着车厢跑来:"你叫我吗?"

"看!"老妈指向罗莎的脸,她的牙齿紧咬着下唇,额头上满是冷汗，眼神中透露出深深的恐惧。

"我觉得她要生了。"老妈说，"这是要早产了。"

罗莎深深地吸了一口气，随即身体明显放松。她渐渐松开紧咬的嘴唇，闭上了眼睛。温莱特夫人快速俯身检查："你是不是突然感觉全身抽紧了——而且很快？快睁开眼睛回答我。"罗莎虚弱地点了点头。温莱特夫人转向老妈，"是的。"她说，"她的确要生了，你刚才说早产？"

"可能是发烧引起的。"

"她本该站起来走动的，她应该站起来走动。"

"她做不到。"老妈说，"她没有那个力气。"

"但她应该走走啊。"温莱特夫人的语气变得严肃而坚决，"我帮忙接生过很多次。"她说，"来，把门关紧一些，挡住风。"两个女人一起推动沉重的滑门，直到只留下一英尺宽的缝隙。"我去把我们家的灯也拿过来。"温莱特夫人说，她因紧张而面色发紫。"阿吉。"她大声呼唤，"你照看这两个小家伙。"

老妈点了点头。"对，就这样。露丝！你和温菲尔德跟着阿吉去那边，快去。"

"为什么？"孩子们一脸困惑地问。

"因为罗莎要生孩子了。"

"我想看，老妈。请让我看看吧。"

"露丝！现在就走。"老妈的语气是那么坚定，不容置疑。露丝和温菲尔德不情愿地拖着脚步向车厢一端移动。老妈此时点亮了油灯，温莱特夫人拿过来她的罗切斯特大煤油灯，把它放置在地面上，这盏灯大大的圆形火焰照亮了整个车厢。

露丝和温菲尔德躲在柴火堆后面，偷偷向上探头。"要生孩子了，我们得看看。"露丝轻声说道,"现在别出声。老妈不让我们看。如果她往这边看,你就赶紧蹲下藏在柴火堆后面。然后我们就能看见了。"

"没几个孩子有机会见到这个场景。"温菲尔德说。

"别的孩子根本没有见过这个。"露丝自豪地说,"只有我们。"

在床垫旁边,明亮的灯光下,老妈和温莱特夫人紧张地商讨着。她们把声音略微抬高,高于雨水在车厢顶上空洞的敲击声。温莱特夫人从围裙的口袋里拿出一把削皮刀,小心翼翼地放在床垫下。"也许这没什么用。"她带着一丝歉意地说,"我们老家是这么做的,反正也不会有什么害处。"

老妈点点头。"我们以前用过犁尖,我想任何锋利的东西都可以,只要能减轻生产的疼痛就行。我只希望这一切不会持续太久。"

"你现在感觉怎么样?"

罗莎紧张地点点头。"要生出来了吗?"

"当然。"老妈说,"会生出个健康的好宝宝的,你只需要配合我们一点,你觉得你能站起来走几步吗?"

"我可以试试看。"

"真是个好姑娘。"温莱特夫人说,"亲爱的,我们会在这里帮助你的,我们会陪着你走。"她们小心地帮助她站起来,轻轻地把一条毯子披在她肩上。老妈从一边扶着她的胳膊,温莱特夫人在另一边扶着,她们带着她在柴火堆旁边缓缓行走,然后慢慢转身走回来,一次又一次;雨水一直在车厢顶上重重地敲打着。

露丝和温菲尔德在一旁焦急地观察着。"她什么时候生呢?"温菲尔德问。

"嘘!别让他们发现我们,他们不让我们在这里看。"

阿吉悄悄加入到他们隐藏在柴火堆后的小团队中。阿吉瘦削的脸庞和黄色的头发在昏暗的灯光下显得更加突出,她的脑袋在墙上投下影子,鼻子显得长长的、尖尖的。

露丝小声问:"阿吉,你见过生宝宝吗?"

"当然。"阿吉说。

"那她什么时候能生呢?"

"嗯,不会很快,要花很长时间。"

"那要多久?"

"也许得到明天早上了。"

"唉。"露丝说,"那现在看也没什么意思了。哦!快看!"

就在那时,行走的女人们突然停下脚步。罗莎身体僵硬,发出痛苦的呻吟。她们轻轻地扶她躺回到床垫上,一边擦拭她汗水涔涔的前额,一边听着她的咕哝声,看着她紧握的双拳。老妈声音柔和地说:"放轻松,一切都会好起来的——都会变好的。紧握你的手,现在别用牙齿咬嘴巴。很好——做得很好。"随着痛楚逐渐消退,她们让罗莎休息了一会儿,随后又轻轻扶她起来,在疼痛的间隙之间缓缓行走。

就在此时,老爹从狭窄的门口探进头来,他的帽子上滴着雨水。"你们为什么要关门?"他问。然后他的目光落在了来回走动的女人们身上。

老妈说:"她要生了。"

"那——那我们就算想走也走不了了。"

"是的。"

"那我们得去修建堤坝。"

"没错。"

老爹踩着泥泞向小溪走去。他的标记棒在雨中沉没了四英寸。二十个男人在雨中围立,老爹大声喊道:"我们得建起来,我女儿很

## 第三十章

痛苦。"男人们紧密地围绕着他。

"是要生孩子了吗?"

"对,我们现在走不了。"

一位高个男人说:"又不是我们的孩子,我们可以走。"

"当然。"老爹说,"你们可以走,走吧。没人拦着你们,这里只有八把铲子。"说完,他匆匆走到堤坝下方,猛地将铲子插入湿漉漉的泥土中。每一铲挖起泥土时,泥土都发出吸吮一样的声音。他一遍又一遍地铲起泥土,把淤泥铲到小溪堤坝的低洼处。旁边的其他男人也纷纷加入,排成一行开始快速铲土。他们在长长的堤坝上堆积泥土,那些没有铲子的人砍下柳条,编织成席子,然后将它们插入堤坝中。一种工作的狂热和战斗的激情覆盖了男人们。当一个人放下铲子休息时,另一个人立刻接手继续。他们脱掉了外套和帽子,他们的衬衫和裤子紧贴着湿漉漉的身体,鞋子在泥泞中变得形状模糊。就在这时,乔德家的车厢里传来一声尖锐的叫声。男人们停下来,不安地倾听了一会儿,然后又重新投入到紧张的工作中。小小的土堤不断延伸,最终与公路的堤坝两端相连。他们现在疲惫不堪,铲子挥动得慢了。小溪的水位也在缓缓上升,开始越过他们最初堆土的地方。

老爹得意地笑了。"如果我们没修起来,水就会漫过来!"他大声说。

小溪的水位缓缓上升,冲刷着堤坝上的柳条席。"更高!"老爹喊道,"我们得让它更高!"

夜幕渐深,工作仍在继续。此时的男人们已经超越了疲惫的极限,他们的脸庞僵硬而空洞,动作变得越来越机械。天黑后,女人们挂起车门上的油灯,煮好几壶咖啡,她们一个接一个跑进乔德家的车厢里,挤进狭小的空间。

疼痛现在来得更加频繁，每隔二十分钟一次。罗莎已经无法控制自己，她在剧烈的疼痛下发出刺耳的尖叫。周围的女人们目光关切，轻轻拍打着她，尽力安慰，然后返回自己的车厢中。

老妈现在已经生起了旺火，所有装满水的炊具都摆放在火炉上烧。每隔一会儿，老爹就从车门探头往里看。"还好吗？"他问。

"好！我觉得还行。"老妈安慰道。

夜色渐深，有人拿出手电筒来照明，以便继续工作。约翰伯伯一直没有停，不断地往堤墙上堆泥土。

"放轻松点。"老爹说，"你会累坏自己的。"

"我控制不住。我受不了那种叫喊。就像——就像那时候——"

"我知道。"老爹说，"但还是尽量放轻松些。"

约翰伯伯声音颤抖地说："我想跑掉。天啊，我得干活，要么我就跑掉了。"

老爹转身问。"水位涨到哪了？"

操作手电筒的人将光束照在水位标杆上，雨水在光束中划出一道道闪亮的白线。"还在上升。"

"现在上升得慢一些了。"老爹说，"堤坝应该还能坚持一阵儿。"

"但水位还在上升。"

女人们重新煮起咖啡，再次端出来。随着夜色加深，男人们的动作变得越来越慢，他们像拖着沉重的步子的老马一样劳作。堤坝上堆积了更多的泥土和柳条网。雨一直在下。当手电筒的光束照在脸上时，可以看到他们都目光呆滞，脸颊上的肌肉紧绷着。

车厢里的尖叫声持续了很久，最后终于停止了。

老爹说："如果孩子生下来了，老妈会叫我的。"他继续默默地铲着泥土。

## 第三十章

小溪在堤岸边涌动着，翻腾着。突然，从上游传来一声巨响，手电筒的光束映出一棵大白杨树倒塌的景象。男人们停下来观看。树枝沉入水中，随着水流缓缓旋转，小溪则在冲刷着它细小的根部。树木慢慢被水流冲松，缓缓地顺流而下。疲惫的男人们目不转睛，张大了嘴巴看着这一景象。树木顺着水流缓缓向下移动。然后，一根树枝卡在了树桩上，被挡住了，大树停住了。树根缓慢地漂动，最终钩住了新筑的堤坝。水开始在树后积聚。突然，树木微微一动，撕裂了堤岸。一条细小的溪流涌了过来。老爹迅速冲上前，拼命地用泥土填塞裂缝。水继续在树旁积聚，接着，堤岸迅速被水流冲垮，水位迅速上涨，很快漫过了脚踝，继而涨到了膝盖。男人们无法坚持，纷纷溃散逃离，水流顺畅无阻地流进平地，涌过车厢和汽车底部。

约翰伯伯目睹了水流冲破堤坝。在昏暗的光线中，他看到了。他感到自己的身子不受控制，最终他跪倒在地上，被急速的水流环绕，水淹没到他的胸口处。

老爹看到他跪下了。"嘿！怎么了？"他急忙上前扶他，"你不舒服吗？快点，车厢位置还算高，快到那里去。"

约翰伯伯努力恢复精神："我不知道。"他带着歉意说，"腿突然无力了，就这样软了。"老爹扶着他一起朝车厢走去。

当堤坝被冲垮时，艾尔转身逃向高地。他的脚步非常沉重。他到达卡车时，水已经淹到了他的小腿。他迅速将车头的防水帆布扯下，跳进车内。他猛踩发动机，引擎转动声越来越慢，没有发动的迹象。他不断地给油门，电池驱动的发动机转得越来越慢，却依旧没有发动。艾尔将火花塞调高，但是马达越转越慢。艾尔在座位下摸索，找到了曲柄，迅速跳出车外。此时水已经高过了脚踏板。他跑到车头，发现曲轴箱已经淹没在水下。他疯狂地安装曲柄，一遍又一遍地转动，每次旋转都使他紧握的手在缓缓流动的水中溅起水花。最终，他的努力渐渐平息了。引擎已经充满了水，电池此时可能也已经泡坏了。地势稍高的地方，两辆车启动并打开了前灯。它们在泥泞中挣扎，车轮深陷，最终司机关闭了引擎，只能静静地坐着，望着前灯的光束，雨水在光束中划出白色的线条。艾尔慢慢绕过卡车，把手伸入驾驶室，关闭了发动机。

当老爹走到踏板时，他发现踏板的下端已经开始漂浮起来。他用力将它踩入淤泥中。"你觉得你能安全过去吗，约翰？"他问。

"我会没事的，你先走吧。"

老爹小心翼翼地爬上踏板，挤进狭窄的入口。车厢内的两盏灯的亮度调得很低。老妈坐在罗莎旁边的床垫上，用一张纸板为她面无表情的脸扇着风。温莱特夫人往火炉中塞入干燥的树枝，湿润的烟雾从盖子周围渗出，车厢内的空气中充满了烧焦的味道。当老妈看到老爹进来时，她抬起头看了一眼，然后迅速又低下了头。

"她怎么样了？"老爹问。

老妈没有抬头。"还行，我觉得，她睡觉呢。"空气中弥漫着生育的刺鼻气味和闷热的气息。

约翰伯伯缓缓爬进来，靠着侧墙站稳。温莱特夫人放下手中的活儿，走向老爹，她轻轻拉着他的胳膊，向车厢的一个角落走去。她拿起一盏油灯，将光线投向角落里的一个苹果箱。箱子上铺着一张报纸，报纸上躺着一具青色、干瘪的小身体。

"生下来就没气了。"温莱特夫人轻声说，"生下来就死了。"

约翰伯伯转身，疲惫地走向车厢的另一端。现在雨滴在车厢顶上轻轻地拍打着，如此之轻，以至于他们能听到约翰伯伯在黑暗中疲惫的抽泣声。

## 第三十章

老爹抬头望着温莱特夫人,接过她手中的油灯,轻轻地放在地上。露丝和温菲尔德在他们自己的床垫上睡着了,他们的手臂覆盖着眼睛,以遮挡光线。

老爹慢慢地走向罗莎的床垫。他试图蹲下,却感到腿部的疲劳使他无法支撑,最终他跪了下来。老妈继续用纸板为罗莎扇风,她看了老爹一眼,眼睛大而空洞,像是在梦游。

老爹说:"我们——已经——尽力了。"

"我知道。"

"我们整夜都在工作。结果一棵树冲垮了堤岸。"

"我知道。"

"你能听到水在车底下流动。"

"我知道,我听到了。"

"你觉得她会没事吗?"

"我不知道。"

"那么——我们——还能做些什么?"

老妈的嘴唇僵硬而发白。"没有办法。只有一件事可以做——一直以来都是——我们已经做了。"

"我们已经尽了全力,但是那棵树——不过现在雨稍微小了些。"老妈抬头看了看车顶,然后又低下头。老爹的话语带着一种被迫的沉重,"我不知道水位会涨多高,可能会淹到车厢里面。"

"我知道。"

"你什么都知道。"

她沉默了一会,慢慢来回扇动着硬纸板。

"我们这样就失败了吗?"老爹恳求道,"还有我们能做的事吗?"

老妈用一种奇怪的眼神看着他,她苍白的嘴唇微微带着一种梦境般同情的微笑。"别自责了。保持安静！会没事的，会改变的——一切都在变。"

"也许这水——也许我们应该离开了。"

"到了需要离开的时候——我们就会离开，我们会做我们必须做的事。现在保持安静吧，不要吵醒她。"

温莱特夫人折断了一根树枝，塞进湿漉漉、冒烟的火堆中。

外面，一个愤怒的声音突然响起："我要亲自去见见那个混账。"

在门外，艾尔说："你要干什么？"

"进去找那个浑蛋乔德。"

"不，你不能进来。发生了什么？"

"如果不是他提出那个愚蠢的修建堤坝的主意，我们本可以安全离开。现在我们的车都坏了。"

"你以为我们的车能在这种路上飞驰吗？"

"我就是要进去。"

艾尔的声音冷冽如冰："打赢了你就能进来。"

老爹缓缓站起来，向门口走去。"没关系，艾尔，我来了。别担心，艾尔。"老爹沿着踏板滑下去。老妈听到他说："我们这里有病人，去这边吧。"

雨轻轻地打在车厢顶上，新刮起的微风将雨水吹成片片雾气。温莱特夫人离开了炉子，走到罗莎的床边。"天快亮了，夫人。你睡一会儿去吧，我会陪着她。"

"不了。"老妈说，"我不累。"

"胡说。"温莱特夫人说，"来，你躺一会儿吧。"

老妈继续用纸板扇风。"你真是好心，"她说，"我们很感激你。"

那位矮小又壮实的女人笑了笑。"不用谢，我们住在同一节车厢上。如果是我们遇到困难,我知道你们也会帮忙的。"

"是的。"老妈说,"我们一定会的。"

"任何人都会的。"

"任何人都会的。过去我们总是认为自己的家人是摆在第一位的,现在不是这样了。任何人都很重要。我们面对的困难越大,就越需要互相帮助。"

"我们救不了这孩子了。"

"我知道。"老妈说。

露丝深深叹了一口气,把胳膊从眼睛上拿开。她不知所措地看了会儿油灯,然后转过头看着老妈。"孩子出生了吗?"她问,"宝宝生出来了吗?"

温莱特夫人拿起一个布袋,走到角落里,轻轻地盖在苹果箱上。

"宝宝在哪儿?"露丝追问道。

老妈舔了舔嘴唇。"没有宝宝,本来就没有宝宝,是我们搞错了。"

"真是的!"露丝打了个哈欠,"真希望能生个宝宝。"

温莱特夫人坐到老妈旁边,从她手里拿过硬纸板扇起风来。老妈把双手放在膝盖上,疲惫的目光始终没有离开熟睡的罗莎。"来吧。"温莱特夫人说道,"躺下吧,你就躺在她的旁边。哎呀,哪怕她只是深呼吸一下你也会醒过来啊。"

"好吧,我躺下吧。"老妈在熟睡的罗莎旁边躺下。温莱特夫人坐在地上继续守夜。

老爹、艾尔和约翰伯伯坐在车厢门口,看着寒冷的黎明到来。雨停了,但天空依旧阴沉沉的,天空布满乌云。随着阳光逐渐出现,水面反射出了光芒。男人们能看到溪水急速流淌,还漂着黑色的树枝、木箱和纸板,向下翻腾着。洪水涌进停放着火车车厢的平地,再也看不到堤岸的痕迹。在平地上水流停止了，洪水的边缘满是黄色的泡沫。老爹探出门，将一根小树枝放在踏板上超出水面的位置。他们看着水位慢慢涨上去，又把树枝轻轻抬起，让它漂走了。老爹又将另一根小树枝放在比水面高一英寸的地方，退回去继续观察。

"你觉得水会涌进车厢吗？"艾尔问道。

"说不准。还有大量的水要从山上流下来，真是说不准。也许雨还会继续下。"

艾尔说："我在想，如果水进来了，所有东西都会被浸湿。"

"是啊。"

"不过，就算水进到车厢里，也就三四英寸高，因为水会漫过公路，然后散开。"

"你怎么知道？"老爹问。

"我仔细看过了，就在车尾那边。"他伸手示意，"水位再涨这么高就要进来了。"

"好吧。"老爹说，"那怎么了？我们不会待在这里。"

"我们得待在这里，卡车开不了了。洪水退去之后，还需要一个星期才能把水从车里排干。"

"那你的想法是什么？"

"我们可以拆掉卡车的侧板，在这里搭个平台，把我们的东西堆起来，咱们坐在上面。"

"是吗？那我们怎么做饭——怎么吃饭？"

"嗯，至少这样能让我们的东西保持干燥。"

外面的光线渐渐增强，呈现出金属般的灰色光泽。第二根小树枝从踏板上漂走了。老爹在更高的位置又放了一根树枝。"水位还在上升。"他说，"我想我们最好是搭个平台吧。"

## 第三十章

老妈在睡梦中不安地翻了个身,眼睛突然睁开,警觉地喊道:"汤姆!哦,汤姆!汤姆!"

温莱特夫人安慰她,老妈的眼睛又闭上了,她在睡梦中蠕动着身体。温莱特夫人起身走到门口,"嘿!"她轻声说道,"我们现在反正离开不了这里。"她指向车厢角落里装苹果的木箱,"这没什么用,只会惹麻烦,还会带来悲伤。你们能不能——把它拿出去埋掉?"

男人们沉默了一会儿,最后老爹说道:"你说得对,它只会让人伤心。但是埋掉它是违法的。"

"很多事情是违法的,但我们不得不做。"

"是啊。"

艾尔说:"我们得在水再涨上来之前,把卡车的侧板拆了。"

老爹转向约翰伯伯。"你能把它埋掉吗?艾尔和我要把木板搬进来。"

约翰伯伯不满地说:"为什么非得我来?为什么不是你们?我不想去。"接着他改口,"好吧,我去吧。没错,我会去的。快,把它给我吧。"他的声音开始提高,"快,把它给我。"

"别吵醒她们。"温莱特夫人说。她把装苹果的木箱搬到门口,小心翼翼地把盖在上面的麻袋铺好。

"铲子就在你身后。"老爹说。

约翰伯伯一只手拿起铲子,从门口滑入缓缓流动的水中,直到脚底碰到地面,水位几乎没到他的腰部。他转身把苹果箱夹在另一只胳膊下。

老爹说道:"走吧,艾尔。咱们把木板搬进来。"

在灰蒙蒙的晨光中,约翰伯伯绕过车厢尽头,经过乔德家的卡车,爬上湿滑的堤岸走到公路上。他沿着公路走,越过平地上的车厢,直到来到一个靠近路边的湍急的溪流附近,这儿沿路生长着一排杨柳树。他放下铲子,手持箱子在灌木丛中穿行,他走到湍急溪流的边缘。他站了一会儿,看着水流汹涌奔腾,在杨柳枝干间留下黄色的泡沫。他紧抱着苹果箱,然后俯身将箱子放入溪流中,用手稳住它。他愤怒地说:"顺流而下去告诉他们吧。漂到街上腐烂掉,用这种方式告诉他们吧,你也只能通过这种方式来表达了。我甚至不知道你是男孩还是女孩,永远也不会知道。快下去吧,躺在街上。也许他们那时就明白了。"他轻轻把箱子推入水流中,松开了手。箱子在水中渐渐下沉,侧身漂浮,旋转一圈后慢慢翻过来。麻袋漂走了,箱子被湍急的水流迅速带走,消失在灌木丛后面。约翰伯伯抓起铲子,迅速往车厢走。他踏入水中,涉水走向卡车,看到老爹和艾尔正忙着拆卸那些宽一英尺长六英尺的木板。

老爹朝他看了一眼。"搞定了?"

"嗯。"

"那这样。"老爹说,"你帮一下艾尔,我去商店买些吃的东西。"

"买点培根。"艾尔说,"我需要吃点肉。"

"好的。"老爹说道,随后从卡车上跳下来,约翰伯伯接替了他的位置。

当他们把木板推入车厢门时,老妈醒了过来,坐了起来。"你们在干什么?"

"我们要搭个平台,避免弄湿。"

"为什么?"老妈问,"这里不是干的吗?"

"过不了多久就会浸湿的,水位在涨。"

老妈挣扎着站起来,走到门口。"我们得赶紧离开这儿。"

"走不了。"艾尔说,"我们所有东西都在这儿,卡车也在,所有我们拥有的都在这儿。"

"老爹呢?"

"去买早饭了。"

老妈看着水面,发现离车厢地板只有六英寸了。她回到床垫旁,看向罗莎,罗莎也在盯着她。

"感觉怎么样?"老妈问道。

"累,累坏了。"

"你得吃点早饭。"

"我不饿。"

温莱特夫人走到老妈旁边。"她看起来没事,挺过来了。"

罗莎的眼神好像在询问着老妈,而老妈试图避开这个问题。温莱特夫人走到炉子旁。

"老妈。"

"嗯?怎么了?"

"那个——宝宝——还好吗?"

老妈放弃了逃避,她跪在床垫上说:"你还可以再生一个。"她说,"我们已经尽了全力。"

罗莎挣扎着坐起身。"老妈!"

"你没办法控制这种事儿。"

罗莎再次躺下,用胳膊盖住眼睛。露丝悄悄走近,好奇地俯视她,小声问:"她生病了吗,老妈?她会死吗?"

"当然不会。她会没事的,没事的。"

老爹抱着一堆袋子走进来。"她怎么样了?"

"没事。"老妈说,"她会好转的。"

露丝向温菲尔德报告:"她不会死的,老妈说了。"

温菲尔德用一块碎木条剔着牙，装得很成熟地说："我一直都知道。"

"你怎么知道的？"

"我不告诉你。"温菲尔德说道，并把木条吐了出来。

老妈用最后的树枝生起火，把培根煎熟，做了肉汁。老爹买来了面包。老妈看到时皱起了眉头。"我们还有钱吗？"

"没了。"老爹说道，"不过我们太饿了。"

"那你还从商店买了面包。"老妈责备道。

"可我们真是太饿了，整晚都在干活。"

老妈叹了口气。"那我们接下来怎么办？"

他们吃饭的时候，水位不停地往上涨。艾尔狼吞虎咽地吃完后，他和老爹开始搭建平台。平台五英尺宽，六英尺长，比地面高四英尺。水涨到了门边，好像犹豫了很久一样，然后缓缓地流入车厢地板上。同时，外面的雨又开始下起来，像之前一样，大颗的雨滴在水面上溅起，雨水重重地打在车厢顶上发出空洞的响声。

艾尔说："快点，我们把床垫搬上去。把毯子都放上去，这样它们就不会被淋湿了。"他们把东西都堆到平台上，而水继续漫上地板。老爹、老妈、艾尔和约翰伯伯分别抓住四个角，一起把罗莎的床垫连同她本人抬到那堆物品的上面。

罗莎抗议道："我能走，我没事。"而水已经漫延过了地面，地板上已经涨了一层浅浅的水。罗莎对老妈轻声说了些什么，老妈伸手到毯子下摸了摸她的胸口，然后点了点头。

另一头的温莱特一家也在敲打着，搭建自家的台子。雨势加大了，然后又停了下来。

老妈低头看着自己的脚，水已经在车厢地板上积了半英寸深。

"露丝,温菲尔德!"她焦虑地喊道,"快到台子的行李上面去,你们会着凉的。"她看着他们安全爬上去,坐在罗莎旁边,姿势笨拙。老妈突然说道:"我们得赶紧离开了。"

"我们走不了。"老爹说,"就像艾尔说的,我们所有东西都在这儿。我们把车厢门拆下来,以便让更多人能坐上去。"

一家人都挤坐在平台上,沉默不安。洪水均匀地漫过堤岸,流到另一侧的棉花地里,车厢里的水已经有六英寸深了。经过一天一夜后男人们湿透了,都并排睡在车厢门搭成的台子上。老妈紧靠罗莎躺着,有时轻声跟她说话,有时静静地坐起来,面色凝重。她在毯子下还小心地存放着剩下的面包。

雨断断续续地下着,有时是小阵雨,有时又间歇性地停了下来。第二天早上,老爹在营地里蹚水走过去,回来时口袋里装了十个土豆。老妈阴沉地看着他把车厢内墙的一部分砍下来生火,又舀水倒进锅里。全家人吃了热腾腾的煮土豆。当这最后的食物也吃完后,他们只能呆呆地望着锅里灰色的水;到了晚上,他们久久没能躺下。

清晨来临,他们紧张地醒来。罗莎对老妈低声说了些什么。

老妈点点头。"好的。"她说道,"是时候了。"然后她向男人们睡觉的车门处转过身。"我们要离开这里。"她坚定地说,"去更高的地方。你们要么跟着,要么不跟,但我一定要带着罗莎和孩子们离开。"

"我们不能走!"老爹虚弱地说道。

"好吧,那么你至少把罗莎背到公路上,然后再回来。现在不下雨了,我们得走。"

"好吧,我们走。"老爹说。

艾尔说:"老妈,我不走。"

"为什么?"

"嗯——阿吉——我们——"

老妈笑了。"当然了。"她说,"你留在这里,艾尔。照看好这些东西。等水退了,我们就会回来。动作快点,在下雨之前赶紧行动。"她对老爹说,"来吧,罗莎,我们要去一个干燥的地方。"

"我可以走。"

"在公路上再走吧。背弯下来,老爹。"

老爹走到水里,站在那里等候。老妈扶着罗莎从平台上下来,小心翼翼地带她穿过车厢。老爹抱起她,尽可能高地托举着她,小心翼翼地穿过深水,绕过卡车来到公路上。他把罗莎放在地上并扶住她。约翰伯伯抱着露丝紧随其后。老妈滑入水中,裙子在水面鼓起了一会。

"温菲尔德,坐在我肩上。艾尔——等水退了我们就回来。艾尔——"她停顿了一下,"如果——如果汤姆来了——告诉他我们会回来,让他小心。温菲尔德!爬到我肩上——好了!别乱动你的脚。"她跌跌撞撞地穿过齐胸的水,到了公路堤岸上,他们帮老妈爬上去,把温菲尔德从她肩上抱下来。

他们站在公路上,回头看着那一片汪洋,还有那深红色的车厢以及陷在缓慢流动的水中的卡车和汽车。就在他们站着的时候,一阵细雨开始飘落。

"我们得继续走。"老妈说道,"罗莎,你觉得你能走吗?"

"我有点头晕。"罗莎说道,"感觉像是被打了一顿。"

老爹抱怨道:"我们要走,但我们去哪儿呢?"

"我不知道。来,帮忙扶着罗莎。"老妈握住罗莎的右臂稳住她,老爹扶住她的左臂。"要找个干燥的地方,必须得找。你们两天都没穿上干衣服了。"他们缓慢地沿着公路前进,边走边能听到路边溪水奔腾的声音。露丝和温菲尔德并排走着,在路上溅起水花。他们慢慢

## 第三十章

地沿着路走,天空渐渐变暗,雨势增强了,公路上没有车辆行驶。

"我们得快点。"老妈说,"如果罗莎被淋透了——我不知道她的病什么时候才能好了。"

"你还没说我们要急着去哪儿呢。"老爹讽刺地提醒道。

公路沿着溪流蜿蜒,老妈搜寻着农田和被淹的田野。公路左侧远处的一个小山丘上,有一座被雨水打湿的谷仓矗立着。"看!"老妈说,"看那里!我敢打赌那个谷仓里是干的。我们到那里去,等雨停。"

老爹叹了口气:"很可能会被那里的主人赶走。"

在前面路旁,露丝看到一抹红色,她跑了过去。那是一株野生的天竺葵,上面只有一朵被雨水打得不成样子的花。她摘下那朵花,小心翼翼地扯下一片花瓣,贴在鼻子上。温菲尔德跑过来看。

"给我一瓣。"他说。

"不行!这是我的,全是我的,我找到的。"她又把一片红色花瓣贴在额头上,像一颗鲜红的心。

"给我吧,露丝!给我一瓣。快点。"他伸手想抓住她手中的花,但没抓到。露丝挥手打在他脸上。他愣了一下,然后嘴唇颤抖,眼泪涌了出来。

其他人赶上来了。"你们在干什么?"老妈问,"你们到底干什么了?"

"他想抢我的花。"

温菲尔德抽泣着。"我——只想要一瓣——贴在我的鼻子上。"

"给他一瓣,露丝。"

"让他自己找去,这是我的。"

"露丝!给他一瓣。"

露丝从老妈的语气中听出了威胁,便改变了策略。"给你吧。"她假装友好地说道,"我帮你贴上。"大人们继续往前走,温菲尔德把鼻子凑近她。露丝用舌头把花瓣弄湿,狠狠地贴在他的鼻子上。"你这小浑蛋。"她轻声说。温菲尔德用手摸了摸花瓣,把它牢牢按在鼻子上。他们快步跟上其他人,露丝感觉乐趣消失了。"给你吧。"她说,"这儿还有一些,在你的额头上也贴一些。"

公路的右边传来急促的沙沙声。老妈喊道:"快点!雨下大了。从这边穿过栅栏,这样更近。快点!加把劲儿,罗莎。"他们半拖半扶地把女孩扶过沟渠,帮她翻过栅栏。这时,暴风雨席卷了他们。瓢泼大雨砸到他们身上,泥泞的地面让他们的行进变得艰难无比。黑色的谷仓几乎被雨幕遮掩,雨水哗哗作响,风势渐长,把雨水一股脑地吹来。罗莎的脚打滑,她在两人的搀扶下艰难前行。

"老爹!你能背她吗?"

老爹弯下腰将她抱起。"反正我们全湿透了。"他说,"快点。温菲尔德,露丝!跑到前面去。"

他们喘着粗气跑到被雨水浸透的谷仓,跟跄着钻进敞开的入口。这个入口没有门,周围散落着一些生锈的农具,有圆盘犁、坏了的耕作机和铁轮子。雨水在屋顶上敲打着,像帘子一样遮住了谷仓的入口。老爹轻轻地把罗莎放在一个油腻腻的箱子上。"天啊!"他说。

老妈说:"可能里面有干草。看,那边有扇门。"她把门推开,生锈的铰链嘎吱作响。"真有干草。"她叫道,"进来,大家都进来。"

里面很黑,只有少许光透过木板之间的缝隙照射进来。

"躺下,罗莎。"老妈说,"躺下休息一下,我想办法帮你弄干。"

温菲尔德喊道:"老妈!"但屋顶巨大的雨声淹没了他的声音。"老妈!"

"怎么了?你想说什么?"

"看!那边角落里。"

老妈望过去,朦胧中看到两个身影:一个男人仰面躺着,旁边坐着一个男孩,他的双眼睁得大大的,盯着这群新来的人。老妈看着,男孩慢慢站起来,朝她走来,声音沙哑地问道:"这地方是你们的吗?"

"不是。"老妈说,"我们只是进来避避雨,我女儿生病了。你有没有干的毯子可以借给我们用用,让她换下湿衣服?"

男孩回到角落,拿出一条脏兮兮的被子递给老妈。

"谢谢你。"她说,"那个人怎么了?"

男孩声音沙哑而平淡地说道:"一开始他是生病了——但现在他饿得快不行了。"

"什么?"

"饿坏了。在摘棉花时生病了,他六天没吃东西了。"

老妈走到角落,低头看着那个男人。他大约五十岁,脸上长着胡子,面容憔悴,睁着的眼睛茫然且呆滞。男孩站在老妈旁边。老妈问道:"他是你老爹?"

"是!他总是说他不饿,或者刚吃过东西,把食物给我吃。现在他太虚弱了,几乎不能动弹。"

雨声减弱,屋顶上响起轻柔的沙沙声。那个消瘦的男人动了动嘴唇,老妈跪在他身边,凑近耳朵。男人的嘴唇又动了动。

"没事的。"老妈说,"你别担心,他会好起来的。等我把我女儿的湿衣服脱下来。"

老妈走回到罗莎身边。"现在脱掉吧。"她说,然后她举起被子挡住别人的视线。当罗莎脱光后,老妈用被子将她裹住。

男孩又站在老妈旁边解释道:"我不明白。他说他吃过东西,有时候说他不饿。昨晚我去砸了别人的窗户，偷了点面包让他吃，但他全吐出来了，然后就更虚弱了。他需要喝汤或牛奶。你们有钱买牛奶吗？"

老妈说："安静。别担心，我们会想办法的。"

突然，男孩哭喊道："他快不行了！我告诉你，他快要饿死了！"

"嘘——"老妈说。她看向站在那里无助地看着病重男人的老爹和约翰伯伯，又看向裹在被子里的罗莎。老妈的目光越过了罗莎的眼睛，然后重新又回到她的眼睛上。两个女人深深地对视着，仿佛看到了彼此的内心。罗莎的呼吸急促且微弱。

她说："好。"

老妈笑了："我就知道你会答应，我就知道！"她低头看着自己紧握在膝上的双手。

罗莎轻声说道："你们——你们能出去吗？"雨水轻轻拍打在屋顶上。

老妈向前倾，轻抚女儿额头上凌乱的头发，然后亲吻她的额头。老妈迅速站起来。"走吧，你们这些人。"她喊道，"都去工具棚里。"

露丝张嘴想说话。"嘘。"老妈说，"安静，出去。"她把他们赶出门，把男孩也带出去，然后关上了嘎吱作响的门。

罗莎在寂静的谷仓中静坐了一分钟。然后她挺起疲惫的身体，将被子裹紧。她慢慢走到角落，低头望着那张憔悴的脸，看着那双惊恐的眼睛，然后慢慢躺在他旁边。男人轻轻地摇着头，左右摇晃。罗莎松开被子的一侧，露出她的胸部。"你必须得喝点。"她说道。她靠得更近了，还把他的头拉近些。"对，喝吧。"她说，"喝吧。"她的手伸到他脑后支撑着他的头，手指轻柔地抚摸着他的头发。她抬头望向谷仓的另一头，嘴唇紧闭，露出一丝神秘的微笑。